Deborah Crombie

Böses Erwachen

Roman

Aus dem Amerikanischen von
Christine Frauendorf-Mössel

GOLDMANN

Die Originalausgabe erschien 1999 unter dem Titel
»Kissed a Sad Goodbye«
bei Bantam Books, New York

Umwelthinweis:
Alle bedruckten Materialien dieses Taschenbuches
sind chlorfrei und umweltschonend.

Neuausgabe August 2001

Umschlaggestaltung: Design Team München
Umschlagmotiv: Isaac Lewitan
Satz: deutsch-türkischer fotosatz, Berlin
Druck: Elsnerdruck, Berlin
Krimi: 5468
Redaktion: Ilse Wagner
JE · Herstellung: Max Widmaier
Made in Germany
ISBN 3-442-05468-0
www.goldmann-verlag.de

1 3 5 7 9 10 8 6 4 2

Für Rick, der es möglich macht.

1

Die »Docklands« von einst sind den Londonern noch deutlich im Gedächtnis. Generationen von Kindern sind in jenen Straßen im Schatten der Ozeanriesen aufgewachsen, deren Bordwände, weiße Klippen, gleich hinter ihren Gärten aufragten.

GEORGE NICHOLSON *aus: Docklands,*
ein illustrierter historischer Überblick
über Arbeit und Leben in East London

Er sah jede Note, die seiner Klarinette entschwebte. Es waren Töne, sanft und anhaltend, mit dem rauchig vollen Timbre, das ihn an schwarze Perlen auf der durchsichtig weißen Haut einer Frau erinnerte. *If I had you* hieß das Stück, ein alter Schlager in langsamen, melodischen Tempi. Hatte er dieses Stück je für sie gespielt?

Am Anfang war sie bei seinem Spiel auf der Straße stehen geblieben, hatte ihm zugesehen, sich im Rhythmus der Musik gewiegt. Er hatte ihrer eleganten Erscheinung, ihrem an das Schönheitsideal der Präraffaeliten erinnernden Gesicht mißtraut. Und doch hatte sie ihn fasziniert. In den folgenden Monaten hatte er nie gewußt, wann sie auftauchen würde. Ein System war nicht zu erkennen gewesen. Trotzdem hatte sie ihn stets gefunden, auch wenn er seinen Standplatz wieder einmal verlegt hatte.

Es war ein Tag wie dieser gewesen, als er sie zum ersten Mal gesehen hatte, ein heißer Sommertag, mit dem vagen, unbewußt wahrnehmbaren Duft, der Regen verhieß. In der Abenddämmerung kühlten Schatten die heiße, flirrende Luft etwas ab, und die Menschen strömten wie befreit auf die Straßen, rastlos und drängend, erhitzt von Getränken und vom Sommer. Und er hatte eine jazzige Improvisation auf *Summertime* gespielt, um die Stimmung der Leute aufzugreifen.

Sie hatte etwas abseits hinter der Menge gestanden, ihn beobachtet und sich schließlich abgewandt, ohne ihm auch nur eine einzige Münze zuzuwerfen. Sie bezahlte nie, bei keiner der folgenden Gelegenheiten, und sie sprach nicht ein Wort. Eines Abends allerdings, als sie allein gekommen war, war er es gewesen, der sie zurückrief, als sie sich zum Gehen gewandt hatte.

Später saß sie nackt auf seinem zerwühlten Bett, sah ihm beim Klarinettenspiel zu, und er hatte sich vorgestellt, wie die Töne, von der schimmernden Masse ihres Haars magnetisch angezogen, darin verschwanden. Als er sie beschuldigt hatte, aus purer Neugier Slumtourismus zu betreiben, hatte sie nur gelacht – ein anhaltendes, herrliches Lachen – und seine Vorwürfe als »absurd« zurückgewiesen.

Er hatte ihr geglaubt – damals. Er hatte nicht geahnt, daß die Wahrheit jenseits jedes Vorstellungsvermögens lag.

»Ich gehe nicht!« Lewis Finch lehnte sich in seinem Stuhl zurück und stemmte störrisch die Stiefel gegen die abgetretene Fußstütze unter dem Küchentisch.

Seine Mutter stand am Herd, hatte ihm den Rücken zugewandt und stellte Kohl und Kartoffeln für das Abendessen des Vaters auf.

»Du brauchst jemand, der sich um dich kümmert, wenn Dad eingezogen wird«, sagte er. »Und wenn Tommy und Edward sich freiwillig melden ...« Er wußte, welchen Fehler er gemacht hatte, als sie zu ihm herumwirbelte, den Löffel noch in der Hand.

»Schäm dich, Lewis Finch, daß du mich so quälst. Meinst du nicht, deine Brüder machen mir nicht schon genug Sorgen mit ihrem Gerede von Uniformen und Krieg? Du tust, was ich dir sage ...« Sie ver-

stummte, ihr schmales Gesicht von Sorge gezeichnet. »Oh, Lewis! Ich will nicht, daß du aufs Land verschickt wirst, aber die Behörden behaupten, es muß sein ...«

»Aber Cath ...«

»Cath ist fünfzehn und hat einen Job in der Fabrik. Du bist noch ein Kind, Lewis. Und ich ruhe nicht, bevor du nicht in Sicherheit bist.« Sie kam zu ihm, strich ihm sein dickes blondes Haar aus der Stirn und sah ihn eindringlich an. »Außerdem ist bisher alles nur Geschwätz. Ich glaube keine Sekunde, daß es Krieg gibt. Jetzt beeil dich, sonst kommst du zu spät in die Schule. Und nimm deine schmutzigen Stiefel von meinem Tisch«, fügte sie mit einem bedeutungsvollen Blick auf seine Füße hinzu.

»Ich bin kein Kind mehr«, schimpfte Lewis laut, während er zur Haustür hinauspolterte. Einen Moment war er versucht, einfach die Schule zu schwänzen. Es schien irgendwie nicht richtig zu sein, in einem muffigen Schulzimmer herumzusitzen ... am ersten Tag im September.

Er sah die Stebondale Street hinauf und dachte sehnsuchtsvoll an die Molche und Kaulquappen, die in der Lehmkuhle hinter dem Zaun warteten, aber er hatte nichts, mit dem er sie hätte fangen können. Außerdem ... wenn er zu spät kam, setzte es vor der ganzen Klasse Tatzen mit dem Lineal von Miß Jenkins, und seine Mutter hatte gedroht, ihn nach St. Edmund's zu schicken, falls es wieder Ärger in der Schule gab. Mit einem Seufzer steckte er die Hände in die Taschen und trabte in Richtung Schule.

Der Morgen verging, und durch das offene Fenster seines Klassenzimmers in der Cubitt Town School konnte Lewis die massigen, düsteren Silhouetten der Lagerschuppen entlang des Flußufers sehen. Hinter den Lagerschuppen lagen die großen Schiffe mit ihren exotischen Ladungen ... Zucker von den Westindischen Inseln, Bananen aus Kuba, Wolle aus Australien, Tee aus Ceylon ... Miß Jenkins' Geographiestunde rückte in immer weitere Ferne. Was weiß sie schon von der Welt, dachte Lewis, während sie weiter über Steuern, Abgaben und Gesetze referierte. Zum Beispiel die Penang, *die konnte von exotischen Ländern, konnte von Dingen erzählen, die wirklich wichtig waren. Die* Penang *war einer der wenigen Großsegler, die noch die Themse heraufkamen, und lag jetzt im Britannia-Trockendock zur Überholung. Allein der Geruch dieses Schiffs ließ Lewis sehnsuchtsvoll erschaudern. Nach der Schule wollte er …*

Das Quietschen der Klassenzimmertür riß Lewis mit einem Ruck aus seinen Gedanken. Mr. Bales, der Direktor, stand im Türrahmen, und der Ausdruck in seinem langen, schmalen Gesicht war so eigenartig, daß Lewis' Magen sich zusammenkrampfte. Aus dem Korridor schwappte eine Welle des Lärms in Lewis' Klassenzimmer. Es war das Geschrei und Gepolter der Kinder aus den anderen Klassen.

»Miß Jenkins, Kinder!« Mr. Bales räusperte sich. »Ihr müßt jetzt alle sehr tapfer sein. Die Meldung kam gerade übers Radio. Wir stehen kurz vor Eintritt in den Krieg. Die Regierung hat Anweisung zur Evakuierung Londons gegeben. Wir sollen alle nach Hause gehen und uns hier in einer Stunde mit unserem Gepäck wieder melden.« Er wandte sich ab. Die Hand an der Tür, drehte er sich noch einmal um und drohte mit dem Finger: »Und vergeßt nicht eure Namensschilder und Gasmasken! Und seid pünktlich. In einer Stunde, habe ich gesagt.«

Die Tür fiel hinter ihm zu. Im ersten Moment herrschte atemlose Stille. Dann ertönte der Schrei von Ned Norris in der letzten Reihe: »Ferien! Wir haben Ferien!«

Die Klasse nahm die Parole auf, drängte sich hinaus und mischte sich unter die anderen Kinder im Korridor. Lewis war mitten unter ihnen, zwängte sich durch das Schultor und sprang mit einem Indianerschrei die Treppe hinunter. Mit dem Herzen allerdings war er nicht dabei.

Die Kinder zerstreuten sich, doch als Lewis in die Seyssel Street einbog, wurde sein Schritt langsamer. Plötzlich war er sich der Geräusche der Insel bewußt, hörte das unaufhörliche Poltern, Ächzen und Pfeifen von den Docks her, das Tuten der Schlepper und das gedämpfte Stampfen der Schiffsmaschinen vom Fluß. Wie sollte Krieg sein, wenn sich nichts geändert hatte?

Er dachte erneut an die Penang, *die für die Rückreise nach Australien überholt wurde. Er wollte sich am liebsten an Bord verstecken, ein neues Leben in den Outbacks beginnen, sich nicht zu einer fremden Familie auf dem Land verschicken lassen wie ein fehlgeleitetes Gepäckstück. Mit fast elf Jahren war er alt genug, um zu arbeiten. Er war groß für sein Alter und stark, sicher gab man ihm irgendwo Arbeit.*

Als er oben in die Stebondale Street einbog, sah er das alte Fahrrad seines Vaters ordentlich gegen die Vordertür ihres Hauses gelehnt stehen. Die Spitzenvorhänge der Mutter, brüchig vom vielen Waschen, blähten sich im offenen Fenster.

In diesem Moment wußte er, daß er nicht weglaufen konnte. Allein die Vorstellung von den Tränen der Mutter oder der stummen Enttäuschung des Vaters waren für ihn unerträglich.

Lewis versetzte dem Fahrrad einen so kräftigen Fußtritt, daß es mit zufriedenstellendem Krachen umfiel. Er ließ es einfach liegen, ging hinein und in die Küche, und als er die Gesichter seiner Eltern sah, wußte er, daß die Nachricht ihm schon vorausgeeilt war.

George Brent schwenkte die Arme, soweit es die Hundeleine erlaubte, und ging etwas schneller. Er brauchte die körperliche Bewegung in diesen Tagen ebenso dringend wie Sheba, denn selbst bei dieser Hitze taten ihm morgens beim Aufstehen sämtliche Knochen weh. Er verdrängte hastig die Gedanken daran, wie er den kalten feuchten Winter überstehen sollte. Hatte keinen Sinn, über etwas zu jammern, das man nicht ändern konnte, schon gar nicht an einem so herrlich heißen Sommertag. Der Winter war noch Monate entfernt, und seine größte Sorge im Moment war, sich keinen Sonnenbrand auf der Glatze zu holen.

Sheba trottete vor ihm her, die Schnauze tief über dem Boden, um jede Witterung aufzunehmen, der kleine schwarze Körper zitternd vor gespannter Erregung. Als sie das indische Restaurant in der Manchester Road passierten, hob sie die Nase und schnüffelte geräuschvoll. Die würzigen Düfte, die aus der Küche drangen, waren George jetzt so vertraut wie einst der Geruch von Kohl und Wurst in seiner Kindheit, aber er hatte sich nie recht entschließen können, das Zeug zu probieren … obwohl er zugeben mußte, daß er auf das Drängen von Mrs. Singh hin wohl eines Tages seinen Widerstand aufgeben würde.

Er winkte Mrs. Jenkins in der Reinigung nebenan zu und ging wieder schneller. Er war an diesem Morgen spät dran, denn er hatte Mrs. Singh mit ihrem Fernseher geholfen, und vermutlich würde er seine Kumpel verpassen, die sich täglich zum Kaffee im ASDA-Supermarkt trafen. Allerdings war es schließlich nur fair, einem Nachbarn zu helfen, oder? Besonders einer so guten Nachbarin wie Mrs. Singh.

Er lächelte bei dem Gedanken daran, was seine Töchter sagen würden, wenn sie wüßten, was mit der Witwe nebenan lief, und bog um die Ecke in die Glengarnock. Sie dachten wohl, damit sei's für ihn vorbei. Aber er hatte noch nicht alle Munition verschossen. Wie konnte man von einem Mann erwarten, sich nach so vielen Jahren mit regelmäßigem Sex zu kasteien? Was für ihn das Andenken an die Mutter seiner Kinder allerdings nicht schmälerte.

Als sie in die Stebondale Street kamen, zerrte Sheba an der Leine, witterte die Nähe des Parks, doch George verlangsamte seine Schritte, als sie die Wohnhäuser gegenüber dem Eingang zum Rope Walk erreichten. Sie weckten in ihm die Erinnerung an die Sendung über den Blitzkrieg, die er am Vorabend im Radio gehört hatte. Während er gemütlich bei einer abendlichen Tasse Tee in seiner Küche gesessen hatte, hatte ihn unerwartet die Flut der Erinnerungen eingeholt … an das Geräusch der Bomber im Anflug, die Sirenen, die Zerstörung.

Er blieb stehen und befahl Sheba, sich zu setzen. Er nahm die Häuser jetzt für selbstverständlich, ging täglich gedankenlos an ihnen vorüber, aber diese kurze Reihe von einem halben Dutzend Häusern war alles, was von der Stebondale Street übrig geblieben war, die er vor dem Krieg gekannt hatte. Der Rest war zerstört worden, wie das meiste auf der Insel, wie die Häuser, in denen er aufgewachsen war.

Er war damals zu alt gewesen, um aufs Land verschickt zu werden, und hatte daher die schlimmsten Luftangriffe im Herbst und Winter 1940 miterlebt. Seine Mundwinkel zuckten nach oben, als er sich daran erinnerte, wie er sich an seinem siebzehnten Geburtstag in der Rekrutierungsstelle gemeldet hatte. Das eigentliche Kampfgeschehen, dessen war er sicher gewesen, war besser als das ständige Warten darauf, daß die Bomber kamen.

Wenige Monate später waren ihm die Nächte im Unterstand im Garten wie das Paradies erschienen. Aber er hatte auch das überstanden. Zumindest hatte ihn die Zeit in Italien gelehrt, die Zukunft Zukunft sein zu lassen.

Shebas ungeduldiges Kläffen riß ihn aus seinen Tagträumereien. Er ging gehorsam weiter, und bald, als er sie von der Leine und in ihre ersehnte Freiheit entließ, rannte sie in gestrecktem Galopp davon. George folgte ihr in seinem Tempo, den Rope Walk zwischen Mudchute und Millwall Park hinunter, und geriet leicht außer Atem, als es die Anhöhe zum Mudchute Plateau hinaufging. Oben verschwand Sheba aus seinem Blickfeld, während sie den Karnickelspuren durch das dichte Gras folgte. George jedoch blieb auf dem schmalen Weg, der am Rand des Parks entlangführte. Der Hund schien stets zu wissen, wo sein Herrchen war, auch wenn dieser ihn längst aus den Augen verloren hatte. Und Sheba streunte nie.

Als er das Parkgatter zum ASDA-Supermarkt erreichte, warf er einen Blick auf die Uhr. Es war mittlerweile halb zehn geworden – und seine Kumpel hatten das gemeinsame Frühstück wahrscheinlich längst beendet. Die Sonne stand bereits hoch am Himmel, und er schwitzte ... der Gedanke an eine Tasse Kaffee, auch wenn er sie allein trinken mußte, war trotzdem verlockend. Doch je länger er herumtrödelte, desto heißer würde es auf dem Heimweg werden.

Er wischte sich die Stirn mit dem Taschentuch trocken und ging weiter. Auf diesem Abschnitt wuchsen die Brombeerranken bis in den Weg, verhakten sich in seinen Hosenbeinen, und er blieb einen Moment stehen, um besonders hartnäckige Brombeerdornen aus den Schnürsenkeln seiner Schuhe zu lösen. Während er noch kniete, hörte er Sheba laut aufjaulen.

Stirnrunzelnd löste er die Brombeerranke aus dem Schuhband. Daß Sheba ausgerechnet hier jaulte, kam ihm merkwürdig vor, da ihr normales Repertoire auf dieser Wegstrecke aus aufgeregtem Bellen und Kläffen bestand. Hatte sie sich vielleicht verletzt? Unruhig geworden, stand er hastig auf und starrte angestrengt auf den Weg. Der Laut hatte geklungen, als sei Sheba weit vorausgelaufen.

»Sheba!« rief er und hörte selbst das ängstliche Vibrieren seiner Stimme.

Diesmal war das Jaulen noch deutlicher zu hören. Es kam irgendwo von vorn und nach rechts versetzt neben dem Weg. George rannte in diese Richtung, sein Herz klopfte, als er die sanfte Kurve im Dauerlauf umrundete.

Die Frau lag auf dem Rücken im hohen Gras gleich neben dem Trampelpfad. Sie hatte die Augen geschlossen, und die Strähnen ihres üppigen langen, rotblonden Haars waren mit den Ranken einer weißblühenden Winde verwoben. Sheba, die neben ihr kauerte, sah erwartungsvoll zu George auf.

Sie war wunderschön. Im ersten Augenblick dachte er, sie schliefe, sagte sogar zögernd: »Miß ...«

Dann ließ sich eine Fliege auf der weißen Hand nieder, die bewegungslos auf dem Revers ihres Jacketts ruhte, und da wußte er Bescheid.

2

Drunten bei den Docks ist die Gegend, die ich mir als Auswanderer als den Ort wählen würde, um ein Schiff zu besteigen. Sie ließe meine Entscheidung in vernünftigem Licht erscheinen; würde mir viele der Dinge aufzeigen, die ich hinter mir lassen wollte.

CHARLES DICKENS *(1861)*

Um fünf vor zehn an einem bereits heißen Samstag morgen suchte Gemma nach einer Adresse am Lonsdale Square. Nur wenige Gehminuten von ihrer Wohnung in Islington entfernt war der Platz von den Autos der Anwohner gesäumt, die das Wochenende zu Hause verbrachten. Und es war kein Zentimeter freigeblieben. Es war eine schicke Wohngegend, Einzugsgebiet aufstrebender Blair-Anhänger, und Gemma fragte sich, wie sich eine alleinstehende Frau eine derart exklusive Adresse leisten konnte. Die Reihenhäuser im Stil der Zeit von George III. wirkten streng, ihre grauen Backsteinfassaden nur durch das Schwarzweiß von Fenstern und Türen durchbrochen. Nur eine glänzend rot gestrichene Tür bildete die Ausnahme.

Gemma vergewisserte sich mit einem Blick auf ihren Notizblock erneut, daß sie bei der richtigen Adresse war, stieg die Stufen zum Eingang hinauf und klingelte. Sie steckte eine Haarsträhne zurück, die sich aus ihrem Zopf im Nacken gelöst hatte, und sah an ihrer saloppen Samstagskleidung hinab ... Jeans, Sandalen und ein limonenfarbenes Leinenhemd. Was war für den bevorstehenden Anlaß das richtige Outfit? Vielleicht hätte sie sich ...

Bevor sie sich noch entschließen konnte, doch lieber den Rückzug anzutreten, schwang die Tür auf. »Sie müssen Gemma sein«, sagte die Frau im kirschroten Trägerkleid und lächelte. Bis auf ihre grellrot geschminkten, vollen Lippen war sie kaum zurechtgemacht. Ihr kurzes, dunkles Haar war modisch zerzaust, als sei es mit einer Nagelschere geschnitten worden, und ihre Augen im blassen Gesicht waren bernsteinfarben. »Ich bin Wendy.«

»Ihre Tür gefällt mir«, sagte Gemma.

»Bricht das Eis, finde ich. Kommen Sie rein.« Das Zimmer, in das sie Gemma führte, war der Straße zugewandt. Es nahm offenbar das gesamte Parterre ein, war lang und schmal, einfach geschnitten und verhältnismäßig hoch. Ein schlichter Kamin im georgianischen Stil teilte den Raum in zwei symmetrische Hälften.

Alles andere stellte Gemmas Erwartungen völlig auf den Kopf. Die Wände waren kreidegelb, die Möbel im Stil der Sechziger, die Bezüge in Primärfarben. Über dem Kaminsims hing ein großes Plakat, das die Beatles auf der Abbey Road zeigte.

An der einen Längswand zwischen Kamin und dem rückwärtigen Teil des Raumes stand ein Klavier. Während Gemma sich noch umsah, berührte ihre Gastgeberin sie leicht am Arm und deutete auf das Sofa.

»Setzen Sie sich doch. Ich habe uns Kaffee gekocht. Heute morgen sollten wir uns erst mal kennenlernen.«

»Aber ich dachte ...« Gemmas Nervosität regte sich wieder. Was hatte sie sich nur dabei gedacht, diese Verabredung zu treffen, einen freien Samstagmorgen zu opfern, den sie mit Toby hätte verbringen können? Es war eine Schnapsidee gewesen, eine Marotte, die sie lieber hätte vergessen sollen, anstatt eine komplette Idiotin aus sich zu machen. Zum Glück hatte sie niemandem außer ihrer Freundin Hazel von ihrem Vorhaben erzählt.

Wendy Sheinart setzte sich neben Gemma und griff nach der Kaffeekanne. »Also …« Sie füllte Gemmas Tasse. »Jetzt erzählen Sie mir bitte, weshalb Sie Klavierspielen lernen möchten.«

Kincaid hatte fürs Picknick die Dinge eingepackt, die er für jungengerecht hielt: dicke Schinkenbrote, Kartoffelchips, Coca-Cola und als Krönung ein riesiges Stück Schokoladentorte aus der Konditorei in der Heath Street. Er stellte den Korb – speziell für diese Gelegenheit gekauft – in den Kofferraum des Midget und öffnete das Cabriodach des Wagens mit einem dankbaren Blick hinauf in den klaren blauen Himmel über der Carlingford Road.

Nach den schweren Regenfällen Anfang Juni hatten die Wetteraussichten für die Endrunde in Wimbledon trübe ausgesehen. Kincaid hatte sich trotzdem beharrlich um Karten bemüht und schließlich zwei Plätze am Center Court für diesen Tag ergattert, und es schien, als wolle der Wettergott seine Ausdauer belohnen.

Mit einem letzten, dankbaren Blick zum Himmel setzte er sich mit einer für ihn neuen, freudigen Erwartung hinters Steuer. Der Motor des Midget röhrte sonor, und als er den ersten Gang einlegte, dachte er voller Schuldbewußtsein daran, daß er drauf und dran gewesen war, den altersschwachen Sportwagen zu verkaufen. Jetzt kam ihm dieses Ansinnen geradezu frevelhaft vor, nachdem ihm das Cabrio so viele Jahre treue Dienste erwiesen hatte … fast so, als setze man einen lieben alten Hund aus. Und sowieso hätte Kit ihm das vermutlich nie verziehen. Der Junge hatte sich auf den ersten Blick in das Auto verliebt, und in seiner Lage brauchte er Kontinuität in seiner Umgebung mehr als alles andere.

Seit der Ermordung von Kincaids geschiedener Frau im April hatte er alles getan, um die Lücke im Leben ihres Sohnes zu füllen, die sie hinterlassen hatte. Dabei war es ihm mittlerweile zur Gewißheit geworden, daß Kit wirklich nicht das Kind von Vics zweitem Mann, sondern sein, nämlich Kincaids, Sohn war, gezeugt, kurz bevor sich Vic vor zwölf Jahren von ihm getrennt hatte … Nur ahnte Kit bisher nichts von alledem.

Kincaid bog in die Rosslyn Hill ein und fuhr in südliche Richtung weiter zum Haverstock Hill, von dort ging es in die Chalk Farm und schließlich in die Camden High Street. Als er auf seinem Heimweg von Gemma früher am Morgen durch Camden Town gekommen war, hatten die Straßenverkäufer dort gerade ihre Stände aufgebaut. Jetzt war der Wochenendmarkt in vollem Gang, und die Auslage an bunten Baumwollröcken und Kleidern erinnerte ihn unwillkürlich an Gemma. Diese Art der Kleidung stand ihr, und er wußte, daß ihr das bunte Treiben gefallen würde. Vielleicht sollten sie bald mal mit Kit einen Wochenendausflug machen.

Er fragte sich, wie sie wohl ihren Samstag verbringen mochte. Sie hatte ihm versichert, sich wegen der Wimbledonkarten keinesfalls vernachlässigt vorzukommen, und behauptet, er und Kit bräuchten Zeit füreinander. Ihre eigenen Pläne fürs Wochenende hatte sie dabei mit keinem Wort erwähnt. Oder hatte er es einfach nur unterlassen, sie danach zu fragen?

Die abrupte Vollbremsung des Wagens vor ihm zwang ihn, seine Grübeleien über die Minenfelder zwischenmenschlicher Beziehungen aufzugeben und sich aufs Überleben im Straßenverkehr zu konzentrieren. Der Verkehrsstrom bewegte sich nur zäh in Richtung King's Cross vorwärts. Trotzdem fand er sofort einen Parkplatz am Straßenrand und erreichte den Bahnsteig mehr als rechtzeitig.

Als der Zug aus Cambridge wenige Minuten später anhielt, empfand Kincaid dieselbe Erregung, die ihn schon als Kind bei der Ankunft eines Zuges erfaßt hatte. In seiner kleinen Heimatstadt in Cheshire hatten die Züge etwas von dem Flair der großen weiten Welt, von Abenteuern und interessanten Menschen verbreitet.

Sein Blick schweifte auf der Suche nach Kits semmelblondem Haarschopf über die Menge der aussteigenden Fahrgäste. Er winkte, als er ihn entdeckt hatte. Mit einem Lächeln überspielte er den Schock, den er noch immer angesichts der Ähnlichkeit des Jungen mit Vic empfand, gab dem Jungen einen freundschaftlichen Klaps auf die Schulter, bevor er für die übliche rituelle Begrüßung, die sie sich angewöhnt hatten, den Arm mit der Handfläche nach oben ausstreckte. »Hallo, Sportsfreund! Schlag ein! Heiß auf Tennis?«

Kit schlug grinsend ein, warf seine Reisetasche über die Schulter und folgte Kincaid zum Ausgang. »Colin war grün vor Neid. Du hättest sein Gejammere hören sollen. Laura war ziemlich sauer.«

»Und wie ich dich kenne, hast du ihn gern in seinem eigenen Saft schmoren lassen«, bemerkte Kincaid trocken, als er den Kofferraum öffnete und Kits Tasche nahm. »Nein, nicht reinsehen.« Er klappte den Kofferraumdeckel zu, bevor Kit den Inhalt begutachten konnte. »Ich habe eine Überraschung.«

»Eine Überraschung? Wirklich?« Kits Augen wurden groß; ein Beweis dafür, daß man mit elf Jahren für Überraschungen noch nicht zu alt war. Kit hechtete geschickt auf den Beifahrersitz des Midget. »Was für eine Überraschung?«

»Die von der eßbaren Sorte«, neckte Kincaid, als er den Wagen startete. »Warte und ...« Sein Telefon klingelte, als er den Wagen aus der Parklücke fuhr. Leise fluchend zog er es mit einer Hand aus der Tasche, während er mit der anderen das Auto wieder an den Straßenrand zurücklenkte.

»Kincaid!« meldete er sich unwirsch und hörte am anderen Ende die vertraute Stimme der Telefonistin von Scotland Yard: »Augenblick, ich verbinde.«

»Was gibt's?« fragte Kit.

Kincaid deckte eine Hand über die Sprechmuschel und antwortete: »Ist beruflich.« Dann fügte er mit einer Zuversicht hinzu, die er nicht empfand: »Dauert nicht lange.«

Chief Superintendent Denis Childs meldete sich am anderen Ende mit der für ihn typischen, stoischen Ruhe. Kincaid hatte mehr als einmal, wenn auch mit schlechtem Gewissen, eine Naturkatastrophe herbeigesehnt, nur um zu testen, ob Childs Herzfrequenz jemals zu einer Beschleunigung fähig war.

»Duncan? Tut mir leid.« Die sonor knarrende Stimme des Superintendent entsprach seiner beeindruckenden Körpergröße und Statur. »Ich weiß, Sie stehen dieses Wochenende nicht auf dem Dienstplan.«

Kincaid stöhnte innerlich. Eine Entschuldigung als Einleitung war ein mieses Zeichen.

»Ist wieder mal einer dieser Chaostage«, fuhr sein Chef fort. »Die anderen Teams sind schon im Einsatz, und gerade ist die Meldung über einen Mordfall reingekommen, der für die Kollegen vor Ort offenbar eine Nummer zu groß ist. Ihr leitender Kriminalinspektor ist übers Wochenende verreist, und der Polizeichef ist der Meinung, der frischgebackene weibliche Inspector, der übers Wochenende Dienst hat, sei überfordert.«

»Mord als Feuertaufe … ein bißchen happig, was?« stimmte Kincaid zu. »Und wo liegt die Leiche?«

»Isle of Dogs. Mudchute Park.«

»Heiliger Strohsack!« Kincaid haßte Tatorte im Freien. In geschlossenen Räumen konnte man zumindest auf interessante Spuren hoffen.

»Es handelt sich um eine junge Frau«, fuhr Childs fort. »Der Vorbericht klingt nach Tod durch Erwürgen.«

»Ist die Spurensicherung schon unterwegs?« fragte Kincaid und zog eine Grimasse. Ein Sexualmord im Freien. Wurde ja immer schöner. »Haben die Uniformierten den Tatort gesichert?«

»Sind gerade dabei. Wie schnell können Sie dort sein?«

»Geben Sie mir …« Kincaid warf einen Blick auf seine Uhr und sah dabei aus den Augenwinkeln Kits bleiches, gespanntes Gesicht.

Er hatte den Jungen völlig vergessen.

»Chef …« Er verstummte. Wie konnte er Childs seine mißliche Lage erklären? »In einer knappen Stunde«, sagte er schließlich mit einem weiteren Blick auf Kit. »Ich muß zuerst noch was regeln. Was ist mit Gemma?«

»Der diensthabende Sergeant ruft sie gerade an. Halten Sie mich auf dem laufenden«, fügte Childs hinzu und legte auf.

Kincaid schaltete das Handy aus und wandte sich langsam Kit zu. »Tut mir leid. Ist was dazwischengekommen. Ich muß leider arbeiten.«

»Kannst du nicht …«, begann der Junge, aber Kincaid schüttelte bereits den Kopf.

»Habe keine Wahl, Kit. Ist wirklich ein Jammer, aber du mußt nach Cambridge zurück.«

»Kann ich nicht«, antwortete Kit mit schriller werdender Stimme. »Die Millers sind übers Wochenende verreist. Schon vergessen?«

Kincaid starrte Kit an. Auch das hatte er vergessen. Es fiel ihm zunehmend schwerer, die Anforderungen seines Jobs mit seinen Verpflichtungen gegenüber Kit unter einen Hut zu bringen. Jetzt saß er in der Patsche.

»Schätze, dann mußt du den Tag allein in meiner Wohnung verbringen«, erklärte er mit einem Lächeln, das die Hiobsbotschaft abmildern sollte.

»Aber das Tennismatch …« Kit biß sich auf die zitternde Unterlippe.

Kincaid wandte den Blick ab, gab dem Jungen Zeit, sich zu fassen. Dann kam ihm die Idee. »Vielleicht können wir was deichseln. Abwarten und Tee trinken«, sagte er nachdenklich.

Seidengelb, hatte sich das Farbmuster genannt, und Jo Lowell hatte sowohl der Name als auch der Farbton gefallen. Während sie malte, stellte sich Jo vor, wie sich die Farbe wie flüssige Butter über Küchen- und Eßzimmerwände ausbreitete und immerwährenden Sonnenschein in Räume zauberte.

Nichts heiterte bei Niedergeschlagenheit so wirksam auf wie ein bißchen frische Farbe, sagte sie oft zu ihren Kunden, fand jedoch selten die Zeit, dem eigenen Rat zu folgen. Und selbstverständlich erledigten ihre Kunden Malerarbeiten nie selbst; dabei war die körperliche Betätigung ihrer Ansicht nach der effizienteste Teil der Therapie. Vielleicht konnte sie den Aufdruck auf ihrer Visitenkarte in »Inneneinrichtung und Stimmungsberatung« ändern und den Stundensatz erhöhen.

Das flüchtige Lächeln, das der Gedanke hervorrief, verschwand schnell, als ihr der vorausgegangene Abend einfiel. Ihre fröhlichen gelben Wände mit dem beruhigenden Grün der Fensterlackierung hatten wenig dazu beigetragen, die eruptiven Gefühlsausbrüche zu verhindern, die sie unbedingt hatte vermeiden wollen. Sie hatte eine kleine, kultivierte Dinnerparty geplant gehabt ... als Mittel zum Zweck, um mit Annabelle Frieden zu schließen, ohne ihr explizit verzeihen zu müssen. Schließlich war sie trotz allem, was zwischen ihnen geschehen war, ihre Schwester, und sie hatte den Kontakt mit ihr vermißt.

Jo war früher eine gute Gastgeberin gewesen. Jetzt war es ihr erster Versuch einer Einladung ohne Martin gewesen, und es war ihr nicht leichtgefallen, die richtige Mischung der Gäste zusammenzustellen. Eine der unangenehmsten Folgen einer Scheidung, so hatte sie erfahren, war die Aufteilung der Freunde in »sein« und »ihr« Lager. Martins Freunde waren selbstverständlich tabu. Trotzdem hatte sie es nicht gewagt, ihre eigenen Parteigänger mit Annabelle zusammenzubringen, da sie die Schwester als die böse Hexe aus dem Märchen betrachteten. Folgerichtig hatte sie Gäste eingeladen, von denen sie sicher annehmen konnte, daß sie einen erfreulichen, neutralen Abend garantierten: ein Ehepaar, das seit kurzem zu ihren Kunden zählte; Rachel Pargeter, eine Nachbarin, die eine enge Freundin ihrer Mutter gewesen war; Annabelle und Reg. Und beinahe hätte es auch funktioniert ... wenn ihr Sohn Harry seiner Tante nicht die Meinung gesagt hätte.

Vorsichtig stellte Jo den letzten Strauß Frühsommerblumen in die Vase auf dem Eßtisch. Die Küchentür schlug zu, und Sarahs hohe Piepsstimme drang deutlich von der Rückseite des Hauses herüber. »Mami! Mami!«

»Ich bin hier, Schätzchen!« Jo nahm ihre Schere und das Blumenpapier und lief in die Küche. Ihre Tochter stand direkt hinter der Tür, das dunkle Haar zerzaust, die Wangen von der Hitze gerötet. Sie hatte etwas, das verdächtig nach Cola aussah, über der Vorderfront ihres T-Shirts verkleckert, und das Taillenband ihrer geblümten Shorts war unter ihren Nabel gerutscht. Mit vier Jahren war Sarah eine sprachlich versierte, geschickte kleine Petze.

»Harry ist im Schuppen, Mami. Du hast gesagt, er darf da nicht rein. Und ich weiß, daß er was kaputt gemacht hat. Ich hab gehört, wie's gekracht hat.«

Jo fühlte, wie Ärger in ihr hochstieg. Sie unterdrückte ihn. Sarah brauchte in ihrer selbstgerechten Empörung keine Ermutigung. »Ich rede mit Harry ... du wäschst dir inzwischen am Spülbecken die Hände. Außerdem bist du wieder an der Cola gewesen, was, Fräulein?«

Sarah sah an ihrem T-Shirt hinunter, und Jo erkannte, welch berechnender Ausdruck über ihr herzförmiges Gesicht huschte, bevor sie ernst entgegnete: »War ich nicht, Mami, Ehrenwort. Harry hat sie geholt und sie auf meinem Hemd verkleckert.« Sie zog den fleckigen Stoff von ihrer Brust weg, als wolle sie nichts damit zu tun haben.

»Großer Gott!« Jo schloß die Augen und sprach ein stummes Gebet. Ihre süße kleine Tochter würde entweder Schauspielerin oder kriminell werden, und sie fühlte sich außerstande, sich mit der einen oder anderen Alternative im Augenblick auseinanderzusetzen. Sie holte tief Luft. »Gut. Wenn deine Hände sauber sind, räumst du die Spielsachen im Wohnzimmer auf. Außerdem möchte ich jetzt keine Geschichten mehr hören. Ist das klar?«

Sarah setzte ihre beleidigste Miene auf. »Aber, Mami ...«

Jo jedoch stieß bereits die Tür in den Garten auf. Sie begann zu lernen, daß die einzige Methode, mit ihrer Tochter fertig zu werden, die war, sich einem Dialog zu entziehen. Wenn sie sich weiter darauf einließ, zog sie regelmäßig den kürzeren und streckte die Waffen. Bei Harry war das anders gewesen. Der geringste Tadel hatte genügt, um dem Jungen die Tränen in die Augen zu treiben. Er war in diesem Alter eher dünnhäutig gewesen. Aber jetzt, seit sich seine Sensibilität in wütenden Trotz verwandelt zu haben schien, war sie unfähig, überhaupt zu ihm durchzudringen.

Im Garten war es still. Nur das Summen der Hummeln im Lavendel war zu hören. Niemand war zu sehen. Die einzigen Zeichen von Aktivität waren ein zerbrochener Kricketschläger und ein alter Gummiball im dichten Gras. Am Ende des Gartens stand die Tür zum Schuppen offen. Das kleine Fertigbauhäuschen war Jos Zuflucht und Studio.

Sie hatte die Außenwände in einer Farbe gestrichen, die sich Labrador-Blau nannte, und das Holz der Fenster weiß abgesetzt. Drinnen hatte sie die Wände mit Beize behandelt und den Raum mit alten Möbeln, einigen Gießkannen und Büchern ausgestattet. Hier experimentierte sie mit ihren Qualitätslacken, für die sie bekannt war, oder las oder versuchte gelegentlich einfach, mit ihrem Leben klarzukommen. Der Zutritt zum Schuppen war beiden Kindern strikt untersagt.

Langsam überquerte sie den Rasen und trat ein. Harry saß auf dem Boden mit dem Rücken zum Bücherregal, die Knie bis zum Kinn hochgezogen. Neben ihm lag der schöne Glaskrug, in den sie Rosen aus dem Garten gestellt hatte, und der Henkel war abgebrochen. Wasser perlte auf dem Fußboden und lief in den Flickenteppich; Rosen lagen überall kreuz und quer wie die Hinterlassenschaft eines Gewitters.

Jo kniete nieder und berührte seine Schulter. »Hast du dich daran geschnitten? Bist du in Ordnung?« Als er nicht antwortete, nahm sie seine Hände von den Knien und untersuchte sie. Sie waren unverletzt. Sie behielt eine Hand in der ihren und versuchte es erneut: »Harry, hast du die Vase zerbrochen, weil du so wütend auf mich bist? Du weißt, daß das, was du gestern abend gemacht hast, falsch war. Aber vielleicht war es falsch von mir, dich zu bestrafen, ohne vorher mit dir zu reden.«

Harry drehte den Kopf noch weiter von ihr weg, und der Sonnenstrahl, der durchs Fenster fiel, ließ sein Haar wie Feuer leuchten. Was für eine Ironie des Schicksals, dachte Jo, daß, während Sarah ihr kastanienbraunes Haar geerbt hatte, Harry eigentlich von ihrer Schwester hätte stammen können. Und von ihrem Vater, der Annabelle Jo stets vorgezogen, all seine Erwartungen auf Harry als den Erben fixiert hatte, wenn auch nicht des Familiennamens so doch der Familientradition wegen.

»Manchmal können sich auch Mütter irren«, fuhr sie fort. »Aber ich muß dir irgendwie begreiflich machen, daß du anderen Menschen nicht solche Dinge sagen darfst. Ich bin sicher, du hast Annabelle sehr weh …«

»Ist mir völlig egal.« Harry entzog ihr abrupt seine Hand und sah sie zum ersten Mal an. »Sie ist eine *Hure*. Ich wollte ihr weh tun.« Er blinzelte, und Tränen kullerten zwischen seinen blaßblonden Wimpern hervor.

»Harry, benutz diese Ausdrücke nicht. Du weißt genau …«

»Ist mir egal. Ich hasse sie.«

»Harry, Schätzchen …«

»Nenn mich nicht so!« Er sprang auf und baute sich vor ihr auf. »Ich bin nicht dein Schätzchen! Und ich hasse dich genauso.« Die Tür schlug krachend hinter ihm zu. Dann war er fort.

Die Münzen klimperten in unregelmäßigem Stakkato in Gordon Finchs Klarinettenkasten. Die Kinder warfen sie, kamen so nahe, wie sie es wagten, und selbstvergessen in ihrer Faszination, bewegten sie ihre Körper unbewußt in Richtung zur Musik. Die kleinen Mädchen und Jungen hatten bei der Hitze freie Oberkörper, und ihre Rippen zeichneten sich unter ihrer Haut ab wie die zarten Adern eines Blattes. Ihre Gesichter waren von der Sonne gerötet, und einige hielten halbvergessen Eiswaffeln in klebrigen Fingern.

Er beneidete die Kinder um ihre schlichte Unschuld, ihre Unverdorbenheit, denn es war abzusehen, daß jemand kam und all das zunichte machte. Ein Glück, daß ihm die Verantwortung für ein anderes Menschenleben bislang erspart geblieben war. Die Sorge für Sam war ungefähr das Maximum dessen, was er bewältigen konnte. Alles andere würde ihn um den Verstand bringen.

Er spielte *Cherry Blossom Pink* zu Ende und wischte das Klarinettenmundstück ab. Die Kinder sahen ihm mit großen Augen zu und hüpften in gespannter Erwartung auf und ab. Ihre Eltern standen hinter ihnen; einige hatten sich auf den kniehohen Eisenzaun gesetzt, der die Blumenrabatte vom leicht schwülstigen Bogeneingang des Fußgängertunnels der Isle of Dogs trennte. Er hob die Klarinette erneut an die Lippen und intonierte ein paar Takte von *London Bridge*. Die Kinder begannen zu kichern. Er hielt inne, dachte einen Moment nach, zerbrach sich den Kopf darüber, welche Melodien sie mögen könnten, und improvisierte schließlich über die Leitmelodie von *Here We Go Round the Mulberry Bush*.

Er, der Rattenfänger mit der Klarinette, ging anschließend zu *Ob-La-Di, Ob-La-Da* über, und spielte danach *When I'm Sixty-Four* aus dem Sergeant-Peppers-Album der Beatles, und die Kinder hüpften und wiegten sich glücklich im Takt. Nach einiger Zeit jedoch wurden die Eltern unruhig, und eine Familie nach der anderen ging weiter. Sie haben alle einen genauen Tagesplan, dachte er, während er sie davongehen sah ... Da waren Orte, wohin sie gehen konnten, Dinge, die sie tun mußten, Leute, die sie besuchen wollten. Er beneidete sie doch wohl nicht darum, oder?

Er beendete das Stück, trank einen Schluck Wasser aus der Flasche, die er am Kiosk einige Meter entfernt gekauft hatte. Er stand mit dem Rücken gegen die Platane mit den frischen, grünen Knospen am hinteren Ende von Island Gardens. Hinter ihm, direkt auf der anderen Seite des Baumes, verlief die Uferpromenade am Fluß entlang. Leute schlenderten in dem langsamen Tempo vorbei, das die sommerliche Hitze diktierte, blieben gelegentlich stehen, um auf einer der Bänke auszuruhen oder auf das grelle Glitzern der Themse hinauszuschauen. Direkt über dem Fluß zogen die weiten Zwillingskuppeln des Royal Naval College, der Königlichen Marineakademie, unweigerlich die Blicke auf sich, deren Form sich im Gewölbe des bereits in Greenwich gelegenen Fußgängertunnels wiederholte.

Zwischen dem Naval College und dem Tunnel ragten die hohen Masten der *Cutty Sark* auf, die am Greenwich-Pier auf dem Trockendock lag. Das Schiff war das letzte Exemplar jener herrlichen Schnellsegler, die einst ihre Ladung an den East End Docks gelöscht hatten, und er hatte sich oft gewünscht, zumindest das Ende dieser Ära noch miterlebt zu haben. Aber dazu war er zu jung. Neben der *Cutty Sark* allerdings bewies die über die Toppen geflaggte, wesentlich kleinere *Gipsy Moth*, daß Abenteuer noch immer möglich waren. Im Jahr 1967 nämlich hatte Sir Francis Chichester die kleine Yacht per Einhand um die Welt gesegelt.

Eine Reise um die Welt wäre der einfachste Ausweg aus seiner gegenwärtigen, mißlichen Lage gewesen. Aber kaum daß Gordon der Gedanke gekommen war, wußte er, daß er hier viel zu tief verwurzelt war, hier am Ort seiner Kindheit. Außerdem konnte Flucht letztendlich keine Lösung sein.

Er kauerte nieder und goß etwas Wasser in die Schale, die er stets für Sam dabeihatte. »Durst, Kumpel?« Der Hund hob den Kopf und rappelte sich mit einem eher pflichtschuldigen als freudigen Ausdruck hoch. Nach ein paar Schlucken beendete er die Gehorsamsübung, drehte sich zweimal auf dem kahlen Fleck um die eigene Achse, den er als Schlafstatt gewählt hatte, ließ sich nieder und legte die Schnauze auf die Vorderläufe. Sams Bewegungen waren in diesen Tagen merklich langsamer geworden. Aber die Hitze machte alle lethargisch. Trotzdem hatte sich Gordon entschlossen, den Hund nicht mehr mit in den Tunnel zu nehmen. Die bis in die Knochen kriechende Feuchtigkeit war auch für die Gesundheit eines Hundes sicher nicht zuträglich.

Allerdings hatte er nicht vor, im Tunnel zu spielen; schon gar nicht nach dem, was vergangene Nacht geschehen war. Natürlich hatte er gewußt, daß er sie sehen würde ... das war unausweichlich, wenn man so dicht beieinander arbeitete und wohnte. Trotzdem war er auf der Insel geblieben, spielte im Park, im Tunnel, im Schatten der Kräne auf der Glengall Bridge ... und forderte das Schicksal heraus. Selbst an diesem Tag – und mochte der Standort noch so gut sein – hätte es lukrativere Gegenden für einen Straßenmusikanten gegeben. Vielleicht sollte er seine Sachen zusammenpacken und es in South Kensington an der Hampstead High Street oder wieder in Islington versuchen.

Er kniete nieder, die Hände an der Klarinette, als wolle er sie zerbrechen, als vor seinem geistigen Auge Annabelles Bild erschien, bleich und wütend. Am vergangenen Abend hatte die Wut ihr die typisch distanziert-kühle Maske vom Gesicht gerissen, die sie ihm selbst damals gezeigt hatte, als er ihr den Laufpaß gegeben hatte. Und zum ersten Mal, vermutete er, hatte er gesehen, wie sie wirklich war und was sie wirklich fühlte. Und doch war er nicht willens gewesen, ihr Glauben zu schenken. Jetzt allerdings kamen ihm Zweifel, und er fragte sich, ob er sich von seinem Stolz hatte blenden lassen.

Was, wenn er sie falsch eingeschätzt hatte? Was, wenn er sich geirrt hatte?

Janice Coppins Herz hatte einen Sprung getan, als das Telefon geklingelt hatte. Eine seltsame Mischung aus Furcht und Erregung hatte sie erfaßt. Wenn sie an Wochenenden in den Dienst gerufen wurde, war die häusliche Situation immer schwierig ... Seit Bill nicht mehr da war, mußte sie die Kinder in die Krippe schicken, und bei zehn Pfund pro Tag und Kind fragte sie sich, ob es nicht kostengünstiger gewesen wäre, stempeln zu gehen. Besonders hilfreich mit den Kindern – oder sonst zu etwas nutze – war Bill allerdings auch nicht gewesen. Zu mehr als zum Hosen herunterlassen und ihr Kinder zu machen, hatte es bei dem Filou nicht gereicht. Sie hätte auf ihre Mutter hören sollen.

Ihre Tochter Christine kam herein und setzte sich auf die Bettkante und beobachtete sie mit jener ihr eigenen Aufmerksamkeit, die Janice stets beunruhigend fand. Das älteste ihrer drei Kinder war ein scheues Mädchen, das Verantwortung sehr ernst nahm; so ernst, als wolle es damit wettmachen, daß es im Gebüsch von Mudchute Park mit Bills Lederjacke als Unterlage gezeugt worden war. Ihr molliger Körper wehrte sich hartnäckig gegen jedes Anzeichen von Pubertät, und ihr glattes braunes Haar sah aus, als sei es wie um einen Topf herum abgeschnitten worden. Sie selbst allerdings schien sich dieser Unzulänglichkeiten nicht bewußt zu sein.

»Was ist es diesmal, Mami?« fragte sie und schob die Brille auf ihrer Stupsnase hoch.

Janice, einen Fuß gerade in eine saubere Strumpfhose gesteckt, sah ihre Tochter an. Ein verdächtiger Todesfall, hatte der diensthabende Sergeant gesagt, und da ihr Chef übers Wochenende verreist war, bedeutete das, daß sie dafür zuständig war. »Weiß ich noch nicht, Kleines«, erwiderte sie ausweichend. Sie versuchte stets, die unangenehme Seite ihres Berufs von den Kindern fernzuhalten. »Mist!« fügte sie hinzu, als sie aufstand, und die Laufmasche in der Strumpfhose entdeckte. Es war ihr letztes Paar. Sie mußte sich damit begnügen. Eigentlich wäre heute ihr Tag für den Friseur gewesen. Jetzt mußte sie noch eine weitere Woche ohne neuen Schnitt und frische Tönung auskommen. Und für ihr Wollkostüm war es eigentlich viel zu warm. Trotzdem hatte sie keine andere Wahl, selbst wenn sie am Ende des Tages stinken sollte wie eine Morchel. Es war das Kleidungsstück, das noch am ehesten Autorität und Professionalität ausstrahlte. Und wenn heute ihr großer Tag werden sollte, mußte wenigstens die äußere Erscheinung stimmen.

»Bist du wieder zu Hause, bevor die Krippe zumacht?« Christine ignorierte wie stets ihr Fluchen. Im Gegensatz zu den Jungen, die ihre Kraftausdrücke meistens begierig aufgriffen, nur um dann von ihr getadelt zu werden. »Die Jungs wollen sicher nicht zu Großmutter.«

»Ihr Pech«, sagte Janice gereizt und seufzte. Sie schlüpfte in ihre neuen Schuhe, zog das Jackett an, und fühlte umgehend durch den dünnen Stoff der Bluse den unangenehm rauhen Stoff auf ihrer Haut. »Chris, du weißt, ich komme so schnell zurück, wie ich kann. Ich ruf in der Krippe an, okay? Sobald ich absehen kann, wie's wird.«

Christine nickte, die Augen hinter der Brille blieben ernst.

»Du holst die Jungs von den Nachbarn und gehst mit ihnen in die Krippe ... sag ihnen, sie sollen gehorchen ...« Beim Hinausgehen griff sie nach Schlüsselbund und Handtasche. Mit einem letzten Blick zurück erfaßte sie das ungemachte Bett, den Berg Schmutzwäsche, die zu waschen sie noch keine Zeit gehabt hatte, und dachte unwillkürlich an das schmutzige Geschirr in der Küche und das Chaos im Wohnzimmer. *Du hast es so gewollt,* erinnerte sie sich. *Du wolltest die Uniform ablegen; du hast die Ellbogen eingesetzt und bist anderen auf die Zehen getreten, um genau das zu erreichen.*

Draußen vor der Haustür umarmte sie Christine hastig und sah der Tochter nach, die zu den Nachbarn rannte. Ein anderer Nachbar wusch auf der gegenüberliegenden Straßenseite seinen Wagen. Sein fetter Bauch wölbte sich unter der dünnen Baumwollweste über dem Hosenbund, der so tief hing, daß beim Bücken sogar die Pofalte zu sehen war. Janice wandte sich leicht angeekelt ab, wußte, er würde ihr lächelnd hinterherpfeifen, sobald er ihren Blick bemerkte. *Bastarde! Die denken doch alle, man will von ihnen flachgelegt werden, egal, wie sie aussehen.*

Sie zögerte, überlegte kurz, ob sie zu Fuß und über die Glengall Bridge gehen sollte. Es wäre der direkte Weg gewesen. Mit dem Wagen mußte man den Umweg um die Docks machen. Andererseits festigte es kaum ihre Autorität, wenn sie zu Fuß am Tatort erschien.

Einige Minuten später stellte sie ihren Vauxhall neben den parkenden Funkstreifenwagen auf dem Parkplatz des ASDA-Supermarkts ab. Detective Miller empfing sie, sein pickeliges Gesicht war bleich ... und hatte beim näheren Hinsehen eine deutlich grünliche und ungesunde Farbe.

»Sagen Sie mir, daß es ein schlechter Scherz ist«, seufzte sie. »Hat sich bestimmt dieser alte Idiot George Brent ausgedacht, um mir meinen Samstag vormittag zu versauen.«

Miller wurde noch eine Nuance bleicher. »Nein, Madam. Da oben liegt eine Leiche.« Er deutete zum Hang unterhalb des Parks hinauf. »Genau da.«

Menschliches Strandgut, vermutete Janice automatisch. *Hat sich ein nettes, friedliches Plätzchen zum Sterben ausgesucht. War zwar unpassend, aber sicher nicht weiter schlimm. Nicht ausgerechnet an diesem Wochenende, da sich ihr Chef bei der Hochzeit seines Sohnes bewußtlos soff.*

»Ist eine Frau«, sagte Miller. »Jung. Die Spurensicherung ist unterwegs.«

Janice fühlte Schweißtropfen in ihren Achselhöhlen kitzeln. Jetzt war sie gefordert. Ob sie sich der Sache gewachsen fühlte, interessierte niemanden.

3

Der Mudchute Park von heute war ursprünglich ein Stück Land, das einst von den Docks mit verwaltet wurde. Es umfaßt ein ungefähr zwölf Hektar großes, beinahe quadratisch angelegtes Gebiet, umgeben von mit Klinkersteinen befestigten Böschungen (an denen jetzt Gras und Wildblumen gedeihen). Diese Böschungen waren angelegt worden, um die Berge von Schlick zu befestigen, die in den achtziger und neunziger Jahren des letzten Jahrhunderts aus dem Millwall Dock ausgebaggert und dort aufgeschüttet worden waren.

EVE HOSTETTLER, *aus: Erinnerungen an eine Kindheit auf der Isle of Dogs, 1870–1970*

Kincaid mußte zu seinem großen Bedauern zweimal anhalten, um einen Blick in seinen Stadtplan zu werfen. Es war lange her, daß er einen Fall im East End bearbeitet hatte. Außerdem ergab sich selten ein Grund, sich weiter östlich als Wapping oder Limehouse zu begeben. Die gesamte Gegend östlich der Towerbridge nannte sich mittlerweile »Docklands«, aber nicht einmal der enorme Wiederaufbauplan des letzten Jahrzehnts hatte es vermocht, den Charakter der einzelnen Gegenden vollständig auszumerzen.

Als er zur Canary Wharf kam, sagte ihm ein Blick auf seinen Plan, daß er sich mittlerweile auf der Halbinsel »Isle of Dogs« befand, die eigentlich eine Insel war.

Er fuhr auf der West Ferry Road weiter in südlicher Richtung, folgte der Kette neuer Wohnprojekte und gähnender Baugruben, die wie Pilze zwischen Straße und Ufer aus dem Boden schossen. An vielen Bauzäunen prangte in auffälliger Graphik die Firmensignatur der legendären »Finch Ltd.«.

Gelegentlich blitzte der Fluß zwischen den Bauten hindurch, und einmal erhaschte er einen flüchtigen Blick auf einen riesigen Passagierdampfer, weiß und behäbig wie ein Eisberg. Als er den unteren Rand des hufeisenförmigen Gebietes fast erreicht hatte, bog er von der East Ferry Road nach links ab und fuhr erneut in nördlicher Richtung durch das Zentrum der Insel.

Zu seiner Linken entdeckte er eine Reihe alter, leicht erhöht gelegener Häuser aus der Vorkriegszeit; zu seiner Rechten lag eine Bauwüste. Hier mußte die Verlängerung der Docklands – Light Railway – geplant sein, von der er gelesen hatte, die unter dem Fluß hindurch nach Greenwich und weiter nach Lewisham führen sollte. Das Ausmaß von Chaos und Erdbewegungen allerdings, die das kontrovers diskutierte Projekt offenbar mit sich brachte, übertraf sein Vorstellungsvermögen.

Die Bauplanung hatte vorgesehen, zumindest die East Ferry Road passierbar zu halten, und hinter den Bauzäunen zu seiner Rechten stieg das Land steil zum Mudchute Park an. Kincaid fuhr am ersten Eingang des Parks vorbei, einem hohen, gewölbten Tunnel gegenüber dem Millwall Dock, und erreichte bald den Eingang am ASDA-Supermarkt.

Als er auf den Parkplatz einbog, sah er die Funkstreifenwagen mit blinkendem Blaulicht, die in einem Knäuel vor der Tankstelle des ASDA parkten. Gemmas verbeulter Escort stand etwas abseits, und zwei uniformierte Beamte hielten eine kleine Menge Schaulustiger zurück.

Kincaid parkte zwischen Gemmas Wagen und einem roten Vauxhall, stieg aus und ging auf eine Gruppe von Leuten zu, die am Rand des Parkplatzes stand. Die Front der Personen geriet in Bewegung, und plötzlich entdeckte er Gemmas kupferrote Haarmähne und ihre grüne Bluse, als sie sich umdrehte, um ihn zu begrüßen.

»Boß …« Gemma nickte ihm zu. »Darf ich vorstellen? Detective Inspector Janice Coppin. Sie ist die leitende Beamtin des zuständigen Reviers.«

Kincaid streckte der Frau im marineblauen Kostüm die Hand entgegen. Sie erwiderte die Geste äußerst zurückhaltend, und die Miene ihres groben Gesichts war kaum freundlicher als ihr Händedruck. Sogar ihr störrisches blondes Haar schien Mißfallen auszudrücken.

»Womit haben wir's denn zu tun, Inspector?« fragte Kincaid leichthin, während er sich an die Andeutung seines Chefs erinnerte, der frischgebackene, weibliche Inspector sei einem Mord vermutlich nicht gewachsen. Schon aus diesem Grund konnte ihn Coppins Feindseligkeit kaum überraschen. Immerhin pfuschte Scotland Yard ihr ungefragt ins Handwerk.

»Dort droben.« DI Coppin trat zur Seite, um den Blick auf den Eingang zum Mudchute Park freizugeben, der durch das dichte Gebüsch, das den Parkplatz säumte, kaum zu sehen war. »Eine Frauenleiche. Liegt völlig frei neben dem Weg. Wir haben schon auf Sie gewartet«, fuhr sie fort. »Die Polizeiärztin ist fertig, aber wir konnten die Leiche nicht wegschaffen, solange Sie sie nicht gesehen haben.«

Kincaid hatte nicht die Absicht, sich für seine Verspätung zu entschuldigen. »Na, dann sehen wir uns die Bescherung mal an«, erwiderte er und ging in Richtung Parkeingang.

Der Müll, der die Asphaltfläche des Parkplatzes bedeckte, hatte sich bis auf das nackte Erdreich dahinter ausgebreitet und säumte den Plattenweg, der zum Eingang hinaufführte. Die Unmengen an Müll ließen den pastoralen, hölzernen Laubengang über dem Schwinggatter zum Park geradezu als Hohn erscheinen und würden natürlich erfahrungsgemäß die Arbeit der Spurensicherung sehr erschweren.

Es war nur ein sanfter Anstieg zu den bewaldeten Hängen des Parks, doch als Kincaid das Schwinggatter passiert hatte, stand ihm bereits der Schweiß auf der Stirn. Von ihm gabelte sich der Weg, dessen Oberfläche auch nach den Regenfällen der vergangenen Wochen noch so hart war, daß seine Gummistiefel keinen Abdruck hinterließen. Die rechte Abzweigung stieg leicht zu einer Heckenanpflanzung und zu den weiten Parkwiesen dahinter an, während sich der Pfad zu seiner Linken einen steilen Abhang entlangschlängelte. Ungefähr in zehn Meter Entfernung entdeckte Kincaid auf dem Weg eine Ansammlung von Leuten der Spurensicherung in weißen Kitteln.

Kincaid zog einen Overall über und ging auf die Gruppe zu. Aus alter Gewohnheit verschränkte er die Hände auf dem Rücken, während er dem blau-weißen Band folgte, das den Tatort absperrte, denn auf diese Weise war die Versuchung geringer, unüberlegt etwas zu berühren.

Die Leute von der Spurensicherung traten beiseite, um ihn durchzulassen, und dann sah er sie, halb im Schatten der Hecke liegend.

»Sie war eine Schönheit, muß man sagen«, erklärte Willy Tucker, der Fotograf, der neben ihn getreten war.

Sie lag auf dem Rücken zwischen Wegrand und Hecke, die den Parkweg gegen das höher gelegene Gelände abschirmte. Sein erster flüchtiger Eindruck war, daß ihre Kleidung sorgfältig arrangiert worden war.

Der kurze Rock war auffällig glatt über ihre Oberschenkel gezogen. Das lange, schwarze Leinenjackett war züchtig hochgeschlossen bis zum letzten Zinnknopf. Nur ein cremefarbener BH-Träger aus Satin war dort sichtbar, wo ihr die Jacke leicht in Richtung Schulter verrutscht war. Eine Bluse trug sie offenbar nicht.

Mit einem Blick auf Tucker sagte Kincaid: »Ihre Strumpfhose … war nicht verrutscht oder ausgezogen?«

»Nicht, soviel wir sehen konnten ... ohne sie zu bewegen.«

Die Strümpfe waren dünn, nur ein Hauch von Schwarz über ihrer weißen Haut, und hatten Laufmaschen an beiden Beinen. Ein Fuß war nackt, der andere steckte in einem schwarzen Schuh mit breitem, hohem Absatz.

Kincaid ging in die Hocke, ohne sich der Toten weiter zu nähern, und betrachtete ihr Gesicht. Es war ein perfektes Oval, die Haut selbst im grellen Licht faltenlos glatt. Die Nase gerade, die Lippen gut geformt. Als der Schatten weiterwanderte, entzündete die Sonne Funken auf der üppigen Mähne ihres rotgoldenen Haars. Sie sah so lebendig aus, daß – wären die Starre der Züge und die Fliegen nicht gewesen – man hätte annehmen können, sie habe sich hier nur zum Schlafen niedergelegt.

Ein erdiger, würziger Duft stieg von der zertrampelten Vegetation zu seinen Füßen auf, der ihn unwillkürlich an Liebende denken ließ, die sich auf einem schattigen Plätzchen am Hang umfangen hielten. »Hat man den zweiten Schuh gefunden?« wollte er wissen.

Der Fotograf schüttelte den Kopf. »Noch nicht. Die Uniformierten haben eine gründliche Suche gestartet.«

Festlich gekleidet, aber jeder Möglichkeit beraubt, je wieder eine Veranstaltung zu besuchen, schoß es Kincaid durch den Kopf, während er auf ihren leblosen Körper starrte. Er widerstand der Versuchung, die seidige Haarsträhne zurückzustreichen, die sich an ihrer Wange verfangen hatte. »Vielleicht hat sie ihn auf einem Fest beim Tanzen verloren.«

Gemma beobachtete Kincaid, der den Weg zurück entlang der Absperrung kletterte, das Gesicht ausdruckslos wie immer unter diesen Umständen. »Die Tat eines Psychopathen? Oder was meinst du?« fragte sie, als er sie erreicht hatte. Man sagte nicht »Serienkiller«, nicht, wenn auch nur annähernd die Möglichkeit bestand, daß die Presse lange Ohren machte. Trotzdem war es immer der erste Verdacht, wenn eine junge Frau auf diese Weise ermordet wurde.

Mit einem Blick zurück auf die Leute von der Spurensicherung, die wie seltsame weiße Insekten um die Leiche herumkrochen, schüttelte Kincaid den Kopf. »Ich glaube, der Mörder hat sie gekannt. Sieht so aus, als habe jemand ihre Kleidung züchtig arrangiert. Falls sie vergewaltigt worden sein sollte, läßt sich das auf den ersten Blick nicht erkennen. Nach der Obduktion wissen wir mehr.«

»Ich bestelle jetzt den Leichenwagen«, sagte DI Coppin. »Ihr Einverständnis vorausgesetzt, Sir«, fügte sie unverhohlen feindselig hinzu.

Kincaid zog leicht die Augenbrauen hoch, ließ sich jedoch auch diesmal nicht provozieren. »Nur zu, Inspector. Je schneller, desto besser ... bei dieser Hitze. Ein Glück, daß die Temperaturen vergangene Nacht gesunken sind.«

Coppin kletterte ungeschickt den Hang hinunter. Ihr enger Kostümrock behinderte sie ganz offensichtlich. Gemma beobachtete sie, bis sie durch das Schwinggatter entschwunden war, und wandte sich dann an Kincaid. »Hör mal ...«

Bevor sie fortfahren konnte, zog Kincaid sie in den Schatten, weit weg von den Kollegen der uniformierten Truppe. »Ist verdammt viel zu heiß, um in der Sonne rumzustehen«, sagte er, nahm ein Taschentuch aus der Tasche und trocknete sich die Stirn.

Ein geschwungener Lattenzaun trennte die Rasenfläche neben dem Weg von der abschüssigen Böschung, die den Park umgab. Er lenkte Gemmas Blick zum Parkeingang. Das laubenartige Dach über dem Holzgatter erinnerte an einen japanischen Schrein, was die in der Sonne schimmernden Gebäude der Canary Wharf jenseits der dichten Baumkulisse wie Fremdkörper in einer Idylle erscheinen ließ.

Der tröstlich vertraute Geruch von gebratenem Speck und Eiern stieg vom Café des ASDA-Supermarkts mit einer sich rasch verflüchtigenden Brise zu ihnen auf, und Gemmas Magen knurrte laut. Vor der ersten Klavierstunde war sie zu nervös gewesen, um zu essen, und sie hatte vorgehabt, sich später ein ausführliches Frühstück zu gönnen. Dabei hätte sie es besser wissen müssen. Ihr Handy hatte geklingelt, noch bevor Wendy Sheinart und sie ihre halbstündige Unterhaltung beendet hatten.

»Um noch mal auf Inspector Coppin zurückzukommen«, sagte sie und warf einen Blick zu den Uniformierten hinüber, um sich zu vergewissern, daß sie außer Hörweite waren. »Ihr Chief Inspector ist das ganze Wochenende bei der Hochzeit seines Sohnes. Offenbar hat er uns eingeschaltet, ohne sie zu informieren. Sie meint natürlich, daß es eigentlich ihr Fall hätte sein müssen. Und wer will ihr das übelnehmen? Vielleicht kannst du ihr gegenüber etwas nachsichtiger ...«

»Warum soll's ihr bessergehen als anderen?« entgegnete Kincaid, grinste und wurde schlagartig ernst: »Ist eine harte Erfahrung für sie, aber wenn sie eine gute Kriminalbeamtin werden will, muß sie lernen, damit umzugehen.«

Gemma konnte das nur unterstreichen. Ihr war es nicht anders ergangen. Trotzdem hatte sie Mitleid. »Und wenn schon, ich möchte nicht in ihren Schuhen stecken.«

»Wenn du mich fragst, drücken die tierisch«, bemerkte Kincaid leise, denn Janice Coppin hatte ihren Funkspruch beendet und begann vom Eingang aus zu ihnen heraufzusteigen.

Als DI Coppin sie schließlich erreichte, mußte sie mehrfach tief Luft holen, bevor sie ein Wort herausbrachte: »Sie sind unterwegs. Was jetzt, Sir?«

»Erzählen Sie mir, was die Polizeiärztin bisher festgestellt hat.« Kincaid zückte sein kleines Notizbuch.

Janice Coppin konsultierte ihre Notizen. »Sie meint, daß das

Opfer im Lauf des Abends oder in den frühen Morgenstunden gestorben ist … viel länger kann sie bei diesen hohen Temperaturen nicht tot sein, anderenfalls hätte die Verwesung bereits eingesetzt. Äußere Zeichen von Vergewaltigung waren nicht festzustellen. Allerdings hat sie einen Bluterguß im Halsbereich.«

»Irgendwelche Papiere und so weiter?«

»Nein, Sir. Wir haben weder ihre Handtasche noch Reinigungsetiketten in ihrer Kleidung gefunden.«

»Wer hat die Leiche entdeckt?«

»Ein Rentner, Sir. George Brent. Lebt in der Siedlung unten am Park. Er war mit seinem Hund unterwegs, als er sie am Gebüsch entdeckt hat. Trotzdem wundert es mich, daß nicht schon früher jemand über sie gestolpert ist … sie lag schließlich wie auf dem Präsentierteller.«

»Hat man diesen Brent schon vernommen?«

Coppin runzelte die Stirn. »Nein, das halte ich für zwecklos. Ich kenne ihn … ein harmloser, alter Mann. Unwahrscheinlich, daß ihm überhaupt was Wichtiges aufgefallen ist.«

Nach kurzem Schweigen sagte Kincaid ruhig: »Inspector, in diesem Stadium der Ermittlungen wissen wir überhaupt nicht, was relevant sein könnte. Insofern ist *alles* und *nichts* wichtig. Ich knöpfe mir Mr. Brent persönlich vor.«

»Aber …«

»Inzwischen sollten wir umgehend mit den Befragungen der Anwohner beginnen und die mobile Einsatzzentrale aufbauen. Die Identifizierung der Leiche hat absolute Priorität. Und wir sollten die Medien vor unseren Karren spannen.«

Ein zerfetztes Stück Plastik wehte trudelnd über jenen Teil des Supermarkt-Parkplatzes, der durch die Bäume hindurch sichtbar war. Teresa Robbins stand auf ihrem Balkon und dachte an einen Film über das Igelgras in der amerikanischen Wüste, den sie gesehen hatte. Die riesigen Graskugeln waren in ähnlich wilden Wirbeln vom Wind verblasen worden, beinahe so, als hätten sie ein Eigenleben entwickelt. Die Bewegung dieses Stücks Abfall machte sie ebenso nervös wie der heiße Wind, der sie verursachte.

Trotzdem blieb sie gegen die Eisenbalustrade gelehnt und versuchte, durch die Bäume hindurchzusehen. Der erste Polizeiwagen war am frühen Vormittag eingetroffen, während sie Wäsche auf ihrer Hälfte des schmalen Betonbalkons aufgehängt hatte. Jetzt stand hinter der Tankstelle in einem vagen Halbkreis eine ganze Ansammlung von Autos. Nicht zu wissen, was los war, beunruhigte sie. Trotzdem konnte sie sich nicht dazu überwinden, sich zu den Schaulustigen auf dem Parkplatz zu gesellen.

Ein lautes Plumpsen von nebenan warnte sie, daß ihr Nachbar aufgestanden und ihre beschauliche Zeit auf dem Balkon damit begrenzt war. Teresa schätzte ihre ruhigen Morgenstunden auf dem Balkon, besonders an Samstagen, wenn sie Zeit hatte, ihre Geranien und Petunien zu pflegen. Die Abende gehörten ihm. Dann frönte er seiner Vorliebe für Heavy-Metal-Musik und Bier im Sechserpack und heizte ihren stillen Grabenkampf an, indem er Zigarettenkippen in ihre Blumentöpfe warf, die sie dann am darauffolgenden Morgen aufsammeln mußte. Sie wußte, daß sie ihm hätte die Meinung sagen müssen, aber es war ihr von jeher schwergefallen, sich anderen Menschen gegenüber zu behaupten. Im Gegensatz zu Annabelle.

Auch wenn sie sich in diesem Punkt in den fünf Jahren, die sie jetzt für Annabelle Hammond arbeitete, schon sehr gebessert hatte. Annabelle war einfach nie auf die Idee gekommen, sie könne nicht bekommen, was sie haben wollte; ob beruflich oder privat spielte dabei keine Rolle. Und Teresa hatte oft stumm und interessiert beobachtet, wie ihre Chefin in eine Besprechung mit ahnungslosen Managern gerauscht war, die nicht einsehen wollten, warum sie eine Frau ernst nehmen sollten. Bevor sie jedoch angesichts von Annabelles Schönheit aus ihrer Verzauberung aufgewacht waren, hatte diese ihre Unterschriften unter die relevanten Papiere bereits in der Tasche.

Obwohl Teresa wußte, daß sie Annabelle in diesem Punkt nie würde das Wasser reichen können, hatte sie sich ihrem Job als Buchhalterin der Firma mit einem Eifer und einer Tüchtigkeit gewidmet, die ihr ihre Kameraden von der Gesamtschule Croyden nie zugetraut hätten ... dort war sie eine so unauffällige Schülerin gewesen, daß einer der Lehrer von ihr einmal gesagt hatte, sie sei »das Mädchen, das man immer übersieht«.

Nach etlichen Buchhalterstellen, die sie in keiner Weise gefordert hatten, hatte sie bei Hammond ohne große Erwartungen angefangen. Zu ihrer eigenen Überraschung hatte sie die Branche fasziniert, und sie hatte alles wie ein Schwamm in sich aufgesogen, bei sich ein Organisationstalent und einen Sinn für Zahlen entdeckt, von dem sie nichts geahnt hatte. Sie hatte erfahren, daß sie ein blendendes Erinnerungsvermögen besaß, und eine Leidenschaft für Tee entwickelt, der an Annabelles Besessenheit heranreichte. Vor einem Jahr dann hatte Annabelle sie zu ihrer Finanzchefin gemacht.

Sie waren ein gutes Team und hatten die Traditionsfirma *Hammond's Fine Teas* zu einem modernen Unternehmen gemacht. Erst in den vergangenen Monaten, als Annabelle begonnen hatte, die Zukunft der Firma zu planen, hatte Teresa sie zum ersten Mal zaudernd und zweifelnd erlebt.

Sie runzelte die Stirn bei dem Gedanken an die Verabredung zum Frühstück mit Sir Peter Mortimer im Chili's in Canary Wharf an diesem Morgen. Annabelle war zum vereinbarten Zeitpunkt nicht erschienen, und es war unbegreiflich, daß sie eine solche Verabredung nicht eingehalten hatte. Reg und Teresa hatten Sir Peter, so gut es ging, bewirtet, aber ohne Annabelle hatten sie nicht gewagt, auf den eigentlichen Grund für die Zusammenkunft zu sprechen zu kommen. Als dann der Tag ohne ein Wort der Erklärung seitens Annabelles verging, begann Teresa sich in wachsendem Maß Sorgen zu machen.

Nebenan folgte einem zweiten, dumpfen Plumps laute Musik ... der monotone Rhythmus von Bässen und eine kreischende menschliche Stimme, die Teresa Kopfschmerzen verursachten. Sie zog eine Grimasse, drehte sich um und sammelte ihre Wäsche vom Holzständer. Sie nahm sich vor, Annabelle erneut zu Hause anzurufen. Falls sich dort wieder niemand meldete, wollte sie ins Büro fahren ... vielleicht ließ Annabelle sich ja dort blicken.

Als Teresa einen letzten Blick zum Parkplatz des Supermarkts hinüberwarf, bevor sie in ihrer Wohnung verschwand, fuhr ein ungekennzeichneter weißer Lieferwagen langsam über die Asphaltfläche.

Während sie auf den Leichenwagen warteten, lief Gemma zum Supermarkt-Café hinunter, um sich ein Brötchen mit Ei und Speck und eine Tasse Tee zu holen. Schließlich konnte sie nicht wissen, wann sich wieder eine Gelegenheit bieten würde, einen Happen zu essen. Der klimatisierte Supermarkt erwies sich als willkommener Zufluchtsort vor der Hitze. Gemma sah sich interessiert um, während sie ihr Brötchen aus der Zellophanhülle nahm.

Der weitläufige Laden mit der breiten Angebotspalette war nicht die Sorte Geschäft, in die Gemma häufig kam. Allerdings bot er wohl das, was die Bewohner der schicken Wohngegend erwarteten. Erst als sie die Käuferschicht einige Minuten beobachtet hatte, fiel ihr auf, daß der überwiegende Teil aus der Arbeiterklasse stammte. Neugierig geworden, aß sie hastig ihr Sandwich und betrat den Haupttrakt des Supermarkts. Obwohl die Regale gut gefüllt waren, gab es zu ihrer Überraschung kaum Luxuslebensmittel; dafür jedoch Unmengen von Weißbrotsorten.

Sie kaufte eine Packung Ingwer-Nuß-Kekse für den Notfall, steckte sie in die Handtasche und trat in die flirrende Hitze hinaus. Der Leichenwagen parkte unauffällig an der Rückseite des Parkplatzes. Die hintere Flügeltür stand weit auf. Gemma überquerte den heißen Asphalt, und als sie den Pfad zum Mudchute Park erreicht hatte, sah sie, daß die beiden Männer von der Gerichtsmedizin versuchten, die Bahre mit dem schwarzen Leichensack durch die schmale Öffnung der Schwingtür zu manövrieren. Sie hatten hochrote Gesichter und schwitzten, und einer fluchte unablässig und phantasievoll. Kincaid stand ein paar Meter weiter oben am Hang, die Hände in den Taschen, die Lippen ungeduldig aufeinandergepreßt.

Die Träger stellten die Bahre ab und sahen zu ihm hoch. »Tut uns leid, aber wir müssen sie aufrecht nehmen, Boß«, sagte der mit dem reichhaltigen Vokabular.

»Aber vorsichtig, bitte«, mahnte Kincaid, und Gemma hörte, wie er etwas von »versaut bloß nicht die wichtigsten Beweismittel« vor sich hin murmelte.

»Wir schnallen sie fest.«

Als die beiden Männer zum Leichenwagen zurückhasteten, nutzte Gemma die Gelegenheit, durch die Schwingtür auf Kincaids Seite zu gehen.

»Fühlst du dich besser?« fragte er.

»Viel besser. Wo ist Inspector Coppin?«

»Im Revier von Limehouse. Sie organisiert alles Weitere. Unser Pech, daß sie das Revier hier auf der Insel dichtgemacht haben. Diese verdammten Sparmaßnahmen.«

Gemma sah zu ihm auf und entdeckte eine kleine Stelle an seinem Kinn, die er beim Rasieren am Morgen in ihrem winzigen Badezimmer übersehen haben mußte. Sie war ihm nahe genug, um ihre Seife auf seiner Haut riechen zu können, und der Gedanke an die gemeinsame Dusche ließ sie unwillkürlich lächeln. »Tut mir leid, daß dein Samstag verpfuscht ist«, seufzte sie. »Was ist mit Kit?«

»Der Major ist für mich eingesprungen.«

»Kit muß trotzdem schrecklich enttäuscht gewesen sein.«

»Stimmt.« Kincaid sah sie nicht an.

»Verdammtes Pech für dich.« Gemma wußte, wie sehr er es haßte, Kit zu enttäuschen, und sie vermutete, daß sein schlechtes Gewissen gegenüber Kit die Schuldgefühle noch verstärkten, die ihn seit Vics Tod plagten. Auch wenn er nie darüber sprach, spürte sie, daß all das seit Monaten an ihm nagte, und fühlte, daß es einen Keil zwischen sie und Kincaid trieb.

»Ist für den Bengel doch noch viel schlimmer.«

Gemma dachte an Toby, der ihre Abwesenheit durch unerwartete Diensteinsätze mit Gleichmut akzeptierte, weil er nie etwas anderes gekannt hatte. »Er wird sich daran gewöhnen. Der Job läßt dir eben keine andere Wahl.«

»Wir haben sie hier gleich raus, Boß«, rief der geschwätzige Angestellte der Gerichtsmedizin, als er vom Wagen zurückkam.

Kincaid warf einen Blick auf Gemma, schien etwas antworten zu wollen, zuckte dann jedoch nur die Schultern und wandte seine Aufmerksamkeit wieder der Toten auf der Bahre zu. »Ich frage mich nur«, überlegte er stirnrunzelnd, »falls der Mörder sie hier erst nach der Tat abgelegt hat ... auf welchem Weg hat er sie in den Park geschafft? Dieses Gatter dürfte ihm Probleme gemacht haben.«

»Mit einer Leiche auf der Schulter kommt man schon irgendwie durch ... vorausgesetzt, man ist kräftig genug. Allerdings muß man damit rechnen, jederzeit gesehen zu werden ... auch in der Nacht. Dürfte sicher noch andere Parkeingänge geben.« Gemma beobachtete, wie die Männer die Leiche festschnallten, die Bahre in eine aufrechte Position hievten und sie durch das Klappgatter manövrierten, und fügte hinzu: »Hat man irgendwelche Spuren in der Umgebung der Leiche sichergestellt?«

»Nein. Vor allem fehlen deutlich sichtbare Schleifspuren. Aber der Untergrund hier ist steinhart. Glück für den Mörder, Pech für uns.«

Die Träger brachten die Bahre hinter dem Gatter wieder in waagerechte Stellung und trugen sie zum Parkplatz hinunter. Gemma und Kincaid folgten ihnen. Kurz darauf schoben die beiden Männer die Bahre unter lautem Getöse in den Wagen und knallten die Türen zu.

Gemma zuckte unwillkürlich zusammen und dachte daran, wie sorgsam die Leiche der Frau auf die Grasmatte gebettet gewesen war. »Warum jetzt plötzlich diese Hast? Ändert doch auch nichts mehr, oder?«

Kincaid warf ihr einen überraschten Blick zu. »Du weißt, daß diese Leute völlig abgestumpft sind. Eine Leiche ist für die kein Mensch mehr.«

Gemma schüttelte den Kopf. »Für irgend jemanden, irgendwo, ist sie das sehr wohl noch.«

»Sie hat erstaunlich friedlich ausgesehen«, murmelte er. Es klang betroffen. Komisch, dachte Gemma, je schlimmer die Leichen zugerichtet waren, desto leichter fiel es, das Schicksal des jeweiligen Opfers nicht an sich heranzulassen. Kincaid berührte leicht ihre Schulter und fügte hinzu: »Machen wir weiter. Reden wir zuerst mit dem Rentner, der die Leiche entdeckt hat. Und auf dem Weg zu ihm möchte ich mir mal die Lage des Parks genauer ansehen.«

Nachdem er Jackett und Stadtplan aus dem Wagen genommen hatte, stiegen sie wieder zum Mudchute Plateau hinauf. Sie gingen um den Tatort herum und in östliche Richtung weiter den Pfad entlang. Zu ihrer Linken lag eine Steilböschung und darunter die durch hohe Zäune begrenzten, rückwärtigen Gärten einer neuen Siedlung. Die dichte Vegetationsdecke aus Brombeeren und Winden, die die Böschung überwucherten, ragte teilweise bis auf den Pfad, wies jedoch keinerlei sichtbare Trittspuren auf. Gemma blieb stehen, um hinunterzusehen, und fühlte, wie die Sonne auf ihr Haar brannte, während die Luft über dem am höchsten gelegenen Teil des Parks in der Mittagshitze flimmerte.

Kincaid pflückte eine reife Brombeere und steckte sie in den Mund. »Nach dem Plan zu urteilen, ist es möglich, daß sie in der Siedlung unten ermordet und dann in den Park heraufgebracht wurde.« Er schüttelte den Kopf. »Aber an dieser Stelle gibt es keinen Zugang ... da müßte jemand schon fliegen können.«

Gemma betrachtete prüfend eine Brombeere. Sie hatte vom Beerenpflücken im Wald gelesen, es jedoch niemals selbst versucht ... Die Beeren in ihrer Kindheit waren in Schalen aus dem Supermarkt gekommen, und ihre Familie hatte nie Zeit für Ferien auf dem Land gehabt. Als Kincaid weiterging, pflückte sie ebenfalls eine Brombeere. Sie hinterließ klebrige, purpurrote Flecken an ihren Fingern, und als sie Kincaid hinterherlief, verschaffte ihr der herb-süße Geschmack auf der Zunge ein unerwartetes Gefühl von Freiheit.

Vor ihnen machten sowohl Pfad als auch Steilhang eine scharfe Rechtsbiegung. Gemma dachte an die unregelmäßige Ausdehnung des Parks, die sie bei einem flüchtigen Blick auf die Karte erkennen konnte. »Ich dachte, es sei ein ganz gewöhnlicher Stadtpark, aber jetzt kommt es mir fast so vor, als habe man die hügeligen Teile von Hampstead Heath wahllos auf einer Tischplatte verteilt.«

»Du vergleichst das Gelände mit einer Tischplatte?«

»Schätze, schon. Ist alles irgendwie komisch hier. Der Ort ... und schon der Name ...«

»Der Mudchute Park ist durch Schlammaufschüttungen aus dem Millwall Dock entstanden. Ich glaube, der Schlick wurde einfach über eine Rutsche hierherbefördert«, erklärte Kincaid. Als Gemma ihn überrascht ansah, fügte er lächelnd hinzu: »Ich habe Inspector Coppin eine Frage gestellt und einen umfangreichen Vortrag als Antwort bekommen. Das Grundstück gehörte zum Dock, und da das Betreten verboten war, hatte es für die Kinder der Gegend natürlich jahrelang einen großen Reiz. Erst vor zwanzig Jahren hat man einen öffentlichen Park daraus gemacht.«

Gemma und Kincaid kamen zu einer Parkbank, die etwas abseits des Weges lag und einen natürlichen Aussichtspunkt markierte. Gemma blieb stehen und sah über die sanft gewellten Wiesen, auf denen vereinzelt Bäume standen. »Ist ja ein riesiges Gelände! Was war hier früher?«

»Hauptsächlich Schrebergärten der Dockarbeiter. Außerdem wurde es als Holzlagerplatz genutzt.« Er deutete die an dieser Stelle nur noch sanft geneigte Böschung hinab und auf ein kleines, mit Karnickeldraht umzäuntes Gemüsebeet. »Schau mal. Da ist ja ein Garten. Ein Teil des Parks wird noch immer von den Schrebergärtnern genutzt. Aber vermutlich ist es damit zu Ende, wenn die letzten der alten Garde tot sind. Außerdem gibt es einen Musterbauernhof, der hauptsächlich für den Anschauungsunterricht in den Schulen dient.«

»Klingt, als sei das Eis zwischen dir und Inspector Coppin geschmolzen. Wie hast du das fertiggebracht?«

Er grinste. »Ganz einfach. Es macht ihr Spaß, mehr zu wissen als ich.«

Vor ihnen mündete der Pfad in eine breitere Dreckspur. Eine Brise wehte den Gestank von Kuhmist zu ihnen herauf. »Soll das eine Straße sein?« fragte Gemma.

Kincaid studierte die Karte. »Wir kommen jetzt zur Farm. Sieht so aus, als führe eine Fahrspur vom Farmgelände in unsere Richtung. Schauen wir mal, ob sie von hier aus zugänglich ist.«

»Wenn man so weit mit dem Wagen fahren kann, ist es kein Problem, eine Leiche zu der Stelle zu tragen, an der wir sie gefunden haben.«

Kincaid warf einen Blick zurück zum Parkweg und runzelte die Stirn. »Ist trotzdem eine hübsche Strecke, wenn man schwer zu tragen hat.« Er kniete nieder und zerrieb die trockene Erde zwischen den Fingern. »Aber so hart, wie der Untergrund hier ist, kann man möglicherweise auch einen Teil der Strecke fahren, ohne Reifenspuren zu hinterlassen.«

Sie gingen den sanften Hang hinunter und hatten bald die Hauptgebäude der Farm erreicht. Im zentralen Hof aß eine Kindergruppe Eis, das sie am Kiosk gekauft hatten. »Ein blühendes Geschäft muß das sein«, sagte Gemma. Beim Anblick der Kinder dachte sie an Toby, den sie mangels anderer Gelegenheit in die Obhut ihrer Schwester gegeben hatte. Ein Tag bei Cynthias kleinen Rackern, und ihr Sohn war eine Woche wie aufgedreht. Aber sie hatte keine andere Wahl gehabt.

Dort, wo die unbefestigte Fahrspur zur Farm in eine Asphaltstraße überging, befand sich ein großes Metallgatter. Es stand offen. Ein rostiges Vorhängeschloß hing an einer Kette vom Rahmen.

»Sieht nicht so aus, als sei hier in letzter Zeit abgeschlossen gewesen.« Kincaid bohrte eine Schuhspitze in die staubige Straße. »Und keine Schleif- und Kratzspuren, soviel ich sehen kann.«

Gemma berührte die aufgesprungene Metalloberfläche des Gatters. »Der Mörder *könnte* sie also mit dem Wagen in den Park gefahren haben.« Sie drehte sich um und sah zu der Siedlung hinüber, die am asphaltierten Ende der Sackgasse lag. »Aber in dieser Gegend riskiert man sogar mitten in der Nacht, gesehen zu werden. Es wimmelt nur so vor neugierigen Nachbarn.«

»An einen fremden Wagen erinnern die sich bestimmt ... auch wenn sie die Insassen für Teenager auf der Suche nach einem abgelegenen Schmuseeckchen gehalten haben.«

Gemma, die bei Kincaids Wortwahl unwillkürlich lächeln mußte, berührte kurz seinen Arm. Sie wandten sich in Richtung Straße. »Wie diskret von Ihnen, Superintendent. Wo finden wir also Mr. Brent?«

Er warf erneut einen Blick auf die Karte. »Das ist die Pier Street. Von ihr müßten wir direkt in die Manchester Road kommen, wenn wir immer geradeaus gehen.«

Die Häuser der Siedlung des sozialen Wohnungsbaus, an denen sie auf ihrem Weg vorbeikamen, waren in der für die sechziger Jahre typischen Betonfertigbauweise erstellt worden, machten jedoch einen vorwiegend guterhaltenen Eindruck. Die Eingangstüren standen in der Mittagshitze auf, und während Perlenvorhänge den Bewohnern Schutz vor neugierigen Blicken boten, drangen die Küchengerüche ungefiltert nach draußen. Gemma atmete die appetitlichen Düfte von Knoblauch und fremden Gewürzen ein.

Einige der winzigen Vorgärten waren vollkommen mit Platten ausgelegt, in anderen standen oder hingen Topfpflanzen oder waren Blumenbeete angelegt. Der Garten des schmalen Häuschens jedoch, das ihr Ziel war, hätte ein Gartencenter vor Neid erblassen lassen. Jeder Zentimeter des höchstens zehn Quadratmeter großen Gevierts war mit blühenden Pflanzen bedeckt, und als sie näher kamen, sah Gemma, daß sie sich durch eine Gartentür zwängen mußten, die von einer Masse purpurroter Clematis aufgehalten wurde.

Sie prüfte die Hausnummer über der Tür. »Hier müßte Mr. Brent wohnen.«

»Janice Coppin hat was von besonders schönen Blumen erwähnt.«

»Ist noch gelinde ausgedrückt.« Der Eingang wurde nicht

von einem Perlenvorhang verdeckt, und als sie den schmalen Gartenweg entlanggingen, stieg ihnen der Duft von gebratenem Fleisch, gemischt mit dem schweren Duft von Blumen in die Nase. Drinnen im Haus plärrte der Fernseher, und es ertönte die Erkennungsmelodie einer beliebten Familienserie.

Kincaid klopfte an den Türrahmen, wartete einen Moment und rief dann: »Hallo?«

»Komme schon«, antwortete eine Frauenstimme. Die Frau kam aus den rückwärtigen Räumen des Hauses und wischte die Hände an einer geblümten Kittelschürze ab. »Was kann ich für Sie tun?«

»Wir möchten gern Mr. Brent sprechen.«

Die Frau zog eine Grimasse. »Warten Sie einen Moment. Ich drehe erst mal die Flimmerkiste leiser.«

Sie verschwand hinter der Wohnzimmertür. Sie sahen kurz den Bildschirm eines Fernsehers flimmern, dann war es still.

Sie kehrte zu ihnen zurück und nickte. »So ist es besser. Das verdammte Ding macht mich verrückt. Also, was wollen Sie?«

»Wir möchten zu Mr. Brent«, antwortete Gemma. »Wir sind von der Polizei. Es ist wegen heute morgen.«

Das Gesicht der Frau verdüsterte sich besorgt. »Schreckliche Geschichte. Dad war ziemlich aufgebracht. Hat mich den ganzen Vormittag gekostet, ihn zu beruhigen. Mußte ihm versprechen, ihm Braten und Kartoffeln zu machen … ausgerechnet bei dieser Hitze. Und jetzt bringen Sie ihn wieder völlig durcheinander.« Sie war klein und drahtig, mit kurzem, schwarzgefärbtem Haar. Unter der geblümten Schürze trug sie Leggings und T-Shirt.

Kincaid lächelte. »Tut mir leid, Mrs. …«

Sie berührte ihr Haar und reichte Kincaid die Hand. »Hubbard. Brenda Hubbard. Geborene Brent. Ich will nur …«

»Bren!« rief eine Männerstimme von der Rückseite des Hauses her. »Wer ist da, Bren?«

Brenda zögerte einen Moment. Dann zuckte sie die Schultern. »Die Polizei ist da, Dad. Sie möchten mit dir reden.« Damit trat sie zurück und gab den Weg ins Wohnzimmer frei.

Gemma machte sich instinktiv ganz dünn, als sie den kleinen Raum betrat, der mit Möbeln und Nippes verstellt war, zwischen denen man sich hindurchschlängeln mußte. Hier konkurrierten Lampenschirme mit Fransenrand mit dem Mohnblütenmuster der Tapete, während sich letztere schrill vom gewagten, floralen Design des Teppichs abhob. Souvenirs aller Art und Familienfotos belegten jeden freien Platz, und breiteten sich über die Wände aus. Brenda Hubbard sah sich nach Gemma um und deutete auf die Fotos. »Ich sage Dad immer, daß kein Platz dafür mehr ist, aber er kann sich von keinem trennen.«

Gemma blieb stehen und betrachtete eine Gruppe von Fotos in besonders kitschigen Bilderrahmen auf einem Bücherregal. »Seine Schulklasse?« fragte sie und deutete auf das größte Bild.

Brenda lächelte. »Familie. Wir waren vierzehn. Dreizehn Mädchen und ein Junge … der jüngste. Was Mum sich in den Kopf gesetzt hat, mußte sein, da war nichts zu machen.« Sie berührte flüchtig die Fotografie einer verbrauchten Frau mit freundlichem Gesicht inmitten einer Kinderschar, und ging weiter.

Der blaue Plüschsessel vor dem Fernseher war der einzig ungemusterte, ruhende Pol im Raum. Er war unbesetzt. Die Glastür zur kleinen Betonterrasse war geöffnet, und im Schatten des Sonnenschirms saß ein älterer Mann in einem weißen Plastikgartenstuhl. Neben ihm hob ein Terrier seinen schmalen Kopf von den Pfoten, als sie ins Freie traten.

»Mr. Brent.« Kincaid zückte auf der Terrasse seinen Dienstausweis. Mit einem Blick auf den Hund, der an seinen Hosenaufschlägen schnupperte, fügte er hinzu: »Ich bin Superintendent Kincaid. Das ist Ser…«

»Sitz, Sheba.« George Brent schimpfte sanft mit dem Hund

und betrachtete sie dann prüfend aus seinen wachen blauen Augen. »Janice Coppin hat Sie geschickt, was? Soviel Grips hätte ich ihr gar nicht zugetraut.«

Brenda Hubbard schüttelte ärgerlich den Kopf. »Dad, das ist nicht nett von dir. Das weißt du.« Mit einem Blick auf Gemma und Kincaid fügte sie entschuldigend hinzu: »Janice ist mit unserem Georgie zur Schule gegangen. Und Dad kann sie wegen irgendeinem dummen Kinderkram nicht leiden, den alle längst vergessen haben.«

»Deine Mum hat's nie vergessen. Und für unseren Georgie war das alles andere als dummer Kinderkram … sie hat ihn vor dem Abschlußball sitzenlassen.« Nachdem er seiner Tochter seinen Standpunkt klargemacht hatte, hielt George Brent Kincaid die Hand hin. Sein Griff war kräftig, und die Arme und Schultern, die seine Baumwollweste unbedeckt ließen, waren immer noch muskulös.

Kincaid zog zwei weitere Plastikstühle heran. »Dürfen wir uns setzen, Mr. Brent?«

»Oh, Verzeihung! Wie unhöflich von mir.« Brenda Hubbard klang fast wie ein aufgescheuchtes Huhn, als sie ihnen half, die Stühle um den Tisch zu stellen. »Darf ich Ihnen was anbieten? Tee? Oder Orangensaft?«

»Saft wäre himmlisch«, sagte Gemma. Sie war nicht nur durstig, sie wollte Mr. Brents Hickhack mit seiner Tochter beenden, da das nur vom Wesentlichen ablenkte.

Als Brenda in der Küche verschwunden war, begann Kincaid erneut: »Ohne Sie unnötig aufregen zu wollen, Mr. Brent, müssen wir Sie doch bitten, uns zu erzählen, was heute morgen passiert ist.«

»Wer sagt, daß ich mich aufrege?« Brent schickte einen düsteren Blick in Richtung Haus. »Alles Blödsinn!« fügte er leise hinzu. Dann versenkte er seine Finger im rauhen Fell seines Hundes.

»Man findet nicht jeden Tag eine Leiche, Mr. Brent«, bemerkte Gemma. »Da würde sich jeder aufregen.«

Brent wandte den Blick ab. Gemma sah, wie sein Adamsapfel auf und ab hüpfte, als er schwer schluckte, und wie verkrampft die Hand das Fell des Hundes packte. »Sie war so schön ... so verdammt schön. Ich dachte, sie schläft ... wie eine Märchenprinzessin.«

Brenda kam mit den Getränken, stellte die Gläser wortlos ab, zog einen weiteren Plastikstuhl in den Schatten und setzte sich.

»Erzählen Sie einfach der Reihe nach«, schlug Kincaid vor. »Sie haben also Ihren Hund in den Park geführt, oder?«

»Zuerst hast du gefrühstückt, stimmt's, Dad?« plapperte Brenda dazwischen. »Du gehst immer nach dem Frühstück mit Sheba Gassi.«

»Ganz recht. Einmal um den Park gehen wir jeden Morgen und jeden Abend. Hält uns fit, was, altes Mädchen?« Er streichelte den Kopf der Hündin. Das Tier klopfte mit dem Schwanz auf den Boden.

»Um wieviel Uhr war das, Mr. Brent?«

»Bißchen später als sonst ... weil ich Mrs. Singh von nebenan mit ihrem Fernseher geholfen habe. Ungefähr halb neun, schätze ich. Und es war schon heiß wie im Backofen.«

Gemma nippte an ihrem Saft. »Sind Sie den üblichen Weg gegangen?«

»Wir gehen immer denselben Weg, was, mein Mädchen?« sagte Brent, und Shebas Schwanz klopfte erneut zustimmend auf Beton. »Die Stebondale Road runter, am Rope Walk in den Park, einmal quer durch, die andere Seite rauf.« Er schüttelte den Kopf. »Die verdammten Baufirmen vermiesen einem alles. Kannst dein eigenes Wort kaum noch verstehen.«

»Sie meinen an der East Ferry Road, oder?« fragte Kincaid.

»Farm Road haben wir sie genannt. Als ich noch ein Junge war, waren da lauter Bauernhöfe ... Kann man sich heutzutage gar nicht mehr vorstellen. Als wir noch in der Glengall Road gewohnt haben, vor der Bombardierung ...«

»Mr. Brent«, unterbrach Kincaid ihn sanft. »Erzählen Sie uns, was dann passiert ist.«

George Brent zog ein Taschentuch aus der Hosentasche und wischte sich damit über seine glänzende Glatze. Dabei beobachtete er Sheba, die glücklich in einem Blumenbeet an der Terrasse ein Loch buddelte. »Du bist wirklich eine Teufelin, was, mein Mädchen!« murmelte er und fing dann Kincaids Blick auf. »Meistens mache ich am ASDA-Supermarkt halt und trinke eine Tasse Tee, treffe alte Kumpels, obwohl Harry Thurgat allmählich nicht mehr ganz auf dem Damm ... aber heute morgen war ich zu spät dran. Deshalb bin ich gleich oben über die Anhöhe weitergegangen.«

Sein Blick schweifte erneut zu der Hündin ab. »Ich habe sie von der Leine gelassen ... Sie ist immer hinter den Karnickeln her ... oder das, was sie für Karnickel hält. Dann habe ich sie jaulen hören. Und als ich sie eingeholt habe ...«

Beim Wort »Karnickel« setzte sich Sheba auf die Hinterläufe, neigte den Kopf erwartungsvoll zur Seite und trabte zu ihrem Herrn. Ihr langgezogenes, elegantes Profil erinnerte Gemma an ägyptische Wandzeichnungen von Hunden. Hatten die Ägypter nicht geglaubt, daß Hunde ihren Herren ins Jenseits folgen?

»Haben Sie die Tote berührt, Mr. Brent?« fragte sie.

»Nein, ich ... Also, vielleicht hab ich's getan. Nur ein bißchen, um zu fühlen, ob sie ...«

»Aber Sie haben ihre Lage nicht verändert?«

Brent schüttelte den Kopf. »Ich hatte nur den einen Gedanken ... Hilfe zu holen. Keine Ahnung, warum. Bin zum Supermarkt gerannt, ich Idiot! Zu alt, um noch laufen zu können wie früher. Habe von dort den Notruf gewählt.«

»Und haben auf die Polizei gewartet?« fragte Kincaid.

»Konnte ja nicht wissen, daß sie Janice Coppin schicken würden, oder?« Brents Miene wurde düster, und Sheba reagierte mit leisem Knurren, das aus der Tiefe ihrer Kehle kam. »Hat mich wie ein Kind oder einen Idioten behandelt. Sie ist keine Leuchte, diese Frau. Und ihr Mann, diese Pfeife …«

»Dad, das reicht«, mahnte Brenda. »Außerdem ist sie von Bill geschieden, wie du weißt.« Sie sah Kincaid und Gemma an. »Wenn das alles ist …«

»Nur noch ein paar Fragen, Mrs. Hubbard.« Kincaid wandte sich wieder dem Vater zu. »Hatten Sie die Frau … das Opfer … schon mal irgendwo gesehen, Mr. Brent?«

»Ich … ich bin nicht sicher.« George Brent wischte sich erneut mit dem Taschentuch über den Schädel. Er wirkte plötzlich alt, so als laste die eigene Unsicherheit schwer auf ihm.

»Uns genügt eine Vermutung.« Gemma lächelte, um ihm Zuversicht zu geben. »Erzählen Sie uns einfach, wo Sie sie vielleicht gesehen haben *könnten*.«

»Im Geschäftsviertel der Gegend …«, antwortete Brent zögernd. »Dieses Haar … so schönes Haar … aber ihr Gesicht hatte ich nie richtig wahrgenommen.«

»War das in der letzten Zeit?«

Gemma hörte den Anflug von Spannung in Kincaids betont ruhigem Ton.

Brent schüttelte den Kopf. »Nein, ich … mein Gedächtnis ist wirklich nicht mehr das, was es war. Glaube, es war irgendwann im Frühjahr … Vielleicht so um Ostern rum. Tut mir leid«, fügte er hinzu, als habe er die Enttäuschung in ihren Gesichtern gesehen. Aber Gemma hatte das unbestimmte Gefühl, daß der alte Mann ihnen nicht alles gesagt hatte, was er wußte.

Kincaid stand auf. »Sie waren eine große Hilfe, Mr. Brent. Wir lassen Sie jetzt in Ruhe. Nur noch eines: Sie hatten gesagt, daß Sie auch jeden Abend mit Sheba Gassi gehen … machen Sie da dieselbe Runde?«

»Da müßte ich sie schon an die Leine legen, um sie davon abzuhalten, wissen Sie? Arbeitet sich wie ein Uhrwerk durch den Park, der Hund.« Brent grinste bei seinem Witz.

»Um wieviel Uhr war das?«

»Die Neun-Uhr-Nachrichten sollten gerade anfangen. Versäume die Nachrichten nur ungern, aber hinterher ist es zu dunkel.«

»Und Sie sind sicher, daß die Leiche da noch nicht an der Stelle gelegen hatte?«

Brent straffte empört die Schultern. »Hätte sie doch sehen müssen, oder? Auch im Dunkeln. Bin doch nicht blind.«

»Selbstverständlich nicht, Mr. Brent«, versicherte Kincaid ihm, als Gemma aufstand. »Und wir sind dankbar, daß Sie uns soviel Zeit gewidmet haben.«

Als sie sich zum Gehen wandten, rief George Brent ihnen hinterher: »Sagen Sie dieser Janice, daß sie eine blöde Kuh ist. Unser Georgie hätte sie nie mit einem Haufen schrecklicher Kinder sitzenlassen.«

Reg Mortimer trank selten Alkohol. Gelegentlich mal ein Glas Bier der Gesellschaft wegen, oder ein oder zwei Gläser Wein zum Essen. Aber Offerten, die dieses Limit überstiegen, wehrte er mit einem Lächeln und dem Hinweis auf seine körperliche Fitneß ab. Reg konnte es nie über sich bringen, die Wahrheit zu gestehen ... daß Alkohol ihn krank machte, daß ihm davon wie einem Pennäler kotzübel wurde.

Seine Hand zitterte, als er das Glas an die Lippen hob ... Jack Daniel's, weil sein Magen die Weichheit des Bourbon besser vertrug als die Schärfe eines Scotch. Konnte man das einen medizinischen Drink nennen? Das halbe Glas, das er getrunken hatte, hatte nichts bewirkt, um die panische Angst zu lindern, die sich ihm auf die Brust gelegt hatte, noch hatte der Whiskey ihm geholfen, zu entscheiden, was er tun sollte.

Er drehte sich um und sah auf das Telefon in der Ecke, dann erneut auf die schwindende Anzahl der Gäste an der Bar. Zur Mittagszeit kamen die Leute ins Henry Addington in Canary Wharf, um zu sehen und gesehen zu werden. Aber heute war Samstag, und die Männer hatten ihre Geschäftsanzüge mit sorgfältig gebügelten Levis oder Khakihosen vertauscht, und die Frauen trugen Shorts und farbenfrohe Sommerkleider. Draußen vor den Fenstern, die in der ornamentalen Marmorfassade des Restaurants eingelassen waren, brannte die Sonne vom Himmel, machte einen flirrenden Lichtfänger aus der Wasserfläche, und dämpfte selbst die Rot- und Purpurtöne der Gebäude am Heron Quay auf der anderen Seite des Docks.

Die Mittagszeit ging bereits in den frühen Nachmittag über, und Annabelle war noch immer nicht aufgetaucht. Es war eine winzige Chance gewesen, daß sie hierherkommen würde, wo sie sich so oft samstags trafen, aber er hatte bei ihr angerufen, bis ihm der Hörer heiß am Ohr klebte. Schließlich war er zu ihrer Wohnung gegangen und hatte an die Tür gehämmert. Auch im alten Speicher war sie nicht gewesen.

Nicht daß Annabelle es sich je zur Gewohnheit gemacht hätte, immer verfügbar zu sein ... Manchmal dachte er, daß es ihr Spaß machte, ihn hinzuhalten, ihn zu quälen. Trotzdem erwiderte sie normalerweise seine Anrufe, und obwohl er den Verdacht hatte, daß sie noch böse mit ihm war, konnte er sich nicht vorstellen, daß Annabelle eine so wichtige Besprechung wie die von heute morgen aus persönlichen Gründen nicht einhalten würde.

Natürlich hatte er am Vorabend die Beherrschung verloren – er war der erste, der das zugeben würde, sobald sie ihm die Chance dazu ließ –, aber die Tatsache, daß die Party bei Jo zu einem Fiasko geworden war, war nicht seine Schuld.

Trotz der Hitze fröstelte Reg unwillkürlich. Er dachte an das, was er Annabelle am Vorabend eröffnet hatte, halb von

Sinnen vor Eifersucht, und was er vor ihr verheimlicht hatte. Er hatte sie von sich gestoßen und konnte jetzt den Gedanken nicht ertragen, sie zu verlieren. Nicht in dieser Situation, da soviel auf dem Spiel stand. Aber wie konnte er den Schaden wiedergutmachen, den er angerichtet hatte?

Und warum war Annabelle an diesem Morgen nicht gekommen? So sehr Teresa und er sich beim Frühstück bemüht hatten, alles zu überspielen, sein Vater hatte sich keine Sekunde täuschen lassen. Sir Peters Unterstützung war lebenswichtig ... das wußten sie alle ..., aber was Annabelle und Teresa nicht wußten, war, wie verzweifelt Reg es nötig hatte, daß sich die Dinge nach Plan entwickelten.

Er mußte Annabelle erneut anrufen. Sicher war sie diesmal zu Hause ... Seit seinem letzten Anruf war eine Stunde vergangen. Damit hatte sie genug Zeit gehabt, nach Hause zu kommen. Vielleicht hatte sie sogar versucht, ihn anzurufen. Und doch überlief ihn beim Aufstehen eine Woge der Angst. Und dann kam die Übelkeit, so sicher wie das Amen in der Kirche.

»Hat keinen Sinn, jemanden durch die Geschäfte an der Manchester Road zu schicken, solange wir kein Foto haben.« Kincaid lehnte sich gegen die Korridorwand vor dem Büro im Polizeirevier von Limehouse und trank lauwarmen Tee aus einer Plastiktasse.

»Ich habe einen der Jungs geschickt, die Abzüge vom Polizeifotografen zu holen«, sagte Gemma und fügte hinzu: »Hoffentlich ist ein Foto dabei, das wir der Öffentlichkeit zumuten können.« Kincaid wußte nicht, ob ihre Grimasse auf hysterische Anwohner oder auf die scheußliche Flüssigkeit in ihrem Plastikbecher bezogen war.

Er nickte zustimmend. »Die Fotos dürften in Ordnung sein. Ihr Gesicht war erstaunlich friedlich.« Der Nachmittag hatte keine weiteren Aufschlüsse über die Identität der Frau gebracht, so daß die Verteilung der Fotos durch das Ermittlungsteam der nächste logische Schritt war.

Gemmas leerer Plastikbecher quietschte, als sie ihn zusammendrückte. »Willst du eine Zeichnung an die Medien rausgeben.«

Im Verlauf des Nachmittags hatten sie die Routine der Ermittlungen in Gang gesetzt; die erste Runde der Befragung der einzelnen Haushalte konzentrierte sich auf den Supermarkt und die Straßen in unmittelbarer Nachbarschaft des Parks. Gleichzeitig ging die intensive Suche nach Indizien am Tatort weiter, was immer ein Wettrennen mit der Zeit war, da Spuren im Freien schnell verwischt waren. Außerdem wurde die Beschreibung des Opfers in die Vermißtenkartei des Polizeicomputers eingefüttert. Kincaid hatte sich bisher noch gescheut, sich um Hilfe an die Presse zu wenden, bevor er nicht eine offizielle Stellungnahme vorbereitet hatte, die eine Beschreibung des Opfers und den Aufruf an die Bevölkerung umfaßte, bei der Identifizierung zu helfen oder verdächtige Vorgänge im betreffenden Bezirk zu melden. »Nein, noch nicht. Wir versuchen es erst mit der Beschreibung. Und wenn das nichts bringt, soll der Polizeizeichner eine Zeichnung anfertigen.« Kincaid trank seinen Tee, warf den Becher in den Mülleimer und stieß sich von der Wand ab. »Schätze, ich begebe mich erst mal in die Höhle des Löwen.« Er rückte die Krawatte zurecht, die er aus seinem Kofferraum gefischt hatte, und fuhr sich mit den Fingern durchs Haar.

Gemma lächelte. »Du bist durchaus präsentabel. Sie warten im Vor…«

Die Bürotür flog auf, und Janice Coppin kam heraus. Obwohl die vergangenen Stunden sowohl an Haarsprayfrisur als auch am Kostüm ihre Spuren hinterlassen hatten, war die Widerborstigkeit des weiblichen Inspectors unversehrt geblieben, wobei Kincaid sie gegenüber ihrem Team durchaus als kompetent und geduldig erlebt hatte. »Da sind Sie ja«, begann sie beim Anblick von Gemma und Kincaid. »Gerade kam ein Anruf aus dem Bereitschaftsraum. Unten am Empfang ist ein Typ, der einen Riesenaufstand macht, weil die Kollegen sich weigern, vor Ablauf der üblichen vierundzwanzig Stunden eine Vermißtenanzeige aufzunehmen.«

Kincaid hörte, wie Gemma scharf die Luft einsog, und sagte: »Könnte das was für uns sein?«

Coppin zuckte die Schultern. »Seine Freundin ist gestern nacht nicht nach Hause gekommen. Sie heißt Annabelle Hammond und wohnt am Ende von Island Gardens. Er sagt, sie habe langes, rotes Haar.«

4

1797 liefen jährlich über 10 000 Küstenfrachter und fast 3500 auf internationalen Schiffahrtslinien verkehrende Überseefrachter London an. Die Überseefrachter von den Westindischen Inseln leisteten ... im September ... einen besonders hohen Beitrag zum Verkehrsstau auf der Themse; 1793 hielten die Händler der Westindies eine Versammlung ab, um eine Lösung dieses Problems zu finden, was schließlich zum Bau des ersten Handelsdocks von London führen sollte.

THEO BARKER, *aus: Docklands,*
ein illustrierter historischer Überblick

»Blöder Wichtigtuer«, murmelte Janice Coppin und drehte den Kopf in Richtung des Vernehmungszimmers, in das sie den Mann verfrachtet hatte, der eine Vermißtenanzeige erstatten wollte. »Man sollte ihm sein Handy ins Ohr implantieren.«

Gemma wußte nur zu gut, was sie meinte. Diese Typen zelebrierten die ausgiebige Benutzung ihrer Handys in den Restaurants und Cafés. Unter Mißachtung jeglicher Manieren, stellten sie das Gerät als Statussymbol zur Schau. »Glauben Sie, es handelt sich um eine ernstzunehmende Sache?« fragte sie.

»Für einen Witzbold halte ich ihn nicht«, antwortete Janice zögernd. »Und seine Verzweiflung scheint echt zu sein. Findet sich leider nur ein bißchen zu gut ... für meinen Geschmack.« Mit einem düsteren Blick auf Kincaid, der gerade durch die Tür am Ende des Korridors trat, fügte sie dicht an Gemmas Ohr hinzu: »Dürfte Ihnen bekannt vorkommen.«

Bevor Gemma noch etwas antworten konnte, war Kincaid bei ihnen. »Ich habe die Medien noch etwas hinhalten können. Wollen erst mal sehen, was der Bursche zu sagen hat. Haben Sie ihm gegenüber schon Andeutungen gemacht?«

Janice schüttelte den Kopf. »Er weiß nur, daß jemand mit ihm reden wird. Außerdem habe ich einen der Kollegen mit einer Tasse Tee reingeschickt.«

»Gut. Bauschen wir die Sache nicht allzusehr auf. Halten wir das Polizeiaufgebot gering. Wie wär's, wenn Sie die persönlichen Daten des Mannes inzwischen überprüfen, Inspector? Wie war doch gleich sein Name?«

»Reginald Mortimer.« Janice artikulierte jede Silbe besonders deutlich und rümpfte dabei die Nase.

»Gut, jagen Sie eine Anfrage durch den Computer, Inspector. Gemma und ich unterhalten uns inzwischen mit ihm.«

»Sir ...«

Kincaid blieb, eine Hand auf der Türklinke, stehen. Janice zögerte, dann zuckte sie die Schultern. »Egal.« Als sie sich umdrehte, sah Gemma, wie sie auf die Uhr blickte.

Es war die Tageszeit, da familiäre Arrangements neu getroffen werden mußten, wenn man nicht rechtzeitig nach Hause kommen konnte, und während Gemma Kincaid in das Vernehmungszimmer folgte, fragte sie sich, wann sie wohl Gelegenheit bekam, sich nach Toby zu erkundigen. Sie sagte sich wie so oft, daß ihre häufige Abwesenheit ihren Sohn nur stärker und unabhängiger machen würde, aber das Argument überzeugte nicht besonders.

Das Vernehmungszimmer war geräumiger als die meisten. Trotz der Milchglasfenster zum Korridor, hing noch die abgestandene Luft der Hitze des Tages zwischen den Wänden. Es enthielt den üblichen Resopaltisch in unattraktivem Orangerot und ein halbes Dutzend Stühle unterschiedlichster Stilrichtungen von dubioser Herkunft.

Der Mann, der am anderen Tischende saß, sah zu ihnen auf und machte Anstalten, aufzustehen, seine Miene ängstlich angespannt. Als Kincaid vortrat und sich vorstellte, betrachtete Gemma Reginald Mortimer eingehend. Janice hatte recht. Mortimer trug eine Khakihose mit scharfen Bügelfalten und das Polohemd mit dem entsprechenden Designerlogo des Yuppies. Über der Stuhllehne hing ein Jackett aus grobem Leinen. Das teuerste aller Mobiltelefone ragte aus der Brustinnentasche.

Mortimer war groß und schlank, hatte schöne graublaue Augen und glänzendes, braunes Haar, das ihm leicht gewellt in die Stirn und über die rechte Augenbraue fiel. Sie fragte sich, ob Kincaid auffiel, wie ähnlich sich die Männer vom Typ her waren.

Reg Mortimer schüttelte Kincaid lächelnd die Hand, und die Ähnlichkeit relativierte sich sofort. Seine Züge waren zu wenig ausgeprägt, und er sah wesentlich jünger aus. Er roch leicht nach Alkohol und Nervosität.

»Sicher ist das alles ein Irrtum. Sie halten mich bestimmt für einen Idioten«, begann er. Seine Stimme klang in Gemmas Ohren unangenehm schrill, und zweifellos war es sein saftiger Upper-Class-Akzent, der Janice sofort gegen ihn eingenommen hatte.

»Sergeant James«, stellte Gemma sich vor, drückte seine feuchte Hand und setzte sich auf den Stuhl neben Kincaid. Dann zückte sie Notizbuch und Bleistift. »Möchten Sie noch etwas Tee?«

»Nein, alles bestens. Danke.« Reg Mortimer schüttelte den Kopf. Dabei zuckte sein Blick zum Tonband. »Ich wollte kein solches Aufheben machen. Habe mich da wohl ziemlich hineingesteigert. Und als dieser Sergeant an der Aufnahme dann so störrisch und uneinsichtig …«

Falls er Alkohol getrunken hatte, um seine Nerven zu beruhigen, schien er jedenfalls nicht betrunken zu sein. Er artikulierte klar und deutlich, und seine Augen fixierten sie ruhig und unverwandt.

»Lassen Sie sich von den Aufnahmegeräten nicht aus der Ruhe bringen, Mr. Mortimer.« Kincaid machte eine Bewegung in Richtung Tonbandapparat, als er sich setzte. »Unser Gespräch hat nichts Offizielles ... wir wollten uns nur ganz ungestört mit Ihnen unterhalten.« Er lächelte und zog den Stuhl näher zum Tisch, als wolle er damit eine entspannte Atmosphäre heraufbeschwören.

»Ich bin noch nie auf einem Polizeirevier gewesen.« Mortimers Versuch, Sorglosigkeit zu demonstrieren, wirkte leicht verunglückt.

»Polizeireviere stehen normalerweise nicht gerade ganz oben auf der Hitliste für angenehme Arbeitsbedingungen. Also, Mr. Mortimer«, fuhr Kincaid fort, und Gemma fühlte, wie die Spannung im Raum stieg, als er einen anderen Ton anschlug, »etwas muß Sie doch sehr besorgt gemacht haben, sonst wären Sie nicht hier. Erzählen Sie uns einfach, wie es dazu gekommen ist.«

Reg Mortimers Blick schweifte von Gemma zu Kincaid. Dann begann er zögernd: »Meine Verlobte, Annabelle – Annabelle Hammond –, sie ist heute nacht nicht nach Hause gekommen.«

»Sie und Miß Hammond haben eine gemeinsame Wohnung?« fragte Kincaid.

»Nein, nein. Nein, haben wir nicht.« Reg Mortimers Antwort kam zögerlich. »Annabelle hat eine Wohnung gleich gegenüber der Island Gardens DLR Station. In der Ferry Street.«

Kincaid legte den Fußknöchel übers Knie und glättete den Hosenaufschlag. »Sie wissen also nicht sicher, daß sie nicht zu Hause gewesen ist?«

»Eigentlich ... nicht. Nicht hundertprozentig. Aber ich habe es ziemlich gründlich überprüft.«

»Könnte Miß Hammond beschlossen haben, übers Wochenende wegzufahren ... ohne Ihnen Bescheid zu sagen?«

Mortimer schüttelte den Kopf. Die Haarsträhne, die ihm über ein Auge fiel, bebte. »So war das nicht. Wir sind gestern abend zusammen gewesen. Wir waren bei einer Dinnerparty in Greenwich eingeladen. Bei Annabelles Schwester Jo. Aber Annabelle wollte plötzlich nach Hause ...«

»Um wieviel Uhr ist das gewesen, Mr. Mortimer?«

»So ungefähr um halb zehn. Aber ...«

»Bißchen früh, um eine Dinnerparty zu verlassen, finden Sie nicht?« Kincaid zog skeptisch die Augenbrauen hoch.

»Annabelle ... hat sich ... nicht gut gefühlt«, antwortete Mortimer und griff nach seinem Becher mit Tee. Der muß doch jetzt kalt sein und ziemlich eklig schmecken, dachte Gemma. Der Griff zur Tasse konnte demnach nur als Ablenkung gedacht sein.

»Mr. Mortimer.« Sie wählte ihre Worte sorgfältig. »Könnte es nicht sein, daß Annabelle eine Ausrede erfunden hat, weil sie anderweitige Pläne hatte?«

»Nein, da bin ich sicher.« Er fing ihren Blick auf. »Anschließend wollten wir noch auf einen Drink in ein Lokal gehen. Wir waren auf dem Rückweg durch den Fußgängertunnel als ... also, das war ziemlich seltsam ...« Er verstummte.

Mit einem Blick auf Kincaid, führte Gemma das Gespräch fort: »Was war seltsam, Mr. Mortimer?«

Mortimer runzelte die Stirn und rieb sich mit den Handflächen die Knie. »Die Aufzüge waren geschlossen, also haben wir die Treppe zum Tunnel runter genommen. Da war mit ihr noch alles in Ordnung. Erst als wir unten waren, ist sie ziemlich still geworden ... Sind Sie je im Tunnel gewesen?« Er sah Gemma an, die den Kopf schüttelte. »Ist schon ein bißchen unheimlich«, fuhr er fort. »Kalt ... und jedes Geräusch hallt vielfach von den Wänden wider. Aber bisher hatte Annabelle das nie was ausgemacht. Nicht offensichtlich, jedenfalls. Aber gestern wurden ihre Schritte immer langsamer, bis sie stehenblieb und mich bat, allein weiterzugehen, um im Ferry House auf mich zu warten, wo wir noch einkehren wollten.«

»Sie haben sie dort unten also allein gelassen?« fragte Kincaid. »Am Anfang des Tunnels?«

Mortimer wurde rot. »Hat noch nie Sinn gehabt, mit Annabelle zu diskutieren, wenn sie sich was in den Kopf gesetzt hat. Aber ich hab's versucht. Sie hat behauptet, es gehe ihr bestens, sie wolle nur ein paar Minuten allein sein. Daraufhin bin ich weitergegangen. Das komische ist nur ... als ich schon halb auf der anderen Seite am Ausgang war ... habe ich mich umgesehen. Und ich könnte schwören, daß Annabelle dort hinten mit dem Straßenmusikanten geredet hat.«

»Es war ein Straßenmusikant im Fußgängertunnel?« Gemma war überrascht. Wer sollte schon an einem so seltsamen Ort spielen? Allerdings traf man die Straßenmusiker jetzt auch immer häufiger sogar in den U-Bahnschächten.

»Ja, da ist normalerweise immer einer. Auf dem kurzen, flachen Stück. Aber ich kann mich nicht erinnern, den Kerl dort schon mal gesehen zu haben.«

Kincaid schlug die Beine übereinander und beugte sich leicht vor; für Gemma das Zeichen, daß Mortimer jetzt seine volle Aufmerksamkeit genoß. »Und? Sind Sie noch mal zurückgegangen?«

Mortimer legte die Hände um seinen kalten Becher Tee wie um einen Rettungsring und schüttelte den Kopf. »Jetzt wünschte ich, ich hätt's getan.«

»Haben Sie sie danach noch einmal gesehen?«

»Ich habe über eine Stunde im Pub und danach vor ihrer Wohnung gewartet.«

»Sie haben keinen Schlüssel?« Kincaid klang erstaunt.

»Nein. Annabelle hat ihre Intimsphäre von jeher eisern verteidigt«, erwiderte Mortimer gelassen. »Ich bin später zum Tunnel zurückgelaufen, aber dort waren weder Annabelle noch der Musikant zu sehen. Anschließend hab ich's erneut bei ihrer Wohnung versucht und sie von meinem Handy aus angerufen. Vergeblich.«

»Und dann?«

»Bin ich nach Hause gegangen. Gleich am Morgen habe ich als erstes wieder anzurufen versucht, bin bei ihrer Wohnung und im Büro gewesen ... wir arbeiten zusammen ..., und das in regelmäßigen Abständen den ganzen Tag lang. Heute nachmittag habe ich mit ihrer Schwester telefoniert, aber die hatte auch nichts von ihr gehört.«

»Zieht sich Miß Hammond häufiger auf diese Weise zurück?« wollte Kincaid wissen.

»Ist mir jedenfalls bisher nicht aufgefallen«, erwiderte Mortimer humorlos. »Sie vermuten natürlich, sie hätte sich mit irgendeinem Kerl übers Wochenende vergnügt, und ich sei nur eifersüchtig, was?« Seine Stimme wurde schrill.

»Keinesfalls«, wehrte Kincaid ab. »Das, was Sie uns erzählt haben, interessiert uns offengestanden sehr.«

Reg Mortimers Augen wurden groß. Er schnappte kurz nach Luft, bevor er sagte: »Aus welchem Grund? Was ist passiert?«

»Haben Sie noch ein bißchen Geduld mit uns, Mr. Mortimer«, erwiderte Gemma freundlich, um ihn nicht völlig zu verschrecken. »Wir wissen natürlich nicht, ob Ihrer Verlobten etwas zugestoßen ist. Trotzdem wäre es ganz gut, wenn Sie uns etwas mehr über Miß Hammond erzählen könnten.«

Nach kurzem Zögern antwortete Mortimer: »Annabelle ist einunddreißig. Sie ist im Januar einunddreißig geworden. Sie ist Geschäftsführerin von Hammond's Teas. Die Firma gehört ihrer Familie ... Annabelle hat sie von ihrem Vater vor fünf Jahren übernommen. Ich bin der Marketingchef. Der alte Speicher, der Firmensitz, liegt genau am Ende von Saunders Ness Road.«

Gemma hatte keine Ahnung, wo das war, aber sie schrieb die Adresse in ihr Notizbuch. »Und wie sieht Annabelle aus?« Sie sah, wie sich die Sehnen von Mortimers Händen spannten, als er den Becher noch fester umfaßte. »Größe?« gab sie das Stichwort, um ihm nicht länger Zeit zu lassen, über die Bedeutung ihrer Frage nachzudenken.

»Ungefähr so groß wie Sie. Und sie ist schlank. Hat rotes Haar.« Er sah Gemma prüfend an. »Aber nicht so wie bei Ihnen … heller, fast golden. Und vor allem länger.«

»Augenfarbe?«

»Blau.«

»Können Sie uns sagen, was sie gestern abend getragen hat?« Gemma hatte den Blick auf den Stift geheftet, den sie ruhig über dem Notizbuch hielt.

Sie fühlte seine Augen auf sich ruhen, bevor er leise antwortete: »Ein schwarzes Jackett, lang, mit Silberknöpfen, und einen kurzen schwarzen Rock.«

Gemma, die bewußt vermied, Kincaid anzusehen, trug alles sorgfältig in ihr Notizbuch ein. Angesichts dieser beinahe sicheren Identifizierung der Leiche, blieb das erwartete Triumphgefühl aus. Bis zu diesem Augenblick war die unbekannte Frau nur ein offenes Rätsel gewesen; jetzt war sie eine konkrete Person, jemand mit einem Namen, einem Job, einer Familie, einem Liebhaber geworden.

Kincaid legte die Fingerspitzen auf die Tischkante. »Danke, Mr. Mortimer. Das war sehr hilfreich.«

Gemma sah auf und fing zögernd Reg Mortimers Blick auf. Sie wollte seine Reaktion auf Kincaids folgende Worte genau beobachten.

»Mr. Mortimer, ich muß Ihnen leider sagen, daß die Beschreibung, die Sie uns von Annabelle Hammond gegeben haben, auf eine junge Frau zutrifft, die heute morgen im Mudchute Park gefunden worden ist.«

Mortimers Gesicht blieb unbewegt und ausdruckslos. Er fuhr sich mit der Zunge über die Lippen. »Tot?«

»Tut mir leid … ja.«

Reg Mortimer starrte sie einen Moment an, dann wich alle Farbe aus seinem Gesicht. Plötzlich brach der Henkel des Teebechers ab, den er noch immer in den Händen hielt. Er sah auf das demolierte, billige Porzellan in seiner Hand, als wisse er nicht recht, was er damit anfangen solle.

»Wenn Sie eine offizielle Aussage machen könnten …«

»Seit wann?« wollte Mortimer wissen.

»Irgendwann vergangene Nacht. Tut mir leid, aber Genaueres können wir noch nicht sagen, ohne …«

»Wie?«

»Mr. Mortimer, auch da sind wir nicht sicher. Bitte nennen Sie uns den Namen ihrer Schwester und …«

»Ich möchte sie sehen.«

»Tut mir leid, aber die Identifizierung muß ein Familienangehöriger vornehmen«, warf Gemma leise ein. »Wenn Sie uns nur …«

»Sie wollen doch wohl nicht, daß Joe …« Die Stimme versagte ihm.

»Das ist Vorschrift. Mr. Mortimer, ich bin …«

»Das halte ich nicht aus … Ich möchte Gewißheit haben …«

Obwohl Gemma seine Bitte nur zu gut verstand, schüttelte sie den Kopf. »Tut mir aufrichtig leid«, wiederholte sie.

Mortimer kam unsicher auf die Beine. »Dann möchte ich jetzt lieber nach Hause.«

Kincaid schob seinen Stuhl zurück. »Ich lasse Sie nach Hause bringen. Aber falls dieser Straßenmusiker der letzte gewesen ist, der Annabelle lebend gesehen hat, müssen wir uns mit ihm unterhalten. Hatten Sie ihn schon mal gesehen? Können Sie ihn beschreiben?«

Einen Moment glaubte Gemma, er habe nicht zugehört,

aber dann wischte er sich mit zitternder Hand über den Mund und versuchte sichtlich, Haltung zu bewahren. »Der Straßenmusikant? Nein, der war mir völlig unbekannt. Ich habe ihn mir nicht mal genauer angesehen, als ich im Tunnel an ihm vorbeigegangen bin. Aber, als ich zurückgeschaut habe ...« Er runzelte die Stirn und schloß die Augen. Dann umfaßte er die Stuhllehne. Er schwankte. »Er war groß – ich erinnere mich, daß Annabelle zu ihm aufsehen mußte. Kurzes Haar ... blond, Militärklamotten.«

»Welches Instrument hat er gespielt?«

Reg Mortimer schlug die Augen auf. »Ich erinnere mich, daß es mir ziemlich ungewöhnlich vorkam: Klarinette.«

Kit stand in der Mitte von Kincaids Wohnzimmer und beobachtete die Millionen schimmernder Staubteilchen, die im gleißenden Schein der späten Nachmittagssonne tanzten, die durch die offene Balkontür fiel. Nachdem er seine Reisetasche neben dem Sofa plaziert hatte, hatte er sie geöffnet und eines seiner naturkundlichen Bücher herausgenommen, es sorgfältig auf den Couchtisch gelegt, um das Gefühl zu haben, ein bißchen zu Hause zu sein. Nur ein einziges Mal hatte er zuvor eine Nacht in dieser Wohnung verbracht ... normalerweise besuchte Duncan ihn in Cambridge und machte mit ihm einen Ausflug, oder er übernachtete bei den Cavendishs im großen Haus, während Duncan bei Gemma wohnte ... Auf dieses Wochenende hatte er sich schon deshalb ganz besonders gefreut, weil er Duncan für sich allein haben sollte.

Sid, Kincaids schwarzer Kater, lag zusammengerollt auf einem Sonnenfleck auf dem Teppich, die Augen vor Zufriedenheit zu Schlitzen verengt. Kit kniete nieder, fuhr mit den Fingern durch das seidige Fell des Katers und kraulte ihn hinter den Ohren. Die Katze schnurrte so, daß sich die Vibrationen durch seine Finger und den Arm hinauf fortsetzten, bis er den Eindruck hatte, als versetzten sie auch seinen Kopf in Schwingungen. Die Nähe des Katers machte Kit die Trennung von seiner Hündin Tess schmerzlich bewußt.

Katzen waren in Ordnung. Er hatte nie eine Katze gehabt … wie im übrigen auch keinen Hund, bis ihm Tess zugelaufen war, aber nichts konnte die Einsamkeit besser lindern als ein Hund.

An diesem Morgen, als Duncan ihm gesagt hatte, daß er arbeiten müsse, hatte er nahe am Wasser gebaut gehabt … und allein der Gedanke daran, wie ihm die Tränen in die Augen geschossen waren und seine Stimme gezittert hatte, trieb ihm die Schamröte ins Gesicht. Allerdings war der Tag dann doch nicht so trostlos geworden, wie er angenommen hatte. Der Major war ihm überraschend sympathisch gewesen. Der alte Mann hatte kein Aufhebens um ihn gemacht … ihn weder getätschelt oder »armer Junge« zu ihm gesagt, noch ihn in der typisch mitleidigen Art der Erwachsenen angesehen. Der Major hatte das Unternehmen zum »Abenteuer« deklariert und war mit ihm mit der S-Bahn nach Wimbledon gefahren. Und Kit hatte sich redlich bemüht, seine Enttäuschung zu verbergen. Und obwohl sie ein grandioses Tennisspiel gesehen hatten, war es eben ohne Duncan nicht dasselbe gewesen. Es war so verdammt unfair!

Seit der Major ihn allein gelassen hatte und in seine Wohnung hinuntergegangen war, hatte sich Kit die Zeit damit vertrieben, sich in der Wohnung umzusehen, hatte die Bücher, CDs und die Bilder an der Wand begutachtet. Er hatte die Fernbedienung des Fernsehers ausprobiert, durch die Sender gezappt, aber kein Sky-TV gefunden, und das Gerät voller Verachtung wieder abgeschaltet. Eine Weile hatte er auf dem Balkon gestanden und auf den blühenden Garten des Majors hinuntergesehen. Dann war er wieder in die Wohnung gegangen, als ihn eine seltsame Leere zu überwältigen drohte.

Die Haut in seinem Gesicht spannte und brannte von der Sonne, und plötzlich merkte er, wie durstig er war. Er schlenderte in die Küche, öffnete den Kühlschrank und starrte auf den Inhalt. Eine Flasche Orangensaft, eine Literpackung Milch mit abgelaufenem Datum, eine Coca-Cola und zwei Büchsen Bier. Einen Moment war Kit versucht – er war immerhin fast zwölf und die Gelegenheit war günstig –, sich wie ein Erwachsener zu gebärden, aber da waren nur zwei Dosen Bier, und Duncan würde sicher merken, wenn eine fehlte. Mit einem Schulterzucken wählte er daher die Cola, öffnete sie und warf den Metallring in den Mülleimer. Dann sah er wahllos in Küchenschränke und -schubladen, trank seine Cola und nahm sie für den Fall, daß er eine Zigarette entdecken sollte, vor, diese statt des Biers auszuprobieren. Dann fiel ihm ein, daß er Duncan nie rauchen gesehen hatte.

Warum hatte Duncan ihn nicht wie versprochen angerufen? Wo war er überhaupt? Handelte es sich um einen Mordfall? Immerhin war das sein Job, auch wenn er nicht gern darüber sprach. Kit versuchte, sich eine von Kugeln durchsiebte Leiche vorzustellen, wie er sie aus seinen bevorzugten Videofilmen kannte, konnte sich jedoch nicht ganz des Bildes erwehren, an das er sich am wenigsten erinnern wollte: wie seine Mutter leblos auf dem Küchenboden ihres Cottages gelegen hatte.

Er warf die leere Cola-Dose in den Müll und sah auf die Uhr: fast sieben. Er hatte die Einladung des Majors abgelehnt, mit ihm in seiner Parterrewohnung gebackene Bohnen auf Toast zu essen und Karten zu spielen. Aber man konnte ja seine Meinung ändern. Alles war besser, als hier allein zu bleiben.

Die Busse, die die Kinder zum Bahnhof befördern sollten, parkten vor der Cubitt Town School am Straßenrand. Eltern standen in Gruppen darum herum und versuchten, einen letzten Blick auf ihre Söhne und Töchter zu erhaschen, während die Kinder von den Lehrern in unor-

dentlichen Reihen aufgestellt wurden. Viele der Mütter weinten, und der Anblick des tränennassen Gesichts seiner Mutter machte Lewis fast ebenso verlegen wie das Namensschild aus Papier, das er an seinen Pullover gesteckt trug. Er kam sich wie ein dämliches Postpaket vor. Und das schlimmste war, er fühlte sich wie ein Paket ohne Adresse, denn das Ziel der Reise hatte man ihnen verschwiegen. Viele Kinder trugen Wintermäntel, so daß der strenge Geruch von Schweiß und feuchter Wolle in der Luft hing, in den sich der Gestank von Erbrochenem mischte, da sich einige der kleineren Kinder vor Hitze und Aufregung übergeben mußten.

Dann begann sich die Schlange vorwärts zu bewegen, als die ersten Kinder ihren Bus bestiegen, und ein Stöhnen ging durch die Reihen der Eltern. Die Mutter des kleinen Simon Goss brach in lautes Schluchzen aus, reckte die Arme und flehte, ihr ihr Baby nicht wegzunehmen. Als Lewis sich krank vor Angst abwandte, entdeckte er plötzlich am Rand der Menge seinen Vater. Ihre Blicke trafen sich, und er sah die Tränen in seinen Augen.

Lewis schluckte schwer, hob die Hand und winkte; dann zerrte ihn die Schlange der Kinder mit und stieß und schob ihn die Treppen in den Bus hinauf. Er kletterte über andere Kinder hinweg, bis er einen Sitz am Fenster ergattert hatte, und von dort beobachtete er, wie der Rest der Kinder auf die Plätze verteilt wurde. Schließlich war es soweit. Er winkte seinen Eltern noch einmal zu, als der Bus anfuhr.

Dann ging die Reise los, und er wurde plötzlich aufgeregt ... trotz aller Ungewißheit, trotz der Tatsache, daß in seinem Koffer viele Dinge fehlten, die auf der Liste gefordert worden waren, trotz des erniedrigenden Namensschildes und der Gasmaske im Pappkarton vor seiner Brust. Als der Bus jedoch mit leichtem Schlingern in die Manchester Road einbog, drehte er sich so weit wie möglich auf seinem Sitz herum, um einen letzten Blick auf das Leben zu werfen, das er hinter sich ließ.

Zuerst, als der Bus holpernd und schwankend die Commercial Road hinunter und über die Tower Bridge fuhr, nahm er an, daß der

Bahnhof Waterloo ihr erstes Ziel sei. Zu Hause besaß er einen abgegriffenen und eifersüchtig gehüteten Stadtplan von London, und wenn er die Augen schloß, konnte er die Lage der großen Bahnhöfe so gut erkennen, als hielte er die Karte vor sich: Paddington, King's Cross, Euston, Marylebone, Victoria, St. Pancras, Waterloo. Die Züge verließen jeden Bahnhof in eine andere Richtung. Wenn er also wußte, wo sie abfahren sollten, konnte er das ungefähre Endziel der Reise erraten.

Doch während sie in südlicher Richtung und nach Lambeth weiterfuhren, war ihm klar, daß sie Waterloo hinter sich gelassen hatten. Kurz darauf überquerten sie an der Lambeth Bridge erneut die Themse. Victoria. Sie fuhren zur Victoria Station. Und von dort ... ging es nur in Richtung Süden ...

Es machte ihn schwindelig, zu der hohen gewölbten Decke hinaufzusehen, während er durch die Halle geschleust wurde, um sich den Schlangen merkwürdig stiller Kinder anzuschließen, die sich längs der Bahnsteige drängten. Dampf zischte und wirbelte um die Züge; die einzigen Geräusche waren die Schreie der Gepäckträger und Schaffner und das Echo der Pfiffe in den gewölbeartigen Hallen.

Trotz aller Bemühungen der Lehrer um Ordnung, fand das Einsteigen in den Zug erneut nur unter Stoßen und Drängen statt, während die Kinder um Sitze am Fenster und bei Freunden kämpften. Lewis' Waggon war mit mehreren Klassen vollgestopft. Trotzdem gelang es ihm, sich einen Fensterplatz zu sichern. Und da er Mitleid mit dem kleinen Simon Goss hatte, quetschte er diesen neben sich. Es gab noch eine Verzögerung, dann ertönte ein Aufschrei der Kinder, als der Schaffner die grüne Flagge schwenkte und sich der Zug in Bewegung setzte.

Als sie in den Sonnenschein hinausratterten, wurden belegte Brote aus Papiertüten gezogen und Schokoladenriegel ausgepackt. Die ängstliche Stille, die über der Kindermenge gelegen hatte, machte fröhlichem Feriengeplapper Platz. Lewis aß abwesend sein Brot mit Bratenfett, das ihm seine Mutter mitgegeben hatte, das Gesicht gegen das Fenster gepreßt. Die Vororte schienen sich ewig hinzuziehen ... Clapham ... Wandsworth ... Balham ... Grüne Flecken begannen zwischen den Häuseransammlungen aufzutauchen. Dann breiteten sich diese Flecken so weit aus, bis die Ansammlungen der Häuser, die sich wie dunkle Flecken gegen das Grün der sanften Hügellandschaft abhoben, in der Minderzahl waren.

Die Kinder wurden erneut still, nahmen die Fremdheit der Landschaft in sich auf, während die Temperaturen stiegen. Als der Zug unter lautem Getöse anhielt, ging ein erregtes Stöhnen durch den Waggon, und Übelkeit erfaßte Lewis. Sie warteten flüsternd, doch bald setzte sich der Zug erneut in Bewegung.

Während die Hitze weiter zunahm und die Kinder immer ängstlicher wurden, kamen unvermeidlich die besonderen Köstlichkeiten wieder hoch, die viele gegessen hatten. Und zu allem Übel stellte man bald fest, daß der Zug keine Toilette hatte. Lewis versuchte, sich gegen den Gestank die Nase zuzuhalten, aber das machte seinen Durst noch schlimmer. Simon Goss war an Lewis' Schulter eingeschlafen. Die jüngeren Kinder, die nicht schliefen, jammerten nach der Mutter – eine ständige Geräuschkulisse der Verzweiflung.

Dann verlangsamte der Zug erneut die Fahrt. Lewis schlug die Augen auf, die er gegen die Sonne geschlossen hatte. Seine Lider fühlten sich klebrig an. Er fuhr sich mit der Zunge über die aufgesprungenen Lippen und starrte blinzelnd auf das Stationsschild, als der Zug quietschend und rumpelnd zum Stehen kam. Dorking. *Wo immer das auch sein mochte. Er machte die Augen wieder zu, lehnte den Kopf gegen das Fenster, und fragte sich, ob er geschlafen und geträumt hatte, daß sie dazu verdammt waren, für immer in diesem Zug zu bleiben.*

Motorengeräusch weckte ihn erneut. Er sah blinzelnd hinaus. Ein grüner Bus hielt vor dem Bahnhof. Ihm folgten ein zweiter und dann noch einer. Männer schrien Kommandos, und die Busse wurden rangiert, bis sie neben dem Bahnsteig standen. Lewis' Herz klopfte bis zum Hals, als die Kinder aufwachten und Bewegung in den Waggon kam.

Das Umsteigen in die Busse verlief problemlos, da die meisten Kinder zu hungrig und erschöpft waren, um sich zu wehren. Lewis' Klasse blieb zusammen, und als ihr Bus den Bahnhof verließ, hielten die Kinder ihr Gepäck umklammert und starrten auf die roten Backsteingebäude der Hauptstraße. Bald jedoch hatten sie die Stadt hinter sich gelassen, und die Straße tauchte in eine sanft modellierte Hügellandschaft unter der Nachmittagssonne ein.

Lewis hatte sich im vorderen Teil des Busses wiedergefunden, und um die panische Angst zu unterdrücken, die ihn angesichts all dieser Weite erfaßte, sagte er zum Fahrer: »Wo sind wir hier, Mister?«

Der Fahrer, ein hagerer Mann mit ledernem Gesicht und widerspenstigem Haar, sah sich nach ihm um und antwortete lächelnd: »In Surrey, Junge.«

Das sagte Lewis gar nichts. Er versuchte es erneut. »Wie weit ist das? Wohin fahren wir, Mister?«

Ein neuer flüchtiger Blick des Fahrers traf ihn im Rückspiegel, und er antwortete: »Ungefähr zehn Meilen. Nicht weit. Wirst schon sehen.«

Lewis sank auf seinen Sitz zurück und fand, daß der Mann einen komischen Akzent hatte. Die Worte klangen gedehnt, die Silben unartikuliert. Das einzig Gute war, daß sie nicht allzu lange in diesem Bus ausharren mußten. Das kurvenreiche, ständige Auf und Ab der Straße verursachte ihm ein seltsames Gefühl in der Magengegend, und er kämpfte mit dem Fensterverschluß, bis es ihm schließlich gelang, mehr Luft zu bekommen.

Er versuchte die Augen zu schließen, aber das machte alles nur noch schlimmer, und er sah auf die riesige Weite des Landes hinaus, die sich zu seiner Rechten erstreckte.

Der Fahrer, der Lewis' Blick im Rückspiegel gefolgt war, sagte: »Das sind die Nord Surrey Downs, Junge. Alte Erde ist das. Diesen Weg sind Menschen seit dem finstersten Mittelalter gegangen.«

Lewis empfand den Gedanken nicht als tröstlich.

Kurz darauf bogen sie nach links in eine Straße ab, die kaum brei-

ter war als der Bus selbst. Diese führte leicht bergab, zwischen dichten Hecken hindurch, schlängelte und wand sich weiter, und bei jeder Biegung hielt Lewis in panischer Angst die Luft an und kniff die Augen zu. Er war sicher, daß der Bus entweder in die Hecke rasen oder mit einem entgegenkommenden Fahrzeug kollidieren würde, doch der Fahrer schien völlig sorglos, so daß sich Lewis schließlich etwas entspannte.

Dann verschwanden die Hecken, und ein dreieckiges Stück Wiese tauchte vor ihnen auf. Einige wenige Häuser drängten sich an ihrem Rand, und etwas weiter oben am Hang auf der gegenüberliegenden Seite erhob sich ein Kirchturm. Der Bus fuhr an der Dorfwiese vorbei und in eine andere schmale Straße, die allerdings rechts und links von Häusern gesäumt war und schließlich vor einem langgestreckten, niedrigen Gebäude endete, auf dem in großen Lettern INSTITUT FÜR FRAUEN *stand.*

Sie waren am Ziel.

»Kit müßte inzwischen wieder in der Wohnung sein.« Kincaid nahm das Handy aus der Halterung, während sie in den Blackwell-Tunnel einfuhren.

Er hatte das Verdeck des Midget offen gelassen, und Gemma hielt sich mit einer Hand die Haarsträhnen aus dem Gesicht, die sich aus ihrem Haarband gelöst hatten, und blätterte mit der anderen den Stadtplan um. »Mit Kit ist alles in Ordnung«, versicherte sie ihm, ohne aufzuschauen. »Der Major hat ein Auge auf ihn.« Sie folgte mit dem Finger einer Linie auf dem Stadtplan. »Ich glaube, ich habe die Straße gefunden. Sieht allerdings auf der Karte winzig aus. Verläuft direkt über der Altstadt von Greenwich.«

»Gut. So weit komme ich.«

Sie waren auf dem Weg zu Annabelle Hammonds Schwester. Reg Mortimer hatte ihnen die Adresse gegeben.

»Bist du bei Mortimer fündig geworden?« fragte Gemma.

Sie tauchten aus dem Tunnel auf und erneut in gleißende Sonne. Sie hatte einen Wagen organisiert, der Mortimer nach Hause bringen sollte, während Kincaid mit Janice Coppin gesprochen hatte.

»Absolute Fehlanzeige. Jedenfalls, was unsere Akten betrifft. Nicht mal eine Verkehrsverwarnung, denn offenbar fährt unser Mr. Mortimer nicht Auto.« Er blinzelte ins Gegenlicht und bog in westlicher Richtung zur Trafalgar Road ab. Die tiefstehende Sonne blendete ihn. »Was hältst du von seiner Story?«

»Löchrig wie ein Schweizer Käse«, antwortete Gemma. »Annabelle Hammond soll die Party ihrer Schwester verlassen haben, weil es ihr nicht gutging ... und dann läßt er sie im Tunnel einfach allein? Unwahrscheinlich.«

»Und weshalb ist er nicht zurückgegangen, als er sie im Gespräch mit dem Musikanten gesehen hat? Es sei denn ... er hat den Musiker erfunden, um nicht derjenige zu sein, der sie als letzter lebend gesehen hat«, überlegte Kincaid laut.

»In diesem Fall frage ich mich, weshalb er überhaupt auf sich aufmerksam gemacht hat. Ich meine, er wollte immerhin unbedingt eine Vermißtenanzeige aufgeben.«

Kincaid zuckte die Achseln. »Wir wissen nicht sicher, daß *sie* tatsächlich unser Opfer ist. Eigentlich ziemlich voreilig von uns, davon auszugehen.« Er warf einen Seitenblick nach links, sah den Anfang von Greenwich Park, dessen gepflegte Rasenfläche den sanften Hang hinaufführte, auf dem das alte Königliche Observatorium stand. Er erinnerte sich noch, wie niederschmetternd er die Nachricht empfunden hatte, daß die mittlere Greenwich-Normalzeit jetzt in Deptford gemessen wurde. Etwas von der Romantik seiner Kindheit war in diesem Moment gestorben. »Wir müssen mal mit den Jungs hierherkommen«, sagte er und streckte die Hand aus. »Die *Cutty Sark* besichtigen, das Observatorium besuchen. Kit müßte das doch interessieren, was meinst du? Außerdem gibt's einen Imbißpavillon.«

»Für die nimmersatten Mäuler«, bemerkte Gemma mit einem Lächeln. »Du biegst am besten dort vorn nach links, fährst am Polizeirevier vorbei und biegst auf der Circus Street rechts und auf der Prior wieder links ab.«

Er folgte ihren Anweisungen, und sie schlängelten sich auf diese Weise bergauf, bis sie in eine kleine, unasphaltierte Gasse mit dem reichlich übertriebenen Namen Emerald Crescent kamen. Die schmale, verwinkelte, von Hecken, Hintergärten und einigen alten Häusern gesäumte Straße hatte eher die Form eines Z als eines Halbmonds. Gleich hinter der letzten, spitzen Kurve des Z und zu ihrer Linken entdeckten sie die Adresse, die man ihnen von Jo Lowell, Annabelles Schwester, genannt hatte.

Quadratisch und symmetrisch, aus grauem Backstein mit weißen Fenstern und Läden, wurde das Haus von der Straße nur durch einen Eisenzaun getrennt, der den Kellereingang flankierte. Durch das Fenster zur Linken der Eingangstür konnten sie eine Vase mit Sonnenblumen auf einem Tisch erkennen.

Kincaid fuhr um die letzte Kurve zurück, bis er einen Parkplatz für den Wagen gefunden hatte. Er machte den Motor des Midget aus, stieg aus und horchte einen Moment auf die abendlichen Geräusche der Gasse. Ein Kind schrie, ein Hund bellte, und irgendwo klapperte Geschirr. »Ein friedlicher Abend«, murmelte er leise, als sie zum Haus gingen.

»Bis jetzt.« Gemma drängte sich etwas dichter an ihn, ihre Schulter rieb gegen seine Schulter. »Kann man leider nichts machen.«

Er sah auf sie herab und war ihr für die tröstlich gemeinten Worte dankbar. Sie wußte, wie sehr er diesen Teil seines Berufs haßte. Einen kurzen Moment, als sie die Tür erreichten, ruhte seine Handfläche auf ihrem Rücken. Dann drückte er auf den Klingelknopf.

Die Klingel hallte laut durchs Haus, und als eine Stimme rief: »Komme schon!«, schwang auch schon die Tür auf. Die Frau, die ihnen gegenüberstand, sah ihnen mit der neutralen Miene entgegen, die sie für unerwartete Besucher reserviert hatte. Dann lächelte sie zögernd. »Was kann ich für Sie tun?«

Kincaid erwiderte ihr Lächeln. »Sind Sie Josephine Lowell?«

Sie runzelte die Stirn. »Ja, ich bin Jo. Aber falls Sie etwas verkaufen ...«

»Wir sind von der Polizei, Mrs. Lowell.« Kincaid stellte sich vor und zückte seinen Dienstausweis. Jo Lowells Augen weiteten sich. »Was ...« Sie sah ins Haus zurück, wo streitende Kinderstimmen deutlich zu hören waren.

»Wir müssen Ihnen ein paar Fragen stellen, Mrs. Lowell. Dürfen wir reinkommen?«

»Oh ... natürlich.« Sie trat einen Schritt zurück. »Macht es was aus, wenn wir uns in der Küche unterhalten? Ich koche gerade Abendessen ... schätze, da läuft mittlerweile einiges aus dem Ruder.«

Sie folgten ihr durch ein gelbgestrichenes Eßzimmer mit dem Strauß Sonnenblumen, den sie durchs Fenster gesehen hatten, in eine geräumige, gemütliche Küche, deren Fenster zum rückwärtigen Garten führten. Ein kleines Mädchen stand auf einem Hocker vor dem Herd und rührte in einem Topf, und ein älterer Junge war offenbar bemüht, ihr den Kochlöffel zu entreißen. Es roch nach Zwiebeln, Knoblauch und Gewürzen, die sich in den vorherrschenden Duft gekochter Tomaten mengten. Spaghettisauce, riet Kincaid stumm.

»Gib endlich her, Sarah! Du hast schon Sauce über den ganzen Herd gespritzt.« Der Junge griff erneut energisch nach dem Kochlöffel, doch das Mädchen riß ihn mit lautem Kreischen an sich.

»Mami! Ich will rühren!« Tomatensauce tropfte vom Löffel auf den Fußboden und verteilte sich dort wie frisches Blut.

»Okay, ihr beiden, das reicht.« Jo Lowell entwand ihrer Tochter den Kochlöffel und hob sie vom Hocker. Dann wischte sie den Boden mit einem Küchentuch auf.

Der Junge wurde rot bis unter die Wurzeln seines roten Haars. »Wollte nur helfen. Für die Sauerei kann ich nichts. Du denkst immer ...«

»Harry, bitte!« Jo Lowells resignierter Ton machte klar, daß dies eine alltägliche Szene war. »Gehst du bitte ein paar Minuten mit Sarah in den Garten?«

Etwas am Ton der Mutter schien ihn aufmerksam gemacht zu haben, denn der Junge drehte sich um und sah sie zum ersten Mal an. »Aber ...«

»Harry.« Jos Ton war streng.

Mit einem letzten Blick auf die Besucher kapitulierte er. »Schon gut, schon gut.« Damit nahm er seine Schwester bei der Hand und führte sie zur Tür hinaus. »Komm jetzt, Sarah. Du darfst den Ball schlagen.«

Die Tür klappte hinter ihnen zu, und Gemma lächelte. »Da bringt er aber ein großes Opfer ... ich meine, der kleinen Schwester den Ball zuzuwerfen ...«

Jo schüttelte den Kopf. »Harrys Leben scheint im Augenblick voller Schwierigkeiten zu sein. Aber das interessiert Sie bestimmt nicht. Bitte, setzen Sie sich doch.« Sie deutete auf die Frühstücksnische links neben der Tür zum Garten. Dann drehte sie sich zum Herd um. Dampf stieg von einem großen Topf hinter der Stielpfanne auf. »Ich will nur das Spaghettiwasser vom Herd nehmen.« Dann wandte sie sich wieder um und lehnte sich gegen den Herd. Sie verschränkte die Arme vor der Brust. »Kann ich Ihnen was anbieten?«

»Nein danke«, wehrte Kincaid ab und musterte Jo Lowell prüfend, nachdem er Gemma einen Stuhl zurechtgerückt hatte. Ein Fleck Tomatensauce prangte auf ihrem T-Shirt, und ihre Jeans war farbverschmiert. Ihr kastanienbraunes Haar hatte sie mit einem Tuch zu einem Pferdeschwanz zusammengebunden. Sie war ungeschminkt und hatte blasse Sommersprossen. Für seinen Geschmack war sie etwas zu schlank, und sie hatte Schatten unter den Augen, als habe sie nicht gut geschlafen. Jo Lowell war eine attraktive Frau, hatte jedoch keinerlei Ähnlichkeit mit der Toten vom Mudchute Park. Der einzige Anhaltspunkt war die Haarfarbe des Jungen namens Harry ... Er setzte sich so, daß er durch das große Fenster in den Garten hinaussehen konnte. »Wir möchten Ihnen nur ein paar Fragen stellen. Es geht um Ihre Schwester.«

»Um meine Schwester?« Ihre Überraschung wirkte so echt, daß er sich automatisch fragte, was sie wohl erwartet hatte.

»Ihr Verlobter, Reginald Mortimer, hat sie als vermißt gemeldet. Er soll Sie angerufen haben. Stimmt das?«

Jo machte eine wegwerfende Handbewegung. »Ja, hat er. Aber ich nehme an, Annabelle ist noch wütend auf ihn und hat sich daher vorübergehend rar gemacht.«

»Dann ist das also schon öfter vorgekommen?«

»Nein, nein. Aber gestern abend ...«

Bevor Jos Zögern zu echter Vorsicht werden konnte, fiel Gemma ihr ins Wort: »Was war gestern abend?«

»Sie sind hier gewesen ... Reg muß Ihnen das doch erzählt haben ..., und ich glaube, sie hatten Streit. Ist Annabelles Methode, wenn sie wütend ist ... dann hält sie einen auf Distanz.«

»Haben die beiden deshalb die Party verlassen? Weil sie Streit hatten?«

»Warum interessiert Sie das?« fragte Jo Lowell. »Ich finde, Sie sollten mir lieber sagen, was los ...«

»Haben Sie eine Ahnung, worum es bei dem Streit gegangen ist?« Kincaid war nicht bereit, sich ablenken zu lassen.

»Nein, tut mir leid. Habe ich nicht.« Jo veränderte ihre Position vor dem Herd und verschränkte die Hände ineinander.

»Hier bei Ihnen hat doch ein Abendessen für mehrere Personen stattgefunden, oder?« drängte Gemma. »Sollte was Bestimmtes gefeiert werden?«

Durch die Tür hörten sie Harrys ständiges Maulen und Sarahs hohe durchdringende Stimme, die gelegentlich antwortete. Jo sah aus dem Fenster über dem Spülbecken. »Nein. Aber mein Mann und ich haben uns scheiden lassen, und es war mein erster Versuch als alleinstehende Gastgeberin ...«

»Muß Ihren gesellschaftlichen Bemühungen einen ziemlichen Dämpfer gegeben haben, als Ihre Schwester und ihr Verlobter einen Streit vom Zaun gebrochen haben«, bemerkte Gemma mitfühlend.

»Ein bißchen peinlich war es schon«, gab Jo stirnrunzelnd zu.

»Soviel ich verstanden habe, arbeiten die beiden zusammen. Muß im Beruf noch viel peinlicher sein, wenn sie sich nicht verstehen.«

Jo zuckte die Achseln. »Ich finde, sie kommen besser miteinander aus als die meisten ... Hatten auch genug Zeit, ihre Differenzen auszufechten.«

»Dann kennen sich die beiden schon lange?« fragte Kincaid.

»Seit ihrer Kindheit. Unsere Eltern waren befreundet. Und eigentlich war es Vater, der Annabelle ermuntert hat, sich für Reg zu entscheiden.«

»Sie meinen beruflich? Nicht privat?«

»Vater hatte von jeher ehrgeizige, dynastische Pläne mit Annabelle, und Reg paßt in jeder Hinsicht prächtig ins Bild. Eine Verbindung der Hammonds mit den Mortimers würde ihn sogar fast dafür entschädigen, keinen Sohn in der Firma zu haben.«

»Was ist denn so Besonderes an den Mortimers?« erkundigte sich Gemma.

»Sir Peter ... Regs Vater ... ist ein ziemlich großes Tier im Gastronomiegewerbe. Ich mag ihn eigentlich sehr. Was den Schwiegervater betrifft, hat Annabelle es gut getroffen.« Und nachdenklich fügte sie hinzu: »Was soll das alles? Sie nehmen diese Vermißtenanzeige doch wohl nicht ernst, oder?«

»Mrs. Lowell, haben Sie Ihre Schwester gesehen oder von ihr gehört, seit sie vergangenen Abend Ihr Haus verlassen hat?« Kincaid wußte, daß er in die üblichen Polizeiplatitüden verfiel, aber ähnlich der Floskeln anläßlich von Geburten und Todesfällen hatten sie durchaus ihre Berechtigung.

Jo starrte ihn an. »Nein, aber daran ist nichts Ungewöhnliches. Manchmal sprechen wir uns wochenlang nicht. Was ...«

»Mrs. Lowell, ich glaube, Sie sollten sich setzen.«

Jo kam langsam und unwillig zum Tisch und ließ sich auf einem Stuhl nieder, ohne den Blick von ihnen zu wenden. Ihre Miene wurde ängstlich. »Was ist passiert? Ist mit Annabelle alles in Ordnung?«

Kincaid sah zum Fenster hinaus und auf die Szene, die die beiden Kinder auf dem Rasen boten. Sarah Lowell stand mit dem Rücken zum Haus, den Baseballschläger erhoben, und als der Bruder ihr den Ball zuwarf, schimmerte die Sonne in seinem Haar.

Falls sie sich geirrt hatten, mußte Jo Lowell die Fahrt zum Leichenschauhaus umsonst auf sich nehmen. Wenn sie recht hatten, wünschte er, er könne ihr gerade diesen Moment bewahren, ungetrübt von Trauer, erfüllt vom Kinderlachen in der Abendluft.

Kincaid hatte Gemma nach der Rückkehr vom Leichenschauhaus nach Hause geschickt. An diesem Abend kamen sie in ihrem Mordfall sowieso nicht mehr weiter. Kincaid wollte lediglich den anstehenden Papierkram im Limehouse-Polizeirevier erledigen. Darauf hatte er bestanden. In Wirklichkeit jedoch brauchte er etwas Zeit für sich allein, um die Eindrücke des Tages zu verarbeiten.

Jo Lowells ruhige Identifizierung der Leiche ihrer Schwester hatte ihm mehr zu schaffen gemacht als Tränen. Seine Beileidsbekundung hatte selbst in seinen Ohren steif und plump geklungen. Anschließend hatte er sie nach Hause gefahren, ohne den Versuch zu machen, sie weiter zur Sache zu befragen.

Jetzt, da das Opfer einen Namen hatte, würde man bei den Ermittlungen dazu übergehen, die Beweise zu sichten und jeder Verbindung zu Annabelle Hammond nachzugehen. Der Constable, den man zum Greenwich-Fußgängertunnel geschickt hatte, hatte keine Spur von einem Straßenmusikanten entdecken können, auf den Reg Mortimers Beschreibung gepaßt hätte. Aber Kincaid hatte von Anfang an seine Zweifel bezüglich des Wahrheitsgehalts der Geschichte gehabt. Sie kam einfach viel zu gelegen für Reg Mortimer, und Kincaid hatte den Verdacht, daß der Verlobte des Opfers über einigen Erfindungsreichtum verfügte.

Nachdem er die Papiere auf seinem provisorischen Schreibtisch im Limehouse-Revier aufgearbeitet hatte, verabschiedete er sich von den diensthabenden Beamten im Bereitschaftsraum und verließ das Gebäude durch einen Seiteneingang. Als er den Midget vom Parkplatz fuhr, hörte er Musik und Lachen aus der Kneipe gegenüber. Die Vorstellung, daß Kit jetzt allein in seiner Wohnung wartete, erstickte die Versuchung, auf ein Glas Bier einzukehren, bereits im Keim. Während er sich vornahm, den Midget gleich am folgenden Morgen gegen einen Rover-Funkwagen aus dem Fuhrpark von Scotland Yard einzutauschen, genoß er an diesem Abend noch einmal das Gefühl, mit offenem Verdeck durch die milde Abendluft zu fahren.

Er liebte London bei Nacht, wenn die Straßen leer waren und sich die Unmenge der Lichter zu einem Kaleidoskop verdichtete. Als er auf die West India Dock Road hinausfuhr, sah er zu seiner Linken das blinkende Warnlicht auf dem Canada

Tower der Canary Wharf. Er fragte sich, ob Annabelle Hammond es wohl vergangene Nacht gesehen haben mochte, als sie aus dem Greenwich-Tunnel gekommen war, und ob sie allein gewesen war …

Natürlich war die Möglichkeit nicht auszuschließen, daß Annabelle von einem Fremden – vielleicht nach mißlungener Vergewaltigung – ermordet worden war. Vielleicht hatte sie sich nur zur falschen Zeit am falschen Ort aufgehalten. Sein Gefühl allerdings sagte ihm, daß mehr dahintersteckte. Er vermutete, daß Annabelle Hammond eine Frau gewesen war, die in ihrer Umgebung starke emotionale Reaktionen hervorgerufen hatte, und daß es diese Veranlagung gewesen war, die sie das Leben gekostet hatte.

Die Fahrt von Limehouse nach Hampstead dauerte nur halb so lang wie bei Tag, und als er die Carlingford Road erreichte, fand er einen Parkplatz in der Nähe seiner Wohnung, was zu dieser späten Stunde ein unverhoffter Glücksfall war. Die Fenster der Parterrewohnung des Majors waren bereits dunkel. Er betrat das Gebäude und ging die Stufen zu seinem Apartment hinauf.

Leise steckte er den Schlüssel ins Schloß und öffnete die Tür. Sein Wohnzimmer lag im Halbdunkel, nur von der kleinen Lampe in der Küchennische und dem Flackern des Fernsehbildschirms ohne Ton erhellt. Kit lag in Jeans und T-Shirt auf dem Sofa, hatte einen Arm ausgestreckt und schlief fest. Sid hatte sich vor seiner Brust zusammengerollt. Der Kater machte die grünen Augen auf und sah Kincaid blinzelnd an. Der Junge rührte sich nicht.

Während Kincaid so dastand und ihn beobachtete, stellte sich dasselbe alte Gefühl ein wie damals beim Anblick des schlafenden Kit, als er den Jungen in seinem Versteck im Landhaus in Grantchester nach dem Tod der Mutter gefunden hatte.

Er wandte sich ab und entdeckte in der Küchennische einen

abgedeckten Teller mit Sandwiches, ein Glas Milch und eine Nachricht in Kits kleiner, sauberer Handschrift:

Lieber Duncan,
wir haben dir ein paar Brote vom Picknick aufgehoben. Den Kuchen allerdings haben wir (oder eigentlich ich) aufgegessen. Der Major will morgen mit mir nach Kew Gardens … wenn du arbeiten mußt.

P.S. Habe Sid gefüttert. Er liebt Schinkenbrote.

P.S. Tennis war toll! Nur schade, daß du nicht dabei warst.

Die Nachricht war mit einem großen geschwungenen K signiert, das Kit reich verziert hatte.

Kincaid fand eine leichte Decke im Wäscheschrank und legte sie über Kit, nicht jedoch über die Katze. Dann stellte er Sandwiches und Milch in den Kühlschrank, schenkte sich einen Finger hoch fünfundzwanzig Jahre gereiften Macallan Whisky ein und trug Zettel und Drink quer durchs Wohnzimmer zum Sessel. Dort saß er lange und bewegungslos, hob nur gelegentlich sein Glas an die Lippen und bewachte Kits gleichmäßige Atemzüge.

Nachdem sie die Kinder ins Bett gebracht hatte, lief Jo zum Nachbarhaus und schloß mit ihrem Schlüssel die Haustür ihres Vaters auf. Er hatte Sir Peter und Helena ins Savoy zum Essen eingeladen, sollte jedoch in Kürze nach Hause zurückkehren, und sie hatte beschlossen, ihm die Nachricht noch an diesem Abend zu überbringen.

Es den Kindern zu sagen, hatte sie nicht über sich gebracht; noch nicht … obwohl ihr klar war, daß sie das nur bis zum kommenden Morgen würde aufschieben können. Die beiden waren ohne Widerrede ins Bett gegangen, ein Zeichen, daß sie spürten, daß etwas nicht stimmte, aber sie hatten keine Fragen gestellt. Auch ihre unerklärte Abwesenheit hatten sie nicht hinterfragt, als sie mit den Polizeibeamten zum Leichenschauhaus gefahren war. Nur Harry hatte gemeckert, als sie für ein paar Stunden zu den Nachbarn geschickt wurden.

Jetzt stand sie in der Diele und horchte auf die Geräusche des leeren Hauses. Die alte Standuhr tickte; die Fußbodenbohlen knarrten; aus der Küche drang das tiefe Brummen des Kühlschranks, begleitet vom Tropfen des Wasserhahns. Sie war in diesem Haus aufgewachsen, und für sie war es eine lebendige, atmende Einheit, so vertraut wie der eigene Körper. Es hatte einen eigenen, einzigartigen Geruch, und sie schloß die Augen, als sie die einzelnen Komponenten zu definieren versuchte. Hing da nicht auch noch vier Jahre nach dem Tod der Mutter ein Hauch von Teerosenduft in der Luft? Es war das Lieblingsparfüm der Mutter, und das Haus war von Frühjahr bis zum ersten Frost mit Gartenrosen gefüllt gewesen. Blieben Düfte wie Gespenster latent vorhanden, unsichtbar und doch präsent für diejenigen, die fähig waren, sie wahrzunehmen?

Sie sah zum Portrait der Mutter im Treppenaufgang hinauf. Spitzenschal und Hut, die Isabel Hammond auf dem Bild trug, verbargen zum großen Teil ihr rotgoldenes Haar, doch die Augen, die auf sie herabblickten, waren Annabelles Augen.

Das einzig Gute, das Jo im Tod der Schwester erkennen konnte, war, daß ihre Mutter ihn nicht hatte erleben müssen. Obwohl die Mutter Annabelle objektiver gesehen hatte als die meisten, hatte sie sie nichtsdestotrotz sehr geliebt. So wie Jo die eigenen Kinder liebte – trotz ihrer Fehler –, und ihr wurde klar, daß sie sich mit ihrem Tod, in welchem Alter auch immer, nie würde abfinden können.

Als sie das Wohnzimmer betrat, schlug ihr der Geruch des Vaters entgegen, das herbe Aroma seiner Rasierseife, überlagert von dem scharfen Geruch von Leim und dem leicht würzigen Duft von Balsaholz. Er war schon immer sehr geschickt mit seinen Händen gewesen, und als zuerst die Krankheit der Mutter, dann die eigene, ihn gezwungen hatte, das Tagesgeschäft in der Firma Annabelle zu überlassen, hatte er angefangen, Modelle von alten Teefrachtseglern zu bauen. Seit seiner Kindheit hatte ihn die komplizierte Präzision der Konstruktion von Schiffen fasziniert, die als erste Tee nach Großbritannien gebracht hatten.

Der Eßtisch diente ihm als Werkbank, und er hatte das Speisezimmer nicht nur zweckentfremdet, sondern auch selbstgebaute, beleuchtete Vitrinen für seine Modelle aufgestellt.

Jo hob ein halbfertiges Modell hoch, strich mit den Fingern über die geschwungene Linie des Rumpfs und suchte nach kleinen Fehlern. Waren diese Holzmodelle Ersatz genug für den Verlust einer Tochter, die ihm alles bedeutet hatte?

Er lebte noch immer von seinen Firmenanteilen ... wie auch, bis zu einem gewissen Grad, sie selbst. Jedenfalls hielt das Einkommen aus der Firma auch ihr kleines Unternehmen in Schwung, erlaubte es ihr, zu Hause zu arbeiten und gleichzeitig für die Kinder dazusein. Würde Hammond's ihnen weiterhin diese finanzielle Sicherheit bieten können ... ohne Annabelle?

Jo schüttelte den Kopf und ging zum Getränkeschrank. Es hatte keinen Sinn, so weit vorauszudenken. Erst war dieser Abend zu überstehen; morgen würde sie an den nächsten Schritt denken. Eines nach dem anderen zu nehmen, das hatte sie nach dem Tod der Mutter gelernt. Sie schenkte sich den geliebten Courvoisier des Vaters in einen Kognakschwenker, ging damit ins Wohnzimmer und sank in den Sessel am Kamin. Die Fenster standen weit offen, und die Vorhänge bauschten sich von Zeit zu Zeit im Abendwind.

Grüner Samt. Die Wahl der Mutter. Wenn Jo neben ihnen

stand, glaubte sie den Pfeifentabak zu riechen, den ihr Vater geraucht hatte, als sie Kinder gewesen waren. Annabelle war diejenige gewesen, die nicht geruht hatte, bis er das Rauchen aufgegeben hatte. Sie hatte behauptet, ihr würde davon schlecht, sie könne es nicht ertragen, mit ihm in einem Zimmer zu sein, wenn er rauche; den Gnadenstoß hatte sie ihm gegeben, indem sie sich wochenlang geweigert hatte, ihm einen Gutenachtkuß zu geben. Als Machtprobe war dieser Trick brillant und das erste Anzeichen dessen gewesen, was sie noch von Annabelle zu erwarten hatten.

Jos Hand zuckte beim Geräusch eines näher kommenden Wagens, und Kognak schwappte über den Glasrand. Sie hielt die Luft an. Wie sollte sie es nur anstellen? Was hatte sie mit ihren vierunddreißig Jahren darauf vorbereitet, ihrem Vater diese schreckliche Nachricht überbringen zu müssen? Einen kurzen Augenblick lang hoffte sie, daß Reg Mortimer seine Eltern bereits angerufen und Peter und Helena es ihm gesagt haben könnten; dann schimpfte sie sich einen Feigling. Kies knirschte, als der Wagen in die Einfahrt einbog. Sie hörte, wie die Schaltung knackte, als das Auto bergauf fuhr.

Vorsichtig stellte sie das Glas auf den Beistelltisch und stand auf. Ihre Glieder fühlten sich komisch an, unkoordiniert wie die eines Kleinkindes, und sobald sie sich aus dem Sessel gestemmt hatte, blieb sie wie angewurzelt stehen. Die Autotür schlug zu, und kurz darauf hörte sie den Schlüssel des Vaters in der Tür, die sie unverschlossen gelassen hatte.

Die Tür schwang auf. »Jo?«

Sie fand ihre Stimme wieder. »Ich bin hier, Dad.«

»Gut. Ich hätte schwören können, daß ich die Tür abgeschlossen habe. Hasse die Vorstellung, langsam zum alten vergeßlichen Trottel zu werden.« Er trat ins Wohnzimmer und hielt ihr die Wange zum Kuß hin. Er trug einen leichten grauen Sommeranzug, der sein silbergraues Haar betonte. William

Hammond war Ende Sechzig und noch immer ein gutaussehender Mann. Seit Isabels Tod hatte er sich heftig gegen Übergriffe des »Witwenclubs«, wie Annabelle die Damenfront nannte, erwehren müssen.

Genannt hatte, erinnerte Jo sich. Sie schluckte. »Dad ...«

»Peter und Helen lassen grüßen. Wie ich sehe, hast du dir schon was zu trinken eingeschenkt. Schätze, ich leiste dir mit einem Gutenachttrunk Gesellschaft. Wollte nicht zuviel trinken und dann Auto fahren. Du weißt, wie scharf die Polizei heutzutage ...«

»Dad.« Jo berührte seinen Arm. Ihre Hand zitterte. »Ich möchte, daß du dich setzt.«

William betrachtete prüfend ihr Gesicht. »Ist mit dir alles in Ordnung, Jo?«

»Dad, bitte.« Sie sah, wie sich sein leicht besorgter Ausdruck in Angst verwandelte.

»Was gibt's, Jo? Ist was mit den Kindern?«

»Denen geht's gut. Es ist ...«

»Ist es wegen Martin?«

»Dad, bitte.« Sie preßte die Hand gegen seine Brust und zwang ihn, einen Schritt zurückzutreten. Als seine Waden gegen die Sofakante stießen, mußte er sich unfreiwillig setzen. Jo ging vor ihm in die Knie. »Dad, es ist wegen Annabelle. Sie ist tot.«

»Was?« Er starrte sie verständnislos an.

»Annabelle ist tot.« *Annabelle ist tot.* Der Satz hallte in Jo wider wie ein Kinderreim.

William zog die Augenbrauen hoch. »Rede keinen Blödsinn, Jo. Was ist denn nur los mit dir?«

Jo ergriff die Hände des Vaters. Die Haut auf den Knöcheln fühlte sich wie Seide unter ihren Fingern an. »Die Polizei ist bei mir gewesen. Reg hatte sie als vermißt gemeldet, weil sie gestern nacht nicht nach Hause gekommen ist.«

»Die beiden hatten bestimmt nur einen harmlosen Streit ...«

»Das habe ich auch gedacht, als er mich heute nachmittag anrief. Aber die Polizei hat sie gefunden. Tot. Ich weiß es. Ich habe sie gesehen.«

»Nein ...« Williams Gesichtsmuskeln erschlafften schlagartig wie Modelliermasse, die zu nah an eine Flamme gekommen war. Er schüttelte heftig den Kopf. »Das muß ein Irrtum sein, Jo. Annabelle kann nicht tot sein. Nicht Annabelle ...«

Nicht Annabelle. Niemals deine kostbare Annabelle.

»Daddy, es tut mir so leid.« Als sie die Hände des Vaters drückte, fühlte sie, wie die Ungeheuerlichkeit des Geschehens sie plötzlich zu überwältigen drohte. Annabelle war immer dagewesen, um geliebt oder gehaßt zu werden. Wie sollte sie nur ohne sie auskommen?

5

Die Isle of Dogs, der spätere Standort der West India Docks, war damals ein feuchtes, ödes Brachland, das man lediglich als Kuhweide nutzte. Angeblich hatte die Insel nur zwei Bewohner: den Kuhhirten, der das Vieh von den Marschwiesen trieb, und den Fährmann, der die Fähre nach Greenwich betrieb.

THEO BARKER, *aus: Docklands,*
ein illustrierter historischer Überblick

Als Kincaids Wecker schrillte, hatte er das Kissen über den Kopf gelegt. Um sechs Uhr morgens war es bereits hell, und die Luft, die durch das offene Fenster drang, roch frisch und rein. Das erleichterte ihm das Aufstehen zu dieser nachtschlafenen Zeit an einem Sonntag morgen. Die Obduktion von Annabelle Hammond war auf acht Uhr angesetzt, und er hatte mit Gemma verabredet, sich mit ihr im Yard zu treffen und gemeinsam mit ihr zum Leichenschauhaus zu fahren.

Obwohl er sich hastig und leise duschte und rasierte, begann Kit sich zu regen und schlug schließlich die Augen auf, als er auf Zehenspitzen durchs Wohnzimmer zur Tür schlich.

»Wieviel Uhr ist es?« fragte Kit schläfrig und stützte sich auf einen Ellbogen auf. »Bist du gerade nach Hause gekommen?«

»Es ist halb sieben Uhr morgens. Und ich bin schon seit gestern abend zu Hause, aber ich muß wieder weg.« Kincaid bückte sich, um Sid zu streicheln, der Kit verlassen hatte und aufdringlich um seine Beine strich und schnurrte. »Ich wollte dir eine Nachricht hinterlassen.«

Kit warf die Decke zurück und setzte sich auf. »Kann ich mitkommen?«

»Tut mir leid, Kumpel. Ist nur Arbeit.«

»Aber es ist Sonntag.«

Kincaid seufzte. »Ich weiß. Aber das spielt keine Rolle, wenn ein Fall erst mal ins Rollen gekommen ist.«

»Geht um Mord, stimmt's?« Kit starrte ihn an. Er war jetzt hellwach.

Kincaid schob Sid sanft aus dem Weg und setzte sich auf die Kante des Couchtischs.

Bevor er antworten konnte, fuhr Kit fort: »Du könntest mich mitnehmen. Ich warte im Wagen. Mache bestimmt keine Schwierigkeiten.«

Kincaid dachte an die Leiche auf dem rostfreien Stahl des Obduktionstischs ... und was mit ihr geschehen würde. »Kit, das geht nicht. Ist einfach nicht drin. Und ich habe keine Ahnung, wie lange ich unterwegs bin.«

»Aber ich muß heute abend mit dem Zug nach Cambridge zurück.« Kits blaue Augen wurden groß vor Angst. »Ich habe morgen Schule. Ist Prüfungswoche. Und da ist Tess ...«

»Ich bring dich zum Zug. Keine Sorge. Und in der Zwischenzeit ... warum nimmst du nicht das Angebot des Majors an? Ich glaube, Kew Gardens gefällt dir.« Kincaid warf einen Blick auf die Uhr. »Tut mir wirklich leid, Kumpel, aber ich muß gehen ...«

»Ist gar nichts zum Frühstück da.« Kits Mund verzog sich eigensinnig. Kincaid hatte gelernt, daß das seine Methode war, Enttäuschungen zu verarbeiten.

»Ich weiß«, sagte Kincaid mit traurigem Lächeln. »Ich hatte vorgehabt, zusammen mit dir einzukaufen.« Er dachte einen Moment nach. »Ich habe eine Idee.« Er zückte seine Brieftasche und zog ein paar Scheine heraus. »Gleich um die Ecke am Rosslyn Hill ist ein gutes Café. Du könntest den Major zu einem anständigen Frühstück einladen. Der Rest ist für die S-Bahn und den Eintritt in den Botanischen Garten.« Er steckte seine Brieftasche wieder ein und zögerte. Wie sollte er Kit begreiflich machen, daß er ihn nicht aus freien Stücken allein ließ?

»Wir sehen uns heute abend«, erklärte Kincaid schließlich. Als er aus der Wohnung ging, fiel ihm ein, daß seine Rechtfertigung doch nicht ganz hieb- und stichfest war. Schließlich hatte er sich seinen Job freiwillig ausgesucht.

»Das Leichenschauhaus um acht Uhr an einem Sonntag morgen«, murmelte Gemma, als sie in den Keller des Krankenhauses hinuntergingen. »Mein absoluter Wunschtraum.« Sie haßte den Geruch von Desinfektionsmitteln und den allgegenwärtigen, widerlichen Geruch von Krankheit.

Um sich abzulenken, dachte sie an die Musikalienhandlung, die sie auf dem Weg zur S-Bahnstation Angel an diesem Morgen gesehen hatte. Sie hatte natürlich geschlossen gehabt, aber sie hatte trotzdem die Pentonville Road überquert und in die Schaufenster geschaut. Vielleicht hatte sie am nächsten Tag Gelegenheit, die Musikbücher zu kaufen, die Wendy empfohlen hatte, und bei der nächsten Stunde am Samstag – immer vorausgesetzt, die laufenden Ermittlungen ließen ihr Zeit, sie wahrzunehmen – sollte sie wirklich mit dem Klavierspiel beginnen.

Am Vorabend, nachdem sie Toby ins Bett gebracht hatte, hatte sie das Licht gedimmt und sich aus der angebrochenen Flasche im Kühlschrank ein Glas Wein eingeschenkt. Dann hatte sie zögernd in den Garten im Zwielicht hinausgesehen. So sehr sie ihre wenigen Stunden des Alleinseins zu schätzen wußte, war sie unruhig und rastlos gewesen und hatte sich gefragt, ob ein kurzes Gespräch mit Hazel helfen konnte, Annabelle Hammonds Bild aus ihren Gedanken zu verbannen.

Als sie lautlos die Garagenwohnung verlassen hatte und quer durch den Garten gegangen war, dankte sie erneut dem Schicksal, das sie zu den Cavendishs geführt hatte. Hazel hatte nicht nur angeboten, sich um Toby und ihre eigene Tochter zu kümmern, während Gemma arbeitete, sondern war auch eine wertvolle Freundin geworden. In vielerlei Hinsicht fühlte sich Gemma Hazel enger verbunden als ihrer Schwester, denn sie hatte gelernt, daß Blutsverwandtschaft keine Garantie für Sympathie oder gemeinsame Interessen ist.

Sie hatte Hazel und Tim bei einer Tasse Kakao und einem ruhigen Gespräch am Küchentisch vorgefunden. »Ich störe«, sagte sie, eine Hand noch an der Türklinke. »Wollte einfach nur gute Nacht sagen.«

»Blödsinn! Komm, setz dich«, sagte Hazel und klopfte auf den Stuhl neben sich. »Ich würde dir Kakao anbieten, aber wie ich sehe, bist du bei Alkohol«, fügte sie mit einem Blick auf Gemmas Weinglas hinzu. »Harten Tag gehabt?«

»War der absolute Hammer.« Gemma schlenderte zum Tisch, setzte sich jedoch nicht. »Und du kannst dir vorstellen, wie Toby nach einem Tag bei Cyn gewesen ist. Er hat sich vehement geweigert, ins Bett zu gehen, nur um dann von einer Sekunde zur anderen wie ohnmächtig einzuschlafen.« Sie berührte die weiche Strickwolle in Hazels Handarbeitskorb. »Was dagegen, wenn ich kurz ins Wohnzimmer gehe?«

Tim sah von seiner Zeitung auf und lächelte. »Überhaupt nicht.«

Sie schlenderte ins Wohnzimmer, wie magnetisch angezogen vom Klavier. Sie schlug den Deckel zurück, ließ die Finger leicht über die Tasten gleiten, nur um ein Gefühl dafür zu bekommen, spielte wahllos ein paar Noten und hörte auf die Töne, die erklangen und erstarben. Sie konnte sich nicht vorstellen, je in der Lage zu sein, die Töne so zu spielen, daß sie eine Melodie ergaben ... Seit ihrem Gespräch mit Wendy Sheinart hatte sie versucht herauszufinden, warum sie diesen unbändigen Wunsch verspürte, Klavierspielen zu können.

Im vergangenen Herbst hatten sie einen Fall bearbeitet, der ihr ganz unerwartet die Welt der Oper erschlossen hatte, und sie hatte eine unglaubliche Faszination verspürt … und seit sie in die Garagenwohnung gezogen war, hatte Hazels umfangreiche CD-Sammlung es ihr ermöglicht, alles zu hören – vom Klavierkonzert bis zu Modern Jazz –, und im Frühjahr war der Straßenmusikant mit der Klarinette aufgetaucht, der sie in seinen Bann gezogen hatte, wann immer sie Sainsbury's auf dem Heimweg passiert hatte. Ein seltsamer Zufall, dachte sie flüchtig, daß Reg Mortimer einen Musiker mit Klarinette beschrieben hatte, aber sicher steckte nichts dahinter. Als Wendy Sheinart sie gefragt hatte, weshalb sie Klavier spielen wolle, hatte diese schließlich ihren stotternden Versuch einer Erklärung mit einem Lächeln akzeptiert. »Sie müssen es nicht verstehen«, hatte sie gesagt. »Ich glaube, das Bedürfnis, Musik zu machen, ist einigen von uns angeboren. Äußere Umstände oder Erfahrung haben damit nichts zu tun. Und es ist auch gleichgültig. Ich wollte nur sicher sein, daß Sie das für *sich allein* tun.«

»Wir sind da.« Kincaid berührte ihren Arm, und Gemma stellte entsetzt fest, daß sie am Eingang des Leichenschauhauses vorbeigegangen wäre. Er warf ihr einen fragenden Blick zu. »Weshalb habe ich nur das Gefühl, daß du heute morgen Lichtjahre weit weg bist?«

Gemma lächelte und drückte auf den Klingelknopf. »'tschuldigung. War in Gedanken versunken.«

»Dann bin ich neidisch auf die Gedanken.«

Die Tür klappte zurück, und sie wiesen sich gegenüber der jungen Frau mit Pferdeschwanz aus.

»Dr. Ling erwartet Sie schon«, sagte sie und scheuchte sie hastig weiter.

Kincaid runzelte die Stirn. »Dr. Ling? Meinen Sie zufällig Kate Ling?«

»Höchstpersönlich«, sagte eine Frau im weißen Arztkittel, die aus dem Obduktionssaal trat. Dunkles, glattes Haar rahmte ihr blasses, ovales Gesicht ein und reichte knapp bis auf die Schultern. Die schwarzen Augen der Pathologin glitzerten mit jenem spitzbübischen Humor, an den Gemma sich so gut erinnerte. Sie hatten im vergangenen Herbst in Surrey mit ihr zusammengearbeitet. Damals war es um den Tod eines Freundes von Gemma und die fast tödliche Verletzung eines anderen gegangen. Die Erinnerung daran überkam Gemma mit schmerzlicher Heftigkeit und machte sie vorübergehend sprachlos. Kincaid sprang in die Bresche.

»Was machen Sie in London?« fragte er und schüttelte Kate Ling herzlich die Hand.

»Ist eine Art Beförderung«, antwortete Kate. »Im Innenministerium wurde eine Stelle frei, die besetzt werden mußte, und ich habe den kürzeren gezogen. Kann allerdings nicht behaupten, daß es mich stört, so im Rampenlicht zu stehen. Außerdem ist meine Klientel hübsch abwechslungsreich.« Sie nickte in Richtung der Tür in ihrem Rücken. »Hübsches Frischfleisch, da drinnen. Kam gerade aus dem Eis. Dürfte nicht zu abschreckend für euch sein. Seid ihr bereit?«

Sie folgten ihr in den Obduktionssaal. Auf dem Weg zogen sie sich OP-Kleidung und Mundschutz an. Kate legte ebenfalls ihren Mundschutz an und schob den Instrumentenwagen zum Obduktionstisch. Konnte man Tote überhaupt beneiden, schoß es Gemma durch den Kopf, als sie auf Annabelle Hammond herabsah. Die Brüste waren perfekt, weder zu groß, noch zu klein; der Hals schlank, die Schultern schön geformt; die Taille schmal, der Bauch flach; die Oberschenkel glatt und schlank. Selbst Füße und Fußgelenke waren zierlich und elegant, und Gemma hatte selten Zehen gesehen, die der Beachtung wert gewesen waren. Hilft ihr jetzt allerdings nicht die Bohne, ihre ganze Schönheit … wenn sie ihr nicht sogar zum

Verhängnis geworden ist, überlegte Gemma. Leidenschaft war vermutlich noch das geringste der Gefühle, die dieser Körper geweckt haben mochte.

»Haben Sie gestern die erste Untersuchung am Tatort durchgeführt?« wollte Kincaid von Kate Ling wissen. »Tut mir leid, daß ich Sie verpaßt habe. War ein ziemliches Chaos dort im Park.«

»Ging alles drunter und drüber, wie immer«, stimmte Kate ihm zu und streifte ein Paar sterile Gummihandschuhe über, die sie aus einem Spender genommen hatte. »Schätze aber, das können wir jetzt wiedergutmachen.«

Sie streckte den Arm aus, um das Mikrofon über dem Obduktionstisch einzuschalten, und Kincaid sagte: »Wann ist der Tod Ihrer Meinung nach eingetreten? Ganz inoffiziell. Bleibt unter uns.«

Kates Mundwinkel zuckten, als sie hinter dem Mundschutz lächelte. »Ich tippe auf halb ein Uhr morgens.« Sie lachte laut, als sie Kincaids skeptischen Ausdruck sah. »Sie haben mich ganz privat um meine Meinung gefragt, und jetzt glauben Sie mir nicht? Aber ganz im Ernst. Ich gehe nicht davon aus, daß sie vor Mitternacht gestorben ist. Allerdings ist die Körpertemperatur kein absolut verläßlicher Hinweis, da die Lufttemperatur nach Sonnenaufgang rasch gestiegen ist. Die Totenflecken waren da, aber die Hornhaut hatte sich gerade erst getrübt, und die Totenstarre war noch nicht ganz eingetreten.«

Gemma sah von ihrem Notizbuch auf, den Stift über der Seite. »Dann war sie acht Stunden tot ... oder weniger?«

Kate zuckte die Achseln. »Es gibt immer nicht vorhersehbare Faktoren. Vielleicht helfen Ihnen der toxikologische Befund und die Analyse des Mageninhalts.«

»Gut gesprochen, Frau Doktor der Pathologie«, bemerkte Kincaid und grinste. Gemma kam plötzlich der Gedanke, daß er Kate Ling attraktiv finden könnte. Er flirtete nicht offensichtlich, aber in seinen Antworten lag eine ungewöhnliche Konzentration auf ihre Person. Und Kincaids Interesse konnte gefährlich werden, wie sie nur zu gut wußte.

»Wurde sie am Fundort umgebracht?« fragte Gemma, um Kincaids Interesse von Kate weg und auf den Fall zu lenken.

»Spricht einiges dafür … es sei denn, man hat sie unmittelbar nach ihrem Tod weggebracht. Die Totenflecken entsprechen der Lage der Leiche.«

»Wagen Sie eine Vermutung, wodurch sie gestorben sein könnte?« fragte Kincaid.

»Also, das wäre im Augenblick reine Spekulation.« Kate knipste endlich das Mikrofon an, und erklärte, daß sie jetzt die äußerliche Untersuchung von Annabelle Hammond fortführen werde. Sie bog den Kopf des Opfers zurück, um den Hals genau sehen zu können. »Ob der Kehlkopf gequetscht ist, wissen wir erst, wenn wir das Gewebe freilegen. Der Bluterguß an der Kehle ist minimal, genau wie die Verkrampfung der Gesichtsmuskeln.«

»Sonst noch was, was ins Auge sticht?«

Kate hob zuerst die eine, dann die andere Hand von Annabelle, prüfte die langen, schmalen Finger. »Keine mit bloßem Auge sichtbaren Haut- oder Blutpartikel unter den Nägeln, aber wir schicken für alle Fälle Proben ins Labor.«

Nach der sorgfältigen Reinigung der Nägel klingelte Kate nach ihrem Assistenten. »Gerald, wir wollen uns jetzt den Rücken ansehen.«

Gerald drehte den schmalen Körper mit der Leichtigkeit eines erfahrenen Pflegers auf den Bauch, und Kate begann mit ihrer Untersuchung an Annabelles Hinterkopf, indem sie vorsichtig die Massen rotblonden Haars mit ihren Fingern teilte, die trotz der Gummihandschuhe schnell und geschickt arbeiteten. »Hier ist was«, sagte sie nach wenigen Minuten und sah auf. Sie benutzte ein Vergrößerungsglas, um sich die Stelle genauer zu betrachten. »Könnte sein, daß wir es mit einem Schädeltrauma aufgrund brutaler Gewalteinwirkung zu tun haben. Da ist eine Stelle mit losem Haar und Hautabschürfungen, vielleicht auch eine Schwellung. Sicher wissen wir das erst, wenn wir die Kopfhaut entfernt haben.«

Gemma schluckte und konzentrierte sich wild entschlossen auf ihr Notizbuch. Das war der Teil, den sie am meisten haßte; noch mehr als den ersten Schnitt und die Entfernung der inneren Organe. Sie hatte immer angenommen, daß dieser Bereich ihres Jobs leichter zu ertragen sein würde, je weiter die Obduktion fortgeschritten war, aber das hatte sich als Irrtum erwiesen. Seltsamerweise war es immer besonders schlimm, wenn der Körper so unversehrt war wie dieser.

»Was ist mit Fremdflüssigkeiten?« hörte sie Kincaid fragen, während sie auf ihre Notizen starrte.

»Die Abstriche haben nichts ergeben, und ich habe – oberflächlich betrachtet – nichts entdecken können. Das gilt auch für Spuren von Geschlechtsverkehr.«

»Keine Hinweise also, daß es sich um ein Sexualverbrechen handeln könnte?«

»Es sei denn, es war ein Verrückter, der nur was brauchte, um hinterher seine Phantasie zu beflügeln«, antwortete Kate abwiegelnd. »Aber selbst so einer läßt meistens was zurück.«

Als Kate mit Annabelles Rückseite fertig war, und Gerald die Tote erneut umgedreht hatte, sagte sie: »Falls ihr nichts wißt, wonach ich im besonderen suchen soll, fange ich jetzt mit den inneren Organen an.«

Kincaid schüttelte den Kopf und fing Gemmas Blick auf. Er wußte, daß sie um Beherrschung rang, wollte sie jedoch nicht mit einer Bemerkung in Verlegenheit bringen. Seiner Miene war anzusehen, daß ihn das, was kommen mußte, ebenfalls nicht begeisterte.

Kate wählte ein Skalpell aus dem Sortiment auf dem Instrumententablett und sagte ins Mikro: »Also gut. Fangen wir mit einem Y-Schnitt an.«

Gemma konzentrierte sich darauf, ruhig durch die Nase zu atmen und Kates Kommentare in ihr Notizbuch einzutragen. *Weiblich und gesund. Vermutlich Gelegenheitsraucherin. Keine Anzeichen einer Schwangerschaft oder früherer Schwangerschaften.*

Nachdem sie die inneren Organe entfernt und gewogen hatte, sagte Kate: »Wir schicken den Mageninhalt ins Labor ... Das Ergebnis dürfte nicht lange auf sich warten lassen. Sehen wir uns jetzt mal den Hals an.«

Gemma sah gerade lange genug auf, um festzustellen, daß das Skalpell an Annabelles weiße Kehle angesetzt wurde. Dann zwang sie den Blick zurück auf ihre Notizen.

»Seht euch das an.« Kate klang, als habe sie in einem Silvesterknallbonbon was Hübsches gefunden. »Da sind Blutergüsse auf dem Gewebe, die auf der Haut nicht zu sehen waren. Seltsam, aber es kommt vor. Und der Kehlkopf ist intakt.«

»Was heißt das? Ist sie nicht erwürgt worden?« fragte Kincaid stirnrunzelnd.

»So kann man das nicht sagen. Es ist nur nicht offensichtlich. Und es besteht immer die Möglichkeit, daß durch eine Vagusreizung ein Herzstillstand eingetreten ist. Aber sehen wir uns erst die Kopfverletzung an.«

Gemma holte tief Luft und hielt den Blick stur auf Annabelle Hammonds Zehen gerichtet.

Trotz Einnahme eines Beruhigungsmittels hatte Reg Mortimer schlecht geschlafen. Er hatte von Annabelle geträumt, unzusammenhängende Sequenzen, in denen sie ihn entweder fortgeschickt oder wütend wegen etwas attackiert hatte, an das er sich nicht erinnern konnte. Im letzten Traum waren sie wieder Kinder gewesen, und er hatte hilflos zugesehen, wie sie in eine steile Schlucht stürzte ... und plötzlich war er derjenige gewesen, der sich im freien Fall befand, bis er mit trockenem Mund und Herzklopfen aufgewacht war.

Er zwang sich, ein Bad zu nehmen und sich anzuziehen, eine Schüssel Cornflakes zu essen und eine Tasse Tee zu trinken, wobei das merkwürdige Gefühl anhielt, daß nichts wirklich war und er jeden Moment aufwachen und feststellen würde, daß alles – sogar das Ankleiden – nur ein Traum gewesen war.

Gegen halb neun Uhr hatte er es in seiner Wohnung nicht mehr ausgehalten, und nicht einmal die geliebte Aussicht auf die Themse von seinem Wohnzimmerfenster aus hatte ihn ablenken können. Er hatte die verspielte Illusion geliebt, die das Haus wie das architektonische Mimikry eines großen Passagierdampfers erscheinen ließ. Jetzt plötzlich plagte ihn die Vorstellung, das Gebäude habe Schlagseite, könne kentern und alles mit sich in die Tiefe reißen.

Reg blinzelte gegen das Schwindelgefühl an, und nahm seine Schlüssel vom leeren Tisch. Der Lift trug ihn in die Halle hinunter und in einen herrlichen Morgen hinaus. Er wandte sich unwillkürlich Richtung Süden und ging auf dem Uferpfad und am gleißenden Band der Themse entlang in die West Ferry Road und von dort um die Ecke in die Ferry Street.

Der Anblick des blauweißen Absperrungsbandes, das vor der Tür zu Annabelles Wohnung flatterte, ließ ihn abrupt stehenbleiben. Ein Polizist in Uniform stand neben einem Lieferwagen und sprach mit einem Mann im weißen Overall. Reg beobachtete die beiden einen Moment und zwang sich dann, an ihnen vorbeizugehen. Welcher Impuls ihn auch getrieben haben mochte, er hatte sich in Luft aufgelöst. Trotzdem wußte er jetzt, wohin er sich wenden mußte.

Nachdem er unter dem Fluß hindurch zum anderen Ufer gelaufen und halbwegs die Anhöhe in Greenwich hinaufgestiegen war, war er in Schweiß gebadet. Er bog in den Emerald Crescent am unteren Ende ein, und seine Schritte verlangsamten sich, je stärker das Gefühl der Unwirklichkeit in ihm wurde. Über der Gasse lag die typische Stille eines Sonntag morgens, wenn die Familien ausschliefen oder sich beim Frühstück und der Morgenzeitung Zeit ließen. Vogelgezwitscher drang aus den Hecken, und jeder Gedanke an den Tod erschien grotesk.

Als er sich dem oberen Ende der Gasse näherte, stieg das Land zu seiner Linken steil an. Zwischen den dicken Stämmen der Bäume am Abhang hindurch schimmerte William Hammonds blaßblaue Haustür. Vor ihm, dort, wo die Straße eine scharfe Biegung nach rechts machte, lag Jos quadratisches Haus am Fuß des Hanges an der Straße. Die rückwärtigen Gärten der beiden Grundstücke grenzten aneinander, waren jedoch nicht durch eine Tür miteinander verbunden.

Jo und Martin Lowell hatten das Haus gekauft, als Isabel Hammond schwer krank geworden war. Während es für Reg undenkbar schien, neben seinem Vater zu wohnen, konnte er Jos Wunsch verstehen, sich in der Nähe der Eltern anzusiedeln. Seine Familie hatte in einem georgianischen Stadthaus in Knightsbridge gewohnt, und als er als Kind hierhergekommen war, war er sowohl von der idyllischen Atmosphäre der schmalen Straße als auch vom Haus der Hammonds fasziniert gewesen. Geduckt am Hang liegend, von Bäumen geschützt, war es ihm geradezu märchenhaft erschienen.

An diesem Morgen jedoch wollte er nicht zu Jo … er konnte und wollte noch nicht darüber nachdenken, was dort am Freitag abend geschehen war. Plötzlich fiel ihm ein, daß Jo bei William sein könnte, und er zögerte einen Moment. Dann zuckte er die Schultern und begann den Treppenweg über den mit Efeu überwucherten Hang hinaufzusteigen. Er mußte nichts befürchten. Jo würde vor ihrem Vater nichts sagen.

Ein Geräusch ließ ihn herumwirbeln, und er hätte beinahe auf der steilen Treppe seine Balance verloren. Er hätte schwören können, ein helles, leises Lachen zu hören, aber er konnte niemanden sehen. Dann, als er sich wieder dem Aufstieg zuwandte, flackerte am Rand seines Blickfeldes ein Bild auf ... von einem Mädchen, das vor ihm davon- und die Treppen hinaufrannte. Sie hatte nackte Beine, und ihr rotes zu einem langen Zopf geflochtenes Haar hüpfte auf ihrem Rücken auf und ab.

Blinzelnd schnappte er nach Luft. Da war niemand. Er schüttelte sich wie ein Hund, der aus dem Wasser kam, und stieg langsam weiter hinauf. Schlafmangel, keine regelmäßigen Mahlzeiten und zu viele rückwärtsgewandte Gedanken, dachte er.

Als er Williams Haustür erreicht hatte, hatte er sein inneres Gleichgewicht wiedergefunden.

William Hammond öffnete selbst. Reg sah ihn an und erkannte, daß er bis zu diesem Zeitpunkt William Hammond nie für einen alten Mann gehalten hatte. Als Kind hatte er ihn so sehr bewundert, daß er sich dieses Bild von ihm bewahrt hatte. An diesem Morgen jedoch schien William in sich zusammengesunken, wirkte in seinem schwarzen Anzug gebrechlicher, als er war, und seine Haut war plötzlich welk.

Reg schluckte. »Mr. Hammond«, begann er. »Mein herzliches Beileid. Kann ich irgend etwas tun?«

William lächelte und streckte seine Hand aus, die zitterte, als habe er Schüttellähmung. »Reginald, mein Junge. Wie lieb von dir, daß du vorbeischaust. Komm rein. Trink eine Tasse Tee mit mir.«

Reg folgte ihm durchs Haus und in die Küche. William stellte den Wasserkessel auf und bedeutete Reg, sich zu setzen. »Jo wollte Kekse rüberbringen, aber bisher hat sie's wohl noch nicht geschafft.«

»Macht nichts, Mr. Hammond. Schätze, Jo hat heute morgen genug um die Ohren.«

»Ja, ja. Sie hat alles in die Hand genommen. Die ganze Telefoniererei und so. Sie und Annabelle sind Organisationstalente … wie ihre Mutter.« William stellte kobaltblaue und rostrote Teetassen aus hauchdünnem Porzellan auf ein Tablett und griff nach einem hell gemusterten Paket Ceylon-Tee mit dem Warenzeichen der Firma Hammond's. Annabelle hatte die Mischung selbst zusammengestellt, und es war ihr Lieblingstee gewesen.

Reg unterdrückte den Impuls, aufzuspringen und William das Paket aus der Hand zu reißen. »Haben Sie was dagegen, wenn wir lieber den Assam nehmen? Irgendwie kann ich nicht …«

William schien erst jetzt zu merken, was er in der Hand hielt. »O natürlich! Ganz richtig …« Er stand einen Moment da, als habe er durch die Unterbrechung die Orientierung verloren. Dann tauschte er die Teepakete aus und fuhr methodisch mit seinen Vorbereitungen fort. Nachdem er die Kanne mit heißem Wasser vorgewärmt hatte, goß er Tee auf und trug das Tablett zum Tisch. Reg bemerkte, daß seine Hände nicht mehr zitterten.

Tatenlos warteten sie zwischen dem Ticken der Eieruhr und dem Schlagen der Standuhr in der Diele darauf, daß der Tee zog. Reg, den die Stille keineswegs verlegen machte, sah sich in der ihm so vertrauten Küche um. Hier hing seit seiner Kindheit Williams Sammlung von gerahmten Werbezeichnungen der Firma Hammond's. Die ältesten Exemplare stammten aus dem Jahr 1880, als ein junger Mann namens John Hammond seinem Chef aus der Mincing Lane gekündigt und sich als erster Teehändler auf der Isle of Dogs niedergelassen hatte. Er war Williams Urgroßvater gewesen.

»Die habe ich immer geliebt.« Reg deutete auf die Schwarzweißzeichnungen. »Besonders die aus der *London Illustrated News.*«

»Ja. Das hier war Annabelles Lieblingszeichnung. Ich meine die mit den kleinen Chinesen.« Während eine hübsche Frau in der Kleidung der Viktorianischen Zeit in einem Liegestuhl döste, versuchte ein ganzer Schwarm winziger Chinesen eine Blechbüchse Tee an die Tischkante zu schieben, wo eine Kanne und eine Tasse warteten. »Jetzt würde man sie vermutlich für rassistisch halten. Für mich hatte das Plakat immer was sehr Charmantes. Und Annabelle hat ständig Geschichten über die Chinesen erfunden ... ihnen sogar Namen gegeben ... wenn ich mich recht erinnere. Ihre Gesichter sind so individuell verschieden.« William starrte lange auf die Skizze. Dann sagte er leise. »Ich fürchte, ich habe es noch gar nicht begriffen. Nicht wirklich, jedenfalls.«

»Haben Sie schon mit der Polizei gesprochen?«

»Der Polizei? Nein. Aber Jo hat das getan. Sie sagt, wir können sie nicht beerdigen ... kein offizielles Begräbnis organisieren, weil ...« Die Eieruhr klingelte, und William griff offensichtlich erleichtert nach der Teekanne. Er schob seine Brille hoch und goß vorsichtig etwas Milch in seine Tasse, bevor er Tee hineingab. *Zuerst die Milch, nachdem man die Teeblätter mindestens fünf Minuten in einer vorgewärmten Kanne hat ziehen lassen.* Das hatte Annabelle Reg beigebracht, als sie noch Kinder gewesen waren. Und sie wiederum hatte es von ihrem Vater gelernt.

Und wie ihr Vater hatte sie stets auf echtem Porzellan beharrt mit dem Argument, daß die Entwicklung englischen Porzellans und die Kultur des Teetrinkens untrennbar miteinander verbunden seien. Dabei war es für sie auch eine Frage der Ästhetik gewesen. Sie hatte nicht nur behauptet, das Porzellan beeinflusse den Geschmack des Tees, sondern die Vollkommenheit des Teerituals war ihr ebenso wichtig gewesen wie die Qualität des Tees selbst.

Reg zwang sich zurück in die Gegenwart. »Kann mir nicht vorstellen, daß die Polizei gefühllos sein will«, bemerkte er, wenn er auch den Gedanken an die Gründe der Polizei, Annabelles Leiche nicht freizugeben, verdrängte. »Man versteht ja, daß sie gründlich sein müssen.« Er griff nach seiner Tasse und gab einen Löffel Zucker in den Tee. Annabelle hatte ihn solange gequält, bis er seinen Zuckerkonsum pro Tasse von zwei auf einen Löffel reduziert hatte. Sie hatte darauf beharrt, daß zuviel Zucker den Geschmack des Tees verderbe. Er fügte einen zweiten Löffel Zucker hinzu und rührte um.

»Ich begreife nicht, wie so etwas passieren konnte«, sagte William stockend. »Sie haben gesagt, daß sie im Park war ... Aber was hatte sie nachts allein im Mudchute zu suchen? Annabelle wäre doch nie so dumm gewesen ...«

Sicher nicht, dachte Reg, aber hatte auch nur einer von ihnen Annabelle wirklich gekannt? Und wie hatte ihr Tod zufällig sein können? Ein grotesker Zufall, unabhängig von den Ereignissen der vergangenen Tage? Doch darüber nachzudenken, sträubte sich alles in ihm, und er weigerte sich, die Kette der Möglichkeiten bis zu einer wahrscheinlichen Erklärung weiter zu verfolgen.

William sah auf, und ihre Blicke kreuzten sich. Er zog eine Grimasse. »Es tut mir so unendlich leid, mein lieber Junge. Ich wollte damit nicht sagen, daß du in irgendeiner Form nachlässig gewesen bist. Muß schon schwierig genug für dich sein. Alle deine Pläne ...«

Wie hätte er William sagen sollen, daß es Monate her war, seit Annabelle gewillt gewesen war, über ihre Hochzeit zu sprechen? Daß, als er sie unverblümt gebeten hatte, ein Datum festzusetzen, sie ihm das verweigert hatte? Er hob seine Tasse mit beiden Händen und nippte am Tee. Er war noch zu heiß, aber die Mischung von Schmerz und Wohlbefinden auf den empfindlichen Geschmacksnerven war ihm willkommen. Alles war besser als diese Taubheit. »Sie und ich wissen, wie eigensinnig Annabelle sein konnte«, begann er vorsichtig. »Und wir haben beide gelernt, daß es meistens leichter war, ihr ihren Willen zu lassen, als zu kämpfen und die Schlacht zu verlieren. Aber diesmal habe ich sie zu weit gehen lassen ...« Tränen traten in seine Augen.

William streckte verlegen die Hand aus, tätschelte seine Schulter. »Du darfst dir keine Vorwürfe machen. Du hast recht. Annabelle hat immer nur das gemacht, was sie wollte. Aber sie war trotzdem ein liebes Mädchen, war alles, was ein Vater sich hat wünschen können.« Seine Gesichtsmuskeln zuckten, als die Gefühle ihn zu überwältigen drohten, und er wandte den Blick ab, starrte auf das Küchenfenster und in die Blätterkulisse hinaus.

Reg ließ ihm Zeit. Ohne zu fragen, schenkte er etwas Milch in Williams Tasse nach, füllte sie mit frischem Tee aus der Kanne, stand auf und nahm den noch immer kochenden Wasserkessel vom Herd. Nachdem er heißes Wasser in die Kanne nachgegossen hatte, wandte er sich erneut dem Herd zu und starrte wie William aus dem Fenster. Er fühlte, wie sich die Luft um sein Gesicht bewegte, schwer wie eine Hand, wärmer als seine Haut; sie schien keinerlei Kraft zu haben, den Schweiß zu trocknen, der in seinen Hemdkragen rann.

Jos Kinder spielten im Garten nebenan. Er hörte den an- und abschwellenden Klang ihrer Stimmen wie eine Radiosendung aus einem fernen Land. Es hätte seine Stimme sein können, die er wahrnahm, vermischt mit Jos und Annabelles, als sie vor Jahren in diesem Garten gespielt hatten ... War er in ihrer Kindheit auch schon so grün gewesen? Vielleicht, denn er erinnerte sich plötzlich, daß Annabelle gern so getan hatte, als sei er der Dschungel von Sri Lanka, und die Rhododendronhecke ihrer Mutter eine Teeplantage. Er überlegte, ob es wohl eine genetisch bedingte Veranlagung für Leidenschaften gab, denn in Annabelle hatte sich Williams Begeisterung für Tee unvermindert und in Reinform fortgesetzt, während das Thema bei Jo nie mehr als höfliches Interesse wecken konnte.

Als sie noch zu klein gewesen war, um die komplizierteren Texte in den Büchern des Vaters zu verstehen, hatte Annabelle gefordert, die Bilder erklärt zu bekommen. Sie hatten ihre Phantasie beflügelt. An einem regnerischen Frühjahrstag im Garten hatte sie beschlossen, Teepflücken zu spielen. Es solle der feinste Tee, königlicher Tee sein, hatte sie erklärt, als sie Reg und Jo mit Körben ausgerüstet und instruiert hatte, nur den Trieb und das oberste Blatt von jedem Zweig zu brechen.

Man hatte sie erst entdeckt, als die armen Rhododendronbüsche fast kahl gewesen waren. Und als sie von der wütenden und verblüfften Mutter zur Rede gestellt wurden, hatte Annabelle nur gebrüllt, sie hätte ihre Arbeit eben gründlich erledigt. Danach hatte sie eine Woche Zimmerarrest gehabt.

»Erinnern Sie sich noch daran, wie Annabelle die Rhododendronbüsche abgepflückt hat?« fragte er.

William lächelte. »Und als ihre Mutter sie schließlich wieder aus dem Zimmer gelassen hat, hat sie beim Versuch, die Blätter zu trocknen, fast den Gartenschuppen niedergebrannt.«

Reg ging um den Tisch herum und setzte sich langsam. Er legte die Hände um die Wedgwoodtasse und starrte auf den dünnen Film, der sich über dem Tee bildete, ihn trübte, so wie die Zeit ihre Erinnerung trüben würde, und Annabelles klare Konturen unter dem Schleier liebenswerter Selbsttäuschung verschwimmen würden. Sie würde zu dem »lieben Mädchen« werden, das William in ihr sah, und die Illusionen des Vaters würden von der mehr als in nur einem Punkt fehlerhaften Person unbeeinträchtigt bleiben, die Annabelle verkörpert hatte.

Reg sah auf, begegnete Williams Blick. »*Nichts* war Annabelle wichtiger als die Firma, das weiß ich jetzt.« Reg hörte erstaunt die Kälte in seiner Stimme und fuhr trotzdem fort: »Wir müssen so weitermachen, wie sie es gewollt hätte. Soviel sind wir ihr schuldig.«

Janice Coppin nahm einen letzten Biß von ihrem Doughnut und wischte die Zuckerkristalle von ihrem Schreibtisch. Sie trank einen Schluck Kaffee, um die Süße hinunterzuspülen, ordnete die Papiere neu und runzelte die Stirn. Nur zähneknirschend war sie der Anweisung von Mister Scotland Yard gefolgt, der sie zu Reg Mortimers Wohnung geschickt hatte. Sie hatte Mortimer zwar für einen Blender gehalten und war kaum beglückt gewesen, zusehen zu müssen, wie ihm angesichts der Hiobsbotschaft, bleich und grün im Gesicht, auch der letzte Rest von Charme abhandengekommen war.

Aber vielleicht tat sie dem Superintendent unrecht. Es gab schlimmere Pflichten, einschließlich der Aufgabe, die Kincaid am vergangenen Abend auf sich genommen hatte ... nämlich die Schwester der Toten zu informieren und sie zum Leichenschauhaus zu begleiten. Außerdem hatte er sie tatsächlich gefragt, ob sie der Obduktion an diesem Morgen beiwohnen wolle – und sie hatte es nicht über sich gebracht zuzugeben, daß ihr dazu der Mumm fehlte, und sie es nicht ertragen hätte, sich vor ihm zu blamieren.

Es war sogar entfernt möglich, nahm sie an, daß, als Kincaid ihr am Vorabend gesagt hatte, sie solle nach Hause gehen und nach ihrer Familie sehen, dies nicht als gönnerhafte Geste einer Frau gegenüber gemeint gewesen war. Sein weiblicher Sergeant hatte erwähnt, ebenfalls einen kleinen Jungen zu haben. Schon aus diesem Grund mußte er mit den Schwierigkeiten alleinerziehender Mütter vertraut sein.

Janice fragte sich, ob die beiden ein Verhältnis hatten. Sie spürte eine stumme Vertrautheit zwischen ihnen, die weit über die Erfordernisse des Jobs hinausging. Natürlich war ihr das gleichgültig ... wenn Sergeant Gemma dumm genug war, sich mit einem Vorgesetzten einzulassen, war das ihr Problem.

Falls sie Kincaid jedoch tatsächlich etwas Sensibilität zutrauen durfte, sollte sie seinen Ratschlag vielleicht doch überdenken. So etwas wie einen unwichtigen Zeugen gäbe es in einem Mordfall nicht, hatte er gesagt.

Das war ihr Bezirk, ihre Gegend. Sie kannte Vergangenheit und Gegenwart der Leute, alles Dinge, von denen Außenseiter keine Ahnung hatten. Es wurde Zeit, daß sie dieses Wissen zu ihrem Vorteil nutzte. Sie wollte noch einmal mit dem alten George reden, auch wenn es sie die Entschuldigung für einen längst verjährten Fehltritt kostete.

Eins nach dem anderen, dachte sie. Sie stand auf, warf die Tüte, die den Doughnut enthalten hatte, in den Papierkorb und schnippte Krümel von ihrem Jackett. Reg Mortimers Beschreibung des Straßenmusikanten im Tunnel hatte sie augenblicklich an den abtrünnigen Sohn von Lewis Finch denken lassen, jenem lokalen Bauunternehmer, der sich mit dem Wiederaufbau der Docklands einen Namen und ein Vermögen gemacht hatte. Sie konnte sich nicht denken, welche Verbindung Gordon Finch zu der verstorbenen Annabelle Hammond gehabt haben sollte, hatte jedoch eine recht gute Vorstellung davon, wo sie ihn finden würde.

Die drei Apartmenthäuser am Ende der Ferry Street waren Ende der siebziger Jahre in der letzten Phase des hochfliegenden Wohnungsbauplans am Fluß entstanden, der aufgrund der Rezession auf dem Ölmarkt gescheitert war. Nur kühn aufragende Dachsilhouetten waren hinter der Backsteinmauer und den gut eingewachsenen Privatgärten sichtbar, die zwischen den Häusern und der Straße lagen. Allerdings waren schon diese Details spektakulär genug, um in Kincaid den Wunsch zu wecken, die Häuser vom Fluß aus sehen zu können.

Janice Coppin hatte ihn in bezug auf die Gegend aufgeklärt ... als sie vergangenen Abend die Adresse gehört hatte, hatte sie die Nase gerümpft und erklärt, die Häuser sähen wie vom Einsturz bedrohte Kartenhäuser aus: Jetzt mußte Kincaid angesichts der treffenden Beschreibung unwillkürlich lächeln. Trotzdem gefiel ihm das Spielerische an dem geometrischen

Konzept, und er wünschte, ein besseres wirtschaftliches Klima hätte die Fertigstellung des Projekts erlaubt.

Nach Janice' Aussage war die wirtschaftliche Situation in den folgenden Jahren einem ständigen Auf und Ab unterworfen gewesen. Erst vor kurzem war ein altes Gebäude, das zwischen den Privatgärten und der Ferry Street stand, zu Apartments umgebaut worden, und genau dort hatte Annabelle Hammond gewohnt.

Die Tür zu Annabelles Apartment lag an einer Seitenstraße, einem kurzen gepflasterten Streifen, der direkt zum Fluß hinunterführte. Eine Bronzetafel im Betonsockel des Hauses informierte Kincaid darüber, daß es sich hier um das Johnsons Drawdock handelte und die Anlegestelle der alten Fähre nach Greenwich gewesen war. Er drehte sich um und sah über die Ferry Street hinweg. Dabei stachen ihm die grellroten und blau gemusterten Waggons der Docklands Light Railway auf der anderen Straßenseite ins Auge, die über das alte Millwall Viadukt und in die Haltestelle Island Gardens donnerten.

Das Absperrband von Scotland Yard flatterte quer vor dem in einer Mauernische liegenden Eingang. Dort stand Gemma und unterhielt sich mit einem uniformierten Polizeibeamten, der offenbar als Wache vor der Wohnung des Opfers abgestellt worden war. »Die Jungs waren einen Tick zu ungeduldig mit dem Schloß«, erklärte der Constable gerade, als Kincaid zu den beiden trat. »Ich soll hierbleiben, bis wir's repariert haben.«

»Machen Sie eine Teepause«, sagte Gemma. »Vielleicht kriegen Sie auch irgendwo was zu essen«, fügte sie mit einem fragenden Blick auf Kincaid hinzu.

Kincaid nickte. »Schätze, wir brauchen hier 'ne Weile. Zeit genug für eine kleine Pause, wenn Sie wollen.«

»Klar doch, Sir. Heißen Dank.« Er winkte ihnen zu und ging über die Straße in Richtung Park.

Kincaid zog die Augenbrauen hoch, als er die Reste von

Annabelle Hammonds Türschloß begutachtete. »Da scheint jemand mit dem Brecheisen hantiert zu haben.«

»Wie nachlässig von ihr, uns keinen Schlüssel hinterlassen zu haben«, bemerkte Gemma, als sie die Tür weit aufstieß. Kincaid folgte ihr.

Er musterte Gemma besorgt. Zu sarkastischen Bemerkungen neigte sie meist nur, wenn sie etwas bedrückte. Dann fiel die Tür hinter ihm zu, und plötzlich schienen sie sich in der Diele wie in einem geräuschlosen Vakuum zu befinden. Die Stille begann in Kincaids Ohren zu dröhnen. »Gute Schalldämpfung«, bemerkte er, knipste das Licht an und hob die Post auf, die auf dem Fußboden verstreut lag. Nachdem er die Briefe hastig durchgeblättert hatte, legte er sie auf einen Tisch an der Wand.

»Nichts Aufschlußreiches? Keine Briefe, die sie an sich selbst adressiert hatte?«

»Nichts dergleichen. Nur Rechnungen, wie mir scheint.« Er sah von Gemma zu den geschlossenen Türen entlang des T-förmigen Korridors. »Ene mene ming mang ...?«

Gemma überlegte und deutete dann auf die Tür am anderen Ende des kurzen Balkens des Ts. »Die da!«

»In Ordnung.« Der sandfarbene Berberteppich fühlte sich weich unter seinen Sohlen an, als er den Gang entlangging. »Keine Unkosten gescheut, was den Teppich betrifft«, murmelte er.

»Nirgends Unkosten gescheut, würde ich meinen«, sagte Gemma dicht hinter ihm. »Eine Wohnung in diesem Haus muß eine Stange Geld gekostet haben.«

Er öffnete die Tür und fand sich im Wohnzimmer wieder. Sie standen auf der Schwelle und staunten. Vor ihnen lag ein großer, schlicht eingerichteter Raum mit spärlicher Möblierung in neutralen Sand- und Weizentönen. An der gegenüberliegenden Seite führte eine hohe Glastür in einen Garten auf der Rückseite des Gebäudes hinaus, und es war das Grün, das die Glasfenster einfingen und das den zentralen Blickfang des Raumes bildete.

»Phantastisch«, murmelte Gemma und trat näher. »Wie idyllisch. Sie muß den Garten geliebt haben.«

Von einem kleinen, mit Platten ausgelegten, quadratischen Terrassenplatz führten einige Stufen in die Oase zwischen hohen Mauern. Ein weißer Holztisch und Stühle standen unter den Bäumen am hinteren Ende. Einige Töpfe mit Blütenpflanzen waren die einzigen Farbtupfer, und auf der teppichartigen, sattgrünen Rasenfläche lag verlassen ein Croquetset, als sei jemand mitten im Spiel abberufen worden.

Dieser Garten, der nur auf seine Besitzerin zu warten schien, vermittelte Kincaid ein viel stärkeres Gefühl vom Verlust eines Lebens, als er das beim Anblick von Annabelle Hammonds Leiche im Leichenschauhaus empfunden hatte.

Er wandte sich ab und sah sich neugierig im Zimmer um. Die Spurensicherung war hier offenbar gefühlvoller vorgegangen und hatte, abgesehen von Resten des Puders zur Sicherung von Fingerabdrücken, kaum Spuren ihrer Arbeit hinterlassen. In der linken Wand befand sich ein offener Kamin mit Glaseinsatz, der von maßgefertigten Bücherregalen eingefaßt wurde. Die Lektüre anderer Menschen faszinierte Kincaid immer wieder aufs neue. Er ging sofort darauf zu, um sich die Titel genauer anzusehen.

In den Regalen standen zahlreiche Bestseller und eine Handvoll Romane, in deren Titel er die Lebensbeschreibungen erfolgreicher, vielen Widrigkeiten trotzender Frauen erkannte. Kein Buch stand für einen besonders abenteuerlustigen oder besinnlichen Geist, alle waren ordentlich zwischen Buchstützen aus Messing oder Alabaster aufgestellt, und die Buchrücken eher nach Größe und nicht nach Autor oder Inhalt sortiert. Es schien, als sei Annabelle Hammond in ihren Lesegewohnheiten ebenso ordentlich gewesen wie in ihrer Haushaltsführung und als habe sie ihre Leidenschaft auf andere Dinge als auf Bücher konzentriert.

»Irgendwas Interessantes?« wollte Gemma wissen, die neben ihn trat.

»Interessant ist nur das, was nicht da ist. Und alles kommt mir geradezu krankhaft ordentlich vor.«

»Ist mir auch schon aufgefallen.« Gemma deutete auf den Couchtisch, wo penibel gestapelt etliche teure Hochglanz-Einrichtungsmagazine lagen. »Nichts deutet auf eine letzte Tätigkeit oder Beschäftigung hin ... nirgends liegen halb gelesene Bücher oder Magazine, aufgeschlagene Zeitungen, ein Korb mit Strickzeug oder andere Handarbeit herum.« Sie wandte sich wieder der Regalwand zu und berührte die CDs, die hinter der Stereoanlage gestapelt waren. »Sie mochte offenbar Musik ... Auf diesem Gebiet hatte sie einen etwas intellektuelleren Geschmack. Da ist Jazz, Klassik und Pop.«

Die Hände in den Hosentaschen, nahm Kincaid seine Wanderung durch das Zimmer wieder auf und blieb stehen, um in die kleine Küchennische an der Rückseite zu sehen. Dort herrschte die gleiche peinliche, sterile Ordnung vor wie im Wohnzimmer. Die Küche enthielt einige wenige, teure Geräte, die einen völlig unbenutzten Eindruck machten. Im Kühlschrank standen ein Karton Milch, Orangensaft, Butter, eine Flasche Wein, Oliven. Die Auswahl erinnerte Kincaid fatal an die eigenen Küchenvorräte.

»Sie muß immer auswärts gegessen oder bei einem Essensservice bestellt haben«, überlegte er laut. Gemma antwortete nicht, und als er ins Wohnzimmer zurückkam, sah er, daß sie noch immer vor dem Bücherregal stand und auf ein Foto starrte, das in einem Goldrahmen steckte.

Das Foto zeigte Annabelle allein. Sie stand in einem weizenfarbenen Kleid auf einer Wiese, lachte in die Kamera, und ihr Haar schimmerte wie geschmolzenes Rotgold in der Sonne.

»Weißt du«, begann Gemma bedächtig, »idyllisch oder friedlich ist eigentlich nichts in diesem Raum. Ich glaube, es ist alles darauf abgestimmt, nicht mit Annabelle in Konkurrenz zu treten.« Sie drehte sich zu ihm um. »Es ist eine Kulisse. Kannst du dir vorstellen, wie spektakulär sie hier vor diesem neutralen Hintergrund ausgesehen haben muß? Du hättest dich keinen Moment von ihrem Anblick losreißen können ... obwohl das schon unter normalen Umständen vermutlich nicht leicht gewesen sein muß.«

Man konnte die wesentlichen Strukturen eines toten Gesichts erkennen, aber keine Spur eines Lächelns oder das Leuchten der Augen. Erst das Foto verlieh dem Gesicht Leben, das sie zwar als schön, jedoch ohne lebendige Persönlichkeit auf dem Obduktionstisch erkannt hatten. Kincaid nahm das Foto, um es genauer zu betrachten. »Sie war tatsächlich sehr schön. Und vermutlich hast du recht.«

»Frage mich, wer das Bild gemacht hat«, murmelte Gemma, als sie es ins Regal zurückstellte. »Tippe darauf, daß ihr die Person hinter der Kamera einiges bedeutet hat. Andernfalls muß sie es glänzend verstanden haben, sich zu verstellen.«

»Auf diesem Foto hat sie was Übermütiges, wenn nicht Verwegenes an sich ... etwas, das hier in ihrer Wohnung überhaupt nicht zum Ausdruck kommt.« Kincaid machte eine Geste, die den Raum einschloß. »Glaube nicht, daß sie hier zu Hause war ... emotional gesehen, meine ich.«

»Wo hat sich Annabelle Hammond dann verwirklicht?« überlegte Gemma. »Sehen wir uns den Rest der Wohnung an.«

Im Schlafzimmer hatte Annabelle in die übliche sandfarbene Kulisse noch sanftes Meeresblau integriert, doch es war ebenso penibel sauber und aufgeräumt wie das Wohnzimmer. Kein einziges Kleidungsstück war über einen Stuhl geworfen oder lag auf dem Boden, doch ein Blick in den Schrank entlockte Gemma einen leisen Pfiff durch die Zähne. »Jedenfalls ist mir jetzt klar, was sie mit einem Großteil ihres Geldes gemacht haben muß«, erklärte sie und rieb die Stoffe zwischen den Fingern.

Kincaid warf einen Blick in das angrenzende Badezimmer. Die Handtücher hingen über der Heizung, ein seidener Morgenmantel baumelte an einem Haken an der Tür. »Man hat fast das Gefühl, als habe sie ständig hinter sich aufgeräumt. Keine Spur von normalem Leben.«

Als nächstes öffneten sie die mittlere Tür im Flur. Dahinter lag ein kleines Büro mit einem eingebauten Schreibtisch, Aktenschränken und einem Arbeitsbereich. Auf dem Schreibtisch stand ein Drucker, daneben befand sich eine Telefonleitung und ein Modem. »Offenbar hat sie ihren Computer im Büro gelassen«, sagte Kincaid und öffnete auf der Suche nach irgend etwas Aufschlußreicherem sämtliche Schubladen.

»Schau dir das mal an.« Gemma stand vor dem Pinboard aus Kork an der Wand. »Sieht fast so aus, als habe Annabelle doch ein Privatleben gehabt.« Vorsichtig zog sie Zettel beiseite und tauschte Pins aus.

Darunter kamen Fotos zum Vorschein, auf denen Kincaid vorrangig Jo Lowell und deren Kinder erkannte. Auf einem Bild saß Annabelle in einem Garten, ein rothaariges Kleinkind auf dem Schoß. Ein älteres Paar stand neben ihr. Der Mann war groß und hatte silbergraues Haar, die Frau war eine verblichene Schönheit, die einst Annabelle ebenbürtig gewesen sein mochte. »Ihre Eltern?« vermutete Kincaid und berührte leicht das Foto. »Mit ihrem Neffen Harry?«

»Die Taufeinladung hängt auch hier«, sagte Gemma. »Aber da ist was Komisches. Sieh dir das doch an. Es gibt einige Bilder von der kleinen Sarah als Baby, dann nichts mehr. Sieht so aus, als sei Annabelle eine liebende Tante gewesen. Trotzdem existieren keine Fotos neueren Datums von den Kindern.«

Kincaid prüfte vorsichtig den Inhalt der Pinwand. Er entdeckte Glückwunschkarten und Speisekarten von Restaurants, Geschenkbänder, eine getrocknete Rose, die Postkarte mit einem Rossetti-Engel, der eine erstaunliche Ähnlichkeit mit Annabelle aufwies, und das Programm von einer Musikveranstaltung in Island Gardens. Er sah flüchtig ein rothaariges Kind, doch bei näherer Prüfung zeigte das Foto Alterungserscheinungen. Das Kind war Annabelle selbst, da war er sicher, eine sonnengebräunte kleine Göre mit einer rotgoldenen Haarmähne und einem herzerweichenden Lächeln. Zu ihrer Rechten stand ein hagerer Junge mit dem unverkennbar treuherzigen Lächeln von Reg Mortimer; auf der Linken blickte Jo Lowell düster in die Kamera. »Die drei Musketiere, so scheint es«, bemerkte er leise. Aber Gemma hatte recht. In den letzten Jahren schienen die Nichte und der Neffe in Annabelles Leben keinen Platz mehr gehabt zu haben.

»Sieh dir das an.« Gemma reichte ihm ein seitenfüllendes Foto aus dem *Tatler*. Es zeigte Reg und Annabelle in spektakulärer Abendkleidung. Untergehakt lächelten beide in die Kamera. »Das Bilderbuchpaar der Society.«

Er sah Gemma an. »He, was ist, Liebling? Du bist doch wohl nicht neidisch, oder?«

Sie schüttelte den Kopf. »Sie kommt mir nur so lebendig … und vor allem … sogar charmant vor. Wie hat es nur jemand fertiggebracht, diese Schönheit einfach auszulöschen?«

»Vielleicht wurde sie getötet, *weil* sie so schön war und nicht ›obwohl‹«, vermutete Kincaid. »Solche Schönheit kann gefährliche Eifersucht wecken.«

»Reg Mortimer scheint mir nicht der Typ für haltlose Eifersuchtsanfälle zu sein. Aber möglich ist alles.« Gemma trat an den Tisch und streckte die Hand nach dem Anrufbeantworter neben dem Telefon aus. »Mal sehen, ob Mortimer wirklich so oft angerufen hat, wie er behauptet hat.« Sie drückte auf den Play-Knopf, und nach einem Moment hörten sie Mortimers Stimme.

»Annabelle, ich bin's, Reg. Ich bin im Ferry House.« Es folgte eine Pause, dann fügte er hinzu: *»Komm doch ... bitte!«* Ein Piepton beendete die Nachricht. Ihm folgte ein weiterer Piepton zu Beginn der nächsten Meldung: *»Also gut. Ich habe Strafe verdient. Aber jetzt habe ich genug gelitten, findest du nicht? Ich entschuldige mich auf Knien.«*

Danach kamen noch zwei weitere Anrufe ohne hinterlassene Nachrichten. »Wieder Mortimer?« überlegte Kincaid, doch bevor Gemma antworten konnte, begann die nächste Nachricht.

»Annabelle? Wo bist du? Ruf mich zu Hause an!« Es war eine Männerstimme, die tiefer und autoritärer klang als die von Mortimer. Es folgte der nächste Piepton und dieselbe Stimme sagte: *»Annabelle, wo, zum Teufel, bist du? Hier spricht Lewis. Ruf mich zurück.«*

Es folgten weitere Anrufe, ohne daß eine Nachricht auf Band gesprochen wurde, dann ertönte eine Frauenstimme: *»Annabelle, es ist jetzt halb zehn. Ich weiß, du kannst es nicht vergessen haben ... wir warten auf dich.«* Und wieder: *»Annabelle, wo bist du? Wir sind mit dem Frühstück fertig. Wir können Sir Peter nicht länger hinhalten. Bitte ruf mich zu Hause an.«*

In der letzten Anruferin erkannte Kincaid Jo Lowell, die entspannt und leicht vergnügt schien: *»Annabelle, Reg sagt, du hast ihn verlassen und er hat sich deshalb in was reingesteigert. Erlöse ihn von seinen Qualen. Ruf mich an, sobald du zu Hause bist.«* Kincaid sah Gemma an und zog die Augenbrauen hoch. »Das klingt, als hätten Annabelle und Reg Streit gehabt.«

»Ja, aber es bestätigt seine Behauptung, er habe im Restaurant auf sie gewartet.«

»Möglich«, erwiderte Kincaid skeptisch. »Könnte mit Sir Peter Reg Mortimers Vater gemeint sein, was meinst du? Und wer ist Lewis?«

Sein Handy klingelte. Während er es mit einer Hand aus der

Tasche zog, strich er mit dem Rücken der anderen flüchtig über Gemmas Wange und fühlte plötzlich bei ihrem entrückten Anblick Verlangen in sich aufsteigen. Er berührte ihre Lippen mit den Fingerkuppen, hörte, wie sie schnell die Luft einzog. Die Wohnung war schließlich völlig leer …

»Kincaid!« meldete er sich unwirsch am Telefon.

»Janice Coppin, hier, Sir. Ich glaube, ich habe unseren Straßenmusikanten gefunden.«

Janice fing sie ab, als sie vom Parkplatz in das Limehouse-Polizeirevier kamen. Als sie Gemma zunickte, blitzte in ihren Augen kaum merklich der Schalk. »Ich habe ihn ins Vernehmungszimmer gebracht, damit er Dampf ablassen kann. Ist nicht gerade begeistert, daß er uns bei unseren Ermittlungen helfen darf.«

»Haben Sie ihm was gesagt?« fragte Kincaid.

»Nein, ich habe mir nur bestätigen lassen, wo er vorgestern abend gewesen ist … Gern hat er's allerdings nicht zugegeben. Habe ihm gesagt, daß wir ein Dutzend Zeugen haben, die beschwören können, daß er unten im Tunnel gewesen ist.«

»Haben Sie ihn dort gefunden? Unten im Tunnel?«

»Im Park. Island Gardens. Nach der Beschreibung wußte ich ungefähr, wer er ist. Außerdem hat er ein paar Stammplätze auf der Insel. Ist einer unserer Aktivisten in der Bürgerinitiative … trägt seinen Teil dazu bei, die Yuppies in Schach zu halten.« Ihr langer Seitenblick auf Kincaid ließ vermuten, daß sie es in ihrer Selbstzufriedenheit sogar riskierte, ihn zu reizen. »Und, Ironie des Schicksals … er ist ausgerechnet Lewis Finchs Sohn.«

»Lewis Finch?« wiederholte Kincaid, und Gemma dachte an die Nachricht auf Annabelle Hammonds Anrufbeantworter. »Wer ist das, wenn ich fragen darf?«

»Unser legendärer Lewis, der Heilige von East End … wenn

man ein paar Leuten glauben darf. Ihm ist es angeblich zu verdanken, daß viele der alten Speicher und Fabriken renoviert und einer neuen Bestimmung zugeführt wurden.«

Gemma hörte die Skepsis in Janice' Stimme. »Ist das keine gute Sache?«

Janice zuckte die Schultern. »Ich kann die Argumente seiner Gegner verstehen. Sobald die meisten dieser Immobilien renoviert worden sind, kann es sich von uns – ich meine von denen, die auf der Insel großgeworden sind – keiner mehr leisten, drin zu wohnen.« Sie machte eine Kopfbewegung in Richtung Vernehmungszimmer. »Nicht zu übersehen, von wem der Sohn sein Aussehen, wenn auch nicht seine Ansichten hat. Man munkelt, Lewis sei ein Frauenheld.«

Sollte Annabelle Hammond eine seiner Eroberungen gewesen sein? fragte sich Gemma und folgte den beiden anderen ins Vernehmungszimmer.

»Fangen Sie ruhig mit den Fragen an, Janice«, sagte Kincaid drinnen, und Gemma blieb auf der Schwelle wie angewurzelt stehen.

Der Mann stand ihnen zugewandt in der Mitte des Raumes, die Hände tief in den Taschen seiner Drillichhose im Militarylook vergraben. Aus der Tarnanzugjacke waren die Ärmel herausgetrennt, so daß seine muskulösen, sonnengebräunten Arme nackt waren. Seit Gemma ihn zum letzten Mal gesehen hatte, war sein blondes, kurzgeschorenes Haar nachgewachsen, und er trug jetzt einen goldenen Ring im linken Ohr.

»Sie haben kein Recht, mich einfach hier festzuhalten«, begann er, und sie erinnerte sich, wie sehr sie seine gebildete Stimme und Ausdrucksweise damals überrascht hatte. »Sie lassen mich jetzt entweder gehen, oder ich rufe meinen An…« Er sah sie und verstummte.

Seine Überraschung, überlegte Gemma, muß noch größer sein als meine, denn jetzt wurde ihr klar, daß sie bereits unbewußt diesen Mann mit Reg Mortimers Beschreibung in Verbindung gebracht hatte.

Einige Monate lang hatte er vor dem Sainsbury-Kaufhaus an der Liverpool Road Klarinette gespielt, bis er zu einem ständigen, wenn auch rätselhaften Teil ihres Lebens geworden war. Obwohl er selten etwas gesagt oder gelächelt hatte, hatte sie sich auf unerklärliche Weise zu ihm hingezogen gefühlt. Als sie es schließlich gewagt hatte, ihn anzusprechen, war seine Antwort so brüsk ausgefallen, daß sie sich wie eine Idiotin vorgekommen war. Und kurze Zeit später war er aus der Gegend verschwunden. Seither hatte sie ihn nicht mehr gesehen.

Janice Coppin setzte sich, schaltete das Tonbandgerät ein, sprach das Datum aufs Band und wandte sich an den Straßenmusikanten: »Ihr Name bitte. Ist fürs Protokoll.«

Ohne den Blick von Gemma zu wenden, sagte er: »Finch. Gordon Finch.«

6

An drei Seiten von der Themse umgeben und (damals) teilweise verkehrsmäßig durch die Klappbrücken an den Eingängen der sich in Betrieb befindlichen Docks von der Außenwelt abgeschnitten, herrschte (und herrscht noch immer) auf der Insel eine besondere Atmosphäre der Isoliertheit, die das Gebiet deutlich vom Rest East Londons unterscheidet.

EVE HOSTETTLER, *aus: Docklands, ein illustrierter historischer Überblick*

»Setzen Sie sich, Mr. Finch.« Janice Coppin rückte ihren Stuhl in die Mitte des Vernehmungstisches. Nach kurzem Zögern sank Gordon Finch widerwillig auf den Stuhl ihr gegenüber. Kincaid und Gemma setzten sich leicht zurückversetzt rechts und links neben Janice, so daß letztere automatisch in den Mittelpunkt der Aufmerksamkeit rückte.

Gemma war froh, daß Kincaid Janice die Vernehmung überlassen hatte. Das gab ihr die Gelegenheit, den Straßenmusiker zu beobachten, der es tunlichst vermied, sie anzusehen. Es war einige Zeit her, seit sie ihm zum letzten Mal begegnet war, und sie hatte das Gefühl, daß er noch schlanker geworden war. Jedenfalls wirkten seine Züge noch prägnanter und hagerer. Sein dichtes Haar stand in wirren Büscheln dort vom Kopf, wo er es mit den Fingern zerwühlt hatte, und Bartstoppeln warfen einen dunkleren Schatten auf sein Kinn.

»Ich will meine Ruhe«, erklärte er. »Sie haben kein Recht, mich hier ohne Anwalt festzuhalten.« Wie viele Straßenmusiker, fragte sich Gemma, hatten wohl einen Anwalt, der auf Abruf bereitstand?

»Es steht Ihnen frei, Ihren Anwalt anzurufen, Mr. Finch«, entgegnete Janice. »Niemand erhebt Anklage gegen Sie, wir brauchen lediglich Ihre Hilfe. Beantworten Sie uns einfach ein paar Fragen.«

»Was für Fragen?« erkundigte sich Finch mißtrauisch.

Janice legte sorgfältig ihr Notizbuch auf den Tisch. »Sie wissen natürlich, daß auf der Straße und freien Plätzen zu musizieren ein Verstoß gegen ...«

»Mein Gott, lassen sie den Quatsch, Inspector. Es ist Sonntag nachmittag ... die beste Zeit der Woche, und wahrscheinlich bin ich durch Ihre Schuld jetzt meinen Standplatz für heute los. Falls Sie mir eine Geldstrafe wegen unerlaubten Musizierens auf der Straße aufbrummen wollen, dann tun Sie's. Wenn nicht, dann lassen Sie mich wieder zu meiner Arbeit zurückkehren, bevor die Ausflügler ihre Kinderwägen und Picknickkörbe zusammenpacken und nach Hause gehen.« Er schob den Stuhl provokativ zurück, blieb jedoch sitzen.

Kincaid umfaßte sein Knie mit den Händen und lächelte, was bedeutete, daß er nicht die Absicht hatte, das Gespräch zu beenden. »Sind Sie ein guter Beobachter, Mr. Finch? Scheint mir, daß Ihre besondere Tätigkeit Ihnen die einzigartige Gelegenheit verschafft, die Kapricen der menschlichen Natur sowie das alltägliche Geschehen auf Straßen und in Parks zu beobachten.«

»Kapricen?« Gordon Finch starrte ihn an, und Gemma verzeichnete heimlich einen Pluspunkt für Kincaid. »Was, verdammt noch mal, soll das heißen?«

Kincaid grinste. »Kann mir offengestanden nicht vorstellen, daß Sie verbal überfordert sein sollten, Mr. Finch, aber ich will Ihnen gern ganz genau sagen, was ich meine. Sie sind der ideale Zeuge. Sie können beobachten, ohne daß die Leute Sie wirklich wahrnehmen. Wie viele Menschen, die an Ihnen vorbeikommen, meinen Sie, können später noch sagen, wie Sie angezogen waren? Oder welches Stück Sie gespielt haben?«

Finch zuckte die Schultern. Doch Gemma sah Interesse in seinen hellgrauen Augen aufblitzen. »Vielleicht zehn Prozent. An einem guten Tag.«

Gemma spürte, wie Janice Coppin an ihrer Seite angesichts von Kincaids Vernehmungsmethoden unruhig zu werden begann.

»Frustrierend, möchte ich sagen«, fuhr Kincaid im Konversationston fort. »So wenig beachtet zu werden. Fast wie ein Geiger in einem italienischen Restaurant.«

»Sind doch nur Ausflügler. Was soll man da sagen?« Finch zuckte die Schultern. »Aber es gibt etliche, die zuhören, einige, die sogar wiederkommen«, fügte er hinzu und warf Gemma kaum merklich einen Blick zu.

Sie senkte die Augen, studierte seine Hände. Obwohl er jetzt einen entspannteren Eindruck machte, hatte er die Hände linkisch auf die Tischplatte gelegt, so als fehle ihm seine Klarinette.

»Am Freitag abend haben Sie im Greenwich-Fußgängertunnel Musik gemacht«, fuhr Kincaid fort. »Ich möchte, daß Sie uns erzählen, was Sie dort beobachtet haben.«

»Verzeihung ... ich kann Ihnen nicht folgen.« Finch runzelte leicht die Stirn.

»Ist irgend etwas Ungewöhnliches passiert?« Kincaid beugte sich vor, als könne er so eine Antwort erzwingen.

Finch dachte einen Moment nach, dann schüttelte er den Kopf. »Nicht, daß ich wüßte. Worauf genau wollen Sie raus?«

»Müßte um halb zehn Uhr abends gewesen sein ... stimmt das, Inspector?« Kincaid sah Janice an.

Janice tat so, als müsse sie erst in ihrem Notizbuch nachsehen. Gemma hatte das Gefühl, daß sie über die Zeit genau im Bilde war. »Ja, Sir. Zwischen halb zehn und zehn Uhr.«

»Gegen halb zehn sind ein Mann und eine Frau zusammen in den Tunnel gekommen … und zwar von Greenwich aus. Nach Aussage ihres Begleiters hat sich die Frau plötzlich geweigert weiterzugehen und darauf bestanden, daß er sie dort allein lasse und sie später treffe. Wir dachten, Sie könnten diese Behauptung vielleicht bestätigen.«

»Woher soll ich so was wissen?« Finch klang weniger verärgert als verdutzt.

»Weil die Frau eine ungewöhnliche rothaarige Schönheit war, und ihr Begleiter behauptet, sie habe mit Ihnen gesprochen.«

Gemma merkte, wie Gordon Finchs Hände unwillkürlich zuckten, doch als sie in sein Gesicht sah, war sein Ausdruck wachsam und unbeteiligt. »Kann mich nicht erinnern, daß jemand mit mir gesprochen hätte. Was soll das Ganze überhaupt? Warum fragen Sie sie nicht, wenn Sie unbedingt wissen wollen, was die Frau gemacht hat?«

Kincaid lehnte sich auf seinem Stuhl zurück, drehte geistesabwesend den Stift zwischen seinen Fingern, den er vom Tisch genommen hatte. »Ich fürchte, das ist nicht möglich, Mr. Finch. Sie ist tot.«

Gemma beobachtete Gordon Finchs Gesicht jetzt aufmerksam, suchte nach den verräterischen Anzeichen von Schuld, dem nervösen Blinzeln, dem unkontrollierten Zucken der Mundwinkel – und sah jedoch nur die völlige Ausdruckslosigkeit des Schocks.

»Was? Wovon reden Sie?« Diesmal sah er Gemma direkt an, so als vertraue er darauf, daß sie ihm die Wahrheit sagte.

»Der Name der Frau ist Annabelle Hammond.« Gemmas Stimme klang wie ein Reibeisen. »Sie ist Freitag nacht ermordet worden. Irgendwann nachdem sie den Greenwich-Tunnel verlassen hatte.«

»Aber …« Finch schüttelte einmal abrupt den Kopf, und Gemma sah kurz etwas in seinen Augen aufflackern, bevor sein

Gesicht zu einer teilnahmslosen Maske wurde. »Da kann ich Ihnen nicht helfen«, erklärte er tonlos.

Gemma wich seinem Blick nicht aus und sagte: »Dann wissen Sie also auch nicht, ob Ihr Vater Miß Hammond gekannt hat? Und welcher Art ihre Beziehung gewesen ist?«

»Keine Ahnung. Die Beziehungen meines Vaters sind seine Geschäfte. Also, entweder stellen Sie mich jetzt unter Anklage oder Sie lassen mich zur Arbeit gehen, bevor mein Tag ein totales Fiasko wird.«

Gemma wußte, daß sie keine Handhabe hatten, ihn länger festzuhalten. Aber sie zweifelte genausowenig, daß Gordon Finch Annabelle Hammond gekannt, und zwar gut gekannt hatte.

Teresa stand an ihrer Spüle und trocknete immer wieder denselben Teller mit einem Geschirrtuch. Nach Jos Anruf hatte sie lange auf der Sofakante gesessen, das Telefon in der Hand. Danach war sie steifbeinig aufgestanden, hatte zum Staubtuch und anschließend zum Staubsauger gegriffen.

Es war Sonntag. Die Hausarbeit erledigte sie immer am Sonntag, um während der Woche Ruhe zu haben. Wann immer sie versuchte, sich auf das zu konzentrieren, was Jo ihr gesagt hatte, rutschten ihr die Gedanken aus dem Kopf, wurden flüchtig wie Fledermäuse im Dunkeln, und sie kehrte zu der vertrauten Losung zurück: *Es war Sonntag. Sie erledigte ihre Hausarbeit immer am Sonntag.*

Der schrille Ton ließ sie zusammenfahren, und der Teller glitt ihr aus der Hand und fiel klappernd, jedoch ohne zu zerspringen, auf den Linoleumboden. Es dauerte Sekunden, bis sie den Ton mit ihrer Türklingel in Verbindung brachte, und plötzlich machte ihr Herz einen hoffnungsvollen Sprung. Es war natürlich alles ein schrecklicher Irrtum gewesen. Das hätte sie wissen müssen.

Sie ließ das Geschirrtuch wie ein Häufchen feuchtes Elend auf dem Boden zurück, wischte sich die nassen Hände am Pullover ab und lief durchs Wohnzimmer. Sie riß die Tür auf und starrte Reg Mortimer an, der auf ihrer Schwelle stand, den Finger über dem Klingelknopf.

Während der ganzen Zeit, die sie mittlerweile zusammenarbeiteten, hatte Reg sie niemals in ihrer Wohnung aufgesucht, obwohl sie einige schuldbewußte und hastig unterdrückte Phantasievorstellungen davon gehabt hatte, daß er einmal kommen würde. Sie hatte sich oft genug gesagt, daß Reg Mortimer im Teich des Lebens dahinglitt wie Öl auf der Wasseroberfläche ... Er ließ sich selten aus der Ruhe bringen, war nie aufgebracht, und falls ihn doch etwas tief in seinem Inneren bewegte, gelang es ihm glänzend, es unter der Decke zu halten.

An diesem Tag jedoch erkannte sie ihn kaum. Die Haut unter den Augen war faltig vor Erschöpfung, die Lippen waren blutleer und zu einer dünnen Linie verkniffen, und sie sah, daß seine erhobene Hand am Klingelknopf leicht zitterte.

»Teresa, ich ... Ich dachte, Jo hat dich vermutlich angerufen ...«

Es war also wahr ... seine Gegenwart war Beweis genug, ganz zu schweigen von seinem Aussehen. »Jo hat gesagt...« Die Stimme versagte ihr. Sie schluckte und zwang sich fortzufahren: »Aber ich hab's eigentlich nicht wirklich geglaubt.«

Er nickte einmal, als unumstößliche Bestätigung der Nachricht. Sie trat zurück. Er kam in ihre Wohnung und machte die Tür hinter sich zu. Einen Moment standen sie sich gegenüber, starrten einander an, dann berührte Reg verlegen ihre Schulter. »Teresa, es tut mir so leid.«

Daß er sich um sie sorgte, wo doch er und Annabelle alles füreinander gewesen waren, gab ihrer brüchigen Beherrschtheit den Rest. Sie schlug die Hände vors Gesicht und begann wie ein Kind zu weinen.

Reg nahm sie in seine Arme, und erst als ihr Schluchzen in Schluckauf überging, begann Teresa ihre Umwelt wieder wahrzunehmen. Sie hatte ihr Gesicht direkt unter Regs Kinn gegen die Knopfleiste seines Polohemds gepreßt, während er ihr mit einer Hand den Rücken streichelte. Er roch leicht nach Schweiß und Rasierwasser ... und bei diesem Gedanken wurde ihr entsetzt klar, daß ihre Nase lief und sie kein Taschentuch hatte. Sie löste sich aus seiner Umarmung und wandte sich ab. »O Gott! Entschuldige bitte. Ich bin eine fürchterliche Heulsuse.« Schniefend tastete sie fast blind nach der Schachtel mit Papiertaschentüchern auf dem Couchtisch und stieß sie dabei zu Boden.

»Schon gut. Ist ja alles in Ordnung.« Er hob die Schachtel auf und drückte ihr ein Taschentuch in die Hand. »Putz dir ordentlich die Nase. Ich mache dir inzwischen eine Tasse Tee.«

»Aber ich ... aber du weißt doch nicht, wo ...«

»Ich finde mich in deiner Küche schon zurecht. Setz dich bitte.«

Teresa sank aufs Sofa. Ihre gummiweichen Knie gaben einfach nach.

Sie hörte, wie er Schränke öffnete, dann das Blubbern von Wasser im Kessel, und wenige Minuten später tauchte Reg mit einem Becher in der Hand wieder auf. Er zog die Augenbrauen hoch, setzte sich neben sie und drückte ihr den Becher in die Hand. »Teebeutel? Was für ein Sakrileg!«

»Nur für Notfälle.« Teresa versuchte ein Lächeln, aber das Zucken ihrer Lippen hätte sie beinahe verraten. Sie nippte dankbar an ihrem Tee, obwohl er viel zu heiß und zu süß war.

»Dic Entschuldigung wird akzeptiert.«

Sie sah ihn an. »Ich hätte es schon gestern vormittag ahnen müssen, als sie zum Frühstück mit Sir Peter nicht erschienen ist. Annabelle wäre dem Treffen nie ferngeblieben, ohne dich zu informieren. Ich hätte wirklich ...«

»Hat keinen Sinn, sich deshalb zu quälen, Teresa. Du hättest

Annabelle auch nicht mehr helfen können. Sie war zu diesem Zeitpunkt längst tot.«

»Ist das sicher?«

»Ziemlich sicher. Aber mehr ist aus der Polizei nicht rauszukriegen.«

»Aber du hast es gewußt, stimmt's? Jo hat gesagt, daß du zur Polizei gegangen bist. Nur so konnten sie sie identifizieren. Du hast es geahnt, weil du ihr so nahegestanden hast ...« Sie berührte seinen Arm, und die Geste war ihr so vertraut, wie sie es noch eine Stunde zuvor nie für möglich gehalten hätte.

Er stand abrupt auf. »Das glaube ich nicht. Es war logisch. Mehr nicht. Ich habe gewußt, was du gewußt hast ... daß sie dieses Treffen nie versäumt hätte ... unter normalen Umständen ... Außerdem habe ich gewußt, daß sie nicht nach Hause gekommen war.«

»Aber ihr seid zusammen gewesen ...«

»Nicht den ganzen Abend.« Er lief unruhig zur Balkontür und sah hinaus. »Nach der Einladung bei Jo hat sie mich gebeten sie erst später im Ferry House wieder zu treffen. Aber sie ist nicht erschienen.«

»Aber ...« Teresa starrte auf seinen Rücken. Was er sagte, ergab keinen Sinn. Trotzdem wollte sie ihn nicht drängen. »Die Polizei ... haben die gesagt, wie ...«

Reg schüttelte den Kopf. »Nein. Haben sie es Jo nicht gesagt?«

Teresa zögerte. Sie ahnte, wie schwierig das alles für ihn war. Sicher konnte er an nichts anderes mehr denken. Und vielleicht gelang es ihr, ihn zu beruhigen. »Nur, daß es unwahrscheinlich ist, daß man sie – du weißt schon – sie überfallen hat.«

»Soll das alles vielleicht akzeptabler machen?« Das klang bitter. »So nach dem Motto ›sie hat ein erfülltes Leben gehabt‹?« Er schien ihr Entsetzen zu spüren, denn er drehte sich zu ihr um und zuckte entschuldigend mit den Schultern. »Tut mir leid. Ich weiß, das klingt schrecklich. Aber im Augenblick ist einfach nichts tröstlich. Sie ist fort und ...« Er wandte sich kurz ab, fuhr wieder herum und kam zum Sofa zurück. Er setzte sich auf die Kante, damit er ihr Gesicht sehen konnte, nahm ihre Hände und drückte sie. »Achte nicht auf mich. Mir geht's einfach dreckig.« Er lächelte und ließ ihre Hände los. »Ich bin heute morgen bei William gewesen.«

Teresa merkte entsetzt, daß sie an William überhaupt nicht gedacht hatte. Sie hatte mit ihrer Trauer genug zu tun gehabt, bis Reg vor ihrer Tür aufgetaucht war. »Wie hat er's aufgenommen?«

»Er steht unter Schock. Wir haben nur wenig geredet.«

»Über Annabelle?«

Reg drehte ihren leeren Teebecher sorgsam auf dem Untersatz. »Und die Firma. Er hat mich gebeten, mich vorerst darum zu kümmern. Aber ich schaffe das nicht ohne deine Hilfe. Die Lage ist auch so schon schwierig genug.«

Alarmiert richtete sie sich auf. »Du hast ihm doch nicht gesagt, was wir Sir Peter vorschlagen wollten, oder?«

»Selbstverständlich nicht. Aber wir können Hammond's nicht mehr lange aus den roten Zahlen halten, ohne etwas zu unternehmen ...«

Das Klingeln des Telefons ließ beide zusammenfahren. Teresa starrte es an, als läge eine giftige Schlange auf ihrem Couchtisch.

»Willst du nicht abnehmen?« sagte Reg.

Sie hob ab und drückte auf die »Sprechen«-Taste. »Hallo?«

Sie hörte einen Moment zu, dann antwortete sie: »Ja. In Ordnung. In einer halben Stunde.« Sie legte auf und sah Reg an. »Das war die Polizei. Sie möchten sich mit mir bei Hammond's treffen.«

Lewis und drei andere übriggebliebene Kinder saßen auf dem kalten Linoleumboden in der Eingangshalle des Gebäudes der Frauenvereini-

gung des Dorfs. Die beiden Mädchen waren dünn, nicht besonders hübsch und trugen Brillen. Der fette Bob Thomkins hatte soviel geheult, daß sein Gesicht ganz fleckig war.

Die Erwachsenen waren jeweils einzeln oder zu zweit hereingekommen und hatten sich unter den Kindern umgesehen, als begutachteten sie beschädigte Ware. Sie hatten die kleinsten und niedlichsten Kinder zuerst genommen, dabei häufig Geschwister getrennt, obwohl diese sie angefleht hatten, zusammenbleiben zu dürfen. Eine freundlich aussehende Dame in einem geblümten Kleid hatte Simon Goss mitgenommen und bedauernd mit der Hand abgewehrt, als sich der kleine Junge an Lewis geklammert und geweint hatte. Täte ihr so leid, hatte sie gesagt, aber sie könne nur ein Kind nehmen, und sie habe einen Sohn in Simons Alter.

Lewis kannte Hunger und auch Trauer, zum Beispiel als seine kleine Schwester Annie an Masern gestorben war … aber nie in seinem Leben hatte er sich unerwünscht gefühlt. Das einzige, das ihn, wenn auch minimal, tröstete, war, daß auch niemand die Lehrerinnen haben wollte, und Miß Jenkins und Miß Purdy wirkten ebenso verloren, wie er sich fühlte.

Eine Gaslaterne flackerte auf, als die für die Einquartierung zuständige Dame der Gemeinde sie entzündete, und warf lange, zuckende Schatten über Wände und Fußboden. Ein paar alte Holzstühle waren in der Nähe der Tür zu einem Kreis zusammengerückt worden, und dort besprachen sich die Dame von der Gemeinde und die beiden Lehrerinnen mit leiser Stimme. Lewis glaubte, die Worte »letzte Rettung« zu verstehen, als ihre besorgten Blicke über die verbliebenen vier Kinder huschten.

In diesem Moment beschloß er, nach Hause zurückzukehren. Sobald sie ihm den Rücken zuwandten, wollte er sich davonschleichen und auf die Suche nach der Straße machen, die aus dem Dorf hinausführte. Die Vorstellung davon, wie die endlos weite Fläche der Landschaft, die er vom Bus aus gesehen hatte, in der Dunkelheit versank, machte ihm schwer zu schaffen. Doch all das war besser als diese Warterei. Er würde bestimmt eine Mitfahrgelegenheit nach London erwischen, und wenn er Glück hatte, kriegte er vielleicht auch etwas zu essen.

Während er die Beine anzog, die Muskeln auf die Chance der Flucht wartend spannte, hörte er ein vertrautes Geräusch. Pferdehufe klapperten über das Pflaster wie beim alten Snowflake, der zu Hause den Milchwagen zog. Aber Milch kam morgens und nicht abends. Ein Angstschauer rann Lewis über den Rücken, als das Pferdegetrappel verstummte und das Pferd direkt vor der offenen Tür der Frauenvereinigung laut schnaubte. Er stand mit klopfendem Herzen auf.

Der Mann, der eintrat, sah allerdings kaum furchterregend aus. Er trug eine schwarze Uniform und Mütze wie der Chauffeur, den Lewis im Kino gesehen hatte, und schien nur wenig älter als Lewis' Vater zu sein.

»John, wie schön, daß Sie kommen.« Mrs. Slocum, die Dame von der Gemeinde, seufzte vor Erleichterung. »Ich wußte doch, daß wir damit rechnen können, daß Edwina die letzten Kinder aufnimmt.«

Der Mann nahm die Mütze ab, begrüßte die beiden Lehrerinnen mit einem Nicken und erwiderte schroff: »Tut mir leid, Mrs. Slocum, aber Mrs. Burne-Jones hat mich beauftragt, nur ein Kind mitzubringen.« Er warf einen Blick auf die Kinder und preßte die Lippen zusammen. »Sind das alle, die Sie haben?«

»Ich fürchte schon«, erwiderte die Dame, und Lewis fragte sich, ob die Entschuldigung für die Kinder oder für den Mann in Uniform gedacht war. »Aber sicher ...«

»Und es muß ein Junge sein. Er bekommt nämlich das Zimmer über dem Stall«, erklärte er bestimmt. Seine schmalen Lippen waren nur noch ein Strich, als er Lewis und Bob Thomkins betrachtete. Er hob den Finger. »Schätze, der ist der Richtige.«

Als Lewis merkte, daß der Finger auf ihn gerichtet war, sah er sich hastig um, um auszuschließen, daß plötzlich noch ein anderer Junge hinter ihm aus dem Nichts aufgetaucht war.

»Also gut ... Lewis ... so heißt du doch? Hol deine Tasche. Du kommst ins Herrenhaus. Mr. Pebbles hier nimmt dich mit«, sagte Mrs.

Slocum, die aus ihrem Mißfallen über die Sturheit der unbekannten Mrs. Burne-Jones kein Hehl machte. Dann zwang sie sich zu einem Lächeln. »John, bitte richten Sie Ihrer Herrin aus, daß wir noch drei Kinder haben, die ohne ein Dach über dem Kopf sind. Ganz zu schweigen von den beiden Lehrerinnen. Sicher könnte sie ein Plätzchen für die beiden finden. Wenn auch nur vorübergehend.«

John bedeutete Lewis, zur Tür zu gehen. »Ich richte es ihr aus, Mrs. Slocum. Aber Sie wissen ja, wie sie ist, wenn sie sich was in den Kopf gesetzt hat.« Er legte die Hand an die Mütze und folgte Lewis nach draußen.

Der Schimmel schimmerte matt in der Dunkelheit. Er stampfte und schüttelte sich in seinem Zaumzeug, als sie näher kamen, so daß der zweirädrige Einspänner wackelte. John sprang auf den Kutschbock und griff nach den Zügeln. Dann sah er stirnrunzelnd auf Lewis herab. »He, worauf wartest du noch, Junge? Willste 'ne Extraeinladung?« Und freundlicher fügte er hinzu: »Hast du noch nie einen Einspänner gesehen?« Er klopfte auf den Sitz an seiner Seite. »Spring auf. Mach schnell! Wir haben noch einen langen Weg vor uns, und das Abendessen wartet.«

Das Wort »Abendessen« klang wie Musik in Lewis' Ohren. Weglaufen konnte er schließlich immer noch, wenn ihm das Haus nicht gefiel. Er versuchte auf den Einspänner zu klettern, als täte er das jeden Tag.

John schnalzte mit der Zunge, und das Gespann setzte sich langsam in Bewegung. Im Dorf war es stockfinster wegen der von den Behörden verordneten Verdunklung. Nur ein Lichtfleck war zu sehen, als jemand den Vorhang vor der Tür der Dorfkneipe am Dorfplatz kurz zurückzog.

Lewis' Herz war schwer vor Heimweh, als er einen kurzen Blick auf die Männer erhaschte, die mit den Bierkrügen in der Hand in der Nähe der Tür standen und den warmen Abend genossen. Doch bald hatten sie tröstliche Szenen wie diese hinter sich gelassen, und als die schmale Straße bergauf zu führen begann, wurde die Dunkelheit im-

mer undurchdringlicher. Der Hufschlag des Pferdes wurde durch die Laubdecke über dem Weg gedämpft, und Lewis spürte mehr als daß er sah, daß sich über ihnen ein dichtes Blätterdach wölbte. Er fühlte sich verloren in der Finsternis, so flüchtig wie der Nebel, der sich vor ihnen sammelte.

Lewis hielt den Blick auf den schwach schimmernden Pferdeleib geheftet und fragte: »Wie findet er den Weg in der Dunkelheit?«

Ein Schnauben, das ein Lachen hätte sein können, kam von dem Mann, der neben ihm saß. »Hast du nie einen Pferdewagen gelenkt, Junge? Er reagiert auf meine Signale, die ich ihm mit Hilfe der Zügel gebe. Aber hier braucht er diese Orientierungshilfen gar nicht. Er findet seinen Heimweg so gut wie du und ich.«

»Wie heißt der Schimmel?« fragte Lewis, den die geduldige Antwort ermutigte.

Diesmal war das Kichern unmißverständlich. »Zeus. Blöder Name für ein Pferd, wenn du mich fragst. Aber mich fragt ja keiner.«

Lewis warf einen Blick auf seinen Begleiter. Er war erleichtert, daß die scharfe Nase, die er unter der Schirmmütze schwach erkennen konnte, offensichtlich keine Übellaunigkeit verhieß. »Dann sind Sie der Stallknecht?«

»Du bist aber ein Naseweis.«

»Ist nur, daß ich zuerst dachte, daß Sie der Chauffeur sind«, fügte Lewis hastig hinzu, denn er fürchtete, dem neuen Freund zu nahe getreten zu sein. »Aber Sie haben eben keinen Wagen.«

»Ich fahre alles, was Miß Edwina möchte, daß ich fahren soll«, erwiderte John, und Lewis war erleichtert, erneut den amüsierten Unterton in Johns Stimme zu hören. »Der junge Harry Watts, der Stallbursche, ist gestern davongelaufen und hat sich freiwillig zur Armee gemeldet. Du kriegst Harrys Zimmer, Junge. Nicht daß er viel getan hätte. Hatte ja auch nur zwei Pferde, um die er sich kümmern mußte. Den alten Zeus hier und Miß Edwinas Jagdpferd. Sie nimmt normalerweise lieber den Wagen, aber sie wollte kein Benzin verschwenden, nur um einen Londoner Gassenjungen aus dem Dorf abzuholen.«

Lewis überlegte, ob er sich durch die Bezeichnung »Gassenjunge« beleidigt fühlen sollte, beschloß jedoch dann, daß sein Stolz es ertragen konnte, denn er wollte nicht, daß die interessante Informationsquelle neben ihm versiegte. »Was für ein Auto hat sie denn?«

»Wir haben zwei, Junge. Einen MG Roadster, den Miß Edwina selbst lenkt, und den Bentley, den ich für sie fahre.«

»Heiliger Strohsack!« flüsterte Lewis gepreßt. Diese Autos waren der Stoff, aus dem seine Träume waren, Phantome, die man zwischen den Lastautos und Lieferwagen auf der Isle of Dogs nicht zu Gesicht bekam. Wohin kam er da nur? »Wer ist Miß Edwina?« wagte er einen neuen Vorstoß. »Ist sie sehr reich?«

John lachte. »Für dich ist sie Mrs. Burne-Jones, Junge, und ich schätze, es geht ihr finanziell ganz gut. Bilde dir selbst ein Urteil. Wir sind gleich da.«

Lewis konnte keine Veränderung in der düsteren Blätterwelt erkennen, die sie umgab, aber die Unterhaltung mit John hatte ihm die Angst ein wenig genommen. Nach kurzem Schweigen riskierte er noch eine Frage: »Gibt es auch einen Mr. Burne-Jones?«

»Hat sich bei einem Jagdunfall ein Jahr nach ihrer Hochzeit das Genick gebrochen. Aber wenn du mich fragst, ist sie nicht ungern hierher zurückgekommen. Das Haus gehört ihrer Familie, den Haliburtons ... die zugige, alte Bruchbude. Und jetzt sei still, Junge, und halt dich gut am Wagen fest.« Er zog an den Zügeln und schnalzte mit der Zunge. Zeus wandte sich scharf nach links, und der Wagen holperte in eine tiefe Radspur, so daß Lewis beinahe vom Sitz gefallen wäre.

Als er sich wieder aufrichtete, erkannte er, daß sie die Baumkulisse verlassen hatten. Er sah jetzt die Sterne, glitzernde Flecken an einem tiefschwarzen Himmel. Ein würziger Kräutergeruch stieg ihm in die Nase, als der Wagen gegen eine Hecke strich. Und als er die Hand nach den Blättern ausstreckte, fühlte er sie weich an seiner Haut.

Dann führte der Weg um eine Biegung, und er sah eine dunkle Silhouette, die sich gegen den helleren Himmel abhob. Sie erschien ihm ebenso riesig wie eines der großen Schiffe auf dem Fluß. Er schnappte verwundert nach Luft ... nichts hatte ihn je auf die schiere Größe und Grandezza dieses Anwesens vorbereitet.

Und während ihm fast die Augen aus dem Kopf fielen, hörte er John an seiner Seite leise lachen. »Miß Edwinas Großvater hat es gebaut. Damals verstand man sich noch aufs Häuserbauen. Ist nicht wie die modernen Dinger, die sie jetzt hochziehen. Muß ein toller Anblick gewesen sein ... mit Dienstboten und mehr Gärtnern, als du dir vorstellen kannst.«

Lewis hörte nur halb zu. Sein Blick hing wie gebannt an der mächtigen Silhouette des Hauses, als sie um das Gebäude herumfuhren. Die großen Türme blendeten sogar die Sterne am Himmel aus. John hielt das Pferd an und sprang vom Wagen. Dann hob er Lewis' zerbeulten Koffer von der Ladefläche. »Ich bringe dich jetzt zur Köchin. Vielleicht kannst du sie überreden, dir was zum Abendessen zu geben.«

»Aber Miß Edwina ... sehe ich die gar nicht?«

»Nur Geduld, Jungchen.« John legte Lewis eine Hand auf die Schulter und ging mit ihm zu einer Tür. »Sie hat Besuch aus London. Aber ich schätze, irgendwann kriegst du sie dann schon zu sehen.«

Lewis' Mund war vor Angst plötzlich ganz trocken. Er drehte sich um und klammerte sich an Johns Arm. »Aber Sie kommen doch mit mir, oder?«

Einen Moment dachte er, der Mann würde ablehnen, aber dann seufzte sein neuer Freund und sagte: »Muß mich dann zwar vor meiner Mary rechtfertigen, warum ich sie so lange mit dem Essen habe warten lassen. Aber ich schätze, in der Küche abliefern kann ich dich noch. Später komme ich zurück und bringe dich auf dein Zimmer. Muß hart sein, so weit von zu Hause weg und ganz allein. Wo lebt deine Familie, Junge?«

»Im East End«, antwortete Lewis und dachte an die chaotische Vertrautheit seines Zuhauses. »Auf der Isle of Dogs.« Er sah zu den dunklen Mauern auf, die sich drohend über ihm erhoben, und die Frage kam ihm über die Lippen, bevor er noch nachdenken konnte, ob sie passend

war. »Ist so groß ... das Haus. Warum wollte Miß Edwina die anderen nicht nehmen?«

John Pebbles schüttelte den Kopf. »Weil sie eine eigensinnige Frau ist. Sie hat sich in den Kopf gesetzt, daß es keinen Krieg gibt. Will immer nur positiv denken, unsere Miß Edwina. Aber ich zweifle nicht, daß sie zur rechten Zeit zur Vernunft kommt.« Er seufzte in der Dunkelheit. »Und kommen wird er ... früher oder später, fürchte ich.« Damit öffnete er die Tür und drängte Lewis sanft in die Wärme der hell erleuchteten Küche.

Typisch für ihren Exmann, ein Oberhemd mit Buttondown-Kragen zu tragen, wenn alle anderen soviel Haut zeigten, wie es die Schicklichkeit erlaubte, dachte Jo, als sie Martin Lowell beobachtete, wie er die Straße überquerte und den Park betrat. Sie hatte ihn angerufen und ihn gebeten, sich mit ihr vor dem Teegarten zu treffen.

Als Harry noch klein gewesen war, waren sie an jedem schönen Sonntag nachmittag hierhergekommen. Sie hatten Tee getrunken und die Sonntagszeitungen gelesen, während Harry in seinem Buggy gesessen hatte. Später, als er älter gewesen war, waren sie mit ihm an der Hand den Weg hinauf zum Observatorium gegangen. Wieder etwas später hatten sie mit ihm sogar das Maritime Museum besucht.

Jo hatte instinktiv diesen Ort für die Begegnung gewählt. Aber ganz offensichtlich vermochte dieser bei Martin keine angenehmen Erinnerungen zu wecken. Als er sie erreicht hatte, schob er seine Hornbrille hoch und musterte sie verärgert.

»Keine Ahnung, was du wieder im Schilde führst, Jo, aber mit mir brauchst du nicht zu rechnen. Das ist mein Nachmittag mit den Kindern, und ich möchte jetzt keine blöden Ausreden hören ...«

All die höflichen, vernünftigen Worte, die sie sich während des Weges bergab zurechtgelegt hatte, gingen in der Wut auf, die in ihr hochstieg, und sie begann zu zittern. »Halt nur einmal die Klappe, Martin, ja?«

Er starrte sie an. Im ersten Moment schien es ihm die Sprache verschlagen zu haben. »Nicht in diesem Ton, Jo. Es gibt keinen ...«

»Martin, hör mir gefälligst erst mal zu. Annabelle ist tot. Jemand hat sie umgebracht.«

»Was?«

»Du hast gehört, was ich gesagt habe. Sie haben ihre Leiche gestern morgen im Mudchute Park gefunden.« Jo beobachtete ihn und überlegte, wann sie ihn zum letzten Mal ohne diesen mißbilligenden Ausdruck gesehen hatte, der in sein Gesicht eingemeißelt zu sein schien.

Dann zuckte sein Mund. »Geschieht ihr recht, der Hexe.«

»Martin ...!«

»Was hatte sie denn im Park zu suchen? Hat sie ihre Haut dort zu Markte getragen? Tja, so was passiert eben, wenn man eine Hure ist. Du hättest wissen müssen ...«

»Du Schwein!« Jo riß automatisch die Hand hoch. Wie durch einen Nebel spürte sie in ihrer Wut, wie ihre Handfläche in einer schallenden Ohrfeige auf seiner Wange landete. Ihre Augen füllten sich mit Tränen. Ihre Haut brannte. Sie bedeckte ihre schmerzende Hand mit der anderen Hand, und wich aus Angst vor Vergeltung zurück. Dann merkte sie, daß Martin sich der Blicke der Passanten viel zu bewußt war, um zu riskieren, noch mehr Aufmerksamkeit zu erregen. Sie hatte ihn öffentlich gedemütigt, und es gab nichts, was er mehr haßte.

»Das war verdammt gemein und ungerecht«, zischte er. Ihre Hand zeichnete sich deutlich rot auf seiner Wange ab. »Bist du jetzt komplett verrückt geworden?«

»Ist mir egal, wie du über sie denkst, sie war meine Schwester. Meine Schwester! Wie konntest du nur ...« Sie schluckte und wandte den Blick ab. Sie traute ihrer Stimme nicht mehr.

Sie starrte auf den Teegarten, wo sich die interessierten Zuschauer wieder ihren Getränken und Unterhaltungen zugewandt hatten und nur noch gelegentlich einen Blick auf Martin und sie warfen.

»Bist du es nie leid, die Märtyrerin zu spielen, Jo? Auch jemand wie du könnte sich irgendwann mal dazu durchringen, zu verzeihen ...«

»Meine Gefühle spielen jetzt keine Rolle. Ich muß es den Kindern beibringen. Und ich dachte, du könntest ...«

»Ich könnte was? Ihnen eine kleine moralische Geschichte erzählen? Ihnen erklären, daß genau das Nutten und Frauen zustößt, die Familien zerstören?«

Jos Wut verflüchtigte sich so schnell, wie sie gekommen war. Pure Erschöpfung stellte sich ein. Sie schwankte. Es war sinnlos gewesen, diese Bitte an ihn zu richten, soviel begriff sie und wollte nur noch nach Hause. Aber so schnell ging das nicht. »Versprich mir, daß du mit den Kindern nicht über Annabelle redest. Versprich mir, daß du Harry nicht diese Dinge sagst.«

Martin musterte sie. Er hatte das Kinn, das sie einmal für Charakterstärke gehalten hatte, eigensinnig vorgeschoben. »Warum soll ich ihnen nicht die Wahrheit sagen? Du machst doch nur eine Heilige aus ihr ...«

»Versprich mir wenigstens, daß du sie erst wiedersiehst, wenn sie Zeit hatten, damit fertig zu werden. Es sind Kinder, mein Gott. Kannst du nicht auch mal an andere denken?«

»Aus deinem Mund ist das starker Tobak«, entgegnete er giftig. Jo erkannte plötzlich, daß das alles nur in denselben endlosen Streit münden würde, der sich durch Jahre ihres Lebens zog. Und sie war dumm genug gewesen zu glauben, die Scheidung würde einen Schlußstrich darunter ziehen. Sie schloß die Augen, und seine Stimme wurde leiser, bis sie nur noch ein fernes Krächzen war.

»Jo, was ist los mit dir? Was fällt dir ein? Kipp hier bloß nicht um, hast du gehört?« Martins Finger bohrten sich in ihre Schultern, rissen sie hoch. »Hörst du mich? Ich habe gesagt, daß ich die Kinder heute nachmittag nicht holen werde. Also geh jetzt nach Hause.«

Er ließ sie los, vergrub die Hände in den Hosentaschen und ging davon.

Kincaid gab sich redlich Mühe, beim Fahren ein Schinkenbrot zu essen – eine Hand am Steuer, eine Hand, um das Sandwich zu halten, und wenn er schalten mußte, nahm er das Sandwich in die Hand am Steuer. Dabei hatte er die flüchtige Vorstellung, daß das Yard eines Tages seinen Mitarbeitern den Luxus von Dienstfahrzeugen mit Automatik gönnen möge. Als nächstes träume ich womöglich noch von einer Klimaanlage, seufzte er stumm.

»Sollen wir wechseln?« fragte Gemma und verschlang die letzten Krümel aus ihrer dreieckigen Sandwichbox.

»Sind sowieso gleich da«, antwortete er kauend. Dann schluckte er. »Ich glaube, wir sind sogar zu früh dran.«

»Dann hätten wir genausogut irgendwo in Ruhe essen können.« Gemma steckte die Box in eine Mülltüte und trank Fruchtsaft aus einer Flasche.

»In der Kantine? Du bist gut.« Der Geruch von Bratfett in der stickigen Mittagshitze hatte sie veranlaßt, ihre Lunchboxen zu schnappen und das Limehouse-Revier fluchtartig zu verlassen.

Er bog nach rechts in die Ferry Street ein und deutete durch die Windschutzscheibe. »Dort. Auf der rechten Seite. Das ist die Kneipe, in der sich Annabelle angeblich mit Reg Mortimer treffen wollte: das Ferry House.«

»Angeblich?« Gemma sah ihn an.

»Also, einen Beweis dafür gibt es nicht, oder?« Die Straße

machte kurz hinter dem Lokal eine scharfe Linkskurve. Von hier aus verlief die Ferry Street einerseits parallel zum Fluß und andererseits neben der Manchester Road. Kincaid fuhr langsam, machte sich den ruhigen Verkehr am Sonntag nachmittag zunutze, um sich die Wohnhäuser zwischen Gaststätte und Annabelle Hammonds Apartmenthaus genauer anzusehen. »Wir sollten jemanden in das Lokal und in die Häuser auf der anderen Seite schicken. Kann nicht schaden, sich genauer zu erkundigen, ob jemand was gesehen hat.« Er schob den letzten Bissen in den Mund. »Mortimer könnte auch die Geschichte mit dem Straßenmusiker erfunden haben.«

»Glaube ich nicht.« Gemma runzelte die Stirn. »Hast du ihm geglaubt? Gordon Finch, meine ich.«

Kincaid kaute und dachte nach. »Falls er wußte, weshalb wir ihn vorgeladen haben, ist er ein verdammt guter Schauspieler«, sagte er schließlich. »Aber ich könnte schwören, daß er Annabelle Hammond gekannt hat. Außerdem hat ihn die Anspielung überrascht, es bestünde eine Verbindung zwischen ihr und seinem Vater.«

»Meines Erachtens hat er nicht gewußt, daß sie tot ist.«

»Meinst du damit, daß er sie nicht umgebracht haben kann? Warum hat er dann nicht zugegeben, daß er sie kennt?«

»Keine Ahnung. Vielleicht ist er es nicht gewöhnt, sich gegenüber der Polizei kooperativ zu verhalten«, sagte Gemma mit einem Anflug von Sarkasmus.

»Ich finde, wir sind sehr zivilisiert mit ihm umgegangen.« Sie waren jetzt auf der Höhe von Annabelles Apartmenthaus. Kincaid parkte den Wagen am Straßenrand. Einen Moment blieben sie im Auto sitzen. »Bevor wir die Nagelstiefel anziehen, sollten wir abwarten, ob Inspector Coppin fündig wird.« Janice Coppin hatte sie davon in Kenntnis gesetzt, daß der Fußgängertunnel von Kameras überwacht wurde und daß sie sich auf die Suche nach den Videobändern machen wolle.

»Außerdem sollten wir uns mit den Wohnungseigentümern hier unterhalten«, fügte er hinzu. Die Tore, die zu den drei Häusern am Flußufer führten, waren geöffnet, so daß sie einen Blick auf einen grünen, einladenden Hofgarten erhaschen konnten.

Als sie weiterfuhren, donnerte ein farbenfroher Zug der Docklands Light Railway in die erhöht gelegene Haltestelle Island Gardens auf der gegenüberliegenden Straßenseite. Gemma runzelte die Stirn. »Sie hätte von hier aus praktisch überallhin fahren können.«

»Wie bitte?«

»Zwischen dem Zeitpunkt, da Reg Mortimer Annabelle nach seiner Aussage im Tunnel allein gelassen hat, und ihrer von Dr. Ling geschätzten Todeszeit liegen drei Stunden. Und wir haben keine Ahnung, was sie da gemacht hat. Die Bahnlinie ist so nah, daß sie praktisch überallhin in London hätte fahren können.«

An der Island Gardens Station ging die Ferry Street in die Saunders Ness Road über, und Janice hatte ihn angewiesen, diese bis zum Ende zu fahren. Er warf einen Blick auf den gewölbten Eingang des Fußgängertunnels hinüber, als sie daran vorbeikamen, und auf die Menschenmenge, die versuchte, das beste aus ihrem Sonntag nachmittag in den Island Gardens zu machen. Durch das Blätterwerk des Parks schimmerte das Wasser der Themse, und auf der anderen Seite des Flusses war die weiße, klassisch-symmetrische Silhouette des Royal Naval College zu sehen. »In diesem Fall muß der Mörder ihre Leiche wieder zurückgebracht haben. Ich meine, damit es so aussah, als sei sie praktisch vor ihrem Haus umgebracht worden, oder?«

»Ist nicht auszuschließen.«

»Nein. Aber komplizieren wir die Dinge nicht mehr als nötig. Es ist genauso wahrscheinlich, daß sie die Insel, wenn nicht sogar diese Gegend hier, nie verlassen hat.« Als sie den

Park passiert hatten, säumten neue Wohnkomplexe unterschiedlichster architektonischer Stilrichtungen und Nutzungsarten das Flußufer.

»Komische Gegend für eine Firma.« Gemma berührte leicht seine Schulter, als sie sich vorbeugte, um aus seinem Fenster zu sehen.

»Die Gegend hier wurde als erste neu erschlossen. Die meisten der alten Speicherkomplexe am Fluß sind in den vergangenen fünf Jahren abgerissen worden, um neuen Eigentumswohnungen der gehobenen Preisklasse Platz zu machen.«

»Ah, du hast also Janice wieder mal ausgequetscht.«

»Sie hat mir eine Lektion in Heimatkunde erteilt, würde ich sagen. Widerstand wäre zwecklos gewesen. Die Firma Hammond's hat ihren Sitz noch in einem der letzten alten Speicher an diesem Uferabschnitt. Schau doch! Das muß er sein.«

Er stellte den Wagen am Straßenrand ab, stieg aus und betrachtete das alte Gebäude. Es war eine klobige, letzte Bastion viktorianischer, industrieller Tüchtigkeit aus braunem Backstein mit vier Stockwerken, dessen strenge Fassade durch orangefarbene, gemauerte Bögen über jedem Fenster und über dem Haupteingang ein wenig aufgelockert wurde. Über dem flachen Dach erhob sich ein Ziergiebel, der wie eine unpassende Spielerei über der Fassade wirkte. Darunter stand in gemauerten Lettern *Hammond's Fine Teas, 1879*.

Gemma trat zu ihm und drückte die Klinke der glänzenden, dunkelblau lackierten Tür. »Abgeschlossen. Wenigstens ist es auf dieser Seite ein bißchen kühler ... wenn wir schon warten müssen.«

Kincaid betrachtete die Schule auf der gegenüberliegenden Straßenseite. Obwohl der Haupttrakt im phantasielosen Stil der Postmoderne erbaut worden war, verriet das separate Gebäude an der Front seinen viktorianischen Ursprung, in dem sich die dreieckigen Ziergiebel und die orangerote Fensterverzierung des Speichers wiederholte. »Besteht wohl kaum Hoffnung, daß wir da drüben einen glaubhaften Zeugen für Freitag abend finden. Sehen wir mal zur Rückfront des Speichers«, schlug Kincaid vor und wandte sich in Richtung Fluß. Zu ebener Erde gab es dort keine Fensteröffnungen.

Auf der Rückseite lag das Gebäude auf gleicher Höhe mit der Wasserlinie, so daß der mit Backsteinen gepflasterte Fußgängerweg am Fluß um den Speicher herum geführt werden mußte. »Endstation«, berichtete er erschöpft. »Dieser verdammte Speicher ist eine uneinnehmbare Bastion.«

»In den alten Zeiten wurden Lagerhäuser auch mal gern ausgeraubt.« Es war Ebbe. Gemma rümpfte die Nase, als ihr der Gestank von Hafenschlick in die Nase stieg.

»Sicher. Trotzdem muß es doch von der anderen Seite einen ebenerdigen Zugang geben. Schon damals brauchten sie Laderampen für Fuhrwerke, wenn sie Waren vom Wasser her eingelagert haben.«

»Und der Fluß hat damals vermutlich noch schlimmer gestunken«, fügte Kincaid hinzu, lehnte sich über das Geländer am Fußgängerweg und starrte auf das Sammelsurium von Müll, den das ablaufende Wasser hinterlassen hatte. »Und die Leute haben vermutlich noch ganz anderen Abfall da hineingeworfen. Stimmt nicht gerade optimistisch, was?« Er starrte auf die drei dunklen Schornsteine des Stromkraftwerks am gegenüberliegenden Ufer und von dort auf das gleißende Weiß des Naval College weiter flußaufwärts hinter der Biegung. »Gelegentlich fragte ich mich, ob sich die Menschheit wirklich weiterentwickelt hat.« Er deutete über den Fluß zum College und fügte hinzu: »Schau dir nur an, was Christopher Wren da auf die Beine gestellt hat.«

»Ich bin eher für sanitäre Anlagen, danke«, bemerkte Gemma. Und Kincaid fiel auf, daß er sie an diesem Nachmittag zum ersten Mal lächeln sah. Ihr Nasenrücken war von der Sonne leicht rosarot verbrannt, und die sonst nur matt sichtbaren Sommersprossen auf ihren Wangen waren deutlicher und dunkler geworden.

»Alles in Ordnung mit dir?« fragte er und streichelte mit den Fingerkuppen über ihre Wange.

»Ist nur die Hitze.« Sie strich sich eine feuchte Haarsträhne aus der Stirn und wandte den Blick ab.

»Ich dachte …«

Ganz in der Nähe schlug eine Autotür zu. »Das war vorn«, sagte Gemma und horchte. »Da ist jemand gekommen.« Sie lief zur Vorderfront des Speichers zurück. Er folgte ihr und fragte sich, was er wohl gerade hatte sagen wollen.

Eine schlanke blonde Frau in Jeans und gelbem T-Shirt stand vor dem Eingang des Speichers, einen Schlüsselbund in der Hand.

Kincaid rief ihr etwas zu, und sie wirbelte überrascht herum.

»Entschuldigung«, sagte Kincaid, als sie sie erreichten. »Ich wollte Sie nicht erschrecken. Wir sind von Scotland Yard.« Er zückte seinen Dienstausweis und stellte Gemma vor. »Sind Sie Teresa Robbins?«

»Eine Frau Inspector Coppin hat mich angerufen …«

»Sie ist die Beamtin von der Ortspolizei, die mit dem Fall befaßt ist. Wir möchten Ihnen ein paar Fragen stellen … wenn Sie einverstanden sind.«

»Nur … ich weiß wirklich nicht, wie ich Ihnen helfen sollte.« Teresas schmales Gesicht war sympathisch und unspektakulär. Sie hatte offenbar hastig etwas Make-up aufgetragen, um die Spuren der Tränen zu übertünchen.

»Sie helfen uns schon, indem Sie sich da drinnen jetzt gründlich umsehen. Sagen Sie uns, wenn irgend etwas verändert sein sollte.«

»Aber weshalb …«

»Könnte Miß Hammond am Freitag abend hierhergekommen sein, um zu arbeiten?« fragte Gemma.

Teresa steckte ihren Schlüssel ins Schloß. »Möglich ist es schon.« Sie zog eine schwere Tür auf und trat zurück, doch Kincaid bedeutete ihr vorzugehen.

Es dauerte einen Moment, bis Kincaids Augen sich an das Zwielicht im Inneren des Speichergebäudes gewöhnt hatten. Die Sonne fiel nur schräg von oben durch die hohen Fenster an der Süd- und Westseite herein. Dann bediente Teresa einen Schalter an der Tür, und die elektrische Beleuchtung verscheuchte die Schatten aus Winkeln und Ecken.

Der riesige Raum erstreckte sich über die ersten beiden Stockwerke des Lagergebäudes. Zu ihrer Rechten befand sich der Lastenaufzug in die oberen Stockwerke; zu ihrer Linken lagen die Büroräume, die man über eine Galerie aus Holz erreichte, von der aus man auf den zentralen Lagerraum hinuntersehen konnte. Auf der Hälfte der Distanz an der linken Mauerseite entdeckte Kincaid die Laderampen, die, wie er vermutete, von Lastwagen benutzt wurden.

All diese Details nahm er vorerst nur peripher in sich auf, denn die Kisten hatten seine Aufmerksamkeit erregt. Es handelte sich um deckenhohe Stapel aus quadratischen, mit Stahlbändern und Stahlecken verstärkten Holzkisten, die den Stauraum füllten. Alle trugen exotisch aussehende Stempel in roter oder schwarzer Tinte. Auf dem Stapel, der ihm am nächsten stand, prangte der Aufdruck *Produce of India, Darjeeling*, gefolgt von einer Zahlenreihe. Im Lagerhaus hing ein erdiger Geruch, in den sich der durchdringende, unverwechselbare Duft von Tee mischte.

Teresa war ein paar Schritte weit in den Raum gegangen und hatte sich aufmerksam umgesehen. »Alles ist noch genauso, wie ich es am Freitag verlassen habe.«

»Wann haben Sie Miß Hammond zum letzten Mal gesehen?« wollte Kincaid wissen.

»Ich glaube, Annabelle ist um halb sechs gegangen. Ich habe noch einige Rechnungen fertig gemacht und habe ihr einfach nur ›Tschüs‹ zugerufen. Sie wissen, wie das ist. Ich habe nie daran gedacht, daß ich sie nicht ...« Teresa schluckte schwer.

»Sie haben Überstunden gemacht?« Gemma lächelte verständnisvoll.

»Das mache ich fast immer. Besonders freitags, wenn unter der Woche viel liegengeblieben ist.«

»Sie sagten, Sie hätten Rechnungen fertig gemacht ... Dann sind Sie also die Buchhalterin der Firma?« erkundigte sich Kincaid und fragte sich, ob Annabelle Hammond sich ihrer Angestellten anvertraut haben könnte. Immerhin war sie mit einem anderen Angestellten verlobt gewesen, und viel demokratischer konnte man seiner Ansicht nach nicht sein.

»Ich bin sozusagen die Finanzmanagerin der Firma.« Teresa lächelte scheu. »Das klingt ein bißchen bombastisch für das, was ich mache. Ich habe das Rechnungswesen und die Finanzplanung unter mir. Aber das ist nichts Besonderes. Eigentlich macht hier jeder ein bißchen von allem.«

»Soviel ich weiß, sind Annabelle und Reginald Mortimer verlobt gewesen. Hat das die Zusammenarbeit der beiden erschwert? Oder die Zusammenarbeit mit Ihnen?«

»Erschwert?« Teresa starrte Kincaid an.

»Es hat doch sicher auch Konflikte bei der Arbeit gegeben, oder?«

»Gelegentlich sind Männer, was ihre Autorität betrifft, ein bißchen empfindlich«, ergänzte Gemma mit einem Seitenblick auf Kincaid. »Sie kennen das vermutlich.«

Teresa schüttelte energisch den Kopf. »Nicht bei Reg und Annabelle. Sie waren sich einig, wollten dasselbe für die Firma. Und Reg ... Reg hat Annabelle vergöttert.«

Kincaid glaubte, etwas wie Bedauern in Teresas Stimme zu erkennen. War es schwierig für sie gewesen, stets die Außenstehende oder das fünfte Rad am Wagen zu sein? »Wann sollte die Hochzeit sein?« fragte er.

»Die Hochzeit?« Erneut traf die Kriminalbeamten Teresas erstaunter Blick, so als sei ihr die Frage völlig neu. »Das Datum stand noch nicht fest. Nicht offiziell, jedenfalls.«

»Wie lange waren die beiden verlobt?«

Teresa runzelte die Stirn. »Fast zwei Jahre, glaube ich.«

»Kaum ein Grund heutzutage, eine Hochzeit lange rauszuschieben ... beide waren unabhängig, ihre Familien einverstanden ...«

»Aber die beiden konnten nicht einfach ganz normal heiraten. Sie hatten gesellschaftliche Verpflichtungen. Und ich glaube, Annabelle hatte im Augenblick keine Zeit, eine Hochzeit zu organisieren, wie man sie von ihnen erwartete.« Teresa breitete diese Theorie mit großem Ernst vor ihnen aus; beinahe so, als wolle sie auch sich selbst überzeugen.

»Waren Sie und Annabelle eng befreundet?« erkundigte sich Gemma. »Hätte sie sich Ihnen anvertraut ... wenn sie kalte Füße bekommen hätte?«

»Ich ... ich weiß nicht.« Teresa reckte trotzig das Kinn. »Hören Sie ... ich begreife nicht, weshalb Sie mich das alles fragen. Jo hat gesagt, Annabelle sei im Park getötet, von irgendeinem Perversen überfallen worden. Was sollte das mit uns oder der Firma Hammond's zu tun haben?«

»Annabelle ist im Park *gefunden* worden. Ob sie dort auch getötet wurde, wissen wir nicht«, klärte Kincaid sie auf. »Können Sie uns sagen, weshalb sie in der Dunkelheit im Mudchute Park herumspaziert sein könnte? In Partykleidung und Schuhen mit hohen Absätzen?«

»Nein. Das ist idiotisch. Aber ...« Die Schatten der sich langsam drehenden Ventilatorblätter an der Decke glitten über Teresas Gesicht, und Kincaid sah, wie sich die Iris ihrer haselnußbraunen Augen ausbreitete wie ausfließende Tinte. »Sie glauben doch nicht, daß hier ...« Sie verschränkte die Arme vor der Brust und ließ ihre Blicke schweifen, als sähe sie den alten Speicher zum ersten Mal.

»Hat Annabelle Ihnen erzählt, was sie am Freitag abend vorhatte?« fragte Kincaid.

»Sie wollten zu ihrer Schwester. Sie und Reg. Das Abendessen war seit Wochen geplant.«

»Und Annabelle hat Sie später am Abend nicht mehr versucht zu erreichen?«

»Weshalb hätte sie mich anrufen sollen?« Teresa wirkte verdutzt.

»Könnte doch sein, daß sie sich aus irgendeinem Grund Sorgen gemacht hat.«

»Annabelle war nicht der Typ, der sich Sorgen gemacht hat«, antwortete Teresa scharf. »Und sie hatte nicht die Angewohnheit, mich abends noch anzurufen oder hierherzukommen.«

»Könnte Freitag abend irgend jemand hier gewesen sein? Gibt es einen Nachtdienst in der Firma?«

»Wir *stellen* den Tee nicht *her*, Superintendent. Wir mischen und packen ihn, und für unser Produktions- und Ladepersonal gilt die Fünftagewoche. Die Packerei ist oben, falls Sie sich dafür interessieren. Aber das *hier* ist das Herz unserer Firma.« Sie deutete auf einen großen Tisch in der Mitte des Raumes, und Kincaid spürte ihre Erleichterung, als sie sich wieder auf vertrautes Terrain begeben konnte.

An einer Längsseite des Tischs waren abgenutzte Teebüchsen und schlichte Zellophantüten aufgereiht; auf der anderen Seite stand eine Reihe viereckiger, weißer Porzellanschälchen, gefüllt mit losen Teeblättern, und eine andere Reihe identischer Teegefäße aus Porzellan. Gemma berührte mit dem Finger die Teesorte im letzten Gefäß. »Riecht gut. Was ist das hier?«

»Der Verkostungstisch.« Teresa sah sie an, und Kincaid erkannte, wie verständnislos sie dreinschauen mußten, denn sie fuhr fort: »Wir verkaufen nicht einfach irgendwelchen Tee. Zuerst muß er gemischt werden, und die Firma Hammond's ist seit hundertfünfzig Jahren berühmt für ihre Mischungen. Wir kaufen Tee auf Auktionen ... hauptsächlich aus Indien und Sri Lanka. Aber seit den späten Siebzigern hat sich China wieder dem Markt geöffnet, und einen Teil des Tees importieren wir auch aus Afrika und sogar aus Südamerika.«

»Sri Lanka ... ist das das ehemalige Ceylon?« Gemma ging um den Tisch und betrachtete die Blechbüchsen. »Auf einigen hier steht Ceylon.«

»Tees aus Sri Lanka tragen die Handelsbezeichnung Ceylon-Tee. Aber allein in Sri Lanka gibt es über zweitausend Teeplantagen ... und jede Plantage hat verschiedene Ernten pro Jahr ... je nach Höhenlage.« Teresa seufzte, um anzudeuten, wie kompliziert das alles war.

Kincaid dachte nur nebenbei an Indien oder China, wenn er morgens einen Teebeutel in seine Tasse hängte. »Je höher die Lage desto mehr Ernten? Meinen Sie das?« fragte er.

»Theoretisch, ja ... praktisch, nein.« Teresa steckte eine Strähne blonden Haars hinter das Ohr und rieb sich die Schweißperlen von der Stirn. Obwohl es im Lagerhaus kühler war als draußen, herrschte eine Atmosphäre wie in einem tropischen Glashaus. »Wir sind bekannt dafür, mit bestimmten Plantagen Handel zu treiben, und wir sehen uns die entsprechenden Produktionsstätten auch an. Annabelle ... Annabelle hat nach ihrem Uniabschluß etliche Plantagen in Ceylon und Indien besucht, aber die Hochzeitsreise wollte sie nach China machen ...« Teresas Augen füllten sich mit Tränen. Sie zog ein Taschentuch aus der Jeanstasche und putzte sich die Nase. »'tschuldigung. Ich kann nur nicht ... Einige unserer Kunden haben Annabelle zuerst nicht ernst genommen. Der Teehandel ist eine traditionell männliche Domäne, und ich schätze, sie dachten, sie würde sich nur die Zeit damit vertreiben, bis sie was Passenderes gefunden habe.

In Wirklichkeit liebte sie Tee. Sie war seit ihrer Kindheit von jeder Produktionsstufe fasziniert und wollte alles einmal direkt an der Quelle erleben.«

»Und dazu mußte sie nach China oder Indien reisen?« fragte Kincaid.

»Ja. Alle Tees werden gleich nach der Ernte noch auf der Plantage selbst weiterverarbeitet. Die Blätter müssen innerhalb von Stunden welken, sich einrollen und getrocknet werden, sonst verlieren sie ihre Frische. Außerdem muß der Grad der Fermentierung perfekt getroffen werden ... Ist der Tee zu stark fermentiert, schmeckt er flach; ist er zu schwach fermentiert, kann er schimmeln, sobald er für die Verschiffung verpackt ist. Das Verkosten und Mischen, das wir hier machen, ist nur das allerletzte Stadium.« Ihr Blick schweifte über die Kisten und den Verkostungstisch und die glatten Bohlen des Lagerhausbodens, die durch die jahrhundertelange Benutzung einen seidigen Glanz erhalten hatten.

»Oblag Annabelle die Verkostung des Tees?«

»Nein. Das machte Mac ... Mr. MacDougal. Teehändler beschäftigen professionelle Koster. Und Mac ist einer der besten in seinem Metier. Aber Annabelle ist ... Annabelle *war* sehr gut, und einige Mischungen, die sie und Mac kreiert haben, haben unsere Marktanteile beträchtlich gesteigert. Ist mir schleierhaft, wie wir ohne sie zurechtkommen sollen.« Teresa drohte, die Stimme zu versagen, und sie preßte die Lippen zusammen, um die Beherrschung nicht zu verlieren. Sie wandte sich ab und führte sie zu den Regalen an der Rückwand. »Dieses neue Design ist nur ein Teil von Annabelles Zukunftsplanung.«

Kincaid sah, daß die Regale runde Büchsen mit dem vertrauten Firmenwappen von Hammond's enthielten. Die Büchsen hatten eine ungewöhnliche Form, waren schmal und hoch, und in der faszinierenden Farbkombination kobaltblau und rostrot gestaltet, wobei das Firmenlogo in Gold geprägt war. Er erinnerte sich jetzt, diese Büchsen in den teureren Feinkostgeschäften und bei Harrods gesehen zu haben.

»Wie hübsch«, bemerkte Gemma und drehte eine Büchse, damit sie das Design von allen Seiten betrachten konnte.

»Sie hat diese Farben William ... ihrem Vater ... zuliebe gewählt ... nach seinem Lieblingsteeservice. Sie ...« Teresa schloß die Augen. Sie schüttelte den Kopf. »Tut mir leid«, flüsterte sie.

»Kommen Sie, setzen Sie sich.« Gemma nahm sie sanft beim Arm und führte sie zu einer Sitzgruppe aus gepolsterten Rattanstühlen. »Ich hole Ihnen ein Glas Wasser.«

»Nein, nicht nötig. Geht schon wieder«, protestierte Teresa, sank jedoch dankbar in einen Stuhl. Sie fröstelte. »Es ist nur ... Ich glaube, ich hab's immer noch nicht richtig begriffen.«

Gemma setzte sich zu ihr. »Ich glaube, Mr. Mortimer hat erzählt, daß Annabelle die Leitung der Firma von ihrem Vater übernommen hat. Stimmt das?«

»Seine Frau war schwer krank, müssen Sie wissen. Krebs. Dann, nach ihrem Tod, ging es ihm einige Zeit gesundheitlich nicht gut. Muß der Schock gewesen sein. Sonst hätte er das Zepter niemals aus der Hand gegeben.«

»Könnte Mr. Hammond die Firma nicht wieder übernehmen?«

Teresas Stirn legte sich in Sorgenfalten. »William hat seit fünf Jahren nichts mehr mit dem Tagesgeschäft zu tun. Allerdings hat er für Notfälle stets Tag und Nacht zur Verfügung gestanden. Ich glaube, er kann es nicht ertragen, es ganz zu lassen.«

»Dann ... mit seiner Erfahrung ...«

»Die Sache ist komplizierter. Annabelle hat die Firma in Bahnen gelenkt, mit denen William nicht einverstanden gewesen ist ...«

»Aber wenn Sie erfolgreich waren, dann will er doch sicher den Weg fortsetzen, den Annabelle eingeschlagen hatte.«

»Nein, Sie verstehen mich nicht. Für William steht die Tradition an erster Stelle. Auch wenn sein Urgroßvater viel riskiert hat, als er damals den Teehandel mit den neuen Plantagen in Ceylon begonnen hat, will er nicht akzeptieren, daß es die Risikobereitschaft gewesen ist, die Hammond's überhaupt so weit gebracht hat. Er möchte alles so tun, wie es immer getan wurde …«

»Zum Beispiel?« fragte Kincaid interessiert.

Teresa seufzte und lehnte sich zurück. »Wo soll ich anfangen? Teebeutel, zum Beispiel. Bis vor kurzem hat Hammond's nie Tee in Beuteln verkauft. Es gibt praktisch keinen Vergleich zwischen unseren Mischungen und dem schlechten Verschnitt, der in den meisten, massenproduzierten Teebeuteln verwendet wird. Aber Annabelle war überzeugt, daß man auch *erstklassigen* Tee in Beutel verpacken sollte. Falls bei der Produktion Qualitätsverluste auftreten sollten, war sie der Meinung, man könnte diese wieder wettmachen, indem man die Kunden auf den Geschmack von besseren Tees bringe. Annabelle war sicher, Kunden von den Teebeuteln letztendlich überzeugen zu können, lose Teeware zu kaufen.

Dasselbe gilt für Aromastoffe. Es existiert ein riesiger Markt für aromatisierte Tees, besonders in den Staaten. Aber William wollte davon nichts wissen. Annabelle hat den Verwaltungsrat überzeugt, daß die meisten Teetrinker mit aromatisierten Tees anfangen und dann zum eigentlichen Tee übergehen. Ich bin nicht sicher, ob William unsere Entscheidung je akzeptiert hat. Er …«

Ein Riegel klickte, und die Vordertür schwang auf. Kincaid erkannte lediglich die Umrisse eines Mannes, doch Teresa stemmte sich aus dem Stuhl. »Mr. Hammond. Was machen Sie denn hier?«

»Teresa, meine Liebe.« Er kam auf sie zu, nahm ihre ausgestreckte Hand und tätschelte sie. »Jo hätte dich nicht bitten dürfen, das zu übernehmen. Ist die Pflicht der Familie, hier nach dem Rechten zu sehen.« Er wandte sich an Kincaid und Gemma. »William Hammond. Womit kann ich dienen?«

Gemma hätte Hammond aufgrund von Annabelles Fotos sofort erkannt, obwohl sein teurer schwarzer Anzug seinem gentlemanhaften Aussehen eine gewisse Strenge verlieh. Sie fragte sich flüchtig, wie er diesen Anzug bei der Hitze ertragen konnte. Seine Haut allerdings fühlte sich kühl an, als er ihr die Hand schüttelte.

Teresa berührte seinen Arm. »Mr. Hammond, es tut mir so leid«, begann sie.

»Ich weiß, Sie und Annabelle haben sich sehr nahegestanden«, erwiderte William Hammond. »Sie war in großem Maße von Ihnen abhängig. Genau wie Reginald. Er ist heute morgen bei mir gewesen ...« Er verstummte. »Das ist ein schrecklicher Schock für uns alle. Meine Tochter hat gesagt, daß Sie Fragen an uns haben, Superintendent. Und wenn Teresa Ihnen nicht weiterhelfen kann, dann sollte sie jetzt nach Hause gehen.«

»Ist in Ordnung«, sagte Kincaid zu Teresa gewandt. »Wir wissen ja, wo wir Sie erreichen können.«

Teresa zögerte kurz, dann nickte sie Kincaid und Gemma zu und verließ den Speicher.

»Bitte setzen Sie sich.« Hammond nahm den Stuhl, den Teresa verlassen hatte, und bedeutete ihnen, es ihm gleichzutun.

»Wir wissen, wie schwer das alles für Sie ist, Mr. Hammond«, begann Kincaid und zerrte an seinem Krawattenknoten. Er hatte schon am späten Vormittag sein Jackett im Wagen deponiert, und Gemma nahm an, daß die Krawatte bald folgen würde. Er sah sie an, ein Zeichen, daß sie übernehmen sollte.

»Haben Sie eine Ahnung, wer Ihrer Tochter das angetan hat,

Mr. Hammond?« Sie verschränkte die Hände über ihrem Notizbuch im Schoß.

Er starrte sie an. Tränen glänzten in seinen Augen. »Annabelle war so schön. Wer sie nicht gekannt hat, kann das nicht begreifen. Niemand hätte sich eine perfektere Tochter wünschen können.«

»Das ist sicher wahr, Mr. Hammond«, bemerkte Gemma sanft. »Trotzdem halten wir es für möglich, daß Annabelle ihren Mörder gekannt hat. Wissen Sie, ob sie sich beruflich Feinde gemacht hat? Oder vielleicht im Privatleben?«

»Selbstverständlich nicht. Das ist eine absurde Vorstellung. Alle haben Annabelle geliebt.«

Gemma änderte die Taktik. »Wie standen Sie zu ihrer Verlobung mit Reginald Mortimer?«

»Ihre Verlobung? Was hat denn das mit der Sache zu tun?« Hammond zog unwirsch die Augenbrauen hoch.

»Waren Sie mit der Verlobung einverstanden?« beharrte Gemma.

»Natürlich. Ich kenne den Jungen seit seiner Geburt. Man hätte sich kein harmonischeres Paar wünschen können. Und seine Familie ist aus der ersten Gesellschaft. Sein Vater, Sir Peter, gehört unserem Verwaltungsrat an und ist ein persönlicher Freund. Peter und Helena hat das sehr hart getroffen ... Sie haben Annabelle wie eine Tochter geliebt.«

»Reginald und Annabelle haben sich also gut verstanden?« warf Kincaid ein. »Es gab keine Streitereien oder Meinungsverschiedenheiten?«

»Soviel ich weiß, kamen sie außerordentlich gut miteinander aus, und wenn sie Meinungsverschiedenheiten hatten, dann haben sie diese mir nicht mitgeteilt.« Stirnrunzelnd fügte er hinzu: »Ich hoffe, Sie haben Reginald nicht mit dieser Art von Fragen belästigt. Der arme Bursche hat schon genug Kummer.«

Kincaid beließ es bei einer längeren Gesprächspause, bevor

er hinzufügte: »Mr. Hammond, Sie sind ein erfahrener Mann. Würden Sie Reg Mortimer als ehrlich bezeichnen?«

»Was soll denn das heißen?« Blaue Venen traten auf William Hammonds Handrücken hervor, als er die Hände verschränkte. »Er ist ein prima Kerl. Peter Mortimer und ich kennen uns seit Oxford, und ich habe vollstes Vertrauen in Vater *und Sohn.*«

Vertrauen genug, überlegte Gemma, um ihm seine Tochter anzuvertrauen und ihn aus purer Freundschaft in die Firma aufzunehmen? »Sie haben gesagt, Sir Peter sei Mitglied des Verwaltungsrats«, nahm sie den Faden wieder auf. »Bedeutet das, daß er finanziell an der Firma Hammond's beteiligt ist?«

»Natürlich besitzt er einige Aktien. Tut mir leid, aber ich sehe keinen Grund für all diese Fragen. Außerdem habe ich viel um die Ohren ... ich erwarte Beileidsbesuche.« Trotz des höflichen Tons war das ein Rausschmiß. Er servierte sie ebenso bestimmt ab wie zuvor Teresa Robbins.

»Danke, daß Sie uns Ihre Zeit geopfert haben, Mr. Hammond. Wir belästigen Sie im Moment nicht weiter.« Kincaid erhob sich. Gemma folgte seinem Beispiel und war sich peinlich bewußt, daß ihr Rock feucht an der Rückseite ihrer Oberschenkel klebte. »Unsere Leute von der Spurensicherung müssen sich allerdings in der Firma noch umsehen«, fügte Kincaid hinzu, als sei ihm das gerade erst eingefallen. »Vielleicht könnte Teresa einen Termin arrangieren?«

»Hier? In meinem Lagerhaus?« William Hammond versagte die Stimme. Er wirkte plötzlich erschöpft, und Gemma vermutete, daß er trotz seines beherrschten Auftretens nervlich am Ende sein mußte.

»Die Kollegen werden sich bemühen, das normale Tagesgeschäft in der Firma nicht zu stören«, erwiderte Kincaid besänftigend.

Gemma beobachtete die Staubpartikel, die in den Sonnenstrahlen schwebten, die tunnelartig die Luft durchschnitten, und atmete die komplexe Geruchsmischung ein, die im Lagerhaus vorherrschte ... der Modergeruch alten Holzes, die Frische des nahen Wassers und das volle Aroma des Tees. Diese die Sinne reizenden Gerüche, das goldene Licht und die träge unter den Ventilatoren wirbelnde Luft schufen eine Atmosphäre jenseits von Zeit und Raum, und Gemma fragte sich, welche dramatischen Ereignisse das alte Gemäuer wohl schon erlebt haben mochte. Dann wandte sie sich unvermittelt an Hammond: »Teresa hat erzählt, daß Ihr Urgroßvater die Firma gegründet hat. Die Firma hat also immer den Hammonds gehört?«

»Ist auch stets eine Verpflichtung ganz besonderer Art für mich gewesen ... die Familientradition weiterzuführen, meine ich. Und Annabelle hat es ebensoviel bedeutet ...«

»Wie geht es jetzt weiter?« wollte Gemma wissen. »Übernimmt Jo Annabelles Aufgaben?«

»Jo hat ihr eigenes Unternehmen. Und sie hat sich nie sonderlich für die Firma interessiert.« Hammond fing Gemmas Blick auf, und sie sah die Verzweiflung in seinen Augen. »Aber ich bezweifle, daß es eine Rolle spielen würde, selbst wenn sie dasselbe Interesse hätte. Niemand kann Annabelle ersetzen.«

7

Daß die Insel längst nicht mehr das sei, was sie einst gewesen ist, ist eine gefühlsmäßige Aussage, der jeder Bewohner der Isle of Dogs über Vierzig zustimmen würde … wenn er sich mit sehnsüchtigem Bedauern jener Tage erinnert, als noch »alle Haustüren unverschlossen waren« und »jeder jeden kannte«. Diese Sätze beschwören eine nachbarschaftliche Verbundenheit und jenen Sinn für Ortszugehörigkeit herauf, die früher selbstverständlich war, deren Existenz jedoch durch fast alles bedroht wurde, das seit 1939 auf der Isle of Dogs passiert ist.

EVE HOSTETTLER, aus:Docklands,
ein illustrierter historischer Überblick

Kincaid glitt auf den Fahrersitz, berührte vorsichtig das Steuerrad und zuckte zurück. »Verdammter Mist! Wetten, daß wir auf dem Armaturenbrett Eier braten könnten?«

Sie hatten William Hammond allein gelassen. Der alte Herr hatte ihnen versichert, er müsse sich erst wieder ein wenig fassen. Für Gemma war jedoch die Last der Trauer im alten Speicher so spürbar gewesen, daß selbst die gleißende Hitze draußen eher eine Erleichterung für sie war. »Schrecklich, ein Kind zu verlieren … auch wenn es schon erwachsen ist«, bemerkte sie und hantierte mit dem Sicherheitsgurt, dessen Schnalle brennend heiß war. »Meinst du, es ist noch schlimmer, wenn ein Kind so perfekt ist, wie Annabelle Hammond es gewesen zu sein scheint?«

»So makellos kann sie nicht gewesen sein, sonst hätte man sie nicht umgebracht.«

»Soll das heißen, sie hat ihr Schicksal selbst verschuldet?« Gemma wurde angesichts ihrer bockigen Entgegnung augenblicklich verlegen.

»Selbstverständlich nicht.« Kincaid sah sie überrascht an. »Überleg doch, was wir bisher erfahren haben.« Er startete den Motor, fuhr den Wagen in den Schatten und hielt bei laufendem Motor und Kühlung wieder an. »Annabelle Hammond war eine ungewöhnlich schöne Frau, was, das mußt du zugeben, normalerweise mit einer gewissen Egozentrik verbunden ist. Sie war eigensinnig, hat sich bei der Leitung des Familienunternehmens sogar gegen die Wünsche ihres Vaters durchgesetzt. Das wiederum führt zum nächsten Punkt ... sie hat ihren Job offenbar leidenschaftlich geliebt. Und Leidenschaft macht Menschen gefährlich.«

Gemma dachte an Gordon Finch und fragte sich, ob sich Annabelles Leidenschaft auch auf ihn erstreckt hatte. »Ich habe den Verdacht, daß sie in bezug auf die Hochzeit mit Reg Mortimer kalte Füße bekommen hat. Warum hätte sie sie sonst so lange hinausschieben sollen?«

»Wir kommen immer wieder auf Mortimer zurück, was? Schauen wir beim Ferry House vorbei. Mal sehen, ob uns dort jemand seine Aussagen über Freitag abend bestätigen kann.«

In diesem Moment registrierte Gemma erschreckt, daß der Nachmittag in den frühen Abend übergegangen war. Sie zog ihr Handy aus der Handtasche. »Wird langsam spät. Ich rufe erst mal Hazel an und erkundige mich nach Toby.«

»Oh, Mist!«

»Was ist?« Sie sah verblüfft auf, den Zeigefinger über der Tastatur.

»Herrgott, das habe ich völlig vergessen! Ich habe versprochen, Kit zum Bahnhof zu bringen.« Er warf einen Blick auf die Uhr und schaltete krachend in den ersten Gang. »Und es ist niemand da, der für mich einspringen könnte.«

»Der Major?« schlug Gemma vor, und im nächsten Moment fiel ihr ein, daß der alte Herr kein Auto hatte.

»Kein Auto. Außerdem habe ich ihn dieses Wochenende schon genug beansprucht. Ich setze dich in Limehouse ab und fahr so schnell wie möglich nach Hampstead zurück.«

Willkommen in der Gemeinde der Alleinerziehenden, dachte Gemma, behielt es jedoch vernünftigerweise für sich.

Kincaid hätte sich ohrfeigen können, als er am unteren Ende in die Carlingford Road einbog. Er hatte vorgehabt, im Lauf des Tages anzurufen und sich nach Kit zu erkundigen. Außerdem war er fest entschlossen gewesen, sein Versprechen wegen heute abend einzulösen. Aber dann hatten ihn die Ermittlungen mit Haut und Haaren verschlungen, und seine guten Vorsätze waren ihm abhanden gekommen.

Kit saß auf der Treppe vor der Haustür, die Arme um die Knie geschlungen, die Reisetaschen neben sich. Er beobachtete mit unbewegter Miene, wie Kincaid am Straßenrand hielt, und stand nicht auf, um ihn zu begrüßen.

Kincaid stieg aus und ging über die Straße. »Tut mir leid, Kit. Ich bin aufgehalten worden.«

Kit sah ihn nicht an. »Ich habe Laura angerufen und ihr gesagt, daß sie mich nicht vom Zug abholen soll.«

»Wir setzen dich in den nächsten. Dann sage ich ihr Bescheid, wann sie dich abholen kann.« Als Kit nicht antwortete, klimperte Kincaid ungeduldig mit den Schlüsseln in der Hosentasche. »Hast du dich vom Major verabschiedet?«

Das brachte ihm einen vernichtenden Blick ein. »Natürlich habe ich. Und mich auch bedankt. Ich bin doch nicht von gestern.«

Kincaid schloß einen Moment die Augen und holte tief Luft.

»Okay, können wir dann fahren? Je schneller wir am Bahnhof sind, desto schneller bist du … wieder in Cambridge.« Er hätte fast »zu Hause« gesagt. Aber seit dem Tod seiner Mutter im April hatte Kit kein richtiges Zuhause mehr.

Kit stand auf, das Gesicht abgewandt, und trottete betont langsam zum Wagen. Nachdem Kincaid die Reisetasche des Jungen im Kofferraum des Rovers verstaut hatte, setzte er sich zu ihm. Nach kurzem Zögern steckte er den Schlüssel ins Zündschloß. »Wir fahren zum Bahnhof King's Cross. Wenn wir vor Abfahrt des Zuges noch Zeit haben, gehen wir was essen. So spät kommst du nicht zurück.«

»Ist jetzt sowieso egal. Ich habe Tess' Stunden auf dem Abrichteplatz schon verpaßt«, sagte Kit hölzern, den Blick unverwandt geradeaus durch die Windschutzscheibe gerichtet.

»Du hast mir nicht gesagt, daß du mit Tess trainierst.«

»Hatte kaum Gelegenheit dazu, oder? Habe dich das ganze Wochenende doch kaum gesehen.«

»Kit. Ich habe gesagt, daß es mir sehr leid tut. Aber manchmal passieren Dinge …«

Kit wirbelte zu ihm herum. »Du kommst immer zu spät!« zischte er. Rote Flecken zeichneten sich auf seinen Wangenknochen ab, und er rieb sich mit der Faust über seine bebende Unterlippe. »Du sagst, daß du was tun willst, und dann hältst du nicht Wort. Du bist genau wie mein Dad.«

Kincaid hielt das Steuerrad fest umklammert. »Gib mir eine Chance, okay, Kit? Das ist alles neu für mich. Ist schon schwierig genug für mich, meinen Job in Einklang mit …«

»Dann laß es lieber.« Kit wandte sich ab, die Lippen fest aufeinandergepreßt, das Kinn trotzig nach vorn gereckt. »Ist doch immer derselbe alte Mist, oder? Mein Dad …«

»Ich liebe meinen Beruf, Kit, aber das heißt nicht, daß du mir nichts bedeutest. Bei mir kannst du sicher sein, daß ich nicht das Interesse verliere und mich einfach aus dem Staub mache.«

»Dad hat es getan. Er ...«

»Verdammt noch mal, Kit, wir reden nicht von Ian. Wir reden von mir. Und *ich bin* dein Dad.« Kincaid hörte seine Worte voller Entsetzen, aber es war zu spät, sie zurückzunehmen.

Kit starrte ihn an. »Das ist Quatsch. Wovon redest du überhaupt?«

Verdammte Scheiße, dachte Kincaid. Was hatte er gemacht? Er schüttelte den Kopf. »Ich wollte es dir nie auf diese Weise sagen. Aber ich bin sicher, daß ich dein Vater bin. Ich dachte ...«

»Das ist idiotisch. Mein Dad ist in Frankreich.«

»Sieh mich an, Kit.« Kincaid griff nach Kits Schulter, aber der Junge zuckte vor ihm zurück. »Schau dir mein Gesicht an, und dann sieh in den Spiegel.« Kincaid klappte die Sonnenblende vor dem Beifahrersitz herunter. »Du bist mein Ebenbild, als ich so alt war wie du. Meine Mutter hat es sofort gesehen. Und ich sehe es jedesmal, wenn ich dich anschaue.«

»Ich glaub dir nicht«, murmelte Kit, warf jedoch einen flüchtigen Blick in den Spiegel.

Kincaid zog seine Brieftasche aus der Tasche und zog zwei alte Fotos heraus. »Meine Mutter hat mir das geschickt. Da bin ich elf gewesen.« Er reichte es Kit, der es widerwillig entgegennahm. Dann hielt er das zweite Bild hoch. »Das hier habe ich aus dem Arbeitszimmer deiner Mutter mitgenommen.« Es zeigte Vic und Kit, die Arm in Arm im Garten des Häuschens in Grantchester standen und in die Kamera lachten. »Du siehst die Ähnlichkeit auch, oder?«

»Nein.« Kit schüttelte den Kopf und warf die Fotos ins Handschuhfach. »Ich glaub das nicht. Meine Mutter hätte nie ...« Sein Blick huschte erneut zum Foto.

»Das bedeutet nicht, daß deine Mutter was Falsches getan hat, Kit. Du weißt, daß wir verheiratet waren, bevor sie Ian geheiratet hat. Sie muß mit dir schwanger gewesen sein, als wir uns getrennt haben.«

»Sie hätte es mir gesagt. Mum hat mir alles gesagt.«

»Versteh doch! Das konnte sie nicht. Sie war damals mit Ian zusammen, und sie wollte, daß du ihn für deinen Vater hältst.« Und dann hatte Ian die beiden verlassen. Nach Ians Verrat hatte Vic Kincaid ... in ihr und Kits Leben zurückgeholt. Was sie damit beabsichtigt hatte, würden sie allerdings nie erfahren.

Kit knetete seine Knie mit den Fingern und vermied es, Kincaid anzusehen.

»Ich hatte keine Ahnung von deiner Existenz ... bis zu jenem Tag, als ich nach Grantchester gekommen bin. Deine Mutter hat mir nie gesagt, daß sie ein Kind hat.«

Ein winziges Loch in Kits Jeans wurde immer größer, während er daran riß und zupfte. »Du bist nicht mein Dad. Du kannst es nicht beweisen.« Eine weizenblonde Haarsträhne fiel ihm in die Stirn und verdeckte die Augen, doch das eigensinnig vorgereckte Kinn sagte alles.

Kincaid sah auf seine ruhige Wohnstraße im Licht des frühen Abends hinaus. Auf dem Nachbargrundstück wuschen ein Mann und ein Junge einen Wagen und lachten, als sie im Wasserstrahl pitschnaß wurden. Er konnte Grilldunst riechen, hörte die hohen Kinderstimmen aus den Gärten. Es war die Sprache der Familien, und er kannte sie nicht. »Ich *kann* es beweisen, Kit. Mit einem DNS-Test. Aber ich mache das nicht, solange du es nicht willst. Gib mir eine Chance, dein Dad zu sein. Ich weiß, wir können es zusammen schaf...«

»Wie dieses Wochenende vielleicht?« Es gab ein seltsames Geräusch, als Kit das Stückchen Stoff aus der Jeans riß, das er herausgepult hatte. »Oder so wie du zugelassen hast, daß meine Mum stirbt?«

»Kit, ich ...«

»Ich will zurück nach Cambridge. Tess braucht ihr Futter, und ohne mich ißt sie schlecht.« Kit schnallte sich an. Er verschränkte die Arme vor der Brust und starrte stur geradeaus.

Sie fuhren schweigend zum Bahnhof.

Lewis stellte fest, daß sich die Küche von der seiner Mum gar nicht so gravierend unterschied. Obwohl der Raum riesig war, war der Eichentisch in der Mitte abgenutzt, vom vielen Scheuern ausgeblichen, und die Fußstützen von Generationen von Füßen abgewetzt. Geschirrtücher hingen an Stangen zum Trocknen über dem Herd. Es roch nach Gebackenem, aus einem Radio ertönte Tanzmusik. Und die Köchin, eine mollige Frau mit mehlbestäubter Schürze, war zwar das genaue Gegenteil von Lewis' schlanker Mutter, schimpfte jedoch auf dieselbe liebevolle Weise mit ihm.

Die Köchin hatte ihm ein großes Stück Rindfleischpastete mit Pilzen und Schinken aufgetan … was sie als Reste bezeichnete …, doch es war mehr Fleisch, als Lewis je bei einer Mahlzeit gegessen hatte. Dazu gab es einen Krug Apfelwein, und als John Pebbles zurückkam, um ihn zu holen, fielen ihm schon fast die Augen zu.

John trug eine abgedunkelte Laterne in der Hand, und in ihrem gedämpften Licht führte er Lewis über einen gepflasterten Hof. Als Lewis mit der Schuhspitze an einem Stein hängenblieb und strauchelte, hielt John ihn fest und schnalzte mißbilligend mit der Zunge. »Die Köchin soll sich schämen, einen kleinen Jungen mit Apfelwein abzufüllen.«

»Sie hat gesagt, ich bräuchte was Nahrhaftes«, erklärte Lewis.

John schnaubte verächtlich. »Heißer, süßer Tee oder ein Krug Milch aus der Molkerei wäre besser gewesen. Merk dir das fürs nächste Mal, und laß dir von der Köchin keine schlechten Angewohnheiten beibringen. Hier sind wir schon«, fügte er hinzu. Sie hatten den Stall erreicht.

Sie betraten das Gebäude durch ein großes Tor, und John nahm das Tuch von der Laterne. Lewis sah flüchtig Pferdeboxen zu seiner Rechten. In der einen stand Zeus, der sie neugierig über das Boxengatter hinweg musterte, in der anderen war ein dunkelbraunes Pferd mit einer weißen Blesse auf der Stirn.

Auf der linken Hälfte der Scheune waren die alten Boxen offenbar entfernt worden. Dort standen unter Planen zwei große Autos. Doch bevor Lewis etwas sagen konnte, erklärte John: »Morgen, Junge.« Damit schob er ihn eine steile Treppe hinauf. »Die Autos darfst du dir morgen ansehen. Bis dahin kannst du's dir hier oben gemütlich machen.«

Lewis erkannte im Licht der Laterne einen schmalen holzgetäfelten Raum mit einem Bett, auf dem Decken lagen. Ein Stuhl mit steiler Lehne und eine alte Kommode mit Waschschüssel komplettierte die Möblierung. Sein verbeulter Koffer stand ordentlich neben dem mit schweren Vorhängen verdeckten Fenster.

»Du hast einen Ölofen, aber den brauchst du heute nacht nicht. Die Wasserpumpe ist draußen auf dem Hof, und das Klo ist hinten.« John schien zu zögern. »Ich lasse dir die Laterne hier, aber du mußt mir versprechen, vorsichtig damit zu sein. Und vergiß nicht, daß wir Verdunklung haben«, sagte er schließlich. Dann stellte er die Laterne auf die Kommode und wandte sich zur Tür. »Morgen früh gehst du gleich rüber in die Küche. Gute Nacht, Junge.« Seine schweren Schritte polterten die Treppe hinunter, dann fiel unten die Stalltür zu.

Zu Hause hatte Lewis immer mit seinen Brüdern in einem Zimmer geschlafen, und seine Mutter oder die Schwester waren stets dagewesen, wenn er nachmittags von der Schule nach Hause gekommen war. Jetzt war er zum ersten Mal in seinem Leben vollkommen allein.

Er setzte sich auf die rauhe Decke und starrte auf das Licht der Laterne, das über die Wände flackerte. Obwohl der Raum die Hitze des Tages noch gehalten hatte, begann er zu frösteln. Er stand auf, machte die Laterne aus, rollte sich auf dem schmalen Bett zusammen und preßte die Faust fest gegen die Lippen, um Elend und Heimweh nicht hinauszuschreien.

So schlief er tief und traumlos, bis die Morgensonne einen schwachen Schein um sein Fenster zauberte.

Beim Aufwachen umfing ihn ein wohliges Gefühl, bis ihm klar wurde, daß er die Küchendüfte seiner Mutter nicht riechen und die Melodien nicht hören konnte, die sie stets sang, solange sie in der Küche han-

tierte. Die Wirklichkeit hatte ihn eingeholt, und er hatte plötzlich das Gefühl, beobachtet zu werden.

Er schlug die Augen auf, blinzelte mühsam und starrte auf die Umrisse eines Schattens im Türrahmen. Als sein Blick klarer wurde, erkannte er in den verschwommenen Umrissen einen Jungen seines Alters, der jetzt durchs Zimmer ging und die Vorhänge zurückzog. Licht durchflutete den Raum, und Lewis erkannte, daß der Junge groß und schlank war und einen marineblauen Blazer mit einer Krawatte mit Schulemblem trug. Sein dunkles Haar war feucht und glatt zurückgekämmt. Seine Haut war blaß.

»Die Köchin schickt mich, dich zu holen«, sagte der Junge mit einem Akzent, den Lewis nur aus dem Radio kannte. »Außerdem wollte ich dich kennenlernen. Konnte gestern abend nicht weg ... Mami hat mich den Laufburschen für Tante Edwina spielen lassen, während sie über den Krieg geredet haben.«

Lewis richtete sich auf und rieb sich die Augen. »Über den Krieg? Ist jetzt Krieg?«

Der Junge lehnte sich gegen den Fensterrahmen. »Nicht offiziell. Aber man erwartet für heute die Kriegserklärung. Tante Edwina hat im Wohnzimmer ständig das Radio an. Und die Köchin in der Küche. Tante Edwina hat mit meinem Dad gewettet, daß die Sache in der Luft verpufft. Für sie ist Hitler ein ›dämlicher Sprüchemacher‹. Aber ich glaube, da liegt sie falsch. Es gibt Krieg.«

»Bist du auch deshalb hier?« fragte Lewis verwirrt. Er konnte sich nicht recht vorstellen, daß man den eleganten Jungen wie eine irregeleitete Paketsendung von zu Hause weggeschickt hatte.

»Edwina ist meine Patentante«, klärte der Junge ihn auf. »Richtig heißt sie Edwina Burne-Jones. Das Haus hier gehört ihr. Mami ist überzeugt, daß die Hunnen London und damit auch meine Schule bombardieren. Deshalb soll ich erst mal hier bleiben. Edwina sagt, daß du von der Isle of Dogs kommst. Die Firma meiner Familie hat dort ihren Sitz ... Hammond's Teas.«

»Liegt gleich um die Ecke bei meiner Schule«, rief Lewis aus. Er

war glücklich, jemanden getroffen zu haben, mit dem er etwas gemeinsam hatte. »Dann bist du ein Hammond?«

»Oh, entschuldige.« Der Junge stieß sich vom Fensterbrett ab und kam mit ausgestreckter Hand auf Lewis zu. »Ich hätte mich vorstellen müssen. Mein Name ist William, William Hammond.«

Kincaid klopfte erneut an Gemmas Tür. Nichts rührte sich, obwohl ihr Wagen vor der gelben Doppeltür ihrer Garagenwohnung stand. Er war direkt vom Bahnhof King's Cross zu ihr gefahren und hatte sich nicht vorher telefonisch angemeldet, was er selten tat. Jetzt erst merkte er, daß er gar nicht überlegt hatte, ob er überhaupt willkommen war.

Die Vorstellung, in seine leere Wohnung zurückzukehren, wo ihn alles an das verpatzte Wochenende erinnerte, war zu unangenehm, als daß er gleich aufgegeben hätte. Er öffnete die schmiedeeiserne Tür, die in den Garten der Cavendishs führte. Vielleicht war Gemma, wie so oft, nur nebenan.

Der von einer Mauer umgebene Garten lag in kühlen, nach Rosen duftenden, abendlichen Schatten, und als Kincaid den Plattenweg entlangging, der zum großen Haus führte, sah er Hazel vor einem Blumenbeet an der Terrasse knien. Sie trug alte Shorts und ein pinkfarbenes, ärmelloses Oberteil, das ihre leicht sommersprossigen Schultern freiließ.

»Gemma ist mit Toby in den Park gegangen!« rief Hazel ihm zu. »Du mußt eine Weile mit mir vorlieb nehmen. Es sei denn, du willst hinterhergehen.«

»Mit dir nehme ich gern vorlieb. Obwohl es so aussieht, als störe ich dich bei der Arbeit.«

»Löwenzahn überwuchert meine Margeriten«, erklärte Hazel, als Kincaid in einen Gartenstuhl auf der Terrasse sank. »Das hat man von diesem phantastischen Wetter. Das Unkraut gedeiht wie nichts.« Sie fuhr sich mit der Hand über die Stirn, so daß ein Schmutzstreifen zurückblieb. »Im Krug dort ist noch

Limonade.« Dann musterte sie ihn genauer. »Oder möchtest du was Stärkeres? Du siehst erledigt aus.«

Er nahm ein Glas vom Tablett auf dem Tisch und griff nach dem Silberkrug, dessen Oberfläche beschlagen war. »Nein, das ist wunderbar. Du bist eine Zauberin, Hazel.«

»Erzähl das meinem Kind. Wir hatten einen ganz besonders schlechten Tag. Tim mußte schließlich zwischen uns Kampfhähne gehen, und hat mich zur Gartentherapie nach draußen geschickt.« Hazel setzte sich auf die Fersen und trank einen Schluck aus ihrem Glas, das sie auf die Terrassenumrandung gestellt hatte.

»Ach komm, Hazel! Hab noch nie erlebt, daß du dich von den Kindern aus der Ruhe bringen läßt.«

Sie lachte. »Da hättest du mich heute mal hören sollen. Ich habe gekreischt wie ein Fischweib, weil Holly sich geweigert hat, die Spielsachen aufzuheben, die sie absichtlich herumgeworfen hatte. Toby hat auch noch einen Teil abbekommen, aber er kann mich längst nicht so auf die Palme bringen wie meine Tochter. Beim eigenen Kind ...« Hazel griff nach ihrem Spaten und stieß ihn zwischen den Löwenzahn.

»Hilft dir deine Ausbildung als Psychologin nicht?«

»Zu meiner großen Enttäuschung muß ich feststellen, daß das intellektuelle Verständnis für die Verhaltensweisen von Kindern es einem auch nicht leichter macht, damit umzugehen.« Erde spritzte, als sie die Löwenzahnpflanze ausstach und in einen Eimer warf.

»Ich habe nicht mal diesen kleinen Vorteil.« Kincaid konnte nichts gegen die Bitterkeit in seiner Stimme tun.

Hazel sah zu ihm auf. »Was ist los? War das Wochenende mit Kit kein Erfolg?«

»Das ist noch eine Untertreibung«, schnaubte er verächtlich.

Hazel stand auf, klopfte die Knie ab und setzte sich neben ihn. »Was ist passiert?«

Kincaid wandte den Blick ab. Die weißen Lilien in Hazels Rabatte schimmerten hell im Zwielicht der Dämmerung. »Ich hab's versaut. Er war störrisch und unvernünftig,und ich hab die Beherrschung verloren. Dabei ist mir rausgerutscht, daß ich sein Vater bin, ohne an die Folgen zu denken.«

»Und?« drängte Hazel.

»Er …« Kincaid schüttelte den Kopf. »Er war wütend. Hat mich beschuldigt, ihn anzulügen, und hat mir mehr oder weniger gesagt, ich solle bleiben, wo der Pfeffer wächst.«

Hazel nickte. »Überrascht mich nicht. Schon vergessen, wie geschockt du am Anfang gewesen bist? Und du hast Kits Welt ohne Vorwarnung einfach auf den Kopf gestellt. Nicht mal der Tod seiner Mutter dürfte seine Sicht der Dinge auf diese Weise beeinträchtigt haben.«

Kincaid runzelte die Stirn. »Das verstehe ich nicht.«

»Du hast aus seinem Leben eine einzige Lüge gemacht … aus seiner Vorstellung von sich selbst und seiner Entstehung. Besonders jetzt, da Vic tot ist, ist diese Vorstellung alles, was ihn noch aufrecht erhalten hat.«

»Heißt das, ich hätte es ihm überhaupt nie sagen dürfen?«

»Nein.« Sie legte die Hand auf seinen Arm. »Ich wollte dir nur vor Augen führen, wie schwer du ihn mit deiner Enthüllung getroffen hast. Wie ist es zu dieser Auseinandersetzung gekommen?«

»Meine Arbeit war schuld. Ein Fall ist dieses Wochenende dazwischengekommen … Gemma hat dir sicher schon alles erzählt … Und ich konnte mein Versprechen nicht einhalten. Kit fühlte sich um das Wochenende betrogen. Und damit hat er natürlich recht.« Er rutschte unruhig auf seinem Stuhl hin und her. »Ich hatte gedacht, es sei das naheliegendste, ihn zu mir zu nehmen, sobald er sich an alles gewöhnt hat. Jetzt frage ich mich, ob diese Besuche nicht mehr verderben, als sie gutmachen.«

»Das ist sicher nicht der Fall. Aber ich glaube, dir ist nicht klar, welche Verantwortung du damit übernimmst«, fügte Hazel hinzu und seufzte. Sie griff nach einer Streichholzschachtel und zündete die Zitronenkerze auf dem Tisch an. »Diese Art von Verantwortung ist neu für dich. Und dein Job macht alles doppelt schwierig.«

»Ich weiß. Aber ich sehe keine andere Alternative, als Kit zu mir zu nehmen. Er kann nicht ewig bei den Millers bleiben ... so lieb es auch war, daß sie ihn während des Schuljahres bei sich aufgenommen haben.«

»Was hört man von Ian McClellan?«

Vics Exmann war gerade so lange nach Cambridge gekommen, um Kincaids Arrangement für Kit gutzuheißen, bevor er mit fliegenden Fahnen zu seiner Geliebten nach Frankreich zurückgekehrt war. »Keinen Piep. Schätze, er genießt den Süden Frankreichs mit seiner Examensstudentin. Aber Kit hat die Hoffnung nicht aufgegeben, daß Ian ihn zu sich holt.« Kincaid schüttelte den Kopf. »Ich dachte, wenn Kit erfährt, daß nicht Ian sondern ich sein Vater bin, würde das Ians Verrat ihm gegenüber erträglicher machen.«

»Mit der Zeit mag das so sein. Aber du verlangst von Kit, daß er dir einfach glaubt, ohne daß du etwas beweisen kannst.«

Er dachte an den Tag von Vics Beerdigung, als seine Mutter ihn beiseite genommen und ihm gesagt hatte, er sei blind, die Ähnlichkeit des Jungen mit ihm nicht gesehen oder die Monate zwischen seiner Trennung von Vic und Kits Geburt nicht gezählt zu haben. Seine erste Reaktion war Ablehnung gewesen; die zweite, Panik; erst die Angst, Kit ganz zu verlieren, hatte ihn erkennen lassen, wie sehr er sich wünschte, daß es die Wahrheit war.

Im Haus ging in der Küche das Licht an, und er hörte das Klappern von Geschirr durch das offene Fenster. »Kit hat noch mehr zu verdauen als die Tatsache, daß er *mein* Sohn ist«, sagte er langsam. »Er gibt mir die Schuld an Vics Tod.«

»Duncan, Kit ist ein Kind. Er hat keine andere Möglichkeit, das zu erklären, was mit ihm passiert ist, bis der Prozeß ...«

»Das ist kaum eine Hilfe. Es kann zwei Jahre dauern, bis Vics Mörder vor Gericht gestellt wird. Und wenn Kit recht hat ... wenn ich bei Vic versagt habe ...?«

Hazel beugte sich vor, so daß der Lichtschein aus der Küche auf ihr Gesicht fiel. »Du weißt, daß das absurd ist«, entgegnete sie energisch. »Du hast für Vic alles getan, was du tun konntest.«

Hatte er das? Seit Vics Tod hatte er sich davon zu überzeugen versucht, aber mittlerweile hatten die nagenden Zweifel die Oberhand gewonnen. »Wichtig ist jetzt nur Kit«, sagte er schließlich und verdrängte die Gedanken. »Wie kann ich wiedergutmachen, was ich angerichtet habe?«

Hazel musterte ihn prüfend. »Das wichtigste ist, daß du ihn nicht aufgibst. Zeig ihm, daß du ihn nicht zurückweist, egal, wie er sich benimmt.« Nach kurzem Nachdenken fügte sie hinzu: »Ich glaube, er stellt dich auf die Probe ... und schützt sich. Wenn er dich jetzt von sich stößt, muß er sich später keine Sorgen machen, daß du wegläufst und ihn bei der ersten Gelegenheit allein läßt, wenn er sich als ein schlechter Sohn erweist.«

»So wie Ian es getan hat.«

»Ja. Wenn du ein Versprechen nicht einhalten kannst, dann mach es irgendwie wieder gut, und zwar so schnell wie möglich. Ist die einzige Methode, ihm beizubringen, daß er dir vertrauen kann. Und, Duncan ... hab Geduld mit ihm.«

»Geduld scheint im Augenblick nicht meine Stärke zu sein.« Kincaid fühlte sich plötzlich erschöpft und ausgelaugt. Der Adrenalinschub, der ihn während der Auseinandersetzung mit Kit aufrecht gehalten hatte, war verpufft. Nur mit Mühe trank er sein Glas Limonade aus und stand auf. Er sah durch den Garten. Hinter Gemmas Fenstern brannte noch immer kein Licht.

»Willst du nicht warten?« fragte Hazel. »Ich habe eine Quiche im Kühlschrank, und der Weißwein ist kalt gestellt.«

Kincaid zögerte, dann schüttelte er den Kopf. »Ich glaube, ich brauche heute abend Zeit für mich allein. Trotzdem, danke, Hazel. Richtest du Gemma aus, daß ich hiergewesen bin?«

»Natürlich.« Hazel stand auf und umarmte ihn kurz. »Mal sehen, ob ich mit einer halben Stunde *Winnie the Pooh* bei Holly einiges wieder ins Lot bringen kann.«

Wenn es nur so einfach wäre, dachte Kincaid, als er durch die Gartentür ging und den Rover aufschloß. Aber er und Kit hatten keine tröstenden Rituale, um die ersten Risse in ihrer Beziehung zu kitten.

Als die Innenbeleuchtung des Wagens aufflammte, entdeckte er, daß das offene Handschuhfach nur ein paar Pfefferminzbonbons und Münzen enthielt. Dabei war er sicher, daß Kit das alte Foto dort hineingelegt hatte; jenes Bild, das seine Mutter von dem elfjährigen Duncan in Pfadfinderuniform mit dem zahnlückigen Lächeln geschickt hatte.

Als die Suche zwischen den Sitzen und auf dem Fußboden nichts ergab, fiel ihm ein, daß er Kit am Bahnhof kurz allein im Wagen gelassen hatte, um seine Reisetasche aus dem Kofferraum zu holen.

Falls Kit seine Meinung geändert und das Foto mitgenommen hatte, bestand vielleicht doch Hoffnung, daß er sich mit der veränderten Beziehung zu ihm, Duncan, abfand. Angesichts dieses unerwarteten Hoffnungsschimmers wurde Kincaids Kehle eng.

Etwas Salat mit den ersten Tomaten und Gurken aus seinem Gemüsegarten, Erbsen, zwei in der Schale gebackene Kartoffeln und zwei Koteletts vom Metzger in der Manchester Road. George Brents Blick schweifte glücklich und in froher Erwartung über die Köstlichkeiten, denn es war das erste Mal, daß er für Mrs. Singh ein Abendessen zubereitete.

Er war stolz auf die kulinarischen Fähigkeiten, die er entwickelt hatte, denn seine Frau hatte mehr als vierzig Jahre lang die Mahlzeiten gekocht. Es ist nie zu spät, um zu lernen, hatte sein alter Vater gern gesagt.

Und für einige andere Dinge war es auch nie zu spät, dachte er mit einem schlauen Grinsen. Ein sauberes Hemd nach dem Bad, eine großzügig bemessene Dosis Rasierwasser auf die rasierten Wangen und den Hals ... das machte ihn zweifellos ebenso unwiderstehlich wie die jungen Kerle im Fernsehen. Als er in deren Alter gewesen war, hatte er es allerdings für idiotisch gehalten, mehr als einmal die Woche zu baden.

In seiner Jugend, vor dem Krieg, war das Bad am Samstag eine regelrechte Aktion gewesen. Sie hatten Wasser für die große alte Blechwanne in der Spülküche heiß gemacht, und jeder hatte ein Stück Sunlichtseife bekommen. An warmen Sommertagen allerdings hatten sie ihr Stück Seife mit an den Fluß genommen. Damals war das Wasser sauber und die großen Schiffe so vertraut gewesen wie ihr Wohnzimmer.

Der Gedanke an den Krieg erinnerte ihn daran, daß er das Programm im Radio über den Blitzkrieg weiterverfolgen wollte, das er am Vorabend gehört hatte. Die Ereignisse des Vortages hatten es ihn vergessen lassen ... genau wie das Getue seiner Tochter Brenda, was nur bewirkt hatte, daß er ständig an das tote Mädchen hatte denken müssen. Ihr Gesicht war ihm sogar im Traum erschienen.

Um das Bild zu verdrängen, dachte George an Mrs. Singh und wie sie auf der anderen Seite des Tisches sitzen, sich ihre Knie unter dem Tisch berühren würden. Der kleine Tisch war einladend für zwei Personen gedeckt. In der Mitte stand sogar eine Vase mit einem bunten Blumenstrauß aus dem Garten ... die perfekte Kulisse für einen romantischen Abend.

Als er die Kartoffeln im Backofen anstach und die Koteletts in der Pfanne wendete, klingelte es an der Tür. Er sah auf die Uhr. Mrs. Singh kam früh, aber er liebte Pünktlichkeit bei

Frauen. Er wischte sich die Hände an einem Geschirrhandtuch ab und ging in die Diele.

Janice Coppin stand in der offenen Tür. »Hallo, George. Überrascht?«

»Was willst du?« Er musterte sie düster, doch sie lächelte ungerührt.

»Nur auf ein Wort. Kann ich reinkommen?«

»Also gut«, sagte er zähneknirschend und ging in die Küche voraus, wo er die Gasflamme unter der Pfanne ausmachte.

»Damenbesuch?« fragte Janice und erfaßte Blumen und den sorgfältig gedeckten Tisch mit einem Blick, als sie sich auf einen der Küchenstühle setzte. »George Brent, du bist ein alter Bock.«

»Was dich gar nichts angeht, Mädel«, schnaubte er, doch er hatte Bewunderung aus ihrer Stimme herausgehört. Sie trug Shorts und ein T-Shirt statt ihrer steifen Polizeiuniform, sie sah überhaupt viel menschlicher aus ... fand George.

»Geht um die tote Frau, George«, begann sie. »Die, die du im ...«

»Ich weiß, wer gemeint ist. Wie viele tote Frauen, meinst du, habe ich in letzter Zeit wohl gefunden?«

»Dann erinnerst du dich an den weiblichen Sergeant, der bei dir gewesen ist?«

Er starrte Janice nur wütend an, ohne sich die Mühe einer Antwort zu machen. Er hatte die Kriminalbeamtin mit der freundlichen Stimme gemocht. War ein hübsches Mädel mit schönem, rotem Haar gewesen ... aber dabei erinnerte er sich nur wieder an die andere, an die, die so still im Gras gelegen hatte ...

»Sergeant James hat erzählt, daß du nicht ganz sicher gewesen bist, wo du die tote Frau schon mal gesehen hattest, George. Ich dachte, vielleicht ist dir inzwischen was eingefallen.«

George gab ungern zu, wie sehr ihn das beschäftigte, und

schon gar nicht gegenüber Janice Coppin. »Ich bin nicht senil, weißt du«, murmelte er pampig, um seine Unsicherheit zu verbergen.

»Selbstverständlich nicht«, stimmte Janice ihm zu. »Und ich habe dir nicht viel zugetraut, stimmt's? Dabei bist du ganz schön auf der Höhe, wenn's darum geht, sich an Dinge zu erinnern, Einzelheiten zu bemerken.«

»Möchtest du eine Tasse Tee, Mädel?« fragte er und dachte, daß Janice Coppin vielleicht doch nicht so übel war, wie er angenommen hatte.

»Wäre riesig.«

Er stellte Wasser auf und öffnete eine Schachtel Kekse, die er speziell für Mrs. Singh gekauft hatte.

Nachdem er Janice Tee und Kekse serviert hatte, sagte sie: »Ich habe mir gedacht, George ... wenn du vielleicht nicht sagen willst, wo du die Frau gesehen hast, dann deshalb, weil sie vermutlich in Begleitung von jemandem gewesen ist, den du kennst ... und den du nicht in Schwierigkeiten bringen willst. Aber wenn wir ihren Mörder schnappen sollen, dann müssen wir alles über sie wissen.«

George begegnete ihrem Blick, sah weg, fummelte mit dem Geschirrtuch herum, mit dem er den verschütteten Tee von ihrer Untertasse gewischt hatte. »Du bist eine Insulanerin, Mädel. Du weißt, wie es hier ist ... obwohl du die besten Jahre, die Zeiten vor dem Krieg, gar nicht erlebt hast.«

»Meine Mutter sagt, daß sie als Mädchen alle hier gekannt hat. Alle Nachbarn ...«

»War schwierig damals, in die Bredouille zu kommen«, stimmte George ihr lächelnd zu. »Irgend jemand hat dich immer rausgepaukt. An schönen Tagen haben wir auf den Straßen gespielt ... Murmeln und mit Reifen ..., ganz andere Spiele als die Kinder heute.«

Wenn er die Augen zumachte, konnte er alles so deutlich sehen, als sei es erst gestern gewesen. »Die Mädels hatten bunte Papierstreifen an ihren Oberteilen befestigt, und sie sahen so hübsch aus, wenn sie sich gedreht haben ... Und wir haben alle zusammen Cricket gespielt, Mädels und Jungs, während die Erwachsenen zugeschaut und getratscht haben ...« Er schlug die Augen auf und sah, daß Janice ihn aufmerksam beobachtete. »Damals habe ich ihn gekannt. Er war noch ein kleiner Junge, und ich schon ein Teenager. Wer hätte damals gedacht, daß es so kommen würde, wie's gekommen ist?«

»Wie meinst du das?«

»Der Krieg, seine Familie ...« George seufzte und schüttelte den Kopf. »Aber er ist zurückgekommen, und das habe ich ihm immer hoch angerechnet. Er hat nie vergessen, woher er stammt und welche Verpflichtungen er hat. Und er hatte immer ein freundliches Wort und ein Glas Bier in der Kneipe für mich übrig.«

Janice hielt ihre Tasse bewegungslos in beiden Händen. »Wer, George?«

»Lewis Finch«, gab er zögernd zu.

»Du hast Annabelle Hammond mit Lewis Finch gesehen?«

»Hieß sie so? Hammond wie Hammond's Teas?«

»Genau. Die Firma gehört ihrer Familie. Sie hat sie geleitet. Wo hast du die beiden gesehen?«

George faltete sein Geschirrtuch zusammen. »Einmal sind sie aus dem indischen Restaurant am Ende der Straße gekommen. Er hat sie am Arm gehalten ... ganz freundschaftlich, und sie hat gelacht. Man konnte sie kaum übersehen. Und dann einmal im Waterman's Arms, und in seinem Mercedes. Die Fenster waren getönt, aber man hat genau gesehen, daß sie's war.«

»Erst kürzlich?«

»In der Kneipe – vor ungefähr einem Monat. Draußen vor dem Restaurant – da bin ich nicht sicher. Weiß nur, daß es genieselt hat. Könnte im Herbst gewesen sein.«

»Und das eine Mal im Wagen?«

»War nur ein kurzer Augenblick, als ich Sheba Gassi geführt habe. Bedeutet nicht, daß er was mit ihr hatte.«

»Nein. Aber wir müssen trotzdem mit ihm darüber reden«, warf Janice ein, und George dachte, daß sie diese Aussicht auch nicht glücklicher machte als ihn seine Aussage.

Sie trank ihren Tee aus und stand auf. »Danke, George. Ich lasse dich jetzt lieber dein Essen weiter vorbereiten.«

George dachte unglücklich an die inzwischen sicher zu Chips gerösteten Kartoffeln im Ofen und die kalten Koteletts auf dem Herd und brachte sie zur Tür.

Auf dem Gartenweg drehte sie sich um und grinste frech.

»Übrigens, George – tut mir leid, das mit dem Abschlußball. Sag das doch bei Gelegenheit mal deinem Georgie, ja?«

Gordon Finch stand am Fenster seiner Wohnung im ersten Stock und sah auf die East Ferry Road hinaus. Eine kühle Brise bewegte die dünnen Vorhänge. Die Straßenlaternen waren angegangen, und auf der gegenüberliegenden Seite hatten die Bowlspieler ihr Spiel im Millwall Park aufgegeben und sich in die Kneipe zurückgezogen.

Alles war so normal, so alltäglich. Einen Moment klammerte er sich an den Gedanken, daß er sich nur umdrehen mußte, damit das Leben so weiterging wie bisher. Annabelle würde dann nackt an der Spüle in seiner Küche stehen, sich die Zähne putzen, und dabei mit einer Hand die Masse ihres Haars zurückhalten, damit es nicht naß würde. Sie würde sich vorbeugen, und das schräg einfallende Licht würde die sanfte Rundung ihrer Hüfte beleuchten. Und wenn sie sich aufrichtete, würden die Schatten weiterwandern und spielerisch wie die Hand eines Liebenden über ihre Haut gleiten.

Von Anfang an hatte sie ihre Kleidungsstücke überall verstreut, sobald sie seine Wohnung betreten hatte, hatte ihre teuren Kostüme nachlässig über Stühle geworfen und auf dem Fußboden liegenlassen. Manchmal, an kühleren Tagen, war sie in einen Seidenkimono geschlüpft, den er auf einem Straßenmarkt erstanden hatte. Fasziniert von den schönen Farben der alten Seide hatte er ihn spontan gekauft. Es war das einzige Geschenk, das er ihr je gemacht hatte, und er hing seither an einem Haken hinter der Badezimmertür.

Dann erinnerte er sich wieder, wie die goldenen und rostroten Falten des Kleidungsstücks auseinandergefallen waren und ein Stück von Annabelles cremefarbener Haut freigegeben hatten, als sie sich an seinen kleinen Tisch gesetzt und Essen von einem indischen Take-away-Restaurant mit einer Plastikgabel gegessen hatte. Die Kerzen, die er auf Teller gestellt hatte, hatten zwischen ihnen geknistert und gequalmt. Lachend hatte sie ihn einen Barbaren genannt, doch als er sie gedrängt hatte, ihn zu einem anständigen Essen in ihre Wohnung einzuladen, hatte sie abgelehnt.

Sie war bereits monatelang zu ihm gekommen, bevor er ihren Namen erfuhr, und selbst danach hatte sie nie von sich gesprochen. Nur durch einen Zufall hatte er sie eines Tages aus der Wohnung in der Ferry Street kommen sehen und erfahren, daß sie am anderen Ende der Straße wohnte ... nur wenige Blocks weit entfernt und doch in einer völlig anderen Welt.

Nicht daß er die Bestätigung überhaupt gebraucht hätte, daß Annabelle Hammond alles verkörperte, was er verachtete, daß sie eine jener Privilegierten war, die sich alles nehmen, ohne an die zu denken, die sie dabei einfach beiseite schieben. Warum hatte er nur angenommen, er könne ausnahmsweise unbeschadet bleiben?

Einmal, als sie sich rittlings auf seinem schmalen Bett auf ihn gesetzt hatte, hatte sie seine Klarinette zwischen ihren Brüsten gehalten und ihn gefragt, ob er das Instrument für sie aufgeben würde. »Sei nicht blöd«, hatte er geantwortet, aber für einen Moment hatte sich der Abgrund ihrer Besessenheit vor ihm aufgetan.

Was alles hätte er erst für sie getan, fragte er sich, wenn er ihren Verrat nicht entdeckt hätte?

8

Die Bevölkerungsdichte des »Island« erreichte um die Jahrhundertwende mit 21 000 Personen ihren Höchststand … Die grünen Felder hatten Docks, Lagerhäusern, Fabriken, Wohnhäusern und Straßen Platz gemacht. In den vorwiegend der Arbeiterklasse vorbehaltenen Siedlungen fanden junge Leute einen Arbeitsplatz, heirateten und schufen sich so unweit ihrer Eltern ein Zuhause.

EVE HOSTETTLER, aus:
Erinnerungen an eine Kindheit

Mitte der achtziger Jahre hatte Lewis Finch dem Blick auf das Millwall Dock vor der Aussicht auf den Fluß den Vorrang gegeben, und tatsächlich war sein Wohnkomplex einer der ersten bei der Neuerschließung der Docklands gewesen, ein Projekt mit mäßigen Mietsteigerungen und moderaten Mieten. Obwohl er seither zahlreiche Kaufangebote erhalten hatte und er jederzeit in eines seiner moderneren und spektakuläreren Objekte am Flußufer hätte ziehen können, liebte er die Kleinräumigkeit der Anlage und die Nähe zu den Nachbarn, die er alle mit Namen kannte. Davon abgesehen war ihm klargeworden, daß er Veränderungen dieser Art haßte.

Gleichermaßen unbeliebt war bei ihm das Reisen. Daher genoß er nach seiner Rückkehr am späten Vorabend von einer Wochenendkonferenz den montäglichen Alltagstrott um so mehr.

Dusche, Rasur, Anziehen … und anschließend machte er es sich bei einer Kanne Kaffee, einem Berg Toast und mit einem

Stapel Zeitungen auf seinem winzigen Balkon gegenüber dem Dock gemütlich.

Während er einen Toast mit Butter bestrich, blickte er auf die in der Morgensonne schimmernden, morgendlichen Dunstschwaden über dem Wasser. Im Norden, hinter dem Outer Dock, konnte er die Glengall Bridge sehen; im Nordwesten verschwammen die Türme der Canary Wharf im Dunst; im Osten lagen die Terrassen der Vorortbahn »Dockland Light Railway«, kurz DLR genannt, und die Anhöhe des Mudchute Park.

Das alles war sein kleines Königreich ... die Insel, *The Island* ..., und wenn es ihm auch nicht ganz gelungen war, die Vergangenheit wieder lebendig werden zu lassen, so war er doch im Lauf der Jahre zumindest mit seinen Mißerfolgen und mit sich selbst ins reine gekommen.

Das hatte er sich eingebildet – bis Freitag nacht.

Die Sache mit Annabelle hatte längst verheilt geglaubte Wunden wieder aufgerissen, und seine Reaktion darauf hatte ihn derart erschüttert, daß er das ganze Wochenende gebraucht hatte, um sein inneres Gleichgewicht wiederzufinden.

Heute wollte er versuchen, den Schaden wiedergutzumachen oder zumindest zu begrenzen. Um Annabelle im Büro anzurufen, war es noch zu früh. Er wollte erst die Zeitungen lesen, seinen Kaffee trinken und versuchen, nicht an die Möglichkeit eines Lebens ohne Annabelle zu denken.

Er begann wie immer mit der *Financial Times*. Dann kam der *Telegraph* und als letztes die *Daily Post* ... mit ihnen wähnte er seinen Finger täglich am Puls der Welt.

Die Schlagzeile sprang ihm schon von der ersten Seite des Skandalblatts ins Auge: MORDOPFER AUS DEM MUDCHUTE PARK IDENTIFIZIERT. Er las weiter; zuerst mit jener nervösen Neugier, die Gewaltverbrechen vor der eigenen Haustür meistens auslösen, dann mit fassungslosem Entsetzen.

Das war unmöglich! Er las den Artikel noch einmal, folgte

mit dem Finger jedem Wort wie ein Kind, wünschte verzweifelt, sich verlesen, sich getäuscht zu haben.

Schließlich ließ er die Zeitung mit zitternden Händen sinken. Alles verschwamm vor seinen Augen.

Jahre voller Haß hatten sich in einem Augenblick der Unbeherrschtheit entladen ... dann hatte er sie gehen lassen, rasend in seiner Wut. Und er hatte die Befürchtung, daß sie geradewegs zu seinem Sohn gegangen war.

Als Gemma durch die offene Tür in Janice Coppins spärlich erleuchtetes Büro sah, entdeckte sie auf einem Rollwagen in der Ecke einen Fernsehapparat, der bläuliches Licht verbreitete. »Sie wollten mich sprechen?«

Janice saß auf der Kante ihres Schreibtischs und sichtete einen Stapel Videobänder. »Hat der Chef Sie erreicht?« fragte sie und sah auf. Im Zimmer hing abgestandener Nikotindunst, und Gemma sah, daß der Aschenbecher auf dem Schreibtisch vor Kippen fast überquoll. Seltsamerweise erinnerte sie sich nicht, Janice je mit einer Zigarette gesehen zu haben.

»Übers Handy«, antwortete Gemma. Beim Aufstehen war Toby quengelig gewesen, und seine Stirn hatte sich leicht fiebrig angefühlt, was für einen Montag nichts Gutes verhieß. Als Gemma ihn endlich vor dem Fernseher bei Hazel ruhiggestellt hatte, war es schon spät gewesen. Kincaid hatte sie angerufen und sich erboten, das verabredete Gespräch mit Annabelle Hammonds Anwalt allein zu führen. Dabei hatte sie nicht einmal Gelegenheit gehabt, ihn zu fragen, warum er am Vorabend nicht geblieben sei, hatte keine Erklärung geliefert.

Gemma trat weiter in den Raum und starrte mit wachsendem Interesse auf die Schwarz-Weiß-Szene, die jetzt über den Bildschirm flimmerte. »Was haben Sie entdeckt?«

»Das Video von den Überwachungskameras aus dem Fußgängertunnel. Ich habe den Morgen damit verbracht, kilometerweise Filme zu sichten, die die Kameras in den Stunden vor der voraussichtlichen Mordzeit aufgenommen hatten. Nachdem wir die entscheidende Sequenz gefunden hatten, hat die Bahnaufsicht mir eine Kopie davon gemacht.«

Gemma fiel auf, daß Janice' Bluse zerknautscht und ihre Frisur aus ihrer üblichen Haarsprayform geraten war. »Um wieviel Uhr haben Sie denn hier angefangen?«

»Irgendwann im Morgengrauen. Jedenfalls fühle ich mich jetzt wie hundert. Allerdings war's die Mühe wert.« Janice legte die Videokassetten beiseite und griff nach der Fernbedienung. »Sehen Sie sich das mal an.«

Die Perspektive war seltsam. Während sich die Fußgänger im Vordergrund in beide Richtungen bewegten, verschwand der Tunnel klein und unscheinbar im Hintergrund. Plötzlich entdeckte Gemma in der Menge eine Person, die für einen kurzen Moment verdeckt gewesen war: Gordon Finch, der an der Tunnelmauer unter der gewölbten Decke lehnte, den Klarinettenkasten und den Hund zu seinen Füßen. Im nächsten Moment sprang die Aufnahme zur nächsten Filmsequenz über, und Gemma fühlte sich automatisch an die ruckartigen Bewegungen alter Stummfilme erinnert.

Jetzt stand eine Frau vor Gordon. Sie hatte der Kamera den Rücken zugewandt, doch Gemma erkannte das schmale, schwarze Jackett und den kurzen Rock und das, selbst auf dem Schwarzweißfilm unverkennbare Haar. Es war Annabelle Hammond.

Offenbar redete sie auf Gordon ein. Ihre Körperhaltung war eindeutig. Gordon blieb stumm. Dann streckte Annabelle eine Hand aus, berührte wie flehentlich seinen Arm. Gordon sah sie zum ersten Mal an und schüttelte den Kopf. Einen Augenblick verharrte Annabelle unbeweglich, die Hand auf seinem Arm. Dann drängte sie sich an ihm vorbei und lief durch den Tunnel davon, blinde Wut in jedem Schritt.

Dann sprang der Film ruckartig zu den Aufnahmen einer anderen Kamera über. Die Szene zeigte Gordon Finch, wie er bedächtig seine Klarinette zerlegte, niederkniete und die Einzelteile sorgsam in den Instrumentenkasten packte. Auf dem Fußboden kauernd, lehnte er sich schließlich gegen die weißgekachelte Tunnelwand und schloß die Augen. Eine Hand hatte er auf den Kopf seines Hundes gelegt.

Anschließend erfolgte die Umschaltung auf die nächste Kamera. Diese zeigte schließlich nur Szenen mit unbekannten Fußgängern. Die Stelle an der weißgekachelten Wand, wo Gordon Finch gestanden hatte, war jetzt leer. Janice hielt das Band an.

Gemma merkte erst jetzt, daß sie automatisch die Luft angehalten hatte. »Ist das alles?« fragte sie atemlos.

»Ja. Bei keiner späteren Kameraeinstellung tauchen die beiden noch mal auf«, sagte Janice und spulte das Video zurück. »Für mich ist die Frau Annabelle Hammond. Oder was meinen Sie?«

»Er hat also gelogen.«

»Ist kaum zu übersehen, daß er sie gekannt haben muß.« Janice glitt vom Schreibtisch und knipste die Deckenbeleuchtung an. Dann ging sie zu ihrem Stuhl, setzte sich und schnippte einen Fussel von ihrer Hose.

Daß Gordon Annabelle gekannt hatte, kam für Gemma nicht überraschend. Trotzdem war sie weder auf die Heftigkeit der Emotionen, die die gespenstische Stummfilmszene vermittelte, noch auf das merkwürdige Gefühl vorbereitet gewesen, das die lebendige Annabelle bei ihr auslöste. »Ist er ihr gefolgt?« fragte sie.

»Sieht kaum danach aus, als hätten die beiden ein Treffen vereinbart«, urteilte Janice. »Ich habe eher den Eindruck, daß sie etwas von ihm wollte, das er rundweg abgelehnt hat.«

Gemma ließ sich auf den Besucherstuhl sinken und zog den

Rock unter ihren Schenkeln glatt. Sie hatte das luftigste Kleidungsstück angezogen, das sie in ihrem Schrank hatte finden können: ein kurzes, indisches Baumwollkleid. »Vielleicht hat sie ihn um eine Unterredung gebeten, und er hat zuerst abgelehnt, sich jedoch später anders entschieden.«

»Aber wütend ist *sie*, nicht er gewesen. Weshalb also hätte *er* *sie* umbringen sollen?«

»Wir wissen ja nicht, worum der Streit ging. Oder wie er letztendlich darauf reagiert hat«, gab Gemma zu bedenken.

»Trotzdem ... selbst wenn er sie später noch getroffen hat, muß er nicht der Mörder sein. Und was ist mit Mortimer? Er behauptet, die beiden zusammen gesehen zu haben ... Woher wollen wir wissen, daß er ihr nicht aufgelauert hat?« fragte Janice trotzig mit düsterem Blick.

Gemma betrachtete sie aufmerksam. »Sie verteidigen ihn, was? Gordon Finch, meine ich. Warum?«

»Tue ich nicht«, widersprach Janice hitzig. Dann zuckte sie die Schultern. Sie wirkte plötzlich verlegen. »Ist nur ... Ich bewundere, wofür er sich einsetzt. Sie wissen schon, die übliche Robin-Hood-Story: Sohn von reichem Mann kehrt zu seinen Wurzeln zurück und kämpft für die Unterprivilegierten. Ist vielleicht alles Humbug. Außerdem hat gerade sein Vater verdammt viel für die Insel getan. Und weil wir gerade vom Vater reden ...«, fügte Janice hinzu, »ich bin da auf was gestoßen.«

Gemma spürte das Zögern der Kollegin. »Na, was ist? Hat er seinen Strafzettel für falsches Parken nicht bezahlt?« fragte sie amüsiert. Janice verzog keine Miene. Gemma seufzte. »Also, spannen Sie mich nicht länger auf die Folter.«

»Sie hatten recht ... was George Brent betrifft. Bin gestern abend noch mal bei ihm gewesen. War nicht schwierig, seinem Erinnerungsvermögen etwas auf die Sprünge zu helfen. Plötzlich ist ihm wieder eingefallen, wo er Annabelle Hammond gesehen hatte.«

»Mit Lewis Finch?«

»Ja, und mehr als nur einmal. Irgendwann im Herbst vor einem Restaurant, und dann vor kurzem wieder. Sind seiner Ansicht nach sehr ›vertraut‹ miteinander gewesen.«

»Dann war es doch Lewis Finch, der auf Annabelles Anrufbeantworter gesprochen hat«, überlegte Gemma laut. »Und seinen Sohn kannte sie ebenfalls. Dafür haben wir Beweise.« Sie deutete auf die Videokassette.

»Schätze, Annabelle Hammond konnte jeden Mann haben, den sie haben wollte ... Trotzdem komisch, daß sie ausgerechnet auf die beiden Finchs verfallen ist, oder?«

»Zufall?« gab Gemma zu bedenken, glaubte jedoch selbst nicht recht daran. »Ob sie mit einem von den beiden Sex hatte, wissen wir noch nicht. Vielleicht war die Beziehung zu Lewis Finch rein geschäftlich. Und bei Gordon ...«

»... nahm sie Musikunterricht?« Janice warf Gemma einen verächtlichen Blick zu. »Nehmen wir mal an, sie hat mit beiden geschlafen. Warum hätte sie die Verlobung mit Mortimer aufrechterhalten sollen, wenn sie so geil auf andere Männer war?«

»Wieso? Wenn sie ein Mann gewesen wäre, hätte sich niemand diese Frage gestellt. Da ist so was selbstverständlich. Sollte Mortimer davon gewußt haben, hätte er allerdings das perfekte Motiv für den Mord.« Gemma dachte kurz nach. »Aber lassen wir die Spekulationen. Halten wir uns erst mal an die Fakten«, entschied sie energisch. »Der Chef will mit Lewis Finch sprechen, sobald er vom Anwalt zurück ist.«

»Dann sollten wir in der Zwischenzeit noch mal Gordon vorladen.« Janice zog eine Grimasse und griff nach dem Telefon.

»Warten Sie!« Das kam so unerwartet, daß Janice' verdutzte Miene Gemma zwang, sich zu erklären. »Ich weiß, es ist nicht ganz nach Vorschrift. Aber auf Autorität und Uniformen reagiert Finch junior offenbar allergisch. Er würde doch nur nach seinem Anwalt schreien. Ich gehe lieber persönlich zu ihm und rede mit ihm.« Sie warf einen Blick auf die Uhr. »Ist erst halb zehn. Glaube kaum, daß Straßenmusiker schon so früh zur Arbeit gehen.«

Janice starrte sie an, die Hand noch am Telefon. Dann lehnte sie sich mit einem Seufzer im Stuhl zurück. »Das müssen Sie aber auf Ihre Kappe nehmen.«

Lewis Finch lernte Edwina Burne-Jones an seinem ersten Tag im Herrenhaus nicht kennen. Nachdem er sein Frühstück beendet hatte – bei dem der Vorrat an knusprigen Speckscheiben nicht zu enden schien –, hatte John ihn wieder in den Stall geführt, wo er helfen durfte, die Autos auf Hochglanz zu polieren. Lewis hatte das mit großer Hingabe und Eifer getan, hatte auch nur den kleinsten Fleck auf dem Bentley bearbeitet, bis der schwarze Lack glänzte wie Kristall. Für den Rest seines Lebens sollte er den Geruch von Autowachs mit purem Wohlbefinden verbinden. Die arbeitsintensiven Stunden mit John, in denen er dessen Geschichten anhörte und gelegentlich Lob einheimste, waren das beste Mittel, um Heimweh erst gar nicht aufkommen zu lassen.

Am Nachmittag stellte John ihm ganz offiziell die Pferde vor, zeigte ihm, wie man ihre Wasser- und Futtertröge füllte und wie die Boxen ausgemistet wurden. Außerdem versprach John, daß, sobald Lewis etwas besser mit allem vertraut sei, er ihm auch beibringen wolle, wie man mit dem Striegel und der Bürste umging.

Der elegante William blieb den ganzen Tag über unsichtbar, und als Lewis nach dem Abendessen ins Bett fiel, hatte er ihn schon fast vergessen.

Sonntag, der 3. September, begann warm und klar. Lewis wachte von lautem Vogelgezwitscher auf, das durch sein offenes Fenster drang. Um seine Mutter nicht durch vermeintliches Fraternisieren mit Methodisten zu verärgern, hatte er Johns Angebot, ihn mit in die Kirche zu nehmen, abgelehnt. So kam es, daß er nach dem Frühstück praktisch nichts zu tun hatte.

Die Köchin, die untätige Hände nicht sehen konnte, spannte ihn in der Küche ein, wo er Karotten und Kartoffeln fürs Sonntagsessen schälte.

Es geschah dort, um elf Uhr morgens in der dampfigen Wärme der Küche, daß Premierminister Chamberlains Kriegserklärung an Deutschland aus dem Radio dröhnte.

Die Köchin setzte sich, fächelte sich Kühlung zu und schnalzte mißbilligend mit der Zunge. »Großer Gott, wer hätte das nach dem letzten Krieg gedacht? All die jungen Männer müssen wieder in den Krieg ... diese Vergeudung.« Sie schüttelte den Kopf. »Ich habe meine beiden Brüder im Ersten Weltkrieg verloren. Waren fast noch Kinder, viel zu jung, um in den Schützengräben zu sterben.«

Beim Anblick von Lewis streckte sie den Arm aus und drückte ihre rote, feuchte Hand auf seine Finger. »Oh, Jungchen, entschuldige bitte! Hast ja auch Brüder. Hast es mir doch erzählt.«

Lewis nickte, aber seine Kehle war wie zugeschnürt, und er brachte kein Wort heraus. Was er ihr nicht erzählt hatte, war, daß sich seine Brüder im Fall einer Kriegserklärung umgehend zum Militärdienst melden wollten, ihm jedoch das Versprechen abgenommen hatten, niemandem etwas davon zu verraten. Seine Mum wäre untröstlich gewesen.

»Na, vielleicht ist es nur ein Sturm im Wasserglas, und es wird nichts draus«, fuhr die Köchin beruhigend fort. »Und weil wir gerade vom Wasser reden ... Wie wär's mit was zu trinken? Ich mache uns erst mal eine Tasse Tee.« Damit stand sie schwerfällig auf. Während sie ihm ihre breite Rückenansicht präsentierte und eifrig am Herd hantierte, versuchte Lewis sich klarzumachen, was dieser Krieg bedeutete. In all den Wochen, in denen die Leute auf die Verdunklung vorbereitet, in denen Unterstände gebaut worden waren und Markierungsballons der Luftwaffe wie die Reste eines Kindergeburtstages über London geschwebt hatten, hatte er nie ernsthaft an einen Krieg geglaubt. Er hatte angenommen, daß die Evakuierung auf dem Land nicht länger als

eine oder zwei Wochen dauern würde. Jetzt allerdings sah es so aus, als sei ein Ende vorerst nicht abzusehen.

Die Verbindungstür zum Korridor des Herrenhauses flog auf, und William Hammond trat ein. Er trug denselben Schulblazer mit Krawatte wie am Vortag, doch seine Haare standen ihm widerspenstig vom Kopf, als hätten sie jeder Bürste widerstanden. »Habt ihr's gehört? Ist das nicht wahnsinnig aufregend?«

Die Köchin am Herd drehte sich um und schüttelte mißbilligend den Kopf. »Du weißt wohl nicht, was du da sagst, Master William. Wenn deine Mutter dich hören könnte …«

»Mami hatte im Wohnzimmer einen hysterischen Anfall. Vater mußte das Riechsalz holen und sie nach oben bringen, damit sie sich hinlegen kann«, berichtete William. »Und Tante Edwina bittet das Personal zu sich … vollzählig … in einer halben Stunde im Wohnzimmer. Schätze, sie will eine Rede halten. Ich soll allen Bescheid sagen.« Damit stürmte William ebenso wichtigtuerisch wieder hinaus, wie er hereingekommen war, und Lewis blieb zurück, um bei der Köchin bis zum Empfangstermin bei der Hausherrin auszuharren.

Schließlich sammelten sich alle in der Küche … John Pebbles und seine Frau Mary, eine zierliche Frau mit schönem braunem Haar; Kitty, das Hausmädchen, kaum älter als Lewis; Owens, der walisische Butler mit seinem melodischen Dialekt; Lewis und die Köchin. Während sie warteten, wurde hitzig diskutiert, doch als die Glocke sie rief, trabten sie schweigend in die vorderen Räumlichkeiten des Hauses.

Lewis war der letzte in der Reihe, die in den Salon defilierte, was ihm Zeit gab, sich in der neuen Umgebung genauer umzusehen. Nach dem dampfgesättigten Zwielicht in der Küche und der glänzenden, dunklen Holztäfelung der Halle und des Treppenhauses erschien ihm der weißgetünchte Raum geradezu gleißend hell. Ein mit Chintz bezogenes Sofa stand vor dem Kamin, flankiert von zwei Sesseln mit Gobelinbezügen. Auf einem Wandtisch prangte eine Vase mit Spätsommerblumen, und die vorherrschenden Farben auf dem Gemälde über dem Kamin waren weiche Rot- und Blautöne. Lewis riß den Blick von den seltsam gekleideten Kindern auf dem Bild los und sah den schlanken Mann an, der, ihnen abgewandt und einen Ellbogen auf den Kaminsims gestützt, aus dem Fenster starrte.

Dann drehte sich die Gestalt um, und Lewis erkannte, daß es sich nicht um einen Mann, sondern eine große Frau in Reithose und Reitrock handelte, die ihr Haar so kurz trug, wie er es nie zuvor an einer Frau gesehen hatte. Ihre Züge waren scharf, und ihre Augen strahlten kornblumenblau in ihrem sonnengebräunten Gesicht.

»Ihr habt die Nachricht sicher alle schon gehört«, begann sie, nahm eine Packung Zigaretten vom Kaminsims und zündete sich mit einem silbernen Feuerzeug eine Zigarette an. »Scheint so, als hätte ich unrecht gehabt mit meiner Meinung, daß es keinen Krieg gibt. Hoffentlich liege ich richtiger, wenn ich hoffe, daß er nicht lange dauern wird.« Edwina Burne-Jones erklärte das mit solcher Überzeugung, daß Lewis für einen Moment seine Angst verlor. »Bis dahin allerdings müssen wir die nötigen Vorkehrungen treffen. Wir werden die Verdunkelungsvorschriften rigoros befolgen. Owens, Kitty: Das ist von jetzt an eure Aufgabe.«

»Ma'am«, akzeptierte Owens gelassen den Befehl, doch Kitty wirkte völlig verängstigt.

Edwina zog an ihrer Zigarette, blies den Rauch aus und fuhr fort: »Jeder sollte selbst dafür sorgen, daß seine Gasmaske tadellos funktioniert. Und falls es Fliegeralarm gibt, dürfte der Keller als Schutzraum genügen.« Dann schweiften ihre frappierend blauen Augen zu Lewis. »Bist du der Junge aus London?«

Lewis konnte nur nicken. Dann stieß ihm Johns Ellbogen schmerzhaft in die Rippen, und er krächzte: »Ja, Ma'am. Lewis Finch.«

»Sieht so aus, als solltest du eine Weile bei uns bleiben, Lewis. Brauchst du irgend etwas?«

Lewis wurde puterrot bis unter die Haarwurzeln und stammelte: »Ma'am, ich habe meine Postkarte verloren ... die, die man uns gegeben hat, damit wir nach Hause schreiben können.«

Die Haut um Edwinas Augen legte sich in winzige Fältchen, als sie lächelte. »Ich glaube, da können wir Abhilfe schaffen«, erwiderte sie, ging zu ihrem Sekretär am Fenster und nahm ein Blatt Papier und einen Umschlag mit Briefmarke heraus, die sie Lewis übergab. Das Papier fühlte sich zwischen seinen Fingern so weich wie Rosenblätter an.

Sie musterte Lewis durch eine Rauchwolke. Ihre faszinierenden Augen verengten sich. »Wie ich von der Dame vom Frauenverein gehört habe, versammelt sich deine Schulklasse in ihrem Institut, bis Platz in der Dorfschule geschaffen ist. Der Unterricht beginnt morgen früh zur üblichen Zeit.« Sie hielt inne und ließ ihren Blick kurz über die anderen schweifen. Dann fügte sie hinzu: »Ich möchte, daß deine Position hier klar ist, Lewis. Du bist ein Gast, kein Dienstbote. Du kannst John bei seiner Arbeit helfen, wenn du möchtest. Er kann sicher jemanden gebrauchen, seit dieser Teufelsbraten von Stallbursche auf und davon ist, um Soldat zu werden … aber du bist dazu nicht verpflichtet. Hast du mich verstanden?«

»Ja, Ma'am«, antwortete Lewis, obwohl er sich nicht sicher war, was sie meinte. Wie konnte er Gast in einem so vornehmen Haus sein? Nie zuvor hatte er ein solches Anwesen betreten.

Was er jedoch von diesem Augenblick an wußte, war, daß er sogar versuchen würde, über Wasser zu wandeln, falls Edwina Burne-Jones es von ihm verlangen sollte.

Gemma nahm den erstbesten Parkplatz, der sich in der Ferry Road bot. Zu ihrer Rechten lagen die grünen Spielwiesen von Millwall Park unter dem Backsteinviadukt, über den jetzt die rot-blauen Züge der DLR donnerten. Zu ihrer Linken, auf der anderen Straßenseite, war eine Anlage mit einfachen Häusern aus der Vorkriegszeit, einige getüncht und mit Stuck verziert, andere zeigten noch ihre ursprünglich braunen Backsteinfassaden. Nach Janice' Beschreibung mußte Gordon Finch nur ein paar Häuser weiter wohnen.

Sie begann ihr Fenster hochzukurbeln, schüttelte plötzlich den Kopf und drehte es wieder herunter. In dem Durcheinander aus Papieren, Gebrauchsgegenständen und Resten von Lebensmittelverpackungen gab es kaum etwas, das einen Dieb interessieren konnte. Geschlossene Fenster hatten lediglich zur Folge, daß schon nach Minuten Backofentemperaturen im Wageninneren herrschen würden.

Als sie langsam die Straße hinaufschlenderte und die Hausnummern der gegenüberliegenden Häuserreihe prüfte, wußte sie selbst nicht, was sie veranlaßt hatte, allein das Gespräch mit Gordon Finch zu suchen. Es war ein schwerer Verstoß gegen die Vorschriften, und Kincaid konnte jederzeit ihren Kopf dafür fordern.

Dabei hatte sie sein Vertrauen sowieso schon über die Maßen strapaziert. Immerhin hatte sie ihm bislang verschwiegen, daß sie Gordon Finch kannte ... auch wenn sich aus den kurzen Begegnungen kaum eine Bekanntschaft ergeben hatte. Aber je länger sie es hinausschob, ihm die Wahrheit zu sagen, desto peinlicher mußte das Geständnis werden.

Davon abgesehen wußte sie auch nicht mehr über Gordon Finch als das, daß er eine Weile als Straßenmusikant in Islington gespielt hatte. Und dieser Tatsache war wohl kaum Bedeutung zuzumessen.

Seltsamerweise verschafften diese Argumente Gemmas schlechtem Gewissen kaum Erleichterung. Achselzuckend beschloß sie, einen Kompromiß einzugehen. Sie *würde* Kincaid von ihrer Begegnung mit Gordon Finch erzählen, allerdings ganz beiläufig wie eine Nebensächlichkeit und erst bei passender Gelegenheit. Und falls sie nach der Unterhaltung mit Finch die Notwendigkeit erkennen sollte, dann wollte sie ihn auch ganz offiziell vorladen lassen.

Als sie den Eingang zum Millwall Park erreichte, machte sie einen kleinen Umweg und starrte durch den schmiedeeisernen Zaun auf die verwaiste Bowlingbahn und das kompakte Gebäude der Bürgervereinigung der Docklands. Sie schätzte, daß es das Zentrum des gesellschaftlichen Lebens der Arbeiterschicht auf der Insel war und daß Gordon Finch sicherlich zum Stammpublikum gehörte. Trotzdem hatte sie Mühe, sich den Straßenmusiker bei gesellschaftlichen Aktivitäten jedweder Art vorzustellen, selbst wenn sie einem politischen Ziel dienen sollten.

Gemma setzte ihren Weg fort, und schon nach wenigen Metern hörte sie jemanden Klarinette spielen. Sie folgte dem Klang des Instruments quer über die Straße und zu einem braunen Backsteinhaus am Ende der Häuserreihe. Die Musik kam aus einem offenen Fenster im ersten Stock, und während sie draußen stand und zuhörte, glaubte sie, in der Melodie ein Stück von Mozart zu erkennen, das sie – von Gordon Finch gespielt – bereits in der Liverpool Road gehört hatte.

An der Längsseite des Hauses befanden sich zwei blau gestrichene Türen. Die erste trug die Hausnummer, die Janice ihr genannt hatte. Offenbar bewohnte Gordon Finch den oberen Stock. Sie bediente den Türklopfer. Ein Hund schlug an. Erst als das Spiel der Klarinette abrupt endete, wurde ihr klar, daß sie keine Ahnung hatte, was sie ihm sagen wollte.

Dann wurde die Tür plötzlich geöffnet. Gordon Finch starrte sie an. Er wirkte alles andere als begeistert, war barfuß und hatte nur ein ärmelloses T-Shirt über den Jeans an. Sonnenlicht fing sich in seinem goldenen Ohrring und den rotblonden Bartstoppeln seines Kinns.

»Die Lady von der Polizei«, sagte er mit einem Blick auf ihr kurzes Kleid und die nackten Beine.

Gemma war sich plötzlich bewußt, daß sie nur BH und Slip unter dem dünnen Stoff trug. Sie fühlte sich weder beruflich noch privat der Situation gewachsen und fragte sich verwundert, weshalb Strumpfhosen einer Frau das Gefühl der Unbesiegbarkeit gaben.

»Auf die Idee, daß Sie bei den Bullen sind, wäre ich wirklich nie gekommen. Ist das ein Höflichkeitsbesuch, oder sind Sie auf dem Kriegspfad?« Sein Ton machte deutlich, was er von ihrem Beruf hielt.

Gemma zückte hastig ihre Dienstmarke, um einen letzten Rest Autorität zu wahren. »Ich möchte Ihnen ein paar Fragen stellen, wenn Sie nichts dagegen haben, Mr. Finch«, erklärte sie energisch.

Gordon Finch neigte mit gespielter Höflichkeit den Kopf und deutete auf die Treppe. »Bitte ... treten Sie näher.« Er machte einen Schritt zurück. Als Gemma an ihm vorbei ins Haus ging, war sie ihm einen Moment so nahe, daß sie die Wärme seines Atems auf ihrer Haut spürte. Das Klappern ihrer Sandalen auf der Treppe aus rohem Holz hallte unnatürlich laut in ihren Ohren wider. Er folgte ihr schweigend auf nackten Sohlen.

Auf dem oberen Treppenabsatz ging sie, ohne stehen zu bleiben, weiter durch die geöffnete Tür und landete augenblicklich in der Mitte der Einzimmerwohnung, was ihr die Möglichkeit gab, sich einen Moment ungestört umzusehen.

Gordon Finchs Hund, Sam, lag auf einem runden Kissen vor dem offenen Fenster. »Hallo, mein Junge«, murmelte sie. »Kennst du mich noch?«

Der Hund reckte kurz den Hals, sah Gemma an, senkte den Kopf wieder auf die Pfoten und seufzte. Offenbar hatte sie keinen bleibenden Eindruck hinterlassen.

Das große Zimmer war Wohn- und Schlafraum zugleich. An der Rückseite befand sich eine Kochnische mit einem kleinen Kieferntisch und zwei Stühlen. Im vorderen Teil stand ein Bett mit einem Baumwollüberwurf in grellen Rot- und Violettönen.

»Na? Findet alles Ihre Zustimmung?« fragte Gordon Finch hinter ihrem Rücken. Als Gemma sich umdrehte, fügte er hinzu: »Was hatten Sie erwartet? Bierdosen und Müll?«

In einem Bücherregal stand ein CD-Player. Ein Fernseher

war nirgends zu sehen. Vor dem Fenster war ein Notenständer aufgebaut. Seine Klarinette ragte zur Hälfte aus dem Kasten auf dem Fußboden, und die Notenblätter auf dem Ständer raschelten leise, was wie ein Seufzen klang. Alles in dieser Wohnung war ordentlich und sauber und wirkte trotz der spärlichen Möblierung ausgesprochen gemütlich.

»Hören Sie, Mr. Finch. Ich bin nicht hier, um...«

»Mr. Finch?« äffte er sie spöttisch nach. »Warum haben Sie gestern auf dem Revier nichts gesagt?« Er stand mit dem Rücken zur Tür, die Arme vor der Brust verschränkt.

»Wie bitte?«

»Sie wissen genau, was ich meine. Man hätte denken können, wir hätten uns noch nie im Leben gesehen.«

Gemma starrte ihn an. »Was, bitteschön, heißt das? Soweit ich mich erinnere, haben wir nur einmal ein paar Worte gewechselt. Und dabei haben Sie mich behandelt wie eine Aussätzige. Sollte ich Sie deshalb als alten Freund vorstellen, oder was?« Sie war hergekommen, um ihm eine Verschnaufpause zu verschaffen, und er hatte sie sofort in die Defensive gedrängt. Wütend fügte sie hinzu: »Außerdem haben Sie uns angelogen.«

»Inwiefern?« Er machte einen Schritt auf sie zu. Gemma wich instinktiv zurück, und der Gedanke durchzuckte sie, daß dieser Besuch vielleicht doch keine so gute Idee gewesen sein könnte. Gordon Finch griff jedoch nur nach der Packung Zigaretten auf dem Tisch neben dem Bett und zog eine Zigarette heraus.

»Sie haben behauptet, Annabelle Hammond nicht zu kennen und an jenem Abend nicht mit ihr gesprochen zu haben«, fuhr sie fort, während Gordon eine Zigarette anzündete. Augenblicklich breitete sich ein durchdringend riechender Nikotindunst im Zimmer aus.

»Und?« Seine saloppe Antwort verfehlte ihre Wirkung, denn er vermied es, sie dabei anzusehen. Er löschte das Streichholz mit einer schnellen Handbewegung.

Gemma schüttelte enttäuscht den Kopf. »Wir besitzen die Videobänder der Überwachungskameras. Ich habe sie mir angesehen. Annabelle ist stehengeblieben und hat mit Ihnen gesprochen.«

Während die Zigarette in seinem Mundwinkel baumelte, bückte er sich und nahm die Klarinette aus dem Kasten. »Das beweist gar nichts.«

Gemma war nicht entgangen, daß er kurz zusammengezuckt war, bevor er seine Reaktion mit dem Griff nach der Klarinette zu vertuschen suchte. »Es beweist immerhin, daß Sie Annabelle kurz vor ihrem Tod gesehen haben ... und offenbar eine Meinungsverschiedenheit mit ihr hatten.«

Das Instrument in der Hand, setzte sich Gordon Finch auf die Bettkante. »Kommt häufig vor, daß völlig fremde Personen an meinem Klarinettenspiel Anstoß nehmen. Oder an meinem Aussehen. Macht das schon einen Verdächtigen aus mir?«

Er zog noch einmal an der Zigarette und drückte sie in einem kleinen Aschenbecher aus Wedgwood-Porzellan aus. Den Blick auf die Klarinette gerichtet, spielte er mit den Tasten. Sie wartete stumm. Endlich hielten seine Finger still. Er sah zu ihr auf. »Was auch immer zwischen Annabelle und mir gewesen ist, geht niemanden etwas an.«

»Jetzt schon, denn es geht um einen Mord.«

»Mit Annabelles Tod habe ich nichts zu tun. Und was zwischen uns war, hatte auch nichts mit ihrem Tod zu tun.«

»Ist es Ihnen denn völlig egal, wie sie gestorben ist?« wollte Gemma wissen. »Jemand hat Annabelle Hammond umgebracht, und ich vermute, daß sie ihren Mörder gekannt und ihm vertraut hat.«

»Warum? Wie kommen Sie darauf? Sicher ist es irgendein ... Sie haben gesagt, daß man sie am Park gefunden hat. Wie ist sie ...«

Gemma hatte Gordon Finch bisher als ausgesprochen wortkarg erlebt. Jetzt schien es ihm völlig die Sprache verschlagen zu haben. »Die Todesursache steht noch nicht hundertprozentig fest. Aber ich kann Ihnen verraten, daß wir kaum Spuren von einem Kampf gefunden haben. Außerdem war es offenbar kein Sexualverbrechen.« Nach kurzem Zögern fügte sie hinzu: »Und der Mörder hatte sich Mühe gegeben, die Tote liebevoll … zurechtzulegen.«

»Zurechtzulegen?« Er starrte sie an. »Wie zurechtzulegen?«

Gemma hatte keine Ahnung, ob Details wie diese ihn mehr quälen konnten als das, was er sich in seiner Phantasie ausgemalt hatte. Trotzdem wußte sie, daß sie bereits zuviel gesagt hatte und sich vor Kincaid dafür rechtfertigen mußte. »So … als wollte er ihre Menschenwürde bewahren«, antwortete sie schließlich, um Zeit zu gewinnen. »Sie wirkte noch im Tod friedlich … geradezu heiter.«

»Annabelle und friedlich? Das ist in sich schon ein Widerspruch.« Er stand auf und zündete die nächste Zigarette an.

»Warum? Wie ist sie denn gewesen?«

Er zog stirnrunzelnd an seiner Zigarette, bis deren Ende orangerot glühte. »Sie war … sehr intensiv in ihren Gefühlen. Besessen vom Leben. Mehr als irgend jemand sonst, den ich kenne.« Er schüttelte den Kopf. »Das klingt ziemlich blöd und kitschig.«

»Nein, fahren Sie nur fort.«

Er trat unruhig von einem Bein aufs andere. »Das ist alles. Alles, was ich Ihnen sagen kann.«

»Aber …«

»Sie begreifen gar nichts. Ich weiß, wie sie war, wenn sie bei mir war. Mehr nicht.« Er trat ans Fenster, zog den Vorhang zurück und starrte hinaus. Eine leichte Brise wehte die Geräusche von schwerem Baugerät auf der Baustelle an der Haltestelle Mudchute Park der DLR herüber.

Als er weiterhin stumm blieb, sagte sie: »Waren Sie …«

»Sie meinen, ob wir eine Affäre hatten?« Gordon Finch klang leicht amüsiert. »Damit war's längst vorbei. Ich habe schon vor Monaten mit ihr Schluß gemacht.«

»*Sie* haben mit *ihr* Schluß gemacht?«

Er wirbelte herum und machte einen Schritt auf sie zu. »Ist das so schwer zu glauben? Meinen Sie, ich hätte gar keinen Stolz? Jedenfalls hatte ich genug von ihren Spielchen.«

»Von welchen Spielchen?«

»Sie hat meinem Klarinettenspiel zugehört wie Sie. Und eines Abends ist sie mit zu mir nach Hause gekommen.«

Gemma fühlte, wie sich die Röte über ihr Dekolleté bis zum Hals und über ihr Gesicht ausbreitete. Hatte er das an jenem Abend von ihr erwartet, als sie stehengeblieben war, um mit ihm über seinen Hund zu sprechen? Sie fragte sich, ob er Annabelle deutlicher ermutigt hatte als sie – wobei sie nicht Annabelles Absichten gehabt hatte –, oder ob Annabelle leichter zu animieren gewesen war.

»Ich nehme an, Sie hätten sich durchaus geschmeichelt fühlen dürfen«, erklärte sie leichthin und setzte sich vorsichtig auf die Armlehne eines alten Sessels neben dem Bett.

Der Bezug war abgeschabt, doch er hatte ihn mit einem purpurroten Überwurf überdeckt, und einen Moment stellte sie sich vor, Annabelle habe hier gesessen, umrahmt von der Silhouette des Sessels, ihr Haar glänzend gegen den purpurnen Hintergrund. Gemma strich mit den Fingern über die Decke und fühlte sich plötzlich einer Toten gegenüber als Eindringling.

»Geschmeichelt?« Er schnaubte verächtlich. »Durch die Aufmerksamkeit einer Frau, die mir wochenlang nicht mal ihren Namen verraten hat? Die mir ganz absichtlich verschwiegen hat, wo sie wohnt und was sie beruflich macht?« Er schnippte mit einer ruckartigen Bewegung Asche von seiner Zigarette.

»Aber Sie haben das alles trotzdem herausgefunden?«

»Durch puren Zufall. Ich war eines Tages gerade in Island Gardens aus dem Zug gestiegen. Als ich vom Bahnsteig runtergesehen habe, kam sie aus der Wohnung an der Ferry Street. Und nachdem ich ihren Namen kannte, hat es nicht mehr lange gedauert, bis ich die Verbindung zum Teeimport Hammond's hergestellt hatte.«

»Und? Haben Sie sich nie gefragt, weshalb sie so verschwiegen war … was sie verbergen wollte?«

»Diese Konstellation kam mir durchaus gelegen.«

»Wirklich?« Gemma schüttelte den Kopf. »Ich kann mir nicht vorstellen, daß Ihnen diese Geheimniskrämerei auch nur im mindesten gefallen hat. Oder haben Sie sich gern behandeln lassen wie jemand, dessen man sich schämt?«

»Also gut«, entgegnete er schneidend, und sie wußte, daß ihre Bemerkung ins Schwarze getroffen hatte. »Es hat mir nicht gefallen. Aber sie hat gesagt, sie sei mit jemandem aus der Firma verlobt, und sie könne diese Verbindung nicht lösen. Es gebe gewisse Sachzwänge.«

»Was für Sachzwänge?«

»Das wollte sie nicht sagen. Sie hat nie über sich und ihr Leben gesprochen. Habe ich doch schon gesagt. Und das wenige hat sie mir auch nur erzählt, weil …« Er hielt inne und drückte seine Zigarette wütend in einem zweiten Aschenbecher aus.

»Weil Sie gedroht haben, Schluß zu machen«, ergänzte Gemma für ihn. »War es das?« Als er nicht antwortete, fuhr sie fort: »War es das, was die Affäre beendet hat?«

»Nein. Ich war nur … ich hatte sie einfach satt. Das ist alles.« Er stieß die Hände in die Taschen und starrte aus dem Fenster.

»Wann haben Sie von der Verbindung zwischen Annabelle und Ihrem Vater erfahren?« wechselte Gemma die Strategie.

»Ich wußte nichts von einer solchen Verbindung … und ich bezweifle, daß Sie es wissen. Sie fischen im trüben, Sergeant.«

»Wir haben einen Zeugen, der sie mehrfach zusammen gesehen hat. Zum ersten Mal im vergangenen Herbst. Außerdem hat Ihr Vater eine Nachricht auf Annabelle Hammonds Anrufbeantworter hinterlassen … am Abend ihres Todes.«

»Und?« konterte Gordon herausfordernd, doch er war blaß geworden.

»Wann haben Sie Annabelle zum ersten Mal gesehen?«

Er zündete die nächste Zigarette an. »Weiß ich nicht mehr.«

»Sie haben gesagt, sie habe Ihnen zugehört … als Sie irgendwo gespielt haben. Sie müssen sich doch wenigstens erinnern, in welcher Jahreszeit das gewesen ist«, beharrte Gemma.

»Im Sommer, vermutlich, jedenfalls war's heiß.«

»Und wann haben Sie mit ihr Schluß gemacht?«

»Vor ein paar Monaten. Schätze, es war Anfang des Frühjahrs.«

Ist es damals gewesen, als er bei ihrer Begegnung in Islington so schroff und abweisend gewesen war, fragte sich Gemma. Der Zeitpunkt stimmte. »Und Sie hatten sie bis Freitag abend nicht wiedergesehen?«

»Sehen und reden sind zwei Paar Stiefel. Ich habe sie gesehen – die Isle of Dogs ist ein Dorf –, aber ich hatte nicht mehr mit ihr gesprochen.«

Eine Brise wehte ein Notenblatt vom Notenständer. Es segelte auf Gemma zu. Sie bückte sich, um es aufzufangen, und dabei drehte sie es um. »Es ist also doch Mozart, was Sie gespielt haben. Hab's mir gleich gedacht.«

Gordon wirkte überrascht. »Sie haben zugehört?«

»Blieb mir gar nichts anderes übrig. Und ich habe mich erinnert, daß Sie's schon mal gespielt haben.«

»In Islington.« Er blinzelte in die Rauchwolke, die von seiner Zigarette aufstieg, und musterte sie prüfend. »Sie mögen also Musik? Spielen Sie ein Instrument?«

Aus seiner Stimme klang unerwartet offenes Interesse. Den Spott hatte er abgelegt. »Nein, ich …« Gemma zögerte, ihr Geheimnis zu verraten. Allerdings bot es ihr die Chance, seine Mauer des Schweigens zu durchbrechen. Sie schüttelte den Kopf, stand auf und schlenderte zum Küchentisch. Dort drehte sie sich wieder zu ihm um, die Handtasche gegen die Taille gepreßt wie ein Kind. Vielleicht hielt er sie für blöd. »Nein, ich spiele nicht. Aber ich … ich möchte Klavierspielen lernen. Die erste Stunde hatte ich schon.«

Er drückte seine Zigarette aus und kam zu ihr, zog einen Stuhl vom Küchentisch, drehte ihn um und setzte sich rittlings darauf. »Warum?«

Gemma lachte. »Sie klingen wie meine Lehrerin. Warum wollen alle nur immer das Warum wissen? Ich bin nicht so blöd, zu glauben, daß aus mir eine große Pianistin werden könnte, falls Sie das denken. Es ist nur, daß Musik mir ein Gefühl gibt …«

»Weiter.«

»Ich weiß nicht. Es hat irgendwie mit mir zu tun«, wiegelte sie lächelnd ab, um sich nicht unnötig lächerlich zu machen. Gordon Finch jedoch nickte nur, als wäre das für ihn sehr plausibel. »Wie ist das bei Ihnen?« fragte sie. »Sie sind gut … soviel kann ich beurteilen. Warum leben Sie so?« Ihre Geste bezog Wohnung, Klarinette und alle sichtbaren Zeichen seiner bescheidenen Existenz mit ein.

»Ich liebe mein Leben.«

»Aber Sie könnten in einem Orchester spielen, in einer Band …«

»Oh, ja natürlich. Wie ein Lackaffe im Frack in einem Konzertsaal sitzen oder in einem piekfeinen Restaurant spielen, wo dir sowieso niemand zuhört.«

»Aber das Geld wäre doch sicher …«

»Ich verdiene genug. Und niemand sagt mir, wann ich zur Arbeit oder wann ich nach Hause gehen soll. Niemand kann über mich bestimmen. Ich könnte morgen alles zusammenpacken und irgendwo anders hingehen. Bin frei wie ein Vogel!«

Gemma sah ihn an. Sie war ihm so nahe, daß sie erkannte, wie klar und rein das Grau seiner Augen war. »Und warum tun Sie's dann nicht?«

Die Frage wog schwer in der absoluten Stille, die plötzlich herrschte. Nach einem Moment gab sie ihr Schweigen auf. »Diese Freiheit ist doch eine Illusion, oder?« fuhr sie fort. »Wir haben alle unsere Bedingungen, Verpflichtungen. Auch Sie, so heftig Sie das auch leugnen mögen. Haben Sie deshalb mit Annabelle Schluß gemacht? Hatten Sie Angst, daß sie Ihnen zu nahe kommt?«

»Nein, ich ...«

»Im Tunnel wollte sie etwas von Ihnen. Was war es?«

Er lachte humorlos. »Gute Frage, habe sie Annabelle oft genug gestellt.«

Sam hob den Kopf und jaulte leise auf, als beunruhige ihn die unterschwellige Spannung in ihren Stimmen. Gordon kniete neben ihm nieder und legte beruhigend die Hand auf den Kopf des Hundes.

Gemma trat einen Schritt näher. »Was hat sie an jenem Abend von Ihnen gewollt?«

»Ich sollte es mir noch mal überlegen. Sie wollte, daß ... daß alles wieder so wird wie früher.«

»Und Sie haben ihr eine Abfuhr erteilt?«

Er streichelte nur schweigend seinen Hund.

»Haben Sie Ihre Meinung geändert? Sind Sie ihr nachgelaufen?«

»Glauben Sie, ich habe sie umgebracht?«

Gemma zögerte. Sie dachte daran, wie zutiefst erschrocken er bei der Nachricht von Annabelles Tod einen Moment lang gewirkt hatte. Sie hatte seine Reaktion mehr gespürt als gesehen. »Nein«, erwiderte sie langsam. »Nein, das tue ich nicht.

Aber das ist meine ganz persönliche, nicht meine dienstliche Meinung und kein Persilschein für Sie. Und wenn ich mich täusche, riskiere ich Kopf und Kragen.«

Gordon stand auf. »Weshalb sind Sie allein hierhergekommen? Aufgrund dieses Videos hätten Sie mich sofort vorladen lassen können.«

Gemma berührte die Notenblätter auf dem Notenständer mit der Fingerspitze. »Ich weiß nicht«, antwortete sie. »Ich hatte das Gefühl, daß Annabelle Ihnen was bedeutet hat ... auch wenn Sie das leugnen.«

Gordon zögerte. »Es nützt jetzt nichts mehr, aber ich habe bedauert, ihr eine so ... schroffe Abfuhr erteilt zu haben. Sie hatte mich nie zuvor um irgendwas gebeten ... oder mir Grund zu der Annahme gegeben, ich sei mehr für sie als ein Mittel zum Zweck der Auflehnung gegen ihr Leben.« Er schüttelte den Kopf. »Aber ihre Bitte kam so unerwartet ... und erst später wurde mir klar, daß sie geweint hatte.«

»Und weshalb? Wissen Sie das?«

»Ich bin sofort nach Hause gegangen ... Ich glaube, ich habe angenommen, daß sie hierherkommt.« Er wandte den Blick ab. Sein Kinn zuckte. »Aber sie ist nicht aufgetaucht. Hatte keine Chance mehr, sie danach zu fragen.«

Kincaid saß an einem Tisch an der Tür in einem Lokal, ein paar Häuser von der Firma Hammond's entfernt, und wartete zum Mittagessen auf Gemma. Trotz der geöffneten Türen war die Luft verräuchert. Der Fernseher in der Ecke plärrte, und die Speisekarte hatte nur Fertigkost zu bieten.

Nachdenklich nippte er an seinem Bier und fragte sich, ob er Zeit und Ort der Verabredung mißverstanden haben könnte. Ihr Zuspätkommen besserte seine Laune nicht gerade, die schon durch das Gespräch mit seinem Chef ziemlich gelitten hatte. Chief Superintendent Childs war mit den bisherigen Ergebnissen der Ermittlungen ausgesprochen unzufrieden, und ließ sich auch durch Kincaids Argumentation nicht umstimmen, es sei noch zu früh für konkrete Ergebnisse, zumal es von Anfang an kaum nennenswerte Anhaltspunkte gegeben hatte.

Er hatte gerade beschlossen, seine Bestellung aufzugeben, in der Hoffnung, eine Mahlzeit würde sein Allgemeinbefinden bessern, als er Gemma im Türrahmen entdeckte. Sie sah ihn, lächelte, schlängelte sich zwischen den Tischen hindurch und setzte sich zu ihm.

»Hallo, Boß!« Sie wirkte erhitzt, und eine feuchte Haarsträhne klebte an ihrer Wange.

»Was willst du haben?« fragte er.

»Hm ... eine Limonade wäre nett. In jedem Fall was mit Eiswürfeln.«

»Soll ich auch gleich das Essen bestellen? Fisch und Pommes?«

»Ja, gut. Bin dabei«, erwiderte sie und fächelte sich mit der Speisekarte Kühlung zu.

Kurz darauf kehrte Kincaid mit den Getränken von der Theke zurück. »Hast du Toby untergebracht? Wie geht es ihm?«

»Ich habe vom Wagen aus gerade mit Hazel telefoniert. Es geht ihm offenbar besser. Er hat nur einen leichten Schnupfen.« Gemma leerte ihr Glas beinahe in einem Zug, lehnte sich zurück und sah sofort erholt aus. Sie berührte seinen Arm. »Duncan, wegen Kit ... Hazel hat erzählt, daß du ihm gesagt hast ...«

Er schüttelte den Kopf. Nach einer unruhigen, schlaflosen Nacht erschöpfte ihn bereits der Gedanke, über das Thema reden zu müssen. »Die Sache ist völlig verfahren. Ich war nicht so naiv zu glauben, daß Kit mit fliegenden Fahnen zu mir überlaufen würde. Aber daß er es so schwer nehmen würde, hätte ich nicht gedacht.« Er zuckte die Schultern. Das Schlimmste brachte er gar nicht über die Lippen.

»Der arme Junge hat verdammt viel durchgemacht. Er muß völlig durcheinander sein. Was willst du jetzt tun?«

Das Mädchen von der Bar kam und knallte zwei gefüllte Teller mit Servietten, Besteck und zwei Schüsselchen mit Sauce Tatar auf den Tisch. Dann kehrte sie wortlos zu ihrem Techtelmechtel mit einem jungen Mann im Unterhemd an die Theke zurück, auf dessen rechtem Oberarm die Tätowierung einer vollbusigen Nixe prangte.

Kincaid stocherte mit der Gabelspitze in seinem Fisch herum. »Vermutlich braucht er einfach nur Zeit. Ich versuche, mich so normal wie möglich zu verhalten. Und ich rede mit Laura Miller ... will mal vorfühlen, ob sie ihn noch für einen Teil der Sommerferien behalten kann.«

»Warum hast du gestern abend nicht gewartet?« Gemma spießte eine Pommes auf. »Wir müssen dich um Minuten verpaßt haben.«

»Sei mir bitte nicht böse. Ich war einfach völlig groggy.«

Gemma warf ihm einen kurzen Seitenblick zu, drang jedoch nicht weiter in ihn. »Erzähl mir, was Annabelles Anwalt gesagt hat.«

»Anwältin«, verbesserte Kincaid sie. »Eine Powerfrau mit einer Kanzlei in Canary Wharf. Unser Gespräch war sehr aufschlußreich. Sie hat keine Frage unbeantwortet gelassen«, erwiderte er und war erleichtert, das Thema wechseln zu können. »Materiell gesehen hat Annabelle offenbar nicht viel zu vererben.« Er trank den letzten Schluck Bier, spielte mit dem Gedanken, noch ein Glas zu bestellen, und entschied sich dagegen. In der Hitze würde es ihn nur müde machen. »Ihre Wohnung ist mit einer Hypothek belastet, und da sie diese erst vor kurzem gekauft hatte, ist kaum was abbezahlt. Ihr Wagen war geleast. Sie hat ein paar Schulden, aber die sind nicht der Rede wert.«

»Sind denn überhaupt keine Vermögenswerte da?«

»Das habe ich nicht gesagt. Sie hatte ihre Anteile an der Firma, und die hat sie Harry und Sarah Lowell vermacht. Ihren Vater Martin Lowell hat sie als Treuhänder eingesetzt.«

Gemma sah überrascht auf. »Nicht ihre Schwester?«

»Die Anwältin sagt, Annabelle habe diese Verfügung seit Jos Scheidung ändern wollen, es jedoch nie getan hat.«

»Könnte Lowell direkten Nutzen aus dem Ertrag der Anteile ziehen?«

»Schätze, das hängt davon ab, wie streng die Bestimmungen sind. Die entscheidende Frage ist, hat Lowell von dem Vermächtnis gewußt?«

»In diesem Fall könnte er einen Vorteil aus Annabelles Tod ziehen«, sagte Gemma. Sie trank ihre Limonade aus. »Bisher sieht es allerdings nicht so aus, als sei Hammond's Teas finanziell gesehen eine Goldmine.«

»Annabelle schien jedenfalls vom Einkommen aus ihren Anteilen gut leben zu können. Ich vermute allerdings, daß sie zusätzlich ein Gehalt bezogen hat.«

Gemma schob ihren Teller von sich. »Würde mich interessieren, ob Jo Lowell von der testamentarischen Verfügung ihrer Schwester weiß.«

»Fragen wir sie doch einfach, bevor wir mit Martin Lowell reden. Gehen wir zu Fuß?« erkundigte er sich und stand auf.

»Geht vermutlich schneller«, stimmte Gemma ohne große Begeisterung zu.

Als sie das Lokal verließen und die Saunders Ness in Richtung Fußgängertunnel hinuntergingen, erzählte sie ihm von Janice' Gespräch mit George Brent und von der Verabredung, die Janice mit Lewis Finch für sie an diesem Nachmittag getroffen hatte.

»Die Initiative der Frau Inspector beeindruckt mich. Es gibt also eine Verbindung zwischen Annabelle und Lewis Finch.«

»*Und* zwischen Annabelle und Gordon Finch. Janice hat das entsprechende Videoband gefunden.«

»Hast du es gesehen?«

»Und ich habe auch schon mit ihm gesprochen. Aus dem Video geht klar hervor, daß sie etwas von ihm wollte, was er abgelehnt hat. Er behauptet, er habe vor Monaten mit ihr Schluß gemacht und sie habe sich mit ihm versöhnen wollen.«

»Warum hat er dann gelogen?« Sie hatten den Eingang des Tunnels erreicht, und während sie auf den Lift warteten, sah Kincaid sie an. »Du hast ihn vorgeladen?«

»Ich bin in seiner Wohnung gewesen. Dachte, daß er dann kooperativer ist.«

Kincaid runzelte die Stirn. »Ganz allein?«

»Das war ja der Zweck der Übung ... so wenig Polizei wie möglich«, entgegnete sie trotzig.

»Gemma, um Himmels willen ... Der Mann hat Annabelle vielleicht ermordet. Worauf hast du dich eingelassen?«

»Was hätte er denn tun sollen? Mich am hellichten Tag in seiner Wohnung um die Ecke bringen, wo doch auf dem Revier alle wußten, wo ich mich aufhalte?« fragte Gemma sarkastisch und reckte eigensinnig das Kinn vor. »Wäre doch idiotisch gewesen. Außerdem ist der Mann kein Wahnsinniger. Im übrigen« – sie warf ihm einen trotzigen Blick zu – «lebe ich schließlich noch, oder?«

»Das ist nicht der Punkt. Mach so was bitte nie wieder ... das nächste Mal hast du vielleicht weniger Glück. Ganz zu schweigen davon, daß du gegen die Regeln verstoßen hast.«

»Als ob du das nie tun würdest«, murmelte sie.

»Verdammt, Gemma! Ich bin ...« Er hielt inne. Jedes weitere Wort würde sie nur noch bockiger machen, so gut kannte er sie inzwischen. Und es gab keinen Grund, deshalb einen Streit vom Zaun zu brechen. Er hatte in den vergangenen zwei Tagen mit seiner Unbeherrschtheit genug Schaden angerichtet.

Die Lifttür ging auf, und während sie warteten, daß die Passagiere ausstiegen, sah Kincaid, daß der Aufzug ungewöhnlich groß war und von einem Mann in Uniform bedient wurde. Sobald sie im Lift standen, entdeckte er das moderne elektronische Gegenstück dieser altmodischen Höflichkeitsgeste: eine Überwachungskamera mit Monitor, die auf Deckenhöhe angebracht war.

Sie lehnten sich gegen die Bank im rückwärtigen Teil, als die anderen Passagiere hereinströmten. »Wenn er eine Beziehung zu ihr zugegeben hat, dann hat deine Taktik allerdings Erfolg gehabt«, lenkte er ein.

Gemma warf ihm einen prüfenden Blick zu, während der Lift langsam in die Tiefe glitt. Sie wußte offenbar nicht recht, was sie von seinem Entgegenkommen halten sollte. Das Objektiv der Überwachungskamera schwenkte vom Tunnel auf die Aufzugkabine, und einen Moment lang sah er sich selbst mit Gemma im Monitor. Dann kam der Lift mit leisem Ächzen zum Stehen. Die Türen glitten auf und entließen sie in die weiß gekachelte, klamme und beklemmende Atmosphäre des Tunnels.

Als sie den leicht abwärtsgeneigten Gewölbegang entlangliefen, bemerkte er, daß sich kondensierte Luft an der gewölbten Decke gesammelt hatte, herabtropfte und in Rinnsalen über den abschüssigen Betonboden floß. Stimmen und Schritte hallten unheimlich von den Wänden wider. Von irgendwoher hörte er Musik. »Was genau war auf dem Video zu sehen?« fragte er. »Ist Finch mit ihr weggegangen?«

»Reg Mortimer scheint die Wahrheit gesagt zu haben, zumindest was Annabelles Verhalten im Tunnel betrifft.« Gemma drängte sich dichter an Kincaid, um einem Fahrradfahrer Platz zu machen. Schilder mit der Aufschrift *Fahrradfahren streng verboten* waren deutlich sichtbar am Tunneleingang angebracht gewesen. »Annabelle ist stehengeblieben, hat mit Gordon Finch gesprochen, und Mortimer war nirgends zu sehen. Sie schien auf Finch einzureden, aber der hat nicht reagiert. Dann ist sie weitergegangen. Wenige Minuten später hat er seine Sachen zusammengepackt und ist ebenfalls verschwunden.«

»Haben sie sich später noch mal getroffen?«

»Er sagt, daß er geradewegs nach Hause gegangen sei. Ich habe Janice gebeten, jemanden zu seiner Vermieterin zu schicken, um das nachzuprüfen.«

Kincaid warf einen Blick auf Gemma. Sie erschien ihm unnatürlich blaß, aber er wußte nicht recht, ob daran das kalte, von den Kacheln reflektierte Licht oder der beklemmende Gedanke schuld war, da sie sich tief unter der Themse befanden.

Sie gingen schweigend auf den ebenerdig verlaufenden Mittelteil des Tunnels zu. Die Musik, die sie schon von weitem gehört hatten, entpuppte sich als dilettantische Version von *Bad Moon Rising*, die der Sänger mehr schlecht als recht mit der Gitarre begleitete. »Man sollte denken, die Leute bezahlen den Kerl nur, damit er endlich aufhört. Wenn Gordon Finch auch nur annähernd so untalentiert ist, wollte Annabelle ihn vielleicht überreden, seine Klarinette einzupacken.«

»Er ist ...« Gemma hielt inne und warf ihm einen unergründlichen Blick zu. Sie senkte den Kopf, kramte in ihrer Handtasche und warf im Vorübergehen eine Münze in den Gitarrenkasten des Musikers. »Das hat sie nicht getan. Da bin ich sicher.«

»Hat Finch zugegeben, von Annabelle und seinem Vater gewußt zu haben?«

»Im Gegenteil. Er behauptet, keine Ahnung gehabt zu haben. Außerdem wissen wir nicht, ob sie eine Affäre mit Lewis Finch hatte. Sie wurde lediglich mit ihm zusammen gesehen.«

»Wie recht du hast«, bemerkte Kincaid sarkastisch. Gemmas Bemühen, nur das Beste von Annabelle Hammond zu denken, amüsierte ihn.

Sie gingen jetzt leicht bergauf zum Ausgang des Tunnels auf der Seite von Greenwich. Gemma lief so schnell, daß Kincaid sich anstrengen mußte, Schritt zu halten. Die Musik drang nur noch in kurzen, verzerrten Wellen zu ihnen herauf.

Das Ende des Tunnels kam in Sicht, und Tageslicht fiel durch den Treppenschacht neben dem Aufzug. Gemma ging an den Lifttüren vorbei. »Nehmen wir die Treppe. Ich halte dieses Eingeschlossensein keine Minute länger aus.«

»Reg Mortimer und Annabelle müßten an jenem Abend diesen Weg genommen haben. Der Lift macht um sieben Uhr dicht«, sagte Kincaid. »Runterzugehen dürfte allerdings leichter sein, als hinaufzusteigen«, fügte er mit einem Blick auf die Wendeltreppe hinzu.

»Reg hat ausgesagt, daß sie die Dinnerparty verlassen hätten, weil Annabelle sich nicht gut gefühlt habe; Jo behauptet, sie hätten sich gestritten; Teresa und Annabelles Vater sind der Meinung, die beiden hätten nie Auseinandersetzungen gehabt. Wer sagt die Wahrheit?« überlegte Gemma, während sie die Treppe hinaufstiegen.

»Im Augenblick würde ich auf Jo tippen ... Allerdings glaube ich nicht, daß es die ganze Wahrheit ist. Wir müssen noch mal mit Mortimer reden. Aber vielleicht sollten wir uns zuerst mehr Informationen von Jo holen.«

Wenige Minuten später traten sie etwas atemlos in die Sonnenwärme hinaus, die ihnen zur Abwechslung willkommen war. Vor ihnen tauchten die hohen Masten der *Cutty Sark* auf. Sie mußten um ihren Bug herumgehen, um den King William's Walk zu erreichen. Von dort durchquerten sie das Zentrum von Greenwich. Kleine, etwas heruntergekommene Läden duckten sich neben mit Rankpflanzen überwucherten Kneipen und Restaurants, und viele Geschäfte hatten Plakate mit der Aufschrift *Rettet Greenwich* in den Schaufenstern.

»Rettet Greenwich wovor?« fragte Gemma, als sie an einem

besonders einladenden Lokal namens *The Cricketers* vorbeikamen.

»Vor den Erschließungsgesellschaften, nehme ich an. Jetzt, da die U-Bahnlinie bis hierher gebaut wird, wird das eine Top-Gegend für Eigentumswohnungen für Pendler.« Und das wäre ein Jammer, dachte er. Sie ließen das Stadtzentrum hinter sich und begannen, durch die Wohnstraßen bergauf zu gehen. Ein Jammer, wenn Greenwich jetzt den Bulldozern zum Opfer fallen würde, nachdem es der Zerstörung entgangen war, unter der die Isle of Dogs während des Krieges gelitten hatte.

Als sie den Emerald Crescent erreicht hatten, fühlte er einen Schweißfilm unter dem Hemd auf seiner Haut. Die kleine Straße machte am Montag nachmittag einen noch verschlafeneren Eindruck als am Samstag abend, aber sein Klopfen an Jo Lowells Haustür wurde umgehend beantwortet.

Harry Lowell starrte sie mit großen Augen im schmalen Gesicht an. Ihm war anzusehen, daß er mittlerweile schlechte Nachrichten mit ihrem Erscheinen verband.

»Alles in Ordnung, Harry«, beruhigte Kincaid den Jungen. »Wir möchten nur kurz mit deiner Mutter reden.«

»Sie ist im Schuppen. Ich bring Sie hin.« Harry drehte sich um, und sie folgten ihm durch das stille Haus. »Sarah macht Mittagsschlaf«, erklärte Harry, als sie durch den rückwärtigen Garten gingen. »Und Mami versucht zu arbeiten, während sie schläft, weil sie ein richtiger Quälgeist ist.« Als sie den kleinen blauen Schuppen erreicht hatten, steckte er den Kopf in die Tür und sagte: »Mami, die Polizei ist da.«

Jo Lowell kam an die Tür. Sie wischte sich die Hände an einem Tuch ab, das nach Terpentin roch. »Was ...«

»Wir möchten Ihnen nur ein paar Fragen stellen, Mrs. Lowell«, begann Kincaid. Sie sah erschöpft und leicht derangiert aus, so als habe sie kaum geschlafen oder seit Samstag einfach nicht in den Spiegel geschaut. Ein ärmelloses Oberteil entblößte sommersprossige Schultern mit Sonnenbrand, und sie trug ihr dunkles Haar achtlos zu einem Pferdeschwanz hochgebunden.

»Sie müssen entschuldigen«, sagte Jo und betrachtete bedauernd ihre Hände. »Ich habe gerade einen neuen Lack ausprobiert. Wir können ins Haus gehen …«

»Hier ist es doch bestens«, versicherte Kincaid ihr. »Dauert nur eine Minute.«

»Also gut. Aber es ist nicht viel Platz hier drin.« Sie trat zurück. Gemma und Kincaid betraten das Gartenhäuschen. Es bestand aus einem Raum, und Kincaid begriff sofort, weshalb sie gezögert hatte, sie eintreten zu lassen.

Auf dem Arbeitstisch stand ein Eimer mit Gartenrosen und Margeriten zwischen Büchsen von Dekorationsfarben und Pinseln. Viereckige Holzstücke waren mit transparenter, gelber Farbe gestrichen und zeigten beim Trocknen unterschiedliche Maserungen. An der Rückwand enthielten Regale ein großes Sortiment an Garten- und Designbüchern sowie alte Keramikscherben und getrocknete Kräuter. Ein freundlich aussehender Wasserspeier sah von einem eisernen Spiegelrahmen auf sie herab.

Jo deutete auf den einzelnen Korbstuhl und eine kleine Trittleiter, dann drehte sie einen leeren Eimer als Sitz für sich selbst um. »Haben Sie schon was herausgefunden?« fragte sie.

Kincaid nahm die Trittleiter und überließ Gemma den Korbstuhl. »Mrs. Lowell, haben Sie gewußt, daß Ihre Schwester ihre Anteile an der Firma Hammond's Ihren Kindern hinterlassen hat.«

Jo starrte sie verständnislos an. »Ihre Anteile? Harry und Sarah? Aber … Sie hat nie ein Wort davon gesagt.« Ihre dunklen Augen füllten sich mit Tränen, die sie mit dem Handrücken wegwischte.

»Den Vater der Kinder hat sie als Treuhänder eingesetzt«, fuhr Kincaid fort und beobachtete sie aufmerksam.

»Martin?« Jos Gesicht verlor jede Farbe. Im ersten Moment schien es ihr vor Entsetzen die Sprache zu verschlagen. Sie schluckte. »Sicher ist das ... das muß ein Irrtum sein.«

Eine Hummel brummte durch das offene Fenster und versank in den Blütenblättern einer Rose. Der Duft der Blumen war so stark, daß er beinahe den Geruch der Farben übertönte. Kincaid unterdrückte ein Niesen und sagte: »Annabelles Anwältin hat uns erklärt, daß das Testament schon vor etlichen Jahren gemacht worden ist und daß Annabelle vor kurzem mit ihr darüber gesprochen habe, es ändern zu wollen. Nachdem ihre Scheidung rechtskräftig geworden war, sollten Sie als Treuhänderin eingesetzt werden. Aber dazu ist sie wohl leider nicht mehr gekommen.«

»Aber das ist verheerend. Sie können sich nicht vorstellen ... Martin kann so verdammt – unvernünftig sein. Und mit Annabelles Anteilen hat er ein wichtiges Stimmpaket in seiner Hand. Wie konnte Annabelle nur so was Dummes machen?«

»Sie konnte ja nicht ahnen, wie wenig Zeit ihr noch bleiben würde«, warf Gemma ein. »Vielleicht war Martin damals, als sie das Testament gemacht hat, noch nicht so schwierig.«

»Stimmt, war er nicht. Aber das scheint lange her zu sein.«

Gemma zückte ihr Notizbuch und schlug es auf. »Wie genau sind die Anteile verteilt, Mrs. Lowell?«

»Mein Vater, Sir Peter Mortimer, und ich haben die Mehrheit ... jetzt zusammen mit Martin. Meine Mutter hat ihre Anteile zu gleichen Teilen Annabelle und mir vermacht. Mein Einkommen aus der Firma hat es mir ermöglicht, mich selbständig zu machen und zu Hause zu arbeiten. Wenn Martin mir das verpatzt ...«

»Wir müssen uns mit ihm unterhalten, Mrs. Lowell. Die Anwältin hat uns seine Privatadresse, nicht aber die Geschäftsadresse gegeben. Können Sie uns sagen, wo wir ihn wochentags erreichen?«

»Ist das wirklich nötig?« Ein Blick in ihre Gesichter schien ihre Frage bereits zu beantworten, denn sie fuhr widerwillig fort: »Er ist der Direktor der Bank gleich am Anfang vom Stadtzentrum. Sie können sie nicht verfehlen.« Sie stand auf. »Hören Sie, wenn das alles …«

»Nur noch ein paar Fragen, Mrs. Lowell.« Als Jo wieder auf den umgestülpten Eimer sank, fügte Kincaid hinzu: »Sie haben uns erzählt, daß Ihre Schwester und Reg Mortimer bei Ihrer Dinnerparty Streit hatten. Was genau ist passiert?«

»Ich … ich war vor dem Nachtisch in die Küche gegangen, um schon einen Teil Geschirr abzuwaschen. Annabelle hatte den Tisch mit abgeräumt. Plötzlich ist sie in die Küche gekommen und hat erklärt, sie fühle sich nicht wohl, habe sich von den anderen Gästen bereits verabschiedet, und Reg warte bereits draußen auf der Straße. Daraufhin ist sie durch den Garten hinausgegangen.«

»Aber Sie haben ihr die Geschichte vom Unwohlsein nicht geglaubt?«

»Es war ein bißchen seltsam … und kam ziemlich plötzlich. Außerdem hatte sich Reg nicht von mir verabschiedet.« Jo brachte ein Lächeln zustande. »Habe selten erlebt, daß er seine gute Erziehung vergißt.«

»Fanden Sie es nicht merkwürdig, daß Ihre Schwester Ihnen nicht erzählt hat, was vorgefallen ist?« wollte Gemma wissen.

Jo zögerte kurz. »Annabelle hat sich mir nicht immer anvertraut. Nicht einmal, als wir noch Kinder waren. Trotzdem hatte ich damit gerechnet, daß sie am nächsten Tag anrufen würde …«

»Aber Sie müssen sich doch sehr nahegestanden haben, oder?« beharrte Gemma. »Das geht schon aus den Fotos hervor, die sie bei sich aufbewahrte … Sie scheint eine äußerst liebevolle Tante für Ihre Kinder gewesen zu sein, jedenfalls eine viel bessere, als ich es für die Kinder meiner Schwester bin ... oder zumindest war sie es, als Harry noch klein war.«

»Annabelle hat Kinder geliebt. Sie hätte gern selbst Kinder gehabt, glaube ich ... aber die Firma hatte immer Vorrang.«

»War Harry Annabelles erklärter Liebling?« Gemma erinnerte sich an das Ungleichgewicht bei der Zahl der Kinderfotos.

»Nein, das würde ich nicht sagen.« Jo spielte mit dem Saum ihrer Khakishorts. »Aber nachdem sie die Leitung der Firma übernommen hatte, hatte sie nicht mehr so viel Zeit für die Kinder. Harry hat ihr das ziemlich übelgenommen. Er ist sehr ...« Sie hielt inne und horchte mit leicht zur Seite geneigtem Kopf. »Ich glaube, ich höre Sarah. Ich will lieber ...«

»Nur noch eine einzige ...« Kincaid, der sich über die Feinheit des mütterlichen Gehörs wunderte, hielt inne, als Sarahs jammernde Stimme durch das offene Fenster drang. Er hatte bis zu diesem Zeitpunkt keinen Laut gehört. »Nur noch eine letzte Frage, Mrs. Lowell. Kennen Sie einen Mann namens Gordon Finch?«

»Finch?« wiederholte Jo, die sich durch die Rufe ihrer Tochter deutlich abgelenkt fühlte. »Nicht Lewis Finch?«

»Was wissen Sie über Lewis Finch?«

»Nur, daß er und Vater nicht miteinander auskommen. Und das ist ziemlich untypisch für meinen Vater.«

»Kennen Sie den Grund für diese Abneigung?« erkundigte sich Kincaid.

»Ich erinnere mich, daß meine Mutter mal gesagt hat, es habe etwas mit der Zeit zu tun, die Vater während des Krieges in Surrey verbracht hat.«

»Ihr Vater war dorthin evakuiert worden?«

»Seine Mutter glaubte, daß Greenwich bombardiert werden würde ... sie lebten gleich nebenan. Vater wohnt dort noch immer.« Sie deutete auf die Hangseite der kleinen Straße. »Deshalb hatten seine Eltern ihn zur Patentante geschickt. Sie war eine Exzentrikerin ... eine von den Frauen, die Hosen trugen, als das für Frauen noch als unschicklich galt.« Jo lächelte. »Vater hat sie vergöttert.«

»Hat?«

»Er hat oft von ihr erzählt, als wir noch Kinder waren. Annabelle hat Geschichten über die Familie geliebt.«

»Wußte Annabelle, daß Ihr Vater Lewis Finch nicht mochte?«

»Oh, ja. Er hat nie ein Geheimnis daraus gemacht. Ist Gordon Finch ein Verwandter von Lewis?«

»Sein Sohn. Und offenbar war Ihre Schwester mit beiden gut bekannt. Gordon Finch war der Straßenmusikant, mit dem sie an jenem Abend im Fußgängertunnel gesprochen hatte.«

»Lewis Finchs Sohn ist ein Straßenmusiker?« Jo runzelte die Stirn. »Wie komisch.«

»Finden Sie es nicht komisch, daß Annabelle sich über den Wunsch Ihres Vaters hinweggesetzt ... was die Finchs betraf?« wollte Gemma wissen.

Jo schüttelte den Kopf. »Nein. Sie haben Annabelle eben nicht gekannt. Was die Familie und die Firma betraf, hatte sie einen Tick ... genau wie Vater. Trotzdem hatte sie einen Hang zur Bosheit. Sie liebte es, sich einzumischen und alles durcheinanderzubringen.«

9

Für die einsame Kuhherde im Mittelalter, als die Isle of Dogs eine karge, vom Wind zerzauste Marschlandschaft war, wie auch für die Jugend in den dicht besiedelten Straßen der Insel zu Beginn der Industrialisierung, war der Fluß über Jahrhunderte hinweg ein farbenfroher Corso an Schiffen jeder Art, und darüber hinaus die Verbindung zum Leben auf den großen Ozeanen und zu der weiten Welt außerhalb des Flußdeltas.

EVE HOSTETTLER, aus:
Erinnerungen an eine Kindheit

»Annabelle kann unmöglich Martin Lowell stimmberechtigte Firmenanteile hinterlassen haben.« Reg Mortimer starrte Teresa an, als habe sie den Verstand verloren.

Sie stand im Türrahmen seines Büros, ein Blatt mit handschriftlichen Notizen in der Hand. Der Anruf der Anwältin war kurz nach der Mittagszeit gekommen, doch Teresa hatte nach dem Telefonat erst eine Weile stumm dagesessen und versucht, die Nachricht zu verarbeiten. »Die Anwältin kann sich in einer solchen Angelegenheit unmöglich irren, Reg. Und sie hat die Anteile auch nicht direkt ihm vermacht ... er ist nur der Treuhänder für die Kinder.«

»Harry Lowell ist zehn, Herrgott!« Reg stieß seinen Stuhl zurück, so daß er gegen den Aktenschrank knallte. »Lowell kann machen, was er will, solange Harry nicht volljährig ist. Und bis es soweit ist, kann die Firma Hammond's längst vor die Hunde gegangen sein.«

Teresa machte die Tür zu. »Du übertreibst, Reg. Warum sollte Lowell die Firma ruinieren wollen? Damit würde er doch seinen Kindern schaden.«

Reg zerrte an seiner Krawatte, als bekäme er nicht genug Luft. »Du kennst den Mann nicht. Und du weißt nicht, wie seine Gefühle für ...« Er schüttelte den Kopf.

»Was für Gefühle und für wen, Reg?«

»Ach nichts. Er ist eben doch ein Dreckskerl. Das ist alles.« Schweißflecken zeichneten sich auf seinem gestärkten, hellblauen Hemd ab. Er war am Morgen wie immer elegant und tadellos gekleidet im Büro erschienen, doch im Lauf des Tages hatte die Atmosphäre des Speichers ganz offensichtlich auch von ihm seinen Tribut gefordert.

Teresa war schon früh dagewesen und hatte es übernommen, dem Personal der Verkaufs- und der Produktionsabteilung die Nachricht von Annabelles Tod zu überbringen. Sie hatte es irgendwie hinter sich gebracht, ohne die Beherrschung zu verlieren. Seitdem versuchten alle verzweifelt, Alltäglichkeit vorzutäuschen. Erst als sie sich in dem großen Büro eingeschlossen hatte, das sie mit Annabelle geteilt hatte, war die Fassade von ihr abgefallen. Mittlerweile allerdings, da sie auch diesen Weinkrampf überwunden hatte, fühlte sie sich ihren Aufgaben wieder einigermaßen gewachsen.

»Martin macht von seinem Stimmrecht vielleicht gar keinen Gebrauch«, versuchte Reg, sie weiter zu beruhigen. »Schließlich hat er vom Teegeschäft keine Ahnung.«

»Herrgott, der Mann ist Banker ... er weiß über Finanzen Bescheid. Und er wird schnell begreifen, daß es in seiner Macht liegt, auf jede Entscheidung des Verwaltungsrates Einfluß zu nehmen.« Reg umklammerte die Kante seines Schreibtischs, als suche er Halt.

»Um eine Abstimmung zu beeinflussen, muß er einen der anderen Anteilseigner auf seine Seite ziehen. Annabelle hat gesagt, daß er und Jo sich nicht grün sind, und ich kann nicht glauben, daß dein Vater oder William …«

»Du weißt, was wir tun müssen. Und vielleicht gelingt uns der Coup … es sei denn, der verdammte Martin Lowell mischt sich ein.«

»Du hast doch nicht etwa vor, unseren Plan jetzt deinem Vater vorzulegen, da Annabelle …« Teresa schluckte schwer.

»Wir haben gar keine andere Wahl.« Reg stand bewegungslos da, an die Schreibtischkante geklammert, und sah durch eine Haarsträhne zu ihr auf, die ihm über die Augen fiel.

Während Teresa ihn betrachtete, versuchte sie, das tröstliche, angenehme Gefühl wieder wachzurufen, das sie am Vortag in seinen Armen empfunden hatte. Von dem Reg Mortimer, den sie gekannt hatte, schien nicht mehr viel übrig zu sein. Und zum ersten Mal beschlich sie so etwas wie Angst. »Laß uns einfach noch damit warten. Es wird schon alles gut«, fügte sie hinzu und versuchte damit, sowohl ihn als auch sich selbst zu beruhigen.

»Wirklich?« Er strich sich mit zitternder Hand das Haar zurück. »Ich wünschte, ich hätte deine Zuversicht, Teresa.« Er nahm sein Jackett vom Haken an der Tür. Sein Gesicht war nur wenige Zentimeter von ihrem entfernt. Feine gerötete Äderchen durchzogen das Weiß seiner Augen. »Annabelle hat dich gar nicht verdient«, sagte er leise. »Und ich auch nicht.« Teresa spürte einen kühlen Luftzug, als die Tür hinter ihm zufiel.

Sie trat auf die Galerie hinaus, blieb stehen und starrte noch lange nachdem er durch den Vordereingang verschwunden war in den Speicher hinunter. Als Superintendent Kincaid wenige Minuten später anrief, mußte sie ihm sagen, daß sie keine Ahnung habe, wo Reg Mortimer zu erreichen sei.

Gemma stand auf der schmalen Straße vor Jo Lowells Haus und sah Kincaid fragend an, als dieser die Antenne seines Mobiltelefons einschob.

»Kein Glück«, berichtete er. »Mortimer hat sein Büro vorübergehend verlassen. Wir versuchen's weiter.«

Gemma warf einen Blick auf die Uhr. »Wir haben noch Zeit ... bis zu unserer Verabredung mit Lewis Finch. Ich finde, wir sollten mit William Hammond reden, da wir schon mal in der Gegend sind.« Sie blickte zu dem Haus hinüber, das sich über ihnen an den Hang duckte. Seine wasserblaue Tür schimmerte durch das Blätterwerk der Bäume. »Ich möchte wissen, was er über die Finchs zu sagen hat. Und über Martin Lowells unverhofftes Erbe.«

»Zäumen wir nicht das Pferd von hinten auf? Wir haben noch nicht mit Lowell gesprochen.«

»Auf dem Rückweg nach Greenwich kommen wir sowieso an seiner Bank vorbei.«

»Also, besuchen wir erst mal Mr. Hammond.« Kincaid ging über die Straße voraus und stieg die Treppe am Hang hinauf.

Unter den Bäumen war es angenehm kühl, und das Licht, das gebrochen durch das Blätterwerk drang, erhellte bunte Placken von Impatiens unter den Kletterpflanzen. »Da scheint jemand Sinn fürs Gärtnern zu haben«, bemerkte Gemma. »Oder hatte es jedenfalls«, verbesserte sie sich, als sie fast oben angekommen waren. »Jetzt sieht alles ein bißchen verwildert aus.«

Bei näherem Hinsehen wies auch die wasserblaue Tür die ersten Spuren mangelnder Pflege auf. Die Farbe an der unteren Kante hatte Risse und begann abzublättern. Gemma klingelte, und während sie warteten, hörte sie auf den Gesang der Vögel in den umliegenden Bäumen.

William Hammond öffnete die Tür. Er trug rote Hosenträger über einem weißen Hemd und einer Anzughose und hatte keine Schuhe an. Einen Moment starrte er sie ohne ein Zeichen des Erkennens an. »Entschuldigen Sie«, sagte er schließlich und deutete auf seine Kleidung. »Sie haben mich bei einem Nickerchen ertappt. Ich habe die letzten Nächte nicht sonderlich gut geschlafen.« Er fuhr sich mit seinen langen Fingern durchs Haar. »Gibt's was Neues?«

»Leider nein«, erwiderte Kincaid. »Aber wir möchten Ihnen ein paar Fragen stellen. Es dauert nicht lange.«

»Kommen Sie doch rein«, forderte Hammond sie so freundlich auf, daß Gemma fast das Gefühl hatte, er sei dankbar für ihre Gesellschaft. Möglicherweise zog er sie der Einsamkeit seiner Gedanken vor.

Im Wohnzimmer waren dunkelgrüne Samtvorhänge weit aufgezogen, um auch den leisesten Windhauch hereinzulassen. Gemma stieg der feine Geruch von Staub – und etwas anderem – in die Nase, das sie nach einer Weile als den beißenden Geruch von Klebstoff identifizierte. Neben dem Sofa waren ordentlich ein Paar Herrenschuhe abgestellt, und das Kissen am oberen Ende des Sofas trug den Abdruck eines Kopfes.

Als sie sich in den Sessel mit Chintzbezug setzte, den Hammond ihr angeboten hatte, ließ ein flüchtiger Seitenblick in das angrenzende Zimmer ihren Atem stocken. »Oh, das ist ja phantastisch!« sagte sie spontan, stand auf und ging zur Türöffnung, um besser sehen zu können. Auf einem Eßtisch stand ein Modellschiff mit komplizierter, fein gesponnener Takelage. Sein Rumpf glänzte wie Satin. »Ist das die *Cutty Sark*?«

Hammond lächelte. »Nein, es ist die *Sir Lancelot*. Sie hat einst die Überfahrt von London nach China in der Rekordzeit von achtundachtzig Tagen zurückgelegt.«

»Großartiges Schiff«, bemerkte Kincaid, der zu ihnen trat. »Ich erinnere mich, als Kind mal so was mit einem Baukasten versucht zu haben. Aber das …« Er berührte den geschwungenen Rumpf. »Das ist ein Kunstwerk.« Er sah sich im Zimmer um und entdeckte die anderen Modellschiffe in den Regalen. »Wie konnten Sie diese Schiffe alle nachbauen? Soviel ich weiß, ist die *Cutty Sark* der einzige Klipper dieser Baureihe, der überhaupt noch existiert.«

»Steckt 'ne Menge Arbeit dahinter«, gab Hammond zu. »Ich mache mir alle Berichte und Zeichnungen zunutze, die ich auftreiben kann. Manchmal erlaube ich mir auch ein wenig künstlerische Freiheit.«

»Gehört wohl ungeheure Geduld dazu.« Gemma dachte an die vielen Stunden, die jedes einzelne Detail erfordern mußte. Sie dachte an ihre eigenen, erfolglosen Versuche, sich in einfachen Hobbys wie Handarbeiten zu betätigen, und fragte sich erneut, ob ihre Entschlossenheit, Klavierspielen zu lernen, nicht eine Dummheit war.

»Was einst als kindliches Interesse angefangen hat, ist in den letzten Jahren fast zur Besessenheit geworden, fürchte ich. Aber nach dem Tod meiner Frau hat es mir über die erste schwere Zeit hinweggeholfen, und jetzt ...« William Hammond starrte auf das Modell, einen Moment in seine Gedanken versunken, bis er mühsam wieder in die Gegenwart zurückfand. »Entschuldigen Sie. Wo bleiben meine Manieren? Darf ich Ihnen was zu trinken anbieten? Wie wär's mit einer Tasse Tee?«

Allein der Gedanke an ein heißes Getränk trieb Gemma die Schweißperlen auf die Stirn. »Nein, danke«, wehrte sie hastig ab. »Wir wollen Sie nicht lange aufhalten.« Durch ein unmerkliches Nicken von Kincaid ermuntert, fuhr sie fort: »So seltsam es klingen mag, Mr. Hammond, aber heute sind wir wegen einer Sache hier, die lange zurückliegt. Wir haben von Ihrer Tochter erfahren, daß Sie während des Krieges aufs Land verschickt wurden.«

Sie waren mittlerweile ins Wohnzimmer zurückgekehrt. Hammond setzte sich bedächtig auf das Sofa. »Das ist richtig«, erwiderte er verdutzt. »Aber weshalb interessieren Sie sich denn dafür?«

»Man hatte Sie zu Ihrer Patentante nach Surrey geschickt, ist das richtig?«

»Ja, nach Friday Green ... liegt nordöstlich von Guildford.

Meine Patentante besaß dort ein großes Anwesen. Aber was …«

»Ich kenne das Dorf«, sagte Kincaid lächelnd. »Da gibt's einen netten Gasthof … Vermutlich existierte er auch schon zu Ihrer Zeit. Bezaubernde Gegend. Ein Paradies für einen Jungen, könnte ich mir vorstellen. Haben Sie den ganzen Krieg dort verbracht?«

»Ich … ja, das habe ich. Meine Mutter war überzeugt, daß Greenwich bombardiert werden würde. Aber wir hatten Glück. Die Firma Hammond's hatte nur minimale Schäden zu beklagen.«

»Und während Ihrer Evakuierung haben Sie Lewis Finch kennengelernt?«

»Lewis Finch?« Hammond starrte Gemma ausdruckslos an.

»Soviel ich weiß, ist er ein renommierter Bauunternehmer im East End … einer, der offenbar für den Erhalt alter Bausubstanz eintritt.«

»Ich … Es ist viele Jahre her, ja. Wir sind zusammen evakuiert gewesen. Das ist richtig.« Er schüttelte den Kopf. »Aber was hat das mit dem Tod meiner Tochter zu tun?«

»Haben Sie einen Moment Geduld, Mr. Hammond. Jo hat behauptet, Sie hätten ihr und Annabelle nahegelegt, sich von Lewis Finch und seiner Familie fernzuhalten.«

»Das ist Unsinn«, widersprach er unwirsch. »Wir bewegen uns lediglich nicht in denselben Kreisen.«

»Jo scheint zu vermuten, daß zwischen Ihnen eine Art Fehde besteht … und daß dieser Zwist etwas mit dem Krieg zu tun hat«, beharrte Gemma.

»Eine Fehde?« Hammond wirkte überrascht. »Keine Ahnung, wie Jo auf diese melodramatische Idee kommt.« Stirnrunzelnd fügte er hinzu: »Möglich, daß ich mal erwähnt habe, daß Lewis meiner Ansicht nach den Aufenthalt im Haus meiner Tante dazu mißbraucht hat, sich vorteilhafte Beziehungen zu erschleichen, ohne daß ihm das zugestanden hätte, aber als ›Fehde‹ kann man das wirklich nicht bezeichnen.«

»Und Lewis Finchs Sohn Gordon kennen Sie nicht?«

»Seinen Sohn? Woher sollte ich?« fragte William Hammond perplex. Gemma registrierte, daß er plötzlich sehr müde wirkte.

In ihrer Unsicherheit darüber, wieviel sie von ihrem Wissen preisgeben durfte, warf sie Kincaid einen fragenden Blick zu, doch der zuckte nur unmerklich die Schultern. Sie wandte sich wieder an Hammond. »Sir«, begann sie und tastete sich vorsichtig weiter: »Ihre Tochter Annabelle scheint sowohl mit Lewis als auch mit Gordon Finch gut bekannt gewesen zu sein. Tatsächlich hatte sie monatelang eine Affäre mit Gordon … und Gordon Finch ist vermutlich der letzte gewesen, der sie lebend gesehen hat.«

Williams Blick wurde starr. Schließlich kam er mühsam aus dem Sessel hoch und richtete sich vor ihnen auf. »Das muß ein Irrtum sein«, entgegnete er schneidend. »Annabelle hätte sich nie mit Lewis Finch oder seinem Sohn eingelassen. Sie hätte Reginalds Vertrauen niemals mißbraucht.« Er wandte sich an Kincaid. »Es betrübt mich, Superintendent, daß Sie kostbare Zeit mit abwegigen Spekulationen vergeuden, während der Mörder meiner Tochter noch immer frei herumläuft.«

Im weiteren Verlauf des Herbstes wurde die Gefahr von Bombenangriffen immer geringer, und kaum etwas störte die goldenen, kürzer werdenden Tage auf dem Land.

Der Krieg schien irgendwo weit weg in Europa stattzufinden, und Lewis war bald ein fest integriertes Mitglied des Haushalts. Denn obwohl er sein Zimmer über dem Stall behielt, gewährte Edwina ihm freien Zugang zum gesamten Haus. Er und William benutzten gemeinsam das große Badezimmer im ersten Stock, und wenn Edwina keine Gäste aus London hatte, aßen die Jungen mit ihr im Speisezimmer.

Lewis litt gelegentlich noch immer unter starkem Heimweh, aber es wurde ein Sonderzug organisiert, der die Eltern der evakuierten Kinder in Abständen von einigen Wochen zu Besuch aufs Land brachte. In der Zwischenzeit war die Apfelernte zu bewältigen, Marmeladen und Gelees mußten eingekocht und Wälder, Steinbrüche und das alte römische Fort in den Downs erforscht werden. Das aufregendste allerdings waren die Vorbereitungen für den Guy-Fawkes-Tag, denn ihr Dorf baute den größten Scheiterhaufen in der ganzen Gegend auf.

Die Schulstunden verbrachte Lewis ohne William Hammond, denn während die Kinder von der Isle of Dogs soweit wie möglich in die Dorfschule integriert worden waren, hatten Williams Eltern für ihren Sohn einen Privatlehrer engagiert, der im Herrenhaus wohnte. Um dieses Privileg allerdings beneidete Lewis William nicht im mindesten.

An einem strahlend schönen Samstag Ende Oktober erschien William im Stall, als Lewis gerade mit den Pferden fertig war. Er trug einen dicken Pullover und eine kurze Hose mit vielen Taschen. Auf dem Rücken hatte er einen Rucksack und in der Hand einen großen, geschnitzten Stock.

Lewis spähte hinter Zeus' Kopf hervor (er hatte seine Scheu gegenüber William längst abgelegt), grinste und fragte: »Was willst du denn in dem Aufzug?«

»Ist eine anständige Wanderausrüstung«, erwiderte William. »Meine Eltern haben sie mir zum Geburtstag geschickt. Ich will den Leith Hill besteigen. Heißt, man könnte von seinem Turm aus dreizehn Grafschaften sehen.«

»Du siehst aus, als wolltest du auf den verdammten Mount Everest steigen«, bemerkte Lewis spöttisch, aber sein Interesse war geweckt.

»Du kannst mitkommen«, bot William leichthin an. Dann versüßte er die Einladung mit einem Lockmittel: »Ich habe belegte Brote von der Köchin dabei. Schinken und Käse.«

Lewis verteilte die letzte Gabel frischen Strohs in Zeus' Box und hängte die Gabel an die Stallwand. »Aber ich habe keine Ausrüstung wie du.«

»Brauchst du nicht. Du kannst meinen Stock nehmen, wenn du willst. Ich hole einen anderen aus der Waffengalerie.«

Lewis wischte sich die Handflächen an der Hose ab, nahm den Stock, und während er ihn in der Hand drehte, wähnte er sich bereits als Gipfelstürmer. »Also gut, ich komme mit.«

Kurz darauf marschierten sie die Straße hinunter in Richtung Dorf. Sandwiches und eine Thermosflasche Tee steckten in Williams Rucksack. Aus einer der großen Taschen in seiner Hose zog William ein gefaltetes Stück Papier. »Ist Tante Edwinas Generalstabskarte von Surrey«, erklärte er und strich die Falten glatt. »Schau her! Wir gehen über Coldharbour und kommen durch Holmbury zurück ... oder umgekehrt. Der Anstieg auf der Holmbury Route ist steiler.«

Lewis studierte die Karte. Er wollte nicht zugeben, daß er nie zuvor eine Landkarte gesehen hatte und daher auch die Signaturen nicht verstand. »Coldharbour, würde ich sagen. Ich möchte das Fort der Dänen sehen.« Er hatte von den alten Wallanlagen von einem Jungen aus der Schule gehört. »Außerdem gab's in der Gegend auch Schmuggler«, fügte er hinzu und sah William an, um dessen Reaktion auf diesen Leckerbissen zu testen.

»Nie gehört«, erwiderte William einigermaßen skeptisch.

»Doch, sogar John hat davon erzählt.« Lewis wußte, daß damit die Sache klar war, denn sie hatten die Erfahrung gemacht, daß John Pebbles über ein detailliertes und unfehlbares Wissen über die Gegend verfügte. Sie marschierten weiter und zeigten sich gegenseitig Stellen, die als gute Schmugglerstrecke gedient haben könnten.

Sie folgten eine Zeitlang dem Verlauf des Tillingbourne und begannen einen Anstieg, der sie in dunkles, dichtes Waldland führte. Lewis, der seine Platzangst unter Bäumen noch nicht ganz überwunden hatte, bekam Angst, daß sie sich verlaufen könnten, wäre jedoch lieber gestorben, als das laut zuzugeben.

Wie um sich selbst zu beruhigen, sagte William: »Bin sicher, das ist der richtige Weg. Ich kann Karten lesen. Und Tante Edwina hat gesagt, es sähe so aus, als müßten wir lange durch den Wald gehen.«

Er drängte sich auf dem weichen, mit Laub bedeckten Pfad etwas näher an Lewis.

Plötzlich knackten Äste, und Laub raschelte, und ein Reh brach direkt vor ihnen aus dem Gebüsch und sprang über den Weg. Lewis sah nur dunkle, überraschte Augen und ein weißes Hinterteil aufblitzen, dann fiel er rückwärts. Er schlug so heftig auf dem Boden auf, daß er keine Luft mehr bekam.

William war bei einem mißglückten Fluchtversuch gegen den nächstbesten Baum geknallt und hielt diesen jetzt in Todesangst fest umklammert. Sie starrten einander aus großen Augen an und begannen zu lachen.

»Heiliger Strohsack, ich hätte mir beinah in die Hosen gemacht«, keuchte Lewis und schnappte nach Luft, als William ihm auf die Füße half. Dabei mußte er nur noch mehr lachen, und sie stolperten weiter, während ihr Lachen vielfach durch den Wald hallte, bis sie sich die Tränen aus den Augen wischen mußten.

Als sie sich Coldharbour näherten, wurden die Bäume spärlicher, und sie wanderten zufrieden schweigend nebeneinander her. Sie verbrachten eine Stunde damit, die Gräben und Wälle des Forts aus der Eisenzeit zu erforschen, und stellten sich dabei Schlachten vor, die ihnen wirklicher erschienen als die Gerüchte aus Europa, und als sie oben auf dem Leith Hill standen, verspürten sie einen Bärenhunger.

Nachdem sie beschlossen hatten, erst Picknick zu machen und dann den Turm zu besteigen, setzten sie sich auf eine Steinbank in der Sonne und sahen in Richtung eines Dunststreifens am Horizont, von dem sie annahmen, daß es der Ärmelkanal sein müsse. Den Mund voller Schinken und Käse, deutete Lewis in die Ferne. »Wenn die Deutschen kommen, könnte man sie von hier oben sehen.«

»Wenn sie kommen! Mein Vater sagt, daß man den Krieg jetzt den ›Sitzkrieg‹ nennt.« William sah Lewis an. »Möchtest du nach Hause?«

Lewis spülte sein Sandwich mit Tee hinunter, während er seine Antwort überdachte. Wollte er nach Hause? Noch vor einem Monat hätte er die Frage umgehend mit Ja beantwortet. Jetzt sagte er mit einem Achselzucken: »Weiß nicht. Wirklich nicht. Ich vermisse meine Mum und meinen Dad. Manchmal sogar meine Schwester. Andererseits gefällt's mir hier.« Er griff in die Papiertüte nach einem der Äpfel, die die Köchin für sie eingepackt hatte. »Und du? Möchtest du nach Hause?«

»Nach Hause? Da hätte ich nichts dagegen. Aber dann müßte ich auch wieder in die Schule«, antwortete William und zog eine Grimasse. »Du hast keine Ahnung, wie's dort ist«, fügte er hinzu. Lewis, der den Ausdruck auf Williams sonst so offenem Gesicht sah, verfolgte das Thema nicht weiter.

»Was ist mit Mr. Cuddy?« fragte er statt dessen. »Wie ist er denn so?« Der Hauslehrer, ein hagerer Mann mit Brille im Alter von Lewis' Vater, hatte einen freundlichen Eindruck gemacht.

»Der ist in Ordnung. Wird nur allmählich langweilig, den ganzen Tag allein mit ihm zu verbringen. Und Mathe ist ein Hammer. Ist das Steckenpferd vom alten Cuddy, und ich bin nicht besonders gut in dem Fach.«

»Vielleicht könnte ich dir gelegentlich helfen«, bot Lewis zögernd an. »Ich mag Mathe. War immer meine beste Note in der Schule. Aufsatz ist schlimmer.«

»Da bin ich besser. Vielleicht schreibe ich einen für Mr. Cuddy ... über das Reh«, überlegte William, grinste, und sie brachen erneut in Gelächter aus.

Diese Unterhaltung trug einige Wochen später unerwartet Früchte. Edwina rief Lewis in ihren Salon und sagte ihm, daß sie mit Zustimmung von Williams Eltern verfügt habe, daß er von jetzt an gemeinsam mit William privat unterrichtet werde. »Ich habe auch deinen Eltern geschrieben. Und sie sind wie ich der Meinung, daß das eine ausgezeichnete Chance für dich ist. Du bist ganz offenbar ein kluger Junge, Lewis, und du verdienst eine bessere Erziehung, als die Dorfschule sie bieten kann.«

»Aber ich geh gern in die Schule ... und was ist mit meinen Kameraden?« fragte Lewis zögernd. Er wollte nicht unhöflich erscheinen.

Edwina zündete mit dem silbernen Feuerzeug vom Kaminsims eine Zigarette an, und der durchdringende Geruch von Tabakrauch erfüllte den Raum. »Warren Cuddy hat in Oxford studiert und ist ein ausgezeichneter Lehrer. Er kann dir neue Welten eröffnen. Freunde kommen und gehen, Lewis, aber das, was du gelernt hast, kann dir niemand nehmen. Du kannst es nach deinem Gutdünken einsetzen. Vielleicht merkst du das jetzt noch nicht«, fügte sie mit einem Lächeln hinzu, »aber von diesem Tag an ändert sich dein Leben in einer für dich unvorstellbaren Weise.«

»Allmählich habe ich den Verdacht, daß William Hammond seine Tochter Annabelle durch eine mehr als rosarote Brille gesehen hat … was natürlich sehr bequem war«, bemerkte Kincaid, als sie in der größten Mittagshitze den Hang hinunter zum Zentrum von Greenwich schlenderten.

»Das ist doch nichts Ungewöhnliches«, konterte Gemma. »Die meisten Eltern idealisieren ihre Kinder … besonders wenn's um die Beziehung zum anderen Geschlecht geht. Jo Lowell andererseits schien die Andeutung kaum zu überraschen, daß ihre Schwester ihren Verlobten betrogen haben könnte.«

»Frage mich nur, welche Rolle Mortimer in diesem Zusammenhang gespielt hat. War Annabelle für ihn über jeden Tadel erhaben? Wenn das der Fall war und er von ihrer Affäre mit Gordon Finch Wind bekommen hatte, dann könnte der Schock ihn zum Äußersten – auch zu einem Mord – getrieben haben.«

»Oder wenn er bereits einen Verdacht hatte, der sich letztendlich bestätigt hat. Aber das erklärt nicht den Streit bei der Dinnerparty – und in diesem Punkt haben wir nur Jo Lowells Wort – oder die Tatsache, daß er sie im Tunnel mit Gordon Finch alleingelassen hat«, gab Gemma zu bedenken. »Auch die Nachrichten auf dem Anrufbeantworter scheinen seine Version der Geschichte zu bestätigen.«

Sie hatten Royal Hill erreicht. Gemma blieb stehen, um in

das Schaufenster eines Käseladens zu sehen. In der Scheibe spiegelte sich, wie Kincaid feststellte, die Fassade des Polizeireviers gegenüber. »Er könnte sie ohne weiteres umgebracht und dann die Nachrichten auf Band gesprochen haben, um sich ein Alibi zu verschaffen«, entgegnete Kincaid.

Gemma ging weiter, schwenkte ihre Handtasche gegen den Rock ihres Baumwollkleids und ließ die Versuchung nach weißem Stilton mit Ingwer und Shropshire-Blauschimmelkäse zurück. »Aber man konnte doch die lauten Geräusche der Kneipe im Hintergrund hören. Er muß also vor Lokalschluß angerufen haben. Und die Pathologin sagt, daß Annabelle nach Mitternacht gestorben ist.«

»Damit kommen wir nicht weiter. Warten wir ab, bis wir noch mal mit Mortimer gesprochen haben«, schlug Kincaid vor. »Jetzt interessiert mich erst mal, warum Jo Lowell von der Vorstellung gar nicht begeistert war, daß wir mit ihrem Exmann sprechen wollen.«

»Deine Neugier wird gleich befriedigt werden.«

Sie fanden die Bank ohne Schwierigkeiten, wie Jo es prophezeit hatte. Der Mann am Schalter wies ihnen den Weg zu Martin Lowells Büro.

»Mr. Lowell?« Kincaid klopfte an die offene Tür des kleinen, durch Glas abgetrennten Raumes. »Wir sind von Scotland Yard ... Superintendent Kincaid, Sergeant James.« Er klappte seinen Dienstausweis auf. »Wir haben ein paar Fragen an Sie.«

Der gutaussehende Mann hinter dem Schreibtisch sah auf. Der gereizte Ausdruck entstellte ihn etwas. Er war dunkelhaarig, glattrasiert und trug die für Banker typische Berufskleidung mit weißem Hemd und dunkler Krawatte. Die Hemdsärmel allerdings hatte er aufgerollt. »Scotland Yard? Womit kann ich dienen? Allerdings habe ich eine Besprechung ... in« – er warf einen Blick auf seine Uhr – »zehn Minuten. Also fassen Sie sich bitte kurz.«

»Es ist wegen Ihrer ehemaligen Schwägerin, Annabelle Hammond«, fuhr Kincaid fort und rückte einen Besucherstuhl für Gemma zurecht. Lowell war weder aufgestanden und hatte ihnen eine Sitzgelegenheit angeboten, noch reagierte er auf Kincaids Bemerkung. »Hat sich die Anwältin der Hammonds schon mit Ihnen in Verbindung gesetzt?«

»Ja, heute morgen. Aber ich verstehe nicht ganz, was Sie das angeht.«

»Ach nein?« Kincaid zog die Augenbrauen hoch. »Ein Mord in Verbindung mit einer unverhofften Erbschaft verdient durchaus unser Interesse, Mr. Lowell.«

Martin Lowell lächelte zum ersten Mal. »Wollen Sie damit andeuten, ich hätte Annabelle umgebracht? Wegen der Firmenanteile für meine Kinder? Superintendent ... Wie war doch gleich Ihr Name? Sie müssen verdammt verzweifelt sein, wenn Sie nach jedem Strohhalm greifen.«

Kincaid war sicher, daß Lowell sich seines Namens sehr wohl erinnerte. »Das haben Sie gesagt, Mr. Lowell.« Er erwiderte das Lächeln. »Die Frage ist lediglich, ob Sie von Annabelle Hammonds Verfügung gewußt haben.«

»Bis zum Anruf der Anwältin heute morgen hatte ich keine Ahnung davon. Ich war sogar ziemlich überrascht. Allerdings bin ich schon neugierig, weshalb Sie es ungewöhnlich finden, daß Annabelle ihre Anteile ihrer einzigen Nichte und ihrem einzigen Neffen hinterlassen hat.«

»Seltsam erscheint mir daran nur die Tatsache, daß sie Sie als Treuhänder eingesetzt hat. Immerhin sind Sie von Annabelles Schwester schon länger geschieden.«

Lowell zuckte die Achseln. »Nach Auskunft der Anwältin hat sie das Testament kurz nach dem Tod ihrer Mutter gemacht und ist nie dazu gekommen, es später zu ändern. Vielleicht hielt sie mich auch als Treuhänder des Vermögens unserer Kinder für geeigneter als Jo.«

»Haben Sie vor, eine aktive Rolle in der Firmenpolitik zu spielen, Mr. Lowell?« fragte Gemma.

Martin Lowell musterte Gemma unverhohlen abschätzend. Kincaid beobachtete, wie Gemma unter seinem Blick rot wurde.

»Alles andere wäre doch wohl unverantwortlich. Finden Sie nicht auch, Sergeant?« Lowell lächelte, hielt ihren Blick, bis sie wegsah. Dann stand er auf und sah ostentativ erneut auf die Uhr. »Wenn Sie mich jetzt bitte entschuldigen ...«

»Danke für Ihr Entgegenkommen, Mr. Lowell«, sagte Kincaid leicht sarkastisch und erhob sich ebenfalls.

Als sie auf die Straße traten, berührte Kincaid Gemma an der Schulter. »Was war denn da drinnen los?«

Gemma verzog wütend das Gesicht. »Ich kann Männer wie Martin Lowell nicht ausstehen, die sich einbilden, jede Frau müsse ihnen zu Füßen liegen.«

Für Gemma sahen die Heron Quays gegenüber dem mittleren Teil des West India Docks im Vergleich zu der klassischen Silhouette der Canary Wharf geradezu herzerfrischend unkonventionell aus. Der Komplex war moderat in der Höhe, und seine schrägen Dächer, die rosaroten und purpurroten Seitenwände und weißen Balkone erinnerten sie an eine chaotisch angeordnete Ansammlung Schweizer Chalets. Janice hatte ihr erzählt, daß es eines der frühen Docklandprojekte darstellte und daß Lewis Finch seit dem Abschluß der ersten Bauphase in der Mitte der achtziger Jahre dort ein Büro unterhielt.

Sie gingen am Wasser entlang. »Die Sache mit den Hammonds und den Finchs macht mich neugierig«, gestand Kincaid unvermittelt. »Vor allem, seit Hammond leugnet, etwas gegen die Familie zu haben. Glaubst du, Jo könnte ihre Mutter in diesem Punkt mißverstanden haben?«

Gemma zuckte die Schultern. »Vielleicht ist er einfach zu

höflich, um vor uns sein konservatives Klassenbewußtsein auszubreiten.«

»Snobismus allein macht keine Familienfehde aus, und Jo Lowell ist nicht der Typ, der so was durcheinanderbringt«, murmelte Kincaid, als er die Tür mit dem Firmenemblem der »Finch Ltd.« aufstieß, dem Gemma bereits überall auf der Insel begegnet war.

Sie atmete erleichtert auf, als sie das klimatisierte Entree der Firma betraten. Draußen in der Sonne vor der Fassade des Docks herrschten Backofentemperaturen.

Kincaid nannte einer reichlich hektisch wirkenden Empfangsdame ihre Namen, was ihnen augenblicklich ein freundliches Lächeln einbrachte. Sie wurden nach links und in ein Büro geführt.

Gemma registrierte als erstes den Blick auf den monumentalen Canada Tower gegenüber dem Dock, der im großen Panzerglasfenster wie ein Bild vor ihr stand. Dann richtete sich ihre Aufmerksamkeit auf den Mann, der mit ausgestreckter Hand auf sie zukam.

Die Ähnlichkeit war unverkennbar ... und zwar nicht nur in der äußeren Erscheinung, sondern auch in der Persönlichkeit. Lewis Finch hatte dieselbe faszinierende Ausstrahlung, die sie bereits bei Gordon angezogen hatte und die bei Lewis Finch noch deutlich durch die Aura des Machtmenschen verstärkt wurde.

»Sie haben mich gerade noch erwischt«, begann Finch und schüttelte energisch Kincaids und dann Gemmas Hand. »Bitte setzen Sie sich. Normalerweise bin ich um diese Tageszeit draußen auf den Baustellen, aber die Beamtin, die mich angerufen hat, sagte, es sei dringend.« Er war in Hemdsärmeln, hatte Krawatte und Kragen etwas gelockert, was allerdings jene wie selbstverständlich zur Schau getragene, lässige Eleganz nicht im geringsten minderte, die mit Geld und Erfolg einherging.

Welche Gaben die Natur diesem Mann auch mitgegeben hatte, dachte Gemma, er hatte offenbar das Beste daraus gemacht.

»Was kann ich für Sie tun, Superintendent?« erkundigte sich Finch und setzte sich hinter seinen Schreibtisch.

»Sie wissen, daß Annabelle Hammond tot ist?«

»Ich ... ja. Ich habe es erst heute morgen erfahren ... Ich bin übers Wochenende weg gewesen. Ein schrecklicher Verlust«, sagte er, und aufrichtige Trauer lag in seinen Worten. In diesem Moment wurde Gemma klar, daß Martin Lowell kein Wort des Bedauerns angesichts des Todes seiner Schwägerin über die Lippen gekommen war.

»Kannten Sie Miß Hammond gut?«

»Ich weiß nicht, ob irgend jemand Annabelle *gut* gekannt hat, Superintendent. Sie war eine sehr verschlossene Frau. Aber wir waren seit ungefähr einem Jahr befreundet. Hatten uns bei einer Bürgerversammlung hier auf der Insel kennengelernt.« Finch lächelte bei der Erinnerung daran.

»Und Sie waren während dieser Zeit intim befreundet?«

Finch musterte Kincaid. Gemma spürte, daß er plötzlich auf der Hut war. »Wenn Sie damit meinen, daß wir eine sexuelle Beziehung hatten, ja, die hatten wir, wann immer sich die Gelegenheit ergab. Sie müssen wissen, daß Annabelle eine sehr unabhängige Person war.«

»Erzählen Sie uns mehr über sie«, bat Gemma. »Was war sie für ein Mensch?«

Als Lewis Finch Gemma ansah, fiel ihr auf, daß er dieselben klaren grauen Augen hatte wie sein Sohn. »Annabelle hatte ein Talent, alles zu bekommen, was sie wollte – manchmal auch ohne Rücksicht auf andere –, und sie verfügte über die seltene Gabe, immer genau zu wissen, was sie wollte, zumindest in beruflicher Hinsicht. Davon abgesehen war sie intelligent, mutig ... unglaublich egozentrisch, und in mancherlei Hinsicht erstaunlich loyal.«

»Ist das ein Widerspruch?« fiel Gemma ein.

Finch nickte. »Zwangsläufig, ja.«

»War Ihnen klar, daß sie verlobt war und heiraten wollte?« fragte Kincaid. »Insofern erscheint mir Annabelles Verhältnis mit Ihnen nicht gerade der Ausdruck von ›erstaunlicher Loyalität‹ zu sein.«

Finch runzelte die Stirn. »Vielleicht war es eine Art von Loyalität, die nicht unbedingt normalen Maßstäben genügte. Aber nach meiner Erfahrung rechtfertigen sich die meisten Menschen, die außerhalb einer verpflichtenden Beziehung ihr Vergnügen suchen, meist damit, daß sie die Unzulänglichkeiten des jeweiligen betrogenen Partners beklagen. Annabelle hat das nie getan.«

»Mr. Finch«, tastete Gemma sich weiter vor, »wußten Sie, daß Annabelle ebenfalls ein Verhältnis mit Ihrem Sohn hatte?«

Finch starrte sie an. »Mit Gordon? Nein, das wußte ich nicht.«

»Annabelle Hammond scheint, offengestanden, von Ihrer Familie geradezu fasziniert gewesen zu sein. Haben Sie eine Ahnung, weshalb?«

»Nein. Sie hat nie etwas gesagt, das mir diesen Eindruck vermittelt hätte?«

»Dann hat sie Ihnen auch nicht gesagt, daß sie von Ihrer Verbindung zu ihrem Vater wußte?«

»Wovon reden Sie überhaupt, Superintendent?« Finchs Stimme klang neutral, doch Gemma fühlte, daß sich eine knisternde Spannung im Raum aufbaute.

»Annabelle wußte, daß Sie und William Hammond während des Krieges gemeinsam evakuiert gewesen waren.«

Finch blinzelte. »Ja, das stimmt. Aber seither hatten wir kaum Kontakt.«

»Wir glauben, daß William Hammond Annabelle vor Ihnen gewarnt hatte ... Sie nahm an, der Grund sei eine Art Fehde zwischen Ihnen beiden. Ist da was dran?«

»Selbstverständlich nicht. Und ich bin sicher, Annabelle hätte mit mir darüber gesprochen, wenn sie so was angenommen hätte.« Er überlegte. »Ich hatte durch Annabelle den Eindruck, daß William ein bißchen … kauzig geworden ist seit dem Tod seiner Frau. Vielleicht hat sein Realitätssinn gelitten.«

»Als wir mit ihm gesprochen haben, machte er einen völlig klaren Eindruck. Er hat uns gegenüber angedeutet, Sie hätten die während des Krieges geknüpften Beziehungen schamlos zu Ihrem Vorteil eingesetzt, ohne dazu berechtigt gewesen zu sein.«

»So, sagte er das?«

»Stimmt es denn nicht?«

Einen Moment dachte Gemma, Lewis würde nicht antworten. Dann erwiderte er hastig: »Edwina Burne-Jones war eine liebenswerte und großzügige Frau, die mich, den armen Jungen aus dem East End, bei sich aufgenommen und so behandelt hat, als sei er in der Lage, alles zu erreichen, was er erreichen wollte … doch die Dankbarkeit, die ich ihr gegenüber empfinde, geht niemanden etwas an. Nicht William Hammond und auch nicht Sie, Superintendent. Ist das jetzt alles?«

»Noch eine Frage, Mr. Finch. Wann haben Sie Annabelle zum letzten Mal gesehen?«

»Wir haben vor ein paar Wochen zusammen zu Abend gegessen. Das genaue Datum kann ich Ihnen nicht sagen«, erwiderte er, ohne Kincaid aus den Augen zu lassen. Gemma war sicher, daß er wußte, was kommen würde. Er war viel zu intelligent, um nicht zu erraten, daß sie Annabelles Anrufbeantworter abgehört hatten.

Kincaid schien einen Moment zu überlegen. »Was Sie uns gesagt haben, scheint zu bedeuten, daß Ihre Beziehung zu Annabelle eher zwanglos, geradezu zufälliger Natur gewesen ist. Und doch geht aus der Nachricht, die Sie Freitag abend auf ihrem Anrufbeantworter hinterlassen haben, hervor, daß Sie ausgesprochen wütend auf sie gewesen sind, weil sie nicht zu erreichen war. Weshalb?«

»Das mißdeuten Sie, Superintendent. Ich habe nie behauptet, daß unsere Beziehung zufällig gewesen ist. Sie war lediglich keiner Regelmäßigkeit unterworfen. Annabelle konnte gelegentlich schwierig sein, aber sie war ... einmalig. Ich habe vor ihr nur eine Frau gekannt, die so bedingungslos dem Leben zugetan war, und ich ...« Er schüttelte den Kopf, und Gemma glaubte, einen feuchten Schimmer in seinen grauen Augen zu erkennen. »Ich war am Freitag abend nicht wütend ... Ich habe mir Sorgen gemacht. Annabelle hatte auf meinem Anrufbeantworter eine Nachricht hinterlassen, die völlig untypisch für sie klang ... sie sagte etwas davon, ihre Verlobung lösen zu wollen. Ich wollte wissen, was passiert war.«

»Und hat sie Sie wieder angerufen?«

»Nein. Ich habe bis kurz nach Mitternacht gewartet ... dann nicht mehr. Ich mußte am nächsten Morgen sehr früh zu einer Besprechung nach Gloucestershire.«

»Haben Sie einen Zeugen ... ein Alibi ... für Freitag abend, Mr. Finch?«

»Ich lebe allein, Superintendent. Da gibt es niemanden.« Lewis Finch sah Gemma in die Augen. »Überhaupt niemanden.«

Als sie zum Limehouse-Revier zurückkamen, saß Janice Coppin im Bereitschaftsraum und sortierte Berichte. Sie machte ein Gesicht, als könnte sie kein Papier mehr sehen.

»Hat die Befragung von Haus zu Haus was gebracht?« wollte Kincaid wissen und setzte sich auf die Kante von Janice' Schreibtisch.

»Nur im negativen Sinn«, antwortete Janice und deutete auf die Papiere. »Niemand hat Annabelle Hammond an jenem Abend gesehen. Falls sie nach Hause gekommen ist, haben's ihre Nachbarn jedenfalls nicht gemerkt, und keiner von ihnen konnte viel über sie sagen. Ihre Nachbarn auf der anderen Seite des kleinen Gartens, ein junges deutsches Paar, gaben zu, sie mit einem netten jungen Mann Croquet spielen gesehen zu haben, aber für eine Personenbeschreibung hat ihr Englisch wohl nicht gereicht.«

»Jemand soll ihnen ein Foto von Reg Mortimer zeigen, obwohl wir annehmen können, daß er derjenige gewesen ist.« Mit einem Blick auf Gemma fügte Kincaid hinzu: »Wenn Gordon Finch die Wahrheit sagt, hat Annabelle ihn nie in ihre Wohnung gebeten. Und ich kann mir nicht vorstellen, daß jemand Gordon Finch ... Sprachprobleme eingerechnet ... als netten jungen Mann beschreiben würde ...«

»Was ist mit dem Lokal – dem Ferry House –, wo Mortimer angeblich auf Annabelle gewartet hat?« fragte Gemma.

»Das ist das einzig Positive an der Sache«, erwiderte Janice. »Der Barkeeper hat ausgesagt, Mortimer und Annabelle vom Sehen zu kennen. Er wisse daher genau, daß Mortimer gegen zehn Uhr an jenem Abend allein ins Lokal gekommen sei. Er habe Orangensaft bestellt, aber es sei ziemlich viel los gewesen, so daß er nicht beschwören könne, was er danach noch gemacht habe.«

»Aber sein Eindruck war ...«, half Kincaid ihr auf die Sprünge.

»Sein Eindruck war, daß er bis Lokalschluß geblieben ist.«

»Könnte er Annabelle getötet haben, als sie den Tunnel verlassen hat, und ihre Leiche irgendwo versteckt haben, um sie nach Lokalschluß in den Park zu bringen?«

»Unwahrscheinlich. Es sei denn, er hätte sie in ihrer Wohnung umgebracht. Ich glaube nicht, daß es in der Umgebung des Tunnels möglich gewesen wäre, eine Leiche zu verbergen. Wäre viel zu riskant gewesen. Trotzdem ... Mortimer hatte offenbar allen Grund zur Eifersucht.« Kincaid berichtete Janice daraufhin, was sie in den Gesprächen des Nachmittags erfahren hatten.

»Hatte was von einer läufigen Hündin, die Dame, was?« bemerkte Janice, als er geendet hatte. »Die Frage ist, ob Mortimer gewußt hat, was sie trieb?«

»Ich versuche schon den ganzen Nachmittag, ihn zu erreichen.« Kincaid hatte nach ihrem Besuch bei Lewis Finch erneut von seinem Handy aus in der Firma Hammond's angerufen. Aber Mortimer war nicht ins Büro zurückgekommen, und in seiner Privatwohnung hob niemand das Telefon ab. »Wir wissen, daß er heute morgen im Büro war. Ich bezweifle also, daß er sich irgendwie abgesetzt hat. Gleich morgen früh kümmer ich mich um ihn. Außerdem habe ich auf seinem Anrufbeantworter hinterlassen, daß er uns anrufen soll.«

»Ah, dabei fällt mir was ein!« Janice kramte in den Papieren auf ihrem Schreibtisch, bis sie einen Notizzettel gefunden hatte. »Vom Yard hat jemand für Sie angerufen. Ein Mann namens Ian McClellan versucht, Sie zu erreichen. Er ist offenbar in London und möchte Sie heute abend treffen.«

»Ian McClellan?«

»Hier ist die Nummer, die er hinterlassen hat. Ist er eine neue Spur?«

»Eine Spur?« Kincaid merkte, daß er offenbar ein reichlich dummes Gesicht machte, und schüttelte den Kopf, um wieder klar denken zu können. Er vermied es, Gemma anzusehen. »Nein, das ist ... privat«, brachte er schließlich heraus und steckte sein Notizbuch ein.

Was, zum Teufel, suchte Ian McClellan plötzlich in England, und was wollte er von ihm?

In seiner Wohnung tauschte Kincaid die Bürokleidung gegen Jeans und T-Shirt und versuchte, Kit in Cambridge anzurufen. Laura Miller bat ihn, einen Moment zu warten, meldete sich jedoch kurz darauf selbst wieder und erklärte bedauernd, daß Kit im Augenblick nicht ans Telefon kommen wolle. Kincaid hörte die Besorgnis in ihrer Stimme, bedankte sich jedoch und sagte, er wolle es später noch einmal versuchen.

Kincaid sah durch die geöffnete Balkontür, als er auflegte, und entdeckte Sid, der auf dem Geländer kauerte und die Vögel im Garten des Majors mit gespanntem Interesse beobachtete. Er trat auf den Balkon hinaus, streichelte die Katze und fand kurzen Trost in der Tatsache, daß sie, anders als Kit, ihm stets verzieh, gleichgültig, wie sehr er sie vernachlässigte.

Schließlich wählte Kincaid für seine Begegnung mit Ian McClellan vertrautes Territorium, nämlich das Freemason's Arms an der Willow Road in Hampstead Heath. Die Sommersonne sandte ihre langen, schrägen Strahlen durch die Baumkronen, und in Hampstead Heath wimmelte es von Londonern, die ihren von der Tageshitze stickigen Wohnungen entflohen waren. Die Leute schoben Kinder in Sportwagen, spielten Frisbee und Fußball, ließen Modellboote auf dem Teich fahren ... und jeder Junge mit einem Hund erinnerte Kincaid an Kit.

Als er das Lokal erreichte, wählte er einen Tisch im Garten. Er war früh genug gekommen, um noch etwas zu essen, doch als die Bedienung sein Hähnchen brachte, merkte er, daß ihm der Appetit vergangen war. Er nippte an seinem Bier, stocherte lustlos im Essen und dachte über Ian McClellan nach.

Vics zweiter Ehemann, ein Professor für Politikwissenschaften am Trinity College, hatte sich im Vorjahr mit einer seiner Examensstudentinnen nach Südfrankreich abgesetzt. Nach Vics Ermordung war McClellan kurzzeitig nach England zurückgekehrt, hatte sich allerdings geweigert, Kit mit nach Frankreich zu nehmen. Zwar hatte er zugegeben, seit längerem zu argwöhnen, daß Kit eigentlich Kincaids Sohn sei, blieb jedoch dessenungeachtet der rechtmäßige Erziehungsberechtigte des Jungen. Wenn auch zähneknirschend, so hatte er letztendlich doch Kincaids Vorschlag akzeptiert, Kit vorübergehend bei der

Familie Miller unterzubringen. Danach hatte er nichts mehr von sich hören lassen. Bis jetzt.

Kincaid blickte auf und sah McClellan, der über die Wiese auf ihn zukam, ein Glas Bier in der Hand. Er war braungebrannt und schlanker, als Kincaid ihn in Erinnerung hatte. Bei näherem Hinsehen entdeckte Kincaid in seinem braunen Haar und Bart etliche graue Strähnen. Es war das erste Mal, daß Kincaid den Mann ohne sein übliches Kordjackett mit Lederflecken an den Ellbogen sah, aber selbst im kurzärmeligen Popelinehemd hatte er eine eindeutig professorale Ausstrahlung.

Kincaid stand auf, um ihn zu begrüßen. Er war entschlossen, der Begegnung einen besseren Start zu verschaffen als bei den vorangegangenen Gelegenheiten.

Die beiden Männer standen sich einen Moment verlegen gegenüber, dann schüttelte McClellan fest Kincaids Hand und setzte sich auf den weißen Gartenstuhl. Nachdem er sich zurückgelehnt und Kincaid zugeprostet hatte, brach er die gespannte Stille als erster. »Schätze, Sie wundern sich, weshalb ich um dieses Treffen gebeten habe.«

Kincaid nickte und trank einen Schluck Bier. »Kam offengestanden ziemlich überraschend für mich.«

»Tja, also ... Unter anderem bin ich Ihnen wohl eine Entschuldigung schuldig«, erklärte Ian bedächtig. »Ich hatte in den vergangenen Monaten viel Zeit zum Nachdenken, und ich sehe jetzt ein, daß mein Benehmen einigermaßen ... unvernünftig war. Und unverantwortlich. Die ganze Geschichte mit Jennifer ... dann Vic, und die Begegnung mit Ihnen unter den gegebenen Umständen ...« Sonnenlicht glitzerte auf Ians goldenem Brillengestell, als er kurz den Blick abwandte. »Nach meiner Rückkehr nach Frankreich hat es mit Jennifer nicht mehr funktioniert. Um ehrlich zu sein, bin ich völlig ausgeflippt.« Er zuckte die Schultern und fügte hinzu: »War nicht ganz das, was sie sich vorgestellt hatte. Ein Mann mittleren Alters mitten in einer Lebenskrise. Sie ist nach England zurück, um ihr Studium zu beenden.«

»Sind Sie deshalb auch wieder hier? Um in ihrer Nähe zu sein?« fragte Kincaid.

Ian schüttelte den Kopf. »Nein, so blöd bin ich nicht. Auch wenn Sie's mir nicht glauben. Aber meine Beurlaubung geht nach dem Sommer zu Ende. Und mit meinem Buch stecke ich in einer Sackgasse. Insofern hatte es keinen Sinn mehr, weiter in Frankreich zu bleiben ...«

Kincaid wartete schweigend.

»Wie geht es ihm? Kit, meine ich. Kommt er ... zurecht? Was ist mit der Schule?«

Kincaid dachte an jene ersten Wochen, als Laura Kit jeden Morgen weinend an Tess geklammert in seinem Zimmer vorgefunden hatte. Der Junge hatte Angst gehabt, die Hündin auch nur während der Schulstunden allein zu lassen, und war überzeugt gewesen, daß ihr während seiner Abwesenheit etwas zustoßen würde.

»Er hat das Schuljahr geschafft. Die Schule hat sich sehr bemüht, ihm ein gewisses Gefühl von Normalität zu geben. Soweit das unter den Umständen möglich war, versteht sich.

Aber das sind nur die Äußerlichkeiten. Wie's wirklich in ihm aussieht, weiß ich nicht. Er hat Alpträume und Eßstörungen, aber das hat sich in letzter Zeit gebessert.« Kincaid hielt inne. »Außerdem will er nicht über seine Mutter sprechen. Nicht mal mit Hazel Cavendish, die normalerweise sogar einen Stein erweichen kann.«

»Was ist mit dem Prozeß? Hat sich da was getan?«

»Die Staatsanwaltschaft sondiert noch immer die Beweislage. Ein Termin wurde noch nicht festgesetzt.«

»Und damit ist keine Lösung für Kit in Sicht«, murmelte Ian. »Ist ihr Mörder ...«

»Genießt die Gastfreundschaft der Königin, in Untersuchungshaft. Das zumindest ist schon mal was.« Kincaid verscheuchte eine Wespe, die sich auf dem Rand seines Bierglases niedergelassen hatte. Die Abenddämmerung hatte sich über den Garten gesenkt und brachte eine Abkühlung. Die Bedienung kam, zündete eine Zitronenkerze auf dem Tisch an und schenkte ihnen ein breites Lächeln. Sie trug ein Oberteil mit Spaghettiträgern und Shorts, die kaum länger waren als ihre Schürze, und Kincaid bemerkte, daß Ian ihr einen bewundernden Blick zuwarf. McClellan mochte aus seiner letzten Affäre gelernt haben, doch alte Gewohnheiten saßen tief.

»Da ist noch etwas«, sagte Kincaid. »Wir beide sind im Augenblick bei Kit in Ungnade gefallen.«

»Wir beide? Ich weiß, er hat guten Grund, auf mich wütend zu sein. Aber warum auf Sie?«

Da Kincaid einmal damit angefangen hatte, gab es kein Zurück mehr. »Ich habe ihm gesagt, daß ich mit großer Sicherheit sein Vater bin. Das war gestern abend, um genau zu sein.«

»*Sie* haben's ihm gesagt?« wiederholte McClellan verdutzt. »Sie haben mich doch bekniet, nicht mit ihm darüber zu sprechen. Ihm Zeit zu geben ...«

»Ich dachte, die Zeit sei gekommen. Außerdem muß sich an seinen Lebensumständen was ändern ... er kann schließlich nicht ewig bei den Millers bleiben.«

Ian schob seine Brille hoch, was, wie Kincaid sich erinnerte, ein Zeichen von Erregung war. »Und wie hat er's aufgenommen?«

Kincaid schob den Teller mit dem kalt gewordenen Hühnchen beiseite. »Er will mir nicht glauben. Fühlt sich betrogen. Und jetzt kreuzen Sie plötzlich auf. Was wollen Sie eigentlich von mir?«

»Eugenia hat mir Drohbriefe geschickt. Ich dachte, das sollten Sie wissen.«

»Und womit hat sie gedroht? Der Welt noch mehr Schwierigkeiten zu machen?« Nach Vics Tod waren Kincaids Begegnungen mit seiner ehemaligen Schwiegermutter ausgesprochen feindselig verlaufen, und es gab keine Anzeichen, daß das je anders werden würde. Kit war lieber davongelaufen, als bei der Großmutter zu bleiben, und Eugenia verzieh Kincaid nie, welche Rolle er bei der Sache gespielt hatte. Sie betrachtete Kit als ihr Eigentum.

»Sehr konkret ist sie nicht gewesen.« Ian lächelte humorlos. »Zuerst wollte sie die Besuchsrechte der Großeltern einklagen. Später fing sie an, mich wegen Vernachlässigung meiner Vaterpflichten anzugreifen und wollte selbst das Sorgerecht für Kit erwirken.«

»Großer Gott!« Allein der Gedanke war für Kincaid unerträglich.

»Ich glaube nicht, daß sie damit durchkommt ... was das Sorgerecht betrifft, meine ich. Aber ein Besuchsrecht könnte sie erwirken. Ich habe mit meinem Anwalt gesprochen.«

Die wenigen Pommes, die Kincaid gegessen hatte, lagen wie Blei in seinem Magen. »Kit ist davongelaufen, als er das letzte Mal gezwungen wurde, bei der Großmutter zu bleiben ... das darf nicht wieder passieren.« Er schluckte mühsam. »Aber warum reden wir über Eugenia? Mich interessiert, was Sie mit Kit vorhaben.«

Ian betrachtete nachdenklich sein Glas. »Für das Haus in Grantchester hat sich bisher kein Käufer gefunden. Ich spiele mit dem Gedanken, es vorübergehend vom Markt zu nehmen, bis ich mir über alles klargeworden bin.«

»Wollen Sie dort wohnen?«

»Erst einmal, ja. Und ich möchte Kit zu mir nehmen. Ich muß viel wiedergutmachen.«

Kincaid dachte schweigend nach. »Sie wissen, daß ich keine rechtliche Handhabe gegen Entscheidungen habe, die Sie für

Kit treffen. Aber wenn Sie ihn wieder im Stich lassen, dann tue ich alles, was in meiner Macht steht, um zu verhindern, daß Sie noch mal eine Chance bekommen. Das schwöre ich.«

Ian hielt seinem Blick stand. »Ich möchte das beste für Kit. Und ich glaube, es ist das beste, ihn nach Grantchester zu holen.«

»Und was erzählen Sie ihm von mir?« fragte Kincaid mit wachsendem Ärger.

»Egal, wer sein biologischer Vater ist ... er ist noch immer mein Sohn.«

»Und wo bleibe ich bei diesem hübschen Arrangement? Jetzt, da Sie der ideale Vater geworden sind?« Kincaid konnte seine Bitterkeit nicht verbergen. Er hatte Monate damit zugebracht, den Schaden zu beheben, den McClellan angerichtet hatte, und jetzt glaubte der Mistkerl, sich ins gemachte Nest setzen zu können.

»Hören Sie, Duncan.« Ian beugte sich vor, die Ellbogen auf den Tisch gestützt, und Kincaid fiel auf, daß er zum ersten Mal seinen Vornamen benutzte. »Ich habe nicht vor, Sie von Kits Leben auszuschließen. Er braucht uns beide ...«

»Woher wollen *Sie* eigentlich wissen, was er braucht?« Kincaid war nahe daran, die Beherrschung zu verlieren.

»Wenn ich was wiedergutmachen will, dann muß ich doch irgendwo anfangen, oder? Und so wie die Dinge liegen, haben Sie kein Recht, mir zu drohen oder mir Vorwürfe zu machen ... Sie haben doch selbst eine Menge vermasselt«, fügte Ian hitzig hinzu.

Sie starrten einander wütend an. Dann lehnte Kincaid sich zurück und holte tief Luft. Sich mit McClellan anzulegen, nützte niemandem. »Also gut. Ich habe Fehler gemacht, das gebe ich zu. Aber im Gegensatz zu Ihnen war ich für Kit da. Und ich habe nicht die Absicht, sang- und klanglos aus seinem Leben zu verschwinden.«

Ian lächelte verlegen. »Schätze, die Frage ist vielmehr, ob er mit einem von uns noch was zu tun haben will. Ich fahre morgen nach Cambridge und richte das Haus her, und dann hole ich Kit von den Millers ab.«

»Lassen Sie ihm etwas Zeit, sich mit dem Gedanken anzufreunden«, entgegnete Kincaid. »Wenigstens ein paar Tage. Er hat dort, wo er ist, eine gewisse Geborgenheit gefunden ... Und vielleicht fällt es ihm schwer, in das Cottage zurückzukehren. Ist Ihnen klar, daß er sich auf keinen Fall von dem Hund trennt?«

»Gut, ich lasse ihm ein paar Tage«, stimmte Ian zu und zog eine Grimasse. »Und an den Hund kann ich mich gewöhnen. Alles ist möglich.«

Kincaid musterte ihn argwöhnisch. Er durfte diese Absichtserklärung nicht für bare Münze nehmen, denn nach seiner Erfahrung mit Ian war tatsächlich alles möglich.

William Hammond wachte abrupt auf. Sein Herz hämmerte in der Brust. Im ersten Moment wußte er nicht, wo er war, dann nahmen die Umrisse seiner Umgebung im Halbdunkel vertraute Formen an. Er lag in dem hohen, alten Himmelbett, das er mit Isabel geteilt hatte, und seine ausgestreckte Hand hatte die Vorhänge berührt. Sie hatte den maisfarbenen Satin geliebt, aber inzwischen war der Stoff ausgeblichen und fleckig.

Der Toilettentisch dort ... der Nachttisch hier ... und die bleichen, schräg einfallenden Lichtstreifen zu seiner Rechten, wo die Fenster fahles Licht von der Straße hereinließen. Die Vorhänge bauschten sich leicht im Wind, und William zog – plötzlich fröstelnd – die Decke bis unters Kinn.

In seinem Traum war es ein grüner, goldfarbener Hochsommer gewesen. Er und Lewis standen knietief im Bach, der sich unten an der alten Weide vorbeischlängelte. Sie pflückten Brunnenkresse für die Köchin, lachten und hatten ihre sonnengebräunten Gesichter der Sonne zugewandt, doch seine Füße und Waden waren eiskalt im klaren, schnell fließenden Wasser …

Er hatte Jahre damit zugebracht, zu vergessen, und doch stand ihm dieses Erlebnis so lebendig vor Augen, als sei es erst gestern gewesen. Jetzt begannen die Bilder zu verschwimmen, entglitten ihm mit der Flüchtigkeit des Traums, und William preßte die Lider fest zu gegen die aufkommenden Tränen.

10

Ein weiterer Lieblingsspielplatz der Kinder vom »Island« war Island Gardens, ein kleiner Park am Flußufer direkt gegenüber Greenwich, den das London County Council 1895 angelegt hatte.

EVE HOSTETTLER, aus:
Erinnerungen an eine Kindheit

Gemma wurde durch Tobys Stimme aus einem wirren, morgendlichen Traum geweckt. Als sie die Augen aufschlug, erkannte sie im Gegenlicht vor dem Fenster zum Garten die kleine Silhouette ihres Sohnes, der neben ihrem Bett stand.

»Mami, ich hab schlecht geträumt.«

»Wirklich, Schätzchen?« Sie setzte sich auf und strich sich das Haar aus dem Gesicht. Das blaßblaue Karussellpferd, das ihr Sohn gegen seine Brust gepreßt hielt, hatte schon einen Teil seines Sattels aus Filz eingebüßt, und von seiner einst weißen Mähne und dem Schweif waren nur noch kümmerliche Reste übrig. Seine schwarzen Glasaugen jedoch waren glänzend und klar wie am ersten Tag, und Toby liebte das Stofftier mit Hingabe und Treue. »Hat Pferdchen auch schlecht geträumt?« fragte sie und fühlte am Hals des Jungen nach Anzeichen von Fieber. »Sind es wieder die Monster gewesen?«

Toby nickte heftig, und sie schwor sich insgeheim, ihm abends nie wieder aus dem Buch *Wo die Wilden Kerle leben* vorzulesen. »Komm zu Mami ins Bett, Herzchen, und schlaf weiter.« Als er sich zwischen sie und die Wand kuschelte, legte sie kurz ihre Wange an seine und genoß seinen süßen Duft. Auch wenn er täglich mehr wie ein kleiner Junge aussah, im Schlaf roch er noch immer wie ein Baby.

Sie lag still neben ihm und horchte auf seine Atemzüge. Trotzdem verspürte sie eine wachsende Unruhe, eine Rastlosigkeit, die sich schließlich nicht mehr unterdrücken ließ. Nach einer halben Stunde glitt sie aus dem Bett und ging zum Fenster. Sie zog die Jalousien hoch, beobachtete eine Weile, wie fahles Licht über den Garten kroch, und horchte auf die Vögel, die den Tag mit geradezu aufreizender Fröhlichkeit begrüßten. Sie fühlte dumpfe Kopfschmerzen aufkommen, Symptome eines mittelschweren Katers.

Am vergangenen Abend, während sie auf Kincaids Anruf nach dessen Treffen mit Ian McClellan gewartet hatte, hatte sie mehr als die zwei Gläser Wein getrunken, die normalerweise ihr Limit waren. Aber Duncan hatte nichts von sich hören lassen, und schließlich war sie, bereits reumütig angesichts ihrer Maßlosigkeit, ins Bett gekrochen.

Bestimmt war Kincaid noch immer verärgert wegen der Sache mit Gordon Finch. Gemma trat vom Fenster zurück und ging in ihre kleine Küche, um Teewasser aufzusetzen. Es sah ihm nicht ähnlich, nachtragend zu sein, weder privat noch beruflich, aber seit Vics Tod war er in seinen Launen und seinen Temperamentsausbrüchen unberechenbar geworden.

Der Wasserkessel pfiff, als sie die Kaffeebohnen aus dem Kühlschrank genommen und gemahlen hatte, und während sie den Kaffee aufgoß, dachte sie an Annabelle Hammond. Welcher Zauber mußte von ihr ausgegangen sein, daß sie andere Menschen zwingen konnte, ein Leben nach ihren Bedingungen zu akzeptieren? Dahinter hatte mehr als nur äußere Schönheit gesteckt, soviel war ihr klargeworden. Einen Moment wünschte Gemma, sie gekannt zu haben ... selbst beurteilen zu können, ob sie eine Heilige oder eine Sünderin gewesen war.

Eine Stunde später, als Toby glücklich singend seine Cornflakes aß, zog sie sich sorgfältig an: beige Hose, weißes T-Shirt und einen olivfarbenen Leinenblazer. Sie war entschlossen, an diesem Tag der Welt draußen professionell und geschäftsmäßig gegenüberzutreten, welche Temperaturen auch immer herrschen mochten.

Obwohl der Morgen eine kleine Atempause von der sengenden Hitze des Vortages versprach, war die Luftfeuchtigkeit mit der dünnen Wolkendecke gestiegen, die den Himmel wie geronnene Milch überzog. Schon auf der Fahrt ins East End fühlte sie, wie sich ein feiner Feuchtigkeitsfilm auf ihre Haut legte, und sie fragte sich, ob schiere Willenskraft verhindern konnte, daß sie dahinschmolz, noch bevor ihr Arbeitstag überhaupt begonnen hatte.

Kincaid war bereits vor ihr angekommen und wartete, gegen den Rover gelehnt, den er gegenüber der Firma Hammond's am Straßenrand geparkt hatte. Er richtete sich auf, sah ihr lächelnd entgegen und fuhr sich mit der Hand durch sein windzerzaustes Haar. »Könnte Regen geben«, sagte er zur Begrüßung.

»Alles in Ordnung?« fragte sie und musterte ihn prüfend. Sein Lächeln wirkte aufgesetzt, und Gespräche übers Wetter gehörten normalerweise nicht zu seinem Repertoire.

Er sah sie arglos an, seine Augen so blau wie das Baumwollhemd, das er trug. »Warum nicht?«

»Du hast nicht angerufen. Was hat Ian …«

»Ich dachte, daß du schon schläfst.« Er wandte den Blick ab und klopfte den Staub der Kühlerhaube des Rovers von seiner Hose. »Außerdem habe ich erst mal Zeit gebraucht … um mir über einiges klarzuwerden.« Er sah sie an. »McClellan will hierbleiben. Er zieht wieder in das Haus bei Cambridge. Und er will Kit zu sich nehmen.«

»Aber …« Gemma versuchte, das zu verarbeiten. »Nachdem

er monatelang nichts mit dem Jungen zu tun haben wollte? Einfach so? Wie hast du reagiert?«

»Was hätte ich sagen sollen?« Er grinste hilflos. »Du kennst die Situation so gut wie ich.«

Gemma suchte nach einer Antwort. Alles, was ihr einfiel, kam ihr trivial und dumm vor. Sie berührte seinen Arm. »Tut mir leid, daß momentan alles so kompliziert für dich ist. Wenn ich irgendwie helfen kann…«

»Wir könnten uns heute abend unterhalten … sofern die Sterne günstig stehen.« Er nahm sie beim Ellbogen und führte sie zum Haupteingang der Firma Hammond's. »Bis dahin … Ich habe eine Verabredung mit dem Chef am späten Vormittag und möchte zumindest einen kleinen Fortschritt bei unseren Ermittlungen vermelden können. Hoffen wir, daß sich Reg Mortimer kooperativ zeigt.«

Das erste, das Gemma beim Betreten des alten Speichers auffiel, war der alles überlagernde Geruch von Tee. Das zweite war die emsige Betriebsamkeit, die am Sonntag gefehlt hatte. Kincaid sprach kurz mit der Empfangsdame. Gemma neigte den Kopf leicht zur Seite, um sich über die einzelnen Geräusche klarzuwerden. Von oben ertönte das Rattern von Maschinen und ein dumpfes Pochen, und aus den offenen Türen zu den Laderampen drang Radiomusik, und das Klingeln von Telefonen übertönte leises Stimmengemurmel. Die Stimmung schien allgemein gedämpft zu sein.

Ein Mann mit schütterem Haarwuchs und in grüner Schürze ging um den Verkostungstisch. Er mußte Mac, der Teeprüfer, sein, den Teresa erwähnt hatte. Bevor sie ihn jedoch ansprechen konnte, führte die Empfangsdame sie die Treppe zur Galerie hinauf.

Als sie am ersten Büro vorüberkamen, sahen sie durch die offene Tür Teresa, den Telefonhörer am Ohr. Sie hob den Blick, starrte sie verblüfft an und hob verlegen eine Hand zum Gruß.

Reg Mortimer erwartete sie im angrenzenden Büro hinter seinem Schreibtisch und stand auf, als er sie sah. Er trug ein blaßrosa Hemd mit passender Krawatte. Die normalerweise schmeichelnde Farbe seines Hemds besserte seine vor Erschöpfung fahle und ungesunde Gesichtsfarbe kaum. Gemma registrierte erschrocken, wie sehr sich sein Äußeres seit ihrer ersten Begegnung vor drei Tagen verändert hatte. Was steckte dahinter? Schuld? Oder Trauer?

»Sie sind schwer zu erreichen, Mr. Mortimer«, begann Kincaid, als sie sich setzten.

»Tatsächlich?« Mortimer lächelte einigermaßen freundlich. »Ich hatte viel zu erledigen ... und aufzuräumen.« Er strich mit der Handfläche über die polierte Schreibtischplatte. »Ihre Jungs haben ein ziemliches Chaos hinterlassen.«

»Aufräumen gehört nicht zu ihrem Job«, erwiderte Kincaid und ließ den Blick interessiert durch das Büro schweifen.

Gemma sah keinerlei Hinweise auf Spuren, die die Spurensicherung hinterlassen haben könnte, fand jedoch die Mischung von Möbeln und Bildern in Mortimers Büroraum reichlich seltsam. Der große, moderne Schreibtisch war aus hochglanzpoliertem Ebenholz, der dazugehörige Schreibtischsessel aus schwarzem Leder, während die hochlehnigen Besucherstühle aus einer Zeit weit vor Mortimers Geburt zu stammen schienen und nur zweckmäßig waren. Aus derselben Epoche stammten wohl die abgewetzten, hölzernen Aktenschränke zu beiden Seiten des Fensters hinter dem Schreibtisch. Über einem der Aktenschränke drehte sich unter der Decke leise schwirrend ein Ventilator.

Nach ihrem Blick auf den Ventilator hätte Gemma beinahe ein altmodisches Bakelittelefon mit Wählscheibe auf dem Schreibtisch erwartet, doch die moderne Telefonanlage im Designerstil zur Rechten von Reg Mortimer brachte sie sofort in die Gegenwart zurück.

Als habe er ihre Gedanken gelesen, sagte Kincaid zu Mortimer: »Wie ich sehe, haben Sie Ihre unmittelbare Umgebung in dem alten Gemäuer hier etwas auf Vordermann gebracht. War das Annabelles Büro?«

»Nein. Annabelle hat sich den Raum daneben mit Teresa geteilt. Teresa verkraftet das nur schwer. Die ständige Erinnerung ... Ich glaube, ich hätte das nicht ertragen ...« Mortimer schüttelte den Kopf. »Büroraum war bei uns immer knapp. Das ist eines der Probleme mit dem zugigen, alten Gemäuer, das und die Feuchtigkeit«, fügte er geistesabwesend hinzu. Gemma hatte das Gefühl, daß er mit den Gedanken ganz woanders war.

»Da sind noch ein paar Dinge, die wir gern mit Ihnen geklärt hätten, Mr. Mortimer«, begann Kincaid. »Wußten Sie, daß Annabelle ihre Anteile an der Firma Harry und Sarah Lowell vermacht und deren Vater als Treuhänder eingesetzt hat?«

Gemma zückte unauffällig ihr Notizbuch, während sie Mortimers Reaktion beobachtete. Er verzog zwar kurz das Gesicht, doch seine Antwort kam schnell und spontan. Gemma ahnte sofort, daß er vorbereitet war.

»Bis gestern hatte ich keine Ahnung. Teresa und ich haben heute nachmittag eine Verabredung mit der Anwältin. Mal sehen, was wir tun können.«

»Dann teilen Sie Jo Lowells Ansicht, daß ihr Exmann Schwierigkeiten machen wird?«

»Persönlich habe ich nichts gegen Martin Lowell. Trotzdem macht uns die Vorstellung Sorge, daß jemand, der mit dem Teegeschäft überhaupt nicht vertraut ist, einen großen Teil der stimmberechtigten Anteile besitzt. Das verstehen Sie sicher«, fügte er geschäftsmäßig hinzu.

Gemma sah von ihren Notizen auf. »Finden Sie es nicht merkwürdig, daß Ihre Verlobte so etwas Wichtiges wie ihre testamentarischen Verfügungen nicht mit Ihnen besprochen hat?«

Mortimer bog leicht den Kopf zurück und spielte mit dem Kugelschreiber auf seiner Schreibunterlage. »Annabelle war geradezu fanatisch auf ihre Eigenständigkeit bedacht. Außerdem hat sie es wohl nicht für nötig gehalten, über so etwas zu reden«, fügte er ausdruckslos hinzu.

»Vielleicht wollte sie bis nach Ihrer Heirat warten und Sie dann als Erben einsetzen«, schlug Gemma vor.

»Vorauszusagen, was Annabelle getan ›hätte, wenn‹, erscheint mir ein besonders fruchtloses Unterfangen.«

Gemma erkannte ihr Stichwort. »Hatte Annabelle ihre Meinung bezüglich der Hochzeit geändert? Ging es bei Ihrem Streit am Freitag abend vielleicht darum?«

Mortimer wurde sichtlich blaß. »Wovon ... wovon reden Sie? Sie hatte ihre Meinung selbstverständlich nicht geändert. Ich habe doch gesagt ... Sie hat sich nicht gutgefühlt.«

»Komisch«, fiel Kincaid ein. »Jo Lowell erzählt, daß Sie beide Streit hatten und daß Sie auf Annabelle auf der Straße gewartet haben, ohne sich bei Ihrer Gastgeberin zu verabschieden. Ich kann mir nicht vorstellen, daß Sie so unhöflich gewesen wären, wenn der Abend für Sie friedlich geendet hätte.«

Mortimer sah von einem zum anderen. »Es klingt jetzt alles so idiotisch.« Tränen traten in seine Augen, und er wischte sie mit dem Handrücken weg. »Und wir haben keine Chance, zurückzunehmen ... was wir gesagt haben.«

»Wir alle haben dumme Auseinandersetzungen«, warf Gemma ein und vermied es, Kincaid anzusehen. »Wenn wir Glück haben, können wir sie bereinigen. Bauschen Sie die Sache nicht auf, nur weil Ihnen das jetzt verwehrt ist.«

Reg stieg Röte in die Wangen. »Also gut«, sagte er nach kurzem Zögern. »Annabelle war wütend, weil sie glaubte, Jo habe mit mir geflirtet ... Ich habe doch gesagt, daß es idiotisch war.«

»Und *hat* Jo mit Ihnen geflirtet?« wollte Kincaid wissen. »War da was dran?«

»Nein, natürlich nicht. Annabelle war nur nicht gut drauf.« Reg sah weg und zuckte verlegen die Schultern.

»Vielleicht habe ich Jo mehr Aufmerksamkeit geschenkt als sonst, weil Annabelle so widerborstig war. Und Jo schien das zu genießen. Das war alles. Es war dämlich, ich weiß, aber wenn man sich so lange kennt, verfällt man leicht in alte, kindische Rituale.«

»Wissen Sie, weshalb Annabelle so schlecht drauf war?«

»Ich habe keinen Schimmer. In letzter Zeit hat es hier in der Firma mehr Streß gegeben als sonst. Das ist alles.« Er sah sich seufzend um. »Sie hat Änderungen vorgenommen, die tiefgreifenden Einfluß auf die Zukunft der Firma gehabt hätten ... neue Produkte, neue Verpackungen, neue Marketingstrategien. Jetzt ...« Reg sank in seinen Stuhl und schüttelte den Kopf. »Ich weiß nicht, wie wir ohne Sie weitermachen sollen.«

Gemma dachte an die auffallenden Teebüchsen, die Annabelle entworfen hatte, an Teresa Robbins' Begeisterung, als sie von Annabelles Plänen, neue Marktnischen für Hammond's zu erschließen, gesprochen hatte, an den offensichtlichen Schock und die Trauer der Firmenbelegschaft. Konnte die Firma Hammond's ohne Annabelles Schwung und weise Voraussicht erfolgreich weiterbestehen? »Gibt es irgend jemanden in der Firma, der durch Annabelles Tod Vorteile hat?« fragte sie.

»Nicht daß ich wüßte«, antwortete Reg vorsichtig. »Sogar für Martin Lowell könnten die Anteile mehr Belastung als Gewinn sein ... jetzt, da Annabelle nicht mehr das Sagen in der Firma hat«, fügte er hinzu, und Gemma glaubte, so etwas wie Genugtuung herauszuhören.

Kincaid musterte ihn nachdenklich. »Sind Sie sicher, daß Annabelle an jenem Abend eifersüchtig war? Und nicht Sie?«

»Wie bitte?« Mortimer, der mit dem Stift gespielt hatte, hielt inne.

»Scheint so, als hätten Sie guten Grund gehabt, Reg.« Kincaid klang mitfühlend. »Wußten Sie, daß Annabelle den Straßenmusikanten aus dem Tunnel gekannt hat? Und daß sie eine Affäre mit ihm hatte?«

»Was?« Mortimers Adamsapfel hüpfte, als er schwer schluckte. »Das ist unmöglich, ich … Wie sollte Annabelle den Typ gekannt haben? Noch dazu ein Straßenmusikant? Sie müssen sich irren.«

Gemma dachte an die Fotos aus dem *Tatler*, die sie an Annabelles Pinboard gesehen hatte … Annabelle und Reg, die sich elegant von einer Party der Gesellschaft zur anderen und in einer Welt bewegten, in der kein Außenseiter Platz fand, es sei denn durch einen Akt der Barmherzigkeit.

Sie brachte ein Lächeln zustande. »Dieser Musiker ist ziemlich gut. Möchte behaupten, man bekommt für die Münzen, die man in seinen Kasten wirft, 'ne Menge mehr geboten, als das normalerweise der Fall ist.« Zu spät fühlte sie Kincaids Blick neugierig auf sich gerichtet.

»Er ist kein gewöhnlicher Straßenmusiker, wenn Sie das beruhigt«, warf Kincaid ein. »Er heißt Gordon Finch und ist Lewis Finchs Sohn.«

Diesmal starrte Mortimer sie nur an.

»Kennen Sie Lewis Finch?«

Mortimer kämpfte ganz offensichtlich um Haltung. »Selbstverständlich kenne ich Lewis Finch. Jeder auf dem ›Island‹ weiß, wer Lewis Finch ist.«

»Annabelle eingeschlossen?«

»Ich … Ich nehme doch an … Sie muß ihm zwangsläufig irgendwann begegnet sein.«

»Überrascht es Sie, daß sie den Vater ebensogut kannte wie den Sohn … ganz im biblischen Sinn? Wir sind nicht sicher, wer der erste war, das Huhn oder das Ei, aber es scheint sicher zu sein, daß sie trotz ihrer Verlobung mit Ihnen mit beiden eine Affäre hatte.«

»Nein!« Reg Mortimer war aufgesprungen. Sein Schreibtischstuhl flog krachend in einen Aktenschrank. »Das glaube ich nicht! Verdammt, niemals! Können Sie mir nicht wenigstens einen Rest von Illusion lassen, Mann?«

Als sie nicht antworteten, tastete er nach dem Stuhl hinter seinem Rücken, sank hinein und schlug die Hände vors Gesicht.

»Also gut, Jo Lowell ist wieder dran«, erklärte Kincaid. Sie stiegen in den Rover. »Allmählich komme ich mir wie ein verdammtes Jo-Jo vor.« Er hatte vor seiner Verabredung mit Superintendent Childs gerade noch Zeit für den Besuch von Greenwich. »Macht es dir was aus, den Rückweg durch den Tunnel zu nehmen?«

»Aber ich bitte dich!« erwiderte Gemma, und Kincaid bog nach Norden in die Manchester Road ein.

»War das gerade sarkastisch gemeint?« Kincaid wandte den Kopf nach rechts und sah aus den Augenwinkeln George Brents Vorgarten und George selbst in weißem T-Shirt, der verwelkte Rosen abschnitt. Er winkte, doch der alte Mann war in seine Arbeit vertieft und sah nicht auf. »Fällt schwer zu glauben, daß George Brent und Lewis Finch derselben Generation angehören sollen.«

»George muß mindestens sechs Jahre älter sein.« Gemma kurbelte das Fenster herunter und zog eine Grimasse, als ein heißer, sandiger Wind in den Wagen wehte. »Aber du hast recht. Ich kann mir nicht vorstellen, daß Annabelle auf den alten George abgefahren wäre.«

»Glaubst du, Reg Mortimer hat es gewußt?«

»Von Annabelle und Lewis, oder von Annabelle und Gordon?«

»Von beiden.«

»Keine Ahnung. Er wirkte ziemlich niedergeschmettert.«

»Wie auch immer. Seine Geschichte über den Streit bei der Dinnerparty ist frei erfunden. Das garantiere ich dir.«

»Du solltest die Rivalität unter Geschwistern nicht unterschätzen. Jo war unsicher, weil sie die erste Einladung als alleinstehende Frau gegeben hat. Durchaus möglich, daß sie sich zu einem Flirt mit dem Freund der Schwester hat hinreißen lassen. Und wenn es so gewesen ist, würde sie das unter diesen Umständen nie freiwillig zugeben. Peinliche Geschichte. Und ein guter Grund für einen handfesten Krach mit ihrer Schwester«, fügte Kincaid hinzu und versuchte, sich die Szene vorzustellen.

»Was sie natürlich ebenfalls nicht zugeben würde. Aber das ist auch keine Antwort auf die Frage, was passiert ist, nachdem Annabelle und Reg die Party verlassen hatten.«

Sie hatten die Spitze der Isle of Dogs erreicht. Kincaid bog in den Aspen Way nach rechts ein, der in vielen Kurven wieder in Richtung Süden und zum Blackwell Tunnel führte.

Als sie in den Tunnel fuhren, blies ein kühleres Lüftchen in den Wagen. Gemma lehnte den Kopf gegen die Nackenstütze und schloß die Augen.

Kincaid warf einen Blick auf sie. »Wolltest du Mortimer eigentlich reizen, als du ihm gesagt hast, daß Gordon Finch ein guter Musiker ist?«

Einen Moment antwortete Gemma nicht. Dann sah sie auf und bedachte ihn mit einem Blick, den er nicht deuten konnte. »Nicht unbedingt. Er hat gerade geübt, als ich gestern zu ihm in die Wohnung gekommen bin. Aber ich hatte ihn schon vorher gehört. In Islington.«

»In Islington?« wiederholte er überrascht. »Wann?«

Sie zuckte die Schultern. »Ist ein paar Monate her. Aber ich weiß erst seit gestern sicher, daß er's tatsächlich gewesen ist.«

»Gordon Finch ist kaum der Typ, den man leicht vergißt«, bemerkte Kincaid, als der Verkehr plötzlich mitten im Tunnel zum Erliegen kam. Obwohl er aus Erfahrung wußte, daß er selten beurteilen konnte, was andere Männer für Frauen attraktiv machte, hatte er sofort gespürt, daß Finch eine gewisse magische Anziehungskraft besaß. Und wenn der Mann auf Annabelle gewirkt hatte ... »Der starke, schweigsame Typ, was?«

»Wer? Finch?«

»Oder sollte es sein Hund gewesen sein, der dich so beeindruckt hat?«

»An den Hund habe ich mich übrigens gleich erinnert«, erwiderte Gemma gelassen. »Als ich die beiden gestern zusammen gesehen habe, war ich meiner Sache endgültig sicher.« Sie lächelte, betrachtete ihre Fingerspitzen, und er fragte sich, wer da wem etwas vorzumachen versuchte.

Die restliche Fahrt nach Greenwich verlief schweigend. Trotzdem wurde Kincaid das Gefühl nicht los, daß Gemma etwas vor ihm verbarg.

Jo Lowell öffnete die Tür, noch bevor Kincaid den Finger vom Klingelknopf genommen hatte. Der Anblick der beiden Kriminalbeamten war für sie offensichtlich eine Enttäuschung. »Ich wollte gerade ausgehen. Ich habe einen Termin bei einem Kunden und bin spät dran. Die Kinder waren heute morgen eine Katastrophe ...« Sie hielt inne. »Na, egal. Was kann ich für Sie tun?«

Sie trug eine elegante Hose und eine weiße Seidenbluse. Ein Hauch von Make-up überdeckte ihre Sommersprossen, ihr kastanienbraunes Haar war mit einer goldenen Spange im Nacken zusammengefaßt, und sie hatte schlichte Topas-Ohrringe angelegt. Zum ersten Mal fiel Kincaid auf, wie attraktiv sie aussehen konnte.

»Dauert nur eine Minute«, begann er entschuldigend. Sie trat zurück und bat sie ins Haus.

»Ist es in Ordnung, wenn wir gleich hier bleiben?« fragte sie und deutete auf das Eßzimmer.

Die Vase mit Sonnenblumen stand noch auf dem Tisch. Als sie sich setzten, dachte Kincaid an Annabelle und daran, wie sie hier gesessen und vielleicht über die Bemerkung eines anderen gelacht hatte.

»Kommen wir gleich zur Sache, Mrs. Lowell. Wir hatten gerade ein Gespräch mit Reg Mortimer. Er gibt zu, daß er und Annabelle Streit hatten.«

Bildete er sich das flüchtige, angespannte Zucken um Jo Lowells Mundwinkel nur ein? »Sind Sie sicher, daß Ihre Schwester Ihnen nicht erzählt hat, worum es bei dem Streit ging?«

»Nein ... Ich ... Was hat Reg gesagt?«

»Daß Annabelle wütend war, weil Sie mit ihm geflirtet hätten.«

Einen Moment starrte Jo sie mit offenem Mund an. Dann lachte sie laut auf. »Reg hat gesagt, ich hätte mit *ihm* geflirtet?«

»Sind Sie anderer Meinung?« erkundigte sich Kincaid.

»Der träumt wohl!« Jo kicherte beinahe hysterisch. »Wenn Sie wüßten, wie oft ich mich mit ihm als Kind geprügelt habe! Und dabei hat er nie gut ausgesehen! Der hat sie wohl nicht alle. Ich könnte ihn umbringen.« Sie schlug die Hände vor den Mund. »Das war nicht so ...«

»Ich weiß. Aber trotzdem ... könnte Annabelle gedacht haben, es sei was zwischen Ihnen und Reg? Er sagt, sie sei wirklich sauer gewesen.«

»Der Bastard. Nicht Annabelle ist sauer gewesen ... jedenfalls nicht am Anfang. Er war wütend auf sie.«

»Warum haben Sie uns das nicht gleich gesagt?« Kincaid rückte die Blumenvase zur Seite, damit er ihr Gesicht besser sehen konnte.

Jo lehnte sich zurück und ließ die Hände in den Schoß gleiten, aber Kincaid sah trotzdem, wie diese sich ineinander verkrampften. Er wurde sich plötzlich ihres Parfüms bewußt. Es war ein frischer, kräuterähnlicher Duft. Ihre Brust hob und senkte sich schwer im warmen Zimmer. »Sie haben die ganze Zeit über gewußt, worum es bei diesem Streit gegangen ist, stimmt's, Jo? Warum haben Sie's uns nicht gesagt? Und warum hat Reg uns in diesem Punkt zweimal belogen?«

Er wartete, spürte Gemma an seiner Seite, wußte jedoch, daß sie die gespannte Atmosphäre nicht auflockern und Jo keinen leichten Ausweg bieten würde.

»Als Sie mich das erste Mal gefragt haben, wußte ich nicht, daß Annabelle tot ist«, flüsterte Jo schließlich, ohne den Blick von ihren Händen zu nehmen. »Und später habe ich mich geschämt.«

»Sie haben sich geschämt?« drängte Gemma sanft. »War etwas, das Sie gesagt hatten, der Auslöser?«

Jo schüttelte den Kopf. Die Tränen, die sich in ihren Wimpern gesammelt hatten, rollten ihr über die Wangen. Sie rührte keine Hand, um sie wegzuwischen. »Es war Harry. Dazu müssen Sie wissen ... Martin hat die giftige Saat gegen Annabelle bei ihm gesät. Sie hatte es verdient, das muß ich zugeben, aber sie hatte Harry von Anfang an vergöttert, und ich glaube, es hat ihr das Herz gebrochen.«

Gemma beugte sich vor und berührte ihre Schulter. »Jo, fangen wir von vorn an. Erzählen Sie uns, was passiert ist.«

»Ich möchte nicht, daß Sie schlecht von Annabelle denken.« Jo hob in flehentlicher Geste die geballte Faust an die Brust.

»Tun wir nicht«, versprach Gemma, ohne Jo aus den Augen zu lassen. Und Kincaid bewunderte wie so oft ihre Fähigkeit, anderen die Angst zu nehmen und Vertrauen zu wecken.

Jo holte zitternd Luft, atmete mit einem Seufzer aus und blinzelte gegen die Tränen an. »Es fing an, als Sarah ein Baby war ... oder eigentlich schon vor ihrer Geburt. Martin und ich hatten Probleme ... ich spielte sogar mit dem Gedanken, ihn zu verlassen ... und dann wurde Mami krank. Und ich wurde schwanger.« Sie wandte den Blick ab, schüttelte den Kopf und fuhr leise fort: »Es war dumm von mir, sogar verrückt, aber ich konnte mir einfach nicht helfen. Ich konnte diesem Drang nicht widerstehen ... Ich habe sogar absichtlich mit der Pille gepfuscht.« Sie sah die beiden Besucher an und lächelte flüchtig. »Das hat die Sache mit Martin nicht leichter gemacht, und es hat Mami nicht vor dem Tod bewahrt. Aber es hat mir etwas gegeben, das ich lieben konnte, das die Lücke ausfüllen konnte, die Mami hinterließ ... Warum erzähle ich das nur? Ich habe nie ...«

Gemma berührte Jos Hand. Kincaid kam sich reichlich überflüssig vor. »Ich habe einen Sohn, der ist genauso alt wie Ihre Sarah. Ich weiß, wie das ist.«

Nach einem Moment nickte Jo. »Martin war auf Harry eifersüchtig gewesen, aber mit Sarah fühlte er sich endgültig ausgeschlossen und war noch wütender auf mich als zuvor. Und Annabelle ... Beim Tod unserer Mutter hatte Annabelle niemanden ...« Ihr Seufzen klang beinahe wie ein Schluchzen. »Sie hatten eine Affäre – Martin und Annabelle. Annabelle hat es mir ein paar Monate später gestanden. Sie sagte, sie habe es nicht mehr ertragen, mich und die Kinder zu hintergehen, aber daß Martin keinen Grund sehe, die Beziehung zu beenden. Daraufhin habe ich die Scheidung eingereicht.«

»Waren Sie sehr böse auf sie?« fragte Gemma leise.

»Natürlich war ich wütend. Ich war außer mir vor Wut. Aber sie ist meine Schwester. Und nach einiger Zeit ... hat sie mir gefehlt.

Aber Martin hat ihr nie verziehen. Er behauptet, sie habe sein Leben ruiniert, ihm seine Kinder genommen ... so als sei er an der Geschichte völlig unbeteiligt.« Sie schüttelte noch immer fassungslos den Kopf.

»Und Harry?«

»Martin hat ihm erzählt, Annabelle sei schuld, daß wir keine Familie mehr sind ... und daß alles wunderbar wäre, wenn sie sich nicht eingemischt hätte. Das war schlimm genug, aber ich hatte keine Ahnung, daß das nicht alles war. Bis zum Abend meiner Dinnerparty.« Jo sah sich im Zimmer um, als nehme sie die Umgebung zum ersten Mal wieder wahr. »Annabelle war nicht oft hiergewesen … Die Dinge standen nicht zum besten zwischen uns, obwohl wir uns um Vaters willen redlich Mühe gaben, die Fassade zu wahren. Ich fand jedenfalls, es sei Zeit, den Streit zu begraben. Deshalb habe ich sie eingeladen … Annabelle und Reg … und Mamis Freundin Rachel Pargeter, die gleich um die Ecke wohnt, und Kunden, die unvoreingenommen waren, was meine Scheidung betraf …«

Als Jo schwieg, fragte Gemma sanft: »Was ist passiert?«

»Es war die reinste Katastrophe. Das heißt, nicht zu Anfang. Harry war gemein zu ihr, aber ich hatte ihn mit Sarah nach draußen zum Spielen geschickt, und wir haben das Essen brillant über die Runden gebracht. Dann kam Harry in die Küche, als Annabelle und Reg mir beim Aufräumen geholfen haben. Annabelle hatte immer wieder versucht, die Sache mit Harry wieder ins Lot zu bringen. Sie hatten sich schrecklich gern gehabt, und ich glaube, sie hat nie wirklich begriffen, wie tief die Wunde bei ihm war. Sie hat ihn berührt, ihn bei seinem Kosenamen genannt, und er … er ist auf sie losgegangen. Er hat Sachen gesagt … sie mit furchtbaren Ausdrücken beschimpft …« Jo hielt inne. Sie war unter ihrer Bräune bleich geworden.

»Was für Ausdrücke?«

»Nutte«, sagte Jo so leise, daß Kincaid sie kaum verstand. »Schmutziges Flittchen. Er sagte, wenn sie nicht … Ich hatte keine Ahnung, woher er diese Worte überhaupt hatte. Annabelle hat ihm eine Ohrfeige verpaßt, und dann ist Reg … auf sie losgegangen.«

»Reg war wütend auf Annabelle?« Kincaid runzelte die Stirn. »Nicht auf Harry?«

»Reg hatte von der Sache zwischen Annabelle und Martin keine Ahnung gehabt. Er hat sie angeschrien: ›Ist das wahr? Stimmt das?‹ Und der arme Harry hat geweint … Dann ist Annabelle aus dem Haus gestürmt und Reg hinterher. Am nächsten Tag, als er mir erzählte, daß sie seine Anrufe nicht beantwortete, fand ich, daß sie einen verdammt guten Grund dafür hatte.«

»Und als man sie tot aufgefunden hatte? Ist Ihnen da nicht der Gedanke gekommen, daß er sie umgebraucht haben könnte?«

»Nein. Ich dachte nicht an Reg. Ungeachtet all seiner Fehler … wir drei sind seit unserer Kindheit zusammen. Reg hätte ihr niemals etwas angetan.«

»Was ist mit Martin? Angenommen, sie ist zu Martin gegangen, nachdem sie Reg im Tunnel allein gelassen hatte.«

Jos Augen wurden groß vor Entsetzen. Einen Moment war es so still im Zimmer, daß Kincaid glaubte, das Pochen seines Blutes in den Ohren zu hören. »Oh, Gott! Nicht Martin!«

Gemma stand neben Kincaid auf der schmalen Straße und beobachtete, wie Jo Lowell mit ihrem kleinen Fiat davonfuhr.

»Komisch. Martin Lowell hat mit keinem Wort erwähnt, daß er eine Affäre mit seiner Schwägerin gehabt hatte, als wir uns mit ihm unterhalten haben«, bemerkte Kincaid und hob die Hand, als Jo noch einmal zurückblickte, bevor sie um die Ecke in die Hyde Vale einbog.

»Oder daß er sie haßte. Obwohl wir von selbst hätten draufkommen können.« Ohne Begeisterung fügte Gemma hinzu: »Ich mache auf dem Weg bei der Bank in Greenwich halt und rede noch mal mit ihm.«

»Verschieben wir das auf heute nachmittag. Ich glaube, da möchte ich dabei sein.« Kincaid sah auf die Uhr. »Den Chef allerdings kann ich nicht warten lassen. Ich rufe dich vom Yard aus an.« Er schloß die Wagentür des Rovers auf. »Spring rein. Ich nehme dich bis ins Stadtzentrum mit.«

Gemma zögerte. »Würde mir gern noch eine Version von dieser Dinnerparty anhören. Jo hat doch gesagt, die Freundin ihrer Mutter lebe gleich um die Ecke. Ich versuche mein Glück mal bei ihr.«

»Kennst du die Adresse?«

»Ich bin schon groß genug, um an Türen zu klopfen«, konterte Gemma und winkte ihm zum Abschied zu.

Bei ihrem zweiten Versuch landete sie bereits bei Rachel Pargeter, die im zweiten Haus hinter der Ecke zur Hyde Vale wohnte. Sie war eine großgewachsene Frau über Sechzig mit gewelltem, silbergrauem Haar. Sie trug eine grüne Gartenschürze über Bluse und Hose.

»Entschuldigen Sie meine Gartenkluft«, erklärte sie mit rauchiger Stimme, nachdem Gemma sich vorgestellt hatte. »Kommen Sie mit nach hinten. Ich wasch mir nur schnell die Hände.«

Gemma sah sich bewundernd um, als die Dame des Hauses sie in einen Wintergarten führte, dessen große Glastüren auf eine Terrasse und einen schattigen Garten führten. »Das ist ja bezaubernd hier.«

»Ist das kühlste Zimmer im Haus. Ich koche uns nur eine Tasse Tee ... Bin gleich wieder da.«

Auf einem Rattansofa lag ein riesiger Kater auf dem Rücken, alle vier Pfoten in die Luft gestreckt. Er schlug die Augen auf, blinzelte Gemma an und reckte sich lässig. Sie hatten sich soweit bekannt gemacht, daß Gemma ihm den Bauch kraulte, als Rachel Pargeter mit dem Teetablett zurückkam.

»Mach Platz, Francis, du Riesenvieh«, befahl sie liebevoll. Und zu Gemma gewandt, fügte sie hinzu: »Schmeißen Sie ihn einfach runter. Er ist höchstens dreißig Sekunden beleidigt ... der Verlust des Kurzzeitgedächtnisses kann ein Segen sein.«

Als Gemma den Kater sanft beiseite geschoben und einen Becher Tee entgegengenommen hatte, setzte sich Rachel Pargeter in einen Rattanschaukelstuhl neben sie und musterte sie aufmerksam. »Ich schätze, Sie kommen wegen Annabelle Hammond?«

»Soviel ich gehört habe, sind Sie eine alte Freundin der Familie.«

»Oh, seit ewigen Zeiten, ja«, sagte Rachel. »Isabel hat sich mit mir angefreundet, als wir vor dreißig Jahren hierhergezogen sind. War ein schwerer Schlag ... als Isabel starb. Und jetzt das.« Sie trank einen Schluck von dem Tee, der Gemma noch viel zu heiß war. »Annabelle hat mir immer irgendwie leid getan. Aber ich hätte nie gedacht, daß es so weit kommen würde.«

»Annabelle hat Ihnen *leid* getan?«

»Ich war von jeher der Meinung, daß außergewöhnliche Schönheit ein ebensolcher Fluch sein kann wie körperliche Defekte ... wenn nicht noch schlimmer. Es ist so schwierig für einen schönen Menschen, ob Mann oder Frau, einen guten Charakter zu entwickeln, finden Sie nicht? Spricht schließlich von Anfang an alles gegen sie.«

Gemma runzelte die Stirn. »Wie meinen Sie das?«

»Schöne Menschen müssen sich *nie* Aufmerksamkeit oder Zuneigung der anderen durch ihr Verhalten *verdienen*. Im Gegenteil. Sie nehmen es als etwas, das ihnen selbstverständlich zusteht. Und man verzeiht ihnen fast alles, einfach nur wegen ihres Aussehens. Annabelle hatte noch das Glück, daß ihre Mutter verhindert hat, daß sie komplett verwöhnt wurde.«

Francis wählte diesen Augenblick, um auf Rachels Schoß zu springen. Die Dame des Hauses vermied es geschickt, ihren Tee zu verschütten, streichelte die Katze und fuhr fort: »Die andere tragische Komponente ist meiner Meinung nach, daß schöne Menschen so selten das sichere Bewußtsein genießen können, daß sie um ihrer selbst willen geliebt werden ... dafür geliebt werden, wie sie wirklich sind. Aber Isabel hat ihre Tochter trotz und nicht wegen ihrer Schönheit geliebt. Und sie war geradezu fanatisch gerecht mit den Kindern.« Sie seufzte. »Und William hat sie auf eine harte Probe gestellt, aber sie hat sich nie beklagt.«

»Auf eine harte Probe? Inwiefern?«

»Annabelle war das Kind seiner Träume ... ein wunderschönes Mädchen, das im Lauf der Zeit eine Leidenschaft für alles, was mit Tee zusammenhing, entwickelte, die seine Hingabe an die Firma noch überstieg.«

»Also hat er sie furchtbar verwöhnt?«

»O ja. Und er hat ihr die Last auferlegt, perfekt sein zu müssen. Damit zu leben, ist verdammt schwer. Kein Wunder, daß Annabelle völlig aus dem Gleichgewicht geraten ist, als ihre Mutter starb.«

»Sie haben von Annabelle und Martin Lowell gewußt?«

»Leider«, antwortete Rachel und nickte traurig. »Jo hat sich mir anvertraut. Die Arme hatte niemanden, mit dem sie hätte reden können ... Ihrem Vater konnte sie auf keinen Fall sagen, was seine heißgeliebte Annabelle getan hatte.« Sie warf Gemma einen kurzen Blick zu. »Vermutlich mißbrauche ich Jos Vertrauen, indem ich es Ihnen erzähle. Aber die ganze Geschichte belastet mich sehr ...«

»Jo hat es uns bereits selbst gesagt. Sie enttäuschen sie also keineswegs«, versicherte Gemma ihr. »Was ich nicht verstehe, ist, wie die beiden überhaupt je auf Martin Lowell reinfallen konnten.«

Rachel Pargeter lächelte. »Ich schätze, Sie haben Martin Lowell noch nicht in Bestform erlebt. Er kann außerordentlich charmant sein. Sogar ich war ihm verfallen – damals am Anfang ihrer Ehe –, als er mich in Gartenfragen um Rat gefragt hat. Er hat mir das Gefühl gegeben, meine Meinung sei alles, was zähle. Diese Ausschließlichkeit muß für ein Mädchen sehr verführerisch gewesen sein, das daran gewöhnt war, die zweite Geige zu spielen.«

»Und Annabelle?«

»Ich nehme an, daß sie sich nach Isabels Tod einfach verzweifelt danach gesehnt hat, geliebt zu werden. Und sie hat Martins Verlangen als Liebe mißverstanden. Ich schätze, sie hat schnell genug herausgefunden, daß Martin zu echter Liebe gar nicht fähig ist.«

»Aber dazu, die eigene Schwester zu betrügen!« Gemma hatte bisher gar nicht gemerkt, wie sehr sie diese Sache aufgebracht hatte. Daß Annabelle Reg Mortimer mit Gordon Finch betrogen hatte, hatte sie rechtfertigen können, nicht aber die Affäre mit ihrem Schwager.

»Rivalität unter Geschwistern gibt es seit Kain und Abel. Ich nehme an, Annabelle wollte das haben, wovon sie glaubte, daß ihre Schwester es hatte ... Glück in der Ehe, Kinder ... und sie war es gewöhnt, sich zu nehmen, was sie wollte.«

»Und Jo hat ihr vergeben?«

»Letztendlich, ja. Aber Harry nicht.«

»Ich bin eigentlich wegen dieser Dinnerparty zu Ihnen gekommen«, gestand Gemma.

Rachel schloß für einen Moment die Augen. »Ah, das war ein schrecklicher Abend!«

»Sie haben die Auseinandersetzung mitbekommen?«

»Es ist ein kleines Haus, und sie haben sich angeschrien. Nicht, daß mich das alles überrascht hätte! Keinesfalls. Ich hatte schon den Verdacht, daß sich da was zusammenbraute. Harry ist öfter bei mir, und ich habe längst gemerkt, was sein Vater mit ihm gemacht hat.« Rachel schob den Kater von ihrem Schoß und stellte die leere Tasse auf den Tisch. »Martins Untreue kann ich verzeihen, aber nicht, daß er seinen Sohn dazu mißbraucht, seine eigenen Rachegefühle zu befriedigen. Es überrascht mich offengestanden, daß noch niemand dem Mistkerl den Hals umgedreht hat.«

»Erzählen Sie mir bitte, was an jenem Abend in der Küche gesagt worden ist.«

»Zuerst habe ich Harry gehört. Er hat Annabelle mit gemeinen Schimpfwörtern bedacht. Jos ahnungslose Kunden waren völlig konsterniert. Ich glaube, die dachten zuerst, das alles käme aus dem Fernseher. Dann schrie Jo Harry an ... und Harry fing an zu weinen.«

»Und Annabelle?«

Rachel wandte den Blick ab. »Sie war ... sie hat Harry angefleht. Dann ging Reg auf sie los ... Ich konnte nicht alles verstehen, aber er war außer sich. Annabelle wiederum schrie ihn an. Dann knallte die Tür zum Garten zu. Zweimal. Keiner von beiden kam ins Eßzimmer zurück. Jo erschien wenige Minuten später und hat versucht, gute Miene zum bösen Spiel zu machen, aber wir haben uns so schnell wie möglich verabschiedet.«

»Was für einen Eindruck haben Annabelle und Reg beim Essen gemacht? Haben sie sich normal verhalten?«

»Ja. Sie waren vielleicht ein bißchen schnippisch zueinander, aber für ein Paar, das sich so gut kannte, ist das nichts Ungewöhnliches.«

»Und es kam sonst nichts zur Sprache, das den Streit ausgelöst haben könnte?«

»Nicht daß ich wüßte.« Rachel Pargeter fügte nachdenklich hinzu: »Ich hoffe, Sie schließen daraus nicht, daß Reg etwas mit Annabelles Tod zu tun hat. Er ist kein schlechter Kerl ... Er hat mit meinem Jimmy gespielt, wenn er zu Jo und Annabelle zu Besuch gekommen ist.«

»Er war sehr wütend auf sie.«

»Ich vermute, daß er nicht so sehr aus eigener Verletztheit heraus wütend war ... sondern um Jos willen. Er hat Annabelle nämlich angeschrien: ›Wie konntest du das nur deiner Schwester antun?‹

Ein Jammer, daß Annabelle nie die Chance hatte auszuprobieren, was sie noch aus sich hätte machen können ... ob es ihr gelungen wäre, ihre Fehler auszubügeln«, fuhr Rachel kurz darauf fort. »Die meisten sind untröstlich, wenn ungewöhnliche Menschen sterben. Ich dagegen neige zu der Ansicht, daß die meisten sich dem Leben entziehen, sobald sie ihre Schuldigkeit getan haben.«

»Bei Annabelle war das nicht der Fall.«

»Sie konnte lieben. Ich glaube, sie hat ihre Schwester geliebt – trotz allem, was sie ihr angetan hatte –, und ich weiß, daß sie Harry geliebt hat. Die Zurückweisung durch den Jungen muß ein schwerer Schlag für sie gewesen sein, etwas, das sie noch nie erfahren hatte, und dieser Schmerz wäre vielleicht die Flamme gewesen, die ihren Charakter hätte formen können«, endete Rachel. Sie lächelte und begann das Teegeschirr aufs Tablett zu stellen. »Aber Sie brauchen Fakten, Sergeant. Und ich habe nichts zu bieten als Spekulationen.«

»Es hat mir sehr geholfen, mit jemandem zu sprechen, der Annabelle so klar gesehen hat, Mrs. Pargeter.«

»Finden Sie?« Rachel Pargeter hielt inne, eine Hand an der Zuckerdose. »Ich bin nicht sicher, daß ich sie überhaupt klar gesehen habe. Ein guter Teil dessen, was ich gesagt habe, mag Unsinn sein, Wunschdenken von meiner Seite. Weil ich sie auch geliebt habe, wissen Sie ... und nicht zuletzt deshalb, weil sie mich an ihre Mutter erinnert hat. Und Liebe ist eine gefährliche Sache.«

Gemma hörte die Musik, als sie aus dem Lift in Island Gardens trat. Es war Dixieland-Jazz, laut und swingend, und zweifelsfrei kam er weder aus dem Radio noch vom Band. Sie folgte dem Klang um den Kuppeleingang des Tunnels herum, und als sie um die Ecke in den Park selbst einbog, entdeckte sie die Band unter der Platane, die wie ein Wächter den Weg säumte, der in die Uferpromenade mündete.

Der Stamm des Baumes teilte das Royal Naval College auf der gegenüberliegenden Uferseite in zwei symmetrische Teile, und die fünf Musiker standen im Schatten seines Blätterdachs. Alle waren mittleren Alters, hatten angegraute Bärte und sahen mit ihren Filzhüten und den über den Hosenbund ihrer Shorts hängenden Hemdschößen wie Geschäftsleute in unvollständiger Verkleidung aus. Gelegentlich warf ein Passant eine Münze in den aufgestellten Banjokasten.

Gemma hörte ihnen kurz zu, konnte nicht widerstehen, sich im Rhythmus der Musik zu wiegen, und schlenderte dann zu einem Erfrischungskiosk weiter, um sich eine Orangeade zu kaufen. Der Park lag in seiner ganzen Weite so einladend vor ihr, daß sie beschloß, lieber quer hindurch als auf der Straße außen herum zu gehen.

Sie nahm den Pfad, der mitten durch den Park führte, genoß das prickelnde kühle Getränk und bewegte sich unwillkürlich noch immer im Takt der Musik. Mittlerweile spielte die Band einen Benny-Goodman-Titel, den ihr Vater besonders gemocht hatte, als sie noch klein gewesen war. Sie summte die Melodie mit, betrachtete geistesabwesend die Mütter mit Kindern in Sportwagen und die Paare, die ausgestreckt auf Decken im Gras lagen.

Vor ihr schleppte sich eine alte Frau im Schneckentempo den Weg entlang, und etwas weiter vorn lag ein Mann neben einem Hund ... Gemma brauchte in ihrer Verblüffung einen Moment, um zu begreifen, daß dieser Mann Gordon Finch mit Sam war. Sie blieb abrupt stehen und starrte ihn an wie eine Erscheinung aus dem Kindermärchen.

Gordon lag auf dem Rücken und hatte die Augen geschlossen. Er trug T-Shirt und Jeans. Die Füße waren nackt, und neben dem Klarinettenkasten standen ordentlich nebeneinander seine Stiefel. Das Jackett hatte er – als Kissen gefaltet – unter den Kopf geschoben. Die Sonne kam hinter den Wolken hervor, und das Licht fiel gebrochen durch das Blätterdach und warf zuckende Reflexe auf sein Gesicht und seinen Körper.

Gemma überquerte die Wiese und blieb neben ihm stehen. Sam hob den Kopf. Als sich der Hund bewegte, schlug Gordon die Augen auf und sah zu ihr auf. »Welch schöner Anblick ist denn dies?« sagte er, ohne eine Miene zu verziehen.

»Was machen Sie denn hier?« fragte Gemma.

»Heute nicht zu schlagfertigen Kontern aufgelegt, was?« Er setzte sich auf, hob die Arme über den Kopf und knackte mit den Fingerknöcheln. »Ist ein freier Park in einem freien Land, geschätzte Lady. Ich könnte Sie dasselbe fragen. Wollen Sie sich zu mir setzen?«

Gemma sah sich um, als könnte sie irgendwo einen Stuhl entdecken, dann sank sie in die Hocke. »Ich muß mit Ihnen reden.«

Gordon nickte in Richtung der Musikanten. »Ich warte auf eine Chance, die Herren abzulösen. Solange bin ich ganz der Ihre.«

In seiner Spötterlaune wirkte er entspannter als zuvor.

»Was gibt's denn?« fragte er und betrachtete sie eingehender. »Alles in Ordnung?«

Sein besorgter Ton traf sie völlig unerwartet. »Ich ... Ja, natürlich«, stammelte sie. »Mit mir ist alles in Ordnung. Aber ...«

»Dann setzen Sie sich doch anständig hin«, befahl er. »Sie sehen ja aus wie ein Sprinter an den Startblöcken.« Sie gehorchte vorsichtig, doch bevor sie die Beine überkreuzen konnte, legte Gordon eine Hand auf ihr Fußgelenk. »Und ziehen Sie die Schuhe aus. Man kann nicht im Gras sitzen und Schuhe anbehalten.« Er ergriff den Absatz ihrer Sandalette und zog ihr diese vom Fuß. Gemma zuckte zurück.

»Ich kann hier nicht barfuß mit Ihnen im Park herumsitzen. Das ist nicht ... Was würde ...«

»Wovor haben Sie Angst, Sergeant?« Er sah auf, als er ihr die zweite Sandalette vom Fuß streifte. »Sie können mich ja wegen Beamtenbelästigung verknacken, wenn Sie sich dann wohler fühlen.«

»Seien Sie nicht blöd!« konterte sie, aber sie zog ihre Sandaletten nicht wieder an.

Gordon schlang die Arme um die Knie und sah sie ausdruckslos an, während Sam aufstand und sich mit einem lauten Schnauben gegen Gordons Hüfte sinken ließ. »Sagten Sie nicht, daß Sie mir auf den Zahn fühlen wollen?«

»So war das nicht gemeint ...« Gemma schluckte den Protest hinunter. »Also gut.« Sie zog die nackten Füße unter sich. »Wußten Sie, daß Annabelle eine Affäre mit ihrem Schwager gehabt hatte?«

Seine Miene verriet Überraschung. »Nein. Ich habe Ihnen ja bereits gesagt ... sie hat nie über sich gesprochen. Und ich schätze, das wäre das letzte gewesen, was sie mir erzählt hätte.« Er zögerte. »War das ... wissen Sie, wann das gewesen ist?«

»Ist schon eine Weile her. Die Ehe ihrer Schwester ist daran zerbrochen, und der Mann, Martin Lowell, hat Annabelle dafür verantwortlich gemacht.«

»Heißt er so?« fragte er stirnrunzelnd. Er zog die Augenbrauen steil hoch. »Sie hat ihn nie erwähnt. Aber was hat das mit der ganzen Sache zu tun?«

»Annabelles Verlobter hat von ihrer Affäre mit Lowell am Freitag abend bei der Dinnerparty der Schwester erfahren.«

»Aber wenn ihre Schwester längst geschieden ist, dann muß das doch vor der Verlobung dieses ... wie hieß er noch? ... mit Annabelle gewesen sein.«

»Reg Mortimer.«

»Weshalb hätte ihn das also vom Sockel hauen sollen?«

»Vielleicht wußte oder vermutete er, daß da ein anderer Mann war. Und er dachte vielleicht, wenn sie ihre Schwester betrügen konnte … weshalb nicht auch ihn? Dann hat er Annabelle und Sie im Tunnel gesehen …«

»Was soll das heißen? Glauben Sie, er hat ihr aufgelauert? Sie getötet?«

»Das ist eine Möglichkeit. Aber bisher haben wir keine Beweise. Hat Annabelle Ihnen gesagt, daß sie ihre Verlobung gelöst habe?«

»Nein. Hatte sie es denn?«

»Wissen wir nicht. Ihr Vater behauptet das. Angeblich hatte Annabelle eine entsprechende Nachricht auf seinem Anrufbeantworter hinterlassen. Sie soll sehr erregt geklungen haben. Ihr Vater hat sie daraufhin zurückgerufen, sie aber nicht erreicht.«

»Mein Vater?« Gordons Miene war plötzlich wieder völlig ausdruckslos.

Gemma hatte das Gefühl, sich auf eine Gratwanderung zu begeben. Sie kämpfte mit dem unerklärlichen Bedürfnis, ihn in Schutz zu nehmen. »Wir haben mit Ihrem Vater gesprochen. Er hat uns unter anderem erzählt, daß er und Annabelle Hammond seit langem eine Affäre hatten. Und ich kann einfach nicht glauben, daß Sie keine Ahnung davon gehabt haben sollten.«

»Ich habe Ihnen doch schon gesagt, mein Vater und ich – wir haben kaum etwas miteinander zu tun. Woher also hätte ich es wissen sollen?« Seine Stimme klang unbeteiligt, aber Gemma erkannte am Spiel seiner Kiefermuskeln, wie angespannt er war.

»Offensichtlich ist sie oft genug in seiner Begleitung gesehen worden. Diese Insel ist ein Dorf. Und angesichts der Geschwindigkeit, wie sich Klatsch und Tratsch in einer solchen Umgebung verbreiten … Ich denke, früher oder später mußten Sie davon Wind bekommen haben.«

Gordon zog eine Grimasse und sah weg. »Wir haben hier gewohnt, als ich noch ein Kind war«, begann er schließlich. »Hier bin ich eingeschult worden … gleich dort oben an der Straße. Mein Vater hatte sich in der Gegend einen Namen gemacht, indem er versuchte, die alte Bausubstanz zu erhalten … war für damalige Zeiten ziemlich exzentrisch. Die meisten haben nicht geglaubt, daß es mit den Docks jemals bergab gehen könnte. Aber sie haben seinen Erfolg respektiert. Überall, wo ich hingekommen bin, bin ich nur Lewis Finchs Sohn gewesen.

Als ich acht war, hat meine Mum beschlossen, daß wir in die Vorstädte ziehen sollten. Das war ihre Vorstellung von Erfolg – Bridge und Cocktails –, aber mein Vater hat es gehaßt. Nach der Scheidung ist er für immer auf das ›Island‹ zurückgekommen.«

»Und Sie sind bei Ihrer Mutter geblieben?«

»Lewis hat mich ins Internat geschickt. Erziehung und Bildung bedeutet ihm alles. Und er war entschlossen, mir das Beste zu bieten. Was er nicht akzeptieren konnte, war meine Weigerung, einfach zu schlucken, was er mir auf dem Tablett serviert hat … zumindest nicht so, wie er es sich eingebildet hatte.«

Gemma dachte an ihren Vater. Im Vergleich mit Lewis Finch war er ein unbedeutender Selfmademan. Und doch war er stolz auf das, was er aus seiner Bäckerei gemacht hatte. Hatte er davon geträumt, daß seine Töchter in seine Fußstapfen treten würden? Wenn ja, dann hatten ihn beide enttäuscht.

»Er wollte, daß Sie in seine Firma eintreten?« fragte sie ins Blaue hinein.

Gordon vergrub seine Finger im rauhen Fell seines Hundes. »Ich habe ein Jahr durchgehalten. Haben Sie eine Ahnung, was es heißt, im Schatten eines Menschen wie mein Vater zu stehen?«

Gemma musterte ihn prüfend. Seine grauen Augen lagen unter den geschwungenen Brauen tief in den Höhlen, das Haar stand ihm widerspenstig vom Kopf ab, und die eingefallenen Wangen unter hohen Wangenknochen und die Falten in den Mundwinkeln verrieten harte Jahre. »Also haben Sie ein neues Leben angefangen – eines, das sich so weit wie möglich von dem des Vaters unterschied – als Straßenmusikant und Aktivist, der auf jede Art von Konvention verzichtet ...«

»Ich hatte herausgefunden, was mit den Menschen passiert war, die es sich nicht mehr leisten konnten, in ihrer angestammten Umgebung zu leben«, protestierte er.

»Sie hätten überallhin gehen können. Niemand hätte gewußt, wer Sie sind. Trotzdem sind Sie auf die ›Insel‹ zurückgekommen.« Sie deutete mit dem Finger auf ihn. »Weil Ihnen am Herzen liegt, was hier passiert. Sie sind der Sohn Ihres Vaters, ob Sie's wollen oder nicht. Und ich glaube, deshalb ist Annabelle auf Sie verfallen.«

»Blödsinn!« entgegnete Gordon hitzig. »Am Anfang kannte sie nicht mal meinen Namen!«

»Ich glaube schon. Ich glaube, sie kannte zu diesem Zeitpunkt bereits Ihren Vater und war neugierig auf Sie. Also hat sie sich Ihr Klarinettenspiel angehört. Vielleicht wollte sie zuerst gar nicht mehr ... aber dann ist mehr daraus geworden, als sie vorgehabt hatte.«

»Aber warum? Was kann sie von mir gewollt haben?«

»Ich weiß nicht.« Gemma pflückte einen Grashalm von der Wiese. »Aber es gibt eine Verbindung zwischen Ihren Familien ... den Finchs und den Hammonds: Eure Väter sind während des Krieges zusammen evakuiert gewesen.«

Er sah sie überrascht an. »Davon hatte ich keine Ahnung.«

»Haben Sie nie davon gehört, daß zwischen Ihrem Vater und William Hammond so etwas wie eine Fehde bestand?«

»Nein. Die Vorstellung ist absurd.«

»Annabelles Schwester Jo behauptet, ihr Vater habe sie vor Ihrem Vater und seiner Familie gewarnt.«

Gordon schien etwas sagen zu wollen, hielt jedoch abrupt inne. Er wirkte verwirrt. »Komisch, jetzt, da Sie das sagen ... Annabelle hat mich immer wieder über meine Familie ausgefragt. Ich dachte, es sei nur Neugier, bis ...«

»Bis was?«

»Ach, das war nichts. Wirklich.« Er kraulte Sam. »Eines Tages ist mir aufgefallen, daß sie in bezug auf andere Dinge überhaupt nicht neugierig war ... Sie wissen schon, wer meine Freunde sind, was ich getan habe, wenn ich nicht mit ihr zusammen war ... der übliche Weiberkram.«

Gemma entnahm seinem schnellen Seitenblick, daß er sie provozieren wollte, und ließ die Bemerkung unkommentiert.

»Ich ...« Gordon starrte nachdenklich zum Fluß hinüber. »Wirklich sehr komisch. Sind Sie sicher, daß mein Vater in seiner Jugend Annabelles Vater gekannt hat?«

»Beide haben es mir bestätigt.«

»Mein Vater hat nie über seine Kindheit gesprochen, und ich bin sicher, daß er William Hammond nie erwähnt hat. Meine Mutter allerdings ... sie hat immer Geschichten über das Leben auf der Isle of Dogs vor dem Krieg erzählt. Sie war an schönen Sommerabenden als Kind häufig in Island Gardens, um sich die Vergnügungsschiffe auf der Themse anzusehen. Die Schiffe waren mit bunten Lichtern geschmückt, und Musik hallte über das Wasser. Manchmal haben die Leute getanzt, und meine Mutter hat sich immer gewünscht, alt genug zu sein, um mittanzen zu können. Aber so weit ist es nie gekommen. Nach dem Krieg hatte sich alles verändert.«

»Vielleicht haben Sie daher Ihre Liebe zur Musik ... von Ihrer Mutter?«

Er zuckte die Schultern, den Blick noch immer in die Ferne gerichtet. »Vielleicht.«

Die Band hatte mittlerweile zu spielen aufgehört, doch jetzt begann die Musik erneut. Zuerst war es ein Beat, dann nahm die Klarinette die Melodie in melancholischem Moll als Solo auf. Gordon streckte den Arm aus, ergriff Gemmas Hand und zog sie auf die Beine.

»Was …«, begann sie, doch er hatte bereits eine Hand auf ihren Rücken gelegt und schob sie energisch.

»Hat man Ihnen auf der Polizeischule etwa nicht das Tanzen beigebracht?« sagte er dicht an ihrem Ohr.

»Natürlich nicht. Das ist …« Sie hatte »absurd« sagen wollen, doch das Gras fühlte sich kühl und prickelnd unter ihren bloßen Sohlen an, und der Druck seiner Hand auf ihrem Rücken und der Rhythmus der Melodie erschienen ihr plötzlich unwiderstehlich. »Was ist das für eine Nummer?« fragte sie, und wehrte sich gegen die Versuchung, die Augen zu schließen. »Kommt mir so bekannt vor. Aber ich kann nicht ganz …«

»Rogers und Hart.« Er zog sie etwas näher an sich und summte die Melodie mit. »*Where or When* heißt der Titel«, fügte er amüsiert hinzu.

Eine leichte Brise fuhr durch Gemmas Haar, und für einen Moment hatte sie das Gefühl zu schweben, schwerelos zwischen der Musik und seiner Berührung zu verharren. »Ich hätte Sie nie für einen Tänzer gehalten«, flüsterte sie.

»Mein heimlicher Ehrgeiz war, wie Gene Kelly zu sein …«

Sie fühlte seinen Atem an ihrem Hals, dann war sie sich nur noch der Musik und der Harmonie ihrer Bewegungen bewußt.

Das letzte Aufbäumen der Klarinette erwischte sie mitten in einer Schrittkombination. Sie hielten verlegen inne, die Hände noch immer ineinander verschlungen. Gemma fühlte, wie ihr Herz bis zum Hals schlug, dann wurde sie rot.

Sie trat zurück, entzog ihm ihre Hand. Donner grollte in der Ferne, als sie hastig ihre Schuhe anzog und nach ihrer Handtasche griff, die noch im Gras lag. »Ich muß gehen«, sagte sie, wandte sich ab und ging, ohne einen Blick zurück zu werfen, davon.

Es wurde Weihnachten, bevor Lewis zu Besuch auf das »Island« zurückkehrte. Seit Monaten strömten Evakuierte nach London zurück, aber die Londoner Schulen waren zu Beginn der Evakuierung geschlossen worden, und so hatten die zurückkehrenden Kinder keine Schule, in die sie hätten gehen können. Die Regierung hatte bislang auf die Forderungen, die Schulen wieder zu eröffnen, nicht reagiert ... die Lehrer waren mit ihren Schützlingen aufs Land geflohen, und viele der Schulgebäude waren für den Zivilschutz requiriert worden.

»Ich will nicht, daß du dich auf der Straße rumtreibst, nicht, solange du eine Chance auf eine anständige Schulerziehung hast«, hatte seine Mutter energisch erklärt. Doch obwohl die Regierung eine Publicity-Kampagne zu Weihnachten lanciert hatte, die Kinder von London fernzuhalten – Sicherheit und Geborgenheit für unsere Kinder –, *hatte sie schließlich Lewis' Bitten nachgegeben, die Ferien zu Hause verbringen zu dürfen.*

Während der Monate auf dem Land war Lewis vom Krieg fast unberührt geblieben. Seit der Benzinrationierung im vergangenen September waren Edwinas Autos öfter poliert denn gefahren worden, doch zu Lewis' Vergnügen hatte John angefangen, Lewis beizubringen, wie man die Fahrzeuge instand hielt. Gartenarbeit war weniger nach seinem Geschmack, doch William und er hatten geholfen, hinter der Küche des Anwesens einen Garten mit Wintergemüse einzurichten. Edwina hatte zwei Jersey-Kühe von einem benachbarten Farmer als Gegenmaßnahme zur Rationierung von Milch und Butter gekauft, und in den Downs mehrten sich die Anzeichen, daß sich die Armee auf eine Invasion vorbereitete. Funkmeldeeinheiten waren plötzlich dort stationiert worden.

Nichts von alledem hatte Lewis jedoch auf den Anblick Londons vorbereitet. Er hatte das Gesicht an einen Schlitz im provisorisch mit Klebeband verdunkelten Bus gepreßt, während dieser langsam durch die leeren Straßen kurvte. Die Menschen sparten ihre Benzinzuteilungen für die Wochenenden und nutzten, wenn möglich, die überfüllten öffentlichen Verkehrsmittel. Schützengräben aus Sandsäcken, manche durch grelle Farbmarkierungen gekennzeichnet, verschandelten die öffentlichen Parks. Die hin und her hastenden Fußgänger waren alle in düsteres Grau und Braun gekleidet, als hätten sie sich freiwillig das Tragen von Tarnkleidung auferlegt.

Er ging von der Bushaltestelle zur Stebondale Street zu Fuß, und seine Schritte wurden immer schleppender, als er die letzte sanfte Anhöhe erklomm. Die Straße kam ihm elender und schmutziger vor, als er sie in Erinnerung hatte, und plötzlich befiel ihn eine gewisse Unsicherheit, als sein Zuhause in Sicht kam. Hatte sich vielleicht auch zu Hause einiges verändert? Was würde ihn erwarten? Er betrat den verwilderten Garten von der Rückseite her, stieß die Küchentür auf und spähte hinein. Vertraute Gerüche schlugen ihm entgegen ... Kohl und Speck und frisches Brot im Ofen. Seine Mutter hatte ihm den Rücken zugewandt, die rosarote Schürze sorgfältig um die Taille gebunden. Sie hielt einen Moment beim Rühren inne und neigte in vertrauter Geste den Kopf leicht zur Seite. »Lewis?« Sie drehte sich um. Ihr hageres Gesicht strahlte, und im nächsten Augenblick wurde er in einer Wolke von Mehlstaub umarmt. »Laß dich anschauen!« rief sie und hielt ihn auf Armeslänge von sich. »Mein Gott, deine Brüder werden dich kaum wiedererkennen. Du bist so groß geworden!«

Beim Anblick seines verdutzten Gesichts lachte sie. »Eigentlich sollte es eine Überraschung sein. Tommy und Edward haben es geschafft, über Weihnachten einen Tag frei zu kriegen. Sie kommen heute abend.«

Dann kam Cath herein. Ihre hohen Absätze klapperten über den Boden. Sie gab ihm einen Lippenstiftkuß auf die Wange. Lewis starrte sie verwirrt an. »Was soll denn die Hollywood-Maskerade?«

Cath warf den Kopf zurück, aber die heftige Bewegung konnte ihrer sanft gewellten Haartracht nichts anhaben. »Ich bin jetzt eine erwachsene Frau, Lewis Finch. Also benimm dich entsprechend. Ich treffe mich mit jemandem, wenn du's wissen willst.«

»Nicht, wenn dein Vater dich in diesem Aufzug sieht«, erklärte seine Mutter. »Lewis hat recht, Cathleen, wisch dir die Schminke vom Gesicht, bevor dein Vater nach Hause ...«

»Aber Mami, du weißt doch, wie lange ich für diesen Lippenstift anstehen …«

»Dann war das eben umsonst, mein Fräulein. Du bleibst heute abend zu Hause bei deinen Brüdern. Und jetzt will ich nichts mehr hören.«

»Du mußt ja gerade reden«, sagte Cath, ohne sich weiter mit der Mutter zu streiten. »Siehst wie ein Fatzke aus.«

»Was soll das heißen, ›Fatzke‹?«

»Na, schau dich doch bloß an!« Sie deutete auf seinen Pullover und die Hose, die er von William geerbt hatte. Die Hose war ihm noch ein bißchen zu lang. »Und hör dich an! Redest wie der Ansager bei der BBC. Wie heißt er noch? Der, der so redet, als halte er sich dabei die Nase zu.«

»Ich rede überhaupt nicht …«

»Natürlich tust du das, Lewis Finch. Und glaub bloß nicht, daß du mir damit imponierst.«

»Glaubst du, das juckt mich?« Er streckte ihr die Zunge raus.

Cath packte ihn beim Ohr und drehte es um.

Er schrie auf, zwickte zurück, bis seine Mutter dazwischenging und auf beide Kinder schimpfte. Es war, als sei er nie fort gewesen. Als der Tag in den Abend überging, tauschten sie beim Tee am Küchentisch Nachrichten aus, bis sein Vater aus der Werft kam, und kurz darauf erschienen seine beiden Brüder, groß und laut, die wie Männer – und Fremde – aussahen in ihren neuen Uniformen.

An jenem Abend nach dem Tee nahm ihn sein Dad zu einem Spaziergang zum Fluß mit. Ihr Weg war nur vom Mondlicht erhellt, das die weiße Schneedecke reflektierte. Lewis war an die Verdunklung auf dem Land gewöhnt, hatte die Isle of Dogs jedoch nie ohne Straßenbeleuchtung, Scheinwerferlicht oder strahlend erhellte Fenster erlebt. Es schien eine völlig andere Stadt zu sein, und er atmete tief die frische, nicht von Petroleumgestank verunreinigte Luft ein. In der absoluten Stille hallte gelegentlich eine laute Stimme in den Straßen wider, und irgendwo in der Ferne läutete eine Kirchenglocke zum Weihnachtsgottesdienst.

Lewis' Vater ging schweigend dahin, die Hände auf dem Rücken verschränkt, und rauchte seine Pfeife, die er zwischen den Zähnen hielt. Er war nie ein Mann vieler Worte gewesen, und Lewis beunruhigte das nicht. Er spürte die Zufriedenheit des Vaters darüber, daß er bei ihm war, und fühlte Stolz in sich aufkeimen.

Als sie die Island Gardens erreicht hatten, mußten sie sich vorsichtig durch die Finsternis unter dem Blätterdach vorwärtstasten, doch als sie die vom Mond beschienene Uferpromenade erreichten, glitzerte der Fluß wie ein silbernes Band. Der Rauch aus der Pfeife des Vaters glitt über die Wasserfläche wie eine zerbrechliche Wolke.

Ein Schleppkahn kam vorbei, nur durch eine kleine, abgedunkelte Laterne an Bug und Heck beleuchtet. In der Dunkelheit und Stille wirkte er grob und schnörkellos wie ein Langschiff der Wikinger, das aus dem Reich der Toten zurückgekehrt war. Lewis fröstelte. Plötzlich überkam ihn das Heimweh so intensiv wie in den ersten Tagen im Herrenhaus ... und doch war es mehr. Er wollte die Zeit anhalten, alles so bewahren, wie es war. Die Last dieser Sehnsucht nahm ihm den Atem.

»Pa«, sagte er und mußte sich zu jeder Silbe zwingen. »Laß mich hierbleiben. Der Krieg ist doch sowieso eine Farce, das weiß jeder. Es passiert überhaupt nichts. Kein Grund also, warum ich nicht heimkommen sollte.«

Sein Vater nahm die Pfeife aus dem Mund und seufzte. »Schön wär's, Lewis. Aber der Krieg wird nur in der Schwebe gehalten, er ist wie ein wildes Tier, bevor es dich anspringt. Ich fühle schon seinen Hauch. Deiner Mutter geht's genauso.«

Lewis war lange genug fort gewesen, als daß ihn Anspielungen auf die übersinnlichen Kräfte seiner irischstämmigen Familie verlegen machten ... denn das war etwas, was William und Edwina für abergläubischen Unsinn halten würden. Daher entgegnete er mit aller Bestimmtheit: »Aber in der Zeitung und im Radio heißt es ...«

»Das spielt keine Rolle. Die wollen nur keine Panik machen. Also tun sie so, als wäre alles beim alten. Aber jeder Idiot hat inzwischen

begriffen, daß die Deutschen jetzt nicht einfach Schluß machen werden. Es ist nur eine Frage der Zeit, Junge, und es ist besser, wenn du dann außer Reichweite bist.« Sein Vater klopfte die Pfeife am Geländer aus und steckte sie in die Jackentasche. »Verstehst du nicht? Dich in Sicherheit zu wissen ist die einzige Beruhigung, die deine Mutter hat. Deine Schwester können wir nicht wegschicken, und deine Brüder haben ihren eigenen Weg gewählt – aber ich glaube, daß es nicht mehr lange dauert, bis alle, die noch kräftig genug für den Kampf sind, eingezogen werden.«

»Ich melde mich auch freiwillig, wenn's lange genug dauert«, sagte Lewis, den es ärgerte, daß man ihn immer als Kind behandelte.

»Du weißt, ich bin kein gläubiger Mann, Junge – das ist deine Mutter, die die hohe Meinung von der Kirche hat –, aber ich bete zu sämtlichen Heiligen deiner Mutter, daß der Krieg vorher zu Ende ist.« Er sah lächelnd auf Lewis herab. »Und jetzt gehen wir lieber zurück, sonst schickt deine Mutter Pater Joseph nach uns aus.«

Das war, wenn man seinen Vater kannte, so gut wie ein Witz und ein wirksames Mittel, um das Streitgespräch zu beenden. Lewis fiel in den Schritt seines Vaters ein und blieb dicht neben ihm, bis sie den stockfinsteren Park hinter sich gelassen hatten. Sie gingen so schnell, wie es die Verdunklung erlaubte, in die Stebondale Street zurück, und in die Enttäuschung, die an Lewis nagte, mischte sich fast unmerklich Erleichterung.

Aber auch die Enttäuschung war nur von kurzer Dauer, denn zurück im Haus, war er bald in die Vorbereitungen für das Weihnachtsessen eingebunden. Seine Familie hätte sich nur wenig Luxus leisten können, selbst wenn dieser käuflich zu erwerben gewesen wäre, doch seine Mutter war eine Meisterin darin, noch aus wenig viel zu machen, und sie setzten sich am nächsten Tag an einen schön gedeckten Tisch. Tommy und Edward hatten ihm geholfen, aus Zeitungen Hüte zu basteln, und Cath hatte irgendwoher ein Stück farbiges Papier für das selbstgebastelte Tischfeuerwerk aufgetrieben. Sie hatten die Knallbonbons mit Flitterkram und Scherzsprüchen gefüllt, die unter großem Gelächter am Vorabend zusammengestellt worden waren. Lewis durfte sogar einen Schluck Weihnachts-Gin trinken, was ihm glühende Wangen und eine noch nie dagewesene Toleranz gegenüber den Hänseleien seiner Schwester bescherte.

Dabei wußte er nicht, welches Geschenk die Familie ihm mit diesem Weihnachtsfest gemacht hatte, denn er hatte nicht die geringste Ahnung, daß es das letzte Mal sein würde, daß sie alle zusammen waren.

11

Die großen Schiffe wurden zur Insel geschleppt, wo sie Hinterhöfe und Gärten überragten, und die fremden Matrosen strömten in die staubigen Straßen, wo die Kinder spielten.

Eve Hostettler, aus:
Erinnerungen an eine Kindheit

Kit hatte seit dem Mittagessen fleißig an seinem Hindernisparcours gearbeitet. Der rückwärtige Garten der Millers bot eine ebene und schattige Rasenfläche für seine Bemühungen, und es war ihm gelungen, Laura und Colin zu überreden, ihn allein zu lassen und nach Cambridge zum Einkaufen zu fahren.

Es war die Hundesendung im Fernsehen vom Vorabend gewesen, die ihn auf die Idee gebracht hatte, in der es die üblichen Schönheitskonkurrenzen der einzelnen Rassen gegeben hatte, die er aufmerksam auf der Suche nach Hunden verfolgte, die Tess ähnlich waren. Als er die Norfolk-Terrier mit ihrem struppigen, braunen Fell und den klaren, schwarzen Augen gesehen hatte, war er sicher gewesen, daß einer von ihnen irgendwo in Tess' Ahnenreihe zu finden sein würde.

Darüber hinaus hatte es Wettbewerbe in Geschicklichkeit und Gehorsamsübungen gegeben, an denen alle Hunde, ob mit oder ohne Stammbaum, teilnehmen konnten. Fasziniert hatten ihn vor allem die Hindernisparcours. Und die Idee, daß Tess den fehlenden Stammbaum in diesen Wettbewerben ausgleichen konnte, hatte in ihm einen geradezu missionarischen Eifer entfacht. Tess war so klug wie jeder andere Hund – wenn nicht klüger –, und damit hatte sich ihm eine Möglichkeit eröffnet zu beweisen, über welch besondere Fähigkeiten sie verfügte.

Die Hindernisse, die übersprungen werden mußten, hatte er aus den Feuerholzresten des vergangenen Jahres in der für Tess angemessenen Höhe konstruiert. Dann hatte er aus einem Stück Sperrholz und Milchkisten aus der Garage eine Rampe gebaut. Auch alte Reifenfelgen fanden bei ihm neue Verwendung. Das einzige, nicht gelöste Problem war der Tennisballspender am Ende des Parcours. Die Idee war, daß Tess den Parcours durchlaufen, den Ball aus dem Spender nehmen und dann zu ihm an den Start zurückbringen sollte.

Zuerst war Tess aufgeregt hinter ihm her gesprungen und hatte nach dem Ende der Leine geschnappt, die aus seiner Hosentasche hing. Als sie jedoch realisiert hatte, daß er weder einen Spaziergang noch ein Spiel im Sinn hatte, hatte sie sich auf ein schattiges Plätzchen unter der Eiche zurückgezogen. Dort lag sie mit dem Kopf auf den Vorderpfoten und wedelte gelegentlich mit dem Schwanz, während sie mit den Augen jede seiner Bewegungen verfolgte.

Kit rekapitulierte in leisem Singsang jede seiner Aufgaben, während er arbeitete. Obwohl diese Monologe an Tess gerichtet waren, halfen sie ihm, ihn vom Nachdenken abzuhalten, und nachzudenken war etwas, das er die vergangenen Tage so gut es ging vermieden hatte.

Seit er sich am Vortag geweigert hatte, mit Duncan am Telefon zu sprechen, hatte Laura ihn mit offensichtlicher Sorge beobachtet, jedoch keine Fragen gestellt. Er hatte selbst Colin bei diesem komischen, besorgten Blick ertappt. Außerdem war er netter zu ihm als sonst, was noch schlimmer war. Er wollte auch mit Colin nicht sprechen ... wollte mit niemandem darüber reden, was passiert war, und ganz besonders nicht mit Duncan.

Trotzdem hatte er häufig das Foto mit den Eselsohren von Duncan in Pfadfinderuniform aus der Tasche gezogen. Es war etwas, das er nicht verhindern konnte, und selbst als er letzte Hand an den Knüppelsprung legte, glitten seine Finger gerade weit genug in die Tasche, daß er die Kante des Fotos fühlen und sich vergewissern konnte, es nicht verloren zu haben. Das Bild hatte sich ihm so deutlich eingeprägt, daß er es eigentlich gar nicht mehr betrachten mußte. Es löste ein merkwürdiges Gefühl bei ihm aus, so als sähe er in einen etwas stumpfen Spiegel, der sein Haar eine Nuance dunkler, die Augen etwas grauer und die Nase ein wenig runder erscheinen ließ.

Doch das war nicht das Bild, das er sehen wollte. Am Vorabend, nachdem Colin eingeschlafen war, hatte er sich ins Badezimmer eingeschlossen, hatte sein Gesicht prüfend im Spiegel betrachtet und versucht, darin die Ähnlichkeit mit seiner Mutter zu entdecken, von der die Leute dauernd redeten.

Er schüttelte plötzlich heftig den Kopf, verdrängte die Gedanken und kniete neben Tess nieder. »Komm schon, Mädchen«, sagte er, zog die Hundeleine aus der Tasche und klickte den Karabiner ins Halsband. »Versuchen wir's mal.« Er überprüfte seine Vorräte an Hundeleckereien, gab ihr einen Keks für gutes Betragen, trottete mit ihr zum Start des Parcours und schnalzte aufmunternd mit der Zunge. Als sie sich dem ersten Sprung näherten, lief er schneller und drängte: »Komm schon, Mädchen. Du kannst es. Spring!«

Tess ließ sich vor dem Hindernis abrupt auf ihrem Hinterteil nieder, neigte den Kopf zur Seite und starrte ihn an, als sei er komplett verrückt geworden. Der Ausdruck in ihrem Gesicht war so komisch, daß er unwillkürlich lachen mußte. Trotzdem war er entschlossen weiterzumachen. Er stellte sich auf die andere Seite der Holzstange und verkürzte die Leine so weit, daß sie nicht um das Hindernis herumlaufen konnte. Dann hielt er einen Hundekuchen hoch. »Okay, mein

Mädchen. Wenn du den Keks willst, dann komm und hol ihn dir. Los, spring!« Er lockte sie mit einem Pfiff, und nach ein paar vergeblichen Versuchen, das Hindernis einfach zu umgehen, sprang Tess mühelos über die Stange.

Kit heulte auf vor Freude, verfütterte ihr den Hundekuchen und ließ sich rücklings ins Gras fallen, während Tess versuchte, sein Gesicht zu lecken. Das war eines ihrer Lieblingsspiele.

Plötzlich hatte Kit das Gefühl, beobachtet zu werden. Er setzte sich auf, hielt den sich windenden Hund am Halsband fest und sah sich im Garten um. Es dauerte einen Moment, bis er den Mann entdeckte, der am Gartentor im tiefen Schatten der Eibenhecke stand. Sein Herz klopfte ängstlich, und dann erkannte er, daß ihm die Gestalt irgendwie vertraut war.

Der Mann hob den Riegel hoch und kam durch die Gartentür. Als er ins Sonnenlicht trat, sah Kit deutlich sein Gesicht. Er schluckte, als ihm die Kehle eng zu werden drohte, und sagte versuchshalber: »Dad?«

»Ist nicht unbedingt geschmackvoll, was?« sagte Kincaid zu Gemma und sah zu Reg Mortimers Wohnhaus auf.

Das Gespräch mit Chief Superintendent Childs war alles andere als erfreulich verlaufen. Childs hatte gerade einen Anruf von Sir Peter Mortimer abschmettern müssen, in dem dieser wissen wollte, warum die Polizei seinen Sohn belästigte, statt Fortschritte bei der Suche nach Annabelle Hammonds Mörder zu machen. Und Childs hatte seinen Frust an Kincaid ausgelassen und ihm befohlen, endlich Resultate zu erzielen, und zwar schnell, und Mortimer mit Samthandschuhen anzufassen.

Als Kincaid angedeutet hatte, daß diese beiden Dinge angesichts der Tatsache, daß Mortimer ihn offenbar von Anfang an belogen habe, sich möglicherweise nicht vereinbaren ließen, hatte Childs ihn davor gewarnt, Schlüsse zu ziehen, die er nicht beweisen konnte.

Gemma hob gegen die grelle Sonne die Hand über die Augen, während ihr Blick über die runden Balkone und Bullaugenfenster des Gebäudes schweifte. Kaminartige Schlote ragten vom Dach auf, während eine Seite des Gebäudes stufenweise in Penthouseterrassen abfiel. »Ich finde es irgendwie witzig. Die kindliche Vorstellung vom Leben auf einem Luxusliner, anstatt im Baumhaus. Wirkt allerdings ziemlich schickimicki.«

Während er sie betrachtete, fiel ihm auf, daß sie dafür, daß sie schon den ganzen Tag in der Hitze herumgelaufen war, erstaunlich frisch wirkte. Sie hatte im Limehouse-Revier auf ihn gewartet und ihm berichtet, was inzwischen geschehen war.

Nach ihrem Besuch bei Jo Lowells Nachbarin hatte sie Martin Lowells Bank angerufen und erfahren, daß er den ganzen Nachmittag auswärts eine Besprechung hatte. Zumindest hatte sie jetzt seine Privatadresse.

Sie hatten daraufhin beschlossen, es dort zu versuchen, auch wenn er nicht ans Telefon gegangen war. Damit konnten sie die Zeit überbrücken, bis Lowell nach Hause kam.

Nur flüchtig und wie nebenbei hatte Gemma Kincaid gegenüber erwähnt, daß sie Gordon Finch erneut getroffen und daß Finch behauptet hatte, nichts von der Verbindung seiner Familie mit der von Annabelle oder von der Affäre seines Vaters mit ihr gewußt zu haben.

Die Frage, warum sie Finch nicht härter angefaßt hatte, hatte ihm auf der Zunge gelegen, doch er hatte sich seinen Kommentar verkniffen. Er traute seinen eigenen Beweggründen nicht ganz.

Als er ihr jetzt um das Gebäude herum zum Eingang folgte, fragte er sich, ob die Schwierigkeit bei ihm oder bei ihr lag. Normalerweise war er völlig zufrieden mit Gemmas Vernehmungskünsten. Weshalb also brachte ihn die Sache mit Gordon Finch derart aus der Fassung?

Als sie den Haupteingang erreichten, blickte Gemma

zurück, lächelte ihm zu, und er war froh, daß er dem Versuch, mit einer schnippischen Bemerkung zu antworten, widerstanden hatte. »Lust auf eine Kreuzfahrt, Kumpel?«

»Solange das Schiff auf trockenem Boden bleibt«, erwiderte er und hielt ihr die Tür auf.

Drinnen im Gebäude brachte sie ein Hochgeschwindigkeitsaufzug in Sekundenschnelle in die luftige Höhe von Reg Mortimers Apartment. Kincaid klopfte an seine Tür. Sie warteten im stillen Korridor. Gemma stand Zentimeter von ihm entfernt, und er atmete den betörenden, besonderen Duft ihrer Haut ein. Nach einigen Augenblicken klopfte er erneut und sah sie achselzuckend an. »Wo, glaubst du …«

Er hielt inne, als hinter der Tür deutlich ein Sicherheitsriegel klickte. »Scheint so, als haben wir doch noch Glück.«

Die Tür schwang auf. Reg Mortimer hatte die Krawatte abgelegt, sein rosafarbenes Hemd war zerknittert und hing ihm halb aus der Hose. Er schob sich die braune Haarsträhne aus der Stirn, die ihm über die Augen fiel, und stöhnte. »Was ist denn jetzt schon wieder los?« wollte er wissen.

Kincaid lächelte. »Warum sind wir nur so beliebt bei den Leuten? Nur der Zahnarzt dürfte uns auf der Hitliste schlagen.«

»Zumindest belästigt einen der Zahnarzt nicht zu Hause«, konterte Reg. Dann trat er widerwillig einen Schritt zur Seite. »Kommen Sie rein.«

Direkt hinter der Tür öffnete sich ein großer Wohnraum. Kincaid sah sich interessiert um. Das Zimmer vermittelte einen Hauch von Tropenatmosphäre. Zwei weiße Sofas mit Baumwollbezügen standen einander auf einem runden Sisalteppich gegenüber. Tisch und Bücherregal waren aus heller Eiche in schlichtem Design, und vor den Fenstern hingen zur Hälfte hochgezogene, weiße Stoffrollos. Licht durchflutete den Raum. Die einzigen Farbtupfer waren die limonen- und mandarinenfarbenen Kissen auf den Sofas und die zeitgenössischen

Gemälde an den Wänden. Alleinige Anzeichen einer Nutzung waren eine Vase mit welken Taglilien auf dem Couchtisch und ein Stapel Papiere auf einem zur Hälfte ausgeklappten Tisch an der Wand.

»Hübsche Wohnung«, bemerkte Kincaid bewundernd und setzte sich auf eines der weißen Sofas. »Sie drücken sich vor dem Büro, was?«

Reg ließ sich auf die Kante der Couch gegenüber nieder. »Ich habe mir die ganze Zeit gedacht, Annabelle sei nur für eine Weile verreist ... auf Einkaufstour, vielleicht, habe erwartet, daß sie jederzeit wieder vor der Tür stehen würde. Das ganze kommt mir so unwirklich vor.« Er sah Gemma an, die sich hinter ihn gestellt hatte. Sie hatte die Arme auf dem Rücken verschränkt und betrachtete die Bilder an der Wand. »Ist das normal?« fuhr er fort. »Ich meine, Sie haben doch ständig mit solchen Situationen zu tun ... Ich dagegen war noch nie ...«

»Es gibt sehr unterschiedliche Methoden, sich mit dem gewaltsamen Tod auseinanderzusetzen. Vielleicht kommt es daher, daß Sie bisher nicht ehrlich mit uns gewesen sind, Mr. Mortimer.«

»Was ... was soll das heißen?« Mortimers Augen wurden groß. Kincaid sah im hellen Licht, wie sich seine Pupillen weiteten. Der Mann hatte zweifellos Angst.

»Haben Sie wirklich angenommen, Jo Lowell erzählt uns nicht, was sich bei der Dinnerparty wirklich abgespielt hat?« fragte Kincaid, um ihm eine letzte Chance zu geben.

»Aber ich habe Ihnen doch gesagt ...«

»Sie mußten doch damit rechnen, daß wir Ihre Geschichte überprüfen würden.«

»Sie haben angenommen, daß Jo ihre Schwester nicht bloßstellen würde, stimmt's?« warf Gemma ein und zog sich den Stuhl vom Klapptisch heran. »Das ist vermutlich immer so gewesen. Jo hat Annabelle stets gedeckt, oder?«

»Ja ... nein ... Ich meine ... ich kann nicht mehr klar denken.«

»Darf ich Ihnen auf die Sprünge helfen?« sagte Kincaid. »Sie hatten keine Ahnung von Annabelles Affäre mit Martin Lowell ... bis Harry an jenem Abend aus der Schule geplaudert hat. Aber die Affäre war vor Ihrer Verlobung mit Annabelle zu Ende. Warum also waren Sie derartig wütend? Hatten Sie den Verdacht, daß Annabelle sich trotzdem weiterhin mit Lowell getroffen hat? Auch während Ihrer Verlobungszeit mit ihr? Oder waren Sie sauer, weil Annabelle Ihnen nicht die Wahrheit gesagt hatte?«

»Sie meinte, es ginge niemanden etwas an ...« Mortimer, der umgehend merkte, daß er damit alles zugegeben hatte, verstummte und sah von Kincaid zu Gemma.

»Nachdem Sie Jos Haus verlassen hatten, sind die Fetzen geflogen, stimmt's?« fragte Gemma. »Sie müssen sich doch zwangsläufig gefragt haben, was sie Ihnen noch alles verschwiegen hatte.«

Einen Moment war Mortimers Miene eine undurchdringliche Maske, und Kincaid befürchtete, er würde alles leugnen. Dann sackten seine Schultern vornüber. »Wie konnte Annabelle Jo und die Kinder so gemein hintergehen? Und wenn sie Jo das antun konnte ...«

»Dann auch anderen«, ergänzte Gemma. »Sogar Ihnen.«

»Es war unglaublich erniedrigend für mich ... Ich habe es kaum ertragen. Wie hätte ich mit Ihnen darüber sprechen können? Außerdem gab es keinen Grund, weshalb das Bedeutung haben sollte für ...«

»Das zu beurteilen, lassen Sie unsere Sorge sein«, warf Kincaid schneidend ein. »Unsere Ermittlungen fügen sich letztendlich wie bei einem Puzzle zusammen. Wie wichtig Ihr Beitrag ist, können Sie gar nicht ermessen.« Er musterte Mortimer ärgerlich. »Aber kommen wir wieder auf Ihre Auseinandersetzung mit Annabelle zurück. Ich vermute mal, Annabelle hat die Sache auf die Spitze getrieben. Sie waren so wütend auf sie wie nie zuvor. Sie haben sie beschuldigt, Sie mit einem anderen Mann zu betrügen ...« Ein Blick in Mortimers verzweifeltes Gesicht sagte Kincaid, daß er ins Schwarze getroffen hatte. »Sie wollten den Namen wissen. Und den hat sie Ihnen gesagt. Stimmt's, Reg?«

Durch die geöffneten Fenster der Wohnung drang die Schiffssirene eines Schleppers. Dann trug der Schall die vielfach verstärkte Stimme eines Reiseleiters auf der Themse-Ferry herüber, der die architektonischen Besonderheiten der Uferbebauung mit übertriebenem Cockney-Akzent erklärte.

Reg Mortimer starrte Kincaid an wie das Kaninchen die Schlange, die Augen weit, der Atem flach. Dann schlug er die Hand vor den Mund und stürzte aus dem Zimmer.

Einen Moment später hörten sie, wie er sich im Badezimmer übergab. Kincaid verzog angewidert das Gesicht.

»Eine Reaktion hast du provoziert, soviel ist sicher«, murmelte Gemma. »Der Chef wird dich dafür lieben.« Sie deutete auf die Wände. »Sieh dir die mal an, solange wir noch allein sind.«

Die Toilettenspülung ertönte, dann lief Wasser. Kincaid stand auf und betrachtete die Gemälde, die er nur aus der Entfernung wahrgenommen hatte. Zwei davon spiegelten die Limonen- und Mandarinentöne der Kissen in gedämpfteren Nuancen wider. Die Bilder waren abstrakt und beunruhigend disharmonisch, und trotzdem faszinierend. Im dritten Bild, eine abstrakte Studie amöbenähnlicher Formen, dominierten Silber- und Goldtöne. Als Kincaids Blick auf die Signatur fiel, wurden seine Augen schmal. Er trat einige Schritte zurück und betrachtete die beiden ersten Gemälde genauer. Auch hier war ihm der Name der Künstler bekannt. Falls diese Bilder Originale sind, überlegte er, dann müssen sie eine Stange Geld gekostet haben.

Gerade als er an den Klapptisch trat, hörte er, daß das Wasser im Badezimmer abgedreht wurde. Er konnte nur noch einen hastigen Blick auf die auf der Tischplatte ausgebreiteten Papiere werfen, bevor Mortimer ins Zimmer zurückkam.

»Entschuldigung«, begann Mortimer. Sein Gesicht glänzte schweißnaß. »Ich glaube, ich bin krank. Seit Annabelle ... Ich kann offenbar nichts mehr bei mir behalten.«

»Es ist sehr nervenaufreibend, Dinge für sich zu behalten, Reg«, bemerkte Gemma leise. »Warum erzählen Sie uns nicht, was Annabelle an jenem Abend gesagt hat?«

Reg setzte sich und hielt sich schützend den Bauch. Dann richtete er sich auf und verschränkte die Hände zwischen den Knien. »Also gut. Sie hat behauptet, sie habe es mir schon seit Monaten sagen wollen, daß sie in einen anderen verliebt sei. Seit sie ihn kenne, wisse sie erst, was es bedeute, jemanden zu lieben ... und sie habe erkannt, daß, selbst wenn er sie nicht haben wolle, sie sich nie mit weniger zufriedengeben könne.

Und dann ist sie im Tunnel mit einem so erstaunten Ausdruck im Gesicht stehengeblieben ... man hätte denken können, sie habe eine Erscheinung. Sie hat mich gebeten, zu gehen, aber ich habe mich geweigert, wollte mich mit ihr aussprechen. Daraufhin hat sie versprochen, sich eine halbe Stunde später im Ferry House mit mir zu treffen ... vorausgesetzt, ich ließe sie eine Weile allein. Also bin ich weitergegangen – wie ich bereits ausgesagt habe –, und als ich zurückgeschaut habe, habe ich gesehen, wie sie auf den Musikanten eingeredet hat. Aber ich hatte keine Ahnung, daß sie ihn kannte, geschweige denn ... Ist er derjenige gewesen? Gordon Finch?«

»Wir sind nicht sicher, aber Finch behauptet, die Beziehung schon vor etlichen Monaten abgebrochen zu haben, aber daß sie ihn an jenem Abend im Tunnel angefleht habe, noch einmal mit ihr neu anzufangen. Er hat das angeblich abgelehnt.«

»Abgelehnt? Aber warum?«

Gemma beantwortete seine Frage nicht. »Hat Annabelle Ihnen gesagt, daß sie die Verlobung lösen wolle?«

»Nicht direkt, nein. Aber ich schätze, so war's gemeint. Ich dachte, wenn ich ihr Zeit ließe, sich zu beruhigen, würde sie ihre Meinung ändern.«

»Haben Sie auf sie gewartet?«

»Nein, ich bin spazierengegangen. Und je mehr ich nachgedacht habe, desto mehr hatte ich den Eindruck, sie könne das alles gar nicht ehrlich gemeint haben. Als ich in das Lokal kam, dachte ich, sie würde dort bereits warten und mir sagen, es sei alles ein Irrtum.«

»Und als sie nicht gekommen ist?«

»Habe ich doch schon gesagt.« Mortimer holte Luft. »Ich habe sie angerufen und bin zu ihrer Wohnung gegangen. Aber sie war nicht da.«

Kincaid musterte ihn gereizt. Sie wußten, daß Mortimer im Lokal gewesen war und Annabelle von dort aus tatsächlich angerufen hatte. Die Gerichtsmedizinerin hatte noch keinen Hinweis darauf gefunden, daß Annabelles Leiche in ihrem eigenen Wagen befördert worden war. Reg hatte kein Auto, und Kincaid hatte keine plausible Erklärung dafür, weshalb Reg Annabelle überredet haben könnte, freiwillig mit ihm in den Park zu gehen, damit er sie dort umbringen konnte.

»Reg«, meldete sich Gemma nachdenklich zu Wort. »Sie kannten Annabelle besser als alle anderen ... vielleicht mit Ausnahme der Familie. Sie waren seit Ihrer Kindheit miteinander befreundet. Sie war sehr aufgebracht ... vielleicht sogar am Boden zerstört. Was, glauben Sie, könnte sie gemacht haben, nachdem sie den Tunnel verlassen hatte?«

»Meinen Sie, das habe ich mich nicht auch schon tausendmal gefragt?« erwiderte Mortimer. Dann runzelte er die Stirn. »Aber ... wenn sie einen Zufluchtsort brauchte, ist sie meistens in den alten Speicher gegangen.«

»Warte mal kurz!« Gemma umklammerte Kincaids Ellbogen, um sich abzustützen, während sie aus ihrer Sandale schlüpfte und sich die Ferse rieb.

»Blase?«

Sie zog eine Grimasse. »Von dem verdammten Tunnel, glaube ich. Ein Königreich für ein Pflaster!« Nach dem Besuch bei Reg Mortimer waren sie erneut durch Island Gardens und den Fußgängertunnel nach Greenwich gelaufen, um der Rushhour im Autotunnel zu entgehen. Jetzt bereute Gemma zutiefst, neue Schuhe angezogen zu haben.

»Ist nicht mehr weit«, tröstete Kincaid sie. Sie hatten den Eingang zu Martin Lowells Wohnblock erreicht, der unweit des Zentrums von Greenwich am Flußufer lag. Die Blocks hier waren aus Backstein, dunkelrot wie getrocknetes Blut, und zeigten erste Anzeichen von Vernachlässigung. Müll hatte sich in den Ecken des Innenhofs gesammelt, und die wenigen Büsche wirkten kümmerlich und ungepflegt. »Gleich auf der anderen Seite des Hofs scheint es zu sein. Die Nummer stimmt. Es liegen Welten zwischen dem hier und dem Emerald Crescent, würde ich sagen.«

Gemma schlüpfte wieder in ihren Schuh und richtete sich auf. »Also gut. Sehen wir mal nach Prince Charming.«

Martin Lowell riß die Tür auf, bevor Gemma überhaupt hatte klingeln können. »Was, zum ...«

»Wir möchten gern noch mal mit Ihnen sprechen, Mr. Lowell«, begann Kincaid.

»Ich dachte, wir sind durch. Hören Sie, ich habe eine Verabredung ...«

»Offensichtlich haben Sie bei unserem gestrigen Gespräch ein paar Details ausgelassen. Gehen wir doch rein. Oder möchten Sie, daß Ihre Nachbarn alles über Ihre Affäre mit Ihrer Schwägerin erfahren?«

Zwei Wohnungen weiter hatte sich eine Tür geöffnet, und

eine Frau mit Lockenwicklern beobachtete sie unverhohlen neugierig.

Ohne den Blick von Kincaid zu wenden, murmelte Lowell: »Neugierige Schlampe!« Dann trat er zurück, ließ sie ein und rief dabei: »Alles in Ordnung, Mrs. Mulrooney. Kein Grund zur Beunruhigung!«

Gemma sah sich um. Sie fühlte sich an das eine Mal erinnert, als sie die Wohnung ihres Exmannes nach der Scheidung besucht hatte. Offensichtlich gab es Männer, die kein Talent hatten, sich irgendwie wohnlich einzurichten. Rob gehörte zu dieser Kategorie, und augenscheinlich auch Martin Lowell. Die Wohnung wirkte zumindest sauber, was man von Robs Behausung nicht behaupten konnte, aber das war auch der einzige Pluspunkt. Die Wände waren kittfarben und schmucklos, Sofa und passende Sessel hatten schlichte, braune Kordbezüge.

Der offensichtliche Mittelpunkt war ein neuer Fernsehapparat auf einem einbeinigen Plastiktischchen. Der Rest war nicht der Rede wert, von dem ordentlichen Stapel Wirtschaftsmagazine neben der Fernbedienung auf dem Couchtisch abgesehen. Die schweren, senffarbenen Vorhänge waren gegen die Nachmittagssonne zur Hälfte zugezogen.

»Warum haben Sie uns nicht gesagt, daß Ihre Ehe wegen Ihrer Affäre mit Annabelle gescheitert ist?« fragte Kincaid und ging im Zimmer umher. Er berührte die Zeitschriften, betrachtete prüfend den Fernsehapparat. Neben dem Sofa blieb er einen Augenblick stehen, als spiele er mit dem Gedanken, sich zu setzen, ging dann jedoch weiter.

Martin beobachtete ihn verunsichert, bot seinen Besuchern jedoch keine Sitzgelegenheit an. »Dazu gab es keine Veranlassung. Schließlich hatte ich Annabelle seit Jahren nicht mehr gesehen.«

»Nicht, seit sie sich von Ihnen getrennt hatte, oder?« Kincaid hielt inne und spähte in eine winzige Küche.

»Das ist richtig. Hat Jo Ihnen das erzählt?«

»Spielt das eine Rolle?« wollte Gemma wissen. »Hatten Sie erwartet, daß sie Sie deckt?«

Er lächelte bitter. »Wie ich sehe, haben Sie den Hammond-Schwestern ihre Märchen kritiklos abgekauft, und jetzt bin ich der Bösewicht vom Dienst.«

»Dann stimmt es also nicht?«

»Daß ich mit Annabelle geschlafen habe? Oh, das ist wahr. Aber es wäre alles in Ordnung gewesen, wenn Annabelle es nicht Jo gesagt hätte.«

Gemma starrte ihn fasziniert und angewidert zugleich an. Sie fragte sich, unter welchen Umständen die Affäre mit der eigenen Schwägerin wohl je »in Ordnung« gewesen sein könnte.

»Ich schätze, Jo hat Ihnen gesagt, Annabelle habe nur versucht, etwas wiedergutzumachen? Sich für einen Fehler zu entschuldigen? Selbstgerechter Blödsinn«, fuhr Martin fort. »In Wahrheit hat Annabelle gern intrigiert, sich in anderer Leute Angelegenheiten gemischt. Sie hat Männer abgelegt wie alte Klamotten. Und wenn sie keine Verwendung mehr für einen hatte, hat sie sein Leben genußvoll in Stücke gerissen.«

»Soll das heißen, daß Annabelle mit Ihnen Schluß gemacht hat, bevor sie es Jo erzählt hat?«

»Sie hatte ein Auge auf Peter Mortimers Sohn geworfen ... war, vom gesellschaftlichen Standpunkt aus gesehen, für ein unternehmungslustiges Mädchen wesentlich vorteilhafter. Schätze, sie dachte, die Verbindung würde ihr in ihrer neuen Position als Geschäftsführerin der Firma gut zu Gesicht stehen.«

»Vielleicht mochte sie ihn wirklich«, warf Gemma ein. »Oder fühlte sich in seiner Gesellschaft wohl. Schließlich waren die beiden seit ihrer Kindheit befreundet.«

»Falls Sie denken, Annabelle habe irgend etwas ohne egoistischen Grund getan, sind Sie genauso dämlich wie die anderen armen Schweine, die sie für ihre Zwecke benutzt hat«, sagte Martin verächtlich. »Reg Mortimer tut mir sogar ein bißchen leid … aber nicht leid genug.«

»Wie können Sie nur so verdammt dickfellig sein?« Gemma fühlte, wie ihr verräterische Röte ins Gesicht stieg, doch es war ihr gleichgültig. »Sie haben mit dieser Frau geschlafen. Sie war die Schwester Ihrer Frau. Sie hat Ihre Kinder geliebt. Empfinden Sie denn gar nichts für sie?«

Einen Moment sah es so aus, als würde er heftig kontern, doch dann sagte er unerwartet sanft: »Sie haben keine Ahnung, wie es war, sie zu lieben … nur um dann ohne die Spur von Bedauern weggeworfen zu werden wie ein alter Schuh. Und dann steht man da und hat sein Zuhause und seine Kinder verloren.« Er zeigte mit dem Finger auf sie. »Ich an Ihrer Stelle, Sergeant, würde mir Leute genau ansehen, die Kontakt zu Annabelle hatten. Da gibt's viele wie mich, das garantiere ich. Viele, deren Leben sie, ohne mit der Wimper zu zucken, zerstört hat. Glauben Sie, Mortimer hat sie getötet?«

»Mich interessiert mehr, wo Sie am vergangenen Freitag abend gewesen sind, Mr. Lowell«, entgegnete Gemma mühsam beherrscht. »Annabelle hätte guten Grund gehabt, Ihnen einen Besuch abzustatten. Sie hatte nämlich erfahren, welches Gift Sie Ihrem Sohn eingeimpft haben. Ist sie zu einer Aussprache hiergewesen?«

»Ich habe doch schon gesagt, daß ich sie Jahre nicht gesehen habe. Es gab eine Zeit – unmittelbar nach dem Bruch –, aber sie wollte mich nicht sehen, und hat meine Anrufe ignoriert.«

»Dann ist da noch die Kleinigkeit wegen der Firmenanteile«, warf Kincaid ein. »Annabelle muß ihr Testament vor der Affäre mit Ihnen gemacht haben. Hat sie Ihnen vielleicht gesagt, daß sie es nie geändert hat, aber jetzt darüber nachdenke? Das Geld kommt Ihnen doch nicht ungelegen, oder?« Er machte eine Geste, die die Wohnung einschloß. »Muß hart sein, Unterhalt für die Kinder und so weiter ... und das alles nur wegen Annabelle. Die Versuchung wäre riesengroß.«

Lowell starrte Kincaid ausdruckslos an. »Blödsinn. Ich hatte keine Ahnung von diesem Testament. Das habe ich Ihnen bereits gesagt. Im übrigen habe ich Annabelle am Freitag abend nicht gesehen.«

»In diesem Fall macht es Ihnen sicher nichts aus, uns zu erzählen, wie Sie den Abend verbracht haben.«

»Kein Problem«, erwiderte Lowell sichtlich erleichtert. »Ich war den ganzen Freitag abend mit einer Frau zusammen. Die Nacht habe ich in ihrer Wohnung verbracht.«

»Und sie kann das bestätigen ... diese Freundin, meine ich?« Kincaid zog die Augenbrauen hoch. »Ist sie verheiratet?«

»Selbstverständlich kann sie das bestätigen. Sie wohnt gleich um die Ecke. Und sie ist nicht verheiratet, sonst hätte ich kaum die Nacht bei ihr verbracht, oder?« entgegnete Lowell herablassend.

In diesem Moment ertönte ein leises Klopfen an der Tür. Die Tür wurde einen Spaltbreit geöffnet, und wie auf Kommando rief eine Frauenstimme: »Marty?«

»Ist doch nicht zufällig Ihr Alibi?« fragte Kincaid prompt.

»Sie können ja gleich mit ihr reden«, sagte Martin achselzuckend. Die Frau stieß die Tür weiter auf und betrat das Wohnzimmer. »Das ist Brandy«, stellte Lowell die Dame vor.

Martins Besucherin konnte kaum älter als neunzehn sein. Ihr üppiges, blond gebleichtes Haar umgab ihr Gesicht wie eine krause Löwenmähne. Sie trug einen so knappen Minirock, daß Gemma fürchtete, ihren Slip zu sehen, sobald sie sich bückte. Ihr Trägeroberteil ließ einen gepiercten Nabel frei.

»Marty?« wiederholte das Mädchen und musterte sie neugierig. »Habe mir schon Sorgen gemacht, als du um sechs nicht gekommen bist. Du hattest mir doch versprochen, die Höhensonne zu montieren.«

Kincaids Mundwinkel zuckten, als er Gemma ansah. »Manche Kerle haben das Glück gepachtet«, murmelte er.

»Janice schickt einen Beamten vorbei, der die Aussage von Martin Lowells Freundin ganz offiziell aufnimmt«, bemerkte Kincaid, als er vom Telefon zurückkam. Er sank dankbar in einen Stuhl auf Hazels Terrasse. »Verdammtes Pech, daß wir nicht genug Beweise haben, um seine Wohnung durchsuchen zu lassen … oder die von Reg Mortimer«, fügte er hinzu und griff nach seinem Bierglas auf dem Plattenboden.

Gemma saß neben ihm, die Beine ausgestreckt, eine Flasche kalten Apfelwein in der Hand. Sie hatte ihren Hosenanzug mit Shorts und einem ärmellosen Oberteil vertauscht und das Haar mit einer Spange hochgesteckt.

Hazel hatte sie zu Tabouli und grünem Salat überredet. Für eine warme Mahlzeit, vor allem, wenn sie in Gemmas winziger Küche hätte zubereitet werden müssen, sei es schlicht zu heiß, hatte sie erklärt. Dann hatte sie Gemma und Kincaid mit kühlen Getränken auf die Terrasse verbannt, während sie letzte Vorbereitungen traf.

Die Kinder tollten auf dem Rasen herum. Die Hitze konnte ihnen offenbar nichts anhaben. Ihre nackten Körper glänzten in den Strahlen, die die schrägstehende Sonne durch das Blätterdach der Bäume warf.

Gemma nippte an ihrem Cidre. »Großzügig von dir, Brandy den Status einer Freundin zuzusprechen. Martin Lowell sollte sich schämen, und das gilt auch für dich, so wie du sie angeglotzt hast.«

»Ich habe nicht geglotzt!«

»Doch, hast du. Aber vielleicht ist das entschuldbar. Schließlich hat die Tussi ihre Reize sehr freizügig zur Schau gestellt.«

»Nach Jo und Annabelle hätte man von Martin Lowell mehr Geschmack erwarten können«, bemerkte Kincaid in der Hoffnung, sich damit wegen Brandy zu rehabilitieren. »Frage mich nur, wie es ein über dreißigjähriger Banker schafft, sich halbnackte Teenager zu angeln ... von der Geschmacksfrage mal abgesehen.«

»Eigentlich wollte ich nicht glauben, daß Martin Lowell so mies ist, wie Jo ihn dargestellt hatte, aber der Typ ist wirklich ein Weiberheld, wie er im Buch steht«, erklärte Gemma mit Nachdruck.

Kincaid musterte sie amüsiert. »Hatte eigentlich nicht den Eindruck, daß du auf ihn stehst.«

»Das ist dir aufgefallen?« Sie lächelte und rutschte tiefer in den Stuhl. »Komischerweise verstehe ich allerdings, daß die beiden ihm auf den Leim gegangen sind ... ich meine Jo und Annabelle, und sogar Brandy.«

»Der Heathcliff-im-Nadelstreifen-Typ?«

»Rattenfänger trifft es eher. Der Mann hat eine Art ... wenn man nicht wüßte, was für ein mieser Typ er ist ...« Sie trank nachdenklich einen Schluck Cidre. »Oder vielleicht wirkt er gerade deshalb so auf Frauen.«

»Auch auf eine Frau wie Annabelle?« fragte Kincaid. Die Sonne versank hinter dem Dach des Nachbarhauses, und im Garten wurde es augenblicklich kühler.

»Mrs. Pargeter, Jos Nachbarin, ist der Meinung, daß der Tod der Mutter Annabelle in eine tiefe Krise gestürzt habe. In dieser Situation habe sie nach jedem Strohhalm gegriffen ... was die Liebe betraf. Allerdings muß sie wohl ziemlich schnell begriffen haben, wie Martin Lowell wirklich war.« Gemma runzelte die Stirn. »Was ich nicht verstehe, ist, weshalb sie es Jo gesagt hat. Annabelle scheint mir weder Frau Saubermann noch jemand gewesen zu sein, die absichtlich jemand verletzen wollte. Egal, was Lowell sagt.«

»Lowell wollte vermutlich auf nichts verzichten. Jo hätte es also nie erfahren müssen ...«

»Aber er konnte Annabelle damit erpressen, ihr drohen, Jo alles zu sagen … für den Fall, daß sie Schluß machen wollte. Ich glaube nicht, daß er sie so ohne weiteres hätte gehen lassen. Und deshalb hat Annabelle vielleicht ihre einzige Chance darin gesehen, es Jo selbst zu erzählen.«

Kincaid hatte den Eindruck, daß Gemma übereifrig bemüht war, Annabelle Hammond einen Persilschein auszustellen. »Was ist mit ihren Affären mit Gordon und Lewis Finch? Sie muß doch gewußt haben, wie verletzt Mortimer sein würde, wenn er davon erfuhr.«

»Schätze, sie war auf der Suche nach etwas, das Reg Mortimer ihr nicht geben konnte. Außerdem hat sie diese Beziehungen geheimgehalten. Bis zu einem gewissen Grad jedenfalls. Erst unter großem Druck hat sie Mortimer gestanden, daß es einen anderen Mann gibt.«

»*Immer vorausgesetzt*, Mortimer sagt die Wahrheit«, betonte Kincaid skeptisch. »Ich bin überzeugt, daß er uns etwas verschweigt. Konntest du einen Blick auf seine Papiere werfen?«

Gemma nickte, streckte die Beine von sich und wackelte mit den Zehen. Sie trug keine Schuhe. »Sah mir nach Rechnungen und Bankauszügen aus. Einzelheiten konnte ich nicht erkennen. Sind diese Gemälde so wertvoll, wie ich dachte?«

»Wenn ich mich recht an das erinnere, was ich kürzlich in der *Times* gelesen habe, dann ist jedes Bild gut seine zwanzigtausend Pfund wert.«

Gemma pfiff durch die Zähne. »Bingo! Wie konnte er sich die denn leisten?«

»Geld von der Familie?« Kincaid leerte die Bierflasche, indem er sie steil ansetzte, um auch an die letzten Tropfen zu gelangen. »Sein Vater sitzt im Aufsichtsrat der Firma Hammond's. Aber wie ich sehe, hat keiner der Hammonds soviel Kies.«

»Schicke Wohnung, teure Möbel, wertvolle Gemälde, exklusive Kleidung … und einen Stapel Rechnungen und Briefe von der Bank.« Gemma rümpfte die Nase. »Hat er sich vielleicht finanziell übernommen? Trotzdem kann ich darin kein Motiv für den Mord an Annabelle erkennen. Er hatte alles zu verlieren und nichts zu gewinnen.«

»Könnte doch sein, daß er angenommen hat, Annabelles Firmenanteil zu erben ... oder zumindest in ihre Fußstapfen als Geschäftsführerin zu treten.«

»In jedem Fall war ein hohes Risiko dabei. Trotzdem sollten wir uns näher mit seinen Finanzen befassen ... ohne Sir Peter auf die Zehen zu treten, versteht sich«, fügte Gemma hinzu.

»Mit den Finchs bin ich auch nicht besonders glücklich ... ob Junior oder Senior«, gestand Kincaid und sah Gemma an. »Es fällt mir verdammt schwer zu glauben, daß keiner vom anderen gewußt haben soll.«

»Reg Mortimers Geschichte scheint zu bestätigen, was Gordon uns gesagt hat – nämlich daß er mit Annabelle Schluß gemacht hat, und nicht umgekehrt. Was, wenn der Grund dafür das Wissen um Annabelles Affäre mit dem Vater war?«

»Damit hätte er ein verdammt gutes Mordmotiv ...«

»Schon, aber eher zu dem Zeitpunkt, als er davon erfahren hat – und das ist drei, vier Monate her. Warum sollte er bis jetzt warten? Und sie dann umbringen, als sie alles wieder kitten wollte?«

»In diesem Punkt haben wir nur seine Aussage«, sagte Kincaid. Es ärgerte ihn, daß Gemma Finch so bedingungslos verteidigte. »Vielleicht hat sie ihm statt dessen gesagt, daß sie seinen Vater liebt. Daraufhin hat er durchgedreht und sie umgebracht.«

Gemma starrte ihn wütend an. »Nach Mortimers Aussage hat Annabelle erklärt, daß, selbst wenn der Mann, den sie liebt, nichts mit ihr zu tun haben wolle, sie sich nicht mit weniger zufriedengebe. Du bist so dickköpfig, daß du gar nicht registrierst, daß Mortimer Gordon Finchs Behauptung indirekt bestätigt.«

»Da wir gerade von dickköpfig reden. Wie würdest du deine Beweggründe dafür bezeichnen, daß du deine Sicherheit aufs Spiel gesetzt hast und gestern allein in Gordon Finchs Wohnung gegangen bist?« konterte er verletzt.

»Warum hackst du immer noch darauf rum? Du kannst mir ruhig ein bißchen Menschenkenntnis zutrauen, ja? Ich hätte das nie gemacht, wenn ich mich nicht absolut sicher gefühlt hätte. Außerdem hat es immerhin einiges gebracht, oder?«

»Ja, aber ...«

»Ich lasse mir von niemandem sagen, wie ich meinen Job zu erledigen habe.«

Kincaid merkte, daß der Disput in einen handfesten Krach auszuarten drohte. »Gemma, es tut mir leid. Ich wollte nicht ...«

»Pssst!« flüsterte sie plötzlich und hob die Hand. »Hör doch!«

Er brauchte einen Moment, bis er begriff, daß sie die Stille meinte. Er richtete sich auf und sah sich um. Die Kinder hatten dicht beieinander gehockt und gekichert, als er sie das letzte Mal gesehen hatte. Jetzt waren sie spurlos verschwunden.

»Toby?« rief Gemma, stellte ihre Cidre-Flasche auf den Tisch und machte Anstalten aufzustehen.

Kincaid war bereits auf den Beinen. »Ich sehe mal nach, was die kleinen Racker anstellen.« Er ergriff erleichtert die Gelegenheit zu einer Atempause.

Den Kindern war es verboten, den Garten ohne Begleitung zu verlassen – vom Gartentor bis zu Gemmas Garagenwohnung waren es nur wenige Schritte. Aber die Straße war belebt, und die Gefahr für Kinder groß. Kincaids Herz begann bei dem Gedanken schneller zu schlagen, und er mußte sich zur Ruhe zwingen, als er den Rasen überquerte und in die dunkleren Schatten spähte. Sie verstecken sich nur, sagte er sich. Und als er sich der Gartenpforte näherte, bemerkte er aus den Augenwinkeln, daß sich hinter der Hecke aus falschem Jasmin etwas bewegte.

Leise pfeifend ging er daran vorbei, und wurde mit unterdrücktem Kichern belohnt. Er machte einen Schritt rückwärts und sah sich gespielt verwirrt um. Dann wirbelte er herum, griff durch eine Öffnung in der Hecke. »Hab dich!« Seine Hände umschlossen feuchte Haut, und die Kinder kreischten vor Vergnügen. Sanft zog er sie aus dem Gebüsch und klemmte sich Toby unter den einen und Holly unter den anderen Arm. Ihre Körper waren klebrig vom Fruchteis, das Hazel ihnen nach dem Kaffeetrinken spendiert hatte. »Also gut, ihr zwei. Ihr bleibt jetzt dort, wo ich euch sehen kann. Wenn nicht, geht's gleich ins Bad und dann ins Bett.«

»Bitte, spielen wir noch einmal Verstecken, Duncan! Bitte, bitte!« jammerte Holly, während Toby sich unter seinem Griff wand und mit den Beinen strampelte.

»Du kriegst mich nicht! Du kriegst mich nicht!« rief der Junge.

Kincaid packte ihn fester. »Ich habe dich doch schon, du Wurm. Hört mal! Wenn ihr beide jetzt sehr, sehr brav seid, dann lese ich euch nach dem Baden eine Geschichte vor.«

»In meinem Zimmer oder in Tobys?« wollte Holly es wie immer ganz genau wissen.

Kincaid blieb stehen und tat so, als müsse er nachdenken. Die Kinder hingen schlaff in seinen Armen. »Wenn ihr versprecht, kleine Engel zu sein, dann lese ich in Tobys Zimmer vor. Und danach trage ich dich nach Hause, Holly. Na, was sagt ihr dazu?«

»Auf der Schulter?« Holly liebte es, auf seinen Schultern auf und ab zu hüpfen.

»Wenn du willst.« Kincaid setzte die beiden vor Gemma auf die Wiese, und sie rannten davon wie die Karnickel vor dem Hund.

Seine Arme fühlten sich plötzlich federleicht an, und die Silhouetten der Kinder blieben noch eine Weile wie ein Abdruck auf seiner Netzhaut zurück. Plötzlich fühlte er eine brennende Sehnsucht nach Kit, die ihn überraschte. Er setzte sich ungelenk auf seinen Stuhl. Die Knie waren ihm weich geworden.

»Die beiden hätten eine Abreibung verdient«, sagte Gemma ärgerlich.

»Gemma …«

»Was ist?« Sie drehte sich zu ihm um, als habe etwas in seiner Stimme ihre Aufmerksamkeit erregt.

»Ich …«, begann er, doch er konnte den Verlust, den er empfand, nicht in Worte fassen. Statt dessen fuhr er fort: »Schätze, die Sache mit Kit ist mir ziemlich an die Nieren gegangen. Wenn er am Telefon nicht mit mir reden will, fahre ich nach Cambridge.« Er merkte, daß er die Entscheidung in diesem Moment getroffen hatte.

»Ich dachte, er will dich nicht sehen.«

»Hazel sagt, ich muß ihm zeigen, daß sich meine Gefühle für ihn nicht geändert haben, gleichgültig, wie er sich mir gegenüber benimmt. Wie soll ich das machen, ohne mit ihm zu reden?« fragte er frustriert.

Gemma richtete sich im Liegestuhl auf und runzelte die Stirn. »Das war, bevor Ian die Dinge noch komplizierter gemacht und wieder in sein Leben geplatzt ist. Vielleicht wäre es einfacher für Kit, wenn du alles Ian überläßt.«

»Ich soll kneifen? Und mich auf Ian verlassen, nach allem, was wir durchgemacht haben? Wer garantiert mir, daß er Kit nicht wieder ins Cottage in Grantchester holt, nur um in einem oder zwei Monaten erneut seine Meinung zu ändern?«

Gemma schüttelte den Kopf. »Was willst du tun? Du hast keine Handhabe gegen ihn.«

»Ich kann Kit jederzeit besuchen«, entgegnete Kincaid eigensinnig. Es wunderte ihn, daß Gemma plötzlich nur noch gereizt und ärgerlich auf ihn reagierte.

»Na, gut.« Gemma seufzte und lehnte sich im Stuhl zurück.

»Dann fahr morgen. Ich erledige das hier schon. Du mußt nur den Chef beruhigen. Und wenn die Hölle losbricht, während du fort bist« – sie lächelte verschmitzt –, »dann habe ich bei dir was gut.«

Sie aßen im Garten beim Schein der Zitronenkerzen, die die Schnaken abhalten sollten. In Hazels Tabouli verband sich der volle Geschmack von Fetakäse, provençalischen Oliven und reifen Tomaten mit der Frische von Zitronen und Minze. Tim hatte eine eisgekühlte Flasche Pinot Grigio geöffnet. Die Kinder saßen auf dem Terrassenboden und amüsierten sich mit einem uralten Kartenspiel, das sie in einer Küchenschublade voller Krimskrams entdeckt hatten, und ließen die Erwachsenen in Ruhe essen.

Als Kincaid Gemma über den Tisch hinweg ansah, drehte sie sich um und lachte über eine Bemerkung von Tim. Im Kerzenschein wirkte sie entspannt und glücklich, und plötzlich drängte sich der Gedanke an Annabelle Hammond zwischen sie. Hatte Annabelle Hammond ihre letzte Mahlzeit ebenso genossen wie sie dieses Abendessen?

Sie war unter Freunden gewesen ... oder hatte es zumindest angenommen ... bei ihrer Schwester, ihrem Verlobten, den Freunden der Schwester und ihrem geliebten Neffen und der Nichte. Und dann war der angenehme Abend in einen Alptraum ausgeartet. Zuerst Harry Lowell, dann Reg und schließlich Gordon Finch ... alles Männer, und alle, so schien es, hatten sich auf die eine oder andere Weise gegen sie gestellt. Hatte sich Annabelle bei jemandem Trost geholt ... vielleicht bei einer Frau?

Teresa Robbins fiel ihm ein. Sie hatten sie bisher so genommen, wie sie sich darstellte: als die loyale und verzweifelt trauernde Angestellte, unscheinbar, farblos. Und doch schien sie kompetent und tatkräftig Annabelles Stellung in der Firma eingenommen zu haben. Was, wenn Annabelle zu ihr gegangen war, ihr etwas anvertraut hatte, das Teresa jetzt verschwieg? Möglicherweise schützte sie Annabelles Andenken ... oder deckte Reg Mortimer.

Vielleicht waren Spekulationen wie diese nur der Ausdruck seines Schuldbewußtseins darüber, daß er mitten in einem Mordfall einen Tag Urlaub machte. Er nahm sich vor, Gemma am Morgen zu bitten, sich noch einmal mit Teresa zu unterhalten.

Nach dem Essen erbot er sich, den Abwasch zu übernehmen, während Gemma die Kinder badete. Hazel und Tim nutzten die Gelegenheit zu einem Spaziergang in der Abendkühle, so daß er die Küche für sich allein hatte. Eine Spülmaschine gab es nicht ... eine Modernisierung der Küche war ein Luxus, auf den Hazel und Tim verzichtet hatten, als Hazel ihre Praxis aufgegeben hatte, um die kleine Tochter zu betreuen. Aber Kincaid hatte gelernt, die Prozedur des Geschirrspülens als Entspannung zu empfinden.

Während er Wasser einließ und ein frisches Geschirrhandtuch aus der Schublade nahm, fiel ihm plötzlich auf, daß es genau diese Art von Leben war, das er sich mit Gemma wünschte und es bereits für selbstverständlich hielt. In letzter Zeit jedoch schien Gemma ihn auf Distanz zu halten, und er wußte nicht, wie er die Kluft, die sich aufgetan hatte, wieder schließen sollte.

Dann flog die Küchentür mit einem Knall auf, und die Kinder stürmten im Schlafanzug herein und schrien: »Bettgeschichte! Bettgeschichte!« Hinter ihnen tauchte Gemma auf. Feuchte Strähnen, die sich aus ihrer Pferdeschwanzfrisur gelöst hatten, kringelten sich um ihr ovales Gesicht.

Nachdem er sein Versprechen erfüllt und den Kindern eine Geschichte vorgelesen hatte, schenkte Gemma zwei Gläser Wein ein. Sie nahmen ihre Getränke mit hinaus und saßen ein paar Augenblicke auf den Stufen, die von ihrer Wohnung in den Garten der Cavendishs führten.

Er massierte ihren Rücken dort, wo er wußte, daß sie es am liebsten hatte, nämlich zwischen den Schulterblättern, und als sie sich gegen ihn lehnte, schlang er einen Arm um sie und liebkoste mit den Lippen ihren Nacken. Einen Moment fühlte er, wie sie reagierte, sich an ihn schmiegte. Dann entzog sie sich ihm.

»Toby hat die letzten Nächte sehr unruhig geschlafen«, bemerkte sie, stand auf und trank ihr Glas aus. »Das müssen noch die Nachwehen seiner Grippe sein. Und ich habe auch eine schlechte Nacht hinter mir.«

»Ich habe den Wink schon verstanden«, sagte er leichthin, erhob sich und küßte sie keusch auf die Wange. »Wir sehen uns morgen früh auf dem Revier in Limehouse.«

Zu Hause in seinem Bett wälzte er sich rastlos hin und her und konnte erst recht keine Ruhe mehr finden, nachdem sich Sid schwer über seine Füße gelegt hatte. Schließlich versetzte er dem Kater einen sanften Schubs und versuchte bewußt, all die fruchtlosen Grübeleien aus seinem Bewußtsein zu verbannen. Beim Einschlafen tauchte vor seinen Augen mit der Klarheit eines Traums ein Bild auf.

Gemma stand in einem sonnenbeschienenen Gerstenfeld, und das Licht reflektierte in ihrem Haar, als sie lachte. Mit einem Mal jedoch verwandelte sich Gemma unter seinen Augen in Annabelle Hammond.

An einem winzigen Tisch in der hintersten Ecke des Lokals saß Teresa Reg Mortimer gegenüber.

Nachdem sie nach getaner Arbeit im alten Lagerhaus endlich nach Hause gekommen war, hatte sie eine Nachricht von ihm auf ihrem Anrufbeantworter vorgefunden. Er hatte sie gebeten, sich mit ihm im *The Grapes* in Limehouse in der Narrow Street zu treffen. Es war das erste Mal, seit sie die Anwaltskanzlei nach dem Mittagessen verlassen hatten, daß sie von ihm gehört hatte, und seine Stimme hatte seltsam, ja beinahe flehentlich geklungen. Nachdem sich der Anrufbeantworter ausgeschaltet hatte, war sie sich automatisch durchs Haar gefahren und hatte ihre Bluse geglättet. Erst dann überlegte sie: Reg Mortimer hatte keinen Grund, sich aus anderen Motiven als geschäftlichen mit ihr zu verabreden.

Trotzdem hatte sie ihr Haar mit besonderer Sorgfalt gekämmt und Make-up aufgelegt, bevor sie aus dem Haus gerannt war, um die Dockland Railway in Crossharbour zu erwischen.

Sie verließ den Zug, der voller Pendler war, an der Station West Ferry, und stieg die Betontreppe vom Bahnsteig hinunter. Sie blinzelte in die tiefstehende Abendsonne, wandte sich nach rechts in den Limehouse Causeway, und ging die Narrow Street bis zum alten Pub entlang. Das Lokal war eines der historischen Fixpunkte von Limehouse und mittlerweile Treffpunkt der jungen Aufsteiger. Teresa kannte es nur vom Hörensagen. Es gehörte zu den Lokalen, in das man allein gehen konnte, um Schäferpastete oder Fisch und Chips zu essen.

Sie betrat das Etablissement zögernd, zwängte sich zwischen den Gästen in Anzug und Krawatte und Kostümen hindurch, die wie die Sardinen gedrängt um die Theke standen, bis sie Reg in der hintersten Ecke entdeckte. Er winkte ihr zu, und als sie seinen Tisch erreichte, stand er auf und gab ihr völlig unerwartet einen Kuß auf die Wange. Er wirkte leicht erhitzt. Sein Haar fiel ihm unordentlich in die Stirn, und er sah noch attraktiver aus als sonst.

»Tausend Dank, daß du gekommen bist«, sagte er, nachdem er ihr einen Stuhl zurechtgerückt hatte. »Bist du schon mal hier gewesen? Bald wird's hier leerer. Und das Essen ist ausgezeichnet. Dachte, du könntest eine anständige Mahlzeit vertragen.

Aber zuerst hole ich dir was zu trinken, ja? Hier gibt's ein gutes, leichtes Sommerbier. Schmeckt ein bißchen nach Zitrone.«

»Wunderbar«, brachte Teresa heraus. Als er sich abwandte und zur Bar ging, schnupperte sie mißtrauisch an seinem Glas. Es enthielt reine Limonade, soweit sie das beurteilen konnte. Aber das sollte sie eigentlich nicht überraschen. Er trank normalerweise keinen Alkohol. Trotzdem hatte sie den Eindruck gehabt, daß er leicht beschwipst war. Nachdenklich beobachtete sie, wie er mit derselben übertriebenen Fröhlichkeit mit dem Barkeeper plauderte.

Schließlich kam er mit ihrem Getränk und der Speisekarte zurück. Als er sich setzte, berührten sich ihre Knie unweigerlich unter dem schmalen Tisch. »Ich empfehle die Fischbuletten«, sagte er und schlug eine Speisekarte für sie auf. »Ich weiß, das klingt langweilig und gewöhnlich, aber sie sind himmlisch. Und ich bin sicher, es gibt irgendeine historische Vorspeise ... irgendwas à la Dickens, schätze ich. Weißt du eigentlich, daß dieses Lokal das *Six Jolly Fellowship Porters* aus Dickens' *Unser gemeinsamer Freund* sein soll? Er hat die Kneipe als ›nicht größer als eine Pferdedroschke‹ beschrieben. Und das trifft eigentlich noch immer zu. Damals schon hatte sie eine Veranda mit Blick auf den Fluß. Heutzutage ist sie natürlich etwas solider, aber die Holzleiter, die zu den Schiffen hinunterführte, damit die Matrosen direkt vom Fluß aus die Bar erreichen konnten, existiert schon lange nicht mehr. Wir gehen nachher raus und trinken noch was, wenn du Lust hast. Bis dahin darfst du dir einfach vorstellen, wie der Bugspriet von einem vor Anker liegenden Segelschoner durchs Fenster ragt und die einfachen Kerle ihre Pints leeren.« Er deutete auf das Fenster über ihrem Kopf und hob sein Glas. »Auf die Gespenster der Vergangenheit.«

Ihre Blicke trafen sich, als ihm klarwurde, was er da gerade gesagt hatte. Es folgte verlegenes Schweigen, und keiner von beiden sprach den Namen aus, der unausgesprochen zwischen ihnen stand. Reg, der normalerweise sehr geschickt darin war, peinliche Situationen mit Worten zu retten und aufzulockern, war die letzte Person, von der Teresa eine solche Bemerkung erwartet hatte. Und doch machte er an diesem Abend den Eindruck, als triebe ihn der Mut der Verzweiflung.

Auf der Suche nach einem rettenden Ausweg klappte sie die Speisekarte zu und sagte: »Was ist mit dir, Reg? Ißt du gar nichts?«

»Nur ein bißchen Suppe, um dir Gesellschaft zu leisten. Nimmst du die Fischfrikadellen?«

Als sie nickte, stand er wieder auf und gab an der Theke ihre Bestellung ab. »Oben im ersten Stock ist ein richtiges Restaurant«, erklärte er bei seiner Rückkehr. »Trotzdem bin ich froh, daß sie die Kneipe haben Kneipe sein lassen. Es sollte wenigstens ein paar beständige Dinge im Leben geben, findest du nicht?«

»Reg, ich ...«

»Tut mir leid, daß ich heute mittag nach dem Gespräch mit der Anwältin die Flucht ergriffen habe. Ich hätte dich nicht allein lassen dürfen.«

»Ach wo!« Sie schüttelte den Kopf. »Das war schon in Ordnung. Ich habe mir nur Sorgen gemacht – als du nicht mehr ins Büro gekommen bist, meine ich.«

»Als ob du nicht schon genug am Hals hättest.« Er sah sie an. Zum ersten Mal war sein Gesicht entspannt. Und kurz darauf fügte er hinzu: »Ich war ein ziemlicher Ausfall die letzten Tage, was? Scheint so, als käme ich einfach nicht damit klar.«

Teresa blinzelte. Das persönliche Geständnis überraschte sie. Im Büro war er tatsächlich völlig unbrauchbar und nicht einmal in der Lage gewesen, Aufgaben zu bewältigen, die er normalerweise nebenbei erledigt hatte. Allerdings hatte sie keine Ahnung, wie sie in seiner Lage damit fertig geworden wäre. Sie wußte, daß jeder in seiner Trauer anders reagierte. Sie, zum

Beispiel, hatte sich in Arbeit vergraben, denn nur die Konzentration auf ihren Job hielt sie aufrecht.

Schließlich sagte sie, ohne sein Versagen zu leugnen: »Reg, wenn ich dir irgendwie helfen kann …«

»Du warst ein Schatz.« Er berührte ihre Wange mit den Fingerspitzen. Teresa war sich plötzlich der Berührung seiner Knie bewußt, wurde rot vor Verlegenheit, entzog ihm ihre Knie jedoch nicht. Es war idiotisch von ihr, auch nur zu hoffen, daß er sie attraktiv finden könnte, merkte jedoch, daß das Unrechtsbewußtsein nichts an ihren Gefühlen änderte.

Die Kellnerin kam mit ihrem Essen und ersparte Teresa eine Antwort auf seine Bemerkung. Zu ihrer Überraschung merkte sie, daß sie trotz allem einen rasenden Hunger hatte. Die Fischfrikadellen waren so gut, wie Reg versprochen hatte, und sie aß sie mit großem Appetit.

Er beobachtete sie lächelnd, rührte in seiner Suppe, und als sie fertig war, sagte er: »Braves Mädchen. Konnte nicht zulassen, daß du verhungerst. Was würde die Firma Hammond's ohne dich machen?«

Die Ängste, die sie in den vergangenen Tagen hatte unterdrücken können, nagten plötzlich wieder an ihr. »Reg, was sollen wir nur tun? Es tauchen bereits Sachen auf, mit denen ich nicht umzugehen weiß. Ich kann nicht erraten, was Annabelle getan hätte …«

»Nutz dein eigenes Urteilsvermögen. Annabelle hat dir vertraut … es ist Zeit, daß du dir endlich auch was zutraust.«

»Aber ich besitze nicht die Autorität«, protestierte sie. »Und die Geschäftslage war auch schon kritisch genug, als Annabelle noch das Sagen hatte.«

»Du weißt, was wir tun müssen …«

»Das können wir nicht. Nicht jetzt …«

»Dann sollten wir, verdammt noch mal, einen Weg finden.«

Schockiert über die Heftigkeit seiner Entgegnung, starrte sie ihn an, bis er die Hand hob und erneut ihre Wange berührte. »Tut mir leid. Ich wollte dich nicht so anfahren. Reden wir heute abend nicht davon. Ich möchte, daß du dich mal richtig entspannst.«

»Reg ... da stimmt doch einiges nicht, oder? Es ist nicht nur Annabelles Tod, obwohl's schlimmer kaum hätte kommen können ... richtig?«

»Wie sollte es was Schlimmeres geben?« Er stand abrupt auf. »Gehen wir raus. Ich hole uns noch was zu trinken.«

Sie stand auf und folgte ihm auf die Veranda hinaus. Das letzte rosarote Licht des Sonnenuntergangs färbte den Himmel, und am Südufer des Flusses blinkten Lichter in den renovierten Lagerhäusern von Rotherhithe.

Sie traten an die Brüstung, und als sie in Richtung Osten blickte, sah sie das blinkende Warnlicht auf dem Canada Tower. Sie wandte sich ab und drehte dem Fluß den Rücken zu. Sie wollte verzweifelt das »Island« vergessen, und sei es nur für kurze Zeit, und sich ein völlig anderes Leben vorstellen. Auf einer Bank auf der Seite der Veranda saß engumschlungen ein Paar, die Frau halb auf dem Schoß des Mannes, die Gesichter nur Millimeter voneinander entfernt. Teresa durchfuhren Neidgefühle wie ein scharfes Messer. Warum sollte sie nicht auch einmal Verlangen bei jemandem wecken? Warum sollte sie immer abseits stehen?

»Entschuldige«, sagte Reg an ihrer Seite, »ich will heute abend einfach nicht nachdenken. Klingt es sehr herzlos, wenn ich wünschte, für ein oder zwei Stunden ein anderer zu sein?«

»Nein. Ich dachte gerade dasselbe. Habe mich nur geschämt, es zuzugeben.«

»Wirklich?« Sein Arm rieb leicht gegen ihren Arm, als er näher trat. Sie fühlte die Wärme seines Körpers, der sie vor der kleinen Brise abschirmte, die vom Fluß herüberwehte. Sie dachte daran, wie er sie in seinen Armen gehalten, wie sich seine Hand an ihrem Rücken angefühlt hatte, und fröstelte unwillkürlich.

»Ist dir kalt?« Er legte den Arm um ihre Schultern und zog sie enger an sich. »Wer möchtest du denn sein, Teresa? Für eine oder zwei Stunden? Was möchtest du tun?«

Sie sah zu ihm auf und schüttelte stumm den Kopf. Sie konnte es nicht einmal denken, wie sollte sie es da aussprechen?

»Sag's mir«, drängte er, und sie fühlte seinen Atem an ihrer Wange. Sie schloß die Augen.

»Mit dir zusammen ... Ich möchte mit dir zusammensein.« Sie hatte das Gefühl, in den Boden versinken zu müssen.

Er neigte den Kopf und streifte mit seinen Lippen ihre Kehle. »So?«

»Ich ... Reg ...« Er hatte die Hand unter ihrer kurzen Leinenbluse auf ihren Rücken gelegt, und jeder Protest erstarb auf ihren Lippen. Er bewegte seine Hand, streichelte die zarte Haut, dann glitten seine Finger unter den Rand ihres BHs.

Sie zuckte heftig zurück. »Wir können doch nicht ... nicht hier ... man sieht uns ...«

»Dann gehen wir. Rühr dich nicht vom Fleck. Ich rufe uns ein Taxi.«

Wenige Minuten später hielten sie sich in der vibrierenden Dunkelheit im Innern eines Taxis eng umschlungen. Dann sprangen sie vor ihrem Apartmenthaus aus dem Wagen. Ihr war schwindelig, obwohl sie ihr zweites Glas Bier kaum angerührt hatte. Arm in Arm gingen sie zum Lift und den Korridor entlang zu ihrer Wohnung, wo sie zitternd den Schlüssel ins Schloß steckte.

Er hatte ihr auf dem Weg durchs Wohnzimmer die Bluse ausgezogen, und sie dachte flüchtig an ihren expansionswütigen Balkonnachbarn und die geöffneten Jalousien, bevor sie das Schlafzimmer erreichten und auf ihr Bett sanken.

Letztendlich war es enttäuschend, denn seine Erektion erschlaffte im entscheidenden Augenblick. Mit einem Stöhnen rollte er zur Seite. »Tut mir so leid, Liebes. ›Tut mir leid‹ scheint alles zu sein, was ich zur Zeit sagen kann.«

»Ist schon gut«, murmelte sie.

»Nein, ist es nicht.« Er drehte sich zu ihr um, stützte sich auf einen Ellbogen und nahm ihre Brust in die Hand. »Du bist nicht schuld, Liebes, das mußt du wissen. Ich wollte ...«

»Ich weiß, was du wolltest. Ist schon gut.« Sie zog seinen Kopf an ihre Brust und hielt ihn, streichelte seinen Rücken und war plötzlich von einer wilden und unerwarteten Zärtlichkeit erfüllt. Als er eingeschlafen war, zog sie ihre gefühllos gewordene Schulter unter ihm weg, lag wach neben ihm, bis der Morgen vor den Fenstern dämmerte, fragte sich, was sie fühlte und wie sie rechtfertigen sollte, was sie getan hatte.

Während des langen Sommers des Jahres 1940 lernten Lewis und William, Flugzeuge zu identifizieren. Edwina war es gelungen, Karten mit den Schattenrissen der Flugzeugtypen von einem Freund beim Königlichen Aufklärungs-Corps zu bekommen, und jeden freien Nachmittag fuhren sie mit den Fahrrädern zu den Hügeln und suchten sich eine Stelle, von wo aus sie den Himmel beobachten konnten. Die Karten immer in der Hand.

Das näher kommende Dröhnen von Flugzeugmotoren beschleunigte Puls und Herzschlag, und bald konnten sie einige Flugzeugtypen allein durch ihr Geräusch unterscheiden. Junkers 88, Heinkels, Messerschmitts, Wellingtons, Blenheims, Lancs ... sie setzten auf ihre Favoriten. Zuerst erschienen die deutschen Flugzeuge nur sporadisch und vereinzelt am Himmel, so daß die Jungen gar nicht auf die Idee kamen, Angst zu haben.

Für sie war der Krieg ein fernes, fiktives Spiel. Sie spielten »Engländer und Deutsche« mit anderen Kindern auf den Dorfstraßen, und an den dunklen Abenden saßen sie mit John und der Köchin um das Küchenradio und hörten Tommy Handleys ITMA und »Appoint-

ment with Fear«, das ihnen mehr angst machte als die Nachrichten, und Lewis lernte Lord Haw-Haw so gut zu imitieren, daß sich die Köchin beinahe totlachte.

Im Lauf der folgenden Wochen jedoch überflogen immer mehr Flugzeuge die Gegend, und die Radiomeldungen wurden ernster. Frankreichs Widerstand brach zusammen, und Italien trat in den Krieg ein. John Pebbles meldete sich zur Heimatwehr und führte mit einem alten Schrotgewehr aus der Halle in den Hügeln Schießübungen durch. Dann kapitulierten Holland und Belgien, und die Leute begannen zu behaupten, in stillen Nächten könnte man als fernes Grollen den Schlachtenlärm aus Frankreich hören. Lewis stand mehrfach in den frühen Morgenstunden auf und ging in den Hof hinaus, um zu horchen, doch alles, was er je hörte, waren die Rufe der Eule, die sich im Stall eingenistet hatte, und das Scharren der Pferdehufe.

Im Juni, als der Transport der englisch-französischen Armee aus Dünkirchen begann, hielt Winston Churchill, der mittlerweile Premierminister war, eine Radioansprache: »Wir werden an den Küsten kämpfen, wir kämpfen an den Stränden, wir kämpfen auf den Feldern und den Straßen, wir kämpfen in den Hügeln, wir werden uns nie ergeben«, und Lewis versuchte sich vorzustellen, wie die Menschen, und irgendwo unter ihnen auch seine Brüder, kämpften. Beseelt durch Mr. Churchills aufrüttelnde Worte, hatten er und William lange Streitgespräche, wie sie im Fall einer Invasion Widerstand leisten sollten. Sie bauten sogar in der Waldlichtung einen provisorischen Unterstand aus Mr. Cuddys altem Zelt und lagerten dort Konserven, die sie von der Köchin erbettelt hatten.

Dann, eines Nachts im Juli, wachte Lewis von einer Detonation auf. Hastig sprang er im Dunkeln in seine Kleider, rannte die Treppen hinunter und auf den Hof vor dem Stall hinaus. Funken sprühten über die Baumwipfel aus der Richtung des Dorfes und verglühten, noch während er zusah. Dann gab es erneut ein Krachen, und eine Stichflamme loderte hoch über den Bäumen auf, und Lewis hörte lautes Schreien.

»Was war das? Hast du's gesehen?« William stürzte aus der

Küchentür ins Freie und stopfte sich dabei das Hemd in die Hose. Hinter ihm tauchte Edwina auf. Dann kam Mr. Cuddy, der einen Morgenmantel über Hose und Hosenträger gezogen hatte und dessen Haar wirr vom Kopf abstand. John tauchte als letzter auf, kam im Dauerlauf den Hügel von seinem Cottage heruntergelaufen, das Schrotgewehr in der Hand.

»Ich habe Motorengeräusche vor der Detonation gehört«, klärte John sie auf. »Da ist ein Flugzeug abgestürzt. Je schneller wir dort sind, desto besser. Im Dorf gibt es Leute, die was verdammt Dummes tun könnten.«

John und Edwina tauschten einen bedeutungsvollen Blick.

»Terence Pawley?« fragte sie.

John nickte. »Unter anderem.«

Lewis wußte, daß Mr. Pawleys Sohn Neville seit vergangener Woche in Frankreich vermißt wurde und daß Mr. Pawley wilde Drohungen gegen jeden Deutschen ausgestoßen hatte, den er je in die Finger kriegen sollte.

»Also gut«, seufzte Edwina. »Kommt, ihr beiden. Ihr seid alt genug, um euch nützlich zu machen.«

»Ich hol den Wagen … dann geht's schneller«, sagte John und rannte zur Garage.

Mr. Cuddy band den Gürtel seines Morgenmantels zu. »Ich komme mit euch.«

Edwina wandte sich zu ihm um. »Nein, Sie bleiben lieber hier, Warren. Ich möchte, daß Sie Unterstützung organisieren, falls es nötig werden sollte. Die Jungen können als Meldeboten dienen.«

Dann fuhr John den Bentley vor, sie stiegen zu dritt ein und fuhren im nächsten Moment die Auffahrt hinunter. Der Himmel über dem Dorf glühte schwach rot und sein Schein erhellte den Weg. Lewis dachte plötzlich daran, wie lange ihm die Fahrt vom Dorf bis zum Herrenhaus an jenem ersten Abend nach seiner Ankunft erschienen war, als alles noch so ungewohnt gewesen war. Sein Magen krampfte sich bei dem Gedanken daran, was sie erwartete, ängstlich zusammen. Er wußte, daß Edwina gegenüber Mr. Cuddy sowohl realistisch als auch taktvoll gewesen war. Die Dorfbewohner hatten herausbekommen, daß Mr. Cuddy Deutsch sprach. Und in der angespannten Lage war davon die Rede gewesen, er könne ein Spion sein.

John fuhr so schnell es die Verdunklung erlaubte, und als sie um die letzte Kurve schleuderten, schossen Flammen aus einem Krater, der sich neben dem Dorfplatz aufgetan hatte. Aus den Flammen ragte eine verbogene, schwarze Silhouette: der Schwanz eines Flugzeugs ... nein, von zwei Flugzeugen, verkohlt und wie in einer obszönen Umarmung ineinander verkeilt.

Sie sprangen aus dem Wagen und rannten zu den Schaulustigen, und Lewis würgte, als beißender Gestank seine Atemwege versengte und sich der heiße Öldunst des brennenden Flugzeugbenzins mit der widerlichen Süße verbrannten Fleischs mischte.

»Was ist passiert?« hörte er Edwina fragen.

»Ein Wellington-Bomber«, antwortete ein Mann, und als er sich zu ihnen umdrehte, war sein Gesicht von Ruß und Schweiß verschmiert. »Muß mit einem deutschen Flieger kollidiert sein. War keiner mehr zu retten.«

»Die sind gegrillt«, sagte Terence Pawley neben ihm, und es klang beinahe schadenfroh. »Alle zusammen. Geschieht ihnen recht, den verdammten Hunnen.«

»Halt die Klappe, Terence!« Der Mann mit dem rußgeschwärzten Gesicht drehte sich wütend zu ihm um. »Da drinnen sind auch unsere Jungs verbrannt.«

Lewis glaubte ein schwaches Geräusch zu hören, es klang wie der Widerhall eines Schreis, und der Gestank drohte ihn zu ersticken. Er schaffte es gerade noch bis zum Rand des Dorfplatzes, bevor er sein Abendessen erbrach. Dann merkte er, daß er weinte und daß William leichenblaß vor Entsetzen neben ihm stand.

»Sie müssen gewußt haben, daß sie sterben ... saßen ja wie Tiere in der Falle«, bemerkte William, aber Lewis richtete sich nur stumm auf und wischte sich mit zitternder Hand über den Mund.

Sie beobachteten das Feuer aus sicherer Entfernung, bis die Flammen erloschen und das Wrack im Morgengrauen allmählich Konturen annahm. Das deutsche Flugzeug war eine Junkers 88. Die Einzelteile beider Maschinen lagen über das ganze Dorf verstreut. »Ein Wunder«, murmelten alle, »daß keines der Häuser getroffen worden ist.« Als der Tag anbrach, wurde deutlich, daß die Katastrophe nicht nur materiellen Schaden angerichtet hatte ... die Posthalterin fiel in Ohnmacht, als sie ein einzelnes, abgetrenntes Bein in ihrem Garten fand, und weitere grausige Überreste menschlichen Lebens wurden noch Tage später entdeckt. Die kleineren Kinder gingen mit Begeisterung auf Souvenirjagd, doch für Lewis und William war Krieg plötzlich kein Spiel mehr.

Während der heißen Tage im August wurden die Angriffe auf London immer zahlreicher. Und obwohl das Leben im großen und ganzen weiterging wie bisher, wachte Lewis oft aus schrecklichen Angstträumen von den brennenden Wracks auf.

Am Samstag, den 7. September, wenige Minuten vor vier Uhr nachmittags, fuhren die Jungen mit den Fahrrädern den Hombury Hill hinauf, als sie über sich das Dröhnen von Flugzeugen hörten. Beide hielten an und sahen in den Himmel – prüften beinahe automatisch, ob es Jagdflugzeuge oder Bomber waren – und entdeckten, daß es über ihnen vor deutschen Flugzeugen nur so wimmelte. Sie kamen zu Hunderten. Schwer beladene Bomber in Begleitung von Jagdgeschwadern schwirrten in majestätisch exakten Formationen auf London zu.

Als die letzte Maschine in der Ferne verschwunden war, machten sie kehrt und radelten zum Herrenhaus zurück, als sei der Teufel hinter ihnen her. Sie fanden alle, sogar Edwina, vor dem Radio in der Küche versammelt, wo sie auf Nachrichten warteten. Die Berichte waren chaotisch und widersprüchlich, doch während die Stunden vergingen, wurde Lewis' Angst zur schrecklichen Gewißheit.

Gegen Abend goß die Köchin frischen Tee auf, schmierte ein paar belegte Brote und bestand darauf, daß sie etwas aßen. Während der Woche war die Katze irgendwie an die Butterration gelangt, so daß Bratenfett als Brotaufstrich herhalten mußte, und was als Trost gemeint war, weckte in Lewis nur die schmerzliche Erinnerung an zu Hause. Er schob den Teller von sich und rannte blindlings aus der Küche.

Lewis suchte Zuflucht im Stall. Im Lauf der Monate hatte er häufig Trost in den Gerüchen und Geräuschen der Tiere gesucht. So ließ er sich auch jetzt auf den Strohballen neben Zeus' Box nieder und fiel in einen erschöpften Schlaf.

Er erwachte in der Dunkelheit, wußte im ersten Moment nicht, wo er war, hörte Williams Stimme und fühlte seine Hand, die ihn wachrüttelte.

»Lewis, wach auf! Es ist das East End! Sie haben's im Radio gebracht. Die Deutschen haben die Docks bombardiert.«

»Was?« Lewis richtete sich auf. Sein Mund war wie ausgetrocknet.

»John war auf dem Leith Hill. Man konnte es von dort sehen. Jetzt ist alles dunkel.«

»Was sehen?« wiederholte Lewis begriffsstutzig. Sein Gehirn wollte den Sinn der Worte nicht begreifen.

»Das Feuer. Das East End brennt, Lewis. London brennt.«

12

Die Docks waren aus der Luft unschwer zu erkennen und wurden mehr als jedes andere zivile Ziel angegriffen. Fast tausend Sprengbomben und Tausende von Brandsätzen wurden abgeworfen und große Teile der Wohngebiete in den »Docklands« verwüstet. Während des gesamten Blitzkriegs starben 30 000 Menschen. Wenig mehr als die Hälfte der Opfer hatte London zu beklagen, und ein hoher Prozentsatz davon starb in den »Docklands«.

PAUL CALVOCORESSI, aus: Docklands, ein illustrierter historischer Überblick

»Worüber wollten Sie mit mir reden?« fragte Teresa Robbins, als sie an den Tisch an der Rückwand ihres Büros trat. Der lange Zeichentisch stand direkt unter den Fenstern und enthielt Tassen, Teekanne und elektrischen Wasserkocher sowie Schüsseln und Büchsen, die Gemma mittlerweile mit der Verkostung von Tee in Verbindung brachte. »Ich koche uns eine Tasse Tee, ja?« fügte Teresa hinzu und sah über die Schulter zu Gemma.

»Nur ein paar Routinefragen«, antwortete Gemma und erwiderte das Angebot einer Tasse Tee mit zustimmendem Nicken. Sie beobachtete, wie Teresa den Kessel mit Mineralwasser füllte. Ihre Hände schienen leicht zu zittern, was ihre beherrschte Miene Lügen strafte.

Nachdem Gemma Kincaid im Limehouse-Revier verabschiedet hatte, war sie kurz nach Arbeitsbeginn in der Firma Hammond's erschienen, um Teresa erneut zu vernehmen.

Im Gegensatz zu Mortimers Büro war der Raum, den Teresa und Annabelle sich geteilt hatten, groß genug für zwei Schreibtische. Sie standen einander gegenüber, und in der Mitte führte ein breiter Mittelgang hindurch. Der pseudobüromäßige Stilmix aus Mortimers Zimmer fehlte. Die Schreibtische waren aus schlichter Eiche, wirkten zweckmäßig und abgenutzt. Annabelles ehemalige Tischplatte war bis auf die Schreibunterlage leer.

Rot oder schwarz beschriftete Teekisten aus Holz standen entlang der Wände, und ein einfaches Bücherregal enthielt eine Sammlung von Designer-Teekannen. Der Raum roch nach Tee und ... einem dezenten Duft, den Gemma nicht ganz einordnen konnte.

Gemma setzte sich auf den Stuhl, der Teresas Schreibtisch am nächsten stand. Sie beobachtete, wie Teresa kochendes Wasser in eine einfache, weiße Porzellankanne goß, einmal umrührte und dann eine Küchenuhr stellte. »Ich wußte gar nicht, daß Teekochen nach einem genauen Zeitplan erfolgen muß«, bemerkte Gemma und deutete auf die Uhr.

»Wie bitte?« Teresa sah sie verständnislos an. »Ach so, Sie meinen die Küchenuhr.« Sie drehte sich um und lehnte sich gegen den Zeichentisch, während der Tee ziehen mußte. »Das ist das erste, das man lernt ... besonders beim Vorkosten der Tees. Wenn der Tee nicht richtig gezogen hat, kann man das Aroma der Mischungen nicht vergleichen. William besteht auf fünf Minuten, aber das ist mir zu stark. Mir genügen viereinhalb Minuten.«

»Und was für eine Sorte trinken wir jetzt?« Gemma hatte das Etikett auf der Tüte nicht erkennen können, aus der Teresa den Tee genommen hatte.

»Eine Englische Frühstücksmischung. Besteht hauptsächlich aus Assamtees ... das ist ein starker, schwarzer, indischer Tee«, klärte Teresa sie auf. »Am Nachmittag gehe ich gewöhnlich zu Ceylontees über. Sie sind etwas leichter und blumiger.« Die

Küchenuhr war abgelaufen, und Teresa goß Milch in die beiden vorgewärmten Teetassen. Dann schenkte sie Tee durch ein Sieb nach. Sie reichte Gemma eine Tasse mit Löffel und Zuckerdose und setzte sich mit ihrem Tee hinter den Schreibtisch. »Ist ein Brauch, den ich von Annabelle gelernt habe. Und Annabelle von William.« Ihr Blick schweifte beinahe unfreiwillig zu Annabelles leerem Schreibtisch. Hastig konzentrierte sie sich wieder auf ihre Tasse.

»Haben Sie Annabelles Schreibtisch aufgeräumt?« fragte Gemma und trank einen Schluck Tee. Er hatte ein vollmundiges, malzartiges Aroma und schmeckte ihr besser als jeder andere Tee zuvor.

»Fürs erste habe ich alles in die Schubladen geschoben«, gab Teresa zu. »Ich konnte den Anblick der Sachen einfach nicht ertragen. Das hätte ich mir vermutlich sparen können. Schließlich denke ich sowieso jede Minute an sie.« Sie sah auf, und ihre blaßblauen Augen begegneten Gemmas Blick. »Ich weiß, Sie verstehen mich nicht ... aber manchmal ist ihre Gegenwart regelrecht spürbar, und dann bilde ich mir ein, ihr Parfüm zu riechen.«

Gemma fiel der kaum wahrnehmbare Duft ein, der ihr noch vor einem Moment aufgefallen war. »Ein Duft nach Holz und Zitrone?«

»Riechen Sie ihn auch? Das Parfüm ist speziell für sie hergestellt worden. Es war Bergamotte dabei ... das ist das Aroma, das im Earl Grey verwendet wird. Sie hat immer behauptet, es eigne sich viel besser für Parfüms als für Tees.«

»Ich bezweifle, daß wir's hier mit einem Gespenst zu tun haben«, versicherte Gemma ihr. »Starke Gerüche halten sich lange ... unter anderen Umständen würde es Ihnen wahrscheinlich gar nicht auffallen.«

»Ja, vermutlich haben Sie recht«, stimmte Teresa ihr zu, aber es klang nicht überzeugt. Sie sah an diesem Vormittag beinahe hübsch aus in ihrem blaßblauen Sommerkleid. Ihr Haar wurde von einer passenden, blauen Haarspange zurückgehalten. Im Vergleich mit Annabelle allerdings mußte sie immer den kürzeren gezogen haben, egal, wieviel Mühe sie sich gegeben hatte. Gemma fragte sich, inwieweit sie das gestört haben mochte.

Gemma trank von ihrem Tee und schwor sich, diese Frühstücksmischung bei der erstbesten Gelegenheit zu kaufen. »Ist Reg Mortimer heute morgen nicht im Büro?«

Teresa errötete. »Nein, er fühlt sich nicht gut. War alles ein bißchen viel für ihn ... Reg hat Annabelle sehr geliebt.«

»Und hat Annabelle Reg geliebt?«

»Wie ... wie meinen Sie das? Selbstverständlich hat sie ...«

»Weshalb ist sie dann ihrem Verlobten mehr als nur einmal untreu gewesen?«

Teresas Hand erstarrte in der Luft über dem Henkel ihrer Teetasse. »Wie bitte?«

»Hatte sie sich Ihnen nie anvertraut? Ich dachte, das hätte sie vielleicht getan.«

»Was anvertraut? Wovon reden Sie?«

»Haben Sie gewußt, daß Annabelle eine Affäre mit Martin Lowell hatte? Daran ist seine Ehe mit Jo zerbrochen. Reg hat erst in Annabelles Todesnacht davon erfahren.«

»Martin Lowell? Das kann nicht sein ... das ist ein Irrtum«, erwiderte Teresa atemlos.

»Kein Irrtum. Harry Lowell hat bei Jos Dinnerparty davon angefangen. Reg schäumte vor Wut. Er hat es mittlerweile zugegeben ... allerdings erst, als er nicht mehr anders konnte.«

»Das kann nicht sein«, wiederholte Teresa, und ihre Augen wirkten spiegeleiergroß in ihrem schmalen Gesicht. »Warum hätte Annabelle das tun sollen?«

»Ich dachte, Sie könnten mir vielleicht eine Erklärung liefern.«

»Der Tod ihrer Mutter hat sie schwer getroffen«, antwortete Teresa langsam. »Jedenfalls kam es mir so vor. Allerdings war ich damals erst wenige Monate bei der Firma Hammond's. Ich kannte sie kaum.« Bitter fügte sie hinzu: »Fünf Jahre später scheint sich das kaum geändert zu haben, was? Annabelle hat im geschäftlichen Bereich immer ostentativ auf Ehrlichkeit bestanden ... aber für ihr Privatleben hat das offenbar nicht gegolten.« Sie sah von ihrer Teetasse auf. »Und Martin Lowell war nicht der einzige, sagen Sie?«

»Bei weitem nicht. Annabelle hatte wohl ein Verhältnis mit einem gewissen Lewis Finch ... und mit dessen Sohn Gordon.«

»Lewis Finch? Mit *dem* Lewis Finch?« wiederholte Teresa. »Sind Sie sicher?«

»Kennen Sie ihn?«

»Nein, ich ... nur dem Namen nach«, erwiderte Teresa unsicher.

»Wußten Sie, daß William Hammond Finch nicht ausstehen kann?«

»Aber alle bewundern Lewis Finch«, protestierte Teresa. »Er hat für das ›Island‹ soviel getan ... Ich weiß, daß Annabelle große Stücke auf ihn hielt.«

»Hat Annabelle mit Ihnen über Finch gesprochen?«

»Nicht privat. Aber mir war klar, daß sie ihn kannte.«

»Und sein Sohn Gordon? Hat sie ihn je erwähnt?«

»Nein, nie. Ist mir ganz neu, daß Lewis Finch einen Sohn hat.«

Gemma fragte sich, ob Annabelle diese Dinge aus reinem Kalkül für sich behalten hatte oder ob sie es einfach genossen hatte, Geheimnisse zu haben. »Annabelle hat am Abend ihres Todes mit Gordon Finch gesprochen ... er war der Straßenmusiker, den Reg Mortimer im Tunnel gesehen hatte. Das war kurz nachdem sie Reg gesagt hatte, daß sie einen anderen liebe ... und nach dem Streit wegen ihrer Affäre mit Martin Lowell. Sie werden verstehen, daß es schon deshalb nicht gut für Reg aussieht.«

Teresa wollte aufstehen, schloß dann die Augen und sank auf ihren Stuhl zurück. Sie war leichenblaß geworden. »Ich habe mich wie eine Idiotin benommen.«

»Warum? Was ist passiert?« fragte Gemma hastig.

Teresa schlug die Augen auf. Erst jetzt schien ihr bewußt zu werden, was sie gesagt hatte. »Das ist persönlich ... hat nichts mit Ihren Ermittlungen zu tun.«

»Teresa, wenn das irgendwie mit Reg zusammenhängt, sollten Sie mir lieber reinen Wein einschenken. Wenn Sie ihn decken, machen Sie sich vielleicht der Komplizenschaft schuldig ... aus falsch verstandener Loyalität.«

»Nein, ehrlich ... ich weiß nichts. Es ist nur ...« Sie zögerte. »Haben Sie je etwas so Dummes getan, daß man denken könnte, Sie hätten den Verstand verloren?« fügte sie atemlos hinzu.

Unwillkürlich dachte Gemma an ihren Tanz im Park mit Gordon Finch. War Teresa ebenso empfänglich für Regs Charme? »Warum erzählen Sie's mir nicht einfach?«

»Nein, ich ...«

Teresa fuhr zusammen, als das Telefon klingelte. Nach einem Blick auf Gemma hob sie den Hörer ab. Sie hörte zu, murmelte gelegentlich eine Antwort, dann legte sie langsam auf.

»Das war Mr. Hammond. Er möchte, daß wir für morgen vormittag eine Verwaltungsratssitzung einberufen. Martin Lowell besteht darauf.«

»Und das bedeutet?«

»Es soll entschieden werden, wer Annabelles Job als Geschäftsführerin übernimmt.«

»Dann heißt es wohl Sie oder Reg, stimmt's?« wollte Gemma wissen.

»Es sei denn, William beschließt, die Firma selbst wieder zu übernehmen. Oder man einigt sich auf einen Außenseiter.« Teresa spielte geistesabwesend mit Papieren. »Ich muß die Finanzberichte vorbereiten ...«

Gemma beugte sich vor. »Teresa, Sie müssen mir sagen, was zwischen Ihnen und Reg vorgefallen ist. Sie können nicht beurteilen, inwiefern das für unsere Ermittlungen wichtig ist.«

Teresa schüttelte energisch den Kopf. Gemma entging nicht, daß sie erneut rot geworden war. »Nein, ich kann nicht. Und ich will nicht. Ich war eine dämliche Kuh, weil ich mir eingeredet habe, ich könnte ihn trösten ...« Sie schluckte. Ihre Hände hantierten fahrig mit den Papieren auf ihrem Schreibtisch. »Aber er wollte keinen Trost. Er wollte es Annabelle heimzahlen, weil er herausbekommen hatte, was sie getan hatte. Und ich kam da gerade recht.«

»Teresa, haben Sie mit Reg geschlafen? Ist es das? Falls er sich Ihnen anvertraut hat ...«

Teresa lächelte. »Offenbar hat er mir nicht mal die Hälfte von dem erzählt, was er Ihnen gesagt hat. Ich kann Ihnen nicht behilflich sein.« Sie stand auf. »Ich muß die Zahlen für die Finanzberichte vorbereiten. Außerdem bin ich wohl auch für die Marketingberichte zuständig ... jetzt, da Reg sich so rar macht.«

Gemma wußte, daß sie im Augenblick mit Teresa nicht weiterkam. Sie zog ihre Visitenkarte aus der Handtasche und legte sie auf Teresas Schreibtisch. »Rufen Sie mich an, falls Sie reden möchten ... oder wenn Ihnen was einfällt, das Sie mir verschwiegen haben. Jederzeit. Tag oder Nacht. In Ordnung?«

Teresa nickte, und Gemma verabschiedete sich. Draußen auf der Galerie blieb sie eine Weile stehen und sah auf das untere Stockwerk des Speichers hinab. Sie dachte an die Beziehungen zwischen den Menschen, die in diesem Gebäude gearbeitet und sich in ein Netz von Heimlichkeiten und Halbwahrheiten verstrickt hatten, das immer komplizierter geworden war. Sie wußte jetzt etwas, das sie noch vor einer halben Stunde nicht geahnt hatte.

Wenn ihr Instinkt sie nicht trog, war Teresa Robbins in Reg

Mortimer verliebt, und Reg hatte diese Tatsache ausgenutzt. Aber zu welchem Zweck?

Als Reg vor dem Spiegel seines Ankleidezimmers die Krawatte band, dachte er an Annabelle und wie gern er ihr zugesehen hatte, wenn sie sich zum Ausgehen zurechtgemacht hatte. Sie hatte sich mit der Konzentration eines Malers geschminkt, der seinem Gemälde die letzten Pinselstriche hinzufügte, ohne daß man dem Resultat all die Mühe angesehen hätte ... Annabelle war einfach nur noch schöner geworden.

Sie war so egozentrisch gewesen wie eine sich putzende Katze, und er hatte das damals als amüsant empfunden. Diese Ichbezogenheit hatte sich allerdings auch auf andere Aspekte ihrer Beziehung ausgeweitet, und er fragte sich jetzt, wieso er das akzeptiert hatte. Selbst im Bett war sie ihm stets distanziert erschienen, so als bliebe ein Teil von ihr für ihn immer unerreichbar. War sie bei den anderen auch so gewesen?

Der Gedanke verursachte ihm Übelkeit, und Schweiß brach ihm aus. An diesem Morgen, als er sich von Teresa verabschiedet hatte, hatte er vorgehabt, nach einer Dusche und dem Rasieren in seinem Badezimmer sofort ins Büro zu gehen. Kaum hatte er jedoch sein Apartment erreicht, hatten Magenkrämpfe ihn aufs Sofa gezwungen.

Sein ganzes Leben schien vor seinen Augen wie ein Kartenhaus einzustürzen, und es kostete ihn all seine Kraft, die nackte Panik in Schach zu halten. Seine Eltern konnte er nicht um Hilfe bitten ... sein Vater hatte ihn schon zu oft herausgepaukt und im vergangenen Jahr keinen Zweifel daran gelassen, daß damit Schluß sei. Er konnte nicht hoffen, daß er seine Haltung ändern würde.

Wenn er nur einen Weg finden könnte, seine Gläubiger noch etwas länger hinzuhalten ... und wenn er William überzeugen könnte, seine Nominierung als Geschäftsführer vor den

Mitgliedern des Verwaltungsrates zu unterstützen, dann blieb ihm vielleicht eine Hoffnung zu überleben.

Und dann war da noch Teresa. Sie wenigstens glaubte ihm. Er begriff selbst nicht, wie er die wohltuende Kraft ihrer Beständigkeit und Loyalität solange hatte übersehen können.

Das Telefon klingelte. Er zuckte zusammen, ging zum Nachttisch und hob den Hörer ab.

Es war Fiona, die Empfangsdame der Firma Hammond's. Sie teilte ihm mit, daß Miß Robbins sie gebeten habe, ihn zu informieren, daß Mr. Hammond eine Verwaltungsratssitzung für zehn Uhr am folgenden Vormittag einberufen habe. Als er mit sinkendem Mut fragte, weshalb Teresa nicht selbst angerufen habe, antwortete Fiona verlegen: »Das weiß ich wirklich nicht, Sir.« Sie legte auf.

Reg ließ den Hörer auf die Gabel fallen. Was war jetzt schon wieder passiert? Allmählich schien sich alles gegen ihn zu wenden.

Am Nachmittag des zweiten Tages der Bombenangriffe fand Edwina Lewis in seinem Zimmer über dem Stall, wie er seine Habseligkeiten in den alten, verbeulten Koffer packte. Er richtete sich auf, sah sie trotzig an und erwartete, für seinen Ungehorsam gescholten zu werden, denn als er sie am Morgen gebeten hatte, nach London zurückkehren zu dürfen, hatte sie ihm die Erlaubnis verweigert.

Statt dessen ließ sie sich elegant auf dem einzigen Stuhl des Zimmers nieder und musterte ihn so verständnisvoll, daß er sich abwenden mußte und durchs Fenster auf die Spatzen sah, die auf den Dachsparren des Stalles saßen.

»Lewis, tu's nicht«, sagte sie ruhig. »Ich weiß, welche schrecklichen Sorgen du dir machst. Aber das einzige, was du für deine Familie tun kannst, ist hierzubleiben ... hier, wo sie dich immer erreichen können.«

»Aber ... was, wenn ... nicht zu wissen ... Das kann ich nicht ertragen ...«

»Wir wissen nicht, wie lange die Bombenangriffe noch andauern. Und deshalb haben sie dich ja auch weggeschickt, damit du in Sicherheit bist. Wie würde sich deine Mutter fühlen, wenn du nach London zurückkommst und verletzt oder getötet wirst? Dann ist das ganze Jahr doch völlig umsonst gewesen, oder?«

Er schüttelte wortlos den Kopf, und fand unerwartet Trost in der Wut seiner Mutter.

»Im East End herrscht Chaos«, fuhr Edwina fort. »Soviel weißt du. Du hast die Reportagen im Radio gehört. Und Williams Eltern haben uns das bestätigt. Sie konnten uns von Greenwich aus anrufen. Der alte Speicher der Firma Hammond's ist zum Glück nur leicht beschädigt worden. Es ist möglich, daß deine Familie ausquartiert worden ist ... und in diesem Fall würdest du sie nicht mal finden. Das vernünftigste ist abzuwarten. Ich bin sicher, daß wir bald Nachricht erhalten.« Er hörte die Stuhlbeine knacken, als Edwina aufstand. Dann fühlte er ihre Hand zart auf seiner Schulter. »Versprich mir, daß du nichts überstürzt.«

Nach einem Moment brachte er ein Nicken zustande. »Also gut«, sagte er, ohne sie anzusehen.

»Du bist ein vernünftiger Junge, Lewis«, seufzte Edwina und drückte kurz seine Schulter. »Ich wußte, daß ich mich auf dich verlassen kann.«

Lewis hörte, wie sie die Treppe hinunterging. Der Schritt ihrer Stiefel war so schnell und präzise wie alles, was sie tat. Trotzdem – er fühlte sich keineswegs vernünftig. Tief in seinem Herzen wußte er, daß er seine Familie im Stich ließ, sie einem unbekannten Schicksal überließ, das er mit ihr hätte teilen müssen, und daß sein Verharren in Sicherheit und Vernunft ihn zum Außenseiter und Feigling stempelte.

Das Haus in der Stebondale Street wurde in der dritten Nacht des Blitzkriegs von einer Brandbombe getroffen, aber das erfuhr Lewis erst eine Woche später, als die Nachricht mit der Post kam. Das Stück Papier war schmutzig und fleckig, aber er machte fast einen Luftsprung, denn die saubere altmodische Klosterschülerinnenhandschrift seiner Mutter war unverkennbar.

Lieber Lewis,
das Haus ist zerstört, aber uns ist nichts passiert. In der dritten Nacht, als die Bomber kamen, ist eine Brandbombe auf das Hausdach gefallen. Aber wir waren bei den McNeills in der Chapel House Street in ihrem Unterstand, als die Sirenen heulten. Wir hatten also Glück, was? Man hat uns eine Wohnung in Islington zugewiesen, die wir mit zwei anderen Familien teilen. Sie ist nicht sonderlich sauber, aber zumindest haben wir ein Dach über dem Kopf. Ich schreibe bald mehr.
Vergiß nicht, daß ich dich liebhabe.
Deine dich liebende Mutter.

Lewis hatte täglich am unteren Ende der Auffahrt auf die Post gewartet, und jetzt stand er dort, starrte auf das fleckige Stück Papier, bis Tränen seinen Blick trübten und auf den Brief tropften. Er wußte, daß William, Edwina und Mr. Cuddy und sogar die Köchin ihn wie jeden Tag ängstlich vom Haus aus beobachteten, aber er konnte sich nicht überwinden, ihnen ein Zeichen zu machen.

Nach einer Weile kam William zu ihm herunter, aber Lewis brachte noch immer kein Wort heraus. Er war gezwungen, William den Brief zu übergeben, damit er ihn selbst lesen konnte.

William las, blinzelte auf die ungewohnte Schrift, und bewegte stumm die Lippen. Dann sah er auf. Ein Lächeln glitt über sein Gesicht, und er klopfte Lewis auf den Rücken und schrie: »Hurra! Verdammt noch mal! Hurra!« Und danach war alles gut.

Es war später Vormittag, bevor Kincaid nach einem kurzen Aufenthalt im Yard nach Cambridge fahren konnte. Er schlängelte sich konzentriert durch den Londoner Verkehr, bis er die M 11 erreichte, schob dann eine Jazzkassette in den Rekorder des Autoradios des Rovers, die Gemma ihm geschenkt hatte, lenkte den Wagen auf die Überholspur und war entschlossen, schnell ans Ziel zu kommen.

Das Stück war eine Improvisation, die Klänge des Pianos gelegentlich so flüchtig wie der Wind im Gras oder so fließend wie das Plätschern eines Bachs. Nach einer Weile schienen sich in der Musik seine Gedanken an Kit mit Erinnerungen aus der eigenen Kindheit zu verweben.

Er hatte die Sommerferien mit der ungezwungenen Freiheit des Kindes verbracht, das auf dem Land aufwächst, hatte morgens Verpflegung eingepackt und war zu abenteuerlichen Wanderungen oder Fahrradtouren aufgebrochen. Manchmal mit Freunden, gelegentlich allein, wenn es ihm gelang, seine kleine Schwester abzuschütteln. Er war auf Bäume geklettert, in Kanälen geschwommen und hatte sich mit Geduld und Hingabe das Angeln beigebracht.

Natürlich mußte es auch Regentage oder ereignislose Tage gegeben haben. In der Erinnerung jedoch waren sie alle erfüllt gewesen mit der süchtigmachenden Atmosphäre des Abenteuers. Erst jetzt im Rückblick erkannte er, was ihm dieses unerschütterliche Vertrauen in die eigene Sicherheit gegeben hatte: nämlich das Bewußtsein, daß er allabendlich bei seiner Rückkehr nach Hause nach Ladenschluß seine Mutter und seinen Vater, eine warme Mahlzeit und die Schwester Miranda vorfinden würde, die mit ihm Monopoly oder Fangen spielen wollte.

Dieser familiäre Rückhalt war ihm als unumstößliche Bastion erschienen. Niemals war ihm der Gedanke gekommen, daß sie so leicht zu erschüttern war wie ein Kartenhaus.

Es war fast Mittag, als er in die Auffahrt der Millers einbog und den Motor abstellte. Laura Miller war Vics Sekretärin und gute Freundin von der Englischen Fakultät der Universität gewesen. Ihr Sohn Colin war ein Schulkamerad von Kit, obwohl die Millers in Comberton, einem kleinen Dorf wenige Meilen außerhalb von Grantchester, wohnten. Lauras Bereitwilligkeit, Kit nach dem Tod der Mutter bei sich aufzunehmen, hatte dem Jungen ein Paradies an familiärer Sicherheit und Kontinuität während des laufenden Schuljahres beschert.

Zu Kincaids Überraschung öffnete Laura selbst auf sein Klingeln. »Ich dachte, du seist im Büro«, begann er und gab ihr einen Kuß auf die Wange.

»Ich habe auch Sommerferien«, antwortete sie und ließ ihn herein. Sie trug weiße Shorts und eine farbige, indische Baumwollbluse, und ihre helle Haut war von der Hitze leicht gerötet. »Komm hinter in die Küche. Da ist es kühler.«

Das Reihenhaus war gemütlich eingerichtet. Überall lagen Schuhe und Sportgeräte herum, die verrieten, daß in diesem Haushalt Jungen wohnten. »Colin ist in diesem Sommer fußballwahnsinnig. Keine Ahnung, was ihn gepackt hat«, bemerkte Laura, als sie einen Ball und schmutzige Socken vom Küchenstuhl räumte. »Setz dich. Ich hole dir was zu trinken. Ginger Ale mit Eis?«

Als er nickte, fuhr sie fort: »Ich habe heute morgen schon versucht, dich anzurufen.« Sie reichte ihm ein Glas Ginger Ale und setzte sich ebenfalls. »Was ist eigentlich los, Duncan? Kit ist verschlossen wie eine Sphinx aus London zurückgekommen ... und dann ist gestern auch noch Ian McClellan hier aufgetaucht und hat behauptet, er sei wieder in Cambridge ... und zwar auf Dauer. Erst heute morgen habe ich Kit schließlich dazu gebracht, mir zu erzählen, daß Ian ihn zu sich ins Cottage nach Grantchester nehmen will.«

»Dann hat Ian schon mit Kit gesprochen?«

»Er ist nicht lange geblieben. Mehr war aus Kit nicht herauszubekommen. Er will überhaupt nicht darüber reden und weigert sich, das Haus zu verlassen. Ich mache mir langsam wirklich Sorgen.«

»Ich habe Kit gesagt, daß ich sein Vater bin«, gestand Kincaid zögernd. »Am Abend, bevor Ian mich in London angerufen hat.«

»Ach du liebe Zeit!« Laura war entsetzt. »Kein Wunder, daß der Junge völlig verstört war, als er hier ankam.«

»Ich wußte, daß der Gedanke gewöhnungsbedürftig sein würde, aber mit einer Abfuhr hatte ich wohl nicht gerechnet ... Schätze, ich hatte gehofft, daß er sich freuen würde.«

Laura schüttelte den Kopf. »Du warst Kits Zuflucht vor seinem alten Leben, ein Außenstehender ... und bis auf die letzten Monate ein Freund.«

»Aber ein Vater ist doch sicher ...«

»Ich glaube, du verstehst nicht, Duncan. Für Kit sind Eltern die letzten Menschen, auf die er sich verlassen kann. Sie laufen weg und lassen ihn allein. Oder sie sterben. Ich glaube, nichts hätte ihm einen größeren Schreck einjagen können.«

Kincaid sah sie an und fragte sich, warum er darauf nicht schon selbst gekommen war. »Mein Gott! Mir war gar nicht klar ... Wie kann ich das nur wieder ausbügeln?«

Laura runzelte die Stirn. »Keine Ahnung. Versuch einfach, ihm die Sicherheit zu geben, daß sich zwischen euch nichts geändert hat.« Sie deutete auf die Gartentür. »Er ist hinten im Garten.«

Herumliegendes Gartengerät und leere Plastiktöpfe verrieten ihm, daß Laura an den Staudenbeeten gearbeitet hatte, die in der prallen Sonne lagen. Erst einige alte Eichen im rückwärtigen Gartenteil machten den Garten zu einer schattigen Idylle. Er pfiff nach Tess, die sofort angerannt kam, um ihn schwanzwedelnd zu begrüßen. Kit war nirgends zu sehen, bis er den ersten Baum umrundet hatte.

Dort saß Kit mit dem Rücken gegen einen Baum gelehnt, die Arme um die Knie geschlungen, und sah Kincaid mit einer Mischung aus Trotz und Mißtrauen entgegen.

»Hallo, Sportsfreund.« Kincaid ging in die Knie und kraulte Tess hinter den Ohren. »Wo ist Colin?«

Es dauerte lange, bis Kit widerwillig antwortete. »Nebenan. Er will Nägel holen. Sind uns ausgegangen.«

Im Gras sah Kincaid eine Plattform im Rohzustand neben einem kleinen Gerüst aus Brennholz liegen. »Wofür ist das?« fragte er und deutete auf die Plattform.

»Für Tess.« Beim Klang ihres Namens verließ der Hund Kincaid und setzte sich aufmerksam neben Kits Knie.

Kincaid betrachtete die Holzkonstruktion prüfend. »Okay. Aber *wozu* ist das?«

»Gehört zu meinem Hindernisparcours«, sagte Kit ungeduldig. »Soll eine Rampe und ein Tennisballspender werden, aber wir wissen nicht, wie der Ballspender funktionieren soll.«

»Vielleicht fällt mir ja was ein«, erbot sich Kincaid.

Kit schüttelte den Kopf. »Ist unser Projekt. Colins und meines. Außerdem hast du sowieso keine Zeit.«

Kincaid ignorierte die Spitze. »Ich dachte, wir könnten uns in Cambridge mit Sandwiches eindecken und ein Ruderboot mieten.«

»Rudern ist blöd«, behauptete Kit und sah weg. »Außerdem macht Laura Beefburger. Ich will nicht weggehen.«

»Auch gut.« Kincaid setzte sich ins Gras. »Vielleicht können wir uns dann einfach mal unterhalten.«

»Reden will ich auch nicht.« Kit preßte die Lippen zusammen und schlang die Arme fester um die Knie.

»Wie wär's, wenn ich rede, und du hörst zu?« schlug Kincaid vor. »Du brauchst gar nichts zu sagen.«

Als Kit nicht antwortete, redete er weiter, wobei er sich jedes Wort überlegte: »Tut mir leid, daß ich dich neulich abends damit so überfallen habe. Deshalb ändert sich nichts zwischen uns. Es ist einfach eine Tatsache ... wie wenn man blaue Augen oder blondes Haar hat und bedeutet schließlich nicht, daß ich nicht dein Freund bin oder daß ich anders gehandelt hätte, wenn es diese Verbindung zwischen uns nicht gäbe. Ist einfach eine Zugabe … wie Zuckerguß auf dem Kuchen.« Als er innehielt, blinzelte Kit, sah ihn jedoch noch immer nicht an.

»Ich bleibe immer dein Freund, egal, was passiert. Du kannst mich weiterhin in London besuchen, genau wie vorher. Falls Ian einverstanden ist …«

»Ich geh nicht zurück! Nicht ins Cottage.« Kit sprang auf, wandte Kincaid den Rücken zu und trat gegen den Baum. Trotzdem hatte Kincaid gerade noch gesehen, daß Tränen in seinen Augen standen. »Du kannst mich nicht zwingen.«

»Kit, ich bin nicht hier, um dich zu irgendwas zu zwingen. Aber du kannst mit mir reden. Sag mir, warum du nicht zurück willst.«

Kit schüttelte den Kopf, aber diesmal drückte die Geste eher Angst als Eigensinn aus.

»Ist es wegen deiner Mutter?« fragte Kincaid sanft, und betete, daß er wenigstens einmal das Richtige sagte.

»Ich kann nicht …« Kit versagte die Stimme, und Kincaid merkte, welche Energie es ihn kostete fortzufahren: »Sie ist nicht …«

Als er nicht weitersprach, dachte Kincaid einen Moment fieberhaft nach. »Kit, weißt du noch, als du von deinen Großeltern fortgelaufen bist und ich dich im Cottage gefunden habe? Du hast in deinem Zimmer geschlafen … du und Tess. Und dort hast du dich sicher gefühlt, stimmt's?«

Kincaid kam es wie eine Ewigkeit vor, bis Kit nickte.

»War doch gar kein so schlechtes Gefühl, oder?« Kincaid wußte, auf welch unsicheres Terrain er sich begab, als er sich weiter vortastete: »Kann auch was Gutes haben, sich an einige Dinge zu erinnern, die du mit deiner Mutter erlebt hast …«

»Ich will hierbleiben, hier bei Laura«, sagte Kit und drehte sich zu ihm um. Zum ersten Mal klang das wie eine Bitte und nicht wie die Weigerung, Alternativen auch nur in Betracht zu ziehen.

Das allerdings war ein Wunsch, den Kincaid ihm nicht erfüllen konnte. Dazu hatte er kein Recht. Er fuhr behutsam fort. »Vielleicht kannst du erst mal besuchsweise zu Ian ins Cottage gehen, dich umsehen, feststellen, wie es so ist. Bist du in letzter Zeit bei Nathan gewesen?«

»Nein.« Kit bohrte die Spitze seiner Turnschuhe ins Gras. »Nicht, seit ich mit dem Fischprojekt für die Schule letzten Monat fertig geworden bin.«

»Du könntest Nathan besuchen. Ich bin sicher, daß er Tess sehen möchte.«

Kit zuckte die Achseln, lehnte den Vorschlag jedoch nicht rundweg ab.

»Ich könnte dich sogar hinbringen, wenn du willst«, erbot sich Kincaid, sah weg und versuchte, sich den Anschein von Gelassenheit zu geben.

Kit schüttelte den Kopf. Doch die Geste wirkte nachdenklich und unsicher. »Ich kann mit dem Fahrrad fahren.« Er sah auf und blickte Kincaid zum ersten Mal in die Augen. »Ist er dann dort … mein Dad?«

Kincaid setzte sich auf den alten Gartenstuhl, den die Jungen als Werkbank mißbraucht hatten. »Ich weiß nicht. Wie bist du denn mit ihm verblieben?«

»Er hat gesagt, daß er in dieser Woche viel im College zu tun habe und das Haus wieder bewohnbar machen wolle. Aber er hatte vor, dieses Wochenende zu kommen und meine Sachen zu holen …« Kits Stimme wurde schrill, er rang die Hände und sah sich in wilder Panik um.

»O Mann! Bis dahin ist noch viel Zeit«, bemerkte Kincaid beruhigend. »Eines nach dem anderen, heißt meine Devise, Sportsfreund. Manchmal ist das Leben so beschissen, daß man sich nur so über Wasser halten kann. Und wenn man von einem Tag zum anderen lebt, genießt man die Dinge viel mehr als die Leute, die immer an die Vergangenheit oder die Zukunft denken.«

Kit runzelte die Stirn, wirkte nicht überzeugt, aber zu Kincaids Erleichterung entspannten sich seine Hände und Schultern etwas.

Der Duft von Grillfleisch stieg ihnen in die Nase, und von der Küche her drangen Stimmen herüber. Kincaids Zeit wurde knapp. »Warum fährst du nicht heute nachmittag mal rüber? Nur um zu schauen. Dann rufst du mich an, und wir reden darüber. Was meinst du?«

Die Küchentür ging auf, und Colin kam auf die Terrasse heraus. Er winkte ihnen zu. »Mami läßt fragen, ob du zu Beefburgern bleiben willst?« rief er Kincaid zu.

Kincaid legte die Hand um den Mund und brüllte: »Würde ich mir um keinen Preis entgehen lassen!« Dann wandte er sich wieder an Kit. »Also, abgemacht?« Er streckte die Hand aus und drehte die Innenseite nach oben, damit Kit einschlagen konnte.

Kit sah zur Terrasse, wo Colin eine Grimasse zog und ihnen bedeutete, sich zu beeilen, dann zu Kincaid. Er zuckte die Achseln. »Also gut«, murmelte er schließlich. »Kann vermutlich nicht schaden, mal einen Blick drauf zu werfen.« Er schlug ein, drehte sich um und rannte zum Haus, eine aufgeregt kläffende Tess im Schlepptau.

Kincaid sah ihnen nach. Seine Erleichterung war nicht ungetrübt. Immerhin hatte er gerade all seinen Einfluß geltend gemacht, seinen Sohn in die Arme eines Mannes zu treiben, den er weder mochte, noch ihm vertraute.

Nach der Rückkehr von Hammond's verbrachte Gemma den restlichen Vormittag im Revier von Limehouse und arbeitete sich durch die Stapel von Ermittlungsprotokollen. Als Janice zur Mittagszeit auftauchte, ließen sie sich Sandwiches und Kaffee kommen und verglichen an einem der leeren Schreibtische ihre Notizen.

»Haben wir die Aussage von Martin Lowells Freundin schon?« fragte Gemma.

»Muß hier irgendwo sein.« Janice tippte die Brotbrösel auf, die auf die oben liegenden Protokolle gefallen waren, und kramte nach den betreffenden Unterlagen, bis sie fündig wurde. »Brandy Bannister, neunzehn Jahre alt, wohnhaft in ...«

Gemma, die den letzten Bissen ihres Thunfischsandwichs mit einem Schluck lauwarmem Kaffee hinunterspülte, prustete los und bekam einen Hustenanfall. »Brandy Bannister?« stotterte sie atemlos, als sie wieder Luft bekam. »Paßt zu ihr. Wenn sie nicht so dämlich wäre, könnte man fast Mitleid mit ihr haben.«

»Ist sie so schlimm?«

Als Gemma mit vollem Mund nickte, fuhr Janice fort: »Klingt reichlich verunglückt. Fast wie Ricky Ritze. Man fragt sich manchmal wirklich, was Eltern sich bei der Namensgebung gedacht haben.« Sie warf einen Blick auf das Protokoll. »Jedenfalls behauptet unsere Brandy, mit Martin Lowell von acht Uhr abends an zusammengewesen zu sein. Sie haben in der Trafalgar Tavern zu Abend gegessen, das Lokal gegen elf verlassen, sind von dort zu ihrer Wohnung gefahren ... angeblich zu einer gegenseitigen Ganzkörpermassage ...« Janice zog die Augenbrauen hoch. »Außerdem behauptet sie, Lowell habe die Wohnung nachts nicht mehr verlassen. Wenn dem so gewesen wäre, hätte sie es merken müssen.«

»Ganzkörpermassage? Und ganz ohne Gewerbeschein?«

»Ist das ein gutes Alibi? Was meinen Sie? Oder lügt sie, um ihn zu decken?«

»Kann mir nicht vorstellen, daß ihr Intelligenzquotient für eine gute Lüge ausreicht. Und wenn Martin Annabelle umgebracht hat, braucht er ein wesentlich besseres Alibi als das hier.«

Janice warf einen Blick auf das Vernehmungsprotokoll. »Inwiefern?«

»Annabelle müßte in den zwei Stunden nach der Begegnung im Tunnel und vor ihrer Ermordung nach Mitternacht mit ihm Kontakt aufgenommen haben.« Gemma biß in ihr Thunfischsandwich. »Schicken wir jemanden zur Trafalgar Tavern ... vielleicht kann man dort bestätigen, daß sie da waren und bis elf Uhr geblieben sind.«

»Ist ein großes Lokal. Herrscht immer viel Betrieb. Aber mal angenommen, jemand kann uns die Aussage bestätigen, wer sagt uns, daß Lowell nicht direkt in seine Wohnung gegangen ist, wo Annabelle bereits auf ihn gewartet hat?«

»Ich garantiere Ihnen, daß Martin Lowell Brandy nicht zu einem Abend mit angeregter, intellektueller Unterhaltung eingeladen hat, nur um sie dann vor ihrer Haustür mit einem Gutenachtkuß zu verabschieden.«

»Hm, und wenn er kurz bei seiner Wohnung haltgemacht hat ... sagen wir, um Kondome oder so was zu holen, dort auf die wartende Annabelle getroffen ist und sie dabei umgebracht hat? Anschließend ist er zu Brandy, hat sich mit ihr amüsiert und sich in den frühen Morgenstunden davongemacht, um Annabelles Leiche in den Kofferraum seines Wagens zu verfrachten und sie im Park abzuladen«, schlug Janice vor.

»Wäre eine Möglichkeit. Aber dazu hätte er die Leiche über den Hof vor seinem Apartmenthaus schleppen müssen ... keine besonders sichere Sache, nicht mal mitten in der Nacht. Außerdem hat er eine sehr neugierige Nachbarin. Wir könnten einen Kollegen zu ihr schicken.« Gemma trank ihren Kaffee aus und warf den Becher in den Papierkorb.

»Was ist mit Teresa Robbins? Kommt aus der Ecke was Neues über Mortimer?«

»Nur das, was wir von Anfang an hätten vermuten sollen ... sie ist ziemlich vernarrt in ihn. Jedenfalls war sie's, bis sie erfahren hat, daß Reg ihr nicht gesagt hatte, was er über Annabelles Affären weiß.«

»Damit hätte Teresa ein Motiv«, überlegte Janice. »Und wenn nun Annabelle an jenem Abend zu Teresa gegangen ist … sie war erregt, hat eine Freundin gebraucht, mit der sie reden …«

»Und Teresa hat beschlossen, sie umzubringen, damit sie Reg für sich haben konnte? Sie hätte ruhig abwarten können, bis sich die Dinge von selbst erledigen. Die Beziehung zwischen Annabelle und Reg war doch sowieso am Ende.«

»Vielleicht war sie Mortimers Komplizin … vorausgesetzt, er hat Annabelle umgebracht.« Janice stocherte angewidert in den Resten ihres Tomatensandwichs herum. »Für mich ist er, ehrlich gesagt, immer noch der Hauptverdächtige.«

»Bedenken Sie, daß er keine Möglichkeit hatte, sie in den Park zu schaffen, wenn er sie nicht in seiner Wohnung umgebracht hat. Und ich kann mir nicht vorstellen, wie er eine lebende Annabelle hätte überreden können, freiwillig mit ihm in den Mudchute Park zu gehen.«

»Vielleicht ist er ihr gefolgt und hat gesehen, wie sie sich mit einem anderen getroffen hat?« Janice fing Gemmas Blick auf.

»Gordon Finch?« sagten sie im Chor.

Janice schüttelte den Kopf. »Weshalb hätte sie ihn im Park treffen sollen? Ist dasselbe Problem wie bei Mortimer. Und Finch besitzt nicht mal einen Wagen. Seine Vermieterin hat ihm übrigens kein Alibi gegeben. Sie hat keine Ahnung, wann und ob er in jener Nacht nach Hause gekommen ist. Außerdem ist sie nicht sicher, ob sie gemerkt hätte, wenn er Besuch gehabt hätte.«

Gemma war selbst überrascht, wie sehr sie diese Information enttäuschte. Bis zu diesem Moment war ihr gar nicht klargewesen, daß sie insgeheim gehofft hatte, jemand könne Gordon Finch ein hieb- und stichfestes Alibi verschaffen. »Hm«, begann sie nachdenklich, »angenommen, Gordon war gemeint, als Annabelle Reg gestand, daß sie einen anderen liebe ... warum hat Annabelle daraufhin ausgerechnet *Lewis* Finch angerufen?«

»Nach dem Korb von Gordon kam vermutlich einfach der nächste dran ... in diesem Fall der Vater ...«, schlug Janice vor.

»Das glaube ich nicht. Nicht, nachdem sie Reg gerade erklärt hatte, sie wolle sich nicht mit Halbheiten in der Liebe zufrieden geben. Vielleicht brauchte sie jemanden, bei dem sie sich ausweinen konnte ...«

»Bei Lewis Finch? Kaum wahrscheinlich. Unterschätzen Sie Lewis nicht«, warnte Janice. »Und lassen Sie sich nicht von seinem eleganten Aussehen und seinen Maßanzügen zu der Annahme verleiten, Geld habe ihn weich gemacht. Der Mann ist ein Bauhai ... und skrupellos, wenn er etwas haben will.« Janice runzelte die Stirn. »Dabei fällt mir ein ... ich habe mich umgehört ... betrifft die Beziehung zwischen den Finchs und den Hammonds. Ich hatte ein Gerücht gehört, das mich neugierig gemacht hat. Habe dem Vorsitzenden der Bürgervereinigung ein paar Bier spendiert.

Es sieht so aus, als habe die Firma Finch in den letzten Jahren vehement den Kauf des alten Hammond-Speichers betrieben. Die Firma hatte schon etliche vergleichbare Immobilien am Flußufer renoviert, und die Familie Hammond besitzt ein Sahnestück ... eines der letzten Geschäftshäuser inmitten einer Wohngegend.«

»Aber es ist nichts draus geworden?«

»Nein. Offenbar weigert sich William Hammond, zu verkaufen, und er hat noch immer die Sperrmajorität der Anteile in der Firma. Dagegen konnte selbst Annabelle als Geschäftsführerin nichts ausrichten. Komisch ist nur, daß Finch keine vergleichbaren Immobilien im letzten Jahr gekauft hat.« Janice schwenkte die Kaffeereste in ihrem Becher, zog eine Grimasse, stellte den Becher ab und zündete sich eine Zigarette an. »Der Hammond-Speicher wäre ein Projekt gewesen, gegen das Gordon mit seinen Freunden auf die Straße gegangen wäre.«

»Warum?« Gemma fegte die letzten Krümel von ihrer Bluse und suchte eine bequemere Stellung auf dem harten Plastikstuhl.

»Dazu müssen Sie wissen, was sich hier abgespielt hat. Das letzte Dock hat Ende der Siebziger dichtgemacht, und Anfang der Achtziger war das ›Island‹ eine Industriebrache. Ich habe das hautnah erlebt, denn ich bin während dieser Zeit hier aufgewachsen. Als ich meinen Schulabschluß gemacht habe, hatte man hier keine Perspektive. Trotzdem gibt es Leute, die jede Aktivität auf der Isle of Dogs kritisieren ... sie hassen die Yuppies und die Auflösung alter, gewachsener, nachbarschaftlicher Strukturen. Sie sind wütend, weil es immer weniger Wohnraum für die Arbeiterklasse gibt, die aus dem ›Island‹ das gemacht hat, was es heute ist ...«

»Und Gordon Finch gehört zu diesen Leuten?« fragte Gemma.

»Das Paradoxe ist, daß ohne das Docklands-Projekt die Insel in den vergangenen fünfzehn Jahren zu einem riesigen Slum verkommen wäre, und ich denke, das sieht er auch. So vernünftig ist er. Aber es gibt eben Probleme und Interessenskonflikte, die man vielleicht sensibler hätte lösen können.« Janice seufzte und tippte Asche in den Aschenbecher. »Ironie des Schicksals ist, daß sowohl Gordon als auch Lewis Finch die Insel erhalten wollen. Außerdem sind ihre jeweiligen Ziele gar nicht so unvereinbar. Ich sehe täglich beide Seiten der Medaille, und es gibt Probleme, die angesprochen werden müssen. Die massive Neuerschließung, die wir auf der Insel erlebt haben, geht nicht ohne Fehler und Exzesse ab ... aber ich gehöre nicht zu den ewig Gestrigen. Ich möchte keinen Rückschritt in finstere Zeiten.«

Gemma kritzelte etwas in ihr Notizbuch, während sie Ordnung in ihre Gedanken zu bringen versuchte. »Wenn Lewis Finch so scharf auf die Hammondsche Immobilie ist, warum hat er in unserem Gespräch nichts davon erwähnt? Die Affäre mit Annabelle hat er bereitwillig zugegeben.«

»Mein Freund von der Bürgerinitiative wußte übrigens auch von der Liaison.«

»Ach wirklich?« murmelte Gemma. Es fiel ihr immer schwerer, zu glauben, daß nur Gordon davon keine Ahnung gehabt haben sollte. »Dann hat er auch von Gordon und Annabelle gewußt?«

»Nein, das war für ihn ein absoluter Schocker.«

»Was, wenn Annabelles Interesse an Gordon und seiner Familie mit dem möglichen Verkauf des Hammondschen Anwesens zu tun hatte ... und kein Auflehnen gegen die strikten Vorgaben ihres Vaters gewesen ist?« bemerkte Gemma nachdenklich. »Gordon hat doch gesagt, daß Annabelle den Kontakt zu ihm gesucht habe.«

»Gordon Finch kann unmöglich monatelang mit der Frau geschlafen haben, ohne zu merken, was sie wirklich von ihm wollte ... und damit darf man wohl annehmen, daß er vom Interesse des Vaters für die Immobilie gewußt hat. Mein Freund von der Bürgervereinigung hat ein verdammt loses Mundwerk. Und wenn *er* schon davon gewußt hat ...«

Gemma hatte plötzlich das Gefühl, regelrecht für dumm verkauft worden zu sein. Sie klappte ihr Notizbuch zu und stand auf. »Ich knöpfe ihn mir noch mal vor.«

»Gordon? Was ist mit Lewis?«

»Zuerst will ich von Gordon die Wahrheit wissen, bevor ich mit seinem Vater rede. Ich rufe Sie gleich danach an.« Sie verdrängte die Gedanken an die Mißstimmung zwischen ihr und Kincaid, die ihr eigenmächtiger Besuch bei Gordon ausgelöst hatte, winkte Janice zum Abschied zu und ging.

Gemma ließ ihren Wagen auf dem Parkplatz des Limehouse-Reviers stehen, ging die kurze Strecke zur West India Dock Road zu Fuß und nahm den Zug ab der Haltestelle West Ferry. Sie hatte plötzlich das Bedürfnis, das »Island« aus der erhöhten Perspektive der Bahntrasse zu sehen, und der Gedanke daran, daß sich ihr Auto in der Mittagshitze mittlerweile in einen glühenden Backofen verwandelt hatte, machte die Bahnfahrt noch verlockender. Wie schon am Vortag hatten sich mit fortschreitender Tageszeit Wolken am Himmel aufgetürmt, und die ganze Stadt hoffte auf die Erlösung aus dem Schwitzkasten durch ein Gewitter.

Als der Zug in die Canary Wharf Station einfuhr, sah Gemma zum gläsernen Gewölbedach des Terminals auf und dachte über das »Island« nach. Die Architektur des Bahnhofsgebäudes war eine Mischung aus dem Stil der Viktorianischen Zeit und kühnen, modernen Akzenten. Und die Canary Wharf selbst war Ausdruck jenes Optimismus und Opportunismus, der schon die Baumeister der Viktorianischen Epoche bei der Planung der großen Docks bewegt hatte.

Wenn Fortschritt unvermeidbar war, dann schien es, als habe Lewis Finch das Menschenmögliche getan, um die Gebäude zu retten, indem er sie neuen Bestimmungen zuführte, während Gordon danach strebte, die einzigartige soziale Struktur der Isle of Dog zu bewahren. Ihrer Ansicht nach war es eine Schande, daß Vater und Sohn nicht in der Lage waren, einen Kompromiß zu finden.

Der Zug machte hinter dem Mittelteil der West India Docks eine scharfe Linkskurve und hielt an der South Quay Station, wo der Schaden noch immer sichtbar war, den eine IRA-Bombe, die hier auf dem Parkplatz detoniert war, angerichtet hatte. Dann wandte sich der Zug erneut nach rechts und fuhr parallel zum Millwall Dock weiter. Rechts davon tauchte die London Arena auf, an die sich linker Hand Teresa Robbins' Wohnblock und der ASDA-Supermarkt anschloß. Dahinter erhoben sich die steilen Ausläufer des Mudchute Parks und die hohen Bretterzäune, die die Bauarbeiten an der Mudchute Station verdeckten.

Nach Mudchute tauchte der Zug urplötzlich in offene Landschaft ein. Er durchquerte den riesigen Millwall Park auf dem alten Millwall Viadukt. Sie erkannte flüchtig die East Ferry Road und den Bowlingrasen, eingebettet in das Docklands Settlement, die Siedlung des sozialen Wohnungsbaus. Dann überquerten sie die Manchester Road und fuhren in die Island Gardens Station ein.

Nachdem sie ausgestiegen war, stand sie einen Moment auf dem erhöhten Bahnsteig, sah auf Annabelles Apartmentgebäude hinunter und nach links, wo sie den Eingang zum Fußgängertunnel verborgen hinter den Bäumen von Island Gardens wußte. Gemma verspürte plötzlich das Bedürfnis, sich die Geographie dieses Falls und der Ereignisse einzuprägen, die zu Annabelle Hammonds Tod geführt hatten. Dann lief sie die Wendeltreppe hinunter und machte sich auf die Suche nach Gordon Finch.

Als erstes versuchte sie es im Park in der Nähe des Tunnels, doch der Platz unter der Platane war leer. Im Tunnel selbst hatte sich der wenig begabte Gitarrenspieler breitgemacht, was Gemma erneut zu der Frage verleitete, wie dieser es schaffte, seinen Unterhalt als Straßenmusiker zu verdienen. Sie warf aus Mitleid einige Münzen in seinen Gitarrenkasten, wandte sich ab und stieg wieder zurück ins Sonnenlicht.

Beim Verlassen des Tunnels wandte sie sich nach rechts in die Ferry Street in der Nähe von Annabelles Wohnung und folgte ihr, bis diese eine scharfe Rechtskurve am Ferry House Pub machte – das war die Wegstrecke, die Reg Mortimer angeblich am Abend vor Annabelles Tod gegangen war. An der Manchester Road wurde die Ferry Street zur East Ferry Road, und wenige Schritte weiter stand sie vor Gordon Finchs Wohnung. Wie einfach, dachte Gemma. Annabelle konnte den Tunnel verlassen haben und entweder zum Lokal oder zu Gordons Wohnung gegangen sein. Plötzlich fragte sie sich, wo Lewis Finch eigentlich wohnte. Gordon hatte behauptet, sein Vater sei zurück auf das »Island« gezogen ... vielleicht in die Nähe seines Büros? Sie nahm sich vor, auf dem Revier die Adresse nachzuschlagen.

Heute drang kein Klarinettenton durch die offenen Fenster der Wohnung. Gemma überquerte die Straße, klopfte an die blaue Tür und sagte sich, daß er, wenn sie Pech hatte, genausogut in South Kensington oder sogar in Islington mit seiner Klarinette unterwegs sein konnte.

Nach wenigen Minuten jedoch ging die Tür auf. Gordon starrte sie schlaftrunken an. »Gemma?«

»Habe ich Sie geweckt?« fragte sie. Das Haar stand ihm wirr vom Kopf ab und die eine Gesichtshälfte zeigte deutliche Schlafspuren.

Er schüttelte den Kopf, als müsse er wach werden. »Ja, schätze schon«, antwortete er. »Hatte gestern eine lange Nacht im Aufnahmestudio. Sind erst im Morgengrauen fertig geworden.« Er gähnte. »Wenn Sie mich wieder mit Fragen löchern wollen, dann kommen Sie lieber rein. Aber zuerst setze ich Kaffeewasser auf.« Hundekrallen ratschten über die Holzbretter der Treppe, als Sam herunterkam. Nach einem fragenden Blick auf seinen Herrn, verschwand er in einer Rabatte an der Seite des Gebäudes und machte sein Geschäft.

Als der Hund fertig war, folgte Gemma den beiden die Treppe hinauf. Die Wohnung sah aus wie bei ihrem letzten Besuch, nur war diesmal das schmale Bett nicht gemacht. Sam streckte sich mit einem Seufzer davor aus und schloß die Augen.

»Er wird für diese langen Nächte allmählich zu alt«, bemerkte Gordon und gab seinen Versuch auf, die Bettdecke zu ordnen.

»Dabei hat's so ausgesehen, als habe er im Studio nur geschlafen.« Er ging in die Hocke und rieb dem Hund die Ohren. »Schätze, er kann's nicht leiden, wenn sein normaler Tagesablauf gestört wird.« Er richtete sich auf und deutete auf den kleinen Tisch. »Machen Sie sich's bequem«, forderte er sie ohne den befürchteten Sarkasmus auf. »Dauert nur eine Minute«, fügte er hinzu, bevor er im Badezimmer verschwand.

Als er kurz darauf zurückkam, hatte er sich die Haare gekämmt und das Hemd zugeknöpft.

Er setzte Wasser auf und nahm eine französische Kaffeekanne und eine Tüte gemahlenen Kaffee aus dem Schrank in der kleinen Küche. Während er Kaffee in die Kanne löffelte, sah er Gemma fragend an. Sie schüttelte den Kopf. »Nein, danke. Ich habe gerade auf dem Revier Kaffee getrunken, sofern man das Gesöff Kaffee nennen kann. Eines Tages bringen sie damit noch jemanden um.«

Sie merkte, wie idiotisch das klang, und unterdrückte jeden weiteren Versuch, das Schweigen mit Platitüden zu füllen. Statt dessen fragte sie: »Was haben Sie denn im Studio aufgenommen?«

»Ein paar Freunde von einer Rockband brauchten ein Klarinettensolo für eines ihrer Demobänder.«

»Machen Sie häufiger Studioaufnahmen?« wollte sie neugierig wissen.

Gordon zuckte die Schultern und goß Wasser über den Kaffee. »Ich lehne kein Angebot ab ... ist eine Abwechslung zur Straße.«

»Hätte nicht gedacht, daß Bands eine Klarinette für ihre Musik brauchen.«

»Ich spiele alles – Jazz, Klassik – und nehme sogar Musik für Werbespots auf. Ich bin kein musikalischer Snob. Musik ist für mich keine Einbahnstraße.« Er sah auf und goß Kaffee in einen der beiden Becher, die er zu besitzen schien. »Die Rock-Freaks, die Klassik für Schrott halten, sind genauso dämlich wie die Klassik-Fans, die Rock beschissen finden.«

Er versuchte, seinen Kaffee in der Tasse durch Hineinblasen abzukühlen, und trank vorsichtig einen Schluck. Dann setzte er sich ihr gegenüber hin. Seine Augen waren jetzt klar und direkt auf sie gerichtet. »Also, Sergeant, was liegt denn heute an?«

»Die Wahrheit.«

Er zog die Augenbrauen hoch. »Ich dachte, die hätten wir abgehakt.«

»Sie müssen gewußt haben, daß Ihr Vater großes Interesse daran hatte, den Lagerspeicher der Hammonds zu kaufen und das Gebäude zu renovieren und umzubauen«, platzte sie heraus. »Warum haben Sie mir das nicht gesagt?«

»Von den Hammonds? Sie meinen Annabelles Firma? Warum hätte ich das wissen sollen?« entgegnete er, und das klang plausibel. »Ich habe meinen Vater seit einer Ewigkeit ...«

»Jedenfalls scheinen es die Spatzen von den Dächern gepfiffen zu haben. Sogar Ihr Freund von der Bürgervereinigung hat davon gewußt. Und da soll ich Ihnen abnehmen, daß er es Ihnen gegenüber nie erwähnt hat? Ganz zu schweigen davon, daß Sie es vermutlich schon seit langem gewußt haben.«

Gordon starrte sie mit ausdrucksloser Miene an. »Mein Vater kauft ständig Immobilien ... das ist sein Job. Warum sollte jemand über ein Objekt reden, das er nicht hatte kaufen können? Sie messen da Geschichten Bedeutung zu, die nie eine hatten, Sergeant.«

Gemma wich seinem Blick nicht aus. »Also gut. Versuchen wir's andersherum. All diese Fragen, die Annabelle Ihnen bezüglich Ihrer Familie angeblich gestellt hat ... bezogen sich einige davon auf die Geschäfte Ihres Vaters?«

»Schätze schon. Aber das wäre mir nicht besonders aufgefallen. Die meisten Leute sind neugierig, was meinen Vater betrifft.«

»Und Sie haben sich nie gefragt – als sie den Kontakt mit Ihnen suchte und Sie verführte –, ob sie nicht unterschwellig ein bestimmtes Motiv gehabt hat?«

»Wollen Sie damit sagen, daß sie eines gebraucht hätte?« Seine Augen blickten sie herausfordernd an.

Gemma fühlte, wie sie rot wurde. »Ich glaube, Sie haben von der Affäre zwischen Annabelle und Ihrem Vater gewußt. Ich glaube, Sie wußten vom Interesse Ihres Vaters an dem Speicher. Und ich glaube, Sie haben mich von Anfang an belogen … was Ihre Gefühle für Annabelle betraf. Sie hat Sie geliebt. Das hat sie Ihnen an jenem Abend gesagt, stimmt's?«

Gordons Fingerknöchel, die den Henkel des Kaffeebechers umschlossen, wurden weiß. Mit gefährlich ruhiger Stimme sagte er: »Sie wissen überhaupt nichts. Bei Annabelle ging es nie um Liebe. Es ging immer nur um Macht. Ich bin nicht blöd, Gemma. Und ich war nur gewillt, mich eine bestimmte Zeit lang benutzen zu lassen.«

»Sie haben die Beziehung zu ihr abgebrochen, weil Sie herausbekommen hatten, daß sie mit Ihrem Vater schläft. Sie haben sie geliebt. Und Sie haben nie aufgehört, sie zu lieben. Trotzdem wollten Sie ihr das nicht verzeihen.«

»Ihr verzeihen?« Gordon stieß seinen Stuhl zurück, schüttelte eine Zigarette aus dem Päckchen auf der Küchentheke und zündete mit einer wütenden Handbewegung ein Streichholz an. »Warum hätte ich ihr überhaupt glauben sollen? Und welchen Unterschied hätte es schon gemacht, wenn ich's getan hätte? Können Sie sich vorstellen, wie eine öffentlich bekannte Beziehung zu Annabelle Hammond ausgesehen hätte? Glauben Sie, ich hätte mich einer Tauglichkeitsprüfung ihrer Familie unterzogen? Daß ich mich in Jackett und Krawatte dazu korrumpieren lasse, als Lakai im Familienunternehmen eine gute Figur zu machen?«

Gemma stand so hastig auf, daß ihr Stuhl wackelte. »Sie haben mich angelogen. Und ich habe für Sie auch noch meinen Ruf aufs Spiel gesetzt!«

»Ach, darum geht es Ihnen? Um Ihre berufliche Glaubwürdigkeit?« Sein Gesicht war nur noch Zentimeter von ihrem Gesicht entfernt. »Alles Quatsch! Ich bin schon früher von der Polizei vernommen worden, und die haben nicht mit mir im Park getanzt oder sind allein in meine Wohnung gekommen. Wenn Sie wollen, daß ich ehrlich mit Ihnen bin, Gemma, seien Sie erst mal ehrlich zu mir. Und dann sagen Sie mir ins Gesicht, daß es nicht um Sie und um mich geht!«

»Ich … Sie …« Gemma konnte den Blick nicht von ihm wenden. Und zu ihrem Entsetzen begann sie zu zittern.

»Das bringen Sie nicht über sich, stimmt's?« Er brüllte beinahe. Dann warf er seine angerauchte Zigarette in seinen Kaffee. Sam öffnete die Augen und sah zu ihnen auf. Er hatte die Stirn in Falten gelegt. »Werfen Sie mir bloß keine Unaufrichtigkeiten vor, solange Sie das nicht zugeben wollen.«

»Also gut! Verdammt noch mal!« Gemma wurde ebenfalls laut. »Es geht nicht um meine Glaubwürdigkeit. Es geht nicht um den Job. Es geht darum, was zwischen uns ist … was immer das auch sein mag …«

Gordon packte sie grob bei den Schultern. Seine Fingerkuppen schienen sich in ihre nackte Haut einzubrennen.

In einem Augenblick erschreckender Klarheit erkannte Gemma, daß seine blonden Augenwimpern an den Wurzeln dunkler waren, daß er unter einer Augenbraue eine kleine Narbe und daß er eine scharfe Falte in der Unterlippe hatte. Sein Atem roch nach Zahnpasta, Kaffee und Nikotin, und sie atmete den strengen Geruch seiner Haut ein, der noch vom Schlafen stammte. Ihr Blick schweifte zum zerwühlten Bett, und plötzlich sah sie Annabelle dort, ihr makelloser Körper nackt, das rote Haar um sich ausgebreitet … und dann sah sie sich selbst dort mit ihm …

Ein Telefon meldete sich schrill irgendwo in der Nähe. Gemma fuhr zusammen, ihr Herz klopfte zum Zerspringen. Sie entzog sich mit einem Ruck seinem Griff. Sie brauchte einen Moment, um zu registrieren, daß es ihr Handy in der Außentasche ihrer Handtasche war, das klingelte.

»Gehen Sie schon endlich dran, mein Gott!« Gordon atmete schwer.

»Ich …« Gemma trat einen weiteren Schritt zurück und tastete nach ihrer Tasche. »Nein … ich … ich muß gehen.« Ihre Finger umschlossen den Henkel der Tasche. Sie drehte sich um und rannte die Treppe hinunter, als sei der Teufel hinter ihr her.

»Truthahn«, sagte die Köchin. »Wir braten den größten Truthahn, den du je gesehen hast … dieser Mr. Hitler soll ja nicht denken, er könnte uns unser Weihnachtsfest vermiesen«, fügte sie empört hinzu und wischte sich die rote Nasenspitze mit der Schürze ab.

»Und Mince Pie?« warf Lewis ein. Er saß am Küchentisch, hatte die Beine um die Stuhlbeine geschlungen und brütete über einem Aufsatz für Mr. Cuddy über den Italienisch-Griechischen Krieg.

Obwohl ihn das Herrenhaus längst nicht mehr beeindruckte – er rannte sorglos die Treppen hinauf und hinab zum Schulzimmer im ersten Stock, wo er und William bei Mr. Cuddy Unterricht hatten, und klopfte ohne Zögern an die Tür von Edwinas Salon –, hatte er es sich angewöhnt, seine Hausaufgaben in der Küche zu erledigen. Hier war es immer warm, gute Düfte erfüllten die Luft, und er hatte gelernt, dem Geplauder der Köchin zu antworten, ohne ihr wirklich zuzuhören.

»Sag bloß keiner Menschenseele was von meinen Mince Pies«, warnte die Köchin. »Gerade gestern habe ich gehört, wie Mavis Cole den Kolonialwarenhändler um ein paar Sultaninen hat erpressen wollen. Wenn's bekannt wird, haben wir hier das halbe Dorf, das bettelt.«

Obst jeder Art … ob frisch, getrocknet oder kandiert … war Mangelware geworden. Aber die Köchin hatte noch einige Gläser einge-

machte Minzpaste vom vergangenen Weihnachtsfest an einem geheimen Platz in der Speisekammer aufbewahrt und war entschlossen, das beste daraus zu machen. Lewis hatte den Verdacht, daß sie ungeachtet der Warnung bereits ein paar Anspielungen im Dorf gemacht hatte und sich schon darauf freute, von einigen Leuten um einen Teil des Vorrats angebettelt zu werden. Und wenn, wie er vermutete, die Köchin eine Schwäche für ihn hatte, so hatte er keine Skrupel, daraus Vorteile zu ziehen. »Kommt daher, weil Ihre Pasteten die besten sind«, sagte er und sah von seinem Aufsatz auf.

»Du bist ein Schmeichler, Lewis Finch! Paß nur auf«, entgegnete die Köchin und fächelte sich Kühlung zu, aber ihr Gesicht wurde noch eine Nuance röter, und Lewis wußte, daß er den richtigen Ton getroffen hatte. »Was ist jetzt mit den Zwiebeln für deine Mutter? Sollen wir sie hübsch verpacken ... zum Beispiel zusammen mit einem Kürbis-Ingwer-Mus?«

»Ja, bitte! Und vielleicht ein paar Reineclauden!« Lewis schenkte ihr sein charmantestes Lächeln.

In diesem Jahr fiel Lewis' Weihnachtsbesuch zu Hause aus. Obwohl seit dem Überfall auf Coventry am 14. November die Anzahl der Angriffe auf London zurückgegangen war, fielen auch weiterhin Bomben. Und selbst wenn London sicher gewesen wäre, gab es das vertraute Zuhause nicht mehr. Die Schäden am Haus in der Stebondale Street waren irreparabel; seine Eltern lebten mittlerweile in einer winzigen Ein-Zimmer-Wohnung in Millwall, einige Blocks vom Mudchute Park entfernt.

Die Lebensmittelknappheit war in London noch akuter als auf dem Land, und er und die Köchin planten, ein paar Kostbarkeiten, einschließlich der Zwiebel aus dem Küchengarten des Herrenhauses, nach London zu schicken. Seine Mutter hatte geschrieben, daß sie eine einzelne Zwiebel auf einem Kissen placiert im Schaufenster des Gemüseladens gesehen habe – zum Preis von einem Sixpence –, und ihr Anblick habe ihr vor Verlangen die Tränen in die Augen getrieben.

Seine Mutter schrieb oft. In ihren Briefen berichtete sie, wie sie Brän-

de löschten und Verschüttete retteten, denn sie betätigte sich mittlerweile als Luftschutzwart. Nach dem Chaos der ersten Bombennächte hatte sie beschlossen, sich nützlich zu machen, und ihr Ziel mit dem ihr eigenen Sinn fürs Praktische verfolgt. Außerdem, so hatte sie Lewis in einem Brief gestanden, den sie während einer späten Nachtwache geschrieben hatte, half es ihr, sich von der Sorge um seine Brüder abzulenken, die beide auf einem Zerstörer im Nordatlantik Dienst taten ... ganz zu schweigen von dem Kummer mit Cath, die angefangen hatte, ins Kino zu gehen, und die ganze Nacht in öffentlichen Unterständen verbrachte, wenn die Luftschutzsirenen heulten, während sie unterwegs war.

»Richtig. Und die Reineclauden«, wiederholte die Köchin augenzwinkernd. »Dann glauben deine Mutter und dein Vater, der Weihnachtsmann sei mit der Post gekommen.«

In diesem Moment betrat John die Küche, den Arm voller Brennholz für den Herd, und während er und die Köchin über die Ereignisse des Tages redeten, konzentrierte Lewis sich wieder auf seinen Aufsatz. Im vergangenen Jahr hatte er zu seiner Überraschung entdeckt, daß Schule eigentlich etwas Tolles war. Mr. Cuddy konnte sogar Geschichte interessant darstellen, und er war entschlossen, den Kindern Krieg in »historischen Zusammenhängen« begreiflich zu machen. Sie hatten eine riesige Karte im Schulzimmer aufgehängt und verfolgten darauf die militärischen Bewegungen in Europa und dem Mittelmeerraum mit bunten Nadeln und Farbstiften. Damit erhielten die Namen der Orte aus den Nachrichten auch für Lewis eine Bedeutung, aber gelegentlich genügte ein Blick, um ihn daran zu erinnern, wie nahe ihr kleiner Teil von England dem besetzten Frankreich war, und dann überkam ihn Angst. Er versuchte, nicht daran zu denken, was geschehen könnte, wenn Hitler beschloß, seine Armee über den Kanal zu schicken. Zumindest vorerst schien er anderweitig beschäftigt zu sein, obwohl Lewis im Traum Hitlers Gehirn als großes, rotes Auge gesehen hatte, das begehrlich in diese und jene Richtung schwenkte. Das Bild verfolgte ihn seitdem.

William stürmte durch die Tür zum Korridor und riß Lewis aus seinen Gedanken. »Ich bin fertig.« William quälte ihn mit einem Grinsen. »Wettrennen zu den Läden. Edwina will eine Zeitung vor Ladenschluß, und sie hat gesagt, ich darf mir Leim für mein Modell kaufen.«

»Gut«, sagte Lewis und ließ seinen angekauten Bleistift auf das Blatt Papier fallen. Zusammen rannten sie aus der Tür und in den Hof hinaus.

Eine blutrote Sonne ging vor einem durchscheinend blauen Himmel über den Schattenrissen der Bäume unter. Die Luft roch nach Frost, Holz und Rauch, und die letzten Blätter wirbelten über das Hofpflaster, als habe eine unsichtbare Hand sie aufgescheucht. Lewis blieb stehen. Plötzlich hatte ihn ein Gefühl erfaßt, das er nicht deuten konnte, ihn jedoch daran erinnerte, wie er sich gefühlt hatte, als er gesehen hatte, wie einer der großen Überseedampfer in die Docks zu Hause einlief.

Dann war der Moment vorüber. William rief ihm zu, er solle sich beeilen, und er sprintete die Auffahrt hinunter.

Eine Woche später überquerte Lewis den Hof, nachdem er seine Mittagspflichten im Stall erledigt hatte. Als er den Blick hob, sah er seine Mutter in der Küchentür stehen. Er blieb stehen, blinzelte, und glaubte einen Moment an eine Sehstörung. Aber es war tatsächlich seine Mutter in ihrem alten, flaschengrünen Mantel und dem pflaumenblauen Filzhut, den sie für sonntags aufbewahrte, und sie lächelte und streckte die Arme nach ihm aus.

Dann erst rannte er los, schlitterte über die vom Nieselregen glitschigen Pflastersteine, erreichte sie und wurde heftig umarmt. Zu seiner Überraschung stellte er fest, daß er genauso groß wie die Mutter, wenn nicht größer als sie geworden war.

»Lewis Finch, ich wette, du bist mindestens einen Fuß gewachsen.« Sie hielt ihn von sich weg, um ihn zu betrachten. Doch obwohl sie noch immer lächelte, kam ihm ihre Stimme merkwürdig vor. Sie klang selt-

sam brüchig. Aus der Nähe erkannte er, daß ihre blasse Haut den bläulichen Schimmer frischer Milch hatte, und ihre Augen leicht geschwollen waren.

»Du hast doch geschrieben, daß du nicht zu Besuch kommst«, sagte er und verdrängte die aufsteigende Angst. »Hast du mein Geschenk gekriegt? Bist du deshalb hier? Und wo ist Dad?« Dann erregte ein Geräusch aus der Küche seine Aufmerksamkeit. Er sah an seiner Mutter vorbei in den Raum. Die Köchin saß am Tisch, das Gesicht hinter der Schürze verborgen. Und plötzlich wußte er, daß sie weinte. Ihre Schultern zuckten.

Er sah seine Mutter an und trat zurück. »Was ist los? Was ist passiert?«

»Machen wir einen Spaziergang ... dabei können wir reden.« Sie hakte ihn unter, vermied es jedoch, ihn anzusehen, und aus der Küche ertönte erneut das Schluchzen der Köchin.

Er führte sie blind durch das Gatter im Hinterhof über das schwärzliche Stoppelfeld zu der alten Steinmauer, die sich entlang des Tals zog. Unter ihnen reichten die Bäume hangab- und hangaufwärts, ihre Äste waren im Nebel grau und gespenstisch in dem See rostbrauner Blätter.

»Wir haben ein Telegramm bekommen«, begann seine Mutter behutsam mit ruhiger Stimme. »Ein Nachschubkonvoi und die Marineeskorte wurden im Nordatlantik angegriffen ...«

»Ist es Tommy? Oder Edward?« fiel Lewis ihr ins Wort. Die Ahnung dessen, was kommen mußte, schnürte ihm die Kehle zu. Er hörte ein leises Rauschen in den Ohren, und unwillkürlich kamen ihm die Namen deutscher Schlachtschiffe in den Sinn, die er in der Zeitung gelesen hatte: Scharnhorst, Gneisenau, Admiral Scheer.

Seine Mutter antwortete nicht. Als Lewis endlich wagte, sie anzusehen, starrte sie unverwandt ins Tal, das Gesicht unbeweglich, bis auf das Zucken eines Nervs am Mundwinkel.

»Nein.« Lewis versuchte, es hinauszuschreien, aber der Nebel schien seine Worte zu erfassen und zu dämpfen.

»Deine Brüder waren nur zehn Monate auseinander«, sagte seine

Mutter bedächtig. »Und sie wollten von Anfang an nur zusammen sein.« Endlich wandte sie sich ihm zu und berührte seine Wange mit kalten Fingerspitzen. »Oh, Lewis, ich fürchte, das ist der einzige Trost, den wir haben.«

Anfangs, als Gemma in die Garagenwohnung der Cavendishs gezogen war, die nur eine winzige Dusche hatte, hatte Hazel ihr freimütig die Nutzung der Badewanne im Haus angeboten. Gemma hatte selten die Zeit gefunden, das Angebot wahrzunehmen, aber an diesem Abend, nachdem die Kinder gebadet und im Bett waren, war sie mit einem Handtuch, Morgenmantel und einigen CDs ins Haus hinübergegangen und hatte sich im Badezimmer eingeschlossen.

Hazel hatte einen kleinen CD-Player in einem Regal über der Badewanne und behauptete, Musik hielte nicht nur die Kinder ruhig im Bad, sondern half ihr, sich zu regenerieren, und in diesem Moment fühlte Gemma ein inständiges Bedürfnis, sich einer restaurativen Behandlung zu unterziehen. Sie ließ das Wasser ein, gab Lavendelbadeöl hinzu, zündete die Kerzen an, die Hazel aufgestellt hatte, und zögerte bei der Auswahl der Musik. Schließlich entschied sich sich für Jim Brickman, und während die Klavierklänge das Badezimmer erfüllten, zog sie sich aus und löschte das Licht.

Das Badezimmer war groß genug, um in vergangenen Zeiten als Ankleidezimmer gedient zu haben, aber Hazel war es gelungen, ihm eine heitere und gemütliche Atmosphäre zu verleihen.

Gemma ließ sich in das schäumende Wasser gleiten und zwang sich, sich auf die Musik zu konzentrieren, als wolle sie deren Reinheit und Schlichtheit in sich aufsaugen.

Unwillkürlich jedoch sah sie auf ihren Körper hinab, der halb ins Wasser eingetaucht war, und berührte ihre nackten Schultern, als könnten Gordon Finchs Fingerspitzen fühlbare Spuren auf ihrer Haut hinterlassen haben. Selbst die Erinnerung an dieses Gefühl ließ sie vor Scham erschaudern. Sie versuchte sich einzureden, daß an diesem Nachmittag eigentlich nichts zwischen ihnen vorgefallen sei, aber sie wußte, daß sie sich nahe am Abgrund der Versuchung bewegt hatte … und wäre sie gefallen, hätte sie sowohl ihre Karriere als auch ihre Beziehung zu Duncan unwiderruflich zerstört.

So sehr sie an Gordon Finchs Unschuld glauben wollte, er war ein Verdächtiger in einem Mordfall, und ihr Benehmen war unüberlegt und gefährlich gewesen. Die Tatsache, daß sie den Verdacht hatte, daß Duncan während eines Falls, den sie im vergangenen Jahr bearbeitet hatten, etwas Ähnliches passiert war, machte das alles auch nicht besser. Außerdem war er zu diesem Zeitpunkt noch nicht mit ihr zusammen gewesen.

Sie schloß die Augen und ließ sich tiefer ins Wasser gleiten. Sie wünschte, all das abwaschen zu können, was geschehen war. Aber sie wußte, daß keine Schuld oder Reue die Verbindung ändern konnte, die zwischen ihr und Gordon Finch bestand … eine Verbindung, von der sie nie bezweifelt hatte, daß sie auf Gegenseitigkeit beruhte, eine Verbindung, so mächtig, daß sie mit dem Gedanken gespielt hatte, alles wegzuwerfen, was ihr Leben, ihre Persönlichkeit ausmachte.

Der Gedanke jagte ihr solche Angst ein, daß Tränen unter ihren geschlossenen Lidern hervorquollen. Sie kämpfte blinzelnd und wütend dagegen an. War ihre Bindung an ihren Job und an Duncan so oberflächlich, daß sie unter dem leichtesten Druck zusammenbrach?

Konnte es sein, daß sie für sich selbst eine Fremde war?

13

… Handel und Industrie, die als erste Arbeit und Arbeiter im 19. Jahrhundert auf das »Island« gebracht hatten, waren nun endgültig auf dem Rückzug. In den siebziger Jahren schlossen nacheinander sämtliche noch verbliebene Fabriken ihre Tore und verlagerten ihren Standort; Gerüchte, daß auch die Docks schließen würden, wurden bald zur traurigen Wirklichkeit. Die letzten Schiffe fuhren ein und aus.

EVE HOSTETTLER, aus:
Erinnerungen an eine Kindheit

Teresa Robbins kleidete sich mit besonderer Sorgfalt. Sie zog ihr bestes, blaues Kostüm mit einer weißen Batistbluse und sogar Strümpfe an. Letztere allerdings mußte sie in der tropisch feuchten Hitze des Morgens mit Hilfe von Körperpuder überstreifen. Wenigstens war der Himmel bedeckt, soweit das Auge reichte, und man durfte hoffen, daß das Wetter gegen Ende des Tages umschlagen und Kühlung bringen würde.

Sie gab sich redlich Mühe mit dem Make-up und verschaffte der Frisur in letzter Minute mit etwas Haarspray Halt. Trotzdem fühlte sie sich wie ein Tier, das zur Schlachtbank geführt werden sollte, und erinnerte sich energisch daran, welche Qualen sie in der vergangenen Woche bereits überstanden hatte. Schlimmer konnte es kaum werden.

Zuerst hatte sie geglaubt, Annabelles Tod übersteige alles, was sie ertragen könne … bis zu dem Augenblick, da Annabelle als Lügnerin und Betrügerin entlarvt wurde. Und dann hatte sie sich auch noch in die Idee verrannt, Reg und sie könnten sich gegenseitig Trost spenden ... bis ihr klargeworden war, daß Reg sie für seine feige Rache an Annabelle mißbraucht hatte.

Schon am Vortag war Teresa innerlich auf einen Zusammenstoß mit Reg vorbereitet gewesen, aber er war erst gar nicht in der Firma erschienen, und sie war nach einem harten Tag, den sie mit der Erstellung des schwierigen Finanzberichts für die heutige Sitzung zugebracht hatte, nach Hause gefahren.

Während sie von der Island Gardens Station aus die Saunders Ness entlangging, dachte sie darüber nach, ob sie sich wohl je überwinden konnte, für Reg zu arbeiten ... vorausgesetzt, man bestimmte ihn zum Geschäftsführer, und ob sie bei Hammond's kündigen sollte, wenn man einen Außenseiter in die Firma holte.

Dann betrat sie den alten Lagerspeicher, atmete die vertraute Geruchsmischung aus Motoröl, Staub und das alles beherrschende Aroma von Tee ein, und die Vorstellung, das alles aufzugeben, kam ihr abwegig vor.

William erschien als erster. Er wirkte streng und ernst, aber gebrechlich, dann kam Sir Peter, wie immer adrett und fröhlich, schließlich tauchte Jo auf, und als letzter trat Martin Lowell ein, dem Teresa bislang noch nie begegnet war. Sie musterte ihn neugierig, vermochte allerdings die Miene des gutaussehenden Mannes mit dem südländischen Flair nicht zu deuten.

Reg ließ sich erst blicken, nachdem alle in Teresas und Annabelles Büro versammelt waren, und trotz allem, was zwischen ihnen vorgefallen war, konnte sich Teresa ihrer besorgten Gefühle für ihn nicht erwehren. Er sah erschöpft, wenn nicht sogar krank aus. Kaum hatte er sich auf einen der im Halbkreis um die Schreibtische herum angeordneten Stühle gesetzt, schloß er die Augen.

William eröffnete die Sitzung, und als Teresa ihren Bericht vortrug, spürte sie Martin Lowells prüfende Blicke auf sich ruhen.

Nachdem sie geendet hatte, herrschte einen Augenblick Stille. Nach einem Blick auf William, der nickte, sah Sir Peter in die Runde und begann: »Offensichtlich gibt es viele Punkte, die angesprochen werden müssen. Heute allerdings gilt unsere Hauptsorge der Entscheidung über einen neuen Geschäftsführer. So sehr uns dieser Verlust auch getroffen hat, müssen wir doch an die Zukunft der Firma Hammond's denken ...«

»Vorausgesetzt, es gibt sie überhaupt ... diese Zukunft«, fiel Martin Lowell ihm ungeduldig ins Wort. Er vergewisserte sich mit einem Blick, daß ihm die ungeteilte Aufmerksamkeit der anderen sicher war, und fuhr fort: »Es liegt auf der Hand, daß die Firma vor einer finanziellen Krise steht. Und da meine Kinder mittlerweile einen beachtlichen Anteil an dem Unternehmen besitzen – dank Annabelles Großzügigkeit –, bin ich entschlossen, dem entgegenzuwirken.« Er lächelte. Alle sahen ihn wie hypnotisiert an. Sogar Peter Mortimer, der sich sonst nie aus der Ruhe bringen ließ, schien wie erstarrt.

Jo erholte sich als erste. »Ich bitte dich, Martin. Du kannst dich hier nicht einfach aufplustern, als gehöre dir die verdammte ...«

»Für dich steht genausoviel auf dem Spiel wie für alle anderen, Jo. Deine finanzielle Sicherheit sowie die der Kinder hängt von der Firma ab. Du kannst kaum wünschen, daß das alles durch Mißmanagement in die Binsen ...«

»Augenblick mal, Martin«, unterbrach Sir Peter ihn. »Niemand kann behaupten ...«

»*Ich* behaupte, daß man nicht einmal daran denken darf, jemanden als Geschäftsführer dieser Firma einzusetzen, der sich als völlig inkompetent erwiesen hat.« Martins Blick schweifte zu Reg, der noch bleicher wurde.

»Immer mit der Ruhe.« Reg deutete mit einem zitternden Finger auf Martin. »Sie haben kein Recht ...«

»Und was noch schwerwiegender ist ... Es kann doch wohl nicht sein, daß man jemandem Annabelles Job anbietet, der angeklagt ist, sie umgebracht zu haben.«

»Sie verdammter Dreckskerl! Niemand klagt mich an! Falls jemand des Mordes an Annabelle verdächtigt werden muß, dann doch wohl Sie! Alles, was an jenem Abend passiert ist, hat mit Ihnen und dem Gift angefangen, das Sie Harry eingeimpft haben. Auf Sie ist Annabelle so wütend gewesen ...« Reg stürzte sich auf ihn.

William und Sir Peter sprangen auf, doch Jo war bereits auf den Beinen und schrie: »Aufhören! Beide! Ihr benehmt euch wie Hunde, die um einen Knochen streiten. Sie ist tot, verdammt noch mal! Also reißt euch gefälligst ...«

»Das reicht!« Alle sahen Sir Peter an. Martin war sitzen geblieben, jedoch dunkelrot angelaufen. Reg war leichenblaß und zitterte vor Wut. Jo liefen die Tränen übers Gesicht. »Die Situation ist für uns alle, auch ohne diese theatralischen Einlagen, schon schwierig genug«, fuhr Sir Peter in strengem Ton fort. »Und was Sie betrifft, Martin, ich glaube, unbegründete Anschuldigungen gegen meinen Sohn helfen jetzt niemandem.«

Lowell nickte, ohne jedoch eine Entschuldigung anzubieten. Reg machte den Mund auf, als wolle er sich verteidigen, doch sein Vater schnitt ihm das Wort ab: »Reg, du und Teresa kommen für diese neue Aufgabe in Frage. Ihr könnt euren Anteilen entsprechend mit abstimmen. Eure Stimmanteile sind allerdings zu gering, um den Ausgang der Wahl zu beeinflussen.«

»Warum dann erst der ganze Zinnober?« Regs Züge waren noch immer vor Wut verkrampft.

»Wie du meinst«, sagte Sir Peter gelassen. »In diesem Fall halte ich es für das beste, daß ihr beide den Raum verlaßt, bis wir zu einer Entscheidung gelangt sind.«

Teresa stand auf und sah, wie tief sich Trauer und Schock in Williams Züge eingeprägt hatten. Die Knie wurden ihr weich, und trotzdem war sie grenzenlos erleichtert, dem Raum und all den aufgeputschten Emotionen entfliehen zu können, die die Atmosphäre zu vergiften schienen.

Sie straffte die Schultern und durchquerte das Zimmer mit gesetzten Schritten. An der Tür drehte sie sich um und wartete auf Reg.

Reg ließ seinen Blick noch einmal trotzig in die Runde schweifen, als wolle er Stärke demonstrieren, dann wandte er sich um und folgte Teresa in den Korridor hinaus.

Schweigend gingen sie die Galerie entlang in Regs Büro. Reg machte die Tür hinter ihnen zu. »Das ist doch alles nur eine Farce ... mag der Beste gewinnen ... und so ... alles Schrott. Ich bin ohne diesen Job am Ende ... und zwar endgültig. Ist dir das klar, liebste Teresa?«

»Ich will nicht ... Ich hatte nie die Absicht, dir in die Quere zu kommen!« entgegnete sie hitzig. Tränen der Wut traten ihr in die Augen. »Du ...«

»Warum wolltest du dann nicht mit mir reden? Du hast diese dämliche Fiona bei mir anrufen lassen, um mir zu sagen, daß ich gekreuzigt werden soll.«

»Das hatte nichts mit alledem zu tun. Du hast mich belogen ... darüber, was zwischen dir und Annabelle in der letzten Nacht geschehen war. Du warst wütend auf sie, weil du erfahren hattest, daß sie andere Männer hatte, und dann hast du's an mir ausgelassen. Du hast mich mißbraucht, um es ihr heimzuzahlen, stimmt's? Auch noch nach dem Tod.«

Reg starrte sie verständnislos an. »Wovon redest du überhaupt?«

»Du ... du hast mit mir geschlafen, weil du gewußt hast, daß Annabelle dich betrogen hatte ... ich war die erste, die dir über den Weg gelaufen ist, nachdem ...«

»Red keinen Blödsinn, Teresa. Das ist mir nie in den Sinn gekommen. Ich wollte dich. Ich wollte jemanden, der sich nicht einfach von mir abwendet ... aber dann hast du's doch getan.« Er trat einen Schritt näher. »Du glaubst ihnen auch, stimmt's? Du glaubst, daß ich sie umgebracht habe.«

»Nein, ich ...«

Reg packte sie. Seine Finger gruben sich schmerzhaft in ihre Arme. »Lüg mich nicht an, Teresa! Ich seh's dir an. Du ...«

Die Tür flog auf. »Was, zum ...«, begann Jo.

Langsam ließ Reg Teresa los. »Na, wie lautet das Urteil?« fragte er. »Verbannung aus dem Paradies?«

»Reg, es tut mir leid.« Jo schüttelte den Kopf. »Wir bitten Teresa, die Geschäftsführung zu übernehmen.«

Reg lachte gequält auf. Es klang beinahe wie ein Schluchzen. »Auch du, Jo?«

»Tut mir leid«, wiederholte Jo. »Ich glaube nicht, daß du Annabelle umgebracht hast. Das ist nicht der Grund. Aber ich denke, es ist das beste für die Firma. Du hast dich im Moment nicht im Griff. Du brauchst ...«

»Ihr Hammonds könnt euch zum Teufel scheren. Also halt den Mund, Jo. Sag du mir nicht, was ich brauche.« Er wandte sich von ihr ab und Teresa zu. Tränen glänzten in seinen Augen. »Sie haben recht, weißt du? Wenn überhaupt jemand retten kann, was Annabelle angefangen hat, dann du ... aber ich habe dich gewarnt ... du weißt, was einem passiert, wenn man sich mit den Hammonds einläßt. Verräterpack!«

Janice sah von ihrem Schreibtisch auf und zu Kincaid und Gemma hinüber, die sich im Flur unterhielten. An diesem Morgen gab es Spannungen zwischen den beiden, unterschwellig, aber spürbar, wenn man die Zeichen erkannte. Wenn sich Gemma tatsächlich auf den Drahtseilakt eingelassen hatte, ihr Privatleben mit dem Beruf zu vermischen, wie Janice mittlerweile stark vermutete, war sie nicht zu beneiden ... Und das, obwohl Kincaid, auch wenn er gelegentlich ein Ekel sein konnte, für einen Mann nicht mal schlecht war.

Der Frust war allerdings im Augenblick bei allen groß. Seit dem Mord an Annabelle Hammond waren sechs Tage vergangen, und die Ermittlungen waren festgefahren. Die Spurensicherung hatte bisher keine signifikanten Ergebnisse erbracht – weder in Annabelles Wohnung noch in ihrem Wagen – und die Proben aus dem Lagerspeicher waren noch in Bearbeitung.

Kincaid hatte an diesem Morgen erneut eine Besprechung mit seinem Chief Superintendent hinter sich, und Janice wußte, daß man ihn von oben unter Druck setzte. Man wollte Ergebnisse sehen. Janice selbst tippte noch immer auf Mortimer – er war für sie der Hauptverdächtige mit dem logischsten Motiv –, aber sie hatten keine Beweise, die eine Durchsuchung seiner Wohnung gerechtfertigt hätten. Es war zu schade ...

Ihr Telefon klingelte. Sie hob den Hörer ab und griff nach einer Zigarette. Eine erregte Frauenstimme fragte nach Sergeant James. Janice legte die Hand über die Sprechmuschel und rief: »Gemma! Telefon!«

Gemma kam ins Büro, übernahm den Hörer, setzte sich auf die Schreibtischkante und hörte eine Weile stumm zu. »Richtig«, sagte sie. »Zuerst die Wohnung. Wir sind schon unterwegs.« Sie gab den Hörer zurück. »Das war Teresa Robbins. Reg Mortimer hat die Firma Hammond's nach der Verwaltungsratssitzung heute morgen verlassen. Er schien ihr so aufgewühlt und durcheinander zu sein, daß sie um ihn Angst hat. Sie fürchtet, daß er was Unbedachtes tut.«

Reg Mortimer öffnete schon beim ersten Klingeln die Tür. Wortlos hielt er sie ihnen auf. Kincaid hatte den Eindruck, daß er geweint hatte. Als sie ihm ins Wohnzimmer folgten, wischte er sich mit dem Handrücken die Nase ab.

»Teresa hat uns angerufen«, begann Gemma. »Sie macht sich Sorgen um Sie.«

»Diese Großmut! Ich bin beeindruckt.« Er hatte ihnen den Rücken zugewandt, starrte aus dem Fenster auf den Fluß, grau unter den tiefhängenden Wolken.

In den wenigen Tagen seit ihrem ersten Besuch bei Reg hatte sich die Wohnung verändert. Überall waren Spuren der Vernachlässigung zu erkennen. Auf den Möbeln lag Staub, in der Küche stapelte sich schmutziges Geschirr auf der Ablage, und der Geruch von verdorbenen Lebensmitteln hing in der stickigen Luft.

Dieselben Symptome waren auch an Mortimer selbst zu erkennen. Er war nachlässig, beinahe schlampig gekleidet, und sein sonst so glänzendes, kastanienbraunes Haar wirkte glanzlos und strähnig.

Als er weiterhin von ihnen abgewandt stehenblieb, sagte Gemma zu seinem Rücken: »Können Sie uns sagen, was bei der Sitzung heute morgen herausgekommen ist, Mr. Mortimer?«

»Sie haben Teresa zur Geschäftsführerin ernannt … auf Martin Lowells Vorschlag hin. Man hätte annehmen können, er würde etwas mehr Solidarität an den Tag legen. Schließlich sind wir beide Veteranen desselben Krieges, wenn man so will.«

»Sicher ist sie in der Lage …«

»Selbstverständlich ist sie in der Lage«, fiel Mortimer ihr gereizt ins Wort. »Und sie hat es verdient. Darum geht es nicht.«

»Wo liegt dann das Problem? Sie haben fraglos für Annabelle gearbeitet … warum nicht für Teresa?«

»Nein!« Mortimers Stimme klang schneidend. Schließlich drehte er sich um. »Sie verstehen nicht. Ich hätte diese Beförderung dringend gebraucht! Sie ist mit einer saftigen Gehaltserhöhung verbunden. Seit Annabelle tot ist, wäre es meine einzige Chance gewesen, die Geier noch ein bißchen länger auf Distanz zu halten … Außerdem hätte ich in dieser Position die

Hoffnung gehabt, den Deal zu retten, den …« Er verstummte abrupt.

»Welche Geier?« fragte Kincaid.

Reg verzog den Mund zu einem Lächeln. »Ich habe leider über meine Verhältnisse gelebt.«

Kincaid deutete auf die Bilder an den Wänden. »Die Gemälde?«

»Guter Tip«, stimmte Reg ihm zu. »Ja, unter anderem. Konnte leider noch nie gut mit Geld umgehen. Und ich hatte mit einer ziemlich großen Summe gerechnet, die sich leider nie … materialisieren wird.«

»Setzen Sie sich, und erzählen Sie uns von diesem Deal.« Kincaid deutete auf die Sofas.

Reg Mortimer ließ sich in die weißen Polster fallen und stützte den Kopf in beide Hände, ein Bild des Jammers. »Ist vermutlich jetzt sowieso egal. Hat sich alles von selbst erledigt«, murmelte er. Dann ließ er die Hände in den Schoß sinken und sah zu Kincaid und Gemma auf.

»Geht um so was wie eine Kommission … man könnte es auch einen Finderlohn nennen. Annabelle, Teresa und ich sind schon vor einiger Zeit zu dem Entschluß gekommen, daß es nur eine Möglichkeit gibt, die Zahlungsfähigkeit der Firma Hammond's zu erhalten: der Verkauf des Firmengeländes. Mit dem Erlös sollte das Unternehmen weiter flußabwärts in einer moderneren und weniger kostenintensiven Immobilie untergebracht werden.

Ich kannte da einen Mann … einen Bauunternehmer … der für den Speicher jeden Preis gezahlt hätte. Vorausgesetzt, Annabelle konnte dazu überredet werden, gegen den ausdrücklichen Willen ihres Vaters zu handeln. Also habe ich die beiden zusammengebracht.«

»Daher die Kommission«, dachte Kincaid laut. »Zahlbar bei Geschäftsabschluß, nehme ich an?«

Mortimer nickte. »Aber es gab noch einen Haken. Der Deal wäre nur perfekt gewesen, wenn wir die Mehrheit der Anteilseigner hätten überreden können, gegen William zu stimmen. Und Annabelle war nur dann dazu zu bewegen, sich gegen ihren Vater zu wenden, wenn sichergestellt wurde, daß der Lagerspeicher selbst als integrierter Teil der Neubebauung erhalten bliebe. Sie dachte, das würde William milder stimmen ... ihm das Gefühl geben, daß die Firma Hammond's noch immer ihren Platz in der Geschichte behielte.«

»Dieser Bauunternehmer ...«, begann Gemma, »das war Lewis Finch, stimmt's?«

Als Mortimer erneut nickte, runzelte Kincaid die Stirn. »Sie sagen ›Annabelle war nur unter der Zusicherung zu bewegen ...‹. Das klingt, als sei genau das nicht vorgesehen gewesen, ich meine die Integration des bestehenden Gebäudes in die Neubebauung? Ich dachte, Lewis Finch hätte sich gerade dadurch einen Namen gemacht.«

»Hat er auch. Aber in diesem Fall hatte er andere Pläne. Es war die Rede von ›Konstruktionsmängeln am Speicher‹. Aber Lewis und ich waren übereingekommen, Annabelle nichts davon zu erzählen ... in der Hoffnung, daß sie nicht darauf bestand, eine entsprechende Klausel in den Vertrag aufzunehmen.«

»Was, glaubten Sie, wäre geschehen, wenn Annabelle davon Wind bekommen hätte?« fragte Gemma hitzig. »Sie waren verlobt, wollten heiraten. Trotzdem haben Sie hinter ihrem Rücken konspiriert.«

»Ich war verzweifelt. Ich dachte, der Rest würde sich von selbst erledigen, sobald das Geschäft abgeschlossen war ... daß vielleicht sogar William Vernunft annehmen würde ...«

Kincaid glaubte zu wissen, wie es weitergegangen war. »Und dann haben Sie herausbekommen, daß Lügen und Betrügen keine Fremdwörter für Annabelle waren. Was ist an jenem

Abend passiert, nachdem Sie von Annabelle und Martin Lowell erfahren hatten?«

»Wir haben uns gestritten, nachdem wir von Jo weggegangen waren. Ein Wort gab das andere. Ich habe ihr auf den Kopf zu gesagt, daß ich ihr alles zutraue, seit ich weiß, was sie ihrer Schwester angetan hatte.«

»Weiter, bitte.«

»Ich weiß nicht, was an jenem Abend in mich gefahren ist. Eifersucht habe ich immer verachtet, habe sie für unkultiviert gehalten. Aber Annabelle hatte mich seit Monaten zurückgestoßen, sich geweigert, über die Hochzeit zu reden, Ausreden erfunden, um nicht mit mir allein sein zu müssen ... und plötzlich machte das alles Sinn. Ich habe ihr alles mögliche an den Kopf geworfen ... alles, was mir gerade in den Sinn kam. Und plötzlich sind mir Lewis Finch und die vielen ›Geschäftsbesprechungen‹ eingefallen, die sie angeblich mit ihm gehabt hatte. Ich habe ihr vorgeworfen, mit ihm zu schlafen. Ich habe behauptet, daß Lowell recht habe und sie nicht besser als eine Hure sei. Sie prostituiere sich ... schlafe mit Finch, um zu bekommen, was sie wolle.«

»Und dann?« fragte Gemma leise.

»Sie hat gelacht. Sie hat einfach dagestanden und mich ausgelacht. Sie hat gesagt, das sei längst nicht alles. Diese Affäre habe sie die Liebe von Finchs Sohn gekostet, und daß sie erst zu spät erfahren habe, was es bedeute, jemanden wirklich zu lieben. Ich habe sie angeschrien, es hat sie mehr als das gekostet, und es geschehe ihr recht – und dann habe ich ihr gesagt, was Lewis wirklich vorhatte. Kaum hatte ich es ausgesprochen, war mir klar, daß ich zu weit gegangen war und alles verdorben hatte. Ich habe mich entschuldigt, es nicht so gemeint zu haben. Wir hatten am folgenden Vormittag eine Verabredung mit meinem Vater, um ihm den Plan schmackhaft zu machen. Und eigentlich hätten wir nach der Dinnerparty mit Jo unsere Strategie festlegen wollen. Ich dachte, wir könnten alles wieder ins Lot bringen, aber Annabelle war sehr still geworden ... so als horche sie in sich hinein, dann hat sie wieder gelacht. ›Die Götter haben mir ein Zeichen gegeben, Reg. Also verpiß dich!‹ Ich habe gebettelt, versucht, zu diskutieren, bis sie sich schließlich einverstanden erklärte, sich mit mir im Pub zu treffen.«

»Und danach sind Sie gegangen«, sagte Gemma.

»Ja. Und die furchtbare Ironie ist, daß ich keine Ahnung hatte – bis Sie es mir gesagt haben –, daß Lewis Finchs Sohn der Straßenmusikant aus dem Tunnel ist.«

Lewis begegnete Irene Burne-Jones zum ersten Mal an einem Juliabend des Jahres 1942, als Edwina ihn mit dem Ponywagen zum Bahnhof schickte, um sie abzuholen. Irene sei eigentlich ihre Cousine zweiten Grades, hatte Edwina ihm erklärt, die Enkelin des Bruders ihres Vaters. Aber Edwina, die stets für Vereinfachung war, bezeichnete das Mädchen schlicht als ihre Nichte. Das Haus ihrer Familie in Kilburn war durch eine verirrte Bombe getroffen und zerstört worden, und Irene sollte solange auf dem Land bleiben, bis die Eltern das Leben der Familie neu organisiert hatten.

Lewis nahm die Nachricht mit einiger Sorge auf. William war nicht da. Nachdem die Bombardierungen nachgelassen hatten, war ihm erlaubt worden, für mehrere Wochen seine Eltern zu besuchen, und da Lewis seine Gesellschaft vermißte, war ihm einerseits ein Ersatz für den kurzen Zeitraum recht ... andererseits konnte er sich nicht vorstellen, daß ein Mädchen, das sicher eine Vorliebe für Sommerspaziergänge, Badeausflüge und Beerenpflücken hatte, zu ihm paßte. Seine Kenntnisse über Mädchen gründeten sich auf die Erfahrungen mit seiner Schwester, und Cath hatte nie auch nur die geringste Neigung zu Dingen gezeigt, für die sich Jungen interessierten.

Bei seinem Besuch zu Hause im April hatte er seine Schwester kaum wiedererkannt. Es war sein erster Aufenthalt in London nach zwei Jah-

ren gewesen. Cath hatte einen Job in einer Rüstungsfabrik, und sie hatte wie ein Wesen von einem anderen Stern auf ihn gewirkt, als sie in ihrem grellen Overall und Turban nach Hause gekommen war. Minuten später war sie in einer Parfümwolke und begleitet von dem Klappern hoher Absätze wieder verschwunden. Wann immer ihr Name gefallen war, hatten Lewis' Eltern verstohlen Blicke getauscht, und ein- oder zweimal, als er ins Zimmer gekommen war, hatte Lewis das Gefühl gehabt, ein ernstes Gespräch zu unterbrechen.

Lewis jedoch hatten die Streifzüge in die unmittelbare Umgebung viel mehr interessiert. Er hatte versucht, sich an den Anblick von Schuttbergen oder leeren, vom Unkraut überwucherten Parzellen zu gewöhnen, wo früher die Häuser seiner Schulfreunde und Kameraden gestanden hatten. All das hatte eine seltsame Leere in ihm hinterlassen, und am Ende der Woche hatte er eine heimliche Erleichterung bei dem Gedanken empfunden, nach Surrey zurückkehren zu können.

Zeus' lautes Schnauben lenkte seine Aufmerksamkeit wieder auf die Straße, er zog automatisch die Zügel an und schnalzte beruhigend mit der Zunge, wie John Pebbles es ihm beigebracht hatte. Dabei wurden andere Erinnerungen wach, und er merkte erneut, wie sehr er seinen Freund vermißte.

Im Frühjahr 1941 hatte sich John, gegen alle Bitten seiner Frau und Edwinas, freiwillig zur Armee gemeldet, und kämpfte mittlerweile im Rang eines Sergeants bei der Achten Division in Nordafrika. Lewis hatte in Ermangelung anderer Helfer viele seiner Aufgaben übernommen. Die Pferde waren jetzt allein sein Verantwortungsbereich, da William seine Angst gegenüber den Tieren nie überwunden hatte, und weil William auch keine Begabung für Technik besaß, kümmerte Lewis sich um die selten genutzten Autos. Dagegen pflegte er zusammen mit William den Garten und machte Brennholz; und beide halfen Edwina bei anderen Pflichten im Haus und auf dem Grundstück, so gut sie konnten, denn es war niemand anderer da.

Für Lewis schien der Krieg bereits eine Ewigkeit zu dauern. Er erinnerte sich kaum noch an die Tage vor der Lebensmittelrationierung, und selbst die riesigen Portionen Fleisch, die die Köchin ihm bei seiner Ankunft im Herrenhaus serviert hatte, waren jetzt verblaßte Erinnerung. Trotzdem ging es ihnen besser als manch anderen, denn sie hatten den Garten, und im Winter '41 hatte Edwina Schweine und Hühner gekauft, so daß sie zumindest über einen unbegrenzten Vorrat an frischen Eiern verfügten und gelegentlich auch eine Scheibe Speck bekamen. Natürlich war das Füttern und die Pflege dieser Tiere ebenfalls Lewis zugefallen, doch er tat es gern … bis auf das Schlachten der Schweine, mit denen er sich meist anfreundete.

Mögen Mädchen Schweine? überlegte er, und dann fragte er sich, was, um Himmels willen, er überhaupt auf der Rückfahrt mit ihr reden sollte. Ein Blick auf die tiefstehende Sonne sagte ihm, daß es später war, als er angenommen hatte, und er schnalzte mit der Zunge, um Zeus zu einer schnelleren Gangart anzutreiben. Edwina würde ihn zur Rede stellen, wenn er durch seine Träumerei zu spät kam.

Sie stand auf dem Bahnsteig neben einem riesigen Koffer. Lewis sah den Bahnsteig hinauf und hinunter, um seiner Sache sicher zu sein. Aber da war sonst niemand, und er atmete innerlich erleichtert auf. Das Mädchen war entgegen seinen Erwartungen in seinem Alter, sah völlig normal und kein bißchen furchterregend aus. Sie trug ein rot-weißgemustertes Leinenkleid mit Söckchen und Sandalen. Ihr Haar hatte die Farbe alter Pennystücke und hing ihr in einem Zopf geflochten über den Rücken. Das beste jedoch war, daß sie sofort lächelte und winkte, als er sie ansah.

»Bist du Lewis?« fragte sie, kaum daß er sie erreicht hatte. »Tante Edwina hat gesagt, daß du mich hier abholst.«

»Entschuldige. Ich bin spät dran.« Lewis griff nach dem voluminösen Koffer und bugsierte ihn hinten auf den Ponywagen. »Was hast du denn da reingepackt? Wackersteine?«

Irene lächelte ihr warmes Lächeln und sprang ohne Hilfe auf den Wagen. »So ziemlich alles, was ich besitze … oder zumindest alles, was wir aus dem Schutt noch rauswühlen konnten. Hat mir nichts ausge-

macht, daß du zu spät gekommen bist. Habe mich nur gefragt, was ich machen würde, wenn du überhaupt nicht auftauchst. Ich habe noch nie versucht zu trampen. Außerdem wußte ich nicht, ob jemand so mutig sein würde, mich mit diesem Monster von einem Koffer mitzunehmen.«

Lewis sah sie überrascht an. William und er hatten nie den Mut aufgebracht, per Anhalter zu fahren. »Du hättest anrufen können«, bemerkte er. »Gleich hinter dem Bahnsteig ist ein Telefonhäuschen. Wir sind hier schließlich nicht im wilden Kurdistan, weißt du?«

»Wie alt bist du?« fragte Irene, an der sein Sarkasmus abprallte.

»Vierzehn … im Januar«, erwiderte er und setzte sich etwas gerader auf den Kutschbock, während er Zeus den Wagen wenden ließ. Dann machten sie sich auf den Rückweg.

»Ich werde in der Woche vor Weihnachten vierzehn. Bin also älter als du.« Irenes triumphierendes Lächeln war ansteckend.

Es war ein schöner Juliabend, und die Luft war mild. Es roch nach frisch gewendetem Heu. Die Straße schlängelte sich durch den Wald, das Blätterdach wölbte sich über ihnen, und außer dem Gesang der Vögel und dem Klappern der Pferdehufe war weit und breit nichts zu hören.

»Wie weit ist es bis zum Haus?« wollte Irene wissen, nachdem sie eine Weile schweigend gefahren waren.

»Ein paar Meilen. Wir brauchen ungefähr eine Dreiviertelstunde.« Lewis fiel plötzlich ein, wie lange ihm der Weg bei seiner Ankunft auf dem Land vorgekommen war und daß er sich eine Straße ohne Häuser oder Geschäfte gar nicht hatte vorstellen können.

»Sieht hier ganz anders aus als in Kilburn«, bemerkte Irene, und beim Klang ihrer Stimme sah er sie unwillkürlich genauer an. Er war sich nicht sicher, ob hinter der Maske der Fröhlichkeit nicht auch Angst lag.

»Es wird dir gefallen«, sagte er. »Ehrenwort.«

Lewis und Irene wurden so schnell Freunde, daß die ersten Wochen nach Williams Rückkehr beinahe peinlich waren. William war sehr selbstbewußt zurückgekommen, nachdem er die Ferien in der Firma sei-

ner Familie verbracht hatte. Als Irene offenbar unbeeindruckt von Hammond's Teas blieb, versuchte William, ihr höflich klarzumachen, daß sie in Lewis und seine Unternehmungen nicht einbezogen werden sollte. Irene jedoch tat einfach so, als merke sie nichts. Sie kam trotzdem mit, und nach einer Weile gab William resigniert auf. Bald schien er völlig vergessen zu haben, daß er versucht hatte, sie auszugrenzen.

Im August kehrte Mr. Cuddy von seinem langen Urlaub an der Küste Cornwalls zurück, und sie hatten wieder alle Hände voll mit Schularbeiten zu tun. Wann immer Mr. Cuddy und die Jungen bei ihren Schulthemen in eintönigen Alltagstrott verfallen waren, rüttelte Irene sie auf. Sie war von Mr. Cuddys kartographischer Aufarbeitung des Krieges fasziniert und hatte immer eine Frage oder einen Diskussionsbeitrag parat.

Ihr besonderes Interesse galt dem Krieg in Nordafrika, und Irene verfolgte den Kampf von Montgomerys Achter Division gegen Rommel mit ebensolchem patriotischen Eifer wie die Jungen, und das, obwohl sie John Pebbles nie begegnet war. Als die Tage kürzer wurden und der Herbst kam, verbrachten sie lange Nachmittage vor dem Kamin im Schulzimmer, Tassen mit heißer Schokolade in den Händen, und diskutierten über den Krieg und ihre Zukunft.

»Er ist vorbei, bevor wir alt genug sind, um Militärdienst leisten zu können«, klagte Lewis eines Tages, als strömender Regen sie ans Haus fesselte. »Nordafrika ist erst der Anfang. Jetzt, wo die Amis dabei sind, muß Europa als nächstes kommen. Der alte Hitler hat den Alliierten nichts mehr entgegenzusetzen.«

»Ja, aber ich weiß noch gut, wie alle gesagt haben, der Krieg sei in ein paar Wochen zu Ende.« William streckte sich auf dem Teppich aus, stützte das Kinn in die Hände und starrte ins Feuer, und Lewis wurde dabei klar, daß er sich William als Soldat wirklich nicht vorstellen konnte, selbst wenn der Krieg tatsächlich lange genug dauern sollte.

»Eine Niederlage kommt für euch wohl gar nicht in Betracht, was?« fragte Irene. Mit Edwinas Unterstützung hatte sie es sich angewöhnt, wie die Jungen Hosen zu tragen, und saß jetzt gegen einen alten Ses-

sel gelehnt im Schneidersitz auf dem Boden. »Alle tun so, als hätten wir den Sieg praktisch schon in der Tasche. Aber was ist, wenn nicht?«

»Sei nicht blöd!« konterte William. »Selbstverständlich siegen wir. Warum also darüber nachdenken?«

Lewis jedoch hatte darüber nachgedacht. Viele Dinge, von denen er angenommen hatte, daß sie nie geschehen könnten ... zum Beispiel, daß ihr Haus bombardiert, seine beiden Brüder sterben würden ... waren geschehen. Also mußte er auch die Möglichkeit in Betracht ziehen, daß sie den Krieg verloren.

»Natürlich hoffe ich, daß er bald zu Ende ist«, bemerkte Irene und starrte ins Feuer. »Aber wenn nicht, dann trete ich in die Armee ein, sobald ich alt genug bin, und werde General.«

»Jetzt spinnst du aber wirklich«, erklärte William. »Mädchen können nicht General werden.«

»Warum denn nicht?« Irene reckte eigensinnig das Kinn vor. »Ich spiele gern militärische Sandkastenspiele und so.«

»Aber das ist nur Spiel«, entgegnete Lewis und versuchte, vernünftig zu sein. »Im richtigen Leben müßtest du dich um Verwundete kümmern, Geheimdienstberichte analysieren ... und so weiter. Und du müßtest dauernd den Leuten sagen, was sie tun sollen.«

»Na und?« Irene streckte ihm die Zunge raus. »Das alles könnte ich genausogut wie du.«

Mr. Cuddy sah von dem Buch auf, das er gerade las. »Zankt euch nicht. Ich finde, Irene ist sehr wohl in der Lage, Leuten zu sagen, was sie tun müssen. Ist es euch eigentlich schon mal in den Sinn gekommen«, fuhr er fort, und schien sich richtig für das Thema zu erwärmen, »daß wir den Krieg vielleicht längst gewonnen hätten, wenn alle Generäle Frauen wären? Denkt nur an Artemis, die Göttin der Jagd.«

Lewis und William sahen sich an und verdrehten die Augen. Jetzt hatten sie den guten alten Cuddy auf eines seiner Lieblingsthemen gebracht, und wenn sie nicht aufpaßten, seifte er sie wieder einmal mit der gesamten griechisch-römischen Mythologie ein.

»Und was ist mit Boadicea ... der alten britannischen, kriegerischen

Königin, die ihr Heer gegen die Römer in die Schlacht geführt hat? Die steht uns sogar noch näher.« Mr. Cuddy sah Irene lächelnd an. »Und sie hatte rotes Haar.«

»Wetten, daß die Leute ihr auch gesagt haben, sie könne kein General werden?« bemerkte Irene und warf ihren Kopf aufreizend selbstbewußt zurück.

Lewis jedoch war bereit, um des lieben Friedens willen das Thema fallenzulassen, denn er hatte das Gefühl, daß Mr. Cuddy wirklich böse werden würde, wenn sie weiter auf Irene herumhackten.

Seit ihr Lehrer von seinem langen Urlaub in Cornwall zurückgekehrt war, schien er verändert zu sein, aber Lewis vermochte nicht zu definieren, wodurch und wie. Zuerst hatte er vermutet, daß Mr. Cuddy Irene nicht mochte, doch das hatte sich nicht bestätigt. Sie wurde viel weniger gemaßregelt als William und er. Trotzdem hatte sich etwas verändert, und die nagende Sorge, die Lewis dieses Gefühl bereitete, war das einzige, was sein Wohlbefinden trübte.

Als Kincaid den Wagen auf einen Parkplatz im Schatten gegenüber Gordon Finchs Wohnung fuhr, sah Gemma Gordon die West Ferry Road aus der Richtung des Mudchute Parks herunterkommen, den Klarinettenkasten in der Hand, Sam an seiner Seite. Sie warteten, bis er sein Wohnhaus erreicht hatte, stiegen aus, überquerten die Straße und traten ihm in den Weg.

»Auf ein Wort, Mr. Finch, wenn Sie nichts dagegen haben«, begann Kincaid und zückte seinen Dienstausweis, als könne Gordon bereits vergessen haben, wen er vor sich hatte.

»Angenommen, ich hab was dagegen?« fragte Gordon gelassen, aber sein Blick huschte zu Gemma. Er trug heute wieder seinen Tarnanzug und sah neben Kincaid, der Khakihose, Oberhemd und Krawatte anhatte, wenig gesellschaftsfähig aus.

»Wir können uns auch in einer wesentlich ungemütlicheren Umgebung unterhalten.«

Gemma fühlte, wie die Spannung zwischen den beiden

Männern stieg, dann zuckte Gordon die Schultern und ging stumm voraus und die Treppe zu seiner Wohnung hinauf. Drinnen sah er Gemma an und sagte herausfordernd: »Bitte ... Sie kennen sich hier ja schon aus.« Die negative Ausstrahlung der beiden Männer in dem kleinen Raum verursachte Gemma Beklemmungen.

Sie versuchte, sich nichts anmerken zu lassen. »Wir möchten wissen, was Annabelle im Tunnel zu Ihnen gesagt hat. Und zwar den exakten Wortlaut.«

»Ich habe Ihnen doch schon ...«

»Nur einen kleinen Teil ... nämlich daß sie sich mit Ihnen versöhnen wollte. Was Sie nicht erzählt haben, ist, daß Annabelle gerade erfahren hatte, daß Ihr Vater sie ebenso belogen und hintergangen hatte, wie sie ihren eigenen Vater hatte hintergehen wollen.«

»Mein Vater lügt nicht«, entgegnete Gordon scharf.

»Warum hat er Annabelle dann versichert, er wolle den Lagerspeicher der Hammonds erhalten, wenn sie ihm diesen verkaufe, obwohl er definitiv die Absicht hatte, ihn abreißen zu lassen?«

»Er wollte ihn abreißen lassen?« wiederholte Gordon stirnrunzelnd.

»Hat sie Ihnen das nicht erzählt? Sie muß furchtbar wütend auf ihn gewesen sein.«

»Sie hat gesagt ...« Er sah an sich herab und schien überrascht, den Klarinettenkasten noch in der Hand zu halten. Er stellte ihn behutsam vor dem Notenständer auf den Fußboden. »Sie hat irgendwas von Loyalitäten geredet, die keine Bedeutung mehr hätten. Im Frühjahr hatte ich gerüchteweise von Lewis' Interesse am alten Lagerspeicher gehört und daß man die beiden häufig zusammen gesehen hätte. Aber als ich sie danach gefragt habe, hat sie sowohl geschäftliches Interesse als auch eine Affäre geleugnet.« Er hob den Kopf und sah Gemma in die Augen. »Also bin ich ihr eines Abends nachgegangen. Sie hat die Nacht in seiner Wohnung verbracht. Als ich sie zur Rede gestellt habe, hat sie nicht mal den Versuch unternommen, sich zu rechtfertigen. Sie behauptete, ich würde das nicht verstehen ... Und dann hat sie mich gehen lassen.«

»Aber Sie haben sie weiterhin geliebt.«

Gordon richtete sich auf. Seine Hände wirkten seltsam leer. »Nein.«

»Und an jenem Abend hat sie Ihnen gesagt, daß sie Sie liebt. Sie wollte alles wiedergutmachen. Auf dem Video aus dem Tunnel hat sie Sie geradezu angefleht.«

»Sie sagte ... sie hat gesagt, es sei ihr klargeworden, daß sie weggeworfen habe, was ihr am meisten bedeute ... aber die Tatsache, daß sie mich hier träfe, sei ein Zeichen dafür, daß es noch nicht zu spät sei ... Wenn wir uns wirklich liebten, würde sich alles von selbst regeln.«

Gemma spürte, wie Kincaid hinter ihr unruhig wurde. Trotzdem sagte er kein Wort. »Sie haben sie fortgeschickt«, fuhr Gemma leise fort, ohne den Blick von Gordon zu wenden. »Sie haben ihr nicht geglaubt.« Sie hörte ihre Worte, die tonlos und dumpf aus ihrem Mund kamen, und als sie Gordon Finch ansah, waren die Einsamkeit und die Verzweiflung in seinen Augen schlimmer als Tränen. »Da war noch etwas, oder? Was hat sie noch gesagt, Gordon?«

Als er schwieg, antwortete sie für ihn: »Sie hat gesagt, daß sie es beweisen wolle, stimmt's? Auf dem Video dreht sie sich noch einmal um – wie auf ein letztes Wort –, und da war sie noch immer wütend, beinahe trotzig. Sie wollte Ihnen ihre Liebe beweisen.«

»Spricht alles für Lewis Finch, was?« Gemma empfand bei der Aussicht keinerlei Triumph. Es war schlimm genug für Gordon, mit der Schuld eines Vaters fertig zu werden, für den er offenbar weit mehr empfand, als er zugeben wollte. Aber auch sie hatte Lewis Finch gemocht und bewundert.

»Sie wollte ihm nicht sagen, daß sie ihre Verlobung aufgelöst hatte, als sie ihn an jenem Abend angerufen hat«, bemerkte Kincaid und lenkte den Rover in den Verkehrsstrom auf der Ferry Road. »Es ging um das gemeinsame Geschäft. Deshalb klang er so wütend, als er ihr aufs Band gesprochen hat.«

»Und nicht nur um das Geschäft, sondern auch um ihre Beziehung zu ihm ... wie sollte sie weiterhin mit ihm schlafen, nach allem, was sie erfahren hatte?«

»Klingt doch so, als habe sie Lewis Finch von Anfang an für ihre Zwecke mißbraucht ...«

»Und er sie.« Gemma sah im Vorbeifahren zu den Steilhängen des Mudchute Park zu ihrer Rechten hinauf. Zu ihrer Linken glitzerte das Wasser vom Millwall Dock. »Aber das löst noch nicht die Frage, wo und wie sie sich an jenem Abend getroffen haben oder wie Lewis Finch ihre Leiche in den Park geschafft haben könnte.«

»Sein Motiv klärt es ebenfalls nicht«, überlegte Kincaid. »Scheint auf der Hand zu liegen, warum Annabelle willens war, sich beim Verkauf des Lagerspeichers gegen den Vater zu stellen. Die Firma war ihr wichtiger als alles andere. Und wenn sie glaubte, dies sei die einzige Möglichkeit, um sie zu retten ...«

»Aber warum wollte Lewis Finch jeden Preis für die Immobilie bezahlen? Und warum war er entschlossen, den Speicher abzureißen, sobald er sich in seinem Besitz befand ... Das stellt doch alles auf den Kopf, wofür er bis dahin gelebt hat.«

»Hat er vielleicht geglaubt, daß der Mord an Annabelle den Deal retten könnte?« warf Kincaid ein.

»Er konnte nicht sicher sein, was passieren würde.« Gemma runzelte die Stirn und sah auf ihre Uhr. »Willst du versuchen, ihn in seinem Büro zu erreichen? Er hat gesagt, daß er nachmittags normalerweise auf den Baustellen ist.«

Kincaid trommelte mit den Fingern auf das Lenkrad, während sie vor einer roten Ampel warteten. »Nein. Nicht bevor wir ihn festnageln können. Wir bitten Janice, sich diskret bei seinen Nachbarn umzuhören. Vielleicht haben die was Ungewöhnliches bemerkt.«

»Und was machen wir in der Zwischenzeit?« fragte Gemma überrascht, beugte sich jedoch der Logik seiner Ausführungen.

»Der Grund, weshalb wir uns aus Lewis Finchs Verhalten keinen Reim machen können, ist, daß wir noch nicht bis zu den Wurzeln der ganzen Geschichte vorgedrungen sind«, schlußfolgerte Kincaid nachdenklich. »Und ich glaube, diese Wurzeln liegen in der Vergangenheit ... Kann doch kein Zufall sein, daß William Hammond und Lewis Finch sich während des Krieges gekannt haben oder daß sich Annabelle an Gordon Finch herangemacht hat.«

»William Hammond hat keinen Zweifel daran gelassen, daß er kein Wort darüber verlieren will«, protestierte Gemma.

»Dann finden wir eben jemanden, der bereit ist zu reden.« Kincaid sah sie an. »Komm mit mir nach Surrey. Da gibt's eine reizende Pension in Holmbury St. Mary ... weißt du noch?«

Die Begegnung mit Gordon Finch am Vortag flackerte kurz in Gemmas Gedächtnis auf ... Wie konnte sie sich in ein Wochenende mit Duncan flüchten, solange das ihr Gewissen belastete?

»Ich habe Hazel versprochen, heute abend auf die Kinder aufzupassen«, sagte sie. Dabei wußte sie, daß Hazels und Tims Kinopläne durchaus flexibel waren, und sie diese nur vorschob – was ihr Gewissen noch mehr belastete. »Und vielleicht brauchst du mich hier«, fügte sie hinzu, um der Ausrede mehr Gewicht zu geben.

»Vielleicht«, sagte Kincaid leichthin. Sein Ton sollte verbergen, wie verletzt er war, doch sie sah es seinen Augen an.

Jo Lowell hatte Gemma gegenüber erwähnt, daß das Herrenhaus, in dem ihr Vater die Kriegsjahre verbracht hatte, mittlerweile vermutlich in ein Hotel im Landhausstil umgewandelt worden und daß der Name seiner Patentante Burne-Jones gewesen sei. Mehr Informationen hatte Kincaid nicht, als er am späten Nachmittag in Surrey eintraf und sich in der idyllischen Bauernhauspension in Holmbury St. Mary einmietete. Er hatte gehofft, seine Freundin Madelaine Wade zu treffen, die im Dorf wohnte, und Holmbury lag in der Gegend, die Jo Lowell erwähnt hatte.

Madelaine hatte eine Praxis für Massage und Aromatherapie in einer kleinen Wohnung über dem Dorfladen, den sie ebenfalls betrieb. Kincaid hatte sie bei einem Mordfall im Herbst des letzten Jahres kennengelernt und war von ihrer Persönlichkeit fasziniert gewesen. Für eine bekennende Anhängerin der Parapsychologie war die ehemalige Investmentbankerin eine erstaunlich nüchterne Frau mit einer Gabe für die Erkennung dessen, was sie leicht despektierlich als »emotionale Ausstrahlung« bezeichnete. Und auch Kincaid hatte feststellen müssen, daß ein Gespräch mit ihr oft unerwartete Fallstricke bereithielt.

Als er die wenigen Sachen aus seiner Notfallreisetasche in sein Zimmer geräumt hatte, schlenderte er die Straße zur Dorfmitte hinunter. Der Laden lag versteckt in einer Sackgasse auf einer Anhöhe auf der anderen Seite oberhalb des Dorfes. Als er das Haus erreichte, war ihm heiß, er schwitzte, obwohl er sein Jackett nur über die Schultern gehängt hatte.

Das Mädchen hinter der Theke des Dorfladens war ihm unbekannt. Auf seine Frage sagte sie jedoch, daß Madelaine vermutlich zu Hause sei, und beobachtete neugierig, wie er wieder hinausging, die weiß gestrichene Treppe an der Seite des Gebäudes hinaufstieg und an der strahlend weiß lackierten Tür im ersten Stock klopfte. Es dauerte nicht lange, bis die Tür aufschwang. Madelaine musterte ihn mit flüchtigem Lächeln. »Ich muß feststellen, Sie haben Ihr Gespür für ein gutes Timing nicht verloren.«

Madelaine Wade hatte sich nicht verändert: ihr platinblondes, kurzgeschnittenes Haar umrahmte ein scharf geschnittenes Gesicht mit Adlerprofil, das ein Blick in ihre tief moosgrünen Augen sofort abmilderte.

»Sind Sie gar nicht überrascht, mich zu sehen?« fragte er und sah sich um, als er in die kleine Wohnung trat. Zuletzt war er im November hier gewesen. An diesem warmen Sommerabend waren die beiden Fenster über der Ladenfassade weit geöffnet, und ein leichter Abendwind bewegte die rotgepunkteten Vorhänge.

Ihr Lächeln vertiefte sich. »Keine Zaubertricks diesmal«, sagte sie und spielte damit auf seinen letzten, unangekündigten Besuch an, an dem er den Tisch für zwei Personen gedeckt vorgefunden hatte. »Aber ich habe eine Flasche Weißwein kühlgestellt … nur für den Fall, daß ein Freund unerwartet vorbeikommt.«

»Madelaine … Sie sind ein Phänomen.«

»Und Sie sind leicht zu beeindrucken«, entgegnete sie, holte zufrieden eine Flasche australischen Sauvignon aus dem Kühlschrank und entkorkte sie.

Nachdem sie zwei Gläser eingeschenkt hatte, setzten sie sich in die Sitzecke. Sie musterte ihn einen Augenblick. »Also, was führt Sie her, Duncan? Sie sind doch bestimmt nicht nur zum Vergnügen hier?«

»Leider nein.« Er schwenkte den Wein in seinem Glas. »Kennen Sie zufällig in der Nähe ein Hotel in einem ehemaligen Herrenhaus? Es muß früher einer Frau namens Burne-Jones gehört haben.«

Madelaine dachte nach. »Der Name kommt mir irgendwie bekannt vor …« Dann hellte sich ihre Miene auf. »Warten Sie! Ich hab's! Da ist ein altes Herrenhaus droben bei Friday Green!«

»Lebt noch jemand von der Familie in der Gegend?«

»Wenn mich nicht alles täuscht, soll tatsächlich jemand aus der Familie auf dem Grundstück wohnen … und zwar im alten Cottage, das dazu gehörte. Muß eine entfernte Cousine sein, soviel ich mich erinnere. Tut mir leid, mehr kriege ich nicht zusammen.«

»Ist immerhin ein Anfang.«

»Außerdem weiß ich, wie man hinkommt«, sagte Madelaine. »Es ist wirklich nicht weit.«

Kincaid notierte sich Madelaines Wegbeschreibung, steckte sein Notizbuch ein und wandte sich wieder ihr zu. »Und wie geht's so?«

Madelaine lachte. »Wunderbar langweilig, seit Sie weg sind, Superintendent. Danke der Nachfrage. Die Wogen haben sich geglättet, und wir tun alle wieder so, als hätten wir nie einen anderen des Mordes verdächtigt. Und was ist mit Ihnen?«

Kincaid erzählte ihr knapp vom Fall Hammond, und sie hörte aufmerksam zu. Als Lewis Finchs Name fiel, sah sie ihn überrascht an. »Kennen Sie ihn?« fragte Kincaid.

»Aus meinem vorigen Leben, könnte man sagen. Er hatte einen gewissen Ruf in der City.«

»Einen guten?«

»Ja, überraschend gut. Erfolg und Aufrichtigkeit schließen sich normalerweise häufig aus. Allerdings wäre auch Finch ohne eine gewisse Skrupellosigkeit nicht dort, wo er heute ist. Ihre Annabelle muß wirklich ein starker Charakter gewesen sein, wenn sie es mit ihm aufgenommen hat.«

»Sie hat dafür bezahlt.«

»Glauben Sie, Lewis Finch hat sie umgebracht?«

»Scheint die plausibelste Erklärung zu sein. Ihr ehemaliger Schwager ist der einzige, der offen zugibt, sie gehaßt zu haben. Aber der hat ein wasserdichtes Alibi. Ihr Verlobter konnte durch ihren Tod nur alles verlieren, aber nichts gewinnen. Sieht allerdings so aus, als habe er an Annabelles letztem Abend die Beherrschung verloren und einen handfesten Krach vom Zaun gebrochen. Die Zeitspanne zwischen dem Streit und dem Mord ist jedoch zu groß für eine Tat im Affekt.« Er starrte in sein Weinglas. »Und Lewis Finchs Sohn hat offenbar überhaupt kein Motiv – er wußte seit Monaten von ihrer Beziehung zu seinem Vater –, und Annabelle hatte ihn noch am Abend des Mordes angefleht, sich mit ihr zu versöhnen.«

Madelaine schenkte Wein nach. Sie wirkte nachdenklich. »Eine komplizierte Situation: Vater und Sohn lieben dieselbe Frau … Und wenn sie nun den Vater wegen des Sohnes verlassen hat …?«

»Was halten Sie von Lewis Finch?«

»Wollen Sie von mir wissen, ob ich Lewis Finch für fähig halte, einen Mord zu begehen?« Sie runzelte die Stirn. »Ich schätze, einem so ehrgeizigen Mann wie Lewis Finch – und ehrgeizig war er – kann durchaus mal eine Sicherung durchbrennen. Trotzdem habe ich ihn als einen sehr melancholischen Menschen in Erinnerung … er war stets von einer gewissen Traurigkeit umgeben, die schon so alt ist, daß sie Teil seiner Persönlichkeit geworden ist.« Sie warf Kincaid einen flüchtigen Blick über den Rand ihres Glases zu. Kincaid erinnerte sich nur zu gut an diesen Röntgenblick. »So, und jetzt erzählen Sie mir von sich.«

Bei jedem anderen wäre es Kincaid leichtgefallen, heile Welt vorzutäuschen. Er trank einen Schluck Wein. »Meine Exfrau ist gestorben … sie wurde ermordet.«

»O Duncan! Herzliches Beileid. Standen Sie sich sehr nahe?«

»Jahrelang gar nicht. Ich wünschte, wir wären Freunde gewesen.« Er fing Madelaines Blick auf und sah weg. Sie schien abzuwarten. »Und ich habe erfahren, daß ich einen Sohn habe. Kit. Er ist elf.«

»Das Kind Ihrer Exfrau? Aber wie schön für Sie.«

»Ja, und kompliziert«, erwiderte Kincaid niedergeschlagen.

»Und wie kommt Ihr weiblicher Sergeant damit zurecht?«

»Gemma? Die kann nichts erschüttern.«

»Ach wirklich?« Das klang süffisant.

Ohne Vorwarnung erfaßte ihn heftiges Verlangen nach Gemma. Er trank sein Glas aus und wünschte sehnsüchtig, sie wäre mitgekommen ... wünschte, diese eine, ungestörte Nacht mit ihr allein zu haben.

»Noch ein Glas?« fragte Madelaine. Doch Kincaid schüttelte den Kopf. Er erinnerte sich nur zu gut an die Auswirkungen eines Besäufnisses mit Madelaine ... besonders auf leeren Magen.

»Danke, lieber nicht«, wehrte er ab und stand auf. Madelaine wand sich graziös aus den Sofapolstern und brachte ihn zur Tür.

»War schön, Sie wiederzusehen, Madelaine. Der Gedanke, Sie hier zu wissen, tut gut. Sie sind der ruhende Pol.«

»Kommen Sie mir ja nicht mit Yeats-Zitaten«, wehrte sie flapsig ab und musterte ihn mit ihren schönen Augen.

»Keine Angst, ich bin vorgewarnt. Und ich komme wieder.« Er gab ihr einen Kuß auf die Wange und wandte sich zum Gehen.

»Duncan.«

Ihre Stimme klang plötzlich ernst. Er hielt inne und war gezwungen, sich umzudrehen.

»Welche Probleme Sie auch haben mögen, von allein verschwinden sie nicht«, bemerkte Madelaine. »Bitte seien Sie vorsichtig.«

Der blaue Himmel war zuerst violett und dann kobaltblau geworden, aber Gordon Finch hatte keinen Finger gerührt, um Licht anzuknipsen. In seinem Schoß lag zerknittert unter seinen Händen der Morgenmantel, den er Annabelle gekauft hatte, der einzige noch greifbare Beweis seiner Beziehung zu ihr.

Bis zu diesem Tag hatte er es sich nicht gestattet, darüber nachzudenken. Bis zu diesem Tag hatte er nicht alle Puzzlestücke beisammen gehabt … war nicht gezwungen gewesen, die Ereignisse bis zu ihrem logischen Ende zu verfolgen. Waren Gemma und ihr wachsamer Superintendent derselben Logik gefolgt? Wenn nicht, wie lange würde es wohl dauern, bis sie darauf kamen, wo Annabelle hingegangen war und was sie getan hatte?

Alles, was ihm blieb, war die Entscheidung, wieviel Loyalität er seinem Vater schuldete … und welche Rache Annabelle forderte.

14

Für die Mehrheit der Familien, deren Lebensunterhalt vom Handel und Wandel auf dem Fluß abhing, kam die Schließung der stromaufwärts gelegenen Docks so überraschend und vernichtend wie eine Naturkatastrophe. Es war ihr Großes Feuer. Sie konnten nur zusehen und sich mit den Folgen eines Prozesses abfinden, den sie weder ausgelöst noch eine Chance hatten, ihn in irgendeiner Form zu kontrollieren.

GEORGE NICHOLSON *aus Docklands, ein illustrierter historischer Überblick*

»Solange ich rede, habt ihr Funkstille«, sagte Mr. Haliburton, die zitternde Hand zur Schiefertafel erhoben, den Rücken noch immer den Kindern zugewandt, mit der übertrieben ruhigen Stimme, die Lewis als Warnsignal zu erkennen gelernt hatte.

Irene war diejenige gewesen, die sich herübergebeugt und Lewis etwas zugeflüstert hatte. Mr. Haliburton hatte sie natürlich gehört und sich bei seinem Vortrag über die Zusammensetzung der Houses of Parliament gestört gefühlt. Jetzt warf Lewis Irene einen warnenden Blick zu, hielt die Luft an, und hoffte, daß der Kelch an ihnen vorübergehen möge.

Die zitternde Hand begann erneut, sich zu bewegen, und Lewis entspannte sich, soweit das überhaupt möglich war, wenn man sich zusammen mit dem neuen Lehrer in einem Raum befand. Während er seine frostkalten Finger unter dem Tisch massierte, versuchte er, nicht an Mr. Cuddy zu denken, versuchte, sich nicht an die Tage zu erinnern, die sie zu viert um den Tisch im Schulzimmer gesessen und hit-

zig über eine Lektüre oder einen geschichtlichen Vorgang diskutiert hatten … denn all das hatte sich an jenem Junimorgen geändert, als Mr. Cuddy sie vor Beginn seines Jahresurlaubs ins Schulzimmer gerufen hatte. Kaum hatte er sie gebeten, sich zu setzen, war Lewis aufgefallen, daß sein Lehrer Tränen in den Augen hatte.

»Die Angelegenheit duldet keinen Aufschub mehr«, begann Mr. Cuddy. »Ihr alle wißt, daß ich abreise, aber ich fahre nicht in die Ferien, wie ich euch gesagt habe. Und ich fürchte, ich komme nicht zurück.«

Irene fand als erste die Sprache wieder. »Das ist doch Unsinn, Mr. Cuddy. Warum sollten Sie denn nicht zurückkommen?«

Mr. Cuddy hatte sich abgewandt, eine schmale, vertraute Gestalt mit Brille und schütterem Haar in einem mottenzerfressenen Jackett. Und Lewis hatte die ersten Anzeichen von Angst verspürt.

»Ich war das ganze vergangene Jahr hin und her gerissen zwischen den Pflichten, die ich euch gegenüber empfinde, und der Pflicht gegenüber meinem Land. Und ich fürchte, ich habe mich durch den Wunsch, bei euch drei Kindern zu bleiben, lange genug verleiten lassen. Jetzt ist mir klargeworden, daß ihr keine Kinder mehr seid.« Mr. Cuddy wandte sich ihnen wieder zu, die Hände in den Taschen vergraben, und Lewis wußte, daß er an der alten Uhr herumfingerte, die er stets bei sich trug. »Ich habe euch gesagt, daß ich damit rechne, daß die Alliierten in Kürze eine Invasion im Mittelmeerraum vorbereiten. Übersetzer werden gebraucht …«

»Soll das heißen, daß Sie sich freiwillig zur Armee gemeldet haben?« fragte William. Sein Erstaunen wirkte beinahe komisch.

»Sie haben mich zu Beginn des Krieges nicht genommen, aber ich spreche sowohl Griechisch als auch Italienisch und Deutsch. Und offenbar erkennt man jetzt den Nutzen meiner Kenntnisse an.« Das Licht blitzte in Mr. Cuddys Brillengläsern, als er nickte. »Ja, ich habe mich freiwillig gemeldet. Und wenn der Krieg so weitergeht wie bisher, dann dauert es nicht mehr lange, bis ihr Jungen dasselbe tut.«

»Aber Sie sind zu alt!« platzte Lewis, ohne nachzudenken, heraus.

Mr. Cuddy lächelte. »Das habe ich mir auch gesagt. Aber mein Alter ist für diesen Aufgabenbereich unerheblich. Ich kämpfe ja nicht an der Front. Ich versuche nur, hinter den Kulissen zu helfen.«

»Aber was ist mit uns?« Irene hatte ihre Stirn in so tiefe Falten gelegt, daß Lewis vermutete, daß sie mit Tränen kämpfte.

»Euch fehlt nichts ohne mich«, erwiderte Cuddy. »William wird die Firma seines Vaters nach dem Krieg wiederaufbauen. Lewis, glaube ich, stehen alle Möglichkeiten offen, sobald er sich für etwas entschieden hat. Und Irene ... unsere Irene wird natürlich Premierministerin.« Er hob Irenes Kinn sanft hoch. Es war das erste Mal, daß er einen von ihnen berührte. Dann hatte er sich förmlich von ihnen verabschiedet.

Sie hatten ihm vom Fenster aus nachgesehen, wie er mit seinem Rucksack die Auffahrt hinuntergetrabt war, als fahre er doch in die Ferien, und Lewis hatte das Gefühl, aus einem Alptraum aufgewacht zu sein und zu merken, daß dieser gar kein Traum gewesen war.

Im Herbst hatte Edwina sie für die Dorfschule angemeldet, sie hatten gelangweilt ihre schulischen Pflichten erledigt, und das Leben im Herrenhaus war weitergegangen wie bisher.

Zuerst wollte Lewis nicht über Mr. Cuddy sprechen, wenn William oder Irene das Thema aufbrachten; und wenn Briefe aus Italien kamen, demonstrierte er Desinteresse und weigerte sich, sie zu lesen. Aber manchmal, am Abend, wenn alle zu Bett gegangen waren, schlich er sich in Edwinas Salon. Dort konnte er sich beim Licht einer knisternden Kerze allein in die Briefe vertiefen, und sie, so oft er wollte, lesen.

Mr. Cuddy war General Clarks Fünfter Division zugeteilt worden, die in Salerno gelandet war, am Schaft des italienischen Stiefels, wenige Tage, nachdem Montgomerys Achte Division am 3. September an der Stiefelspitze nach Italien einmarschiert war. Als die Wochen vergingen und William und Irene darüber spekulierten, ob Mr. Cuddy letztendlich mit John Pebbles zusammentreffen würde, flocht Lewis gelegentlich ein, daß er mehr wußte, als er zugab. Irene sah ihn an, sagte jedoch nichts, und irgendwie schweißte sie das noch mehr zusammen.

In den vergangenen achtzehn Monaten, seit dem Ende des Blitz-

kriegs im Mai 41, waren die Bombenangriffe immer spärlicher und wirkungsloser geworden. Alle durften daher an Weihnachten lange Ferien zu Hause machen ... William bei seiner Familie in Greenwich; Irene in Kilburn, wo das Haus wieder einigermaßen bewohnbar war; und Lewis bei seinen Eltern in der winzigen Wohnung in Millwall.

Als sie sich am ersten Abend in dem Zimmer, das seiner Familie als Schlafzimmer, Wohnzimmer und Küche diente, zum Tee setzten, hatte Lewis einen Blick auf die drei Gedecke auf dem Tisch geworfen und gefragt: »Wo ist denn Cath?« Er nahm an, daß sie Abendschicht in der Fabrik hatte.

Die Eltern wechselten den altbekannten Blick, dann starrte sein Vater auf das Rübenmus auf seinem Teller und murmelte: »Verdammte Amis!«

Lewis wandte sich fragend an seine Mutter. Er hatte die amerikanischen Soldaten auf der Straße gesehen und auch die amerikanische Militärpolizei, die sie alle wegen ihrer weißen Gürtel und Hüte Schneeflocken nannten, stellte jedoch nicht sofort einen Zusammenhang her.

Seine Mutter warf dem Vater erneut einen Blick zu, bevor sie leise antwortete: »Deine Schwester ist ausgezogen, Lewis. Ich hatte nicht den Mut, es dir zu schreiben. Sie hat einen amerikanischen Piloten geheiratet, der verwundet und anschließend nach Hause entlassen wurde ...« Die Stimme versagte ihr, und sie berührte den Arm des Vaters, aber der schüttelte nur den Kopf und wehrte jeden Trost ab. »Und sie erwartet ein Kind«, fügte die Mutter hastig hinzu.

Lewis hatte mittlerweile genug Dorfklatsch gehört, um die korrekte Reihenfolge der Ereignisse zu erraten, doch das minderte seine aufkommende Wut nicht. »Heißt das, daß sie in die Staaten auf und davon ist, ohne sich zu verabschieden?«

»Es ging alles ganz schnell – auf dem Standesamt –, und dein Vater wollte kein Aufhebens machen.« Die Augen der Mutter füllten sich mit Tränen, und sie schob Lewis eine Schüssel zu. »Der Gemüsehändler hat mir für dich was Besonderes aufgehoben: frischen Blumenkohl.«

Lewis, dem plötzlich übel geworden war, stieß seinen Stuhl zurück. »Entschuldigt«, murmelte er. »Ich bin nicht hungrig.«

Die Luft draußen hatte sich zu einem frostigen Nebel verdichtet, der ihm durch die Kleider zu kriechen und auf der Haut zu kleben schien, doch er trottete im Dunkeln weiter die West Ferry Road entlang, den dünnen Mantel eng um sich geschlungen. Gegen die Kälte an seinen Hand- und Fußgelenken konnte er nichts machen. Seine Ärmel waren ebenso zu kurz wie seine Hosenbeine. Aus den wenigen Kleidungsstücken, die er für seine Marken bekommen hatte, war er bereits herausgewachsen.

Es schien so, als könne er nichts dagegen tun, daß sich Menschen aus seiner engsten Umgebung einfach verabschiedeten, dachte er und kickte wütend eine Blechbüchse vor sich her. Ein entgegenkommender Mann bedachte ihn mit einem ärgerlichen Blick, bückte sich und hob die Dose auf. »Wohl noch nie was von Altmetallsammlung gehört, was, Bürschchen?« sagte der Mann heiser und drängte sich an ihm vorbei.

Wut stieg in Lewis hoch, und er wandte sich mit erhobenen Fäusten um, doch der Mann war in der Dunkelheit verschwunden.

Wie hatte seine Schwester sie nur verlassen können, ohne ihm wenigstens zu schreiben? Sie mußte doch gewußt haben, daß sie sich vermutlich nie wiedersehen würden.

Lewis ging bis zu den Island Gardens weiter, aber der Fluß blieb unsichtbar hinter der dicken Nebelwand, und er fühlte ihn nur als eisige Fläche, die seinem Körper noch mehr Wärme entzog. Schließlich machte er kehrt und lief zur Wohnung zurück, doch die Stimmung dieses Abends wollte sich auch während seines restlichen Aufenthalts in der Stadt nicht verflüchtigen.

Seine Eltern hatten sich verändert. Er hatte den Eindruck, daß die Flucht der Schwester, so schnell nach dem Tod der Brüder, seinen sanftmütigen Vater verbittert hatte, während die Trauer um den Verlust der Kinder die Mutter seelisch und psychisch erschöpft hatte. Und er merkte, daß auch er nicht mehr derselbe war. Wenn er seine alten Spielge-

fährten traf, verspotteten sie ihn wegen seiner Sprache. Ihr Leben schien sich um Kneipen und Interessen zu drehen, die ihm fremd waren. Die meisten waren mit vierzehn von der Schule abgegangen, um in der Fabrik zu arbeiten, bis sie alt genug waren, um Soldat zu werden. Und obwohl er sich wie ein Ausgestoßener fühlte, beneidete er sie – zu seiner Überraschung – nicht im mindesten.

Die Tage schleppten sich dahin. Er dachte mehrmals an William, der direkt gegenüber am anderen Flußufer bei seinen Eltern war. Und doch schienen Welten zwischen dem »Island« und Greenwich zu liegen. Außerdem hatte William ihn nicht zu einem Besuch eingeladen. Am zweiten Weihnachtsfeiertag verabschiedete er sich erleichtert und schuldbewußt zugleich von seinen Eltern und nahm den Zug zurück nach Surrey. Doch seine Freude über die Rückkehr aufs Land sollte nur von kurzer Dauer sein.

Während er Mr. Haliburton an der Tafel beobachtete, dachte er an jenes erste Mal, als er ihn am Neujahrstag in Edwinas Salon gesehen hatte. William und Irene waren ebenfalls zurückgekehrt, und sie hatten sich alle in der Küche versammelt, Finger und Löffel zum Naschen in die Töpfe der Köchin gesteckt, während sie schimpfte und sie zu vertreiben suchte. Nach ein paar Wochen Rüben- und Kartoffelkost, knurrte Lewis der Magen beim Gedanken an den Schinken, den die Köchin ihnen als Neujahrsessen versprochen hatte. Außerdem sollte es auch Kuchen aus den eingemachten, im Herbst gepflückten Stachelbeeren geben. Er hatte sich langsam auf die Speisekammer zubewegt, um wenigstens eine Kostprobe des Nachtischs zu erhaschen, als Edwina die Küche betreten und sie gebeten hatte, ihr zu folgen.

Als sie ins Wohnzimmer kamen, sah Lewis als erstes durch das Fenster den fremden Wagen in der Auffahrt, die Motorhaube glänzend im Regen. Dann fiel sein Blick auf den großen, hageren Mann vor dem Kamin, der ihnen den Rücken zugewandt hatte und rauchte. Er drehte sich nicht um, um sie zu begrüßen, und Lewis sah, daß seine Hand mit der Zigarette zitterte.

Edwina fixierte den Mann, zündete sich selbst eine Zigarette an und sagte: »Das ist mein Cousin, Freddie Haliburton. Er wurde bei einem Einsatz der Luftwaffe verwundet und bleibt eine Weile bei uns.« Sie hielt inne und nippte an einem Glas Sherry, ohne den Kindern ebenfalls einen Aperitif anzubieten. Lewis entging Williams Enttäuschung darüber nicht, er grinste hämisch und hörte nur mit halbem Ohr zu, als Edwina fortfuhr: »Freddie ist euer neuer Hauslehrer. Deshalb möchte ich, daß ihr euch gleich bekannt macht.«

Das wiederum riß Lewis augenblicklich aus seinen Gedanken, und als sich der Fremde langsam umdrehte, hörte er, wie Irene neben ihm die Luft anhielt.

Es kostete Lewis all seine Beherrschung, keine Reaktion zu zeigen, obwohl er mit einem flüchtigen Seitenblick registrierte, daß Irene eine Hand vor den Mund geschlagen hatte und William leichenblaß geworden war. Freddie Haliburtons linke Gesichtshälfte war eine glänzende Masse aus rotem Narbengewebe, das eine Augenhöhle und Augenbraue überzog und den Mundwinkel in einer Weise verzerrte, die seine Züge zur häßlichen Fratze werden ließ.

»Oberst der Luftwaffe, Haliburton, heißt das korrekt«, verbesserte der Mann Edwina, und Lewis wußte, daß ihm das Entsetzen in ihren Augen nicht entgangen war. »Aber da wir ja gute Freunde werden wollen, dürft ihr mich Mister Haliburton nennen.« Seine lässige, süffisante Sprechweise wurde von einem leisen Rasseln begleitet, so als habe er Atemschwierigkeiten. Dann lächelte er. Oder zumindest hob sich sein rechter Mundwinkel zu einer lächelnden Fratze, die noch abstoßender wirkte als sein unbewegtes Gesicht, und Lewis beschlich ein sehr ungutes Gefühl.

Jetzt wandte sich Freddie Haliburton von der Tafel ab und den Schülern zu, und während sich das Entsetzen über seinen Anblick mittlerweile gelegt hatte, war Lewis' Abneigung gegen ihn eher noch gewachsen.

»Mr. Finch«, begann Freddie mit jenem Grinsen, das Lewis inzwischen haßte, »wollen mal sehen, ob deine Fähigkeit zum logischen Denken, was das House of Commons, das Unterhaus, betrifft, seit ge-

stern eine gewisse Besserung erfahren hat. Oder sollte es sich wieder mal bewahrheiten, daß gemein bleibt, wer von gemeiner Geburt?«

Kincaid schlief unruhig in dem schmalen Bett. Beim Aufwachen fand er die Daunendecke auf dem Fußboden wieder, sein Kopf dröhnte, und ein Bild von Annabelle Hammond hatte sich irgendwie in einen lebhaften Traum von Vic gemischt.

Der Tag, der ihn empfing, als er aus seinem Zimmer und in den umgebauten Stalltrakt des Bauernhauses hinaustrat, war allerdings frisch und klar genug, um seine Lebensgeister zu wecken. Nachdem er gefrühstückt und seinen Gastgebern gedankt hatte, machte er sich mit dem Rover auf den Weg, Madelaines Wegbeschreibung neben sich auf dem Beifahrersitz.

Die Straße wand sich in vielen Kurven leicht ansteigend durch das hügelige Land. Gelegentlich boten Lichtungen in der dichten Waldkulisse einen herrlichen Ausblick auf das Surrey Weald. Er dachte daran, wie er im vergangenen Herbst mit Gemma auf dem Weg zur Besteigung des Leith Hill durch diese Wälder gewandert war. In Erinnerungen versunken, verpaßte er schließlich die Abzweigung zum Hotel.

Nachdem er den Rover auf der schmalen Straße vorsichtig zurückgesetzt hatte, bog er in die Auffahrt ein und holperte im Schrittempo weiter. Hinter der nächsten Biegung kam das Herrenhaus in Sicht ... ein solides Backsteingebäude im späten viktorianischen Baustil. Und obwohl es ein beeindruckendes Beispiel vergangener Pracht war, war Kincaid sofort klar, warum das Gebäude nicht mehr privat genutzt wurde.

Hinter dem Hotel und rechts daneben fiel das Grundstück sanft zum Tal hin ab. Links stieg es leicht an, und dort erkannte er durch die Bäume hindurch ein Stück von einem Kamin und ein rotes Ziegeldach, das, wie er annahm, zu dem Cottage gehören mußte, von dem Madelaine gesprochen hatte.

Er stellte den Rover auf dem Parkplatz vor dem Haus ab und

lief den schmalen Kiesweg hinauf, der in das Wäldchen führte. Als er sich dem Cottage näherte, hörte er Stimmen ... oder vielmehr eine Stimme, wie er kurz darauf entschied. Diese hob und senkte sich in deklamatorischer Art und hielt schließlich inne, um von vorn zu beginnen.

Nach wenigen Metern erreichte er eine Lichtung. Hier stand, umgeben von einem Garten, hinter einer niedrigen Mauer ein Cottage aus rotem Backstein. Auf einem sonnenbeschienenen Rasenfleck ging eine Frau auf und ab und führte Selbstgespräche. Sie hatte ihm den Rücken zugewandt, und trug eine Hose und ein blaßblaues Leinenhemd. Ihre schmale Figur wirkte beinahe jungenhaft, ein Eindruck, der durch den kurzen Schnitt ihres tizianroten Haars noch unterstrichen wurde. Sie hatte das hintere Ende der Rasenfläche erreicht, drehte sich um und blieb abrupt stehen, als sie ihn in ihrem Garten sah. Dann fiel die Sonne auf ihr Gesicht, und er stellte fest, daß sie beträchtlich älter war, als er zuerst angenommen hatte.

»Hallo!« rief er ihr zu. »Ich wollte Sie nicht erschrecken. Ich suche jemanden, der Burne-Jones heißt.«

Sie kam auf ihn zu, legte die Hände auf die rostige, schmiedeeiserne Gartentür und musterte ihn prüfend. »Ich heiße Burne-Jones. Was kann ich für Sie tun?« Sie hatte ein sympathisches, offenes Gesicht, und ihre Augen, auch wenn sie aus der Nähe betrachtet von einem feinen Netzwerk von Falten umgeben waren, waren von einem strahlenden, jugendlichen Blau.

Kincaid nahm seinen Dienstausweis aus der Tasche und hielt ihn ihr hin. »Mein Name ist Kincaid von Scotland Yard. Ich habe einige Fragen bezüglich des Herrenhauses« – er deutete den Weg zurück, den er gekommen war – »und der Leute, die dort während des Krieges gelebt haben.«

»Während des Krieges?« Sie runzelte die Stirn, nahm Kincaids Ausweis, betrachtete ihn prüfend und gab ihn dann zurück. »Was sollten Sie schon …« Sie hielt inne, sah zum Cottage zurück und schien dann eine Entscheidung zu treffen. »Na gut. Kommen Sie rein, Superintendent. Ich wollte sowieso gerade Kaffee kochen.

Ich stehe vor einem wichtigen Abgabetermin«, erklärte sie über die Schulter, als er ihr ins Haus folgte. »Und wenn ich in einer Sackgasse gelandet bin, dann versuche ich, mich im Garten wieder rauszuarbeiten.«

Als sie das vordere Zimmer des Cottages betraten, fiel sein Blick zuerst auf einen Arbeitstisch mit Computermonitor und Tastatur. Der Rest des Raumes wurde von prall gefüllten Bücherregalen beherrscht. »Sind Sie Schriftstellerin, Miß Burne-Jones?« fragte er, und nahm die gemütliche Atmosphäre des Arbeitszimmers mit seinen weichen Polstermöbeln und Chintzbezügen in sich auf. Auf dem Fußboden lag ein abgetretener, echter Teppich, und die Wände waren in einem Blau gestrichen, das an die Farbe von Rotkehlcheneiern erinnerte. Neben dem Kamin standen ein neuer Fernsehapparat und ein Videorekorder.

»Ich bin Journalistin. Freiberuflich. Aber lassen wir die Förmlichkeiten – ich heiße Irene. Setzen Sie sich doch … Ich bin gleich wieder da«, fügte sie hinzu und verschwand durch eine Tür, die vermutlich in die Küche führte. Statt sich zu setzen, inspizierte Kincaid die Bücherregale.

Irene Burne-Jones Interessen schienen sehr weit gestreut zu sein. Die Schwerpunkte jedoch lagen auf britischer Geschichte und politischen Biographien. Aus einer ganzen Serie von Bänden über Winston Churchill schloß er, daß ihm ihr besonderes Augenmerk galt.

Er hatte gerade William Manchesters *The Last Lion* aus dem Regal gezogen, als Irene mit einem Tablett zurückkam. »Entschuldigen Sie«, murmelte sie und schob einen Stapel offenbar ungelesener Zeitungen beiseite, um Platz für das Tablett auf dem Couchtisch zu schaffen. »Alles bleibt liegen, wenn ich an einem Artikel schreibe. Mögen Sie Bücher, Mr. Kincaid?« Sie sah ihn an, während sie Kaffee in zwei Becher schenkte.

»Sind meine zweite Natur. Meine Eltern betreiben eine Buchhandlung«, antwortete er und stellte das Buch wieder an seinen Platz. Dann setzte er sich in einen Sessel.

»Ich weiß nicht, ob mir das gefallen hätte«, erwiderte Irene. »Bücher für selbstverständlich zu nehmen, meine ich. Meine Eltern haben nicht viel gelesen, aber für mich waren Bücher eine Offenbarung.« Sie goß etwas Sahne in ihren Kaffee, lehnte sich zurück und betrachtete ihn neugierig. »So, und jetzt erzählen Sie mir, womit ich helfen kann.«

»Hat das Herrenhaus während des Krieges Ihrer Familie gehört, Miß Burne ... Irene?« korrigierte er sich.

Irene schüttelte eine Zigarette aus dem Päckchen Dunhills auf dem Tisch und zündete sie nachdenklich an. »Es gehörte meiner Tante Edwina ... das heißt, eigentlich war sie meine angeheiratete Cousine zweiten Grades. Nach ihrem Tod ging es an meinen Vater und schließlich an mich über. Unsere Familie litt unter der Heimsuchung von alten Jungfern und kinderlosen Ehen, bis ich die einzige war, die noch übriggeblieben ist.« Der Blick, der ihn traf, war kein bißchen selbstmitleidig.

»Und Sie haben das Haus verkauft?«

»Was sollte ich tun?« entgegnete sie. »Allein die Vorstellung, dort zu wohnen, war absurd. Das war in den siebziger Jahren. Mein Leben und meine Karriere spielten sich in London ab, und der Unterhalt solcher Häuser war geradezu ruinös geworden. Sie wissen, was mit diesen alten Kästen passiert. Das Cottage habe ich sozusagen als Wochenendhaus behalten ... mein Liebhaber damals war verheiratet. Also war das ganz praktisch ...« Sie betrachtete ihn amüsiert, als wolle sie prüfen, ob sie ihn mit dieser Aussage schockiert hatte.

Kincaid beschlich plötzlich der Wunsch, ihr fünfundzwanzig

Jahre früher begegnet zu sein, und er lächelte, als sie fortfuhr: »Vor ein paar Jahren dann hatte ich genug von der großen Stadt und bin ganz hierhergezogen. Mit einem Fax und einem Modem ist es heutzutage nicht mehr nötig, im Brennpunkt des Geschehens zu leben.«

»Soviel mir bekannt ist, hat Ihre Tante Edwina während des Krieges einen Jungen bei sich beherbergt ... ihren Patensohn. Sein Name war William Hammond.«

»William?« Irene starte ihn verdutzt an. »Warum interessieren Sie sich für William? Ist ihm was zugestoßen?«

»Sie haben ihn gekannt?« fragte Kincaid gespannt.

»Aber natürlich.« Irene zog ungeduldig an ihrer Zigarette. »Ich habe selbst zweieinhalb Kriegsjahre hier verbracht ... bin aus London evakuiert worden, als unser Haus zerbombt war. Wir waren unzertrennlich: William, Lewis und ich«, fügte sie leiser hinzu. Kincaid traf erneut ein prüfender Blick aus ihren strahlend blauen Augen. Sie drückte die Zigarette im Aschenbecher aus. »Erzählen Sie! Was ist mit William?«

»Dann haben Sie's also noch nicht gehört«, seufzte Kincaid und deutete auf die ungelesenen Zeitungen. »Es geht um seine jüngste Tochter Annabelle. Sie war Geschäftsführerin des Familienunternehmens. Sie ist ermordet worden.«

»Ermordet!« rief Irene aus. »Wie schrecklich! Aber ich begreife nicht, was das mit dem Herrenhaus dort drüben zu tun hat.«

Kincaid griff nach seinem Kaffeebecher. »Sie haben den Namen ›Lewis‹ erwähnt ... war damit Lewis Finch gemeint?«

»Ja, natürlich. Aber woher wissen Sie das?« Irene runzelte die Stirn. »Und was hat Lewis mit Williams Tochter zu schaffen?«

»Er hatte unter anderem eine Affäre mit ihr.«

»Lewis? Und Williams Tochter?« Sie schien perplex zu sein. Dann verzog sie amüsiert den Mund. »Also, das ist ein Ding!«

»Annabelle Hammond hatte nicht nur eine Beziehung zu Lewis. Sie hatte sich auch ganz bewußt an seinen Sohn rangemacht. Mit Erfolg … obwohl ich nicht glaube, daß dazu viel Überredungskunst ihrerseits nötig war.«

»War sie schön?«

»Ja. Nicht nur schön, auch eine sehr starke Persönlichkeit und daran gewöhnt, ihren Willen durchzusetzen.«

»Haben Sie eine Ahnung, weshalb sie sich so für die Finchs – nennen wir es – interessiert hat?«

»Sie scheint sehr neugierig bezüglich Lewis Finchs Vergangenheit gewesen zu sein, und das hat offenbar auch auf andere Familienmitglieder abgefärbt. Wissen Sie, daß Finch in den letzten Jahren alles daran gesetzt hat, William Hammonds Firmensitz und Grundstück zu kaufen?« wollte Kincaid wissen.

»Nein, aber es überrascht mich nicht. Der Lagerspeicher der Firma Hammond's ist ein Objekt, das Lewis reizen mußte.«

»Offensichtlich war Annabelle ebenso erpicht darauf zu verkaufen, wie Finch zu kaufen … In Annabelles Augen war der alte Speicher für die Zukunft der Firma eher eine Belastung. Sie wollte den Erlös aus dem Verkauf für einen moderneren und kostengünstigeren Firmensitz weiter flußabwärts einsetzen. Das Problem war William Hammond. Er wollte von einem Verkauf nichts wissen – unter keinen Umständen. Und er besitzt die nötige Aktienmehrheit, ihn zu verhindern, es sei denn, die anderen Anteilseigner würden geschlossen gegen ihn stimmen.«

Irene beugte sich vor und fischte die nächste Zigarette aus der Packung. Sie zündete die Zigarette betont langsam mit einem Zündholz an. »Man sollte annehmen, daß William irgendwann einsieht, daß eine Veränderung unvermeidlich ist … aber was die Firma Hammond's betrifft, war er schon immer ziemlich verbohrt. Schätze, er hatte Glück, daß eines seiner Kinder seine Leidenschaft für alles, was mit Tee zusammenhängt, mit ihm geteilt hat ... wenn auch nicht die Bewahrung des Familienerbes. Der Tod seiner Tochter muß ein harter Schlag für ihn sein. Und für den armen Lewis, falls er sie geliebt hat. Wer hätte gedacht, welche Prüfungen das Leben für uns alle bereit hält?« Sie seufzte. »Es gab ein paar zauberhafte Jahre, in denen ich gedacht habe, uns drei könne das Schicksal nichts anhaben.«

»Sie meinen, während des Krieges?«

»Sie müssen die Umstände begreifen, Mr. Kincaid. Unsere Freundschaft war zu Beginn herrlich unkompliziert ... wir waren so jung und weit weg von unseren Familien und unserer Umgebung. Und in dieser Situation sind wir füreinander zur Familie geworden. Aber dann, in jenem letzten Jahr, sind wir erwachsen geworden, und die Dinge zwischen uns haben sich geändert.«

»Sie haben sich in William verliebt«, vermutete Kincaid.

»Himmel, nein! Im Gegenteil!« Irene sah aus dem Fenster, wo einige Bienen in den Rosenblüten und im Lavendel krabbelten. Sie hob den Kopf und sah ihm direkt in die Augen. »Wissen Sie, Superintendent, ich hatte mich in Lewis verliebt.«

»Doodlebugs ... Wünschelruten«, sagte Irene, »so nennen Edwinas Freunde vom Kriegsministerium die V-1-Raketen.« Sie saß auf einem Strohballen vor Zeus' Box und ließ die Beine baumeln. Das Herrenhemd, das sie über Edwinas alter Reithose trug, leuchtete weiß im trüben Licht des Stalls. Sie hatten die Pferde auf die Weide mit dem sanftigen Junigras gebracht. Danach war Irene Lewis zurück in den Stall gefolgt ... mit jener entschlossenen Miene, die bedeutete, daß sie etwas auf dem Herzen hatte.

Er sah auf, während er die Box ausmistete, antwortete jedoch nicht. Er vermutete, daß es voreilig gewesen war zu hoffen, daß die Bombenangriffe vom Winter und Frühling die letzten gewesen seien, mit denen Hitler sie quälte. Seit der alliierten Landung in Europa zu Be-

ginn des Monats waren Gerüchte über eine deutsche Vernichtungswaffe aufgekommen, und drei Tage zuvor hatte es den ersten ernsthaften Angriff auf den Großraum London gegeben.

»Alle sagen, es seien eigentlich ferngesteuerte Flugzeuge und daß man hört, wie die Triebwerke sich ausschalten, kurz bevor sie explodieren«, fuhr Irene fort und schlang die Arme um sich, als mache der Gedanke daran sie trotz der Sommerwärme frösteln.

»Ich fahre trotzdem nach Hause. Bomben oder nicht Bomben. Alles ist besser als dieser verdammte Dreckskerl, der mich die ganze Zeit piesackt.« Lewis mußte nicht erst sagen, wer gemeint war: Freddie Haliburton schien sich in jeden Winkel und in jede Ecke ihres Lebens gedrängt zu haben.

Zuerst hatten sie gedacht, Edwina würde irgendwann aufhören, Mitleid wegen seiner Verwundung mit ihm zu haben, und ihn so sehen, wie er wirklich war. Aber dann hatten sie bald feststellen müssen, daß Freddie Edwina gegenüber eine ganz andere Seite von sich präsentierte, und offenbar war sie zu ehrlich und naiv, um seinen Betrug zu durchschauen.

Freddie beobachtete die drei ständig, horchte an Türen und Fenstern, entdeckte stets irgendeine Schwäche oder den geringsten Fehltritt als Futter für seine böse Zunge. An diesem Morgen hatte er Lewis' Übersetzung von Vergil mit derart boshaftem Sarkasmus zerpflückt, daß Lewis angesichts der Erniedrigung puterrot geworden war. Und als er sich gewehrt hatte, hatte Freddie ihn so heftig ins Ohrläppchen gekniffen, daß er beinahe laut aufgeschrien hätte. Nur die hastige Berührung von Irenes Hand auf seinem Arm und ein warnender Blick von William hatte ihn auf seinem Stuhl gehalten, und seither kochte er vor Wut.

»Also, ich finde, du bist ziemlich selbstsüchtig, Lewis Finch.« Irene sah ihn wütend an und reckte das Kinn vor. »Wir drei haben uns, verdammt noch mal, geschworen, beisammen zu bleiben, egal, was ...«

Lewis rammte die Mistgabel ins Stroh. »Für dich ist das einfach. Er nennt dich schließlich nicht einen Gassenjungen ... Pöbel ...«

»Ist es vielleicht besser, verspottet zu werden, weil ich ein Mädchen

bin? Wir sitzen alle im gleichen Boot. Und für William ist es auch nicht einfacher. Du weißt genau, wie gern Freddie ihn mit Horrorgeschichten über den Krieg quält, weil er weiß, wie sehr ihn das deprimiert.« Sie glitt vom Strohballen, bis ihre Füße in den Reitstiefeln auf festem Boden standen. Ihr Gesicht war fast auf seiner Augenhöhe. »Manchmal glaube ich, du bist der einzige, der William davon abhält, was ganz Dummes zu machen. Du kannst uns nicht einfach allein lassen ...«

»Ihr macht das schon ... du und William, ihr haltet sowieso zusammen ...«

»Wie kannst du nur so verdammt dämlich sein, Lewis? Ich versuche dir klarzumachen, daß ich nicht will, daß du gehst. Kapierst du das nicht?«

Verdutzt starrte er sie an. Unter dem dünnen weißen Hemd hob und senkte sich ihre Brust, und ihre blauen Augen sprühten vor Wut.

»Aber ...« Seine Zunge gehorchte ihm nicht. »Ich habe nicht ...«

Irene stellte sich auf Zehenspitzen, legte die Hände auf seine Schultern und küßte ihn heftig auf den Mund. Dann trat sie zurück und stemmte eine Hand in die Hüfte. »So, und jetzt sag mir, daß du gehen willst!«

»Ich ...« Lewis war schwindelig vor Verwirrung und einer Woge des Verlangens. Seit Monaten hatte er versucht, die Gefühle zu ignorieren, die Irene bei ihm auslöste, und nicht im Traum hatte er daran gedacht, daß es ihr ähnlich ergehen könne. »Ich ...«, begann er erneut, dann gab er es auf, die Situation verbal zu lösen, und griff nach ihr. Diesmal waren ihre Lippen sanft, und er fühlte den Druck ihrer Brüste an seinen Rippen.

»Irene!« Er riß sich mit einem Stöhnen von ihr los. »Was ist mit William? Wenn er uns sieht ...«

»Tut er nicht. Er arbeitet an irgendeinem Projekt auf dem Speicher. Er hat mich extra weggeschickt. Es ginge mich nichts an, hat er behauptet. Das ist unser Geheimnis«, fügte sie hinzu und küßte ihn erneut.

Lewis hatte das Gefühl, im Glück ertrinken zu müssen. Unter seinen Händen fühlte er die Formen ihres Pos und ihre Rippen, dann die Brust, die sich zu wölben begann. Er war so versunken, daß es einen Moment dauerte, bis er das Räuspern überhaupt registrierte, und bevor er noch reagieren konnte, hörte er Freddies Stimme: »Wie süß! Liebe im Heu!«

Lewis und Irene stoben auseinander und wirbelten zur Tür herum. Freddie stand im Stall, die Schulter gegen den Türstock gelehnt, die Daumen in die Hosenträger gehakt. Er trat lächelnd einen Schritt vor und schüttelte den Kopf. »Ach herrje! Ein Glück, daß ich freiwillig bereit war, nach euch beiden zu suchen, was? Hätte schließlich auch Edwina sein können, und was dann?«

Neben Lewis sog Irene scharf die Luft ein und machte den Mund auf, dann klappte sie ihn mit einem heftigen Kopfschütteln wieder zu.

»Hören Sie«, begann Lewis, dessen Wut Oberhand über seine Angst gewonnen hatte. »Sie sagen gar nichts zu Edwina.«

Freddies Lächeln wurde breiter, verzerrte die groteske Maske seines Gesichts zu einer Fratze. »Ich tue, was mir paßt«, antwortete er leise, und bei der Drohung in seiner Stimme stellten sich Lewis die Nackenhaare auf. »Aber im Augenblick möchte sie, daß du reinkommst, Lewis. Und wenn ich du wäre, dann würde ich gehorchen. Sei ein braver Junge.«

»Ich komme mit ins Haus«, erklärte Irene, als Lewis einen Schritt auf Freddie zu machte, nahm Lewis beim Ellbogen und schob ihn zum Stall hinaus.

»Sei nicht blöd!« zischte sie, als sie den Hof überquerten. »Genau darauf wartet er doch.«

»Was glaubst du, hat er vor?« flüsterte Lewis besorgt.

»Er wird uns erpressen.« Irene warf ihm einen flüchtigen Blick zu, dann ließ sie seinen Arm los. »Aber das ist mir egal. Es war die Sache wert.«

»Irene …«

»Mit mir ist alles in Ordnung. Wir reden später. Geh und sieh

nach, was Edwina will.« Dann schlüpfte sie vor ihm durch die Küchentür und half der Köchin bei den Scones zum Tee.

Im Korridor rückte Lewis seinen Kragen zurecht und strich sein Haar glatt, bevor er an Edwinas Tür klopfte. Edwina wollte ihn allein sprechen, und sein Herz klopfte ängstlich. Trotzdem war es ausgeschlossen, daß sie wußte, was eben in der Scheune passiert war. Er holte tief Luft und ging hinein.

Edwina stand vor dem Fenster, sah hinaus und rauchte. Das erste, was Lewis auffiel, war, daß an ihrer Zigarette gut drei Zentimeter Asche hingen. Vor seinen Augen fiel die Asche auf den Teppich und zerstob. Edwina schien es gar nicht zu merken.

Erst jetzt entdeckte er das gelbe Stück Papier in ihrer linken Hand, halb zerknüllt. Sein erster Gedanke war, daß John Pebbles oder Mr. Cuddy gefallen sein mußten … doch in diesem Fall hätte sie sicher die anderen ebenfalls zu sich gerufen.

Dann hob sie den Kopf, sah ihm in die Augen, und da wußte er Bescheid.

»Schätze, es war eine schreckliche Ironie des Schicksals«, sagte Irene. »Seine Eltern hatten soviel überlebt, und dann werden sie bei der ersten Angriffswelle der V-I getötet. Wenn ich mich recht erinnere, kamen sie gerade aus dem Laden an der Ecke … eine Alltäglichkeit, an einem Junitag wie diesem.« Sie schüttelte den Kopf und zündete die nächste Zigarette an.

»Lewis hat William nicht erlaubt, zur Beerdigung zu kommen … mir auch nicht. Aber Edwina hat darauf bestanden, ihn zu begleiten. Später hat er nie wieder darüber gesprochen. Über seine Eltern, meine ich. Bis auf einmal.«

Kincaid wartete stumm, während sie rauchte. Im klaren Licht erkannte er zwei scharfe Falten, die von ihrer Nase zu den Mundwinkeln verliefen … Lachfalten, hatte seine Mutter sie immer genannt, aber er fand, daß Irenes Gesicht nicht nur die Spuren der lachenden Seite des Lebens trug.

»Er hat gesagt, wenn er dort gewesen wäre, wäre es vielleicht nicht passiert«, fuhr sie schließlich fort. »Er hätte die Rakete möglicherweise rechtzeitig gehört.«

»Und Sie haben sich selbst für seine Schuldgefühle verantwortlich gemacht, denn Sie hatten ihn überredet zu bleiben«, murmelte Kincaid. Er kannte sich aus mit Schuldgefühlen, mit dem erbarmungslosen Spiel »*Was wäre gewesen, wenn?*«, das das Unterbewußtsein mit einem spielte.

»Ja. Und ich habe versucht, ihn zu trösten.« Einen Moment schien Irene in der Erinnerung verloren. Schließlich fingen ihre blauen Augen seinen Blick auf. »Aber nichts konnte uns darauf vorbereiten, was danach passiert ist. Edwina und Freddie Haliburton, unser Hauslehrer, kamen kurz nach dem Tod von Lewis' Eltern bei einem Autounfall ums Leben.« Sie drückte die halbgerauchte Zigarette im Aschenbecher aus. »Edwinas Tod ... das war ein harter Schlag für uns alle, aber ganz besonders für Lewis, der seine beiden Brüder und schließlich die Eltern im Krieg verloren hatte. Er ging nach Edwinas Beerdigung, und es gab nichts, womit ich ihn hätte zurückhalten können.«

»Das muß sehr hart für Sie gewesen sein.«

»Ich bin zu meiner Familie nach Kilburn zurückgekehrt ... Bomben oder nicht. Aber wir haben ohne weiteren Zwischenfall bis Kriegsende überlebt.«

»Und William Hammond?«

»William ging nach Hause nach Greenwich. Ich bekam gelegentlich einen Brief und schließlich nur noch eine Karte zu Weihnachten.«

»Und von Lewis haben Sie nie wieder gehört?«

Irene lächelte spöttisch in sich hinein. »Jahrelang habe ich mir vorgestellt, daß er mich eines Tages finden würde. Dann begann in den Sechzigern sein Name in der Zeitung aufzutauchen, und ich habe Nachforschungen angestellt. Er muß falsche

Angaben bezüglich seines Alters gemacht haben, denn er ist noch in den letzten Kriegsjahren eine kurze Zeit lang Soldat gewesen. Als er Ende 1945 aus der Armee entlassen wurde, hat er sich einem Wiederaufbautrupp angeschlossen und sich im Baugewerbe hochgearbeitet. Nach dem Krieg gab es ungeahnte Möglichkeiten für Menschen mit Intelligenz und der Gabe, Chancen zu ergreifen, die sich boten ... und Lewis Finch besaß beides.«

»Aber Sie haben nie Kontakt zu ihm aufgenommen?«

»Nein. Natürlich habe ich mit dem Gedanken gespielt, aber ich hatte erfahren, daß er verheiratet war. Und masochistische Neigungen kann man mir wirklich nicht nachsagen«, fügte sie lächelnd hinzu.

Kincaid dachte einen Moment nach. »William Hammonds ältere Tochter hat uns gesagt, daß ihr Vater sie und Annabelle vor Lewis Finch gewarnt habe. Können Sie sich vorstellen, weshalb?«

»Nein, kann ich nicht«, erwiderte Irene, aber Kincaid glaubte Zweifel herauszuhören. Sie stand auf, trat an ihren Schreibtisch und ordnete geistesabwesend die Papiere, die sich dort stapelten. »Obwohl ich glaube, daß es in jenem letzten Sommer starke Spannungen zwischen den beiden Jungen gegeben hatte.«

»War William auf Sie und Lewis eifersüchtig?«

Irene runzelte die Stirn. »Ich bin nicht sicher, ob William je gemerkt hat, was zwischen mir und Lewis passiert war. Er hatte eigene Sorgen.« Kincaid wartete, daß sie fortfuhr. »Ich habe mir geschworen, nie eine dieser alten Jungfern zu werden, die ewig ihrer Jugend nachweinen«, sagte sie schließlich leise. »Aber es war eine Idylle ... in der wir in jenen eineinhalb Jahren alle zusammen gelebt haben. William und Lewis und ich, trotz der Entbehrungen und Kümmernisse des Krieges. Dann ist Freddie Haliburton gekommen, und alles ist anders geworden.« Sie drehte sich zu Kincaid um. »Er hatte ein Talent, Schwächen bloßzulegen und einem das Leben zur Hölle zu machen, wie ich es nie wieder bei einem Menschen erlebt habe.«

»Sagten Sie nicht, er sei ums Leben gekommen?« fragte Kincaid.

»Ja. War schon ein Wunder, daß er nicht gestorben ist, als sein Kampfflugzeug im Krieg abstürzte, wenn er mit derselben Verachtung für sämtliche Naturgesetze geflogen ist, wie er sie hinter dem Steuer eines Wagens demonstrierte. Alle paar Wochen ist er nach London gefahren, hat sich im Offiziersclub besinnungslos besoffen, und ich vermute, daß er dort noch anderen Neigungen gefrönt hat, die ich damals noch nicht verstanden habe.« Sie schüttelte den Kopf. »Ich kann nicht behaupten, in meinem Leben vielen wirklich bösen Menschen begegnet zu sein, aber Freddie … Freddie war die Schlange im Paradies.«

Lewis starrte aus dem Fenster des Schulzimmers in den regennassen Julimorgen hinaus und versuchte, nicht an andere Julivormittage zu denken … An jenen Juli, als er und William gelernt hatten, Flugzeuge zu identifizieren … Sommerwanderungen mit Mr. Cuddy in den Downs gemacht hatten … sich vorgestellt hatten, sie seien römische Soldaten … als er Irene beigebracht hatte, Edwinas Jagdpferd zu reiten. In seinem Bewußtsein gab es mittlerweile so viele verschlossene Ecken, Dinge, an die sich zu erinnern er nicht mehr ertragen konnte … und dann war da immer noch das, was ganz am Rand des Bewußtseins lockte: das Zuhause, seine Mutter, sein Vater.

Er wandte sich wieder den fünf Seiten Lateinübersetzung zu, die er laut Freddie noch vor Unterrichtsbeginn erledigt haben mußte; offiziell als Strafe für irgendein Vergehen, aber in Wirklichkeit nur, weil er wußte, wie sehr Lewis es haßte. Und ihn haßte.

Die Tür ging auf, und Lewis erstarrte. Er wußte mittlerweile nie, wann das Lineal über seine Knöchel zischen oder die brutalen Finger in sein Ohrläppchen kneifen würden, bis das Blut spritzte.

»Was für ein braver Junge du doch bist«, sagte Freddie hinter ihm, und Lewis hörte seinen rasselnden Atem. Die Flammen, die Freddies linke Gesichtshälfte verzehrt hatten, hatten auch das empfindliche Gewebe seiner Lunge angegriffen, und Lewis wünschte, das brennende Flugzeug hätte nicht mehr ausgespuckt als verkohltes Fleisch. Der Gedanke allein ließ ihn erschaudern.

»Ist dir kalt?« sagte Freddie und trat einen Schritt näher. Dann fühlte Lewis, wie sich Freddies Hand auf seine Schulter legte, und er wappnete sich bereits gegen den Schmerz.

Aber der Schmerz blieb aus. Dafür spürte er eine sanfte Streichelbewegung, und irgendwie war die noch schlimmer. »Nicht.« Er entzog sich der Berührung, und blieb mit den Füßen an den Stuhlbeinen hängen, als er davonstolpern wollte. Dann drehte er sich taumelnd zu seinem Peiniger um. »Fassen Sie mich nicht an!« erklärte er heiser, und atmete schwer gegen die Übelkeit an, die ihn zu überwältigen drohte.

»Du hast mich verletzt, Lewis. Man könnte fast meinen, daß du mich widerlich findest«, sagte Freddie in der schleppenden Sprechweise, die nichts Gutes verhieß. »Schätze, zu Irene sagst du das nicht, wenn sie dich anfaßt. Das ist unfair, findest du nicht auch? Ich meine, daß du ihr hübsches Gesicht mir vorziehst.«

»Lassen Sie Irene aus dem Spiel«, sagte Lewis, der nicht alles verstanden, aber die Drohung gehört hatte.

»Oh, aber du bist doch derjenige, der Irene nicht in Ruhe läßt, Lewis. Ich habe gesehen, wie du sie ansiehst. Ich habe sogar gesehen, wie du sie berührst, wenn du glaubst, daß es niemand sieht. Und manchmal frage ich mich, was Edwina tun würde, wenn sie davon wüßte ...« Er lächelte, und Lewis trat einen weiteren Schritt zurück.

»Du glaubst doch nicht im Ernst, daß sie das gut fände, mein Junge, oder? Du denkst doch nicht wirklich, Edwina hielte einen dahergelaufenen Gassenjungen für gut genug für ihre Nichte? Denn gut genug wirst du nie sein. Du bist und bleibst Dreck aus der Gosse, egal, welche Erziehung du genießt, egal, wie sehr du dich bemühst, wie ein

Gentleman zu sprechen ...« Er beugte sich vor. »Du wirst nie einer sein!« zischte er. »Hast du das verstanden, Lewis?«

Lewis starrte auf den Speicheltropfen, der sich in Freddies vernarbtem Mundwinkel gesammelt hatte, und hoffte verzweifelt, die Worte würden harmlos an ihm abprallen wie Hagel am Fenster, wenn er sich auf ein kleines, widerliches Detail konzentrierte.

»Antworte, Junge!« Wie durch Zauberei tauchte plötzlich das Lineal in Freddies Hand auf.

Dann ertönten Stimmen im Korridor, und einen Moment später platzten William und Irene herein. Das Lachen erstarb ihnen auf den Lippen, als sie die beiden Gesichter sahen.

»Sind wir aber eifrig heute morgen«, sagte Freddie in der typisch schleppenden Art. Er hatte sich schnell gefangen, während Lewis wieder auf seinen Stuhl glitt und sich tief über sein Heft beugte.

Freddie begann mit dem Unterricht, aber die Atmosphäre im Schulzimmer war noch bedrückender als sonst, und Lewis konnte Irene nicht in die Augen sehen.

Gegen Mittag schwitzten sie in der Hitze, und Freddie hatte begonnen, rastlos auf und ab zu gehen, was Lewis ebenfalls als ein Gefahrenzeichen zu deuten gelernt hatte.

Nach einer Weile blieb Freddie hinter William stehen und sah ihm über die Schulter, bis William nervös wurde. Dann sagte er im Plauderton: »Hast du heute morgen schon die Zeitungen gelesen, William? Es wird von einem erfolgreichen, nächtlichen Bombenangriff über Deutschland berichtet. Hat ein paar direkte Treffer gegeben. Natürlich« – er machte eine Kunstpause – »lagen einige Bombenziele leider in dichtbesiedelten Wohngebieten.«

William wurde leichenblaß. Er preßte die Lippen aufeinander und weigerte sich, sich reizen zu lassen. Sie alle kannten seine Ansichten über die Bombardierung der Zivilbevölkerung. Es war ein Thema, das Lewis und er nach einigen hitzigen Diskussionen in gegenseitigem Einverständnis mieden.

William hatte argumentiert, daß es gewissenlos sei, den Tod von Zi-

vilisten in Kauf zu nehmen, welcher Nationalität die Opfer auch angehören mochten, und daß Lewis ebenso empfinden müsse, und zwar schon aufgrund dessen, was mit seinen Eltern geschehen sei ... während Lewis genau entgegengesetzter Meinung war und nicht verstehen konnte, wie William den Deutschen diese Rücksichtnahme zubilligen konnte ... nach allem Leid, das sie über London gebracht hatten.

»Frauen, Kinder ...« Freddie schnalzte mitleidig mit der Zunge, machte auf dem Absatz kehrt und begann weiter auf und ab zu gehen. »Natürlich sind auch Piloten abgeschossen worden, und das ist wirklich eine Schande, findest du nicht?« Er blieb vor seinem Schreibtisch stehen und musterte William prüfend. »Oder vielleicht bist du da anderer Meinung, lieber Will? Vielleicht hast du deine Sympathien anders verteilt?« Damit griff er in seinen Schreibtisch, zog ein mit Bindfaden zusammengehaltenes Bündel heraus und warf es vor sich auf den Tisch. »Ich finde, du könntest die Zeit oben im Speicher sinnvoller verbringen.«

William streckte die Hand aus, als wollte er sich das Bündel so schnell wie möglich schnappen, doch Freddie schlug ihm mit dem Lineal auf die Fingerknöchel und sagte zynisch: »Ich nehme an, Lewis und Irene würden gern sehen, was du da alles zusammengetragen hast.« Er riß den Bindfaden auf, und Blätter flatterten über die Tischfläche.

Lewis starrte neugierig darauf. Mit wachsendem Entsetzen erkannte er schließlich, was er vor sich hatte ... pazifistische Traktate, mit einem grob gezeichneten Witz, der einen hämisch grinsenden RAF-Piloten zeigte, der bewußt auf ein fliehendes deutsches Kind zielte.

»Ich ... sie haben sie mir geschickt ... diese Gruppe in London«, protestierte William. »Ich habe sie an niemanden weitergegeben.« Er streckte erneut die Hand danach aus, doch Freddie kam ihm wieder zuvor und sammelte die Blätter ein.

»Ich bewahre sie für dich auf«, erklärte Freddie freundlich. »Nur für den Fall, daß sich Edwina oder einer ihrer Freunde vom Kriegsministerium dafür interessieren sollten.«

Den Blick auf William gerichtet, sagte Lewis: »Was, zum Teufel, hast du dir denn dabei gedacht?« Damit stand er auf. Freddie war ihm mittlerweile egal. »Ich finde das Zeug ... widerlich!«

»Ich hatte nicht die Absicht ...« begann William, aber Lewis stieß seinen Stuhl zurück und lief zur Tür. »Lewis, warte!« schrie William ihm nach.

Lewis sah sich noch einmal um, dann schlug er die Tür hinter sich zu. Der Ausdruck ihrer Gesichter sollte sich auf ewig in sein Bewußtsein einprägen: Irene, Sorgenfalten auf der Stirn, die stumm mit ihren Lippen seinen Namen formte; William, dessen Augen schwarz vor Schreck geworden waren; und Freddie, der die intakte Hälfte seines Gesichts zu einer zufriedenen Grimasse verzogen hatte.

Er kannte die Gewohnheiten seines Vaters: Lewis verließ sein Büro täglich um die Mittagszeit, um auf den Baustellen nach dem Rechten zu sehen, denn er traute niemandem zu, alles in seinem Sinn richtig zu erledigen. Das war einer der Gründe, die das Arbeiten mit ihm unmöglich machten. Also wartete Gordon neben dem metallic-grauen Mercedes auf dem Heron-Quays-Parkplatz, rauchte und beobachtete, wie sich der Himmel verdunkelte, als schwere Wolkenbänke vom Westen her aufzogen. Die schwüle Luft roch leicht schwefelig.

Gordon hatte es aufgegeben, sich die Worte, die er sagen wollte, zurechtzulegen. Sein Kopf war leer, die Gedanken kreisten monoton um Annabelle und die ständig wiederkehrende Erinnerung daran, wie sein Vater ihn aus den Wellen gehoben hatte, als er noch ein Kind gewesen war. Als er Lewis um die Gebäudeecke kommen sah, trat er seine Zigarette mit dem Absatz aus und ging auf ihn zu.

»Dad!«

Lewis sah auf, die Hand an der Tür des Mercedes. »Gordon! Was machst du denn hier?«

»Ich muß mit dir reden.«

»Wir können zurück ins Büro gehen …«

»Nein, nicht nötig. Ich will wissen, was an dem Abend passiert ist, bevor Annabelle gestorben ist. Sie ist bei dir gewesen, stimmt's?«

»Ich habe erst an diesem Abend erfahren, daß zwischen euch was war. Ich hätte sie nie wiedergesehen, wenn …«

»Du hast es nicht ertragen, mir zu überlassen, was du längst als dein Eigentum angesehen hast, was? Du hast immer …«

»Nein, so ist es nicht gewesen«, widersprach Lewis resigniert, und Gordon entdeckte Spuren im Gesicht seines Vaters, die neu waren. »Ich wollte dir niemals weh tun … genausowenig wie Annabelle …«

»Warum wolltest du sie dann hintergehen?«

»Woher weißt du davon?« fragte Lewis leise.

»Lewis Finch, du bist ein gemeiner Heuchler! Jahrelang hast du mir eingeimpft, wie wichtig persönliche Integrität sei. Und jetzt stellt sich raus, daß du auch nicht besser bist als alle anderen. Annabelle hat mir an jenem Abend gesagt, was du getan hast …«

»Du begreifst nichts. Es ging nicht um Annabelle. Es ging nicht mal ums Geschäft … es sei denn als Mittel zum Zweck.«

»Und welcher Zweck sollte das sein?«

»Ich wollte ihm etwas wegnehmen, etwas, das er genauso liebt wie ich Irene … und Edwina geliebt habe. Er hat seine Firma und den Namen seiner verdammten Familie immer mehr geliebt als Menschen. Aber das hat nichts mit dir zu tun …«

»Redest du von William Hammond? Hast du Annabelle umgebracht, um ihm etwas heimzuzahlen?« Gordon hatte zu brüllen angefangen. Es war ihm gleichgültig, ob sie jemand hörte.

»Was?« fragte Lewis verdutzt. »Wovon redest du überhaupt?«

»Als sie zu dir gekommen ist, hat sie dir gesagt, daß euer Geschäft geplatzt ist, stimmt's? Und sie hat dir gesagt, daß sie mich liebt – sie hat dir gesagt, sie wolle mir beweisen, daß sie mich liebt – und du hast sie umgebracht.«

»Du glaubst, ich hätte Annabelle umgebracht?« Lewis reihte bedächtig ein Wort ans andere, als versuche er, sich über ihren Sinn klarzuwerden. Und zum ersten Mal kamen Gordon Zweifel. »Aber ich dachte, daß du ... Als sie an jenem Abend gegangen ist, war ich überzeugt, sie wolle zu dir. Ich hatte Angst, daß du ...«

Gordon starrte seinen Vater an. »Willst du damit sagen, daß du die ganze Zeit geglaubt hast, daß *ich* es gewesen bin?« Eine Erleichterung, derer er sich nicht ganz sicher war, schnürte ihm die Kehle zu. »Und ich war der Meinung ... Sie haben gesagt, es müsse jemand gewesen sein, der sie geliebt hat ... jemand, der ihre Leiche so liebevoll ins Gras gebettet hat ... Und ich konnte nicht glauben, daß du sie getötet und dann einfach liegen ...«

»Jemand, der ihre Leiche liebevoll ins Gras gebettet hat?«

»Sie haben gesagt, sie habe fast heiter ausgesehen ...« Gordon merkte, daß sein Vater ihm schon nicht mehr zuhörte.

»Ich hätte es von Anfang an wissen müssen«, murmelte Lewis, den Blick in die Ferne gerichtet. Eine Brise ließ Staub und Abfall um ihre Knöchel wirbeln, und im Westen zuckten Blitze von Wolke zu Wolke.

»Was wissen müssen?«

Lewis riß die Tür des Mercedes auf. »Diesmal sorge ich dafür, daß er nicht davonkommt.«

»Wovon redest du? Wer soll nicht davonkommen?« Als Gordon die Hand nach seinem Vater ausstreckte, streifte die zufallende Wagentür seine Fingerspitzen. »Dad!«

Aber Lewis fuhr bereits rückwärts aus dem Parkplatz, und die durchdrehenden Reifen spritzten Kies in Gordons Gesicht, während der Wagen davonraste.

15

Gewerkschaften und Bürgerinitiativen, die diesen Niedergang verhindern wollten, wurden in den achtziger Jahren zu Bewegungen, die für eine Neuentwicklung der Gegend in Übereinstimmung mit den Wünschen der örtlichen Bevölkerung eintraten, um Investoren anzuziehen, die mehr Arbeitsplätze schaffen, die Infrastruktur, die Schulen und die Gesundheitsversorgung verbessern sollten. Neben diesen Zielen war man jedoch bemüht, die Traditionen der dort ansässigen Gemeinschaft zu erhalten und zu pflegen.

EVE HOSTETTLER, aus:
Erinnerungen an eine Kindheit

»Ein bißchen Regen könnte nicht schaden, altes Mädchen«, sagte George Brent. Er kniete vor dem Gemüsebeet in seinem Hintergarten. Sheba saß neben ihm und beobachtete ihn, als könne er jeden Moment eine Leckerei zutage fördern. »Die Kürbisse werden bei dieser Hitze so zäh wie ich.«

Sheba hob ihre glänzende schwarze Schnauze, schnupperte, und George richtete sich etwas auf und zog ebenfalls die Luft durch die Nase ein. Sein Geruchssinn war auch nicht mehr das, was er gewesen war, aber den Regen konnte er riechen, und der Himmel im Westen sah nach Gewitter aus. »Mein Rheuma meldet sich wieder … ist ein gutes Zeichen«, fügte er hinzu, stand auf und bewegte die steifen Gelenke. »Vielleicht sollten wir die reifen Tomaten noch ernten. Nur für den Fall der Fälle.« Er war stolz auf seine Tomaten … er pflanzte sie im

Frühjahr, im Kasten auf dem Küchenfensterbrett, und brüstete sich damit vor den Nachbarn, wann immer sich die Gelegenheit ergab. Er griff nach dem Korb im Gras und beugte sich über das Tomatenbeet, als er einen Pfiff und Rufe vom Haus her hörte.

»Dad? Was machst du denn da draußen im Garten, du eigensinniger alter Ziegenbock! Ein Gewitter ist im Anzug!«

»He, Junge! Komm und hilf mir!« rief George und strahlte beim Anblick seines einzigen Sohnes, der zwei Wochen mit seinem Schiff von der Handelsmarine unterwegs gewesen war.

Obwohl groß und gutmütig, mit dunklen Locken und beginnenden Geheimratsecken, war George Brent jr. nie anders gerufen worden als Georgie. Er kam mit langen Schritten über den Rasen, schlug seinem Vater auf die Schulter und nahm ihm den Korb aus der Hand. »Ah, mit den Würsten, die ich zum Abendessen mitgebracht habe, wird das ein Festessen. Ich habe schon Teewasser aufgestellt.«

»Braver Junge.«

Als sie sich an den kleinen, wachstuchgedeckten Tisch mit Würstchen, geröstetem Brot, Tomaten und heißem Tee gesetzt hatten, erzählte George seinem Sohn von den Ereignissen, die sich während seiner Abwesenheit zugetragen hatten. Mittlerweile konnte er über die Entdeckung der Leiche reden, ohne einen Kloß im Hals zu verspüren, und mit jedem Mal wurde die rothaarige junge Frau noch schöner. »Wie ein Engel hat sie ausgesehen«, sagte er jetzt, wischte die Tomatenreste mit dem Brot auf und dachte schuldbewußt an Lewis Finch. Er konnte sich nicht ganz überwinden, Georgie zu erzählen, was er Janice Coppin gestanden hatte.

Ein Donnerschlag ließ das Kochgeschirr in den Regalen klappern, und Sheba jaulte auf. »Das wird ein Mordsgewitter«, bemerkte George. Als er jedoch Tee nachschenkte, wünschte er, er könnte sich besser an die Szene erinnern, die ihn nicht losließ. Da war ein Gesicht, das er zur falschen Zeit am falschen Ort gesehen hatte und dem er keinen Namen zuordnen konnte. Er gab auf, schüttelte angewidert den Kopf und fing an, seinem Sohn zu erklären, daß diese Janice vielleicht doch kein solches Luder sei, wie sie gedacht hatten.

Als Regentropfen gegen die Windschutzscheibe platschten, schaltete Lewis die Scheibenwischer ein und knipste die Scheinwerfer an. Er fuhr instinktiv in Richtung Süden, gefangen in den Erinnerungen, die er so lange unterdrückt hatte. Er hatte geglaubt, sie seien sein Eigentum, er könnte das Wissen um die Vergangenheit nutzen, um seinen Haß zu nähren, ohne selbst daran zu verbrennen. Doch er hatte sich geirrt, soviel war ihm jetzt klar. Und zu spät kam die Erkenntnis, daß Annabelle ihn an Irene erinnert hatte …

Irene war in jener Nacht zu ihm gekommen, in sein Zimmer über dem Stall.

»Lewis«, hatte sie geflüstert, sich auf die Bettkante gesetzt und ihn an der Schulter gerüttelt. »Ich will mit dir reden.«

Er war sofort hellwach gewesen. »Was machst du hier? Du darfst nicht …«

»Keine Angst. Sie schlafen alle.« Sie lehnte sich bequem gegen seine Hüfte, als er sich, auf die Ellbogen gestützt, aufrichtete. »Hör zu, du mußt dich wegen William nicht aufregen. Du weißt doch, daß er niemandem was Böses will …«

»Das ist keine Entschuldigung«, sagte Lewis, der sofort wieder wütend wurde. »Woher glaubt er wohl, kommt der Dreck? Direkt von den Deutschen, das sage ich dir. Und wenn unsere Männer sterben … John oder Mr. Cuddy könnte es als nächste treffen …«

»Er denkt nur an unschuldige Menschen, die getötet werden, und er begreift nicht, wie dir wegen deiner Eltern zumute ist, nicht wirklich jedenfalls. Er meint, daß du in solchen Dingen logisch denken kannst …«

»Logisch? Was weiß er denn schon davon?« Und zu seiner Schande begann Lewis zu weinen ... und all das Schluchzen, das er sich nie gestattet hatte, nicht einmal bei der Beerdigung seiner Eltern, brach aus ihm heraus. Irene saß ganz still, die Hand auf seiner Schulter, mit stummer sorgenvoller Miene, und als er seine Stimme wieder unter Kontrolle hatte, sagte er: »Ich weiß, es ist blöd, aber ich denke immer, ich hätte sie irgendwie retten können, wenn ich bei ihnen gewesen wäre ...«

»Lewis, du wärst ebenfalls umgekommen, das weißt du. Und das ist das letzte, das deine Mutter und dein Vater gewollt hätten.« Sie schlug seine Decke zurück, schlüpfte zu ihm ins Bett und schlang ihre Arme um ihn.

»Irene ...«

»Ich will bei dir sein, Lewis. Wir könnten auch bombardiert werden ... die Raketen verfehlen immer wieder ihre Ziele ... und ich will nicht sterben, ohne ausprobiert zu haben, wie es ist.«

Sie küßte ihn, preßte ihren Körper gegen ihn, und einen langen Moment ließ er sie gewähren, bevor er sich atemlos losriß. »Wir können nicht ... Was würde Edwina ...«

»Das ist doch egal«, flüsterte sie, den Mund an seinem Ohr. »Nur wir sind wichtig. Jetzt. Ich will alles für dich sein ... Mutter, Schwester, Geliebte ... Und ich will, daß du mich mehr brauchst als irgend jemanden auf der Welt.«

Er fühlte, wie sie bebte, und ihre Küsse schmeckten nach Tränen. Sie hatte recht ... niemand hatte ihn je so geliebt. Nur das zählte. Und dann löschte eine Flut von Gefühlen jeden rationalen Gedanken in ihm aus.

Lewis wachte auf wie immer, sobald das erste Licht des Morgengrauens das Viereck seines Fensters erhellte. Irene lag noch neben ihm. Ihre Brust hob und senkte sich friedlich im Schlaf. Als er sie aufweckte, setzte sie sich benommen auf und sah ihn lächelnd an.

»Schätze, ich schleich mich lieber zurück, bevor die anderen aufwachen«, murmelte sie gähnend und kuschelte sich wieder unter die Decke.

»Dann beeil dich lieber«, drängte er. »Du weißt, wie früh die Köchin manchmal auf den Beinen ist.« Obwohl die Versuchung groß war, als er ihren warmen Körper an seiner Haut spürte, war er doch zu nervös, und schob sie mit einem hastigen Kuß aus seinem Bett.

Von seinem Fenster aus beobachtete er, wie sie im fahlen grauen Licht den Hof überquerte. Und dann glaubte er plötzlich aus den Augenwinkeln zu sehen, wie sich der Vorhang hinter einem der Fenster in der obersten Reihe für einen Moment bewegte.

Obwohl Lewis sein Zimmer über dem Stall behalten hatte, teilte er sich seit etlichen Jahren mit William ein Badezimmer im zweiten Stock.

An jenem Abend, nach dem Essen, hatte er ein Bad genommen und stieg gerade aus der Wanne, als er hörte, wie sich hinter ihm die Tür öffnete. William kommt, um sich mit mir zu versöhnen, war sein erster Gedanke, als er nach seinem Handtuch griff. Als er jedoch zum Spiegel aufsah, war dieser völlig beschlagen. »Hast verdammt lange gebraucht«, sagte er, und war entschlossen, kein Drama daraus zu machen, denn sie waren sich den ganzen Tag aus dem Weg gegangen.

Dann hörte er dicht hinter sich rasselnden Atem. Arme umschlossen ihn und drückten ihn brutal mit den Knien gegen die eiserne Badewanne.

»Ja, nicht wahr?« bemerkte Freddie, und Lewis fühlte ihn an sich herumfummeln. Dann erfolgte ein stechender Schmerz.

Im ersten Augenblick begriff er gar nicht, wie ihm geschah. Dann, als Freddie sich gegen ihn preßte, begann er sich mit all der Kraft seiner Wut und Demütigung zu wehren. Freddies Arme umschlossen ihn noch eiserner, und er zischte: »Du machst jetzt, was ich will, Bursche. Ich habe sie heute morgen weggehen sehen ... ich weiß, was ihr treibt ...«

Die Tür ging auf. Lewis drehte sich mit aller Kraft um, doch er konnte sich nicht aus Freddies Umklammerung befreien.

Im Türrahmen stand William.

Und Freddie lächelte. »Du weißt darüber Bescheid, stimmt's, William? Du hast es auf der Schule gelernt. Und wenn du weißt, was für *dich gut ist … und für dein kleines Anliegen, dann verduftest du, und zwar ein bißchen plötzlich.«*

William stand wie erstarrt da. Sein Gesicht war leichenblaß vor Schreck. Er hatte die Hand erhoben, seine Lippen öffneten sich in stummem Protest.

Dann traf sein Blick Lewis … und er wandte sich ab. Die Tür fiel hinter ihm ins Schloß.

Gordon stand vor der Telefonzelle an der Mudchute Station und starrte auf die angeschmutzte Visitenkarte, die er in seiner Hosentasche gefunden hatte. Gemma hatte sie ihm bei ihrem ersten Besuch in seiner Wohnung gegeben – was nicht Tage, sondern eine Ewigkeit zurückzuliegen schien –, und sie hatte ihre Handynummer auf die Rückseite gekritzelt.

Er hatte der Polizei bereits genügend belastende Informationen gegen seinen Vater geliefert … machte er alles nur noch schlimmer, wenn er sie jetzt anrief? Als er sich jedoch abwandte, sah er erneut Lewis' Gesicht vor sich, wie er im Wagen davongerast war, und ein seltsam hohles Gefühl in der Magengrube trieb ihn in die Telefonzelle zurück.

Als sich Gemma meldete, begann er ohne Umschweife: »Lewis hat Annabelle nicht umgebracht.«

»Gordon?«

»Ich habe die ganze Zeit angenommen, daß er sie getötet hat, und er dachte dasselbe von mir. Als ihm klar wurde, daß ich's nicht war, hat er gesagt – es macht alles keinen Sinn –«

»Weiter«, drängte Gemma mit angespannter Stimme.

»Er hat gesagt …« Gordon hielt inne und versuchte, sich an die exakten Worte zu erinnern. »Er hat gesagt, er hätte es wissen müssen … und dann … daß er ihn nicht wieder davonkommen lassen dürfe. Dann ist er losgefahren … Er hat ausgesehen … Ich habe Angst, daß er eine schreckliche Dummheit begeht …«

»Gordon?«

Er antwortete nicht. Wie aus heiterem Himmel fügte sich das Bild in einer Weise zusammen, wie er es nie für möglich gehalten hatte, und Wut erfaßte ihn mit einer Heftigkeit, daß er zitterte.

»Gordon?«

In wenigen Minuten war er vor seiner Wohnung, nahm drei Stufen auf einmal, und schreckte einen wütend kläffenden Sam auf, als er ins Zimmer stürmte. »Wird alles gut, mein Junge«, sagte er automatisch. Aber er wußte, daß nichts gut wurde, solange er die Dinge nicht selbst in die Hand nahm.

Dann sank er auf die Knie, tastete unter dem Bett, bis seine Finger die polierte Holzoberfläche des Kästchens berührten, das dort verborgen war. Ein Geschenk seines Vaters zu seinem einundzwanzigsten Geburtstag, eines der wenigen Besitztümer, die er immer und überallhin mitgenommen hatte. Er holte es heraus und öffnete den Verschluß.

»Ist ein verdammt antikes Stück«, murmelte er zu Sam gewandt. Ein sentimentales Erinnerungsstück … und er hatte nie im Traum daran gedacht, jemanden damit zu erschießen. Aber die Webley Mark IV seines Vaters ruhte wie ein Schmuckstück sauber und geölt in ihrem roten Samtfutteral, und daneben lag eine ungeöffnete Schachtel mit 9-mm-Patronen.

Kincaid war in gemächlichem Tempo von Surrey zurückgefahren und dachte über Irene Burne-Jones und das nach, was sie ihm erzählt hatte. Er bezweifelte, daß Irene je wieder jemanden so geliebt hatte, wie sie Lewis Finch geliebt hatte, und er hatte nicht den Mut besessen, ihr zu sagen, daß Lewis Finch möglicherweise der Mörder von Annabelle Hammond war.

Nachdem er jetzt einen guten Teil von Lewis Finchs Lebensgeschichte kannte, versuchte er sich vorzustellen, ob die Zurückweisung, die Lewis an jenem Abend von Annabelle erfahren hatte, ihn in tiefe Verzweiflung gestürzt und zum Mord getrieben haben könnte. Zum ersten Mal jedoch kamen ihm ernsthafte Zweifel. Allerdings verstand er noch immer nicht, weshalb Lewis Finch so wild entschlossen war, William Hammond sein Familienerbe abspenstig zu machen.

Er brütete über dieser Frage, als er in den Parkplatz des Limehouse-Reviers einbog und Gemma aus der Tür kommen sah. Sie trug ein schwarzes, ärmelloses Kleid, das ihr gerade bis zu den Knien reichte, doch seine Freude über das Wiedersehen mit ihr verflog, als er ihren geistesabwesenden Gesichtsausdruck sah. Er rief ihren Namen, und sie kam sofort auf ihn zu. »Was gibt's denn?« fragte er.

»Gordon Finch hat mich gerade angerufen. Er behauptet, er sei sicher, daß sein Vater Annabelle nicht ermordet hat ... und dann hat er aufgelegt.«

»Hat er aus seiner Wohnung angerufen?«

»Vermutlich aus einer Telefonzelle. Er hat kein Telefon.«

»Dann versuchen wir's zuerst bei seiner Wohnung. Steig ein!«

Sie kam um den Wagen, und als sie sich duckte, um einzusteigen, fragte er: »War das alles, was er gesagt hat?«

»Nein. Duncan, sie haben sich gegenseitig gedeckt, Gordon und Lewis, aber keiner von beiden hat es gewußt. Als Lewis kapiert hat, daß Gordon Annabelle nicht umgebracht hat, hat er zu Gordon gesagt, er *hätte es wissen müssen* und er wolle *ihn* nicht wieder *davonkommen lassen.*«

»Wen davonkommen lassen?«

»Keine Ahnung. Und Gordon weiß es, glaube ich, auch nicht.«

Kincaids Telefon klingelte, als er in die West India Dock Road einbog. Er meldete sich. Als er auflegte, wandte er sich an Gemma: »Das war Janice. Die Spurensicherung hat gerade angerufen. Sie haben eine winzige Menge von Haaren und Blut in einer Probe gefunden, die sie an einer der Teekisten in Annabelle Hammonds Büro sichergestellt hatten.«

»Sieht also ganz so aus, als sei sie in der Firma getötet worden«, murmelte Gemma. »Wen könnte sie denn dort mitten in der Nacht getroffen haben?«

»Angenommen, es war keiner der beiden Finchs« – er schaltete die Scheibenwischer ein, als Regentropfen auf die Windschutzscheibe klatschten –, »dann vielleicht Martin Lowell? Könnte doch sein, daß Annabelle mit ihm reinen Tisch machen wollte ... und er sie nicht in seine Wohnung sondern in die Firma bestellt hat.«

»Wir haben heute morgen Brandy Bannister zum zweiten Mal vorgeladen. Sie ist um kein Jota von ihrer ersten Aussage abgewichen. Lowells Alibi scheint gut zu sein«, fügte Gemma beinahe enttäuscht hinzu.

Kincaid runzelte die Stirn. »Vielleicht sollten wir die Sache anders anpacken. Wer, außer Annabelle, hatte Zugang zum Lagerspeicher?«

»Reg Mortimer und Teresa, natürlich. Aber Mortimer ist der verdächtigste. Er wußte, daß Annabelle gern dorthin ging, wenn sie Sorgen hatte, und er wollte unbedingt mit ihr reden.«

»Angenommen, er hat sie im Speicher getötet. Wie hat er sie dann in den Park gebracht?« fragte Kincaid. »Damit sind wir wieder ganz am Anfang.« Dann, als er frustriert den Kopf schüttelte, fiel ihm plötzlich etwas ein. »Teresa Robbins hat gesagt, daß William Hammond seit dem Tod seiner Frau zu den seltsamsten Zeiten im Lagerspeicher auftaucht, daß er es nicht ertragen könne, die Zügel aus der Hand zu legen ... Was, wenn Annabelle gar keine Verabredung getroffen hatte ... wenn es eine zufällige Begegnung war?«

»Und du meinst, William könnte jemanden gesehen haben?«

»Möglich ist es«, antwortete Kincaid bedächtig. »Aber es ist auch möglich, daß William sie getötet hat.«

»William Hammond?« fragte Gemma ungewöhnlich laut und ungläubig. »Ihr Vater? Der arme Mann war am Boden zerstört. Du hast ihn selbst gesehen.«

»Das bezweifle ich gar nicht. Aber ... alles scheint immer wieder auf William Hammond und Lewis Finch zurückzuführen.« Er berichtete ihr von seinem Gespräch mit Irene Burne-Jones. Als er den Wagen durch den West Ferry-Kreisverkehr lenkte und in südlicher Richtung auf der West Ferry Road weiterfuhr, rollte der Donner, und es begann zu regnen. »Was hatte Hammond gegen Finch? Und warum war Finch so wild entschlossen, den Speicher zu kaufen, obwohl er wußte, wieviel er William Hammond bedeutete? Etwas muß in jenen letzten Monaten passiert sein, in denen die drei zusammen waren – William, Lewis und Irene –, worüber Irene nicht reden will. Nicht mal nach all den Jahren.«

»Es ergibt einfach keinen Sinn«, protestierte Gemma. »Warum sollte William Hammond Annabelle umbringen? Wo sie doch gerade beschlossen hatte, das Geschäft mit Lewis Finch platzen zu lassen?«

»Keine Ahnung. Aber wenn Lewis Finch geäußert hat, ›ihn nicht wieder damit davonkommen zu lassen‹ – was sonst könnte es bedeuten als Mord? Jemand ist in jenen letzten Monaten getötet worden, als die drei Jugendlichen zusammen gewesen sind: Es war der Hauslehrer der Kinder. Irene hat gesagt, es sei ein Unfall gewesen ...«

»Und wenn nicht?« entgegnete Gemma. Sie schüttelte den Kopf. »Es fehlen zu viele Puzzlestücke. Gordon muß etwas wissen, das wir nicht ...«

»Ich kann mir offengestanden nicht vorstellen, daß er in seiner Wohnung sitzt und auf uns wartet.« Er spähte durch die Windschutzscheibe. Der Regen hatte alles in einen grauen Schleier gehüllt. »Ruf bei William Hammond zu Hause an ... hast du die Nummer?«

»In meinem Notizbuch.« Gemma fand die Nummer und wählte auf ihrem Handy. »Meldet sich niemand.«

»Versuch's bei Lewis Finch.«

»Zu Hause?«

Kincaid sah auf die Uhr und nickte. »Ist schon nach fünf.«

Aber auch bei Lewis Finch hob niemand ab, und Gemma legte nach ein paar Minuten wieder auf. »Falls Lewis wirklich William Hammond gemeint hat und dachte, daß er ihn im alten Lagerspeicher finden könnte …«

»Ist einen Versuch wert«, erwiderte Kincaid, als ein Blitz die lange Schlange der Autos erhellte, die die West Ferry Road entlangkroch. »Aber schnell kommen wir sowieso nirgendwo hin.«

Als Lewis mit dem Mercedes in die Saunders Ness einbog, war die klotzige Silhouette des Hammond-Speichers in der Ferne im strömenden Regen kaum zu erkennen. Lewis' Hände zitterten, sobald er sie vom Lenkrad nahm. Er schwitzte, und ihm war übel. Es gelang ihm jetzt längst nicht mehr, den Strom der Erinnerungen zu stoppen, der ihn mitriß, so wie er einst machtlos gewesen war, Freddie Haliburton Einhalt zu gebieten.

Die Nacht hatte er in rasender Wut und ohne die geringsten Anzeichen von Erschöpfung verbracht. Allein der Gedanke, jemanden sehen oder sprechen zu müssen, war so unerträglich, daß er mit der Stallarbeit begann, ohne zum Frühstück ins Herrenhaus hinüberzugehen. Er wußte nicht, was er tun würde, wenn er William begegnete – er wollte nicht einmal an William denken –, aber Irene konnte er nicht so leicht aus dem Weg gehen.

Und schließlich kam sie, um nach ihm zu sehen, genau wie er vermutet hatte. Sie schlüpfte leise durch die Stalltür und blieb im Lichtstrahl stehen, der durch eines der hoch oben gelegenen Fenster fiel. »Lewis? Was ist gestern abend mit dir passiert? Warum bist du heute morgen nicht zum Frühstück erschienen?«

»Hau einfach ab, Irene. Ich möchte nicht mit dir reden«, erwiderte er grob und verteilte weiter Heu in Zeus' Box. Er fühlte, daß sie ihn beobachtete, doch sie sagte kein Wort. Kurz darauf ging sie wieder hinaus. Das Bewußtsein darüber, wie sehr er sie verletzt hatte, steigerte seine Wut ins Unermeßliche. Wie konnte er sie je wieder berühren, nach dem, was Freddie mit ihm gemacht hatte? Und wie konnte er verhindern, daß es wieder passierte? Freddie hatte keinen Zweifel daran gelassen, daß seine Weigerung nur die Kompromittierung Irenes zur Folge haben würde, und das war das einzige, das Lewis nicht zulassen durfte.

Es kam ihm so vor, als blieb ihm nur ein Ausweg ... und das bedeutete, sie nie wiederzusehen.

Es war mitten am Vormittag, als Freddie ihn zusammengekauert hinter dem Steinwall fand, der hinter dem Küchengarten verlief.

»Ah, da bist du ja«, sagte Freddie zuckersüß, als er um die Ecke kam. »Sieht dir gar nicht ähnlich, Schulstunden zu schwänzen, Lewis. Was ist denn los?«

Lewis erhob sich mit geballten Fäusten, doch Freddie blieb außer Reichweite stehen.

»Die Köchin macht sich Sorgen um dich. Wenn du noch eine Mahlzeit ausläßt, wird sie es für ihre Pflicht halten, Edwina zu informieren, und ich glaube nicht, daß wir das wollen, meinst du nicht?« Freddie verzog sein Gesicht zu der Fratze, die ein Lächeln sein sollte. »Oh, und wenn du gefrühstückt hast, kannst du meinen Wagen für mich fahrbereit machen. Sei ein braver Junge, ja? Ich will über Nacht in die Stadt fahren. Und da muß alles picobello sein.«

Er wandte sich ab, als sei damit alles gesagt. Erst als er das Ende des Steinwalls erreicht hatte, sah er über die Schulter zurück und bemerkte: »Aber ich komme zurück ... es gibt immer ein Morgen, was, Lewis?«

Die Idee kam ihm, als er unter Freddies Wagen lag. Es war so einfach ... ein Leck in der Hydraulik, und das ganze Bremssystem wür-

de versagen … Und er wunderte sich, daß er nicht längst darauf gekommen war. Jeder wußte, daß Freddie Haliburton wie ein Wahnsinniger Auto fuhr … sogar die Köchin prophezeite ihm ein schreckliches Ende. Niemand würde Verdacht schöpfen. Ihm konnte nichts passieren, und Irene war in Sicherheit, und William … William war ihm gleichgültig.

Er hatte das Gefühl, plötzlich eine gespaltene Persönlichkeit zu sein … die eine konzentrierte sich auf ihre Aufgabe, die andere sah zu. Der letztere Lewis hörte zwar die Stimme seiner Mutter, doch der Lewis, der handelte, ignorierte sie. Seine Hände arbeiteten ruhig und präzise nach den Kenntnissen, die ihm John Pebbles vermittelt hatte. Erst als er fertig war und unter dem Wagen hervorglitt, merkte er, daß er beobachtet wurde.

William stand direkt hinter der Scheunentür, und Lewis hatte keine Ahnung, wie lange er dort bereits ausgeharrt und was er gesehen hatte. »Du mußt verstehen«, begann William und trat einen Schritt vor. Lewis sah, daß sein Gesicht bleich und angespannt wirkte. »Mein Großvater ist an der Somme gefallen. Mein Vater bekam einen Orden, obwohl er erst neunzehn war, und er leidet noch heute unter den Folgen der Gasangriffe. Wenn sie herausbekommen …«

»Deine dämlichen Flugblätter interessieren mich nicht! Du hättest ihn aufhalten können …«

»Ich konnte überhaupt nichts tun! Und jetzt sagt er, daß er's meinen Eltern vielleicht sowieso erzählt, nur weil er Feiglinge haßt. Sie enterben mich …«

»Dann geschieht's dir verdammt recht, William Hammond!« Lewis versetzte William einen heftigen Stoß vor die Brust und rannte zur Tür hinaus.

Er rannte über den Hof und den Hügel hinunter zur Weide, dann den Fluß entlang, mit schmerzenden Beinen und klopfendem Herzen, bis er schließlich auf das weiche Moos am Ufer sank und sich die Seele aus dem Leib weinte.

Es verging eine gute Stunde, bis er zum Haus zurückkehrte. Das

Weinen hatte ihn beruhigt, und er war entschlossen, ungeschehen zu machen, was er getan hatte. Dann wollte er Irene Adieu sagen und das Herrenhaus verlassen ... Es gab keinen anderen Ausweg. Er würde sein wirkliches Alter verschweigen und Soldat werden, oder irgendwo Arbeit finden ... egal, was.

Aber als er den Stallhof erreichte, hörte er Jammern und Wehklagen aus der Küche, und wußte, daß er zu spät gekommen war.

Es war Irene, von der er erfuhr, daß Edwina zusammen mit Freddie umgekommen war. Ein Bauernkarren hatte die schmale Straße versperrt, und der Wagen hatte nicht mehr rechtzeitig anhalten können. Irene war diejenige gewesen, die von einem Augenblick zum anderen erwachsen geworden war und alles in die Hand genommen hatte. Sie hatte der Köchin ins Bett geholfen und ihren Vater angerufen; Irene, die Lewis mit William in der Küche allein gelassen hatte ...

»Sie sollte doch gar nicht mit«, murmelte Lewis wie betäubt. Seine Zunge und sein Denkvermögen waren wie eingefroren. Seine Worte schienen in der Luft zu hängen wie brüchiges Eis.

»Sie ... sie hat sich in letzter Minute entschlossen.« William saß zusammengesunken am Küchentisch, das Gesicht fleckig vom Weinen. »Er wollte sie zu meinen Eltern mitnehmen. Er hat gesagt ... er hat gesagt, daß er ihnen alles erzählen wolle. Ich habe nicht gedacht ... ich habe nicht gedacht, daß sie ...«

Erst allmählich begriff Lewis, was William da eigentlich gesagt hatte. Er schüttelte den Kopf, um das Rauschen in seinen Ohren zu unterbinden. »Soll das heißen, daß du's gewußt hast? Du hast das mit dem Wagen gewußt? Und du hast Edwina trotzdem einsteigen lassen?«

»Ich bin nicht so blöd, wie du denkst. Du bist erschrocken, als du mich in der Scheune stehen sehen hast. Und als du weggerannt bist, habe ich nachgesehen ... Ich dachte, es würde sie nur aufhalten ...«

»Aufhalten? Du weißt, wie Freddie fährt, und läßt Edwina mit ihm

fahren?« Er stürzte sich auf William, packte ihn beim Kragen und riß ihn vom Stuhl. »Du ... du Dreckskerl!« Lewis schrie und schüttelte ihn. »Dafür bringe ich dich um!« Als seine Faust William mitten ins Gesicht traf, machte ihn der Anblick des hellroten Blutes, das William aus der Nase schoß, nur noch wütender.

William schlug zurück, und sie rangen miteinander, suchten beide nach der Chance für den nächsten Schlag.

Dann war Irene zwischen ihnen, schrie und zerrte sie auseinander.

»Hört auf damit! Was ist in euch gefahren? Aufhören! Lewis, wie konntest du?«

Schwer atmend starrte er sie an. »Ich ... er ...« In diesem Moment wurde Lewis klar, daß er Irene nicht sagen konnte, was er getan hatte ... nicht an diesem Tag, niemals. Und als sich seine und Williams Blicke trafen, erkannte er, daß auch William es wußte.

An die Tage vor Edwinas Beerdigung hatte er keine Erinnerung mehr. Er wußte nur noch, daß Irene hinterher zu ihm in die Scheune gekommen war. Sein Koffer war gepackt. Er hatte gehen wollen, ohne ihr Lebewohl zu sagen.

»Du kannst mir nicht weismachen, daß du mich nicht liebst«, erklärte sie. »Ich würde dir sowieso nicht glauben.«

»Nein«, antwortete er. »Ich sag dir das erst gar nicht. Aber das hat jetzt keine Bedeutung mehr. Nichts hat mehr Bedeutung. Tut mir leid.«

Danach hatte er Irene verlassen, hatte das Herrenhaus verlassen, hatte sie alle zurückgelassen. Und er hatte nie jemandem die Wahrheit erzählt ... bis zu jener Nacht, als Annabelle ihm eröffnet hatte, daß sie seinen Sohn liebe, und ihn einen Lügner und Betrüger genannt hatte. Sie hatte gesagt, sie würde wegen ihm niemals ihrem Vater weh tun und daß sie nicht glauben könne, je mit dem Gedanken gespielt zu haben, etwas zu tun, das William Hammond soviel Schmerz zufügen würde.

Bis zu diesem Moment war ihm nicht klargewesen, wieviel

Annabelle ihm inzwischen bedeutete ... und daß sie sich gegen ihn wandte, war für ihn unerträglich gewesen. Die Worte waren aus ihm herausgesprudelt – er hatte sie verletzen wollen –, und er hatte ihr gesagt, daß ihr teurer Vater ein Feigling und ein Mörder war, und hatte ihr in allen Einzelheiten erzählt, was ihr Vater getan hatte.

Lewis machte die Wagentür auf und stolperte hinaus in den Regen. Er war naß bis auf die Haut, als er den Speicher erreichte, doch er fühlte nichts. Die Tür war unverschlossen, und er betrat das Gebäude, das er seit Jahren zu zerstören versuchte, zum ersten Mal.

Als sich seine Augen an das Halbdunkel gewöhnt hatten, sah er, daß das große Erdgeschoß leer war, aber unter einer Tür an der Galerie, die oben an der linken Seite des Gebäudes entlangführte, war ein Lichtstreifen zu erkennen. Er tastete sich vorsichtig bis zur Treppe vor und begann hinaufzusteigen. Er hörte ein leises Geräusch, und als er sich dem oberen Treppenabsatz näherte, wurde der Laut hinter der geöffneten Tür zu einer menschlichen Stimme.

Dort saß William Hammond an einem der abgenutzten Eichentische in der Mitte des Raumes. Er führte Selbstgespräche, während seine Hände mit den farbenfrohen Teebüchsen auf dem Tisch hantierten. Als er aufsah und Lewis erkannte, schien er kaum überrascht zu sein.

»Sie war wunderschön, nicht wahr?« sagte William, und sein Blick schweifte zurück zu den Teebüchsen. »Sie hat sie für mich entworfen. In meinen Lieblingsfarben Kobaltblau und Rostrot. Rostrot wie ihr Haar. Sie hat wie ihre Mutter ausgesehen. So wunderschön.«

»William.« Lewis trat einen Schritt weiter in den Raum. »Warum hast du das getan? Was hat Annabelle dir gesagt?«

»Weißt du noch, Lewis?« Williams Blick schweifte erneut über ihn hinweg. »Erinnerst du dich an die Brunnenkresse?

Und an das Reh? Ich habe nachgedacht … Es ist alles noch so lebendig, als sei es erst gestern gewesen.«

»Hat Annabelle dich hier gefunden, William? Sie war wütend auf dich, stimmt's?«

Einen Moment lang waren Williams Augen klar. »Annabelle hat mich geliebt. Sie war die vollkommene Tochter.«

»Ich weiß. Aber sie hat es herausbekommen, nicht? … Das mit Edwina.«

William erstarrte mit einer Teebuchse in der Hand. »Sie hat Sachen gesagt … schreckliche Sachen. Sie hat gesagt, sie würde es allen erzählen … sogar Sir Peter. Daß sie das hier … verkaufen wolle.« Er machte eine ausladende Geste mit einer Hand, deren Haut fast durchscheinend war. »Und sie hat gesagt … sie habe ihr ganzes Leben damit verbracht, mir gerecht zu werden, und daß ich nichts als eine hohle Hülle sei. Eine leere Hülle«, wiederholte er. »Ich wollte nicht …«

»Sie wollten sie nicht umbringen?« sagte jemand hinter Lewis, und ohne sich umzuwenden wußte er, daß es sein Sohn war.

Lewis hob eine Hand, um ihn aufzuhalten, und warnte: »Nein, Gordon, nicht.« Doch Gordon ging weiter, und als Lewis die Gewalt der Wut seines Sohnes fühlte, wurde ihm klar, daß seine Wut endlich verebbt war.

William stand auf. »Ich wollte nur, daß sie aufhört, diese Dinge zu sagen. Ich hatte nie die Absicht …« Er wirkte beängstigend gebrechlich.

»Dafür habe ich sie … die Absicht.« Gordon hatte plötzlich eine Waffe in der Hand, und Lewis erkannte seine Pistole.

Es goß noch immer in Strömen, als sie den Lagerspeicher erreichten. Kincaid machte den Motor aus. Er hatte den Rover hinter einem grauen Mercedes geparkt.

»Lewis' Wagen?« fragte Gemma und glaubte, den Mercedes bereits auf dem Parkplatz am Heron Quay gesehen zu haben.

Kincaid nickte und fing ihren Blick auf. »Sei vorsichtig.«

Sie rannte durch den strömenden Regen ins Lagerhaus. Die Tür stand einige Zentimeter offen. Kincaid schlüpfte hinein, und Gemma folgte. Neben ihm, im Halbdunkel des Gebäudes, blieb sie stehen.

Dann hörten sie Stimmen. Sie schienen aus Annabelles Büro hoch über ihnen zu kommen. Die Tür stand auf. Gemma fühlte, wie Kincaid leicht ihren Arm berührte, dann bewegte er sich auf die Treppe zu. Sie folgte, so schnell sie konnte, und verfluchte ihre Schuhe mit den glatten Sohlen.

Auf halber Höhe der Treppe konnte sie die Stimmen unterscheiden ... die von Lewis und die von Gordon, und dann die weniger vertraute von William Hammond, wenn sie auch die Worte nicht ganz verstand. Dann, als sie das Ende der Treppe erreichten, fiel etwas mit lautem Krach auf den Holzfußboden.

Gemma blieb nur wenige Zentimeter hinter Kincaid stehen und blickte durch die halboffene Tür. Gordon und Lewis Finch hielten sich umschlungen wie zwei Tänzer. Lewis hatte Gordon beim Handgelenk gepackt, aber Gordons Hand war leer. Beide starrten zum hinteren Ende des Raumes, wo William Hammond sich vorbeugte und wieder aufrichtete ... eine Waffe in der Hand.

Er hielt sie seltsam unsicher, sah sie an, als wisse er nicht genau, was er in der Hand hielt. Dann sah er zu ihnen auf, und Gemma erkannte in seinen blaßblauen Augen kein Erstaunen, sondern eine so tiefe Trauer, daß sie unwillkürlich fröstelte.

Er hob die Waffe. Bevor Gemma oder Kincaid noch reagieren konnten, schrie Lewis: »William, nein!« und stürzte sich auf ihn.

Aber William Hammond hielt den Lauf des Revolvers an seine Schläfe und drückte ab.

16

Es existiert eine ständig wachsende Bewegung, die entschlossen ist, den Fluß zu neuem Leben zu erwecken.

GEORGE NICHOLSON, *aus:*
Docklands, ein illustrierter historischer Überblick

»Er hat sie geliebt«, sagte Gemma nachdenklich. Sie saß in Janice' Büro im Limehouse-Revier und trank widerlichen Automatenkaffee. »Annabelle war die Tochter seiner Träume, diejenige, die die Tradition für ihn fortführen und seine ehrgeizigen Pläne umsetzen sollte. Muß verdammt hart für sie gewesen sein, all dem gerecht zu werden.«

»Oder seinem Vorbild. William Hammond hat fünfzig Jahre seines Lebens eine Lüge gelebt, und das so gründlich, daß er schließlich sich selbst davon überzeugt hatte.«

Eine Woche war vergangen, und sie waren noch immer dabei, die Einzelheiten des Falles zu klären. Lewis Finch hatte eine umfassende Aussage gemacht. Dasselbe traf auf Gordon zu. Und Gemma hatte den Eindruck gewonnen, der gemeinsam erlittene Verlust könne dazu beitragen, den Bruch zwischen Vater und Sohn zu kitten.

»Und Lewis?« fragte Janice. »Er war ebenfalls verantwortlich für den Tod von Edwina Burne-Jones und dem Hauslehrer. Stellt man ihn unter Anklage?«

»Das glaube ich nicht. Abgesehen von Lewis' Aussage, gibt es keine Beweise. Und ich bezweifle, daß die Staatsanwaltschaft an dem Fall interessiert ist.« Leise fügte Gemma hinzu: »Sieht so aus, als hätte Lewis Finch genug gebüßt.«

Janice nickte. »Was Reg Mortimer betrifft ... war ich auf dem Holzweg«, erklärte sie sarkastisch und zog eine Grimasse, als sie ihren Kaffee trank. »Und offenbar auch in bezug auf George Brent. Er wußte tatsächlich etwas. Als ich ihm erzählt habe, was passiert ist, ist ihm eine wichtige Begebenheit eingefallen. In der Nacht, in der Annabelle ermordet worden ist, ist er kurz nach Mitternacht noch mal vor die Haustür getreten, um seine Freundin nach Hause zu begleiten. Dabei hat er einen Wagen gesehen, der langsam die Seyssel Street hinaufgefahren und nach rechts in die Manchester Road eingebogen ist. Das Gesicht des Fahrers kam ihm bekannt vor ... obwohl er ihn nie persönlich kennengelernt hatte, hatte er ihn im Lauf der Jahre doch häufig genug gesehen, um zu wissen, wer er war.«

»William Hammond?«

»Er muß seinen Wagen vor dem Lagerspeicher geparkt haben, als Annabelle unerwartet auftauchte, und so kam es, wie es kommen mußte. Er hat Annabelles Leiche in seinem Wagen zum Park gebracht. Was ich nicht verstehe ... Warum hat er sich nicht gestellt, nachdem ihm klargeworden ist, daß er sie umgebracht hatte?«

»Ich schätze, weil er auch in diesem Fall der Wahrheit nicht ins Gesicht sehen konnte ... bei Annabelle ebensowenig wie bei Edwina. Aber das hat ihn vernichtet.« Gemma dachte daran, wie er die Leiche der Tochter hinterlassen hatte – so liebevoll ins Gras gebettet –, und sie dachte an Jo Lowell, die nun weder Mutter, Schwester noch Vater hatte und mit der Last dessen leben mußte, was der Vater getan hatte. Allerdings schien Jo, wie auch Annabelle, die Stärke der Mutter geerbt zu haben. Sie würde darüber hinwegkommen.

»Etwas Gutes hat die ganze Geschichte vielleicht doch gehabt«, bemerkte Janice schüchtern. Als Gemma sie ansah, fuhr sie mit einem zaghaften Lächeln fort: »George Brents Sohn hat mich besucht. Er war ein alter Verehrer von mir ... bevor ich Bill kennengelernt hatte.«

»Und?« fragte Gemma grinsend.

»Wir sind ganz offiziell zum Abendessen verabredet. Heute. Er ist ein netter Kerl«, fügte sie beinahe trotzig hinzu.

»Da bin ich sicher«, sagte Gemma und überraschte Janice, indem sie sie kurz umarmte, bevor sie ihre Sachen zusammensuchte und sich verabschiedete.

Während des Gewitters am vergangenen Freitag war der Blitz in die Oberleitungen der Dockland Light Railway eingeschlagen, doch der Schaden war inzwischen behoben, und Gemma hatte die U-Bahn und dann den Zug nach Limehouse genommen.

Das Gewitter hatte eine Woche klaren Himmel und milde Temperaturen gebracht, und als Gemma nach Dienstschluß in West Ferry in den Zug stieg, freute sich sich auf den Fußweg von der U-Bahnstation Angel nach Hause. Die ganze Woche war von einer merkwürdigen Melancholie überschattet gewesen, die nicht einmal der Gedanke an die morgige Klavierstunde vertreiben konnte, und obwohl sie wußte, daß sie ihren Gefühlen zu sehr nachgab, vermochte sie diese nicht zu verdrängen.

Sie hatte versucht, nicht mehr an Gordon Finch zu denken. Es war von Anfang an eine unmögliche Beziehung gewesen, soviel war ihr klar. Trotzdem konnte sie sich des nagenden Gefühls einer verpaßten Gelegenheit nicht erwehren, und als sie aus der U-Bahnstation Angel trat und sah, daß die Musikalienhandlung gegenüber an der Pentonville Road noch geöffnet hatte, ging sie hinein.

Sie sah sich ein wenig um, blätterte Hefte mit einfachen Musikstücken durch, die sie glaubte, erlernen zu können, und kaufte letztendlich die Noten, die sie unterschwellig im

Sinn gehabt hatte: Rodgers und Harts *Where and When*. Sie nahm sich vor, Wendy gleich morgen zu bitten, es mit ihr zu üben.

Sie steckte die Noten in ihre Tasche, bevor sie den Laden verließ, ging zur Liverpool Street zurück, an Sainsbury's vorbei, wo sie Gordon zum ersten Mal gesehen hatte, bog in die Richmond Avenue ein, von wo aus es nur noch wenige Querstraßen weiter bis zu Thornhill Gardens war.

Plötzlich blieb sie stehen, horchte und dachte zuerst an eine Sinnestäuschung. Wie von fern hörte sie die Klänge einer Klarinette. Dann sah sie ihn. Er saß auf der Schaukel in einem leeren Schulhof, die Klarinette in der Hand. Er stand auf und kam auf sie zu.

»Ich hab's einfach versucht«, sagte er.

»Aber wie ...«

»Ich habe immer beobachtet, in welche Richtung Sie nach Hause gegangen sind. Ich wollte mehr über Sie wissen.«

»Aber Sie ...« Gemma schüttelte den Kopf. Er schien nie auch nur Notiz von ihr genommen zu haben.

»Sie hatten öfter Ihren Sohn dabei. Wie alt ist er?«

»Drei«, antwortete Gemma verwirrt. »Er heißt Toby. Gordon, wegen Ihres Vaters ... Wie geht es ihm?«

»Er ist nach Surrey gefahren ... Vergangenheitsbewältigung. Aber deshalb wollte ich nicht mit Ihnen sprechen«, fügte er hastig hinzu. »Ich glaube, da ist noch was ungeklärt zwischen uns ... und ...« Er sah weg und strich geistesabwesend mit den Fingern über die Tasten der Klarinette. »Die Vergangenheit hat für meine Begriffe schon genug Schaden angerichtet. Wir sollten nicht zulassen, daß das, was geschehen ist, alles Weitere bestimmt.«

Gemma blickte ihm in die Augen, und was sie darin sah, schnürte ihr die Kehle zu und stürzte sie in einen Abgrund der Gefühle. Gordon Finch war nicht der Mensch, der zugab, einsam zu sein und jemanden zu brauchen, und sie ahnte, welche Überwindung es ihn gekostet hatte hierherzukommen.

Und dann wurde ihr noch etwas klar. Er hatte sie vor eine Wahl gestellt, von der sie nie geglaubt hatte, daß sie sie je haben würde. Sie stellte sich auf Zehenspitzen und küßte ihn auf den Mund. Dann trat sie zurück und betrachtete ihn ernst. »Ich kann nicht«, sagte sie. »Es tut mir leid.« Und bevor sie ihre Meinung noch ändern konnte, wandte sie sich ab und ging davon.

Nichts rührte sich, als Teresa an Reg Mortimers Wohnungstür klingelte. Dann drückte sie versuchshalber die Klinke herunter, und die Tür schwang auf.

»Reg?« rief sie leise, trat ein und sah sich um. Das Wohnzimmer war ein einziges Chaos. Umzugskartons, einige bereits verschlossen, standen überall herum, und die kahlen Wände sahen nach Abschied aus.

Teresa hatte erneut seinen Namen gerufen, als sie ihn in einem Stuhl auf dem kleinen runden Balkon entdeckte. Er trug trotz der Wärme eine formlose, alte Wolljacke.

Sie trat zu ihm ins Freie. »Ich werde die Aussicht vermissen«, sagte er unvermittelt, als setze er eine Unterhaltung fort.

»Wohin willst du?«

»Ich ziehe eine Weile zu meinen Eltern, bis ich einen Job gefunden habe und wieder auf die Füße komme. Das Umzugsunternehmen kommt morgen.«

»Ich möchte mit dir reden.« Sie stellte sich zwischen ihn und den Fluß und versperrte ihm die Aussicht. »Es ist wegen der Firma.«

»Teresa, ich …«

»Nein, hör mir zu! Ich habe mit dem Gedanken gespielt, ebenfalls zu kündigen. Ich war mir nicht klar darüber, ob ich weitermachen kann … nach allem, was passiert ist. Aber wir müssen jetzt an Jo denken. Sie braucht mich. Und ich … Ich glaube, ich schaffe es nicht ohne dich«, fügte sie hastig hinzu. Wie sollte sie noch deutlicher werden, ohne auch den letzten Rest an Stolz zu verlieren?

Reg sah stirnrunzelnd an ihr vorbei. »Ich hab's dir doch schon gesagt! Du unterschätzt dich, Teresa. Du schaffst das mit Bravour.«

»Also gut. Ich unterschätze mich nicht«, sagte sie plötzlich gereizt. »Ich schaffe es vielleicht. Aber du nicht. Du bist ... ein Häufchen Elend, Reg. Schau dich bloß mal an!«

Er schien ihre Aufforderung ernst zu nehmen, zupfte an seiner schäbigen Jacke herum, und als er aufsah, trafen sich ihre Blicke. Seine Augen blitzten wider Erwarten amüsiert auf. »Mir war kalt.«

»Du weißt, wie ich es meine.«

»Das komische ist ... Teresa, ich hatte eine panische Angst davor, zu versagen und Annabelle zu verlieren. Und jetzt, da ich mich vor nichts mehr fürchten muß, bin ich ganz zufrieden. Ich weiß nicht, ob ich den Streß wieder haben möchte.«

»Ich bin nicht Annabelle«, erklärte Teresa leise, und zum ersten Mal war sie froh darüber.

»Nein«, antwortete er mit einer Verwunderung in der Stimme, die Teresa Hoffnung machte. »Das bist du wirklich nicht.«

Kincaid trotzte tapfer dem Freitagnachmittagsverkehr auf dem Rückweg von Cambridge und hielt das Steuerrad des Midget fest in beiden Händen, als auf der Überholspur ein Lastwagen an ihm vorbeiraste, und der kleine Wagen im Sog vibrierte und schlingerte. Ich muß mir mit der verdammten, alten Kiste allmählich wirklich was überlegen, dachte er fluchend. Aber er hatte Kit versprochen, das Auto zu behalten, und er lernte gerade, derartige Versprechen nicht auf die leichte Schulter zu nehmen.

Ian hatte ihn Anfang der Woche angerufen und ihn gebeten,

zum frühestmöglichen Termin nach Cambridge zu kommen. Seit Ian Kit wieder in das Cottage nach Grantchester verfrachtet hatte, war der Junge schweigsam und widerborstig und verbrachte seine gesamte Freizeit mit dem Hund am Fluß.

Und dort hatte Kincaid ihn auch vorgefunden, auf dem Bauch liegend am feuchten Ufer unter den Kastanien, wo er mit einem Stock Löcher in den Schlamm gegraben hatte.

»Habe ich früher auch gemacht«, bemerkte Kincaid, setzte sich neben ihn und kraulte Tess hinter den Ohren. »Nach einer Weile blubbert das Wasser hoch.«

Kit warf ihm einen flüchtigen Seitenblick zu, dann konzentrierte er sich wieder auf seine Tätigkeit. »Dachte nicht, daß du kommen würdest.«

»Ich habe doch gesagt, ich komme.« Kincaid griff nach einem Stock und bohrte selbst ein Loch. »Hast du Lust, mich nächstes Wochenende in London zu besuchen? Ich habe ein paar Tage frei.«

»Wirklich frei?«

»Ja. Ich versprech's.« Dafür wollte er sorgen, selbst wenn er dazu sein Telefon und den Pieper in die nächstbeste Mülltonne werfen mußte.

»Vielleicht«, antwortete Kit und bohrte heftiger.

»Wie geht's mit dir und Ian?« fragte Kincaid beiläufig. Er griff nach einem flachen Stein und ließ ihn über die Wasserfläche hüpfen. »Er macht sich Sorgen um dich.«

Kit richtete sich auf den Knien auf, hockte sich auf die Fersen und starrte auf den Fluß hinaus. »Ich hab ihn gefragt, ob du wirklich mein Vater bist«, begann er nach einer Weile. »Und er hat gesagt, möglich sei das schon ... aber es habe keine Bedeutung für ihn. Er sagt, er und ich, wir seien eine Familie, und er will, daß wir zusammenbleiben.«

Kincaid wartete, während Kit seinen Stock in kleine Stücke brach und der Strömung überließ.

Als sich das letzte Stück Holz in den Wurzeln einer Kastanie verfing, sagte Kit: »Aber das letzte Mal ist er auf und davon.«

»Ich glaube«, begann Kincaid bedächtig, »Ian braucht dich jetzt. Er hat Dinge getan, die, wie er weiß, falsch waren. Und das ist seine Art und Weise, es wieder gutzumachen. Du könntest ihm helfen.«

Kit sah ihn überrascht an. »Ich?«

»Ich glaube schon. Und ich weiß, daß ihm deine Mutter fehlt, und er braucht jemanden, der das versteht.«

Kit setzte sich zurück, schlang die Arme um die Knie und tätschelte den Hund geistesabwesend mit der freien Hand. Kincaid nahm das Schweigen des Jungen als Zustimmung.

»Hast du Hunger?« fragte Kincaid nach einer Weile. Kit sah auf und lächelte.

»Ich bin am Verhungern.«

Kincaid ging mit Kit in das Gartenlokal The Orchard. Dort verbrachten sie eine entspannte Stunde unter den Apfelbäumen, während Kit sich durch die Speisekarte arbeitete.

Als die Zeit kam abzufahren, brachte Kincaid ihn zum Cottage zurück. »Ich rufe dich an ... was das kommende Wochenende betrifft.« Dann hielt er ihm die offene Handfläche hin, damit der Junge wie üblich einschlagen konnte, und er hatte das Gefühl, daß sein Sohn seine Hand einen Moment länger als sonst in seiner Hand ließ.

Er fand eine Nachricht von Gemma vor der Tür, und eine weitere im Eingang der Cavendishs, die ihn beide ins Wohnzimmer dirigierten. Nachdenklich folgte er ihren Wegweisern und entdeckte sie an Hazels Klavier. Sie trug ein Leinenkleid, das ihr bis zu den Knöcheln reichte, und sie hatte ihr Haar locker mit einer Muschelspange im Nacken zusammengefaßt.

»Wo sind Hazel, Tim und die Kinder?« fragte er und zog einen Stuhl neben sie.

»Die sind im Kino. Freitagabendüberraschung.«

»Und du wolltest nicht mit?«

»Ich wollte hier sein, wenn du zurückkommst. Wie war's mit Kit?«

»Ganz in Ordnung«, antwortete er und stellte fest, daß das – zumindest vorübergehend – stimmte. »Was ist das?« fragte er und deutete auf das Notenbuch auf dem Klavierständer.

Gemma hielt die Hände über die Tasten und berührte versuchsweise das mittlere C. »Ich habe angefangen, Klavierstunden zu nehmen.«

»Warum hast du mir das nicht gesagt?« wollte er verdutzt wissen. »Ich hatte keine Ahnung, daß du den Wunsch hattest.«

»Ich dachte, daß du mich vielleicht auslachst. Und ... Ich weiß, es ist blöd, aber ich wollte etwas im Leben haben, das nur mir gehört.«

»Das verstehe ich jetzt nicht«, murmelte er verwirrt.

»Ich weiß.« Gemma drehte sich zu ihm um. »Ich habe über Annabelle Hammond nachgedacht.«

»Was hat denn Annabelle Hammond damit zu tun?«

»Sie hat nach den Erwartungen gelebt, die andere Menschen an sie hatten – weil sie so schön war, hatten alle in ihrer Umgebung eine bestimmte Vorstellung davon, wie sie sein sollte, wie sie wollten, daß sie wäre. Und das tragische ist wohl, daß sie schließlich eine andere, nämlich ihre eigene Wahl getroffen hat in bezug auf das, was für sie wichtig ist, aber das Ergebnis hat sie nicht mehr erlebt. Sie ist gestorben, ohne zu wissen, was für ein Mensch sie geworden wäre.«

Kincaid begriff noch immer nichts, erkannte jedoch plötzlich, welche Angst ihn die ganze Zeit über im Unterbewußtsein geplagt hatte. »Gemma, wenn es um Gordon Finch geht – wenn du möchtest –«

»Nein. Es geht nicht um Gordon – oder nur ein ganz kleines bißchen. Es geht um mich. Ich weiß nicht, was ich will. Ich weiß nur, daß ich ein Mensch in der Entwicklung bin, und ich möchte erleben, wohin mich das führt und wer ich werden kann. Ich liebe dich, Duncan. Soviel weiß ich.«

»Na, das ist ja schon mal was«, murmelte er und versuchte, den dunklen Abgrund, der sich vor ihm auftat, leichtzunehmen.

Aber Gemma betrachtete ihn weiterhin ernst. »Das ist alles, was wir je haben werden, wirklich«, sagte sie.

Lewis saß Irene gegenüber auf den rostigen Stühlen im Rosengarten des Cottages. Ihre Knie berührten sich, und sie hielt seine Hand leicht in ihren beiden Händen.

Es war einmal John Pebbles Cottage gewesen, und John hatte die duftenden Rosen mit ebensolcher Liebe und Sorgfalt gepflegt, wie Irene es offenbar jetzt tat. Es hatte sich ideal gefügt, daß Irene jetzt hier lebte und daß er endlich gekommen war.

Er hatte ihr alles erzählt, und sie hatte wortlos zugehört. Jetzt sah sie zu ihm auf, und im Licht des Nachmittags konnte er die feinen Linien in ihrer hellen Haut erkennen. Ihre Augen waren so blau, wie er sie in Erinnerung hatte, und sie sah so aus, wie er sie sich vorgestellt hatte … so als sei das Bild, das er von ihr gehabt hatte, einfach nur erwachsen geworden.

»Warum hast du es mir nicht gesagt, Lewis?«

»Ich konnte nicht. Ich schätze, in gewissem Sinne war ich genauso schuldig wie William. Ich konnte den Gedanken nicht ertragen, daß du weißt, daß ich nicht der bin, für den du mich gehalten hast.«

»Woher wolltest du wissen, wofür ich dich gehalten habe?« fragte sie scharf. »Oder was wir aus unserem Leben gemacht hätten, wenn du's mir gesagt hättest? Für wen hältst du dich, daß du entscheidest, es sei besser für mich, mein Leben allein zu verbringen, als die Last deiner Schuld mit dir zu teilen?«

»Ich …«

»Ach, egal!« Irene seufzte. »Wir sind, was wir jetzt sind, und es hat keinen Sinn, über Wenn und Aber zu reden. Ich finde, Freddie Haliburton hat schon genug Leben ruiniert. Und du hast meine Fähigkeit zu verzeihen weit unterschätzt. Laß die Vergangenheit ruhen, Lewis, es ist vorbei.«

Ihre Blicke trafen sich, und er wußte, daß sie ihm die einzige Absolution erteilt hatte, die für ihn zählte.

Danksagung

Mein Dank geht an Kate Miciak, meine Verlegerin, deren Einfühlungsvermögen und Zuspruch mich in meiner Arbeit beflügelt haben; an Nancy Yost, meine Agentin, für ihre Unterstützung; an Gina Wachtel, für ihr tapferes Terminmanagement; an Tom Cherwin für seine Textbearbeitung; an Honi Werner dafür, daß sie die Atmosphäre der Geschichte mit ihrem beziehungsreichen Umschlagentwurf so treffend eingefangen hat; an Kathryn Skoyles, deren Gastfreundschaft es mir ermöglicht hat, das Island aus erster Hand kennenzulernen; an Dr. Karen Ross von der Gerichtsmedizin in Dallas für ihre medizinischen Ratschläge; an all jene, die das Manuskript gelesen und Verbesserungsvorschläge gemacht haben: Carol Chase, Terry Mayeux, Barbara Shapiro und die Mitglieder der EOT-NWG; und mein ganz spezieller Dank geht wie immer an Rick und Katie, die mich auch ertragen, wenn ich in der Arbeit an einem Buch stecke.